刘诗伟 著

作家出版社

目 录

上卷　悬案1983

此时·开端 / 003
第一章　一只白鸽 / 007
第二章　案发之夜 / 019
第三章　我们四个 / 034
第四章　在号子里 / 054
第五章　寻找虹女 / 071
第六章　一个疯子 / 087
第七章　踢死小猪 / 101
第八章　鸽子飞了 / 117

中卷　悬案2000

彼时·开端 / 133
第一章　千年之疑 / 135
第二章　一县之急 / 148
第三章　时代之瘾 / 163
第四章　万治之志 / 177

第五章　遗址之谜 / 192
第六章　真相之殇 / 208
第七章　爱情之情 / 222
第八章　勇毅之战 / 238

下卷　悬案2017

随时·开端 / 255
第一章　荒岛消息 / 258
第二章　当务之急 / 272
第三章　虹女活着 / 287
第四章　重启侦查 / 303
第五章　江城虹影 / 316
第六章　相关女人 / 331
第七章　阿猪之光 / 344
第八章　在荒岛上 / 363

上　卷
悬案1983

此时·开端

一切都在流淌。这是多年前的说法。

后来你追加了一句：未来没有格式。

而且随时都是开端。比如这个澄湛秋日的此刻。

临近傍晚，你朝着"国立江城大学"的双面牌坊向校外走去。太阳还没有从西边的远方沉没，银白的上弦月已浮在当头的天上。晚霞出现了。天空异乎寻常地清朗，透着漫无边际的薄翼似的紫光。

你感到行走在现实之外。

某年在北美陆地的尽头，你见过天上的火烧云，那是一场浩大的坦诚，以殷红，以宁静，以满目缤纷的无言，仿若世纪初开的荒古诉求，让人为之心颤神迷；而此刻，霞光恣意，从前的青春恍惚于眼前铺展开来，别有热烈的情状……就在时光的这一面。

校园一如往日的宁静。路上有些梧桐的落叶，行人稀疏；周遭漂浮轻微而浑厚的混音。你没有停下脚步，试着调转耳门，竟然听见若干熟悉的交谈与争论，一首美妙的乐曲清晰地穿越林间——哦，什么地方冒出 hormone 搞怪的呼喊与欢笑。

时光之光似可触摸。一对与你无关的男女学生并行在前面，是那种形销骨立的时尚身影，晚霞的光彩在他们的面上浮动。

但你走得太快，渐渐被他俩挡住步伐。接近牌坊右侧的过道时，你听见了他们的呢喃。

女生说：猜我养了一个什么宠物？

男生说：肯定是一头小猪——现在流行丑东西。

女生说：凭什么讲只有猪才是丑东西？

男生说：因为你喜欢呀，这就是为什么。

逻辑问题！你暗自哂笑，禁不住插嘴：喂，你错了，男同学。

两人闻声掉头，果然是一对漂亮的年轻人。尤其是那女生，五官标致秀气，浓密微卷的睫毛忽闪着，瞳眸黑亮，透出陌然的好奇，让你想起从前喜欢过的样子，不由为之一诧。

你和他们在路边停下。二人或许认出了你是下午在人文楼做讲座的那个人，礼貌地问候老师好。但男生说：如果我的判断是正确的呢？

你微笑：那也跟你的论证无关。

男生歪了歪头：为什么？

你说：请问——白猪和黑猪，哪个更丑？

男生即答：当然是黑猪。

不料女生掩面扑哧：我养的是一头小白猪咧！

晚霞就荡漾了，男生嘿嘿地傻笑……

你颔首致意，赶紧脱离他们。出了校门，朝着晚霞走去。

这时，一群白鸽子从校园的草坪上哗哗起飞，越过围栏，越过你的头顶，嗡嗡地，向着晚霞飞行……在你身后，那对时尚的男女学生本来好奇地望着你的背影，见天空忽闪，目光被响亮的翅膀带走。

后来你告诉我们：你看见那群白鸽子飞进了绚丽的晚霞。

你无意结识或指教这对男女学生。他们的小猪无论黑与白，都不是太大问题。你向来以为没必要好为人师。一切只因为年轻是生命中的一种潜伏，你由衷羡慕并热爱校园里的青春。年轻人让你看见不加伪饰的光芒，这才有了一次小小的"路见不平"。

晚霞在前方，你走向一个没有面目的人。

是谁？当然是你自己，是你见过和未见的所有熟人。这世上已有五千年的人。但你依然是我们中的你：记得无始无终无边无际中的一条河一棵树一种花，以及逸出时空的那些梦……无尽地流淌。

那对漂亮的年轻人呢？

他们就是他们，也可以不一定是，却必定是无数"他们"中的一对儿；如果他们意识到未来，尝试选用不那么简陋的逻辑，或许生活不会比小猪乏味；可是，逻辑这玩意儿向来麻烦，常常是不合逻辑的——他们看上去衣食无虞，逻辑也就不是问题。

江城大学是你的母校，你并不是这所大学的教师。这天下午，你应母校"纪念恢复高考40周年学术讲座组委会"之邀,去人文楼的阶梯教室做了一场讲座。你不做学术,是人家开明地拿你作为一个没有学术的当代成功人士,请你给孩子们讲讲另类经验。为什么是"另类"?你不能认同这个抬举。但你微笑,只好盛情难却或者无所谓。

你说:我给诸位讲"一切都在流淌"吧。

台下没有欢呼,孩子们诧异而茫然。

你是有经验的演讲者,马上自我解嘲:当然,诸位是来听"成功"的,我没有忘记带上几桩邪性又辉煌的故事。

场面略微松动,有几处笑脸闪烁。

但是你说,成功的背景是"一切都在流淌",诸位有必要晓得这句话,以及这个概念涉及的"自然、永恒、无边、和谐、变化"的含义。你省略了理据。然后,开始讲背叛学院教诲而效果不错的成功案例,孩子们听得入神,间或报以笑声,右首临窗的位置甚至发出一声轻快的口哨。你提出一个问题:人生有两个母题——死亡与爱情,如果未来科技让人永生,让hormone不灭,人类还有传统的人生吗?或者未来的人生是什么样子?尤其是人工智能的发展,当机器人比人类更有智慧时,世上的经济、法律、伦理、政治和日常生活又是怎样的呢?诸位尽情地想吧,但其实你们没法子想,只需记住"一切都在流淌"。其间,主持人递给你一张纸条,上面写着"注意回避意识形态",你差一点儿将它念了出来。

此时,霞光将你染得紫红。

那群从头顶飞过的白鸽子仍在意念中闪动。你忽然觉得贩卖过往那些成功案例到底虚妄,那是不确定的,你让孩子们为光荣喝彩,却没有讲明光荣的价值及来由;至少,你要为成功确立前提——在人类共享的世上,除了当期的规矩,包括伦理、法律、文明以及处事策略,还有未知的自然与奥义;而世上一直存在危机,为了保有生命和生活,为了延续老迈而稚幼的人类,必须具备理性的强韧与睿智,不时追究个体与普众突围的秘径,直至打开通往异空的大门。

或许应该指出"流淌"也不是本相。明智的人注定荒凉。因为终极的悲伤是一把穆默永在的镰刀,总把人生意义当作韭菜割掉,生命向来只能孤独而微弱地前行。在现世,在有限里,他们——拥有未来的孩子们——日后终有一天会面对自己的内心,并试图在心中寻找,或者种植某种来自自然的东西,多少拥有一些属于自己的惦记与怀想，那才是伴随终生的最为珍贵的指望与欢喜，那是迷人的……

手机突然响起，是儿子打来的。

儿子说：爸，你的演出太过通俗。

你问：你怎么晓得？

儿子说：我去听讲座了。

你说：谢谢批评指教。

这个时代在加速流淌，风尚悄然变样。你微微一笑，挂断了电话。你想起那个漂亮男生的"嘿嘿"傻笑——他的逻辑如果只是佯谬呢？那么，他卑以自牧的技术多么老到。

霞光还在。那群白鸽子一定还在。街面是无数的行人。

你突然发现，这个平淡的秋日跟我们此生的"三个悬案"有关，但既不是尾声也不是开端……

第一章　一只白鸽

鸽　子

那个秋日原本没有任何案发征兆。

午后，太阳照耀江汉平原上的汉江，正是枯水时节，裸露的河床历历在目。因为河基是沙土，两岸向河心延展的斜坡凸凹而舒缓，不时呈现平坦的场坪，赤裸的河床显得格外开阔。

阳光下，河滩的沙子熠熠发亮，一派针尖似的光粒闪烁。河水还在，蜿蜒于河心，水流细瘦如曲，极为清澈幼嫩，那些沙子放射的光点散落在如镜的水面。由堤岸望去，整个河床有一种海枯石烂的古老与荒芜，无比辉煌。

当时，天空高远得近乎空无。昔日在低空飞过江面的那群野鸽子突然歇落在南岸的河床上，三三两两，散漫地摇晃到细水边，不用展翅，只需弹腿一跳，便越过河心。如此，河床的一处便有了跳来跳去的热闹。一会儿，不见人影的远方传来一声花鼓调的嘶吟，唱着"你的日头啊我的河"，拖腔尖厉而悠长，像是向着所有的遥远呼喊，像是要把安宁旷邈的时空收拢回来。倏然，一串扑簌簌的翅膀排空而上，河床上只剩下一只白鸽子，站在水岸边翘首张望……

这一刻，我们四条汉子正分头向汉江赶来。

这是1982年秋天的光景。我们走出校园不久，目光穿越时空，脚下追风，那只白鸽子就在前方光芒四射。

而且我们已经感知，在我们到达汉江之前，小城的喧嚣早就乘风而至，涌进空荡的河谷，那只白鸽子仍在殷切翘盼，却不晓得是风的撩拨还是喧嚣的袭扰，脊背上夯起了一撮羽毛，一点儿的白，就那么在晴空下一动一闪……犹如心跳，让我们越发加快步伐。

我们是认真的，如此奔向那只白鸽子既不浪漫也不荒唐。那个年代的所有青春可以作证。诚然，当年已经消亡，没有理由要求而今对生活的感觉正在退化的人们对我们报以同情的理解。但话又说回去，那时的青春刚刚从封闭年代归来，也有过于疯长的痴迷与慌张：我们的执念与现实总是彼此含混。关于汉江河床上的那只白鸽子，时隔多年，每当回忆起那一天，必得努力说服自己相信一切属于真实的发生，并非缥缈的虚幻。

真实是被我们说服的，往事落定在心头。

有一点毋庸置疑：那天，我们四个家伙满怀信心，分头从两座小城出发赶往江汉，而且到达的时间不约而同。

两座小城位于汉江南北。南岸是南平县城，紧靠江堤；北岸是北原县城，距离汉江大约五公里。两座县城各有十多万人，高楼罕见，城区趴得开，面积似乎不算太小；数月前，我们大学毕业来到这里，站在汉江的堤岸望见过城外金黄的稻子。

南平和北原的人都跟我们讲自己的县城是汉江之畔最为灿烂的明珠，也便是说，这里的"最"不是唯一。我们不用较真，晓得这种牛皮不过是行政竞争和小农自慰。事实上，汉江隔两县，两县向来没什么交集，两地的人只需埋头干活，过自己的日子，且不说两颗"明珠"谁都不必压倒谁，即便压倒了也跟百姓无关。至于汉江，固然是母亲河，但人们忙于"母亲"之外的经济周转，日月骨碌骨碌的，哪有闲工夫去河边打量和亲近？光阴很老，天空不曾让人惊诧于第二颗太阳。

直到秋天来临，省地县三级的报纸忽然报道：上边计划在汉江的南平县城段架一座桥。据说，架桥的议案是北原县有头有脸的人物发起的。理由堂皇：架了桥，北原的人经南平上省级水泥公路，去省城的路程一下子可以节省60公里。不是说"要致富先修路"嘛，桥比路更顶用。可见，这是北原的好消息，于南平也不算坏事。

但没过多日，居然是北原的人串通南平的人揭露内幕，说什么架桥的理由不过是打牌，打牌的人意在沛公——为了方便自己随时窜到南平来……而且有人看见那人已经来过南平县城。

何以窜到南平？因为刘虹女。

狗日的，原来竟是"雪隐鹭鸶飞始见"呀！

当流言流过耳门时，我们四个外来的小知识分子已顾不得修养，开始朝着南平和北原的天空愤愤地詈骂。

其实我们应该早有所料，怪我们天真地以为社会比我们厚道，还一心拿小城当避风港咧。这场灾难原本是注定的：因为刘虹女的美丽太脱离群众。她的眼睛从月亮那里来，黑白安宁，清澈照人，睫毛一扇，即刻回到月亮那里去；她的肤质过于晶莹，耳边的发丝在风中飘扬，脸庞和五官集合了所有优美却让人想不起比喻的对象；她有蓬勃曼妙的身材，隐约举起傲然的平肩……在那个春回大地的年代，她甚至不像电影《庐山恋》中的周筠和《小街》里的小俞，这两个令全国人民惊艳的艺术形象是女明星张瑜带来的中式俊俏，但她的脸形更秀气，下巴有那么一点儿欧化，而且嘴角停泊辽远的宁静，仿佛还有十分之七的魅力在外表之外。

刘虹女晓得自己美，为了不脱离群众，早就开始在公众场合用陈旧的衣着掩饰自己。可中国有一句成语：瑕不掩瑜。即便烟尘缭绕的小城，老百姓的眼力也能吹糠见米。6月的一天，刘虹女穿着极普通的白衬衣蓝裙子，在我们四人的陪同下来南平报到，走出长途汽车站，还是被两个本地男青年的灯泡眼盯上了，之后跟随的人越来越多。有人问：这不是演员张瑜吗？有人答：不像，是一个新演员。刘虹女把目光垂落到了脚尖，我们四人像保镖一样铁青着脸……

到了秋天，架桥的事尚在议论，南平人又发现刘虹女的新动向。

说的是上一个周日，预报天气有雨但还没有落雨的时候，刘虹女化装成民女，带一把折叠花伞，独自出门，登上江堤，下到袒露而广阔的河床去散步；河床上有一只白鸽子，不怕人，主动随其左右，刘虹女停在河心看水流，白鸽子也停下来陪她看；一会儿，落雨了，刘虹女撑开花伞，遮在头顶，蹲下身，那只白鸽子在她身边来回走动，她担心鸽子淋雨，又怕惊吓了它，就不语不看，单是一寸一寸地将伞盖向白影子那边移动，待白影子进了伞底，伞盖又一寸一寸地退回，白影子跟着挪步，到后来，但见河床上撑一把花伞，伞下一人一鸽子……

这是中了哪门子的邪呢？两个城市一派茫然。

好在有流言。流言流淌在车站、码头、酒桌、牌局和办公室，很快便给出说法：这事也不奇怪，因为那白鸽子是男的，但凡是男的，谁不喜欢刘虹女？只是有点儿想不通，刘虹女为何明面上婉拒了所有追慕者，却在私下跟一只男鸽子亲近？

瞧瞧，全他妈的是惦记天鹅的癞蛤蟆们的混账话。

可是，我们无法抹煞白鸽子就在刘虹女的花伞下。

我们怀恨那个"打牌"架桥的人物，讨厌所有癞蛤蟆，也妒忌那只白鸽子……我们越来越慌张。

我们来到了汉江堤上。

我　们

我们是赵春、钱夏、孙秋和李冬。

作为刘虹女的追慕者，"我们"实际上有很多的人，简直不计其数。但我们四人分别姓赵、钱、孙、李，名字叫春、夏、秋、冬，因了姓和名的机缘，早已建立兄弟般的友谊；虽说在爱情方面彼此也是宿敌，可面对全社会雨后春笋般的新生对手，必须结成战略同盟而合力对外，说白了就是丛林里的"抱团取暖"。

况且，刘虹女跟我们四人都是江城大学同届毕业的，即使她一直拿我们当普通同学，但到了南平和北原，大家也算自己人。当年，赵春和钱夏落户南平，孙秋和李冬去到邻县北原，坦率讲，是刘虹女决定了我们的毕业分配，如果不是她，四人何以投奔这远离都市和故乡的小城？我们甘愿把青春献给她。刘虹女晓得这些，只是她对我们都好，向来平分秋色。那是风声鹤唳的日子，我们无法判定谁将最后胜出，但每个人都在争取做最后胜出的那个人。

我们的暗战争分夺秒。

但一切又十分简明。那时的爱情既不是从前的"革命+爱情"，也不是后来的"金钱+爱情"，而是"事业+爱情"。我们是十年"文革"后的"新三级"大学生，时代先锋，只能怀揣理想，把事业进步当作赢得爱情的不二法门。偶尔，当爱恋的潮水汹涌澎湃时，我们以为原本是爱情的奔突催化了事业的追求；可这样想显然不够高尚，即刻让我们感到猥琐和对不住先锋境界。人生的梦是时代给的，起初就在近前，我们离看破人性而内心自洽尚有漫长岁月。我们都使劲扛着：每天拿手头的工作当事业，无比热切地投身自己的岗位。

刘虹女分配在南平师范学校教英语。我们四人中，老赵（我们在大学时就把赵春叫老赵）学政治，被中共南平县委办公室要走；钱夏学历史，进了南平县党史办公室；孙秋和李冬，因南平接收大学毕业生指标受限，就近转投北原，两人都学中文，一个就职于县委机关报《北原报》，一个去教育局教研室做语文教学研究。所幸四人的岗位跟专业合辙，让我们对未来很有把握。大学期间我们曾经向社会张望过，毕业时辅导员更有交代：走上社会后，既要保持青春活力发挥专业优势，也要善于学习和适应环境。落脚点是"也要"。由于辅导员没讲实用技巧和案例，我们只能从记忆中翻出楷模来学习，结果，报到那天每个人都模仿契诃夫的小公务员点头哈腰。只有钱夏不老实，主任叫他"钱匣"（把夏念成 xiá），他居然用汉语拼音纠正主任：x-ia-xià（夏）。

第一次领工资后，我们跟刘虹女聚过一回餐。

东道主是老赵，联络人是钱夏。他俩同在南平县委大院上班，同住县委大院北门外的机关宿舍，碰面机会多。老赵所以做东，主要因为他的工作岗位在县里地位最高，他应该对刘虹女有所表达；但他又怕落下不义气的名声，干脆来个与狼共舞，把三个情敌也叫上，心想，说不定还可以一箭三雕顺便人之兵咧。

聚餐安排在周日下午，地点是老赵的单身宿舍。那时正经人一般不下馆子，去餐馆也花不起钱。老赵的单身宿舍在二楼，二十几平米，宽大敞亮，门向南开，从走廊进入，房间深长，北窗边摆一张木床，南窗下是一张书桌，中间空阔得做广播体操也绰绰有余。问题是没有锅盆碗盏。隔壁住着一位有家室的女干部，女干部在走廊上摆煤灶生火；老赵叩门求援，大姐不仅支持，还给出建议：自己煨一罐排骨藕汤，再去机关食堂打几个菜。那天，老赵上午忙采买，下午守候在走廊的灶台边煨汤，交代钱夏确保其他三人在下午四点一个也不少地到场。钱夏先去机关办公室，趁周日没人的机会，拿起公家的电话给北原报社打长途，通知孙秋赴宴，让他约上李冬；因为说了刘虹女要来，这两个家伙只会提前赶到。下午，时间还早得离谱，钱夏招呼过老赵，骑车去南师，但又没勇气跟刘虹女单独相处太久，半道弯进书店消磨，挨到四点，用自行车后座驮回刘虹女，老远把铃铛摇得脆响。

老赵、孙秋和李冬站在二楼，隔着栏杆朝楼下看。

一抹鲜艳的霞光斜擦屋角射过去，照耀刘虹女，也照耀像皮球一样肥胖的钱夏，时间瞬刻死在三人面前……

刘虹女进了老赵宿舍，称赞室内又大又亮，说干部待遇就是好，口气是为老赵同学高兴，极普通的态度。但她没在意我们的心慌意乱。三人正要攻击老赵，老赵赶紧吩咐移出书桌当餐桌。刘虹女过来把桌上的书本和笔筒拿走，四人抬起桌子移至房间中央。刘虹女又找了抹布，忙着擦拭桌面。她的主动让人联想到女主人，三人都觉得她没必要为了一顿饭而过于热爱劳动。钱夏掏出五元钱，支使刘虹女去宿舍院门口的杂货店买一瓶白酒，一边从她手上拿走抹布。刘虹女接了钱出门，孙秋和李冬偷着笑，向钱夏竖起大拇指。

开餐时房里亮了灯。桌上的菜品体量壮观：一铫子汤，荤素四道菜都是搪瓷海碗。但吃喝无法欢腾：因为刘虹女，大家必须斯文。老赵起身拿勺子给刘虹女碗里舀汤，钱夏连忙端了刘虹女的碗去接，孙秋说盛汤时碗不要端着，李冬喊小心烫了，一边拿手遮在刘虹女面前。刘虹女被殷勤得不知所措，表情涩涩地绽放。席间，大家先后介绍自己的工作，听起来每个人都春风万里。

孙秋突然看着刘虹女说：你瘦了。刘虹女莞尔一笑：你也是。其他三人就争着问刘虹女：我瘦了吗？结果大家全都瘦了。

李冬觉得这样的场面自己最不占便宜，早早地看表，提出散宴，说再不走，轮渡一收班，他和孙秋就回不去北原了。当时汉江还没有到枯水季节。老赵提议：要不你们在南平住一宿，明天赶早班的轮渡？李冬说不行，那样上班会迟到的。钱夏就煽风点火：你俩走了，这么多剩菜怎么搞？孙秋指着老赵：该老赵辛苦呗。老赵苦笑：天啦，我至少要辛苦一个礼拜咧。刘虹女有些不安，说：真对不起老赵。

于是全体起身，丢下一桌狼藉，先送刘虹女回学校。从机关宿舍到南师不到一公里，单排的路灯明明暗暗。我们齐声唱歌，抢着把调子往高处拉，让小城的所有毛孔都能听见。到了南师门口，刘虹女走进校门，回头挥手，转身消失在校园的拐弯处。四人傻了一阵儿。

接着送孙秋和李冬去江边坐轮渡。从南师北面上了堤，老赵仍要送到码头，被李冬拦下了。钱夏风凉地说：二位兄弟，要是太辛苦，以后不必老往南平跑了。孙秋立马回应：放心吧，只有不辞辛苦，才能感动上帝。两人的决心针尖对麦芒，不是一顿饭能调和的。

可是，这次聚餐后，我们的"事业"很快遭遇了挫折。

老赵有一个竞争对手是南师毕业的中专生，那小子也积极争取进步，每天早晨，追着老赵的脚跟来到办公室，老赵扫地、打开水，他一步到位——直接替主任抹桌子、泡茶。有一次，主任审阅了那小子起草的文件，交给老赵打印，老赵看过稿子去找主任，说"加强改革力度"的"强"不妥，应当把"强"改为"大"，因为后面是"度"，主任说强大嘛不改也行，他说强不是大，大不是强，不改不行……不久，县委书记要一个专职秘书，那小子去了。

钱夏更不着四六，主任让他编写南平抗战史，他交上一篇洋洋洒洒的"国军"抗日故事。主任问我党呢，他说我党在另一篇呀。主任指出：应当写出整体性，令他重写。他开始重新清点南平抗日资料，一面将那篇"国军"抗战史的稿子投寄出去，重写稿还没写成，寄出的稿子被《人民政协报》刊登出来，他拿着报纸向主任邀功，主任端着烟，不看报纸，只看他，许久摇摇头，一截白烟灰掉在黑桌面……不日，他申请入党，主任哈哈大笑：你适合加入国民党。

孙秋在报社只当了三天记者。第三天早晨，主编说，县委书记说某生产大队有10个万元户，让他马上报道，他当日采访，写出稿子交给主编，主编阅后问：怎么少了6个？他说：实际只有4个，也不错。主编嗤道：你跟书记过不去？他说：不是我，是事实。主编说：你狠，从明天起，在家做编辑。不日，主编将一篇《凯歌大队家家户户凯歌（黑白电视机品牌）高奏》的报道交他编发，他不信，亲自去凯歌大队核实，把"家家户户"改成"40%的农户"。稿子送审次日，主编通知他：下周地区（指行政区）有个新闻短训班，你去吧。

李冬巡回几所中学听课，发现语文老师不讲普通话，主要是n、l不分，f与h对换，没有卷舌的zh、ch、sh和r，后鼻音g发不出来，省略介音u和i，为此写了报告，呼吁全县语文老师率先说普通话。教研室主任很支持，局领导也重视，让李冬去县一中试点。不料，在县一中的语文老师见面会上，同行们拿他当笑话，说讲不讲卷舌音跟高考有啥子关系，大家抓高考忙得屁滚尿流的，哪有工夫调舌头？校长把李冬的手拿起来看，李冬问干什么，校长说：我看你有没有长义指——北原有句谚语——六个指头搔痒（多管闲事）！

四人遭遇挫折后，互不相告，以免传到刘虹女的耳朵里，但又找不到出路，唯有各自颓丧。那时，我们晓得那句令人厌恶的"他人即地狱"，但除了为刘虹女彼此勾心斗角，从未相信它是对包括自己和上级领导在内的全人类的日常批判，更遑论意识到社会是一个装满螃蟹的大笼子，还巴巴地指望事业（工作）上一马平川咧。我们的蓝天在那个陌生的初秋遽然灰暗。想起辅导员说过的"也要"，觉得分明是投降的暗示。

可青春的血依旧温热，无法变节。

我们选择了逃遁。不知道从哪一周开始，四个人每到周日都会像霜打的落叶聚在南平。大半个秋天，彼此不说心里的话，都晓得各人心里有话。那些话在插科打诨的缝隙像灯泡的钨丝断掉时闪现一下，倏忽尖锐，嘴唇干枯地嚅动。后来，孙秋带头，我们于黄昏时走出宿舍，一起走到南平师范学校北面的堤坡上，相依坐下，静静地等候月亮升起，等待校园里传来刘虹女弹奏的琴声。

那些月下的聆听……永在眼前。

河　岸

有时我们甚至想，既然四人如此同病，就这么相安无事地静听琴声也很好。可是，刘虹女的琴声在月色下停歇后依然萦绕心头，我们做不到自己欺骗自己。我们明明晓得，随着时间推移，必有一人终将在刘虹女那里脱颖而出，而且每个人都坚信那个人就是自己。

那么好吧，咱们就看谁笑到最后！

某一刻，我们像既有涵养又目空一切的狮子，在心里难为情且深感残忍地向同伴宣战。

至于社会上不断新生和涌现的敌人，无论何方大神，在蓬勃青春的眼里不过是倾国倾城的泡影，由得它在《诗经》里望洋兴叹。

同时，爱也锻炼着爱。由于日复一日的备战与暗战，我们的感知功能超常发育。我们已是亢奋而神经机敏的飞禽走兽，或者隐忍而富有灵性的奇花异草。比如燕子，春天里准确飞往昔日的屋檐；比如猎狗，鼻翼微翕便知道自己的兔子匿在何处；或者柳絮，那细小无形的花粉总能在风中歇于命中的花蕊；或者马蔬，永远知道岩石的哪儿有一丝可以探出头来的裂缝。我们成了四个男妖精：对于爱的目标根本不用寻找或侦察——目标在哪儿都在自己的心里和眼中。

自从得悉河床上有一只白鸽子，听到汉江上即将架桥的消息，我们再也不能安坐在月下静听琴声了。

那个秋日阳光明媚，又是星期天的午后，我们与其说是判定，不如说是以特异功能看见——刘虹女正朝着江汉的河床走去，那只白鸽子早已等候在河心的水岸边，望见她，歪了歪头，兴奋地原地踮起舞蹈般的小碎步——那情景比亲眼所见更为真切。

我们登上汉江大堤时大约是下午三点。

晴空万里，江道历历。我们两两一对隔江而望。站在南岸的是老赵和钱夏。方脸巴老赵穿一身灰蓝色海军军服，军服是在东海当兵的胞弟寄来的，十分符合他方正的体形和庄重的态度。胖子钱夏很打眼，上身罩一件黑白花格的圆领毛衣，是南平百货商店的新货，至少耗去了大半月的工资；而且这家伙出门前洗过头，鬈曲的短发湿润光亮，香波的气息不时进犯老赵的鼻腔。北岸的孙秋和李冬各骑一辆自行车赶到，上了岸，像扔掉扫帚似的将自行车丢在堤坡。跟赵、钱二人不同，他俩一如既往地行色潦草：瘦高的孙秋披一头蓬乱长发，皱巴巴的西装分不出灰和蓝，右边袖口的三颗扣子少了两颗，剩下一颗挂在线头上晃荡，整个人只在远观时略显风骨；李冬本是精致美男，却自以为是地将那件猪肝色灯芯绒长袖衬衣从夏天穿到秋天，区别是扣上了领口和袖口的扣子，相信耸耸肩咬咬牙便可以对付深秋的寒意。总之，他俩故意反驳孔雀开屏，即使来见刘虹女，也要有所为，有所不为。

江堤上，我们的战斗已经打响。

但毕竟天蓝水秀乾坤朗朗，我们纵然胸有百万雄师，也必须亮出清洁人格并保持磊落的君子风范。江南江北，同城的两人见面点头之后，一起向江那边的两人挥手，隔着枯水的汉江，高声喂喂地呼应，激动而欢愉，倒像是两支友军胜利会师。

我们以热闹掩护着心头的盘算，眼里的余光投向上游300米外的河床——那里，刘虹女正走近一只脊背奓起羽毛的白鸽子——那是令人羡慕和嫉妒的，却不可以破坏。所以，我们的战斗首先是比拼克制，在克制中期待某人冒冒失失地在刘虹女面前出洋相。

然而，在四双眼睛的余光中，河床上游汇聚了太阳的光亮，刘虹女越来越璀璨夺目：她款款地走着，是轮廓清晰的侧影，垂肩的长发带着光辉一波一波地荡漾……可那光亮过于强烈，她的样子分明逼真，却显得写意而缥缈，瞬刻便幻化了，让我们只看见一束耀眼的光影。

原来刘虹女是一道光？

我们不由惶惑，愣怔在秋天的阳光下。

关于这日是否真的见到过刘虹女，日后只有胖子钱夏言之凿凿：肯定是她——穿着橘色的中长风衣，栗色弹力健美裤，米黄的搭扣皮鞋，鞋底有一圈白边……这是她自己跟自己在一起时才会展示的华丽！其他三人姑且茫然地回望这个想象。钱夏问：难道你们没有看见？大家犹豫地点头，即刻又摇头。孙秋说：不过没关系，我一向但见精神忽略形式的。那意思模棱两可，何况刘虹女的"形式"怎么忽略得了？世上没有比她更美的女子……她是永远的清晰和鲜明。

于是，我们也一直怀疑我们的讨论。

至少在当时，我们确信我们在那束耀眼的光影中看见了刘虹女：她正走向白鸽子，白鸽子迎着她走来；她抬手向白鸽子示意，白鸽子张开翅膀扑扑地扇动，离地两尺，好一阵儿才落回地面；然后，她开始跟白鸽子说话。那时念普希金和拜伦的诗跟后来唱流行歌一样并不矫情——她一定是念着在江城大学念过的那一首：

  If I should meet thee（若我会见到你），
  After long years（事隔经年）；
  How should I greet thee（我如何与你招呼），
  With silence and tears（以眼泪，以沉默）。

我们听不见，如四根木桩杵在南北的河岸，面朝河床上游的光束，不敢造次地呼唤刘虹女。

落　水

但是大家已经来了，总得交一交手。

趁着秋阳高悬，南岸的两人和北岸的两人相向而行，走下凸凹而广阔的河坡，走到河心，在水面狭窄处隔水停下。大家一下子像格斗的双方一样对视，起初有些不适，为了掩护挑衅的眼神，都嘻嘻地笑，让白净的牙齿在阳光下闪闪发亮；可毕竟是掩饰，每个人的眼神都泄露出深刻的敌意：希望此时除自己之外的三人全都掉进水里淹死。

江北的孙秋率先喊话：老赵，过来握个手吧？

江南的老赵也豪气：嗬，你担心我跳不过去呀？

李冬在孙秋身边冷得缩头藏脑，已经很不像一个美男子，但汲汲地怂恿：那你跳呀，用事实说话。

钱夏赶紧抓住老赵的衣摆，向江北抗议：唉，老赵是党员，你们不能这样欺负我党的！

江南江北哈哈大笑。

大笑也是暗战：在各自把心机传播到上游300米之后，以大笑掩耳盗铃，进一步嘲讽、揭露和刺激对方。

果然，老赵朝对岸的孙秋李冬一挥手：让开！就快步倒退，准备猫腰起跑。孙秋急忙举手喊道：停，为了公平，你们跳一个过来，我们也跳一个过去。李冬会意地附和：对对，这样才公平。钱夏发现了江北的阴谋——因为刘虹女在江南，立刻反对：隔江相望也不错的，何必跳来跳去？可老赵此时的意念全在上游300米那里，怎么会让气节丧失于锱铢必较，就一撅屁股，撒腿起跑，只见一片沙尘飞溅，庞大的黑暗腾空跃去，眨眼落在北岸的沙滩上。

接着，孙秋跳过来—钱夏跳过去—李冬跳过来。

四个人两两一对在沙尘飞扬中交换了场地。到达江南的孙秋和李冬拍打着身上的尘灰，相视窃笑。去了江北的老赵和钱夏本来也为成功跨越感到兴奋，忽然眨眼傻住，钱夏歪起头看老赵：不是让你跟他们握手的吗？老赵只好大度地笑笑：莫急，我们马上跳回江南。但来到江南的孙秋偏要向江北招呼：喂，我们难得来一趟，那就先过去了（指去到上游300米的刘虹女那里）。钱夏就叫喊：不行不行——我得跟你们在一起！一边斜了身子，向后退出跑道。

大家还没反应过来，这花胖子已扑向江心……只可惜一而盛再而衰，虽是猛冲，却跃而不起，扑通一响，掉进了江里。

岸上三人正幸灾乐祸地欢呼，忽见江面冒出胡乱抓捞的双手。老赵急喊：不好，这里水深，赶快救人！一边跳进水中。孙秋马上伸一只手让李冬牵着，迎着水面的双手走去。

还好，钱夏飞越时拼了全力，落水点已接近南岸。孙秋走到水面过膝的地方，倾出身子，一把握住了钱夏的手腕。接着，李冬拉孙秋，孙秋拉钱夏，一、二、三，将肉乎乎的钱夏从哗啦的水花中拉上岸，随手丢下，任其侧卧在沙地呕水。

这时李冬问：老赵呢？孙秋回头看江面，不见老赵。惊慌之际，岸边水花一鼓，老赵顶着水帘冲出头来，满脸红涨涨的，啊噗一声，喷出冲天的水柱——原来他是不会游泳的。

钱夏呕完水，仍起不来，像是要死。三人不敢再笑，商议送他去医院。李冬半身未湿，前面救人出力较少，说我来背吧，老赵和孙秋把钱夏拽到李冬背上。李冬起身停住，三人同时掉头向汉江上游看去，河床上只有那只白鸽子，正惊慌地张望——不见刘虹女。

一时间天地空荡，犹如竹篮打水。

李冬把背上的钱夏向肩头送了送，老赵和孙秋左右搀扶，一起由河谷向堤岸登行。太阳照耀高远的堤坡,老赵不时扭转脖子,朝白鸽子那里观望。孙秋耷拉着头,晓得老赵一直在看。

快到堤岸,老赵自言自语:怎么没见人呢?

孙秋沉闷地嘟囔:幻觉咧。

老赵问:你是指看见的时候,还是没看见的时候?孙秋摇头:我也不晓得。背着钱夏的李冬没听清,气喘吁吁地喊:你们说什么呀?孙秋大声回应:老赵说刘虹女没来!

不可能!半死的钱夏突然吼叫,猛地从李冬背上挣脱下来。

三人顿然呆怔,盯着这个满身水珠滴答的花胖子……

第二章　案发之夜

琴　房

就在这个令人怅恍的秋日的夜晚,大约十点的样子,南平县城里突然发出两声尖厉的呼叫:

抓流氓啊——抓流氓——

声音扭曲变调,从一个女性的嗓子里撕扯出来。

当时夜色如银,尚未开化的南平小城休眠在幽静之中,街面上万象停歇,喧嚣隐遁,只有夜猫子从容地行走在巷道的墙脚边,踏踩着一城人的鼾声与梦境,一切近乎安宁与温软。

两声呼叫如长剑划破小城的夜空。

月光一颤,天地间遽然爆亮。

接着便是全城响动:家犬狂吠门窗霍霍脚步扑踏警车鸣叫……朝向呼叫发生的地方。

那里是南平师范学校!

顶多一刻钟,我们四人先后赶到了南师大门口。

刘虹女就在校园里!

校园的铁栅门已关上,四名男子并排守候在栅门内,面朝门外,其中一个是穿制服的警察。大门外不远处停着两辆警车。栅门前的空场上聚集的人越来越多。所有人都在议论:听声音,十有八九是强奸;喊声那么大,估计未遂……但是,歹徒肯定逃跑了。

我们裹在人群里抖索。当头的月光亮盈盈的。钱夏支支吾吾:不会是吧?老赵吼道:别他妈的乌鸦嘴!钱夏转头看孙秋和李冬,孙秋的半边脸阴在灯光下，李冬连忙说：就喊了两声，那么突然，冇辨出来。

钱夏就脱离人群走到栅门那边，把脸挤在栅门的两根铁齿间，朝里面的人喊：喂，发生什么事了？是谁在呼叫？警察走过来，甩手回道：去去去，不该问的莫问！钱夏说：我们有人住在学校里面。警察说：有人也莫问。钱夏仍问：是刘虹女吗？警察不理，剜了他一眼，转身走开。钱夏接连喊：是刘虹女吗？是刘虹女老师吗？那四人中的一个白发老者瞟了瞟警察，疾步走近栅门，像是在警察眼皮下泄密似的小声嘀咕：是的，莫喊，警察正在勘验现场咧。

钱夏掉头大叫：是刘虹女！

天地间顿时死一般的黑暗。

我们三人奋力向钱夏那边扑去。

钱夏开始朝着栅门呼吁：放我进去！放我进去！两手抓着栅门铁齿摇得哐当直响。里面的四人同时刺出食指，一阵乱吼：干什么！干什么！老实点儿！警察的一只手摸到了腰间。孙秋和李冬连忙替钱夏帮腔：我们的同学出了事……不能关心一下吗？老赵提醒警察：这是人民内部矛盾，你别冲动呀！钱夏也不怕：好，你们不开门，老子自己爬过去！纵身一跃，抓住栅门上方的横杆，脚下蹬踩着向上攀爬。

警察慌了，急令其他三人出手制止。三人冲过来，从栅门里面拉拽钱夏的腿子；栅门外，我们三人赶紧应对，拼命掰扯对方。六个人隔着栅门混战，相持之际，钱夏越发使劲向上拔拉身体，没几下便现出一截肚皮，虽然裤带还挂在髋骨上，看看已暴露臀沟。警察厉声大喝：这个家伙胆敢妨碍公务，老子就地执法了！说着拔枪朝天一举，放出砰的一声脆响。栅门内外陡然住手。

钱夏在栅门上悬挂片刻，重重地落回地面。

老赵一时愣怔，孙秋和李冬赶紧搀扶钱夏。钱夏发现自己没中枪，照着栅门铁齿猛击一拳，顿时疼得咬牙切齿，手背也冒出血来。四人看着血的黑影一颗接一颗滴落，终于一点一点地泄气。之后，钱夏捂住受伤的拳头，跟老赵孙秋李冬靠在一起，呆若木鸡，望着栅门里面。

校园内，正对栅门的一尊塑像拆除了，尚未竖立新的隔挡，由栅门可以望见整个校区。校区呈规整的长方形：栅门位于西头，左侧是一排两层的教学楼，右侧是一溜低矮的宿舍房，中间是大操场，教师办公楼在操场东面。远远望去，办公楼一楼的北端灯火通明，有人在门口进进出出。宿舍那边的树林里影影绰绰，聚集着教师和学生，一方块一方块的，每个方块前站一个人，大约是控制局面。我们晓得，办公楼一楼的北端是钢琴练习室，有若干琴房。曾经，我们四人一起来南师拜访，在琴房里跟刘虹女见面，琴房太小，四人并列成排，背贴着墙面跟刘虹女说话……因为不能老是涎着脸来，平常就去校园外正对琴房的堤坡上，坐在半坡处听她弹琴，她弹奏贝多芬的《欢乐颂》、德彪西的《月光曲》、塞内维尔的《秋日私语》；有时月明星稀，有时秋雨霏霏，听琴的无论是四人还是独自一人，一直望着琴房，那清亮的琴声便是从那间琴房飘出来的……

此时，那里是案发现场！

老赵抬手指出去：看，那个站在琴房门口的，是不是武永强？没人回应。其实大家都认出了这个丘八，他的高大英武令人讨厌。老赵自言自语：怎么是他呢？孙秋冷冷回道：他是刑侦队队长，他不来谁来？钱夏晃了晃受伤的拳头，哼哧一声。李冬反问：那么多人在，难道他还敢对刘虹女非礼不成？眨眼之际，武永强蹉进了房里。

不一会儿，一个穿警服的女警察领着一个人从房里出来，那人的身影晃了一下，被女警察遮住，只露出一点点人影的边缘。我们顿时欢呼：出来了出来了，刘虹女出来了！

房里又追出一个穿便装的女人，跟上刘虹女和女警察，一起往南边的宿舍方向走。看上去，三个人都走得从容，刘虹女打着手势说话，中途有两次停下脚步——那么，也就是说那事没事儿？

上天保佑！

刘虹女消失在宿舍区，我们把目光转向琴房那边。办案的人还没有从琴房里出来。钱夏愤愤地嘟哝：姓武的一定会乘破案之机，不断骚扰刘虹女。老赵长吁一口气。李冬倒是往好处想：案子由他经办，恐怕更容易破案呢。孙秋仰头看着空白的天空……

身后围观的人不无遗憾地结论：既然未遂，就是小案子了。

简直他娘的放屁！

又等了一会儿，琴房灯熄，武永强领着一行人往操场这边走来。武永强抽掉手上的白手套，旁边的人接过去；有人冲上前递烟，武永强接了烟停下，让递烟的人点火，然后端着烟通过操场，走到栅门前，跟守门的警察说话。四人中的白发老者转身打开栅门的扣锁，拉开一道缝，等武永强一干人出了门，赶紧合门上锁。老赵问：要不要找姓武的了解情况？钱夏甩甩头：得了吧，撩他轻视咧。

武永强走过来，围观群众的目光追着他。

突然，武永强掉转头，抬手指向我们：

你们四个怎么在这儿？

我们蔑视地看他，不理。

武永强站住，眼珠骨碌着将我们每个人打扫一遍，然后整体观望，像猎犬一样意犹未尽，却只好掉头离开。

情　敌

我们想进入学校看望刘虹女。去栅门右侧的门卫室那边，门关着，四人一起抬手叩击门上的窗玻璃，先前那个白发老者隔着玻璃窥视，摆手喊道：武队长有交代，暂时不能让任何人接近刘老师。

我们无计可施，快快撤退，不知上哪儿去。

围观的人已消散，夜色白暗交织，小城恢复了宁静，街面剩下我们四人拖沓的脚步。我们走着，一直环绕南师的院墙。后来，在正对琴房的院墙外停下。此处是我们熟悉而亲切的地带，可此时听不到琴声。树梢忽有夜鸟扑扑地拍扇翅膀，让人一惊，感到陌生的寂寥，心头不由微弱而尖锐地疼痛。我们登上江堤半坡，在那片已被我们坐得草坪软塌的地方，照例以赵钱孙李的顺序并排坐下。大家许久默然无语，目光越过墙头，看着琴房忧伤。后来，老赵向孙秋伸手，孙秋掏口袋，大家开始抽烟，四颗燃烧的烟头在月光下忽明忽暗，场面稍有活气。

钱夏突然冒出一句：我怀疑武永强。

什么意思？老赵问。

钱夏说：这家伙很可能就是案犯。

老赵举着烟顿住，孙秋和李冬偏过头去看钱夏。

钱夏的眼珠凸凸地发亮，进一步指出：琴房在办公室楼的一楼，里外开着灯，到处都看得见，一般歹徒不敢来这里作案。

孙秋问：难道南平只有一个人是不一般的歹徒？

李冬补充：凭什么说武永强是不一般的歹徒呢？

老赵替钱夏解释：你俩在北原，对南平的敌情有所不知——姓武的对刘虹女垂涎三尺，为了达到目的，什么事都干得出来。

钱夏便分析：你们想想，武永强是搞刑侦的，有的是作案手段，他作了案，破案的又是他，一切都在他的掌控之内；往好的方面想，他的策略可能不一定是强奸得逞，而是以强奸行为吓唬一下刘虹女，让刘虹女接受他的保护，他可以名正言顺地充当护花使者。

孙秋摇头：这个逻辑很牵强。

钱夏说：你不能使用常人的逻辑嘛。

孙秋问：如果刘虹女认出了他，还会接受他吗？

钱夏说：如果武永强戴着面具呢？

李冬摇头：武永强不至于这么下作。

老赵说：下作的人你往往无法想象。

讨论中断，四人于沉默中想象武永强。事实上，即使孙秋和李冬人在北原，二人对南平的敌情也基本了解——且不论大家都有"超常的感知功能"，单单为了四人小集团的爱情保卫战或"民族矛盾"，北原和南平向来是同仇敌忾、互通情报的，包括防范北原那个提议在汉江建桥的"大人物"和南平这个目空一切的刑侦队长武永强。

而武永强是眼下最突出的敌人。

月亮偏移，夜色阴暗起来。一只黑色的猫跳到南师的院墙上，朝着我们喵喵两声，我们在黑色的声音中看见了敌人武永强——这家伙浓眉大眼，鼻梁高挺，脸形方正，一米八的身材，孔武而不失英俊，甚至带几分书卷气——如果他不是武永强，我们或许不会叫他"丘八"，不会从他身上发现"歹徒"的影子，更别说"不一般的歹徒"；但是，他是武永强，他追求刘虹女，他的任何行为都与邪恶相关。

他是南平土生土长的，本省警察学校毕业，一年前回南平，据说是全县第一个科班出身的警察。他有一个不宜在公开场合评说的老爷子。老爷子是老革命，打完解放战争，左手少了一根手指，做过南平县新中国成立后第一任县委书记；本来，以老爷子的资历和能力，还可以为党担当更大责任，但1966年的夏天还没有来，老革命的夫人拎着另一个女人的花短裤去了一趟省城，老爷子的前程即此打住。现在，老爷子住在干休所的小楼里发脾气，发脾气时挥舞那只还剩四根指头的左手，威风凛凛。偶尔，省里和北京的老首长来南平视察，会派人把老爷子接到招待所去喝茶，听他发发牢骚。关于儿子武永强，老爷子拱手拜托老首长和在场的新同志，对方无不拱手应诺……那种革命后的温情令人动容。

武永强也不是草包，警校是自己考的，工作不到两年当上刑侦队队长也是凭能力和业绩破格提拔的。有一次，县政法委召集公、检、法三家联合办案，武永强作为案件汇报人之一列席会议，其间，讨论一桩别人经办的强奸案，案情是被告人在自家后院将同村一名女子打昏在地，强奸致其"下身"大出血，经抢救得以活命，联合办案的头头们认为此案情节恶劣，当即拍板判处该犯死刑；但武永强觉得案件有疑点，会后，抢在死刑执行前，独立侦查，推翻了此案：原来，"案发"时"该犯"领着另一名女子进了自家屋里，而"被害"女子因为爱恋"该犯"，悄悄跟踪至屋外，单脚踩上一截木桩，趴窗偷窥，见屋里事态严重，气得跌倒，"下身"被木桩戳伤……所以指控"该犯"，是因为"被害"女子的男友要求必须"搞死他"。不日，"该犯"被无罪释放，光着头从监狱出来的第二天，举一面铜锣，游走在南平县城的大街小巷，一边敲锣，一边高喊当代包青天武永强……连续几天无人能阻止，后来是武永强出面将他轰回了老家。

但武永强能破案并不意味着他就是好人。

中秋节前，南平县团委筹办青年知识分子联谊会，倡议参会人员自带文艺节目。老赵以为这是一个机会，和钱夏一起邀约刘虹女排演话剧《虹女》的片段，准备利用演出机会"宣布"刘虹女是二人的刘虹女（顺便撇开孙秋和李冬这两个"内部矛盾"）；不料，节目报上去，被团委书记画了红叉叉。事后得知，那个团委书记是武永强的"本土帮"。

中秋节下午，联谊会在县委小礼堂举行，参会者近百人。礼堂主席台已改成舞台。因为响应中央"培养接班人"的号召，县里四大家的一把手悉数到场。县委书记致了辞，文艺表演开始。老赵和钱夏没有节目，苦大仇深地坐在观众席上。

第一个登台的是一位矮胖而矫健的小老头，主持人介绍他是南平县政协的陆主席，全场报以掌声。陆主席抖头亮相，唱起京戏《沙家浜》的"想当初老子的队伍才开张"，活脱脱一个颠顶霸气的"胡司令"，引得满堂喝彩。可是，"胡司令"正在摇头晃脑，只见台下一人腾空前翻，啪的一声，落定在舞台前方，即刻打起一套令人眼花缭乱的少林拳，竟把"胡司令"吓得仓皇退场，观众以为是巧妙编排，越发掌声大作。表演者打完最后一拳，利落收功，立正敬礼，原来是公安局刑侦队队长武永强。一个姑娘冲上去，塞给他一束大红花。

接着，主持人请刘虹女表演节目，引起全场欢呼。刘虹女毫无准备，稍作迟疑，起身走上舞台，朗诵普希金的诗——假如生活欺骗了你，／不要悲伤，不要心急。／忧郁的时候需要镇静，／相信吧，快乐的日子将会来临……她的声音柔和清澈，带着坚韧与亲切，让礼堂内顿然归于宁静。不料，武永强跑上台去，向刘虹女深鞠一躬，双手递出大红花；刘虹女看见了，没有中止朗诵，待朗诵完，接过花，谢谢武永强，但学着武永强的做法，把大红花转手献给了主持人。

联欢会结束，老赵和钱夏送刘虹女回南师，走出县委大院，遇见候在门外的孙秋和李冬，便会合了一起走。可我们还没有走出百米，一辆警车超到我们前面，哧的一声刹住，武永强跳下车，迎着我们快步过来，也不招呼一声，直接邀请刘虹女上车。我们停住，刘虹女站在我们四人中间冲他摆手拒绝，礼貌地谢谢。他却无视我们的存在，伸手就要牵扯刘虹女，钱夏跨出一步，被他一掌抵在胸口，钱夏愤怒地举起拳头，刘虹女急忙抓住钱夏的胳膊，将他拉拽回来，然后主动随武永强而去。警车开动了，刘虹女从窗口探出头来，看着我们，一直向我们挥手……

围墙上的黑猫又喵了两声。

钱夏问孙秋和李冬：知道那个陆主席和武永强的关系吗？

孙秋和李冬在寒凉的月光下摇摇头。

老赵说：这两人虽然一矮一高、一个姓陆一个姓武，但他们是一对亲叔侄；不过，陆主席只在仕途方面做武永强的监护人，生活中向来喜欢自娱自乐，联欢会上他把"老子的队伍才开张"唱得有板有眼，并不是为侄子鸣锣开道，而是自己要在广大女青年面前露一手……可他没有想到，第二天，武永强杀气腾腾冲进他的办公室，指着他的鼻子大吼大叫，说，你想怎么风流是你的事，但请你离刘虹女远一点儿——想都别想！此事被陆主席的秘书传了出来，现在已是南平政界的佳话，陆主席时常当着人笑骂武永强——个野鸡的（骂词），没大没小，就知道拿他叔子撒气。

武永强的这些表现跟今晚的案件有没有关系呢？

钱夏郑重地提议：接下来我们要亲自侦查此案。

老赵表示同意，问孙秋：你呢？

孙秋顿了顿：侦查需要刘虹女的配合咧。

李冬说：刘虹女是我们的人……我听你们的。

门　卫

武永强离去不到半小时，又独自开车返回南师。

后来我们晓得，他是回家拿了一个黑塑料皮的笔记本。那本子上记有366个人的名字，包括本地的13名副县级以上的领导（其中有他的叔叔陆主席和邻县北原的4人）、省城的28人和外省的29人，当然也包括我们4个。在他眼里，这366人虽然全是獐头鼠目的小丑，人人死不要脸，但个个都是他追求刘虹女的拦路虎。他想战无不胜，必须研究每个敌人。他一直很用心，一直很辛苦。现在，发生了侵犯刘虹女的恶性案子，他不能不想到这366个小丑。

武永强敲响门卫室的窗户，里面的人问：谁？他答：我。灯光咔嚓一亮，房门打开。武永强进去，关上门。

门卫室空间狭小，灯光把室内的肠肚照得一清二楚。武永强往临窗的破桌上丢下两条烟，白发老者看见了，笑笑：您来探望刘老师呀？武永强默脸不应，像是犹豫。白发老者向右歪起头，小心瞄着武永强（原来这白发老者是"一只眼"，另一只眼蒙了一层白腻子，看不见；我们过去来南师没少跟他打招呼，直到这次案发后才知道他的眼睛残疾了二分之一）。武永强干站片刻，自己挪一把木椅坐下。白发老者去到武永强对面，在床边落下屁股，照样歪着头，听候吩咐。

武永强问：最近一周有什么异常？

白发老者摇头：冇，有我会及时报告的。

矮胖子小老头来过吗？

没有。

矮胖的年轻人呢？

没有。

大个子方脸巴呢？

没有。

高个子长头发呢？

没有。

小个子——五官端正的呢？

没有。

讲北原话的呢？

没有。

讲江城话的呢？

没有。

讲北京话上海话广东话外国话的呢？

没有没有没有。

武永强打住,掏出黑本子一页一页地翻看,间或停顿。白发老者的"一只眼"始终盯着武永强手里的本子,本子翻过一页眼皮眨巴一下,突然激动地喊:有个情况!武永强揪着本子的页面抬起头。他说:您走后,我去办公楼外边转了一圈,看见一把课椅靠着学校院墙,正对刘老师琴房的窗户。武永强没等他说完,低头继续翻本子。但白发老者连眨几下眼皮:您怀疑那是假象?歹徒就在校内?不可能,校内的人绝对不会对刘老师干这个事——老师们我打过招呼,您的枪口没长眼睛的;学生娃都小,屁股上的胎记还没褪完,不懂那事咧——如果不放心可以马上深入排查,我带您去寝室一个一个地掀被褥。武永强仍是一个劲儿地翻本子。白发老头豁起嘴巴愣住,意识到自己不可能比武队长更精明,就从裤兜里掏出烟,点燃吸一口。但想了想,还是关心地说:您也不要太难过,这事又不是刘老师愿意的,我老婆年轻时也被人惩(注:按倒)过一回……武永强烦了,重重地甩两下手,眼珠凸起,让他一颤,闭上嘴巴。

武永强一直在翻本子。

白发老者的嘴巴不能说话,唯有抽烟,可吐出几口烟雾后,责任心又上来了,嘴头喏喏道:这个这个,刘老师今天下午,不对不对,天都快亮了,应该是昨天下午——有个情况。

武永强猛地抬头:什么情况?

白发老者见武永强陡然敏感,情绪一下子饱满起来:我可以肯定,刘老师昨天是要出去会朋友的!

武永强定住目光:直接说事实。

事实是,刘老师昨天穿着橘色风衣、健美裤、白底皮鞋,打扮得漂漂亮亮……但是刘老师好像没有走成。

你怎么知道?

刘老师走到校门口,被学校音乐老师喊住,说是请刘老师下午替她教学生练钢琴,她姆妈住医院了。

那个音乐老师是男的还是女的?

女的。

武永强合上本子,向白发老者要一支烟,白发老者递上烟,打燃打火机,武永强接了烟,将打火机挡回去,然后拿着烟在鼻尖上晃动。白发老者手上的打火机没熄,烫得手一抖。

这时,窗外响起极轻微的一声扑通,武永强警惕地掉头看过去,白发老者嘻嘻地笑,说是猫咧,起身拉开窗门,窗台上歇着黑黑的一团，朝室内喵了一声，两只晶亮的眼珠直愣愣地照着武永强。白发老者朝黑猫咻一下，合上窗，回到床边坐下。武永强把手里的烟停在鼻尖上，问：最近来学校找刘老师的人，有没有穿红衣服的？

这是一个新问题。

白发老者仰起脖子，"一只眼"向上看，倏然落回头：有的。

武永强问：谁？

小个子，长得灵醒，外地口音。

广东口音吗？

您学学看。

雷豪（你好），冇闷题。

是，是这个腔板。

武永强目光一凛，细微地眨了眨眼皮，又要问话，门卫室朝着院内的门被推开，一个胖姑娘咋咋呼呼地喊：老头子，开水给你提来了。进门乍见一身警服的武永强，不由抬手掩嘴，客气地招呼：武队长稀客。武永强说：正跟你爸谈案子咧。这胖姑娘武永强认得，她原是待业青年，武永强受白发老者之托，找人把她安排在县城的江汉大酒店做服务员。胖姑娘把开水瓶搁到窗边的桌上，转过身，眼睛忽然眨巴着。

武永强用烟指指她：你，想说什么？

胖姑娘说：我向您说一个情况。

武永强点头：说吧。

胖姑娘是个"半转"（脑子不能明白地想事儿），突然想到"情况"后紧张得双手握拳，颤抖了半天才说：昨日下午，晚餐，有四个男的，在我们汉江大酒店的包房里喝酒，一边喝一边唱，还演起戏来，戏里好像有个女的叫虹女——跟刘虹女老师一样的名字，每个人都在争她，后来有个胖子喝醉了，大哭大号，说虹女是老子的，谁都别跟老子抢，谁抢老子跟谁拼命……以前，我也听到过客人在酒席上说起刘虹女老师，但是，谁都没有这四个疯子这么疯狂……您说这是不是一个情况？

武永强收起黑皮笔记本：你记得这几个人的长相吗？

胖姑娘连连点头：记得记得，除了刚才说的那个胖子，还有一个大个子方脸巴，一个瘦高个子的长头发，一个五官端正的小个子。

他们是什么口音？

东南西北——反正不是本地人。

有穿红衣裳的吗？

有，两个。

两个？

小个子穿一件猪肝色的衬衣，大个子脱了外衣是一件红背心。

那个胖子没穿红衣裳？

没有。

哦？

但他没有脱长裤，不知内裤是不是红的。

好，谢谢你。

红　衣

天快亮了，我们下了堤坡，一起走向南师大门。

本来，我们可以翻越学校院墙去见刘虹女的，但老赵认为，非常时期还是不惹麻烦为妥。可是，我们走过院墙的拐角，忽然看见南师大门外停着一辆警车。钱夏便骂：狗日的，果然不出老子所料，真的来当护花使者了！四个人便小跑过去。

然而，事态已在我们的意料之外突转。

我们接近校园栅门时，又一辆警车呼啸而至，急促地嘀出一声，刹在我们身边。即刻，门卫室的门开了，武永强从灯光中走出来。

我们且在警车旁停下。从警车上下来的警察没有搭理我们，迎着武永强走去，但武永强已被我们四人吸引，疾步错过那个警察，径直走到我们面前，盯着我们看了看，猎犬似的一笑：来得正好，省得我一个一个地去找，请你们协助办案。我们四人不由愣住。

钱夏正要说话，孙秋摆摆手，漠然问道：协助是什么意思？武永强冷冷回应：协助就是你们配合我。孙秋又问：怎么配合？武永强一噌：配合不好懂吗？钱夏忍不住吼叫：你什么态度！一边倾出身子。老赵和李冬赶紧拉住钱夏。孙秋向武永强摊开双手：要是我们不配合呢？武永强偏过头去，招呼新来的那个警察：哎，你告诉他们吧。那个警察走过来，拍拍腰间的枪盒：你们可以跑，我们可以追。孙秋不屑地笑了笑，转头大声询问：诸位，你们怕枪吗？老赵、钱夏和李冬像小学生一样齐答：不怕！但孙秋耸了耸肩，又说：不过，如果这个武同志依法办案，我们还是应当积极配合的——而且我们也要在配合中办案嘛，你说呢钱夏？钱夏迟疑了一下，马上应道：明白。就甩甩身子，摆脱抓着他的老赵和李冬。

接下来，我们四人先后接受"配合"。

武永强去警车上取来一个大提包，向老赵勾勾手，吩咐新来的警察看着剩下的人，将老赵带进门卫室。

室内的白发老者见过老赵，并且晓得自己的胖子女儿昨晚向武永强揭发的大个子就是他，但没想到武永强这么快就拿到了人，不免惊慌，本想跟老赵打个招呼，却支吾着把话吞了回去。武永强冲白发老者哼一声，朝门外努嘴，白发老者打开门，去校园里等候。

"配合"开始——

武永强问：叫什么名字？

老赵答：赵春。

武永强问：在哪儿工作？

老赵答：县委办公室。

武永强问：最后一次来南师是什么时候？

老赵答：上星期三。

武永强问：昨天晚上来过吗？

老赵答：来了，被你们的人拦着，没进去。

武永强问：昨晚十点你在哪里？

老赵答：在县委大院的办公室。

走完询问程序，武永强让老赵脱掉外衣，老赵问什么意思，武永强说请你配合。老赵犹犹豫豫地解开海军服的扣子，武永强看见老赵的海军服里面穿着红背心，眸光一闪，赶紧从大提包里拿出照相机。老赵解完扣子停下，武永强又说：请你配合。老赵脱下海军服。武永强端起相机，咔嚓一下。老赵问：这就是配合？武永强说：是。老赵问：还有吗？武永强说：把红背心脱了。老赵问：干什么？武永强说：留下红背心。老赵又要犹豫，武永强说：请你配合。老赵心里不悦，双手一扯，将红背心从身上剥下来。武永强问：怎么不穿衬衣？老赵答：洗了没干。武永强说：可以了，你去栅门内等着，门卫也在那里。老赵走到门口，回头叮嘱武永强：别把我的背心弄丢了咧。武永强说：不就是一件红背心吗？老赵说：这是我在江城大学打篮球的奖品。

下一个跳过钱夏，是孙秋。

孙秋与武永强对视着，武永强还没开口，孙秋甩起长发一笑：我叫孙秋,孙悟空的孙,秋天的秋;我是北原县《北原报》的编辑;最后一次来南师是上星期四;昨晚十点左右在南平县城里晃悠;后来听到喊声,赶到南师大门口,被你们的人拦在栅门外;还想了解别的吗?

武永强摇头一哂:业务蛮熟嘛,有前科?

孙秋说:没吃过猪肉,难道没见过猪跑——书上有。

武永强问:接下来怎么配合?

孙秋说:检查身上的疑点呗。

武永强抿住阴笑,正要问话,孙秋主动举起双手,在武永强面前旋转一圈,问:还有什么?武永强问:你身上有没有穿红色的衣裳?孙秋停顿一下:除了袜子是红的,再没有了。武永强不语,眨眼看着孙秋。孙秋就解开灰色西服的扣子,亮一亮内衣,接着松了裤带落下长裤,问:要不要拍张照片?武永强拿着照相机不动,说:把袜子脱下来吧。孙秋不由提着裤子愣住。武永强说:有问题吗?孙秋说:你不嫌臭?就"配合"地系上裤带,坐到木椅上,先脱鞋,再把袜子脱了丢到桌上。武永强用指尖把两只袜子扒到一起,准备照相,一边让孙秋去栅门内候着。孙秋不走,武永强回头问:咋的?孙秋跷起两只赤脚:没袜子我穿不了鞋。武永强吸着牙犹豫:这样呀,我把我的袜子脱给你吧。孙秋说:那我还不如不穿袜子直接穿鞋咧。武永强真的笑了:你们几个,我最喜欢你。

第三个是李冬。

门卫室的灯泡把李冬的猪肝色衬衣照得鲜亮,武永强一直盯着猪肝色看。问过基本情况后,给李冬照相。李冬问:照相做什么?武永强说:你只管配合就是了。无奈李冬一向治学严谨不留疑惑的,仍要探讨:是担心我逃跑,备着发通缉令吗?可这是一个悖论——我没做坏事怎么会逃跑呢?武永强懒得解释,干脆让李冬把衬衣脱下来,李冬觉得奇怪,笑着摇头。武永强催道:请你配合!李冬还摇头,武永强又说:请你配合!李冬坚持摇头,武永强坚持说请你配合,声调越来越激烈。李冬就配合:脱得上身剩下一件白汗衫,夹着肩膀直哆嗦。武永强见状,转身从门卫室的床铺上拿起一件油渍光亮的灰布棉袄,递给李冬,说穿上,别冻着。李冬不接,问这也是配合吗?武永强说:算是吧,穿上暖和。李冬指指脱下的猪肝色衬衣:穿上了衬衣再穿棉袄岂不更暖和?武永强愤愤道:别逗——你的衬衣得留下。李冬望着武永强直眨眼,一脸糊涂。

离开时，李冬问：衬衣会还给我吗？

武永强说：给了你袄子呀。

李冬喊：这是什么袄子，我吃亏了。

最后一个是穿黑白格子毛衣的钱夏。

把钱夏放到最后，是因为他暴躁。但钱夏进了门卫室，突然变得滑头幽默。武永强问：叫什么名字？钱夏说：不至于吧，我的名字早入了你的黑名单。武永强说：这是程序。钱夏说：哦，程序，是不是可以说你还是记了我的黑名单？武永强懒得搭理，继续问：在哪儿工作？钱夏说：在你叔叔陆主席办公室的楼下。武永强说：我问的是什么单位。钱夏说：党史办，专门记录党的真相——你是党员吗？武永强问：你最后一次来南师是什么时候？钱夏说：没有最后一次。武永强问：为什么？钱夏答：我的心一直在南师呀。武永强问：昨晚十点左右，你在哪儿？钱夏说：我可不可以先问你在哪儿？武永强说：不可以。钱夏便笑：我也不可以——这涉及我党的秘密，你不能知道。于是，关于这个问题，武永强最终没有要到结果，心想，就当是认罪态度不好的一条吧。

后来，武永强让钱夏脱衣服，钱夏问武永强结婚了没有，武永强不予回应，请他配合。钱夏说：反正我胖，不怕冷，脱就脱呗。便三两下脱光上衣，再脱卸长裤。突然，钱夏露出红色三角裤，武永强即刻喊：停！赶紧拿起相机咔嚓一下。钱夏问：这个部位有趣吗？武永强说：脱下，钱夏以为武永强要检查鸡鸡，呵的一笑，脱了，赤裸地朝着武永强，可是，武永强没查看他的鸡鸡，而是轻巧地从他手里扯去红色三角裤，装进一只塑料袋，放进了大提包。钱夏连忙喊：喂喂，你怎么好这个？你看我这个样子，不穿内裤成何体统。武永强斜了一眼，嗤道：家伙不大嘛。钱夏愣住：什么意思？这么冷，你脱出来看看！武永强说：请你配合——穿衣裳吧。

四人"配合"后，会合在栅门内，一时喜庆地交流"配合"情况。程序都差不多，有趣的是斗争策略不一样。但说到武永强对"红色"特别感兴趣，每个人都留了心，暂时不提自己被拿走的红色衣物；李冬身上的破袄子需要解释，就说武永强见他冷，丢给他的。于是默契"红色"秘密，不予深究，重点针对武永强的行为展开分析，一致认为这家伙装腔作势，很不专业，变态，特逗——总之怪怪的，或许也算新疑点。

可是，我们的"配合"出卖了我们。

过了一会儿，武永强和他的同事来到栅门内，带着我们经由门卫室出去，一个一个地推上警车的后座。我们问：去哪儿？武永强黑着脸，阴冷地说：那个人就在你们四人之中，你们还得继续配合。

等他上了车，另一个警察开车出发。我们诧然互看，不相信武永强的鬼话。一会儿，我们得知警车是要开往南平县公安局看守所，一起大喊大叫，要武永强放我们下去，但警车不停，武永强的手枪搁在副驾驶座的椅背上……他已经说了，"那个人就在你们四人之中！"

我们被分别丢进了四间隔绝的监房。我们已经没有力气叫喊。

黑暗中，我们望着黑暗："那个人"怎么在我们四人之中呢？

第三章　我们四个

赵　春

没错，我们四人都渴望拥有刘虹女。

但那是爱情，是惊慌而喜悦的心动，是幽深而悠长的思念，是我们生命的意义；我们不敢怠慢，不晓得如何呵护，不会怯懦或犹豫，也不免蛮勇或荒唐，但唯独不会亵渎和牺牲它；我们宁愿它遮天蔽日，期待着马上昭告天下，随时准备为它抛头颅洒热血。至少在我们年轻的时候，它是必须时刻跟生命在一起的。

所以，老赵，你在我们面前根本用不着隐匿。

正如你了解钱夏、孙秋和李冬一样，大家也了解你。

你1978年上大学时二十一岁，在整个"七八级"只算中年人，却是我们的老大。我们叫你老赵。你的言行举止符合你的平头、方脸、剑眉和大鼻孔；但你的左肩略微有点儿高。老戏里说：左肩高右肩低，家中有前妻。每天天亮，你就开始装正派，的确也正派。你的装以至于比不装的自然通顺，让人心悦诚服。你做江城大学学生会主席时，让嫉妒你的人无从着手，尤其是指导学生会工作而胸怀远大志向的校团委书记冯远志。

起初，你对刘虹女并不上心。

依据是那次新生体检。开学的第二个星期天，江城大学对全体新生的身体状况进行摸底；上午，文科各系的新生去桂苑操场量身高称体重。操场一角的桂花树下，摆了一台磅秤，旁边一张油漆斑驳的条桌前坐着穿白大褂的女校医。你也是新生，不知为何看磅的人是你。大家拿着体检表排队，依次过磅。你站在磅秤的另一边，只看磅不看人，上来一个报一声数字。突然，你怎么滑动磅砣，磅尺也翘不起来，更换小一号磅砣，再量一遍，正要报数，却打住了。你抬起头，看着站在磅台上的一个上身穿绿军装的女同学，愣怔中，嘴唇干巴地翕动，以你父亲心疼小牛犊的态度说：每天多吃一点儿咧。

你是好意，但表达得不是时候，让对方脸颊蹿红，慌忙离开时，前脚踏空，大幅趔趄一步，幸好前面的一个胖子还没有走开，迅即送出粗壮的胳膊，给她扶住，这才免了一起小小的事故。当时，大家还不知道这个胖子叫钱夏，而且早有预谋。

你仍然怜惜地望着这位女同学，校医大声催促：报数呀。未等你反应，一个细瘦的男生跨过去，低头看了看磅尺，用广东话回道：蒿（好）苗条——36公斤——72斤。

这个体重让在场的同学发出嗡嗡的嬉笑。

你摇头苦笑了一下。那时你沉迷在壮美的想象中。跟你家乡的黄土高坡无关，你喜欢李铁梅。你于1975年高中毕业，高中阶段是毛泽东思想宣传队的骨干，你演过《红灯记》里的李玉和。你和李玉和的义女李铁梅都是比照电影角色挑选的，李铁梅大眼睛、鹅蛋脸、粗辫子、浑身肉实。

只是李铁梅肉身的电能太大，随便触及，便让你一抖。你在戏里戏外对于李铁梅的情感有一种高尚与卑鄙的分裂，你花了大半个学期都没有将戏外的不良意识调理顺当。直到有一天，戏外的李铁梅提出一个问题：如果革命者不恋爱不结婚，哪来革命接班人呢？由此你得以拨云雾见青天。之后你放肆起来，开始为李铁梅举起英雄手臂时露出的红裤带上方的半个巴掌大的白肚皮心慌意乱。你发现白肚皮比革命样板戏更令你兴奋，曾经无数次暗自鄙视和批评自己。好在有革命的指引和调理，不久你在理论上找到了出路：但凡眼前浮现浑圆的李铁梅，便尽量往革命者壮美与崇高的方面联想……

青春期的革命总是让人变得激动而顽固。

高中毕业，你回到甘肃省永靖县刘家嘴公社粮城生产大队第一小队务农；李铁梅是刘家嘴街上的户口，下放到离粮城18里的超英公社跃进大队第二小队插队落户。你卷着裤管戴着草帽在粮城的田野里战斗了三个月，大队党支书决定培养你做革命接班人；你本来想去大队的小学教书，却被任命为大队民兵连长。自1975年10月至1976年8月，你先后三次探望李铁梅。第一次是作为民兵连长去跃进大队附近的黄河大堤外打靶训练。李铁梅这时已提拔到跃进大队做赤脚医生，革命的思想和身材依旧饱满。记得李铁梅热情洋溢地鼓励你：希望你今后像邢燕子一样当上中央委员。你和李铁梅在大队食堂吃过一顿饭，你发现李铁梅饭后用白开水漱口。第二次见李铁梅，李铁梅招工进了永靖县石料加工厂。时间是冬天，你带队远赴水利工地时路过县城。李铁梅穿蓝布工装戴蓝布鸭舌帽，换了一种漂亮。你告诉她：你已入党，当上了大队党支部副书记。李铁梅务实地向你建议：争取先"背袋子"（只给工资不发粮票）再转国家干部。你低调地提醒她：农民也可以当中央委员咧。第三次，你从农村有线广播中听到李铁梅的声音，跨上自行车，蹬行120里土路，赶到县广播站。李铁梅见到满头大汗的你，很是诧异：你怎么来了？她穿一件水红色翻领衬衣，烫过刘海，样子离谱。你被她诧异得嘴巴乱动，却说不出话来。李铁梅以为你激动，就问："转干"了？你摇摇头。这时有人高声喊李铁梅，说台长找她，她便难为情地向你挥挥手，水红地一闪，去了……你开始怀疑革命岁月的纯洁感情，对现实感到迷惘。

1976年10月，县有线广播站传来打倒"四人帮"的喜讯，播音员是李铁梅。1978年，你考取江城大学政治系，打算去一趟县城，但县有线广播站正在播报你成为全县文科高考状元的消息，依然是李铁梅的声音，你等了几天，终于没去……

你在江城大学第一次露脸是给新生量体重，第二次是晨跑。当年高校要求学生周一至周五早餐前坚持集体跑步。江大有中、西、南三个足球场，球场周围是跑道，位于校行政大楼前的中区足球场被划为文科学生的场地。晨跑不久，有人注意到，你在所有人离场后会加跑一圈。这无疑是优良表现。但有一天，你的"优良"遭到了破坏：另一个人跟你一样，也开始每天加跑一圈。你或许有些反感，跑完后，停在足球场出口，等着认清这个跑得比走还慢的"破坏者"。你发现"走"过来的人竟是那个上身穿绿军装、体重仅有36公斤的女同学。你判定她不是恶意竞争，不至于影响你加跑一圈的优良，甚至可能是你的模范行为的正面效应。等她"走"近，你主动招呼：你是英语系的刘虹女吧？对方气喘吁吁地点头：是。你突然发现，她长得很清秀，而且脸颊也可以红扑扑的，其实潜伏着别样的好看，便主动告诉她：我是政治系的赵春。对方莞尔一笑，居然说：晓得咧。

起初，你跟刘虹女的接触是在同一足球场上晨跑。秋去冬来，你知道的是，刘虹女的步伐变快了，身材丰盈了，脸庞红润了……一切并非每时每刻的发生和觉察，犹如路边幽兰，平日看不到花开，突然间就有了一朵灿烂。刘虹女是一株洁白的兰花，当她在校园的绿丛中悄然绽放时，你如愿做了校学生会主席。你提醒自己要沉住气。

是中文系的长头发孙秋为你创造了与刘虹女频繁接触与交流的机会。大二寒假将至，孙秋自编自导没有年代的话剧《虹女》，剧中有五个主要角色：虹女、唐璜、皇帝、古皮、雷雨。孙秋邀请你参演时，你本来希望演唐璜的，但孙秋甩起长发冲你一笑，说他是唐璜，你似乎流露了谢绝之意，可这家伙说刘虹女演虹女咧，你便点头，只问：为什么是我演皇帝？孙秋拿一根手指朝你甩过来：你像。你勉强笑了。

孙秋又说，他创作的虹女是唐璜的另一面。

但记载虹女的《类说》上写道：首阳山有晚虹，下饮溪水，化为女子。明帝召入宫，曰："我仙女也，暂降人间。"帝欲逼幸，而有难色，忽有声如雷，复化为虹而去。

你觉得孙秋版《虹女》的故事有些瞎扯，虹女与唐璜是哪儿跟哪儿的事儿，根本驴唇不对马嘴。而且，你与皇帝（明帝）尤其不符：我怎么会"逼幸"的呢？还吓跑了虹女？排演在你掌管钥匙的学生会办公室进行。但《虹女》不是样板戏，你进入角色有点儿慢，老是让皇帝做出李玉和的手势，等找到皇帝的庄严，语感又太像革命者，还夹杂一口甘肃永靖乡下的腔调。你跟刘虹女的对手戏排练的时间过长，孙秋有点儿烦，刘虹女倒是颇有耐性。初冬时节，你大汗淋淋，刘虹女递给你一片纸巾，两人的对白重来一遍：

  皇帝：小女子，朕要你！
  虹女：阁下，何出此言？
  皇帝：因为你美冠天下。
  虹女：如果我不愿意呢？
  皇帝：怎么会？你随了朕可尽享天下财物。
  虹女：不不，我问的不是这个意思。
  皇帝：难道普天之下有朕要不到的东西吗？
  虹女：当然！譬如美，你甚至可以将它的承载物打碎，但你无法占有，而它永在人间！

戏演着演着，你的审美趣味悄然蜕变，你发现世上还有虹一样令人着迷的美丽。你在戏里打碎了美，决定在戏外追求这美。《虹女》

还没有上演，你利用学生会主席的职务之便，打着开展公益活动的幌子，经常找刘虹女谈话共事；不久，你干脆请她担任了学生会文艺部部长。诚然，你是克制的，你提醒自己，爱不可以霸王硬上弓，你要做到的是让自己的威权镀上一层诱人的光彩。你问过刘虹女，为什么穿着一件绿军装上衣？刘虹女告诉你，这是她的一位知青战友送给她的升学礼物。于是，你给远在东海当兵的弟弟写信，讨要了一套军服，只不过弟弟是海军，军服是灰蓝色的。

你的司马昭之心，路人皆知。大家所以放纵你的邪念是因为你还得"装"，一时半会儿不会大举强攻。但是，比你更有职务之便的人却不如你的涵养。校团委书记冯远志原本是"笑面虎"，几次来到学生会办公室，几次碰见你和刘虹女在一起，脸色一次比一次阴暗。他找你谈话，大意是在校期间不要在男女问题上摔跟头，这是为你好。而你，分明觉得不好——对方是为了他自己好。

一个落雪的冬日，近午时分，你鬼鬼祟祟猫在校行政楼二楼的走道上，把耳朵探向一扇紧闭的门。忽然，楼下有人叫唤老赵，你吓了一跳，转过身来，看见孙秋站在楼外飞舞的雪花中，正仰头看着你，你向他大幅招手，他带着一身的雪花跑上二楼，你用手遮在嘴上对他说：好兄弟，麻烦你帮我打两份饭，送到一楼学生会办公室。孙秋疑惑地问：干吗呢，神经兮兮的？你压着嗓门：我要站岗，离不开。一会儿，孙秋送饭回来，看见刘虹女和你在学生会办公室，不由呆在门口，差一点儿把两份盒饭砸在地上。事后，孙秋不理睬你，你向他坦白：那天，是冯远志找刘虹女谈话，谈的时间太长，我怕出事，得守着咧。孙秋明白了，问：要是出事呢？你说：这还用问，我立马踢门冲进去。

大学毕业，你的去向是由刘虹女决定的。你得知刘虹女将要被分配到本省南平县师范学校教书，立刻要求放弃留校，去南平县。系主任骂你没出息，你说：我想从政，得从基层干起。

你的虚伪向来有光明的理据。

然而，现在——你是我们四人中的"那个人"吗？

钱　夏

你曾经特别厌恶老赵，一直想 KO 他。

有一天，你把两个拳头捏得快要冒出青烟，杀气腾腾地搁在学生食堂的餐桌上,坐在对面的孙秋和李冬冲你嘻嘻地笑。你火了:咋的?我不敢吗?孙秋问:为什么呢?你说:老子看不惯这个鸡巴鸟毛。李冬歪了歪头:就因为他喜欢刘虹女吗?我和孙秋也喜欢呀!你说:扯淡,他是以权谋私。孙秋抿着嘴笑,伸出一只手搭上你的一个拳头,装模作样地抚摸,一边说:兄弟,你没有战略眼光,以我的判断,老赵在刘虹女那里没戏,按目前的形势,老赵做的一切都是替我们呵护刘虹女;要是没有老赵,骚扰刘虹女的人会更多。你盯着孙秋,眼缝里的凶光渐渐退去,拳头在孙秋的手掌下松懈了。

但你仍然气鼓鼓的,表示还要打人。

打谁?李冬问。

等着瞧!你说。

你是一个可以冒充南方人的东北人。东北人应当是关外的高头大马,而你的身高才一米六六。好在你胖,依然庞大。你像一只中间粗壮的纺锤,入学时磅出的重量为81公斤。你白,单眼皮配小圆眼,五官精巧,让人想起大妈们喜欢的学龄前儿童。你话多,这旮旯那旮旯地哇啦,全用夸张,大是无限大,小是无限小;说到喜欢,满脸表情奔腾,用吸溜口水的样子加以修辞。你喜欢跟人掰手腕,掰赢之后接着吹嘘自己练过通背拳。但你不是武夫,自幼文武兼修,有百科全书似的记忆,天下事什么都知道一个大概,尤其擅长数学里的算术,你是以当地市级文科高考榜眼的成绩考进江城大学历史系的。你们家在吉林省吉林市乡下的松花江畔,你见过十里雾凇,那沉砀的景象,端的是天与云与山与水"上下一白"。大约在你离开松花江十三年后,江泽民同志去你们那旮旯为"玉树琼花"赋诗一首。

但你讨厌老家的"二人转",觉得在雾凇胜地任由穿红肚兜的大嘴巴女人演唱《玉女十八摸》太煞风景。你的初心是逃离东北乡下的"十八摸"。考取大学那年,你被众乡亲拉上台去,坐在一把折叠椅上,那大嘴女人环绕你边唱边摸,突然贴着你的脸掀起红肚兜,吓得你扑通一声歪倒在地。但是,红肚兜下面毕竟也是两个白花花的肉坨,毕竟是乡亲们的一份心意,毕竟乡亲们没有比这更好的礼物了……当晚,你的下体的愤怒被快乐干掉了。而且,生活比"二人转"转得更快,来到华中的江城大学后,竟是"二人转"让你一夜成名。开学不久的新生联欢会上,你登台表演"不倒翁""丢手绢"和"傻子戏"的大拼盘,虽然招式象征,却是格外新鲜活气,让广大师生开心得眼泪汪汪。因此,后来孙秋导演《虹女》时主动邀你入伙。

跟赵、孙、李一样，你因为刘虹女饰演《虹女》中的虹女而深谋远虑。你到江大报到的第一天便发现了刘虹女，是在傍晚去食堂打饭的路上。你觉得这女生既洁白又轻盈，蒙着一道迷人的光环，犹有雾淞的气质。从此，你的一对绿豆小眼开始在校园里扫视和追踪。新生体检那次，排队时你本来尾随在刘虹女身后，但刘虹女走出队列把手上的书交给一位女同学，回头便站到了你的后面；所以，刘虹女走下磅台差一点儿摔倒时，你及时送出粗壮的胳膊让她扶住。你跟老赵、孙秋和李冬吹牛：在江城大学，你是第一个跟刘虹女有肌肤之亲的。

孙秋让你演《虹女》中"掉书袋"的老先生古皮。

古皮在周游列国途中遇上虹女：

虹女：古皮先生，您气色不错。
古皮：是吗？吾养吾浩然之气。
虹女：气何以养？
古皮：每天练气功。
虹女：何为气？
古皮：你懂呀！
虹女：我懂吗？
古皮：懂的——气如虹。
虹女：先生幽默。
古皮：先生也是人。

（虹女懵然而笑，叠手鞠躬行礼，即此别过。古皮诧望，欲唤而不见虹影，怅然若失。）

（继而，古皮匆忙赶路，来到金銮殿。皇帝正坐在龙椅上抠鼻屎，古皮怯瞬，入右侧一座。皇帝见有来者，匆忙弹出指尖污物，不料污物打在古皮脸上。）

皇帝：你可见过虹女？
古皮：圣上，你不应该五十步笑百步。
皇帝：你已见过虹女？
古皮：圣上，生于忧患，死于安乐。
皇帝：你没有见过虹女？
古皮：圣上，鱼，我所欲也，熊掌，亦我所欲也。
皇帝：那么你还是见过虹女？
古皮：圣上，天下事得道多助，失道寡助。

皇帝：我问你虹女呢？

古皮：圣上……

皇帝：别扯了！下一句——王顾左右而言他！

正演得流畅，一个平头小子入室叫喊：刘虹女，冯书记让你马上去团委办公室。现场陡然凝住。身披彩虹装的刘虹女迎过去问：什么事这么急？平头小子说：冯书记要组织"思想座谈"。刘虹女笑笑：这个呀，我们正在排演"思想座谈"咧。

当时，你还没有完全从古皮的角色中剥离出来，禁不住骂詈：他娘娘的，皇上以权谋私！饰演皇帝的老赵一脸疑惑：剧本里不是这么写的呀？你回过神来，演出继续——

古皮：圣上，您都知道呀？

皇帝：普天之下有何不知！

古皮：您知道我的意思？

皇帝：不就是施仁政——以人为本吗？

古皮：既然……

皇帝：既然什么——我还没见到虹女哩！

古皮：您可是圣上啊！

皇帝：圣上不是人吗？

（古皮长躬作别。离去时，传来画外音：古皮兄，敝人孟德斯鸠，来我这儿喝杯咖啡吧。古皮摇头笑曰：不认识你，我喝茶。）

皇帝：来人，着三军寻找虹女！

话剧《虹女》于次年樱花艺术节上演，刘虹女在纷纷扬扬的樱花中一夜爆红校园。那时没有互联网和微信点赞，流行在电台电视台点歌表达心意，江城广播电台有个"月下心声"的点歌节目，早已是江大学生的时尚关注，《虹女》演出后，每天都有歌曲献给刘虹女。这日傍晚，校园宿舍区次第亮灯，"月下心声"准时开播，在一首大白话恋歌《爱你一万年》的序曲中，主持人按惯例旁白：这首歌情深意浓，冯远志先生把它献给心爱的牛兰花女士！顿时，满山遍野的灯光一派愣怔，瞬刻所有宿舍爆出笑声。因为，冯远志追求刘虹女早就是公开的秘密，而牛兰花女士是数学系"七七级"的牛大姐——谁都知道牛大姐夫妇和睦，儿子已上小学三年级。

不用说，这是恶搞团委冯书记。

两天后，你被传唤到校团委办公室，站在冯书记的办公桌对面。你假装糊涂，轻松自在，眼神不时溜到窗外欣赏半山上逶迤灿烂的樱云。冯书记正在气头上，又没有应急处置经验，白着马脸，直冲冲地问道：是你干的吧？你眨眨眼：干什么？冯书记说：点歌。你悠然闭眼一哂：您有偏见。冯书记吼道：不是你是谁？你睁开眼：就算是我，您有证据吗？您没有证据怎么认定是我？冯书记大怒：你……简直是个流氓！你出手指过去：不要骂人嘛！冯书记一掌拍在你的手腕上：骂你怎么了？打你都应该！你便撩他：您打？打呀？冯书记果然中招，又是一掌拍来。这时，你眸闪凶光，猛然转掌迎击，一下子打得冯书记龇牙甩手。冯书记越发恼火，捏了双拳，一阵花里胡哨地左右乱刺，凭着身高臂长，稀疏击中你的肩头，有一拳竟然清晰地落在下颏上；你的手臂太短，只能慌张阻挡，一时处于下风。

但你确有功夫底子，很快捉住冯书记的双腕，拉扯到空地，脱手朝其胸口就是两记重拳。之后，你们不知怎么就摔起跤来。冯书记箍住你的脖子，你搂冯书记的腰，四条腿在下端勾、拨、闪、移，跌倒时合二为一，起来后彼此纠缠，闹得团委办公室乒乒乓乓呼呼吼吼。再后来，两人从室内跟跄到室外的廊道，渐渐已是一对疲惫的斗牛，虽然角顶着角，彼此默契着小憩片刻，方才再次发起攻击。

楼下路过的学生听到动静，仰起头，透过绚丽樱花的云层望去，以为是青春泛滥，不由驻足观摩。但即刻有人发现是实战，便吆喝着冲上二楼去拉架。冯书记和你同时被人抱住，双方仍要奋力最后一搏，冯书记的一记长拳击中你的腮帮，你飞起一脚，踢向冯书记，冯书记大叫哎哟，双手捂住裆下，剩下就是闭眼咬牙……倒在拉架学生的怀里。

战斗结束，冯书记被送进学校附属医院的外科病房，你得胜回到寝室。老赵、孙秋和李冬相约来看望你，你歪着头嘻笑：知道谁是敌人了吧？老赵很是不安地咕哝：你学过通背拳，干吗用脚呢？你鄙夷道：老赵真他妈迂腐——实战是不以人的意志为转移的。

然而你得意得太早，学校开始对你进行调查。先是辅导员约谈，照例问点歌的事，你以哭的诚恳和笑的坦然予以否定，举起双手向菩萨向耶稣发誓，但辅导员提起眼角来看着你，分明不那么信任你对菩萨和耶稣的虔诚。次日，传出学校保卫科派员前往江城广播电台调查取证的消息，老赵、孙秋、李冬都为你捏一把汗。原来你他妈的早有反侦查的防患，调查人员回来报告：不可能是钱夏，点歌交钱的人讲一口地道的江城腔啊。但即使你没干点歌损人的恶作剧，你跟团委书记的打斗也属于严重违纪，据说冯书记的卵子（睾丸）肿得快有足球那么大……如果最终破裂，或者功能废掉，你的那一踢无疑构成犯罪。

　　无奈之下，你买了一挂香蕉，由学生会主席老赵陪同，去医院看望冯书记。在冯书记的病榻前，你低下头，表示虽然没有点歌，也不该跟书记动手；一面乘冯书记向你看过来之际，拿手在眼睛上推拉几下，把眼眶弄红，鼻孔跟着哄出悲伤的声响。冯书记便捐弃前仇，单是忧郁地叹息：就看下面的情况了。你一脸哭相，但心中有数，赶紧抖搂身子，蹲下马步，缓缓抬起双臂，撮嘴运气，同时转掌向下，直照着冯书记的"下面"，微闭眼帘，探雷似的隔空踅摸，良久，突然睁开眼睛，笃定地说：书记，我已查明，下面伤在肌肤，内里完好，而且不日就会退去水肿。正欲起身，上体飘然后仰，几欲倒下。老赵眼疾，及时出手将你撑住，问怎么回事？你摆摆手：不要紧，我刚才带着内功，损伤了些元气。一时间，唯物主义的冯书记惊异地呆住。

　　最终多谢冯书记的卵子扎实，书记没事，你也没事了。

　　接下来整整一个学期，你退出公众视线，专心读史，考试成绩大幅提升。到了秋天，你时常凭窗凝望，虽然总也看不到真实的人，却也偶尔在飘零的枫叶中看见一个活生生的幻影……

　　毕业时，鉴于你的情况，不太可能获得太好的分配去处，自然也没有选择的资格。但是，你申请投奔"基层"南平。由于这个决定是从外语系侦查到刘虹女的去向之后做出的，"公关"的事十分紧迫。你赶紧给吉林老家发电报，让母亲大人火速寄来三支长白山的野山参；母亲回电，对人参的炮制和服用表示担心；你又致电——儿毕业欲回吉林孝敬二老，难度颇大。你用谎言换取三支野山参后，接连见了辅导员、系党支部书记、校"毕办"主任……

　　你可能是"那个人"吗？

孙　秋

　　当年，中文系男生住湖滨宿舍，去学校中央的教学区至少得步行一刻钟。你每天跟同学们一样出入。多年后，人们还记得你在校园小道的行走：你披着清汤挂面的长发，穿一件八成新的浅蓝色西装，肩背黄挎包，独自往山坡上走，紧贴着道旁的树行，高瘦而孤单；坡道拐弯处有一条青翠的柳枝垂挂下来，前面的人经过时任其披打，你抬手拨开，走过去，回头看它安妥地落下；路上谁跟你招呼，你都诧然，赶紧哦一声，微笑点头；你走得认真，像一个超然的影子。

但是，不在乎他人的人总是在背后被他人嘀咕。那时你的个子在同学中不算最高，但瘦，所以高得抢眼，加上脑袋前倾，颈项有些勾，大家送你两个诨号："钓鱼竿"和"长头发"。"长头发"原是"文革"晚期社会混混的标志，打倒"四人帮"后，新生的混混剃"青皮"，倒是一批青年知识分子以冒犯的姿态复辟了旧时尚，披挂一头巫师一样的长发；有时，迎风而行，风把长发吹起，像奔马的鬃毛。然而，大学里的人多少知道点儿欧洲文艺复兴以及当时思想家和艺术家的发式，没有谁喜欢同代人做自己的精神领袖，反过来就蔑视形式主义的长发了。或许，你的问题根本与身高和长发无关，而是你有一张与众不同的白净的脸和一双目光灼亮而深邃的眼睛；而且，你成天泡在书本里，每到午夜会窸窸窣窣打开印有洋文的塑料袋，冲一杯牛奶，刻意小声吸溜，像是要把书上的内容全都汩汩地吸走……简直可恶。

能让同学们开心的是，你的考试成绩很丑，大多勉强及格，只有两三门功课因为任课老师的偏爱而每次都拿到高分；有一回，那个喜欢你的老师组织讨论戏剧的"潜台词"，轮到你发言，你说了三个字——"话外话"，你那一肚子的书本全都没有吭声，老师愣了一下：就这？即刻笑笑，说，不过也是……老师的败露和尴尬让大家开心得要死。

你当然晓得这些，也晓得大家为什么。但你愤世嫉俗或者一律予以理解。你不打算改变自己，也不奢望别人改变。一切都是注定的，过去、现在和未来，每个时代的校园里都会有三两个像你这样的不群之鸟。那时，你既不会因此而寂寞，也没有因此而享受。你的在乎安放在你的内心……而且有校园，有四季，有书，有林荫路上的遐想。

曾经你的路上也有过同伴。排演话剧《虹女》的日子，老赵、钱夏、李冬和刘虹女常常与你同行；一路上，你不停地跟他们说着，他们不时跟你争辩，突然滞在半路走台步念台词，一阵哄笑，惹人驻足围观。之后，只剩下同班且同寝室的李冬一人陪你出入。李冬那时也瘦，个子比钱夏略高一点儿，你喜欢拿一只手搭在他肩上，弓着身子跟他说话，像是面对小弟弟或小姑娘；但李冬是班长，忙，终于不能老是影子似的跟你粘在一起。你复又高瘦的孤单。

最辉煌的同行是跟刘虹女在一起。《虹女》还没有上演，读过英文版《唐璜》的刘虹女希望与你讨论唐璜，那天早晨，你走出宿舍楼，看见刘虹女向楼而立，你迎过去招呼她，与她同行。你们的并行一直保持两尺以上的距离。你依旧是背着黄挎包的老样子；刘虹女穿浅红色春装，胸前抱一沓书。你们交谈着，互不相看，但你始终打着手势；经过坡道拐弯处，你撩起那根初青的枝条，等刘虹女先走，刘虹女走过时道了声谢谢；没有人晓得你们在谈论什么；关于唐璜，你们只讨论了二分之一的路程；之后有一阵儿无话，之后就互相了解学习中文和英文的情况，刘虹女问你何以想到创作《虹女》，你觉得这是你的秘密中的秘密，只说是在这条路上完成了构思——这是你一个人的哲学小路；你们这么谈着、走着，很快成为了路人注目的对象；你们能感受到无数围合的目光，越发不敢左顾右盼；直到走完坡道，走过梅林，走进三月的樱树园，你们滚烫如灼的面颊淹没在纷扬的樱花雨中……而你，知道自己是一辆坦克，谁也挡不住，你会走向永远的春夏秋冬和无边的大自然。

这一幕，让所有见过你们的人一直没有忘记。

这是你的幸运之路。你与刘虹女的第一次相逢也是在这条路上。跟钱夏津津乐道的"肌肤之亲"不同，你们的相逢以眼睛。同样是新生入学的那一天，你拎着行李，往湖滨宿舍方向走，刘虹女和几个女同学结伴看湖回来，上了坡道，朝你迎面而行，大约相距十米，你的目光一抬，与刘虹女的目光重合了三分之二秒——你们同时慌忙拔走自己的目光，但就在这三分之二秒中，彼此表达了惊诧、羞涩、欣悦与向往。之后便是永远的记忆。"三分之二秒"是你和刘虹女共享的秘密，这个秘密中属于你的那部分藏在《虹女》之中。

唐璜：我已经不是拜伦的那个唐璜！
虹女：可是你依然叫作唐璜？
唐璜：因为唐璜的血，经过拜伦流到了我身上。
虹女：为了避免误解，你何不更换一个名字？
唐璜：不，这是无法更改的，既然唐璜的血液注定了我的生命，我就得捍卫；其次，跟我一样的生命在不断出现，他们已经用尽了世上的好名字。何况名字只是一个符号。

虹女：你是说，我们每个人身上都住着一个唐璜吗？

唐璜：没错，我们的心在跳、血在流，生命一直渴望自由！

虹女：可是，自由跟自私多么容易厮混在一起？

唐璜：可是，真正的自由最多只占自私的能动的一半。

虹女：另一半是什么？

唐璜：是存在于高尚与低俗、正义与邪恶、公平与贪婪、民主与专横之间的不确定性——人有同体的美丑两面，向美向丑的选择与习惯便是所谓能动；只是，丑陋的那一面向来更有诱惑，并且无师自通。

虹女：所以，人类的麻烦其实是来自于自身的麻烦。

唐璜：是啊，这被诅咒的自私何时才能够获得赞美？

虹女：那么，是不是可以说，既然自私所需要的自由一直被自私中的低俗、邪恶、贪婪与专横所糟蹋，人类要做的首先是唤醒和保护自私中的可以散发高尚、正义、公平、民主的能量？

唐璜：极是！如果我们确认自私是一切生命的本性，我们便确立了社会治理的逻辑起点；而我们只有看得见自私的两面，尤其是其中美丑纠结而不能确定的能动，我们才能找到治理的目标和路径。

虹女：这注定是一场无边的永无休止的战争。

唐璜：好在历史运行到今天，专横与专制的邪恶已成为狗屎，任何自私的丑陋也无法在整体民意下张罗过时的格局，人类几乎不必采用暴力革命而只用正义的眼神就够了；但是，自私在面对狗屎的时候，虚伪总是超常发达；所谓战争，正在进入每个人的内心——变成自私与自私的对决。

虹女：皇帝好像也这么讲咧？

唐璜：但皇帝以自己为本，社会必然走向文明的最低点。

虹女：何以打发那个皇帝？

唐璜：让他当一面镜子。

虹女：如果专制向他学艺呢？

唐璜：那艺是狗屎，谁都闻得到臭。

虹女：人类怎么办？

唐璜：唯有法治。

虹女：历来有法呀？

唐璜：没有彻底之法。

虹女：彻底之法需要大德。

唐璜：大德在民。

虹女：民之所欲？

唐璜：欲之信仰！

虹女：信仰？

唐璜：是，但不是任何违背逻辑起点的主义。

虹女：是什么？

唐璜：是无限趋向于自然的美——美才是喜悦。

虹女：何为美？

唐璜：如虹！

  你们第一次排演便情不自禁。你的朗诵伴着激越的表情和肢体动作，有点儿喜欢把头颅高高扬起；声音战栗滞涩，像启动的马达，震荡肺腑。刘虹女在对白的演进中忘却了自己，化为剧中超凡的虹女。演过一遍，她走到你面前，极小声地说：以后排演，只背台词不表演吧？你有些诧异，但即刻明白：是燃烧的情绪让她无以承受。

  可你们终于不能扼制自己。《虹女》正式上演那天，演到最后，虹女问：何为美？唐璜回答：如虹！你跟着唐璜单膝跪下，张开双臂，做出了一个迎接彩虹的姿势，刘虹女的情绪被激荡，听从剧中的虹女向你奔来，刹那间，你起身冲上去，与她拥抱在一起……这个水到渠成的表演赢得了全场起立鼓掌，可这个突如其来的表达，让现实中的你大脑一片空白——陷落在另一个世界。

  演过《虹女》，你和刘虹女都没有主动邀约对方。有段时间刘虹女悄然隐遁，没人看到她在校园的公共场合出现。你们像一对犯了错误的孩子。你无法判定她的想法，但无论她怎么想，你都珍惜并尊重。有一天，你们在图书馆门口邂逅，刘虹女身边的几个女同学都看你，你与她相视微笑一下，点头而过。这样刻意回避，只能不断加剧你的念想。她呢？她若如你一样，你甘愿沉浸在这无尽的念想之中——因为念想也是极甜美的。只是你感到恍惚，不晓得何以成为她的虹。

  与此同时，你的表演让同在剧中出演的老赵、钱夏和李冬突然垂头丧气。因为刘虹女，大家都后悔成全你的话剧：真是偷鸡不成反蚀一把米。不知老赵和李冬作何打算，反正钱夏几乎想到缴械投降，调转头来为你顺水推舟。但是，在做出最后决定之前，这个浑身心眼的胖子还得进一步侦探你的想法和竞争实力。他开始有事没事接近你，陪你去食堂打饭，约你去湖边散步，请你吃校门口的小汤包。

钱夏的侦探是从黄挎包切入的。钱夏说，你背着黄挎包，但看上去既不像"回乡青年"，也不像"插队知青"。你告诉他，你十六岁高中毕业，本该"插队"的，但父亲病重，母亲"下放改造"，你得留下来照料父亲。在钱夏的追问下，你介绍了父母的情况：你父亲是一个内科医生兼哲学票友，因为说了"一分为二"出自北宋的《皇极经世书》，长期遭受批评，落下严重肝病；你母亲在医院做化验员，不肯为一个小头目提供隐瞒传染病的化验单，加上有海外亲属关系，也被列为"改造"对象。不过，你淡然而笑：十年过后，所幸二老都活着。

钱夏也笑：现在解放了，你已经是西装先生了。你说，西装是香港舅舅送你的。舅舅一表人才，但只是香港九龙塘的一个影视外景棚的场工班头，他希望你移民香港，跟着他去干搭景和拆装摄影机滑轨之类的活计，今后接他的班做班头；你母亲正在帮你打探办理移民的手续，你考上了大学；舅舅因此专门飞了一趟内地，当面对你进行鼓动，并且冒充导演跟你讲戏，讲影视制作流程，讲香港靓妹，讲真有场工做到导演的先例，讲挣钱也不错的，钱才是好东西——上大学也是为了挣钱；你只是笑，笑得他没得再讲，就把身上的西装脱下来给了你。

你家在浙江哪儿？钱夏问。

海宁。你答。

哦，王国维的老乡。钱夏说。

不错，晓得《人间词话》哩。你笑道。

但钱夏从你的基因中发觉什么不对劲，心里重新盘算：我干吗缴械撤退呢？瞧他一头长发，离骚气质，搞不好就是时代弃子。

而你，已然相信朋友无贼……

李　冬

你可能是孙秋最大的贼。

但你是孙秋最好的朋友。

你是孙秋的上铺，孙秋的下铺是你让给他的。孙秋撇嘴一笑，你记住了他的第一句话：谢谢雷锋同志。

你在我们中年龄最小，跟孙秋同年，1961年出生，小月份。你进校的名字叫李栋，四人演话剧《虹女》成为朋友后，有春、夏、秋，没有冬，孙秋建议你更名为李冬——说冬、栋发音差不多，你爹妈也不用改口。而老赵和钱夏早已开始叫你李冬。这样，你便大费周折地在户口上更了名。你来自广东梅州，中学的白墙上，有毛主席和叶剑英元帅为雷锋同志题的词。校风熏陶，你品行端方，少年老成。也因为此，你看上去比实际年龄要大，赶得上老赵的沧桑。但你跟老赵不同，个子小，没有大野心。而且你的长相背叛了出生地，五官有点儿洋化，脸形也不像广东人那样骨棱突出，属于登记照很帅的那种。孙秋曾自恋地说：好在你没我高。你没有大野心但不等于你没有人生念想，只是不习惯把念想的那层纱幔掀开：你想过当教授、当大干部，或者抽象地为"四化"做贡献。你觉得真正的念想是神圣而私密的，好比做爱，做而不必说。你是纯洁的，但不幸在中学的墙院外见过两条黄狗做爱：那完全是一种不声不响任劳任怨的恬不知耻的操作，或许也是一桩挺耗体力的活计。

你只能做全人类认为有意义的事。晚自习后，你在路灯下继续看书；寝室里乱七八糟，你等室友走后独自清理；你为老师擦黑板，给病号打饭，把路上的一颗土坷垃捡起扔到路边，还捐过一次血……你各门功课的考分平均最高，你当上了班长。钱夏曾当着老赵的面，说你做一切都不是手段，是觉得本该这么做——德行啊！而你，对老赵似乎没有态度，如果老赵找你谈事，你对他居高临下的架势安之若素。

夏天的一个星期天，寝室里没有人，你穿着背心裤衩，露出小白猴一样的小身板，摇打着芭蕉扇，在窄道上摇头晃脑地走台步，轮番用普通话、客家话和粤语演唱戏剧《秦香莲》；你演忘了形；你的演唱把同学们纷纷招来，一群脑袋拥挤在窗口；你大汗淋漓，泪流满面，忽然一阵掌声响起，吓得你慌忙扯起床单包住自己。原来你好这一口，而且会说客家话和粤语。有人记起来了：入学体检那次，你在磅秤上看过刘虹女的体重后，就是用粤语惊呼"蒿（好）苗条"的。

你怎么读了中文系你也不知道。既然读了，就像中学时期一样，把各门功课学好，学到全班第一。大学跟中学不同，中文跟语文不同，但你能及时调习惯转方式。主要是做笔记，在教科书上画杠杠，然后背下来。你也写写新诗、旧体诗、散文、小说、评论什么的，自知投出去没戏，只是写写，贵在经验。还写过半部剧本，觉得太像易卜生，放弃了。总之你一样不落地学，起码要做个"知道主义"。你并不赞成孙秋学习中文的态度，但在学业上，全班同学中你最看得起孙秋。孙秋倒不反对你，而且常常拿你当他的词典使用。

　　一天晚自习后，你刚爬到上铺，孙秋将一沓稿子丢过来，冲你一笑：冬兄抽空看看。你拿起稿子，看见"虹女"二字，当夜便打着手电筒看完了。翌日，你目光闪耀地回复孙秋：不错，满纸荒唐，蒿有意思！孙秋就抬手搭到你的肩上，说：兄弟，你来帮我演一个角色吧？你大吃一惊：我？有冇搞错？孙秋连忙摇头：冇搞错，你早就是戏王哩。你连忙说：不行不行，我的普通话太水，只能唱戏。孙秋说：可是，我要的就是你的"广普"，破一破老调子。但你不能苟同，以为话剧的故事可以荒诞，表演必得庄严。孙秋便诱惑：虹女是由刘虹女来表演咧！你不由一笑：那又怎样？孙秋说：老赵、钱夏那两个家伙兴奋得不行，觉得机会来了。你说：演戏能演出结果，那结果还是结果吗？孙秋无奈，最后只好打诚恳牌：要是你不演，我就不排了——让这部杰作夭折吧！既然如此，你以为兹事体大，只好从命。

　　就问：演谁？

　　雷雨。孙秋说。

　　为什么？你又问。

　　你是雷锋呀！孙秋躲在长发中窃笑。

　　的确，《虹女》中的雷雨是跟雷锋有关的角色——

　　　　虹女：先生，您是雷雨？

　　　　雷雨：小姐，您指哪个雷雨？

　　　　虹女：难道您有几个雷雨？

　　　　雷雨：我这里至少有三个。

　　　　虹女：怎么可能？

　　　　雷雨：历来可能。第一个，被要求做雷雨的雷雨；第二个，为了让人看见而做雷雨的雷雨；第三个，只做雷雨不问是不是雷雨的雷雨。

　　　　虹女：我不要见前面两个雷雨。

　　　　雷雨：您太单纯。虽然第一个和第二个雷雨有点儿那个，但毕竟做雷雨比不做雷雨要高尚一丝丝一丢丢，至少客观上做了好事咧。

虹女：不不，那样的雷雨最终会让社会蔓延虚伪风气，带来更为深刻的灾难，这是比没有雷雨更坏的事情！

雷雨：那么，剩下的就是第三个雷雨了。

虹女：请问，您是哪个雷雨？

雷雨：虹女小姐，在我们这儿是不可以这样问的。

虹女：什么意思？

雷雨：没什么意思……总之，不要这样问。

排演《虹女》期间，你对刘虹女的喜欢日益发酵。你当然明白爱情不是单方面的事，但以你的观察，老赵走政治路线，钱夏故作粗犷野气，这两人都不太符合刘虹女；最有可能的是为艺术而艺术的孙秋，瞧他跟刘虹女相互躲闪的目光，这样下去迟早要擦出火花。不过，你是这么想的：孙秋这家伙思想太深，人生不可预料——万一刘虹女今后跟他走到一起，也行，也无所谓，他爱他的，我爱我的，反正爱还是得爱的。你不打算强势出击，不会与人争抢，就像当班长，先只管做，把要做的做好，做得好过他人便是。

春去秋来，校园的景物不知不觉地变易。

窗外，渐渐枯黄的梧桐叶在风中有一搭没一搭地摇晃。你想着：且让孙秋鲜艳吧，只要紧随在这个最强对手的身边，总能表达爱恋，总会捡到剩余的亲切，总有机会咧。

所以你以退为进。你预设刘虹女乐意跟孙秋在一起，甚至宁愿成全孙秋。至少也是君子成人之美吧。有一次，中文系组织看电影《叶塞尼娅》，班上有同学病了，你把多出的一张票送给刘虹女，让刘虹女与孙秋邻座，你坐在他俩的后排。他们在影院"邂逅"时，彼此庄重地点头，落座后的坐姿端正得像军人。你明白，那是克制，是含蓄的礼数，是羞涩与尊重。那时他俩都有轻度的近视，放映开始了，刘虹女掏出眼镜戴上，孙秋趋出身子，头尽量往前探；一会儿，刘虹女取下眼镜，碰碰孙秋的胳膊，孙秋回头，也不说话，接过去架在脸上，看了片刻，取下来还给刘虹女，刘虹女摆手，让他继续戴着，再后来两人就不时无声地传递眼镜……看过《叶塞尼娅》，孙秋拿你当媒婆一样爱戴，刘虹女每次碰见你都主动点头，微笑里别有亲切。

一个星期天的上午，孙秋歪在高低床的下铺看书，你约他上街买生活用品，他摇头不干，笑说：兄弟，你要是邀我帮忙打架，我立马行动。你正要出门，这家伙又叫住你，让你顺道去校门口的新华书店看看，如果杰克·伦敦的《荒野的呼唤》到了，代他买一本。

那天，书店新到的《荒野的呼唤》掀起了一阵抢购潮。你好不容易挤到柜台前，为孙秋和自己各买一本，抓着两本书从人堆里钻出来，一抬头，看见刘虹女站在人堆外，正随着人堆的涌动一进一退，你二话不说，拿出一本塞到她手上，再次钻进人堆……刘虹女一直等在外面，等到新书售罄，人堆稀里哗啦散开，你出现时，手上依然只有一本书，她要把书还给你，你不要，给你钱，你掉头跑了。

离去的路上，你深刻体会到：心诚则灵啊！

可是你的运气就差那么一点，当天傍晚刘虹女找来寝室还钱，你不在，孙秋歪在下铺读《荒野的呼唤》，赶紧起身接待，并且替你收下了书款……这家伙像擦黑板一样，把你的运气擦掉了。

大四下学期，眼看就要毕业离散。你惦念着刘虹女的去向。但你不用像老赵、钱夏那样猴急马急地追踪刘虹女。你相信只要跟随孙秋，就可能更多地接近目标。所以，孙秋分到哪里去，哪里就是你的目的地。这样，事情就变得简单了：你等着孙秋的决定。

毕业分配方案像孵化了二十天的鸡蛋即将破壳，据钱夏和老赵透露，他俩打算跟随刘虹女分配到本省的南平县。孙秋心烦，拉你去学校门口喝酒，咕噜三杯后大叹：当权力与市侩以爱的名义纠缠未来时，诗歌多么不幸啊！你问：你呢？孙秋用鼻腔一哼：我？我永远是唐璜。你又问：唐璜怎么办？孙秋扭转头：你不用怂恿——我不缺勇气，只是没有决斗的枪矛！他的脸红得像血。你便笑：算了吧，勿以暴力抗恶。孙秋无奈地摇摇头：也是呀，何况是跟我一起演过《虹女》的哥们儿。

你一定要帮助孙秋。你去找校团委书记冯远志。冯远志讨厌老赵和钱夏，一向拉拢你。但团委的人说，组织上把冯书记派到北原县做副书记去了。你问北原县在哪里，对方提示：知道南平吗？你一听南平，心口突突地跳，赶紧问什么意思，对方说：南平与北原相邻，南平在汉江南，北原在汉江北。你大喜过望，搭长途汽车赶往北原，见到了冯远志书记。冯书记得知你的来意，竟是大喜，说组织上培养我，让我到基层来锻炼和发展，我想大干一番——欢迎你们两位，我这里正需要人才咧，至于毕业分配，我去跟学校打招呼。冯书记还留你在机关食堂吃了一顿平原的蒸菜。谈到你们到北原后的工作,你建议:让孙秋去报社吧,因为他的性格,报社会自由一些。

回到学校,你把北原的消息告诉孙秋,孙秋傻愣愣地望着你,竟然泪如泉涌……

那么,你可能是"那个人"吗?

第四章　在号子里

求　救

南平人把所有监房都叫号子。

我们在号子里蹲了两天没人理睬我们。

我们愿意继续配合却没人来找我们配合。

我们四人分别所在的号子格局一样：铁门，高窗，石灰墙，大约12平方米，挤着五六个犯罪嫌疑人。好在是看守所，刚刚抓来待审的人还不是牢头狱霸，没人强迫我们吃屎喝尿扇自己的耳光。倒是有人问过案情，很瞧不起我们连作案未遂都没有干过。白天，我们和"号友"沿着水泥床坐成一溜，贴身取暖，偶尔挪动身子；到了晚上，一起爬到油腻冰冷的床上睡觉，被褥是共享的，有人居然睡得打鼾，心态好极了。

可我们是无辜的。我们像孤独的狼一样忧伤，像骄傲的狮子一样愤怒，软弱而憋屈地蜷缩着身子胡思乱想。

想到我们是被我们的情敌兼本案怀疑对象武永强丢进号子的，估计这家伙会对我们下毒手，不由害怕起来。接着便想到屈打成招，想象审讯室的警棍、拳头、皮鞭、竹签、辣椒水、老虎凳……样样都令人心惊胆战，浑身肉跳。那是只能招供的。好在我们已经知道本案的案情是强奸未遂，即使招供也判不了死刑。至于远方的父母，至于个人的前途，至于亲爱的刘虹女，至于一切的一切，都顾不了了；或许，顾了命，日后才有翻身的机会。似乎又没那么悲观。

但是有一个问题：既然人家说那个人在你们四人之中，可见强奸犯只有一个，只需要一个人招供，如果大家都招，等于没招，还得继续拷问，这便带来一个考验——扛，谁扛的时间最长，谁就最为安全。也就是说，皮肉之苦是免不了的，而且要力争承受更大的疼痛。那么，谁是最扛不住的那一个呢？或者，总有一个人最扛不住。是老赵？是钱夏？是孙秋？还是李冬？是谁都让人不寒而栗。

马上冒出新的问题：最扛不住的那个人实际上可能是被另外三个比较扛得住的人间接陷害了——这让良心何以得安？

然而，又觉得极有可能想岔了方向。武永强其实另有逻辑，人家所以要拿下我们，并不是案情侦查的指引，最终目的是打压或消灭自己的主要竞争对手，得以在刘虹女那里独步天下。但是，问题还是"那个人就在你们四人之中"：虽然我们四人都比他更接近刘虹女，而他首先要搞定的是我们四人中最接近刘虹女的那一个。如此，我们还得站在武永强的角度，按照武永强的判断去推理。是老赵吗？武永强会想：这家伙高大方正，一副念过党校的样子，又在县委办公室工作，尽管暂时只是普通文秘，却占有仕途上升的快车道，而且日后的发展不会限定在某个部门，譬如公安局，通常是一方主官——这是武永强比不上的。是钱夏？这小子像豹子像狐狸，火爆冲动又滑头溜勾，他可是敢作敢为，如果他对刘虹女死缠烂打，捷足先登，闹出一个"烈女怕缠郎"的结果也不是不可能；倘若如此，武永强岂不是阴沟翻船掉得大？是孙秋？瞧他目空一切的样子，一根长竹竿顶着一头飘飘甩甩的长发，装得文雅，特别善于用眼神和微笑表达，挺招女孩子喜欢的；他三天两头往南平跑，说不定刘虹女早就对他有了那个意思——要斩断刘虹女的念想，就得立马废了孙秋！是李冬？别看这小子身子单薄，不声不响规规矩矩无所作为像个老好人，但咬人的狗不叫，何况他精致的五官并不低调，不可能毫无自信和盘算，否则他分配到南平的邻县北原来干吗？他的美德或许就是他的优势；美德可以服众，美德是最后的砝码——如果美德可能打败武永强，美德就是最大的敌人！

但是，这么想来，武永强还是不能锁定此役要拿下的目标。如此，我们猜也白猜，照样得应对各种拷问——照样要扛。

那么武永强会不会想：这四个家伙何以如此和平竞争、团结一致？这一点他可能想不明白。他没上过江大，没读过卢梭和伏尔泰，没有像我们一样跟刘虹女一起演过话剧《虹女》，他除了不晓得"我不同意你的说法，但我誓死捍卫你说话的权利"，或许也没听说过在一个窝里争斗的狗会共同对付一匹外面的狼——他无法理解。

还有，武永强不明不白地关押我们之后，为什么又对我们不理不睬？他到底在打什么主意？是不是还没有想好如何把"不明不白"弄成"水落石出"？关押嫌疑人是有时限的。我们被关押了两天，已经超过时限。可我们也明白，我们离开了遵守教条的学校——这里是社会，遇上的是情敌，什么规矩都得服从掌权者的算计，我们需要面对权大于法的现实。我们感到无比黑暗，越来越恐惧。

于是大喊大叫：放我们出去……放我们出去！

我们在各自的监房里喊，互不相见，喊叫声此起彼伏。

四个看守民警分头跑过来，用警棍击打四扇铁窗，同时呵斥：干什么干什么？造反呀？我们分别抗议：武永强无凭无据抓了我们，让我们配合侦查，又不来找我们"配合"，我们不能老待在这里——我们是政府工作人员，要回去上班！看守民警说：这是公安局看守所，不是你家菜园子——想进就进想出就出呀？我们说：我们没有想过进来，是被抓进来的，我们只想出去。看守民警说：既然抓你进来，那就不可能随便放你出去。我们说：我们没犯法，你们不能想抓就抓想关就关！看守民警说：犯没犯法不是你说了算的。我们不由语塞，只好退而求其次：你们起码要让外面的人知道我们被关在这里吧？看守民警说：已经通知你们单位了。我们说：我们凭什么相信你的话？看守民警问：你想怎么样？我们说：我们要见一个人！

见谁？

冯远志同志。

冯远志是谁？

北原县县委副书记。

他凭什么来见你们？

他是我们的老师。

我们四人分别向看守民警提出了相同的要求。我们所以不约而同地想到冯远志，主要因为当时他是当地唯一跟我们有交情的大官；尽管冯远志在北原，管不到南平，但官员与官员向来都是同志，有互相关心、互相爱护、互相帮助的优良传统；而且，冯远志的职务比武永强高出几个级别，冯远志如果来见我们，那是能压倒对方的势能。

我们相信冯远志会来见我们。当年在江城大学，冯远志是关心和指引我们健康成长的青年领袖，他的光辉经历多少能使他保有一点继续照看下属的高尚情怀与责任感；其次，他虽然没有向我们传道授业，也算老师辈，师生之谊仅次于父子之情，他当再大的官，也不至于置这份老情感老伦理于不顾吧；何况，孙秋和李冬是他亲自招揽到北原县的人才，人才出了事，他的脸面往哪儿搁？至少也得摸清情况，有所应对吧。或许他对赵春和钱夏的旧怨尚未彻底释怀，但实际上双方在表面上早已和解，而今人家冯书记是地方大员，赵、钱不过是鱼虾之辈，按照大人不计小人过的姿态，说不定还会格外施恩于这两个小人物咧。总之，昔日的领袖情怀加上师长情谊，冯远志出个面，到南平县公安局看守所来说句话，在情在理。更重要的是，冯远志同志对刘虹女的热爱正在大踏步前进，北原县将在南平县城段修建汉江大桥的计划据说就是远志书记力排众议的决策，如果让远志同志得悉武永强的手段与动机，发现这个舞枪弄棍的丘八企图弯道超车直取刘虹女，怎么会袖手旁观？

我们也不是吃素的，不会坐以待毙。

冯远志同志就是我们眼下的杀手锏。

但是，不知是看守民警没有转达我们的要求，还是我们的要求已被武永强中途拦截，又过去三天，不仅冯远志没来见我们，连武永强也没有出现。一切都比预想的严峻。

第七天，钱夏跟看守民警勾搭上了。

钱夏一直守候在号子铁门的窗口，等到那个看守民警过来，隔着窗上的铁齿招呼：老哥，看你瘦的，都伤了元气。看守民警居然一笑。钱夏连忙说：知道东北三宝吗？人参、貂皮、乌拉草，看我！一边将两只粗大的胳膊一弯一拧，摆出强劲的架势，十分心疼地说：哥啊，你得赶紧吃东北人参补补。看守民警仍然笑着：贵，也谋不到。钱夏赶紧撒谎，称他家在东北吉林是种人参的专业户，今年人参喜获丰收，只要一个电话就可以寄来几支。当天下午，看守民警把钱夏领到值班室，抬手示意电话机，钱夏过去抓起话筒，却突然停住，说坏了，被你们一折腾，忘了我爸的电话号码。看守民警愣住，失望得有些生气。这时钱夏就嘻笑：不急，跟我一起进来的小个子李冬先前经常半夜"遗精"，后来坚持吃我家的人参，效果很不错，他记得我爸的电话。于是，看守民警去了李冬的号子那儿一趟，回来报给钱夏一个没区号的电话号码。钱夏先拨假号，咋咋呼呼说人参，举起话筒问看守民警的名字，看守民警说我叫侯卫国，即刻反问：你问这个干啥？钱夏说：收件人呀！接着又朝话筒咋呼，然后假装断线，骂骂咧咧重拨，拨通，对方正是冯远志……

打完电话，看守侯卫国说：你不应该谈跟案子有关的话。严肃而敷衍地批评了几句。

第八天上午，冯远志在武永强的陪同下来到看守所。

侯卫国把我们四人从号子里叫出来，一起领着往会见室走。我们互相打量：老赵的海军裤一屁股砖灰，钱夏的黑白毛衣已经没有格子，孙秋敞着咸菜色西装，李冬身上来路不明的棉袄臭气熏天。大家暂时也不敢放肆，赶紧摸头发、搓脸、扯衣服。钱夏因为电话号码的事，随手戳了一下李冬的肚子，李冬朝老赵和孙秋笑笑，用大拇指示意是自己心有灵犀立了功。进到会见室，四人并排站立，面朝等待中的冯远志与武永强。

冯远志背着手，黑西服白衬衣，没打领带，白里透红的马脸十分凛然；武永强一身警服，脖子仰起，不甘示弱。

冯远志扫视了我们一眼，说：你们的事，武队长已经跟我介绍了，我今天来，表达两层意思——第一，武队长会依法查办此案，你们只管依法配合，不要想多了；第二，如果你们是清白的，关押这件事不会影响你们今后的工作和前途——就这些。

我们正要张嘴发话，冯远志即刻推出手掌予以阻止，掉头朝武永强微笑：武队长，汉江大桥的事很急，我要赶到省里汇报，得先走了。就扫了我们一眼，转身快步离去。

武永强默着脸，等冯远志的脚步消逝了，耸耸肩，干咳一声：我也讲两点，一是老实交代自己案发当晚十点左右在干什么，二是揭发你们中谁是案犯——谁先交代揭发，谁先过关。

另　案

武永强走后，翘盼东北人参的侯卫国向我们透露：武永强并不是故意晾着我们，实在因为案件牵涉的嫌犯太多，他只能先急后缓，赶紧抓人。由于有东北人参做诱饵，我们相信他的话。何况，毕竟有人向刘虹女施暴，武永强如此尽职尽责，也在情在理。

当日下午，钱夏借口催促家里尽快邮寄人参，又去值班室用了一次电话。其间，趁侯卫国去门外拿邮差送来的报纸，将电话打到南平师范学校，让人去喊刘虹女老师，对方说刘老师正在上课，请他晚一刻钟打来，钱夏得知刘虹女和平常一样，心里踏实，不必再打电话，回监号时竟在走道上吹起口哨。口哨声很响，老远都能听见，看守民警令他打住。如此，其他三人便知道外面的消息不错。

而且侯卫国对我们的态度越来越好，偶尔会传唤我们去院子里扫地卸蜂窝煤，顺便向我们泄露情报。据说武永强把我们丢进号子后，接连抓捕关押了19人，其中一半的人不在原先的黑名单里，有干部、老师、医生、工人，有一人是县花鼓剧团的旦角，另有一人是城郊贩卖蔬菜的农民。不用说，这些人在案发时身上都有"红颜色"……这是侦破此案的线索，宁可错抓一千，不得漏掉一人。

在南平师范学校，有73名男生接受了调查。

起因是门卫室的白发老者揭发一名男生给刘虹女老师写情书，武永强让校长把那名男生叫到办公室讯问，结果引出一大串给刘虹女老师写情书的男生。武永强一查到底。还好，这些小屁孩虽然有人在案发时穿红背心或红短裤，但都有案发时不在现场的人证。不过，也暴露了新情况新问题，即追求刘虹女的新生力量正在蓬勃生长：比如，有人大清早望着刘虹女发呆，有人上课时在笔记本上画刘虹女的肖像，有人半夜里叫喊刘虹女的名字，有人为刘虹女争风吃醋打架斗殴，有人在胸口刺了"我爱你刘虹女"的青字，极个别男生的床单上残留着精液的硬斑……真他妈野火烧不尽，不到春天草也生。

武永强在校长陪同下去刘虹女的住处看那些情书，刘虹女端出满满一纸盒未拆的信给他看，武永强提出把信拿回公安局分析，刘虹女不同意，武永强不能也不敢发脾气，好言劝说刘虹女支持破案，刘虹女明确表示：案子要破，但信不能拿走——因为他们都是学生……他们还是孩子，他们无罪！

正在这时，武永强手上的无线对讲机响起，对方喊：武队武队，你婶娘打电话找你，急事！武永强按键回话：知道了。就谦卑地跟刘虹女赔笑：行，尊重你的意见吧。赶紧离去。

武永强的婶娘是唱京戏的县政协陆主席的夫人。陆主席不是本分人，婶娘的"急事"让武永强预感不好。武永强驱车赶到陆家。陆家的大门敞开着，婶娘像一头被遗弃的母狮，面无表情，卷发奓起，孤单地坐在客厅沙发的正中。武永强快步迎上去喊婶娘，问什么事。婶娘气息奄奄地哀叹：强儿，天要塌啦！武永强孔武镇定：哎哟，天怎么塌得了呢，有我咧！婶娘连吞几口涎，恨恨地说：你叔叔作骚，昨夜在梦里喊刘虹女的名字！武永强不由一怔，仍是劝慰：婶娘，一句梦话，算不得天大的事。一边揣着心跳紧挨婶娘坐下。

陆主席夫人转头看看武永强,大脸陡然垮拉下来:强儿,我先问你一个事儿——外面都说是你在追求那个刘虹女,你老实告诉婶娘,你到底是真追,还是替你叔叔打掩护?

武永强一下子跳将而起,委屈地大喊:婶娘,您这是什么话?您觉得我是做这种事的人吗?叔叔真要是打刘虹女的主意,第一个要杀他的人不是您,是我咧!

陆主席夫人的目光在武永强脸上停滞片刻,咬牙骂道:这个老不知死活的,作死啊!

武永强无奈地摇头,重新坐下。沉默一会儿,问:婶娘,您是不是还晓得别的什么情况?

喏!陆主席夫人用下巴朝茶几上挑了挑。

茶几上搁着一个黄皮笔记本。武永强拿起,打开,扉页上是叔叔陆主席的手迹:献给女神刘虹女!见此,那双老虎钳一般的大手不由抖索一下。慌忙往下翻,看到五言、七言、词、新诗、打油,全是又酸又臭的火辣句子,句句不堪忍受——

  自从窥玉容,枉活大半生。
  不羡天上比翼飞,愿在南平结连理。
  梦中握手看你,竟无语凝眸。多情自古天作合。人在异处,更是朝思暮想。誓言水珠滴石头,何愁无结果。
  啊/你优美地走来/多么像七月的夜色/河边的柳林茂密宁静/让我们一起走进去吧。
  你的头发飘飘,我的眼睛瞄瞄;你的小腰摇摇,我的心儿跳跳;你的两山高高,我的热血滔滔!
  ……

武永强再也看不下去了,合上黄皮笔记本,啪的一声拍到茶几上,犟着脖子呼呼喘气。

陆主席夫人叹息:还有呢!

还有?武永强瞪起血红的眼睛。

案发那天晚上,他穿的是一件红背心。

什么?您怎么晓得红颜色跟案件有关?

我去公安局打听过,你手下告诉我的。

那天晚上叔叔几点回家的?

起码十一点。

武永强顿时乌了脸，咬牙甩脖子，浑身的骨头扭磨得嘎吱作响，手不由自主地摸到腰间，抓住手枪的把柄；但婶娘激灵一下，转身扑过来，抱着他大喊：强儿，这个使不得！你怎么治理他都行，可不能要了他的老命！武永强拔扯几下手枪，停了，半死不活地僵住。婶娘把他抓枪的手掰开，坐起身，拿住他的手不放，转头由低向高看着他的脸，劝道：你叔叔伤害的是我，对你——对刘虹女只是未遂，我让你来，是要你帮我，他跟你的仇，还到不了要他死的地步。武永强吁一口气，恨恨地摇头：婶娘，如果那事真是他干的，我绝不会放过他！婶娘问：如果他向你我保证改邪归正呢？武永强说：那也不行！婶娘问：为什么？武永强说：必须大义灭亲，杀一儆百！婶娘这时有些后悔：那我跟你提供情况不是给自己挖坑？武永强不吱声，从婶娘的手里抽出自己的手，捡起茶几上的黄皮笔记本，起身走了。

十分钟后，武永强闯进陆主席的办公室，站在办公桌端头，将黄皮笔记本和手枪噼啪地丢到桌上，吓得皮椅中的陆主席弹跳起来，仰头结巴道：你，你干什么？但瞟了一眼黄皮笔记本，即刻改口：有话好好说有话好好说！赶紧起身去关办公室的门。武永强喊：回来！陆主席回头问：你想让大院里的人都听见？武永强说：就是！气冲冲地坐到陆主席的皮椅上，抬手指去：你，站着。

陆主席站在平常下级汇报的位置一笑：你这样对待叔叔？

武永强不吃这一套，问：这个笔记本是不是你的？

陆主席眨眨眼：是啊，怎么了？

武永强鼻子一哼：你真不要脸！

陆主席有些生气：哎，怎么说话的？

武永强问：有你这么当叔叔的吗？

陆主席说：我这是一片好心咧！

什么好心？

围魏救赵——你不懂？

狗屁！

狗屁？人家给你介绍县委书记的千金，你不要，一门心思迷着那个刘虹女，还要不要前途了？我不帮你"围魏"，你回得了头吗？

嗤，你还真是我的亲叔叔！

你嗤什么？难道不是你亲叔叔？

武永强眼睛的余光滑向桌上的手枪，冷笑道：你老实点儿，我再问你一个问题——八天前的晚上十点,你在哪里?

陆主席歪起头:什么意思?

武永强也歪起头:你说嘛。

陆主席火了:老子那天晚上在丽都跳舞!

武永强沉住气:谁作证?

谁?丽都的老板,陪我跳舞的是老板的秘书!

武永强像猎鹰一样狠狠盯着陆主席,见对方的目光并不躲闪,起身收了桌上的黄皮笔记本和手枪,掉头而去。

月 光

清凉的月光透进铁窗,照亮一张白纸。

我们坐在各自的监房,白纸就在眼下。夜,安静得可以听到月色歇落到白纸上的声音。那张白纸干净无瑕,搁在油乌的棉被上。

白纸是看守民警发给我们的,要求我们执行刑侦队长武永强的指令:交代自己,揭发他人。

时间是那个星期天晚上的十点左右;

地点是南平师范学校的琴房;

事件发生在刘虹女呼叫的时刻……

且说那天下午,我们由一只白鸽子指引,不约而同地去汉江的河床上会见刘虹女;我们各自为了成全自己而给对方下套,弄得钱夏掉进河心;钱夏上岸后装死;我们没有见到刘虹女;我们把钱夏送回宿舍,全体脱得只剩裤衩,用电吹风吹干衣服;然后去汉江大酒店喝酒,然后争吵,然后再回钱夏的宿舍……但我们各揣心事,天黑就鸟兽散了。

当晚的天空悬着一弯上弦月。

月亮斜照南平电影院楼顶,电影《城南旧事》已经开映。此时,本县公主周亦敏独自在影院大门左侧的台阶上徘徊。那地方的月光被楼身遮挡,路灯隔在树冠之外,且明且暗,是恋爱的接头地带,街面的人通常只看得见大致的亲密。周亦敏身影苗条高挑,穿米色高领毛衣,配浅灰大摆呢裙,一条长辫子绕过脖颈垂在胸前,手里捏着两张电影票。她是县委周书记的女儿,生得白净漂亮而贵气,医学院毕业,在县人民医院皮肤科上班,如果没有刘虹女,她就是南平第一名媛；本来，她并不急于择偶，只是漫不经心地排查全县适龄男子，但事情由不得她，最近上门推荐潘安的人一茬接一茬，据说武永强的家长都动用了上边的政治背景，这下她才慌张而慎重起来。她是自有眼光善于考量的女子，看得出武永强的修养和性格会制约他今后的仕途发展，又担心父亲在"政治"上被动，便很不好意思地告诉媒妁之人，她"已有男朋友在接触"，话也不说死，似有转圜余地；另一方面，她抓紧时间通过闺蜜暗中物色如意郎君，很快锁定了政界新星赵春（老赵），又因为得悉老赵心仪外来女子刘虹女，不免心气受挫，越发要拿下他。

老赵与我们分手后，心急火燎地跑来电影院门口，站在台阶下仰视周亦敏，讪讪地笑。周亦敏没有嗔怪他的迟到，娴静而亲切，说我们进去吧。没料他却支吾：对不起，小周，你爸后天下午做报告，报告由我起草，初稿还没写出来，我得回去加班咧。周亦敏以为老赵重视工作和自己的父亲，自然通情达理，干脆把电影票折起，手一挥：走吧，我陪你——你写报告，我看书。两人便一起去县委办公室。

其实老赵撒了谎，那份报告早已写成，就放在办公桌的抽屉里；但谎已经撒了，还得把谎言消化掉。回到办公室，老赵赶紧找一本书交给周亦敏，再倒一杯茶端过去，把公主安顿妥当，然后在办公桌前坐下，铺开稿笺，开始默写抽屉里的报告……

而这时，钱夏仰面横躺在单身宿舍的木板床上，刚刚醒酒。室内的灯光明晃晃的，孙秋和李冬已离去，四下空寂，时光断片了。他觑着眼停顿片刻，奋力支起身子，看看床头柜上的烟盒，取一支叼上，点燃，接连吐出几道烟雾，下床，去书桌上拿来一本书，回来靠着床背翻看。

近日，他正在为党史办主任弄一篇新稿子。主任素有"立言"之志，虽然严肃批评他不该把南平抗战史写成国军抗战史，但看到他的文章被《人民政协报》发表，觉察了机会，赶紧联系出版社，自己率先签下《南平抗战风云录》的书约，由于交稿急迫，干脆吩咐他代写"鄂中怪将"一章。当时，主任肉乎乎的手搭在他肩上，慈父一样微笑：这事完了，马上提你为副科级研究员——调出去就是副局长。他明明闻到了慈父的口臭，却无比激动：果真如此，他便是在老赵的前面取得了进步，便可以把老赵、孙秋、李冬和刘虹女邀在一起吃个饭了。他已经看到刘虹女坐在饭桌对面为他高兴的神情。

但是这个"鄂中怪将"有点儿令人费解：既然发誓割日本鬼子的

肉给自己做早餐，为何向国军开火、驱赶共产党的抗日游击队？莫非他想在南平境内自个儿称王称霸？这个问题不搞清楚，这个人物就写不明白；这个人物写不明白，这段历史就不准确；不准确的历史比没有历史更糟糕。他是历史系科班出身的，必须吃透这个人。

中途，他出门去尿尿，转来时看见县委办公室亮着灯，相信是老赵这家伙又在开夜车抢跑，不由停下脚步，望着那扇孤单明亮的窗户，摇头鄙夷地笑了一下。可是，他还没有走到寝室门口，南平师范学校的方向突然传来两声尖厉的呼叫……

孙秋是在汉江堤上听到这两声呼叫的。

之前，老赵从酒馆走掉后，他和李冬护送钱夏回到宿舍，钱夏倒床便鼾声大作；二人等着钱夏在鼾声中讲完一段梦话，像熊一样笑了，起身离去。走出宿舍大院，他说要去会一个朋友，又跟李冬分手。但是，在南平，除了老赵、钱夏和刘虹女，他哪里还有朋友呢？他去了南师院墙外正对着琴房的江堤上，在平对院墙的半坡处坐下。这样，他便离琴房很近，目光可以越过墙头看见琴房的灯光。

当时如钩的弯月盈盈地停顿在头顶，夜色清朗，旷野安宁，时光具体而亲切，世间只有《月光曲》从琴房传来……那是克劳德·德彪西的旋律，是刘虹女在弹奏。

一直以来，因为刘虹女，也因为德彪西，他格外喜欢月夜的《月光曲》。小的时候，在父亲朋友的家里，他摸过钢琴；妈妈说，你舅舅童年时就是一个钢琴王子。他喜欢德彪西音律中逸出的那种东方韵味浓郁的曲音、和声与调式，听着它，耳朵让眼睛看见形象与色彩，犹如王维的诗中画。而此时，琴房的乐曲是轻柔的，呈现幽静的夜色，恰是他所处的实景：明月在天，世上渺无他物，嘈杂消隐，微光透明，单是清亮的琴声漫涌，载着他的心灵，且让心中热烈情愫随之流淌而沉迷。

据说德彪西作《月光曲》有感于吉罗的叙事诗《月光比埃罗》，诗中的青年比埃罗陶醉于月光，因沉湎而被月光杀死，而后由于他的觉悟又得到月光的宽恕与拯救，重回人间。此刻，琴房的乐曲带来阵阵清风，江岸的柳枝摇曳，玲珑的叶片发出沙沙的欢悦之声。可是，他觉得吉罗误读了月光，月光不可能杀死那青年比埃罗，分明是比埃罗甘愿自毙于美妙的月光。听，这是多么舒缓的曲调和多么写意的分解和弦，月光安宁得令人心惊，明亮得让人心跳，世上的一切在静穆中律动，在幽光里沉浸！这是多么真实而缥缈的梦境，像是从前在江城大学的哲学小路上,他遇见了刘虹女,她与他迎面莞尔……多么美好啊,请你停留!他无所顾忌地说出了这句不可以说的誓言。

这便是当晚的孙秋,他甘愿独处……

而且李冬可以为孙秋作证。他一向是孙秋的证人。当然,他不会做孙秋身后的黄雀。此时他坐在汉江的河床上,也是独自一人。

对于这天下午一无所获的结果,他并不气馁。不是还有今后吗?晚上从钱夏所在的宿舍大院出来,被孙秋支开在他的预料之中。他知道自己该怎么做。他和孙秋的两辆自行车丢在汉江北岸的堤坡上,从河心水面最窄的地方跳过去,扶起其中的一辆,往北骑行,不到半小时便可以回到北原县城,但是他不会一个人跳过河心。他惦记着孙秋,这家伙既然要一个人去会朋友——去见刘虹女,就让他去吧,也别跟着,妨碍了他的心情,惦记着他便能感觉到自己的感觉。原本的策略不就是跟随孙秋而接近刘虹女吗?他宁愿孙秋走在所有竞争者的前头。在老赵、钱夏和孙秋三人中,他与孙秋投缘,孙秋好他就好,有时甚至同情孙秋一个人孤独地努力。现在,他宁愿在河床上等候孙秋,保持距离陪着他,免得他一个人在黑夜里孤单,或者很晚了一个人走夜路回去。

他坐在河床临水的岸边,可以看见倒在对面堤坡的两辆自行车,月亮静静的,自行车镀铬的龙头和轮圈在月光下熠熠闪烁。

月光也洒满广阔的河床。河床上游浮现出这天下午的情景:刘虹女向着河心走去,一只白鸽子在河心的场坪上迎着她殷切地扇动翅膀,她们相聚在一起,她们在太阳的光芒下说话,她们洋溢着喜悦,她们的声音传来,气息传来,笑脸和心情也一并传来!这情景让月光下的河床生机盎然无比热烈,让他的神经突突奔跑,让他的心绪铺满月夜。一会儿,江堤外的《月光曲》飘然而至,清晰而轻柔地覆盖河床上的影像。他听着《月光曲》的琴声,目光投向河心幽明的水流,看见琴声在水面闪动并流淌……那么单纯,那么诱人!

天空传来一个微音:世上的痴人才有永恒的幸福。

那是月色白净的语言,没有说出来,但他能够听见。

后来,江对岸发出粗犷的叫喊,喊了几遍,李冬听到有人喊着:谁的自行车?便起身大声回应:我们的,别动!对岸的人影离去。

这时他感到有些冷,抱紧胳膊打了半个寒噤,正要蹲身下去,江堤外却传来两声尖厉的呼叫……

如此说来,我们四个人都是清白的。

我们没有犯罪，且各有证据：老赵的证据是县委周书记的女儿周亦敏，钱夏的证据是看见县委办公室亮着灯，孙秋的证据是德彪西和李冬，李冬的证据是月亮和汉江对岸的喊声……可是，在号子里，我们四人并不晓得除了自己之外的他人的情况，也没法串供。

与此同时，在我们，证据是不可以轻率使用的。

因为我们每个人写在白纸上的交代都不可以实事求是：老赵的旧情未死，还不想过早暴露县委书记的女儿周亦敏，而没有周亦敏，就没有证人证明老赵当时在办公室写报告，就无法证明办公室当时亮着灯，随之，钱夏看见的证据之光也就彻底熄灭了——难道他说他的证据是当时正在为领导的著作查阅"鄂中怪将"的资料吗？而孙秋需要李冬，李冬需要月亮，月亮远在天上，喊也喊不应；德彪西算是知音，但人家是从前的人，怎么去找来？汉江对岸发生过喊声，喊叫的人已随影而去，何以大海捞影？如果撇开真相，那就没有证据；如果实话实说或者干脆只说当时独自在月下思念刘虹女，跟做伪证有何区别，简直是不打自招。总之，拿不出实在的证据，无论怎么喊冤，在公安和武永强看来，我们的任何交代都近乎自我暴露。

更大的困难是"揭发"。揭发谁呢？

当晚我们把醉酒的钱夏送回宿舍后便分手了（老赵是直接从酒店走的），谁也没有跟踪谁；既然没有亲眼所见，唯有凭空猜测。由于监室的狭窄与阴暗的压迫，我们一度恍恍惚惚地进入审查他人的套子，居然十分认真地琢磨：究竟谁是"那个人"呢？又因为毕竟不能凭空猜测，还得从案外寻找人格方面的依据，结果，我们的臆断和逻辑推理竟变成了内心的捉对厮杀：一对是老赵与李冬，二人互相以为对方"最有可能"，理由是"表面正经的人往往闷着干坏事"，而孙秋和钱夏这两个家伙把什么都写在脸上，一般来说，明人不做暗事；另一对是孙秋和钱夏，二人所以怀疑对方，是因为他们都相信老赵和李冬有自我管制的强大理性，而情感燃烧的人常常容易烧坏脑子——不是吗？

可是，我们怎么能这么推理？有那么一个瞬刻，我们甚至觉得自己最有可能是那个人，因为每个人都发现自己身上的荷尔蒙实在是极不老实的东西。当然，这并不是我们拒绝推理的由头，实际情形是我们根本就拒绝揭发——我们本是同病相怜的兄弟与敌人，如果没有证据，我们的伦理不允许我们出卖任何人——我们不愿意！

多日之后，我们在"揭发"的部分不约而同地揭发了自己：本人曾经在梦里试图"那个",但毕竟没有付诸行动。

在号子里,我们虽然没有遭遇刑讯逼供,但灵魂一直在受刑:除了为自己内心的卑鄙感到可耻,也因为明知这种没有根据的逼迫交代与揭发极端下流……还不如被拷打一顿。

雪 花

看守民警收走我们写得密密麻麻的白纸后,过了两天,又给我们每个人分发几张干干净净的白纸,说:武队长看过,不行。

这是注定的结果,就像朝着灰坑吐出一泡痰,立马裹在尘埃里。但是,我们已然觉悟,再次拿到的白纸便不是用来写字了。老赵的一个"号友"鼻子喷血,老赵赶紧撕扯白纸,捻成两柱小棍,在他的两个鼻孔上各插一柱,如象牙一样醒目,其他"号友"见了无不欢乐大笑。一日半夜,睡在钱夏身边的人拉稀,提着裤子呼叫草纸,钱夏被吵得半醒,抓起白纸随手递过去,手也懒得收回来,即刻微鼾入梦。孙秋望着外墙的高窗,月光不至,估计天色不好,干脆把白纸揉成一团,掷到窗外的黑暗里。李冬是爱惜纸张的,连折叠也舍不得,把白纸圈成细细的一筒,踮起脚搁在外墙的窗齿间,"号友"们晓得白纸是他的,只看不动,有些羡慕,不明白为什么"干部"只让他一人用白纸写交代……

时间一天一天地过去。我们忽然想起,这个武永强原本是我们的怀疑对象咧,怎么被他一折腾,反倒忘了对他的侦查?莫非他如此整治我们,正是贼喊捉贼瞒天过海的伎俩?问题是我们现在身陷囹圄,如何对他展开侦查?忽然转念,又觉得我们对他的判断,就像我们四人之间的相互猜疑或揭发,也是无凭无据的推理。

看来,侦破此案还得从长计议。

倒是有个情况越来越严峻:看守民警侯卫国每天都伸着细长的脖子在等候钱夏家的人参——可实际上,这事根本就是钱夏的忽悠。

随着时间推移,钱夏必然败露。届时如果侯卫国黑了脸,我们谁都没有好果子吃。钱夏惶恐几日,心生一计,主动招手把侯卫国引到铁窗口,小声问:收到没有?侯卫国笑:正盼着咧。钱夏假意生气:咋搞的?我得催催!侯卫国就带钱夏又去一趟看守所值班室。这回,钱夏真的拨通了东北老家一间砖窑场的电话,让人去传唤父亲;父亲还没来，钱夏向无人接听的电话喂一声，劈头盖脸地冲着虚拟的父亲发火：让你寄两支人参咋这么难？唉！再不寄，我回家上地里全给刨了……有你这样对待儿子的吗？唉！侯卫国听着有些尴尬，去门外点烟。又过一会儿，父亲在电话那头咳了一声，钱夏赶紧喊爸，交代寄人参。父亲问为什么寄到看守所，钱夏说一个大学同学跟人打架被关押了。之后，父亲又问啥时候回家过春节，钱夏说可能回不去，因为要给同学送牢饭。电话结束，侯卫国过来冲钱夏笑笑，难为情地送他回号子。

七天后的一个早晨，从铁窗递给钱夏的铁碗里多了一只白馒头，钱夏抬头去看，侯卫国冲他眨眼一笑。下次，钱夏就把脸嵌在窗口，用喉眼跟侯卫国说话，问咋样，侯卫国说不错，老婆很高兴。钱夏说，我同学赵春、孙秋、李冬肯定也吃不饱咧。侯卫国就笑，用手指戳了一下他的鼻头。次日，老赵、孙秋和李冬由白馒头的数量判定：准是钱夏这狗日的把人参的事搞定了。

馒头多了一个，天气一天比一天冷起来。

号子外墙的窗口飘过微小的白影，抬头望，是雪花，望着望着，便成了密不透风的絮絮白白的流淌。而且奇妙，分明真切地感到沙沙沙的细响，却一点儿也听不见。号子里的寂静仿佛冰冻似的。这时，我们想到远方的家乡：西北的雪，东北的雪，华东的雪，祖父祖母偎在暖炕（床）上，父亲挑两只木桶去冰河里打水，弟妹们出门了，母亲正顺着家门口的路往远处扫雪，越扫越远，却越来越近……只有华南的冬天依旧绿色蓊郁，艳阳下，挑担子的人络绎上山，去祭奠亲人，其中当有李冬的父母！我们就一直望着窗口，望着流淌的雪花。

恍然间，看见了整个南平的雪景。在南师，大雪覆盖所有事物，一切都是写意的白色形体，操场如巨大的雪毯，雪花仍在纷扬；她穿着杏黄棉袄，脖子上围着红围巾，脸颊和嘴唇红红的，正向着我们走来——她的微笑那么明艳，透过稠密的雪帘，我们看见喜悦在她的瞳眸中闪亮。

一连几天，我们都听到了她的脚步。没有谁比我们更熟悉那脚步声。她向我们走来，已走到看守所门口。她是穿着一双咖啡色的皮鞋。她留在雪地的脚印笔直，步伐没有因为焦急而紊乱。她怎么突然停在了看守所门口？她是跟谁在说话呢？她永远是平和的，声音是平和的，即使晓得我们的遭遇，也不会跟人激烈争吵。可是，她毫无办法，朝着看守所的大门内凝望一阵儿，终于转身离去。雪花中，她走出不到百米，掉头望回来……她的眼中满是哀伤，就像那次从武永强的警车上探出头来看我们一样。这一刻，我们恨不得冲破牢笼。

果然，看守民警侯卫国给我们每人送来一件蓝布棉袄，并分别告诉我们：一个叫刘虹女的女青年每天都来看守所，起初她想探监，但知道看守所的规定不能允许，便不再要求；后来，她只问你们四人的身体怎样，天天问；今天，她抱来了四件棉袄，崭新的；她长得好漂亮，真的好漂亮，她还会来的，如果不来，我替你们去找她——真希望你们永远待在号子里不要出去，让我也能看见她。

我们哭了……

我们让侯卫国转告刘虹女：我们很好，我们没事！天太冷，她不要再来，等我们出去了，一定请她去吃火锅，吃江边川娃子店的，喝五箱啤酒，讲号子里的见闻，讲侯卫国大哥是我党的特务！

侯卫国禁不住抹了一把红眼圈。

春节前，我们都给家里写信，表示不能回家团年，理由跟钱夏在电话里说的一样：为同学送牢饭。各人家里从来都没有人坐过牢，也不知道共和国跟戏里的旧朝代不同，是不必送牢饭的。我们还说自己在南平（北原）过得很好，这里天气暖和，春节吃沔阳三蒸，看新电影，请全家放心；终身大事也有眉目了，二老不急，儿子都放在心上。

南平城里的鞭炮声从外墙的高窗传进号子，激烈的噼啪拐了弯，变得闷闷哑哑，依稀闻到淡淡的硝香，满街的烟雾必定是欢腾的：那是过年。从年三十到正月十五，吃团年饭、守岁，初一迎新，祭祀祖先，初五敬财神，初八开工，十五闹元宵，都有鞭炮集中鸣响，表达世人一致的欢悦与祈愿；间或有零星的鞭炮一炸，准是孩子们在玩耍，无忧无虑，无牵无挂，是要再过许多年才会失去单纯的欢乐……这时，我们在各自的号子里呆若木鸡，睁着眼，啥都不看。

时光在青春的愁绪中翻过一道年的坎，号子里的温度渐渐回升，我们解开棉袄领口的扣子，差不多每天往下解开一颗，很快就敞开了棉袄。外墙的窗口刺出一根发芽的绿枝，叶片儿太小，认不出树来。北边的汉江许是涨了潮，河水奔腾，河床淹没，春夏之季便没有窄细的水流让我们跳过来跳过去了。对岸的河坡上，孙秋和李冬的那两辆自行车肯定早已被人推走……冯远志的汉江大桥动工了吗？

突然有一天，看守民警侯卫国带来一个令人目瞪口呆的消息：南平政协的陆主席自杀身亡！

怎么会这样？依据侯卫国先前的讲法，老人家不就是爱上了侄儿武永强追求的女孩子吗？侯卫国说：是的，陆主席的确只是爱着，没有行为；而且武永强亲自调查过，案发当时，陆主席正在舞厅跟两名女子轮番起舞，两名女子后来交代，陆主席其实不行。但是，侯卫国又说：武永强除恶务尽，把叔叔陆主席的事情报告给县委周书记，周书记约陆主席谈了一个下午的话……陆主席曝了光，傍晚回家服下安眠药睡觉，死在无限热爱他的夫人的怀中。

我们无法接受这个事实：他的矮和胖是那么栩栩如生，他的传闻固然臭不要脸丑陋不堪，可他让我们禁不住使劲回想他的样子，他的样子除了矮和胖，所有部位的特征竟然越想越模糊，怎么也找不回来……

三天后的早晨，我们还躺在水泥床上怀想矮胖的陆主席，四间号子的铁门哐当作响，四名看守民警分别叫唤我们的名字，把我们带到了值班室的门外。侯卫国大约是个小头目，一脸严肃地站在门口，公事公办地向我们宣布：你们可以走了。我们一时愣住。钱夏神色慌张地问：侯哥，你这是干什么？可不要犯错误呀？侯卫国的小脸憋不住，扑哧地笑了一半，挥手道：走吧，不走，回号子也行。

我们就相信了，离去时，扭头依依不舍地看着侯卫国。走出看守所大门，灿烂阳光打得人眼花，不由停住，拿手遮在额上……

第五章　寻找虹女

鞭　炮

之后，我们四人手拉手奔跑起来。

我们穿着同样的蓝布棉袄，胸前敞开，奔跑中，棉袄的下摆迎风扬起，像一排滑稽的翅膀。天空既新鲜又宽阔。

我们只管奋力奔跑，不用商量，朝着不约而同的方向：南平师范学校！我们要见刘虹女，带她去江边的川娃子店吃火锅，喝五箱啤酒，谢谢她为我们送棉袄，给她讲去年秋天以来我们四人在号子里斗智斗勇的光辉事迹……让她为我们的高兴而高兴，让我们共同的高兴湮没所有的不高兴！这个时候我们绝不计较爱情，只管纵情欢乐。

不料，我们到达南师大门口时，那个守门的白发老者突然横起双臂迎面拦截过来，我们紧急刹住，差一点儿扑到他的身上。

白发老者慌张地说：四位同志，你们来晚了！

什么意思？我们豁着嘴巴吼吼地喘气。

白发老者落下眼帘：刘老师昨天上午出走了。

胡说！我们齐声吼道。

白发老者吓得一抖，忧伤地回应：我怎么能胡说咧。

钱夏刺出一根手指：是武永强让你阻拦我们的吗？

白发老者摇摇头，让开身子：不信，你们去问校长。

我们当然不信。我们径直去见刘虹女。南师教工宿舍由两溜平房夹成一条街，俗称夹皮沟。我们自西向东，奔向北街东头第一间，那是刘虹女的住所——可是，我们老远看见房门上挂着一把黑锁，脚下不由粘住了，瞬刻之后疾跑了过去，一起揪住黑锁，锁上是"永固"二字。

我们面面相觑。转身看窗户，窗上有铁齿，玻璃门由室内关闭，里面挂着深蓝色布帘，没有透视的缝隙。钱夏发现窗帘上方坠下一道弧线，抓了窗齿登上窗沿，站起身，贴着脸往里看，看过一阵儿，跳下来，默然不语。接着，老赵、孙秋、李冬轮流登上去、跳下来，也都不吭声。房间里：左首顺墙摆放一张单人床，床上露出床板，被子叠放在端头，旁边是孙秋提过的那只浅蓝色皮箱；床铺对面的书桌上仅有一个纸盒，木椅推进去贴靠书桌；书桌右首边的书架搭了一块粉色花布，有书籍顶出的褶印；靠近房门处是洗脸架，搁着白色搪瓷脸盆，架顶挂两条花色不同的干枯毛巾……只有窗户下面有一块看不见的地带，微小得可以忽略。倏然间，天空就阴沉了。

我们去教师办公室。

正是上课时间，刘虹女平时所在的办公室没有人。办公室的门半开着。室内跟普通教室差不多大小，办公桌两两一组地摆放，所有桌上都堆放着书本和教学用具。我们晓得刘虹女的座位，看见她的座椅跟宿舍里一样贴靠着办公桌。四人疑惑地走进去，站在她的办公桌前。桌面斑驳洁净，有学生的作业本码在右前方，与桌子的边角整齐对应；作业本旁边有两盒粉笔，一盒白色，一盒红色。大家便静默。

孙秋挪开椅子，拉出抽屉，屉中只有一本《英汉词典》，拿起，揭开板纸封面，目光落在扉页上。其他三人探过头来。上面工整地写着：

1961年9月1日女儿虹女出生日购于江城新华书店。

也就是说，这本《英汉词典》是刘虹女父亲购买的。

刘虹女何以如此庄重地把它放置在办公桌的抽屉里？

这时，下课铃当当响起，阻止了时光回溯。我们抬头隔着玻璃窗朝教学楼望去，老师们纷纷从教室门口出来，没有看见刘虹女……我们合上《英汉词典》，把它归于原处，把抽屉归于原处，把椅子也归于原处，走出办公室，去办公楼北端的琴房。

琴房门是常开的。琴房里很安静，隐约泊着琴声。刘虹女常用的琴室在琴房走廊左首的第一间。我们进了这间琴室，像以前相约来看她一样，她坐在钢琴前弹奏，四人去钢琴的端头，向着她贴墙而立。静候之际，竟然真的看见了她：她穿一件纯白的高领毛线衫，套V领的蓝色外衣，婷婷而坐，身体随着节律晃动；她的黑发像瀑布流泻在脑后，发际线的细小发茸清晰地挂着阳光……她的宁静有些矜持，嘴角却沁出童话一样的微笑——琴声在手指下流淌！

于是，琴室里回荡着热烈的混音，有贝多芬的《欢乐颂》、德彪西的《月光曲》、塞内维尔的《秋日私语》……仿若原地发生的风，在我们眼前漫卷，把无边的时光吹拂得波光粼粼。我们抬起头，目光越过钢琴另一端的玻璃窗，看见了校园的院墙，那院墙之外是江堤，堤坡上有一片草地，去年的秋天已被我们坐得低短而枯黄……

什么时候，身旁发出一个低沉而悲伤的声音：四位朋友，你们来晚了一天，刘虹女老师确实走了。

我们一起掉头，是一位面庞清癯的中年男子站在琴室门口。

他看着我们，嘴唇又嚅动一下，忧戚地笑笑：我认识你们，你们来过南师，我是南师的吴校长。

我们便诚恳地叫唤吴校长，迎过去问他还晓得什么情况，他迟疑片刻，无比艰难地从中山服上衣口袋里掏出一封信，递给我们，老赵接过来，从信封里取出信笺展开：

尊敬的吴校长：
　　出于个人原因（不必与去年秋天的那桩案件过度联系），我决定离开学校，不再回来或出现。请您谅解！您不必派人寻找我，离开是我的抉择。我要为世间的美好找到安放的位置。如果我的同学和朋友来问我，您将这封信给他们看：他们的不安和难过会让我更加不安和难过。谢谢您一直以来对晚辈的关心指点！
　　　　　　　　　　　　　　　　　　　　刘虹女
　　　　　　　　　　　　　　　　　　　1983年4月1日

现实的时空瞬刻消失。

我们失去了我们，泥塑一样定住。无影的恐慌陡然淹没所有真实的过往和真切的期待——我们一下子连她的踪迹也看不见！

后来，吴校长又牵又扶地领我们走出琴房。信还捏在老赵手上，吴校长缓缓取回了信。我们赖在琴房外面的廊道上不肯离去。老赵退到旁边，低着头来回疾走；钱夏蹲下身，双手抱头，狼一样呜呜呻吟；李冬一手搭钱夏的肩，一手拍打他的背，自己的眼睛一片模糊；孙秋孑然呆立，真的像一根细瘦而孤独的竹竿，突然仰天大喊：刘虹女——你在哪里？校园的四面传来回声。

然而，事情诡异地凑巧：孙秋的喊叫点燃了一串鞭炮——南师校门外传来噼噼啪啪的乱响，并且裹挟着嘹亮狂热的欢笑。

我们本能地惊诧：这不年不节的，"四人帮"打倒了多年，何以鞭炮庆贺？掉头观望，只见鞭炮的烟雾中摇曳着一片花花绿绿的人影。

事情突发而不寻常，我们向校门口奔去。

穿过大半个操场，鞭炮声戛然熄灭。校门那边，守门的白发老者正隔着栅门跟一群女人争吵。他显得无比激动：扬起一只胳膊挥舞着，冲向女人们叫嚷一阵儿，气愤地掉头退回来，没走几步，忍不住，又转身回去叫嚷……他如此折返两三次，女人们叽叽咕咕地离散，他去到栅门一侧，又着腰大口喘气。

我们来到白发老者面前，问怎么回事。

老人家气呼呼地犟着脖子，什么也不说。

栅门外一位看热闹的老太太摇头叹息，主动告诉我们：是一群婆娘不要脸——听说学校的一个漂亮女老师走了，觉得天下太平，就邀到一起，来这里放鞭炮——真丑啊，这号德行，天下怎么太平得了？

原来在我们之外，南平已然骚乱。

我们傻眼了……连同恐慌与茫然。

江　汛

但我们毫不犹豫地决定：去公安局找武永强要人。

怎么要？老赵希望此事由他和孙秋出面，不搞全体上阵。意思是和平交涉，避免争吵，万一遇上麻烦又被抓进去，外面留有策应力量。钱夏明白老赵担心他行事鲁莽，点头同意，却撇嘴一笑。李冬提议，老赵和孙秋去公安局时，他跟钱夏再回学校找吴校长。钱夏问干什么，李冬说，吴校长肯定晓得很多我们不晓得的情况。

大家约好，分头行动后在汉江堤上会合。

老赵和孙秋来到公安局门口，门卫不许进，孙秋说我们有重大案情报告武永强队长，门卫让等一等，回门卫室打过电话，出来后交代原地等着。太阳快要当顶，斜照公安局大楼。天气有些热，老赵和孙秋抓起棉袄的襟摆扇风，观望大楼上的警徽。

一会儿，武永强从大楼前的台阶上走下来。他穿一件浅灰色夹克便装，左臂戴着醒目的黑纱。老赵和孙秋愣了一下，即刻记起他叔叔陆主席已于前天自杀身亡——对于他，这应当是十分别扭的悲伤。二人放下棉袄襟摆，肃穆迎候。武永强的板寸短发已长得太长，眼泡浮肿，嘴巴周围明显黑了一圈，样子见得憔悴，单是神情平稳，目光直视，依然在悲痛中透出硬汉的锐利。

老赵和孙秋正要招呼，武永强抬手示意一下，走到近前站住，直截了当地说：放心——你们的事我正在写报告，说明你们没事，不会耽误你们的工作，也不会影响你们的前途——放心回去上班吧。

原来他误会了我们的来意，难道他不晓得刘虹女已经出走？尽管他的态度突然变得和气，但我们的前途无关紧要。

不不！老赵连忙说：我们还没来得及考虑这个，我们找你，是请你告诉我们，刘虹女去了哪里。

武永强不经意地垂下眼帘，一时沉默，再抬眼看老赵和孙秋时，目光迂回曲折，话依然滞留在嗓眼里。老赵和孙秋定定地看着他。武永强终于长舒一口气：既然你们已经去过南师，那就坦率告诉你们吧，我大概比你们早三个小时得到这个消息，也因为出了这么大的事，我才通知看守所马上放你们出来。

原来如此？老赵和孙秋互看对方。

武永强接着说：刘虹女出走究竟是什么原因，公安局有义务进行调查，但对于你们和我，当务之急是尽快把人找回来，我会调动一切力量去找，如果有了进展，一定在法律容许的范围内及时知会你们，你们有消息也请马上联系我——赵春在县委办公室工作，我与你联系应该很方便。说完，看看老赵和孙秋，凄惶地收回目光：就这样吧。

不然又怎样？老赵和孙秋戚然无语。

而且，二人的情绪不得不马上拐弯：武永强间接整死作为情敌的叔叔陆主席，直接释放了作为情敌的我们四人，正在着手寻找自己疯狂单恋的刘虹女……他的样子已由悍虎变成病猫，跟从号子里出来的我们一样悲凉无助，让人同病相怜，还能跟他怎么斗争呢？

敌我双方许久沉默在明晃晃的太阳下。

后来孙秋对武永强说：我们来之前，看见一群女人在南师的门外放鞭炮，大肆庆贺刘虹女出走咧。

武永强苦笑：我们已经晓得，除南师外，还有几处，有人甚至跑到县妇联去放鞭炮；本地妇女呀，醋劲在全国闻名；不过公安局对这种情况无能为力，除非她们违法犯罪。

离开时，老赵向武永强借十块钱，武永强掏钱给老赵。之后，二人往江堤方向走，老赵顺道买了一袋馒头。

江堤上会合的具体位置没有约定，四人都晓得是正对着南师琴房的堤坡。这时，钱夏和李冬坐在半坡上等候，看见老赵和孙秋回来，兴冲冲起身迎接，发现二人默着脸，不由顿住。等他们到了近前，钱夏问：咋的？孙秋说：武永强只比我们早三个小时晓得刘虹女的消息。钱夏一下子凸起眼珠，大声咆哮：这个王八蛋在捣鬼，老子杀了他！老赵烦乱地摇头：你把他杀了，刘虹女会自己回来吗？

四人一时歪斜在堤坡上。

老赵抖抖手上的塑料袋：先吃吧。

大家坐下来分吃馒头。李冬介绍南师这边的情况：据吴校长讲，刘虹女所以分配到南师来，是因为她父亲曾经也是南师的英语教师，老刘老师已于1981年夏天（刘虹女毕业前一年的暑假期间）去世；老刘老师在南师教了两年零三个月的书，此前是沙洋劳改农场的政治犯；1979年春天放他出来时，本来有很多很好的安排，但他一概拒绝，坚持要来南师——以老刘老师的学问，教中师是屈才的，其中肯定有原因。

孙秋问：刘虹女的母亲呢？

李冬说：她母亲在外地，是本省宜城市教育局的干部，由于身体原因已提前退休；据说她母亲跟她父亲长期没有往来，或许是离异，到底什么状况，吴校长没细说，暂时不便打探。

老赵问：刘虹女在南师还有特殊人际关系吗？

李冬说：她跟以前在大学里一样，对所有人友善礼貌，但没有特别深的私交，接触较多的是吴校长，因为吴校长跟她父亲同过事，她拿吴校长当长辈；吴校长提到，不久前有个跟她年龄差不多的女孩从外地来看望她，在学校住了一宿，不过吴校长没见过那女孩。

钱夏补充：还有，刘虹女走之前把宿舍钥匙交给了学校。

这么说，消息很坏，进一步证明刘虹女的出走不可逆转。

老赵和孙秋听了，嘴上含着馒头愣住；钱夏和李冬像是犯了错，也鼓起腮帮不再咀嚼。大家的心情越发沉重。

阳光杀眼，我们把头落下，埋在膝间。

身上有蓝布棉袄，暂且遮起一片阴凉……

不知什么时候，孙秋独自起身，拎着剩余的馒头朝堤面走去。

上了堤，西行大约三百米，停下，望着一江春水。此处是去年秋天李冬背着钱夏上岸的地方。一晃已是半年光景。而今，那日下午的天高云淡不见了，旷阔河床不见了，碧水细流不见了，可四个人分明凝固在真实的河床上，那只白鸽子和刘虹女依然光芒四射……记得那个夜晚南师校园传出刘虹女的呼叫，记得我们在南师大门口呼喊，记得我们曾经被带进南平县公安局看守所……然后我们出来，刘虹女不在了！眼前桃花汛期的汉江正在奔流，去年秋天的那一日淹没在浩瀚波涛之下。

这一刻，孙秋觉得青春只是一道微光，面对蛮悍无常的洪流根本无法把握，稍不留神就被浪涛带走，那遗留在河床上的影像往后何以找得回来？这是注定的伤。只是，他的心仍在跳荡，青春不肯死去。他强烈地感到这洪流下的河床还在，那河床上有过的人和时光还在，哪怕一切都不确定，也宁愿拥有那不确定的一切！他真想一个猛子扎进江水，去到那洒满阳光的河床。他颤抖着。他确认，青春是舍得的，是可以豁出生命的，是带着伤痛的忠诚与美丽！

上游不远的岸边，有一个钓鱼人，穿灰褂，戴草帽，端一支长长的竹竿，身边跟着一个扎羊角辫穿花褂的小女孩，一只竹篓半没在近岸的水中。孙秋无心注目，但那竹竿不时扬起，总有一道白影在眼睛的余光中闪现。他开始做自己的事，从塑料袋里取出一个馒头，一片一片地撕碎，抓住一把，扬起胳膊，使劲将馒头碎片扔向江心——去年秋天，刘虹女和一只白鸽子就站在那儿的河床上，他想托江中的鱼儿去探望和慰问，又莫名地想起汨罗江的屈原和每年五月的粽子。

穿花褂的小女孩跑过来，高声喊：大哥哥，你在干什么？

孙秋转头看了看小女孩，自言自语道：我有魂魄搁水底，打捞只在我心里！接着又要将一把馒头碎片扔出去。

小女孩说：你的话听不懂——请你不要扔了！

孙秋半举的手停住，回头看着站在身边的小女孩。

小女孩伸手扯扯他的衣摆，一双快要从眼眶里掉出来的大眼睛盯着他：大哥哥，我妈妈病了三年，家里没钱，我爸爸为妈妈钓鱼；你扔下馒头，鱼都去抢，就不会上钩，你不扔了，好不好？

孙秋木讷了瞬刻，落下举起的手，向远处那位专心钓鱼的人望去，眼泪无端地漫涌出来……小女孩很诧异，怯怯地说：哎，你不要哭嘛，我去拿一条鱼来送给你。孙秋挂着泪珠微笑，冲小女孩连连摇头，小女孩疑惑地看着他，慢慢退去……

堤坡这边，老赵、钱夏和李冬从膝间抬起头，发现孙秋和剩下的馒头不在，一起朝江堤上张望。孙秋正满脸泪痕地往回走，手里仍拎着装有馒头的塑料袋。等他近了，钱夏惶惑地问：没事吧？孙秋只说：刘虹女是我们的爱人，我们应该亲自寻找，不要指望别人。

往　事

次日，我们四人兵分四路：钱夏往东去江城打探刘虹女的下落或查找知情者，比如那个来南师看望过刘虹女的女孩子；孙秋西去宜城拜见刘虹女母亲和寻访刘虹女故地；李冬再返南师，顺着刘虹女父亲这条线进行调查；老赵马上回单位上班，以便守候在电话机旁，跟各方保持联系并汇总传递信息，包括公安局武永强那里的情况。

老赵换了一身衣服回到县委办公室，果真没有受到"蹲号子"的影响，主任让他原来干什么还干什么。说起"蹲号子"，年长的同志都说根本不信小赵是那种人；年轻人倒是颇有兴味地打听号子里的见闻，问他怎么连一点儿皮毛也没有损伤，他高度赞扬南平的监狱文明。而且，据说组织上是关心他的，一直有人过问他的情况。县委办公室是县委周书记的后院，周书记散步过来，见了他，像往常一样微笑，用一根手指朝他摇摆：没事，好好干吧。

周书记的千金周亦敏也来了。案发那天晚上刘虹女呼叫时，她是跟老赵一起离开办公室的，按说应该站出来为老赵作证，但老赵慌张地丢下她奔向另一个女子令她心生怨怼，干吗替这个脚踏两艘船的家伙帮忙呢？当然，主要是另有非凡的克制和考量：首先，案子落在武永强手里，父亲的政治朋友正在介绍她跟武永强处对象，她暂时不宜出面讲话；其次，她跟老赵的事所以进展温吞，关键是有刘虹女隔在她和老赵之间，她希望通过此事让老赵与刘虹女在情感上有个了断；再者，关押的事还没有闹到不可收拾的地步咧。周亦敏给老赵送来一听奶粉和一袋苹果，说起看电影，老赵说忙，过一阵子吧。

当务之急是找到刘虹女。

几天后，李冬、孙秋和钱夏先后给老赵打来电话，通报了各自寻找刘虹女的进展。李冬逆着老刘老师的人生历程探寻，去到老刘老师当年所在的沙洋劳改农场，在一个高墙上植有铁丝网的院子里找到了仍然记得老刘老师的管教干部，干部说，老刘啊，那是一个说不坏的人。孙秋到达宜城市后，拎着一袋糕点，几经周折，在该市教育局位于长江边的宿舍院见着刘虹女的母亲，没敢讲刘虹女的近况，也没用"拜访"一词，只说是出差路过，特来看望阿姨；老人家说孙秋长得很像刘虹女爸爸年轻时的样子，留他说话，还吃了一顿饭。钱夏在江城大学奔走两日，已查明刘虹女大学期间所有同班女同学的去向；此外，还结识了老刘老师的一位大学同学，姓欧阳，现在是江大英语系教授，自称过去与老刘老师一直保持友谊，是刘虹女的义父。

但是，三方面暂时都没有刘虹女的下落。

老赵每天按时上班，表面认真工作，心思牵连着电话机，一步也不离开办公室；下班了，故意磨磨蹭蹭地滞留，再等一会儿。趁着办公室没人，就模仿县委周书记的样子背起手，来回踱步，综合各方面的情况加以分析整理。有一次电话突然响了，冲上去接听，却是周亦敏打来的，叮嘱他劳逸结合。

如此数日，老赵虽然没能锁定刘虹女的去向，却厘清了刘虹女的家庭背景和一些隐秘信息。

刘虹女的父亲老刘老师名叫刘家远，祖籍河南偃师首阳山（神话中的虹女出现的地方），1959年毕业于本省H师范学院英语系。据欧阳教授回忆，刘家远老师大学时除了轻度洁癖，德智体美样样都好，大三时加入中国共产党；大四下学期，老刘老师来南师实习，认识了刘虹女的母亲王昭虹。王昭虹阿姨是南师应届毕业生，人长得标致，能歌善舞，自然是校花；当年追求王阿姨的人不计其数，除了学生，也有老师和校外干部，情形犹如现在的刘虹女，但王阿姨木秀于林，心不为南平所动。

欧阳教授说，当年来南师实习的有四男两女，他也在其中，家远兄担任领队；由于他们是省城的大学生，南师学生既好奇又羡慕，都乐意跟他们打招呼，让他们很有优越感。有一天，在课堂上，家远兄与学生王昭虹的目光碰到一起，擦出了火花……一切由此开端。

老赵回顾至此，眼前浮现出最初的刘虹女。那时，她是江城大学英语系的新生，虽然瘦弱，却有别致的美丽，他和钱夏、孙秋、李冬都跟刘虹女有过第一次相见；其中，长头发孙秋的交代是，在那条通往湖滨宿舍的"哲学小路"上，他与刘虹女相遇之际，彼此羞涩，目光只敢持续三分之二秒——莫非也是"火花"？

欧阳教授接着讲，虽然他们的时代很古板，但刘家远老师读了大量英文版的欧美文学，不缺自由精神。初夏的一个夜晚，月上梢头，在汉江边的柳林里，刘家远老师等来了王阿姨；尽管林中没有夜莺鸣啭，但月色江水波光粼粼，他俩手牵手，空气中充满爱意。牵手后，两人很快照本宣科地走完恋爱程序。一个周日的午后，他们来到江边，躺在林中的沙地聆听蝉声，后来刘家远老师匍匐在王阿姨身上说话……但是，他们不知道，他俩的爱情遭了贼。在他们忘却世间万物时，有一双眼睛在柳林一角盯着他们——这个人是南师上届毕业留校做行政事务的易大龙。事后，易大龙暂时没有告发他俩，而是约王阿姨谈话，要求王阿姨跟他好，否则就去敲校长办公室的门；王阿姨当时有当时的坚贞与勇气，冲着易大龙冷笑：你去呀，我又没犯法。这家伙真的去了……钱夏问欧阳教授怎么知道得这么完整。欧阳教授说，家远兄在南师隔离反省时，他负责看守，偷看过检讨书。

但刘家远老师和王阿姨当时在树林里毕竟衣衫完整，也就是说情节在"红线"之内，只能算作违规恋爱；回到H师范学院，政工干部在私下批评了刘家远老师，没给记过处分。

第二年有个插曲，几位教授联名推荐刘家远老师留校，有人重提南师旧事，王阿姨来学校找领导，申请派人带她检查身体，领导不知所措，王阿姨自己去了医院，带回一份"处女"证明放到校长办公桌上，刘家远老师得以留在大学任教。同年，王阿姨在南师毕业，因南师是县里的中专，无法分配到省城，最后选择回家乡秭归做初中老师。两人从此鸿雁传书。1960年冬，刘家远老师从江城坐轮船逆流而上来到秭归，与王阿姨在香溪河畔的屈原诞生地越过了"红线"。不久王阿姨怀孕，刘家远老师跟王阿姨紧急结婚，开始为王阿姨的工作调动四处奔走；欧阳教授得知情况，恳求做副省长的叔叔出面打招呼，不料副省长的招呼一到，王阿姨竟平步青云，直接调进了省教育厅。

不久，在H师范学院的校园，一对漂亮的年轻人经常出现在公众的视野里，又是伉俪，过往的诸种风流也就成了爱情的颂歌；即使女儿刘虹女出生得太早，证明二人曾经不够矜持，实属政治瑕疵，可谁都能将心比心，马虎一笑，倒是在心里羡慕。

1960年代前期，刘虹女是H师范学院的小公主，没有人不喜欢这个水晶玲珑的小人儿。刘家远老师和王阿姨抱着或牵着小虹女出门，总有同事和学生半路拦截，将小虹女抢过去抱一抱、逗一逗；如果稍稍打个岔，就会有女学生把小虹女抱去寝室。那时，刘家远老师在事业上刚刚起步，几首汉译英的中国旧体诗在国外发表，获得好评，正着手翻译毛主席诗词。有一次，小虹女被人领走，刘家远老师索性回家查阅《英汉词典》；王阿姨下班回来不见小虹女，问怎么回事，刘家远老师说出一个女生的名字，王阿姨去找，结果小虹女从甲转到乙，又转到了丙的手里，好不容易才找到满嘴糊着饼干渣的小虹女……这次王阿姨很生气，以教育厅干部的口气对刘家远老师进行了严厉批评。

　　王阿姨在教育厅人事处上班，政策水平、政治觉悟日益提高。欧阳教授说，刘虹女三岁生日聚会时，王阿姨跟刘家远老师有过一次争口。话题由中国古代四大美女之一的王昭君引起。王昭君出生于汉朝南郡秭归的宝坪村，是王阿姨的祖先。王阿姨说，先人昭君是出塞和亲熄灭边塞烽火五十年的民族女英雄。刘家远老师说，对昭君而言，那是汉王朝给她制造的人生悲剧。王阿姨说，这是什么鬼话？难道天下安宁不比个人遭遇更重要吗？刘家远老师说，但汉王朝的动机不过是为了自己的安逸。王阿姨说，你为什么不从国家大局出发看问题？刘家远老师说，我更愿意从本质上看问题——你知道什么是昭君出塞吗？昭君原本是供汉元帝玩弄的宫女，当时宫女太多，汉元帝不愿费事，命画工画出宫女像，让他看图挑人宠幸，宫女们都贿赂画工，唯独昭君不肯，结果她被画得相貌平庸，一直未与汉元帝见面，等到匈奴求亲，汉元帝便按图选了她去，到临行时，才发现昭君原来是宫中最美的女子，悔之不及，后来竟一气之下，把毛延寿、陈敞等画工给杀了。王阿姨听得气急败坏，大叫：你这是编造，我的版本是昭君主动要求出塞和亲！刘家远老师反问：你信吗？王阿姨断然回答：我信！

　　以上是钱夏的报告，接续的情况来自孙秋和钱夏——

　　1966年，五岁的小虹女上学了。上学第一天回家，遇上一群人在书房里翻箱倒柜，爸爸低着头，妈妈瞪着爸爸；小虹女见爸爸心爱的《英汉词典》掉在地下，上前捡起来，却被妈妈夺去，扔到了窗外，小虹女哭着朝屋外跑，等她从楼下抱回《英汉词典》，家里只有大义凛然的妈妈，不见爸爸……孙秋在宜城市的电话里说，满头银发的王阿姨讲到这儿，停下来连连摇头叹息。当时，小虹女问：爸爸呢？王阿姨说：你爸反动，写检讨去了，不管他！而江城的欧阳教授告诉钱夏：没料到当年领导 H 师范学院"文化大革命"的人竟是易大龙——这个革命最凶的人深藏复仇的恶念，他从一篇探讨刘家远老师译作的文章中发现，刘老师把"不爱红装爱武装"的"红装"译成 Red dress up(红色装扮)，以此认定为"反红"。刘家远老师说，"红装"是借指女子艳装——这个修辞很形象呀。易大龙恼羞成怒，给了刘家远老师一个耳光，将他关起来"写小字"，发动群众重新挖掘他在南师勾引女生的前科……

后来王阿姨去宜城市教育局当了副局长。这一节王阿姨没讲。欧阳教授认为，这一节跟易大龙出任宜城市"革委会"主任有关。此间刘家远老师下落不明，小虹女只能留在王阿姨身边。

但王阿姨忽然露出笑脸，不无欣慰地告诉孙秋：我们家虹女跟她爸爸一样，打小就有文艺天分，喜欢文学和音乐，但凡她有要求，我都满足，包括学习钢琴……

珙　桐

从王阿姨家出来，孙秋去看刘虹女以前念书的学校。

当年，刘虹女在江城念完小学二年级后，随王阿姨来到宜城，转入红旗小学上三年级。从家里去学校大约要走 800 米曲尺街巷，转折前的巷子很窄，而今巷子两面的砖墙新粉了白漆，左右低处各有一道花糊的划痕，映出小书包的摩擦；出了巷口，朝左不远便看见两个水泥柱的校门，右柱上写着"红旗小学"，楷体，"旗"字的一点已脱了红漆。

孙秋站在关闭的铁栅门外，朝里看，操场上空无一影，几只小麻雀飞来，歇在中央张望；操场对面有一个长方形的花坛，春天早热，花坛内五彩斑斓，花坛两端各有一棵青翠蓬松的树，树的冠顶已开满洁白的花朵，隐在叶丛中跃跃欲飞，似有清香袭来。这是什么花呢？白玉兰？不像，白玉兰不会这么活泼闪烁。几间教室里传来老师讲课的声音，互相重叠或交错，隐隐约约地遥远；有一处的学生齐读课文，童音琅琅，孙秋侧耳聆听，仔细分辨，希望听出那声音中的一个声音……小麻雀们见他长久呆立，倏然飞去。

然后，孙秋来到滨江中学的门口，刘虹女的初中在这里度过。从校门口往里看，也是一片小操场，也有花坛、花草、开花的树和淡淡的清香。正是课间休息,学生们三三两两地在操场上说笑嬉闹。孙秋看见一群女生,一直朝那边看,老是看不清一个瘦削女孩的面庞……上课铃响了,操场上顿时空落,孙秋站立一会儿,转身离去,向人问过路,往刘虹女家的方向走。一路的街面都有小店铺,卖杂货、文具和小吃;此地好辣,空气中飘荡油炸的胡椒味。孙秋晓得刘虹女的口味清淡,见到卖发糕的摊点,买下两个,一边走一边吃……估计刘虹女那时上学或回家至少得花二十分钟。是谁陪伴着她呢?

刘虹女初中毕业后升到宜城市教育局直管的宜城中学。再从家里去学校,路程更远。王阿姨说,刘虹女念高中时是骑单车的。去宜城中学的路上,孙秋心里计算着:刘虹女1976年高中毕业,"文革"期间从小学到高中改为9年学制(其间调整了一学期),也就是说,刘虹女高中毕业时刚满十五岁。到了宜城中学大门口,孙秋驻足朝里观望,一眼所见又是一棵开白花的树,但门卫室走出一个中年汉子,隔着栅门恶声问道:干什么的?孙秋一愣,想到高中因为高考看管得紧,连忙说不干什么,走过大门去。大门另一边有一排玻璃橱窗,里面展示了恢复高考以来历年的成果,考取一般大学的学生榜上有名字,考取重点大学的除了名字还配有黑白照片。孙秋心头一动,直接去看1978年的榜单,果然就看见了刘虹女——宽宽的额头,大眼睛,端正秀气的鼻梁,嘴角抿着微笑,两条垂到肩际的黑辫子,小翻领的白花褂——黑白分明的秀美芳华!他的心口怦怦直跳,像时隔千年后见到了刘虹女,眼睛一瞬也不离开照片。他从来没有如此正面、长久、亲切地凝视过她。他想叫唤她一声,或者朝着天空大喊她的名字,他一直在颤抖。

黄昏时,孙秋坐上一辆红客车,前往宜城市东南方向百里外的永宁镇。他已打听过,到了永宁,向南步行七华里山路就是鸽子坪——刘虹女高中毕业赶上当地最后一批"知青下放",去了那里。眼下,既然刘虹女出走后没回家,也没去别处,他希望那里有她的消息,或许她就出现在那里。他的心跳驱赶着车轮,刘虹女的样子不时闪现,洁白的清香已在鼻端飘绕……他忽然感到寻找竟是幸福的旅程。

可是红客车太老旧,中途抛了一次锚,晚至半夜才到达永宁镇,孙秋只好投宿当地有名的永宁旅社,等待天亮。

翌日,孙秋早起,去旅社食堂吃早餐。

不料,在这遥远异地,在旅社冷清的食堂门口,我们四人——老赵、钱夏、孙秋、李冬——竟然不期而遇!大家禁不住一阵欢呼。原来，各人都是按现有线索追寻而来的，之所以没有通过老赵互相转告，不过是想让自己成为第一个见到刘虹女的人。

早餐后四人一同出发。行前，老赵去附近的杂货铺买了一盒烟和一包糖果，准备去乡下见"贫下中农"。

鸽子坪在一片山地的南边。去鸽子坪的土石路依傍群山的腰间向前蜿蜒，两侧常见陡峭悬崖；但路面起伏舒缓，也不窄，留有拖拉机行驶的辙迹。我们按赵钱孙李的顺序摆成纵队，如行军一样疾走。路旁返青的杂草已然蔓密，各色花朵点缀其间，像是温婉的迎接。抬头望，映山红和油菜花在远处山坡的阳面稀疏交织，一层一层上升，一片一片绵延，阳光下的景色鲜活而悠旷。气温渐渐升高，不时有山风机灵地溜过，百卉的香气在空中交融流淌……鸽子坪就在前方，脚下是刘虹女曾经走过的路，大家默默地想念，不必说出来。

一只白色鸟从头顶划过，但不是鸽子。老赵忽然说：我相信那天刘虹女是和一只白鸽子在一起。他指的是，去年那个秋日的下午，我们被抓进号子之前，在汉江河床见到的幻景。钱夏回应：我从来都没有怀疑过咧。李冬补上一句：是啊，刘虹女和鸽子有缘。老赵又问：鸽子坪会不会有很多的鸽子呢？孙秋说：现在只有刘虹女晓得。

到了鸽子坪地界，路边地里有一个戴草帽的少妇在锄草，钱夏高声招呼：喂，大姐，鸽子坪知青点还有多远？少妇停下活计，拄着锄柄望过来，回道：不远，过了前面的山尾巴，就在清湖边。我们还没说谢谢，少妇又道：等等，干脆我带你们去吧。

我们随她绕过山尾，面前是一片开阔地，由山脚向南延展到远处的湖面；那湖应该就是清湖，湖中静卧一座荒岛。在山脚的高坪上，有一排红砖红瓦的平房，红色已在积尘中模糊，墙面残留一行石灰标语，勉强能辨出"广阔天地"和"大有作为"，知青点就到了。

少妇取下草帽说：村长在屋里算账，我去喊他。一面快步脱离我们。我们绕到房子向南的正面，发现此地的格局更改过，房子的廊道用灰砖砌成了"凹"字形，檐下码着农具，禾场上歇一部手扶拖拉机，南边架起的竹竿上挂有老人小孩的衣物：知青点已是农家住宅。

正观望着，村长从屋里出来，热情招呼我们，那女子则留在了屋子里。村长四十岁上下，中等身材，酱红的脸色，冲我们笑出细密的眼角纹，却不问来者何意。老赵正要说话，钱夏抢先道：村长，我们是来宜城做社会调查的，因为有个同学曾经下放在这里，特意来看一看。村长微笑着说，好啊好啊，我们这个地方很值得调查。其实我们更想单刀直入，问刘虹女有没有来过这儿，但我们不能让村长产生惊慌或疑惑，给我们提供有所修改的信息。少妇从房里搬出两条板凳，请我们坐下说话，看上去，她应该是村长的妻子。

坐下后，村长接过老赵奉上的烟，问：你们的同学是哪一位？我们说：刘虹女。村长哦了一声：小刘现在在哪里工作？我们的心头不由一沉：他这么问，说明刘虹女最近没有来过鸽子坪！但我们必须镇定，告诉他：刘虹女在本省南平师范学校教书。村长连连点头：嗯，这丫头是个当先生的料子，好学，有文化，脾气好。忽然忍俊不禁，讲起刘虹女力气小，村里专门为她打一把小锄头的趣事。我们努力跟着他笑。这时少妇插话：人家虽说力气小，漂亮呀！大家转头去看，她坐在一个马扎上，正背对着这边奶一个站在地上的孩子。村长撇嘴：小气。少妇半嗔半笑地说：鬼叫你当了两年花痴的——那把小锄头又不是队长安排你打的，是你自作主张偷偷去街上打了拿回来的。见他们夫妻内斗，老赵记起口袋里有一包糖果，就掏出来交给钱夏，钱夏起身去少妇那边，少妇赶紧扯了衣襟遮掩胸脯，谢了钱夏。

村长后来收敛了笑，对我们说：实事求是，在鸽子坪，跟小刘般配的只有李光正。接着介绍，当年点上有六个知青，三个宜城来的，三个县城来的，小刘跟李光正和另一个丫头是宜城来的；李光正在点上年纪最大，知识丰富，热爱劳动，人品好，长得帅，是知青班长，起初经常跟小刘在一起说英语，另一个丫头公开喜欢李光正；第一年夏天，小刘农药中毒昏迷过去，李光正背起她，一口气跑七里山路，赶到永宁镇卫生院抢救回来，以后两人见面脸红，像是有点儿那个意思；但没几天，另一个丫头也农药中毒昏迷过去，李光正照样背起她往永宁镇跑……不过，这次李光正只跑了一半的路程，因为这丫头中途清醒了，队长带着我和几个知青赶去时，听到路边的草丛里传出这丫头的笑声……不久，据说这丫头要求小刘不要再跟李光正说英语，小刘不吭声，这丫头指桑骂槐，说有人的乳房没有桃子大，心比箩筐大，再后来，这丫头每天跟李光正粘在一起；李光正有时主动接近小刘，小刘很礼节……1978年，三个人都考取了大学。

说到这儿，村长朝少妇喊：喂，另一个丫头叫什么名字？少妇带点儿怨气回道：我跟你一样，只记得刘虹女。

我们问：刘虹女在知青点上有要好的朋友吗？

村长摇摇头，忽然一笑：哦，有一个——但不知道是一棵树还是屈原；我们这儿的清湖连着清江，清江流入长江，屈原出生在长江上游不远的江边,传说屈原年轻时来到这里,在这棵树下写诗;这棵树一直活到现在,小刘没事就一个人去那儿看书,念屈原的"后皇嘉树",有时望着清湖里的那片荒岛发呆。

孙秋急忙问:那棵树在哪儿?

喏!村长抬手向南指去。

四人举目眺望,一棵大树独立在清湖岸边,青翠的枝冠挂满白的花朵,青青白白地蓬勃,异常醒目。孙秋心里一惊:这不是昨天在刘虹女的小学、初中、高中的校园里见过的树吗?李冬疑惑地嘟哝:但这棵树不是屈原的橘树呀?这时突然一阵风吹来,那满树的洁白翩翩展翅,似要飞翔。孙秋便喊:我晓得了——那是鸽子花!

村长点头:是,这是一棵珙桐,也叫鸽子树。

我们丢下村长,一起朝鸽子树奔跑过去。

我们围住鸽子树,摩挲它的树干,感触它的温热,仰起头来看那些待飞的鸽子花……忽然发现树干上有一行雕刻的文字:

鸽子,你飞吧!

第六章　一个疯子

大　桥

我们回到了南平。南平已没有刘虹女。

春天的光芒不知去向。我们把可能找到刘虹女的地方全都找了：江城大学与欧阳教授那里，沙洋劳改农场那里，宜城王阿姨那里，永宁镇鸽子坪那里，散布全国各地的有关系的同学那里——虽然人未能至，但钱夏打通了所有电话。刘虹女不是去了这些地方，便不可能投奔其他认识或不认识的人。我们眼下已别无线索。否则，我们宁愿放下所谓工作和事业，跋涉千山万水去寻找。

可是，刘虹女不在南平，我们回来还有什么意思呢？

当初我们投奔南平，是因为她才拿一生一世作赌的。

时近中午，我们四人从南平县长途汽车站出来，在苍白晃眼的天空下恓惶站立，无话可说，默默滞留了片刻，无奈而决然地分别：孙秋和李冬要回北原去，扬手示意，老赵和钱夏连忙抬手回应，还未来得及摇摆，他俩的目光一暗，人已掉头走了。

街上行人熙攘。孙秋和李冬神情漠然，一前一后，一高一矮，彼此相隔不下两米的距离，像两个落荒的残兵往汉江方向败走。想到马上就要回单位上班，想起口袋里装有一张盖了公安局大印的证明自己不是强奸犯的文件，觉得脸上从此凭空多了一个瘩子……可是，蓝布棉袄还放在钱夏的住处，那是不可舍弃的温暖，南平必得回来——况且，找不到刘虹女的下落，这事没完！

李冬在街边买了两瓶汽水，咬开瓶盖，追上去碰碰孙秋的胳膊，孙秋接着，也不吱声，停下，仰头竖起瓶子咕嘟，李冬跟着咕嘟另一瓶。之后两人丢了空瓶继续前行。

这是南平的主街人民大道：街面两侧的低矮店铺毗连不辍，隔一段冒出一幢缓慢生长的新楼；路肩的法国梧桐高大茂盛，把街心上空遮成一道窄细的光亮；水泥电线杆从树冠中刺出去，牵挂着三五根下垂的电线；路面是四车道的宽度，车辆不多，行人漫走，前后左右响着自行车的铃铛。以前，他俩来南平不知多少回，在这条街上走过无数次，因为刘虹女，满街都是生机和亲切；可是现在，刘虹女不明去向，眼前的一切恍若隔世的贫弱与衰败。人民大道贯穿城区南北，南接江（城）宜（城）公路，北至汉江堤下，长约两公里，中途有两条东西向的老旧长街垂直通过，犹如汉字"王"的一竖，让小城成为"王"字多一横的格局。

长途汽车站和南平师范学校在人民大道的两端。南平没有机场，不走火车，汉江客船已停航多年，出县城要么骑自行车或步行，要么去长途汽车站搭乘客车；也就是说，我们从看守所出来的前一天，刘虹女离开南平时，便是由北向南走过人民大道的……眼下，我们回来了，却是反着刘虹女的方向走在这条大道上。

南师是这日必须通过的一道坎，孙秋和李冬没有停步，也不回头，加快步伐溜了过去，直接登上堤岸。

汉江水满，渡口在上游三百米外。两人朝渡口走着，忽然看见前方江面的南北各有一座水泥桥墩冒出来，半人高的样子，离堤岸很近——应该是北原县冯远志书记的大桥工程；可是，眼下水泥桥墩周遭的脚手架上没有人影，已然处于停工的状态。他们便想：也是啊，刘虹女不在南平了。于是心生恻隐：冯远志书记的悲伤或许并不亚于我们。

突然，南边水泥桥墩近处的堤岸上出现一个黑乎乎的男子，正扬起两只胳膊，仰面朝天，一蹦一跳地欢呼。孙秋和李冬拿手兜在耳门上，听见那里呼喊着：搞不成了哟——搞不成了哟！走近一些，看清这男子身穿油污的棉袄，腰间缠着几圈铁丝，蓬乱的头发胡子含混纠结，露出一张污垢的削尖脸，如猴，见了人咧嘴嬉笑，一排带血的细小红牙，眼白一闪一闪地放亮：原来是个疯子。

二人看着他停顿片刻，下坡去乘渡船。走到一半，孙秋突然掉头上岸，来到疯子面前，问：大哥，什么搞不成了？

疯子嘻嘻地笑：你说呢？

孙秋摇头：我不晓得呀。
　　疯子说：嘿，你是一个苕气。
　　孙秋笑笑：是，能告诉我吗？
　　疯子歪起头：不，就是不告诉你！
　　孙秋转身下坡，跟李冬一起上渡船。渡船是机动的，即刻嗒嗒嗒地轰鸣。船至江中，回首向岸，那疯子仍在挥舞着胳膊蹦蹦跳跳，阳光下江风回旋，隐约带来重复的欢呼：搞不成了哟——搞不成了哟！什么搞不成了呢？是汉江上的这座大桥吗？因为刘虹女出走？即使这座大桥真的搞不成了，跟疯子何干？莫非疯子也看出了荒谬？李冬拍了拍孙秋的肩，孙秋的目光从岸上收回来。
　　江流翻滚，渡船横行。在一个瞬刻，孙秋差点儿纵身一跃，跳进奔涌的江水……于是晓得：疯子大约是比自己更不能自制的人。
　　过了江，去年秋天歪在堤坡上的两辆自行车早已成为附近农民的拾物，二人叫了一辆电动三轮麻木，吭哧吭哧地回北原县城。北原是比南平更加陌生的，单知道自己住在哪儿，上班往何处去。
　　第二天是飘忽的一天。
　　两人换了衣服，一个去报社，一个去教育局的语文教研室。两边的领导像是商量过的，分别见到他俩时，都说回来就好，辛苦了，先不急于工作，快去理个发。这样，孙秋和李冬又在理发店碰了头。
　　理完发，两人干脆一起去找冯远志书记。
　　县委大院的人说，冯书记近来身体不适，已在县人民医院内科病房住院多日。孙秋和李冬拎了一提饼干、罐头，上医院去。轻叩冯书记病房的门，没人应声，门裂开一道缝，两人小心翼翼推门进入。冯书记躺在白色中，睡着了。看上去冯书记十分憔悴：脸上现出凸凸的颧骨，面无血色。而且，冯书记显然睡在艰难困苦之中：眉心紧皱，颧骨下方的脸皮正在跳闪或痉挛，鼾声细微而短促，偶尔停顿片刻，接着长长地呼出一口浊气。孙秋指指床头柜，李冬放下饼干、罐头，然后两人各去一把椅子上坐下，无声地遥望冯书记。冯书记的鼾声一直没有中断，病房里越发安静。想起冯书记在江城大学做团委书记时，严肃批评老赵，跟钱夏打架，到北原后一直高举高打，气势如虹……现在竟然躺下了，比他教诲过的我们还经不住事，直叫人心疼。
　　后来，冯书记自己醒了，忽见孙秋和李冬，连忙抽身坐起，靠在床背上，拿手梳理头上的三七分发，一边此地无银地微笑：咳，看我，开春了，事多，忙，老胃病又犯了。

孙秋和李冬起身走到病床近前，异口同声地说"我们"，李冬就打住，孙秋接着说：我们去了所有该找的地方，昨天才回来……但是我们并没有打算放弃。

冯书记扬扬手：不说了，我知道。

双方都落下目光，忧伤地沉默。

一会儿，冯书记抬眼招呼：坐呀，你们。孙秋和李冬退回去坐到原位上。冯书记说：你们要尽快回去上班，安心工作；没事的，有我，不用担心以后的发展——过几天，我就出院了。

二人看着冯书记，觉得他好勉强的。

冯书记笑笑：宜城那里……开什么花？

二人不由顿住，眼前浮出鸽子坪的那棵鸽子树：无数洁白的鸽子花，窸窸窣窣扇动翅膀……犹如灿烂的青春翩然起飞。

孙秋嚅动一下嘴唇，却说：冯书记，我们从南平回来时，看见汉江上的桥墩已露出水面，为什么停工了？

冯书记拿手搓脸，搓完，奋然振作道：汉江桥不会停工——北原要发展，必须走出去引进来，没有大桥，北原哪来出路？现在，全县百万人民都在翘盼汉江大桥通车咧。

孙秋和李冬看出冯书记已转嫁心意——既然刻意回避，也就放弃共同的话题。

岗　台

我们只能做垮掉的一代。

尽管我们已恢复上班，工作照章行事，不声不响，也没有随便打嗝放屁，但浑身没劲，懒得看文件写材料，屁股下的椅子老是嘎吱嘎吱地响，开会打哈欠亮出扁桃体，忘事，觉得领导和群众都长得不好看，光听见楼上楼下的脚步络绎不绝……日子成了一些空白的白天与黑夜。

竟然是最有涵养的老赵第一个发出怒吼。县委办公室有个打字员小姑娘姓白，圆脸，白净，细眉大眼，卫校毕业不知走什么路子调进党政机关；小白早有春心，一直留意老赵，看出老赵从"号子"里回来后情绪萎靡，每天给领导泡茶时，顺便也给老赵泡上一杯。老赵觉得这小白心好，阴郁的眼神不免流露感念之意。一天中午，老赵歪在办公桌上睡着了，忽然感到浓烈的雪花膏气息在鼻端袭扰，慢慢放开眼，发现是小白站在身旁，手里拿着花手绢，刚刚擦过桌上的一摊涎水，正要为他撩去嘴角的黏液——切，以为我沦落了，分明是乘人之危嘛！老赵呼啦一下抬起身子，大吼：干什么？走开！

钱夏干脆耍流氓：但凡遭遇恶心的人事，不再睚眦以待，要么脸上笑出一朵花，要么比恶心更恶心，尤其是对待顶头上司。一天，钱夏歪在办公桌前，端着报纸翻来覆去地看，腻了，冲一杯茶，呼呼地吹，嘶啦嘶啦地吸，貌似百般自在，实则六神无主；快要下班了，仍盯着报纸中缝的花边。主任过来招呼：小夏，你好像一整天都没打开抽屉咧？钱夏落下报纸，讪讪一笑：嗨，钥匙丢在宿舍了。主任说：怎么不回去拿来呢？钱夏启发主任：既然钥匙丢在宿舍里，宿舍的门怎么开？主任默了脸，掉头要走，突然转身，出手扒开桌上的一份文件：这是什么？钱夏自然不用去看，知道是一个小铁环套着三根钥匙，但即刻倒打一耙：主任，有你这样阴人的吗？竟栽赃到主任头上。

等到周日，北原的孙秋和李冬必定乘渡船过江，来南平跟老赵和钱夏会合。四人心里有病，见面就催促下馆子喝酒。至于刘虹女的下落，日子一长，心里起茧，也不那么恐惧坏消息了。但北原的两人每个周日来南平都会去一趟南师门卫室，孙秋远远站在马路边，李冬一个人过去，一会儿，波澜不惊地转来，一看就知道杳无音信，也不用多余的盘问。南平的老赵和钱夏守株待兔，等着刑侦队长武永强的电话，电话不来，便是侦查尚无进展。有时，大家也不敢过多打探，以免消灭残存的期待。去了馆子，酒往死里灌，酒是杂酒，酒令越来越无厘头：谁不知道美国总统的老婆是谁，谁说不全"四人帮"的名字，谁把上届大人物说成本届大人物，必定罚酒一杯……总之，把所有子弹射向茫茫宇宙。

有一次，四人从中午喝到下午三点，孙秋上厕所，一去大半个小时不回，李冬去找，厕所没人。大家也不慌，摇摇晃晃出门，站在餐馆门口朝街面观望，突然间，发现了孙秋——这家伙独自站在人民大道与江宜公路交会的交警岗台上，正一本正经地打着交通调度手势——活像滑稽的卓别林，三人即刻笑得东倒西歪。

那时，南平的交叉路口有红绿灯，也有岗台，灯不亮，交警上岗台，灯亮，交警也可以上岗台；如果交警做了动作，不管红灯绿灯都得听交警的。可惜孙秋很不专业，酒后更不专业，眨眼工夫，四个方向开来的车辆全被他指挥得停下，嘀嘀哒哒的喇叭声此起彼伏，已经有人下了车，走近岗台跟孙秋交涉，双方的手势越来越激烈……老赵、钱夏和李冬不由慌了，赶紧奔跑过去，一起抓住孙秋，往岗台下拉，可孙秋不从，犟着头朝天空大喊：停车，全都给我停下，凭什么你们可以任意东南西北，我不晓得往哪里去——必须告诉我方向！

孙秋的叫喊暴露了孙秋，五六个司机愤怒地冲上来，扬言打死狗日的疯子。老赵吆喝钱夏和李冬护着孙秋，转身向来者求饶，说疯子兄弟喝大了，不值得一打，交给他修理。但司机是工人阶级，革命起来要的是酣畅淋漓，一阵唾沫星像铁钉打在我们脸上。有人朝老赵背上猛推一掌，四人同时歪倒，好在另一边又是一掌，将我们推了回来……混乱中，一只手刺过来揪住孙秋的长发，钱夏眼疾，一把擒住那手的腕子，那人扯，钱夏拽，孙秋的头在两人的手下来来去去；李冬见势不妙，扎头狠咬一口，那人哎哟大叫，松开手，扬起巴掌，将李冬的脸打得甩向一边去；钱夏就飞出一脚，直踢那人胸口……周围的司机群情激愤，齐声高喊：打，打，打，打死这几个狗日的！

围观的人越来越多。

这时一辆警车鸣笛而至，岗台上的混战陡然停住。一名警察从车上下来，拨开人群，走向岗台。我们看清来人是武永强，心里一惊；他看见我们，也很诧异。我们正要交代事由，揪扯孙秋头发的那人抢先叫嚷我们咬了他一口。武永强冷着脸，冲我们吼道：去，你们四个去路边站着，听候处罚。然后挥手喊话，令围观群众立刻散开。

我们搀扶孙秋走到路边，孙秋抱头蹲下，三人朝岗台那边看。警车已开出十字路口，岗台周遭的人正在离散，武永强登上岗台，开始打交通手势……汽车接连从岗台前驶过。

交通顺畅后，武永强来到我们面前。钱夏赶紧敬烟，嘻嘻地笑：武队长改做交警了？武永强摆摆手，说是路过，问：怎么还待在这儿？钱夏一愣：不是听候处罚吗？武永强也不解释，甩甩头：走吧。我们即刻明白，转身扶孙秋起来。武永强欲走又停下，说：回去，给他弄一杯糖水，以后少喝酒，不要像我，伤了肝——记得有消息互相通气。

闹了这么一出，孙秋醒来一直不说话。

傍晚，老赵和钱夏送孙秋和李冬回北原，上了江堤，孙秋在月光下停住，突兀地问：刘虹女晓得我们变成这样了吗？谁也不吭声。

下次再聚，孙秋望着酒杯坚决摇头，大家受了影响，酒喝得十分萧条。钱夏激将他：那天要不是我擒住那家伙，要不是李冬咬他一口，你头上的长毛早就缺了一大块，你说，该不该敬我们一杯？孙秋苦笑，举杯一饮而尽，起身将酒杯砸进垃圾桶。

酒桌上不欢，只好草草收场。

然后去街上闲逛，把时光消耗在南平街头。

刘虹女还在的时候，我们如果不能与她相见，也曾游荡过。我们走大街，看街景，到处凑热闹，特别喜欢听这里的成年男人说粗话，并且模仿他们的方音方言。他们有一句奇怪的口头语——"个野鸡的"，我们已经学懂弄通：原文是骂人不是父亲亲生的，很粗鄙，为了文明修饰成短句，意思可褒可贬可中性，痛恨、喜欢和惊奇皆可以用，类似"他妈的""好家伙"与"啊"。有段时间，我们四人刻意学说"个野鸡的"，假扮地道南平人，直到几十年后，钱夏依然保留了这句带点儿乡愁的口头语。

这日下午，我们在南平街头看人下象棋残局、带气功手劈砖头、口吞铁弹子……全是"个野鸡的"。

黄昏时，街面溜达的人渐渐多起来，我们走到人民大道中段，忽见一些人往百米外的十字路口聚拢，看看黑成一片。老赵笑说：不会是孙秋有了徒弟吧？大家都笑，加快步伐跟过去。没走多远，发现还真是一出"岗台"连续剧：一个男子站在岗台上，正扬起双臂高声吆喝。我们来到围观人群外，从人缝中看清了这家伙：头发胡子纠结蓬乱，削尖脸，如猴，中等身材，穿一件醒目的红裤子。孙秋说：这不是在江堤上大喊大叫的那个疯子吗？

可是我们即刻被这个疯子惊呆了——

他叫喊道：现在我宣布，我就是强奸刘虹女的那个人……强奸刘虹女的那个人就是我……哈哈，就是我！

我们面面相觑，人与时空遽然凝固。

钱夏的脸色越来越黑暗，猛地端起两只短粗的胳膊，左推右搡地穿过欢腾的人群，眨眼间跳上岗台。老赵喊了一声钱夏，钱夏不理，扬起巴掌左右给了这家伙两耳光，跟着一个铲腿，将他踹下岗台。

围观的场面寂静瞬刻，有人发声：他是疯子，干吗打一个疯子？钱夏立在岗台上，两眼赤红，盯着发声的人，凶恶地问：你说什么？疯子打不得？疯子可以糟践别人吗？你是不是为了自己的乐趣宁可糟践别人？如果是，我这里还有两个耳光！

我们三人已挤进人群中央。老赵跳上岗台，扯住钱夏，立刻转身宣讲"五讲四美三热爱"。孙秋和李冬见疯子倒在地下，嘴角流血，上去扶他起来，他踉跄一下，嘻嘻笑，礼貌地点头：谢谢！

　　围观群众纷纷散去，我们站在疯子面前。老赵问：你乱喊什么，不怕公安把你抓起来？疯子摇摇头，咧开血嘴笑道：抓我，我光荣呀！老赵转头看我们三人，哭笑不得。李冬朝疯子走近一步，好言劝道：以后别来大街上喊，要喊，关在家里喊好不好？疯子依然摇头：不行，站在岗台上喊，看到的人多——我见过的！

　　见过？是见过孙秋在岗台上指挥车辆吗？

　　三人看孙秋，目光陷落在孙秋眼中的惊诧里……

窗　口

　　两天后，疯子真的被武永强抓进了看守所。

　　孙秋去公安局找武永强：为什么抓一个疯子？武永强说：他在大街上的叫喊你们不是都听到了？孙秋问：你信吗？武永强说：也不是毫无可能，他是南师食堂的工友。孙秋想笑：就凭这？武永强说：据说他喜欢穿红褂子，我还没有审讯咧。

　　周日上午，我们四人聚在老赵的宿舍讨论疯子，李冬进一步提出疑问：如果是他，干吗作案后宣布是自己干的？钱夏回道：他疯嘛。老赵皱起眉头：有这么疯的——不仅作了案，还要在精神上占有？钱夏不管三七二十一地叫骂：个野鸡的，老子那天打得还不够狠。孙秋摇摇头：其实我们都接近疯子，跟疯子只隔一道门槛，或许是一念之差。

　　老赵疑惑：莫非真的栽在疯子手里？

　　钱夏问：是指刘虹女的事吗？

　　李冬咕哝：不是说未遂的？

　　孙秋忿道：说些什么呢你们！

　　中午，老赵用电炉煮面，钱夏下楼买来榨菜、花生和啤酒。面还没有煮熟，先拖出桌子喝酒。孙秋推开面前的啤酒瓶，寂寞地往嘴里捡花生米；其他三人不理他，举起瓶子咣当咣当地碰。面锅里沸腾了，老赵起身点冷水；再沸，李冬过去拔下插座。喝到后来，老赵突然拿着酒瓶停住，咳嗽一声，说：从明天起，我打算每天跑步。大家一起看他，没应。然后吃面。李冬边吹边吸，吃得快，搁下碗说：我出去一下。

三人口里含着面条抬起头，李冬已消失在门外。

李冬来到了南师。周日的校园里，操场上响着嘭嘭的篮球声。李冬直奔学校食堂的灶间。食堂下班晚，七八个男女工友刚摘下白帽，正在解蓝布大褂的扣子。李冬招呼：各位师傅，向你们打听一个人。对方问谁？李冬语塞一下：就是那个头发胡子连在一起，喜欢在街上叫喊的年轻师傅。工友们嘻嘻地笑。一个男胖子说：你找"普希金"呀。李冬不由惊诧，犹豫地问：他写诗吗？男胖子掉转头，朝一个鼓眼睛的年轻女子努嘴：你问她，她晓得。年轻女子立时脸上蹿红，横了那男的一眼，将脱下的蓝布大褂扔进柜子，唧唧地离去。众人一阵哄笑。男胖子说："普希金"不写诗，这姑娘写，但她说他脸尖、头发卷，长得像普希金——谁都没见过姓普的，由得她找感觉。

之后，众人七嘴八舌地说起"普希金"——

"普希金"是上年南师毕业留校的。按理，南师毕业生应当分配到乡镇去做初中教师，但南师来了刘虹女，"普希金"每天得见，就死皮赖脸地不走，宁愿留在学校做一名有文化的炊事员。

"普希金"光有文化不会炒菜，炊事班安排他去窗口给师生打饭菜（收票，盛饭，搛菜）。这样，"普希金"就被成全了，可以一日三次利用工作之便看到刘虹女老师。每次虹女老师来到窗前，"普希金"都磨磨蹭蹭拖延时间，把伸到荤菜盆里的勺子戳几下，多搛些肉片。可惜虹女老师不喜欢太多的油荤，每次都微笑，领了心意，让他退回一些，免得浪费。有一次刘老师去了旁边的窗口，"普希金"停下活计，痴痴地望着，一个男生拿起搪瓷碗在窗台上哐哐哐地敲，大声说：哎哎，莫看了，那是天鹅咧！"普希金"受到刺激，几天脸色乌青。

偶尔也会东风浩荡。如果某一回刘虹女老师在窗口冲着他招呼了一声"你好"，他便反复向人报道，很卖弄，很幸福；下次再遇到招呼或微笑，更加卖弄和幸福。他越来越令人喜悦，他也越来越开心。他开始相信，世上无难事，只要坚持打饭菜。

不久南师校园发生了螳螂捕蝉的故事。每天下午，"普希金"站在食堂外的樟树下，朝刘虹女老师上课的教室张望；这时，那个写诗的女工友就猫在食堂大厅一角，目光曲折地看着他。一天晚饭后，办公楼北端的琴房响起琴声，"普希金"向琴声靠近，走到琴房前一棵球形的黄杨树下，原地踱步，听琴；当时皓月当空，校园幽明，写诗的女工友隔着空旷的操场，站在另一棵黄杨树的阴影里，眼珠晶亮晶亮的；夜深了，女工友忍不住朝琴房那边走，以邂逅的方式撞见"普希金"，问他：累不累呀？"普希金"极自然地笑笑：不累，月亮很亮咧。但次日又邂逅，女工友便语重心长：你这是何苦呢？"普希金"以为混账，生气道：何什么苦？这儿偏僻，我怕刘老师不安全。

刘虹女老师出事那天晚上，"普希金"跟校长去江城采购大型高压锅，不在学校。要是他在，刘虹女老师也不至于出事。为这事，他跟校长吵架，掀了校长的办公桌，校长挥拳揍他，拳头在半空停住。

去年秋冬（也就是我们蹲"号子"的日子），"普希金"一直在独立破案。他买了《刑侦技术手册》，还有镊子、卷尺、放大镜和白手套之类。有人证明，他曾反复去案发现场模拟犯罪，把强奸未遂和迅速逃离的案情演绎过无数遍；他是认真的，每次在钢琴后面用双臂空抱着"受害人"停顿七八分钟，有一回翻墙"逃跑"时摔得不轻，但很快画出了反映案件细节的连环画。他主动去公安局刑侦队做案情推演，武永强及几位刑警都谦虚谨慎地聆听。他的结论有三点：一是由脚印推测，穿红衣服的罪犯身高在1.72米至1.74米之间，体重约61公斤，偏瘦；二是由红衣服分析，罪犯年龄在三十五岁以下；三是罪犯不会强奸，没有实施暴力，属于一个比较善良的罪犯。刑警们听了，没笑，也没说话，觉得没啥新情况，而且明显有漏洞——时代在进步，像政协陆主席那样上岁数的老同志也可能"老夫聊发少年狂"地穿红衣服咧。还有一处用词不当——怎么能说罪犯"比较善良"呢？武永强向他表示感谢，送他出门，请他相信公安局。他想，既然被感谢，说明自己有道理。

可是公安局方面一直没有破案的消息，"普希金"越来越不信任公安局，再次决定独立侦查。一个星期天的上午，他用一枚紫红的蝴蝶发卡收买了那位写诗的女工友，请她出演"受害人"刘虹女，坐在琴房的椅子上，而他干脆穿上一件红褂子进行"强奸"。不料，这次排演很不成功，他从背后张开双臂抱住"刘虹女"时，那位写诗的女工友不仅纹丝不动，反而闭目享受起来；他因为触及柔软，一时愣住，生出了别的反应与念头……竟吓得转身脱逃。

那天的天气不坏，阳光把校园照耀得异常明亮。

"普希金"逃出琴房，下台阶时跟跄了几步，待稳住身体再逃，眼前的一切突然恍恍惚惚，脚步不由自主地紊乱。当时校园里散布着男女学生，操场上传来篮球的嘭嘭声。他开始目空一切地向前走，径直穿过广大的操场，越走越脱离实际。他看见校门口聚集了很多人，脸上无比动情地一笑，大踏步走过去，举起一只手臂高喊：喂，同志们，现在我宣布，我就是强奸刘虹女的那个人……强奸刘虹女的那个人就是我……哈哈，就是我！在场的人一起看他，许久没人敢笑。

之后便是人民大道岗台上的续集。

李冬离开南师食堂返回老赵的宿舍。一路上，满脑子都是工友们七嘴八舌的场面，心口莫名地跳荡，生怕自己被太阳照耀得恍惚起来……想及孙秋说的所有人"跟疯子只隔一道门槛"，觉得人性无比混乱，人类或许并不高级，顿时惶悚。

秘　密

当日下午四点，我们决定去一趟南平县公安局看守所。那地方是我们的故地，除了熟门熟路，还有熟人熟事。上路后，李冬在街边店里买了一只毛嘴卤鸡，钱夏买了两包大公鸡香烟。

到达看守所门口，门房值班民警把看守民警侯卫国叫出来，侯卫国带我们去值班室。钱夏挨着侯卫国走，转头看看他被长白山人参润红的脸色，问：还有吗？侯卫国讪讪地笑：有，不多了。钱夏随手将两包烟塞进他的口袋。进到值班室，没有其他民警，侯卫国即刻换成哥们儿的态度说：晓得你们来干什么。钱夏问：干什么？侯卫国放肆地笑：我已经闻到了香气哩。李冬拎起装卤鸡的纸袋：是这个吗？这不是给你的。侯卫国点头：晓得，托我转交嘛。钱夏问：你晓得是谁？侯卫国神秘地眨眼：一个疯子——跟你们犯同一桩案进来的。

不，我们都是被误抓的。老赵纠正。

但是，疯子必须误抓。侯卫国指出。

什么意思？老赵问。

他在大街上叫喊。侯卫国说。

他是疯子咧！

正因为他是疯子。

为什么？

疯子不好控制……上边要来考评文明县城。

我们目瞪口呆，像儿童不幸看见了成人的胯下。侯卫国点燃烟，深长地吸一口,夹着烟干晃晃,隔在雾里嬉笑:哎呀呀,你们都是小萝卜头,南平的文明是政治大事,不该你们操心,坐一会儿就回去吧,卤鸡我替你们给到疯子就是。我们没应,那句在南平学到的土话自然就跳到了嘴边:个野鸡的!侯卫国一口接一口吸烟,突然说忘了倒茶,连忙起身去拿热水瓶。我们感到莫名的失望,让侯卫国别忙,李冬把卤鸡放到办公桌上,四人一起告辞。

这时夕阳把南平小城映照得通红。我们不时回头张望,宁静的看守所被红光笼罩着。于是想到,在黑暗的号子里,疯子"普希金"或许咬住了卤鸡,正歪着头使劲撕扯……

次日早晨,我们各自给所在单位打电话,请了两天假,然后一起去公安局,约武永强出来谈事。太阳已高过公安局的楼顶,武永强背着阳光走来,脸色阴阴的,看上去仍然疲惫,但见面便问:有消息了?他指的是寻找刘虹女。我们摇摇头。

老赵咳嗽一声:今天不说案子,谈谈疯子。武永强皱了皱眉头:疯子?不是谈过了吗?老赵说:我们请你把这个疯子放了。武永强问:为什么?孙秋说:因为你抓疯子不是为了办案,而且疯子的幸福就是疯,你把他关起来,他还怎么疯呢?武永强苦笑:这是县委领导的意见咧。钱夏说:我们打算把他接出来。武永强回道:这个不可能。钱夏说:所以来找你呀。武永强摊开两手:我只是一个刑侦队长!

我们与武永强面对面僵住了。

身边不时有路过的人跟武永强点头。

李冬忽然眼睛一亮:不就是应付考评文明县城嘛,要不这样,把疯子送到江城精神病医院去。武永强看看李冬:谁来负责?大家愣住。孙秋接话:我们四人呀!武永强眨眨眼:他要是逃跑了怎么办?钱夏赶紧撒谎:我去过江城精神病医院,铁门,院墙很高,跑不了。

武永强一时沉默。

孙秋趁势劝道:疯子也是人,把他接出来送进医院,就当是把我们自己接出来送进医院一样。意思里,"我们"显然包括了武永强。

武永强叹息:唉,我也同情疯子。

我们就附和:是啊是啊。

武永强要我们表态:能够保证不出意外地把疯子送进江城精神病医院吗?我们说如果做不到,你把我们再关起来。武永强无奈地一笑,让我们下午两点去看守所接人,他会派一辆吉普车过去。分手时,我们用双手跟武永强握手,每个人都笑得脸皮痉挛,像劫匪的感激或慰问。

下午两点,疯子由侯卫国领着,从看守所大铁门的耳门出来,本是笑嘻嘻的,乍见我们四人横在面前,猛地退缩到侯卫国身后,侯卫国转身说:不怕不怕,他们是好人,来领你出去的,还要带你去江城看稀奇咧。疯子揪住侯卫国的衣摆,隔着侯卫国躲猫猫。侯卫国大吼一声:站住!疯子停下,憨憨地从侯卫国身后探出头来。钱夏拿出一只卤鸡,高高拎起,向疯子靠近,一边说:这是卤鸡,你吃过的,好吃,给你。疯子嘴上咂巴,仍是瑟瑟躲闪,生怕被钱夏碰着。

交涉之际,孙秋迂回一侧,快步冲出来,将疯子抱住;疯子一阵抖索,感觉并非袭击,扭头去看,发现孙秋披一头零乱长发,以为是自己的同类,便不作挣扎,姑且像一只放弃命运的兔子。孙秋放开他,牵起他的手,说:走吧,我们做朋友,去江城玩耍,你去过江城的,江城很大,人多,到处花花绿绿的。一边领疯子过来,上吉普车后排。钱夏和李冬跟着上车,老赵去坐副驾驶位。

车开动了,钱夏把卤鸡递给疯子,疯子盯着卤鸡似笑非笑,手往身后躲,钱夏有些着急,一把抓住他的手腕,拿起来,朝自己脸上猛扇两耳光,说:那天我打你,今天你打我,我们扯平了。就把卤鸡塞到疯子手上。卤鸡差点儿掉下,孙秋帮疯子抢住。

路上,疯子吃卤鸡。我们讨论疯子住院的事。李冬说:江城最好的精神病医院叫"六角亭",因为附近有座六角古亭,是个地标,在民意路与顺道街交合的地带。大家同意把疯子送到"六角亭"。老赵问李冬怎么知道这个地方的,李冬说:大三时,同寝室的一位同学白天表情呆滞、晚上做梦说胡话,我替他打听过精神病医院。钱夏很好奇:那后来呢?孙秋说:后来那位同学每天早晨长跑,用身体的疲劳治愈了精神疾病。钱夏问:你也知道?孙秋坦然道:因为李冬的那位同学就是我本人呀。大家都笑了。疯子问你们笑什么,车内即刻沉寂。之后,就治疗疯子的事宜达成一致意见:住院费由四人平摊;每周探望一次;老赵做联络人……争取早日把疯子救治回来。

后排的四人很挤,身体粘在一起晃荡。

进入江城,疯子手里的卤鸡只剩一副骨架了。

此时,晚霞被错落的楼林纷然切割,车室内忽明忽暗,卤鸡的香味和疯子的臭气越来越活跃。大家左右看向窗外,街上的人和景物影影流淌。李冬不时给司机指引方向。车过汉江桥,路灯亮了,日光和灯光在街面混合。疯子斜出身子,把脸贴近窗玻璃,沉迷于杂乱的灿烂。孙秋用一只手搭着疯子的肩，防备他神经发作，突然往外冲。钱夏问：应该快到了吧？老赵掉过头来，看了看窝在后排的三人和疯子。

疯子突然大叫：六角亭——六角亭！

司机急忙带刹，车内的人向前猛冲一下。

大家朝疯子注视的方向看：一座尖顶飞檐的六角古亭立在路边的林地，尖顶亮着红灯，霓光在亭盖的脊线、檐边与角端交错奔跑，竟是独立任性的闪烁。接着便看见白院墙和白房子，半隐在幽明的树丛，周遭有微亮平静的路灯，院门口挂着"江城精神病医院"的黑字白牌。寂寞就停泊在绚丽的城区，无人知晓那寂寞中的绚丽。

孙秋拍拍疯子的肩：喜欢这里吗？

疯子意趣飘移地笑：这里可以写诗。

车开到白色院子的门口停了，全体下车，孙秋牵着疯子登上门前的台阶。疯子在台阶的半中站住，转身瞭望黑夜，很想抒情，一扬手将鸡骨架扔了出去，嘻嘻地笑。不料，跨进大门时，院子深部陡然传来一声尖利的叫声：救——命——啊！吓得疯子一跳，慌忙倒退。老赵、钱夏和李冬赶紧并成一道墙。孙秋拿住疯子的手：没事，里面在演戏咧，以后你在这里天天可以看戏。疯子却问：这里有卤鸡吗？孙秋连连点头：有的有的，至少每周有一只。疯子相信孙秋。

接下来办理入院手续。四人掏尽所有口袋，住院费尚欠13元人民币。老赵取下手表递进窗口，说：我是南平县委办公室的干部，一周内保证补齐。对方是个大龄姑娘，端详老赵的方脸平头，喜欢面目清爽的干部的样子，冲他一笑，退回手表，同意暂且挂账。

一男一女两名护士过来，扶持疯子往廊道方向去，疯子回头向孙秋招手，孙秋追过去，疯子踮起脚，把嘴贴在孙秋的耳畔悄悄说话，之后随护士而去，不时回头看孙秋。

孙秋回来，一脸严峻，大家问疯子说什么，孙秋说：他说他晓得刘虹女的一个秘密……等他脑子好了就告诉我们。

第七章　踢死小猪

惶　恐

我们明白我们为什么要拯救疯子。

但我们莫名而热烈地怀想有关生命的忧伤……

这是原发性的颓废。在文明时代，所有人都会觉悟生命的终极与死亡的空无，那是无边的黑暗与悲怆，是荒诞的起源。荒诞便是颓废的温床。任何理性都被黑暗消解。当死亡过早笼罩生命时，我们的经验是跟着世人一起掩耳盗铃，遗忘或假装不知道那最深的黑暗。

从前的某一天，一个秋日，在西北黄土高坡，在东北松花江畔，在华东海宁街头，在南国围龙屋之外，一片黄叶旋转飘零，一枚残果奄拉蔫萎，一头水牛咻咻喘息，一位老者寂寂死去……而这时，太阳偏西天空湛澄，四方辽远万物静宁，晚风兀自吹拂。我们四个小人儿各自走在放学回家的路上，忽然，童年的黑眸瞥见飘零的黄叶、蔫萎的果实、喘息的老牛、死去的老者，目光急着拔走，偏偏定眼去看，这么一看，心口便突突地跳……当晚，我们想到了死亡：祖父祖母即将死去，父亲母亲也要死去，然后轮到哥哥姐姐和自己——死亡像无声无形的怪物接踵而至，死了便是永远地没了！原来活着注定是要死的，而且在无始无终的时间里极其短暂；只有死亡才算永久，那样冥然无边……

童年曾经被摧残得惶惶不可终日。

记不得是念小学三年级还是二年级，抑或是一年级，反正当时的天地、太阳、万物、时间……一切陡然与我们无关了。我们觉得好没意思的，垮着肩，目光散漫，不跟人说话，课文老是背不下来，错别字一次比一次多。有一回，钱夏随手将身边的一个小男孩推进江里，幸亏被路过的成人救起，可钱夏不以为意，觉得他迟早是要死的，救不救无所谓；家长和老师批评他，他把头偏向一边，撇起嘴，溢出冷漠的笑。差不多在同一时间，千里外的孙秋在课堂上尿裤子了，自己不晓得，下课后被同桌发现，小家伙们齐声喊"洒尿宝"，他低头看见裤裆的湿印，仓皇逃回家，之后半个月没去上学。老赵和李冬自然也各有状况。我们根本就懒得上学和回家，在半道上孤坐，抬着头，目不视物，当一条绿虫垂死地爬上手背时，眼窝里悄然溢出两行泪水……所有成人，包括老师和父母，没有谁知道我们的心思，没有谁关注我们的沮丧，没有谁看见我们的惊慌失措——或许他们是知道并理解的，可那又如何？他们早已忽略事实，早已修改态度，早已收藏曾经的觉悟，他们在日常里喜怒哀乐，一副死猪不怕滚水烫的样子——我们无助而绝望。

倒是多谢无常的命运及时赐予了不幸与慌乱——

老赵是家中长子。八岁那年，父亲双腿骨折躺在床上，母亲遭遇难产，他用板车拉着母亲去公社卫生院；路途本来不远，但在他八岁时实在太远；母亲一路呻吟，他一路奔跑……母亲进了产房，他像一名父亲在产房门口来回急走，直到护士抱着襁褓里的婴儿出来，他看见四弟小脸赤红的丑样，禁不住热泪盈眶地傻笑。之后，他每天在家做饭，先端给父亲，再拎着饭菜篮子上卫生院。一段时间下来，他竟然忘却了关于死亡的恐惧与忧伤；再度去想，那死亡已被现实的光阴隔在另一面，变成遥远的虚无……四弟一旦哭叫，他得赶紧去照应。奇怪的是，他回到学校后，忽然发现背诵课文并不难，默写时那些生字生词都从虚无中纷然而来。他连续考了几次满分，加上个子高大，老师让他当班长。他更加忙碌。关于死亡的想象偶尔也曾袭来，但他没空搭理，甚至学着尽量收敛有关思绪，或者故意看不起它。念高中时，他饰演《红灯记》里的李玉和，无意间触到李铁梅的柔软处，不由浑身一抖，从此心慌意乱，彻底抛弃了死亡之念。

钱夏是乡下野孩子，夏天的一天，在松花江畔看见了一个赤裸的成年男子，那家伙的家伙从一片茂密的胯毛中垂下来，全然异乎男孩的小雀雀。那是没有生理卫生课的年代，对于八岁的钱夏，这是一个巨大的震惊。那样的家伙真切地横亘在童年的现实里。他禁不住偷偷关注自己的小雀雀，开始无尽地想象一些无法想象的事体。他跟同村的一个大男孩分享他的发现、激动与困惑,那男孩并不惊奇,说是必有的经历,然后带他去村子后面的一片密林蹲守,他看见那个被他看到过家伙的男子牵着一个女子走进林中,在一棵树下将女子抱住,着急忙慌的样子……他成为了同龄人中认真体验小雀雀勃起之感觉的男生。初中时,他尝试手淫,那是一种瘾。他一直坚持手淫。在那些心迷意荡的日子,死亡的恐惧便没有了进犯的空隙。诚然,也会慌乱,但比起死亡的纠缠,心绪总有脱逸的可能,他的学习成绩反倒渐渐有了起色。

"文革"第二年,孙秋虚七岁,读二年级,因为想及死亡而终日落单。有一天回家的路上,他随在大群同学的后面,突然,一辆响着高音喇叭的卡车驶过,车上抛下传单,白的、粉的、蓝的纸片漫天飞舞,同学们奔跑着去抢,他远远地站在路边。一会儿,他看见一名女生被几个男生追赶,那女生向他跑来,将一把传单戳在他胸口,说:给你的!他愣愣地接住。等那些男生追到面前,她转身指着他们喊道:就是不给你们!他认得她,她与他同班,是新学期随父母迁来海宁的;但他还没有记住她的名字,只晓得她讲上海话,跳"巴扎嘿"舞蹈。"巴扎嘿"大眼睛,苹果脸,既好看又机灵。自从接收了传单,他心里便有了她。往后,从小学到初中,因为"巴扎嘿",他积极参加"革命"活动。初二"智育回潮","巴扎嘿"随父母回上海,走的那天,站在校门口向他挥手,风把她的额发吹落在脸上,他赶紧向她摆手。不久学校调来一名年轻女老师,戴眼镜,很秀气,讲上海话,像"巴扎嘿"长大的样子;女老师教数学,他忽然喜欢上数学。

李冬恐惧死亡时,父亲被打成了"反革命"。因为革命群众喜欢用绳子牵着"反革命"游街,他不得不放下对死亡的恐惧,每天为父亲提心吊胆。他在学校里是抬不起头的狗崽子,四面风声鹤唳。好在碰上了一位厚道的班主任。班主任跟他谈心,教育他在思想上与"反革命"划清界限,做一个"可以教育好"的典型,他试着活学活用革命词语、上课认真听讲、下课主动擦黑板,以实际行动为班主任争光,果然不断进步不断获得表扬,时间一长,竟意外养成了纯良品行。而且他的长相日见标致,小时候在同学中也不算矮,像小一号的"侦察兵"(电影《侦察兵》的主演),格外讨人喜欢,班上的女生都跟他说话,有人给他塞糖果,喜悦一个接一个。放学回家,他得接着执行父亲交代的任务:为母亲站岗放哨。母亲漂亮,"造反派"头头总是骚扰母亲。(现在,他因此常常联想到刘虹女的母亲王昭虹老师。)天黑前,他把椅子挪到大门口,趴在椅子上写作业;晚上,他陪母亲睡,枕头下藏一把菜刀,如果门窗发生响动,就拿起菜刀在床板上拍得咣当直响……

童年,是生活的慌乱帮我们敷衍了关于死亡的悲怆。

后来我们考上大学,成为时代骄子,为光荣蛊惑,渐渐珍惜和尊重虚拟的人生;而且,随着生命律动,我们又在现实和想象中确认和追求自己的爱情——这无疑是对生命的莫大抚慰。我们无法篡改人生已有的经验。

或许,所谓爱情的坚守与忠贞实质上是对生命的捍卫;又或许,因为需要抵抗生命的黑暗,所以才如此炽烈地爱着。

这极有可能是一个永恒的迷思(myth)。我们不晓得现在和未来的孩子的心理如何发育,不晓得他们是否对死亡发生过恐惧。或许,他们不思考生命,他们消费生命;他们不思考人生,他们藐视人生;他们不思考生活,他们天天生活着。他们的态度建立在前人的经验之上,他们早已看透全局,以为不如此也不过如此。如此,他们由着现有的生命律动,以生命的方式绽放生命,世上的爱情反倒更为直接和蓬勃。然而,凭什么说这不是臆想或谬断?或许,他们根本就是大明白的,他们早已确认没有四维时空的新的混沌与浑然?是我们追不上他们了吗?

然而,我们神圣的爱情突然被打回了原籍。

遭此毁灭,与其拯救疯子,还不如怀念死亡……

花　痴

但江城还得去。何况疯子藏有一个"秘密"。每次,我们都带着一只卤鸡,跟医生护士商量好,把疯子接出来,领他上六角亭。

六角亭有六根柱子、六个分格,一格为入口,另外五格是水泥座。疯子坐亭台正中一格,埋头跟卤鸡搏斗;我们左右各坐两人,一起看着他热闹的腮帮与喉咙,尽量让自己口里的涎水纹丝不动。疯子剃了近似光头的平头,刮过胡子,露出欧化的面孔,竟然眉清目秀,英俊不逊于李冬。我们便想象他没疯的时候在南师的样子。

至于疯子晓得的秘密,尽管可能只是疯话,但我们时刻等着他把秘密说出来。如果询问,疯子就中止搏斗,嘟起油汪汪的嘴巴歪着头看我们,说:等我吃完了再问好不好?可是疯子老是不能一口气吃完卤鸡,末了还剩一只胯子,以备饥荒地带回病房去。

望着他装有秘密的脑袋晃进医院大门,我们无奈苦笑。

两个月后的一个周日,我们和疯子刚刚在六角亭坐定,一对面容枯黄的中年男女向这边疾奔过来,那女的老远便甩起指头开骂:你们四个挨刀的,自己疯了不晓得,把老子的娃儿弄到疯人医院来!老子抽你们的筋,喝你们的血!疯子听见,比我们反应得快,转身跳下亭台,斜穿茂密的树林向医院逃跑。我们倒没什么值得害怕的,只让老赵留下来应对,三人起身去追赶疯子。

这日,老赵跟那对中年男女消磨到下午五点才得以脱身。

四人坐上红客车返回南平,老赵告诉我们,他们是疯子的父母,到了六角亭,那女的并没有实施"抽筋""喝血"的行为,反倒是自己嘴巴里不知何故流血不止。她说她儿子的症状不叫疯,是春天里染了花粉邪气,犯花痴——这样的事在乡下多的是,只要跟那意中女人睡了,啥事都得行。她嘴里的血染红了牙齿,把她的乡村故事渲染得热气腾腾。她的红牙和尖脸跟"普希金"很相似。她红着牙齿以自己的男人(疯子的父亲)为例,说那个男人当年犯了花痴,不管落雪下雨,每天都蹚水过河,去她家的屋后像木桩一样发呆,后来,她给了他,他从此有说有笑活跳新鲜。说着,抬手朝男人一指:是不是?那男人不敢看她的牙,梗着脖子笑笑:就是就是。听老赵讲这些,一排红牙在我们眼前浮现,可她的意思毕竟很不对头:莫非她是想让刘虹女跟疯子怎样?且不说刘虹女不知去向,即使刘虹女还在南师,怎么可能如此成全疯子?

切!我们的嘴角掠过一抹冷笑。

客车一路摇摇晃晃,冷笑许久浮在我们脸上;渐渐地,那冷笑向着茫茫的时光无限扩散……

下一个周日的早晨,我们在南平车站被拦截了。拦截我们的是南师吴校长。吴校长慎重地说:疯子虽然是疯子,但他是有单位的,现在疯子的父母已找到单位了,单位得出面,如果还让四位继续学雷锋,南师就是失职。既然如此,我们那点假借雷锋之名抚慰自己的念想也只能收兵回营。大家讪笑,跟吴校长点头,灰溜溜离开车站。钱夏憋不住,将手里的卤鸡砸进路边的垃圾桶,嘭的一声。

一连好多天,平静空无的南平县城像荒凉的古战场悬浮在我们的幻觉里……孤城、落日,不知何去何从。

可是太阳每天照样死皮赖脸地升起。

更为荒谬的是，关于刘虹女的案子，因为疯子的"宣布"，群众口口相传，不久便有了水落石出的惊叹——啊，原来是那个疯子！过去那些受牵连的人，包括我们四个和南平县政协的陆主席，包括某某和某某某，包括大家，皆是有贼心无贼胆的彼此彼此。生活总是急于和稀泥。对于既定结论，只有少数人晓得其实不然，比如武永强和我们。但我们已无心破案，无意扭转民意，这些对于我们毫无实质意义。当波澜被疯子平息后，生活静如死水。六月的太阳下，某处发出尖厉的声响，不再让人惊慌。我们精疲力竭，唯一尚存的幻念是刘虹女突然出现在眼前！

只是这幻念没有斤两，无人知晓它的重量……

聊可庆幸的是疯子"普希金"的病情大有起色。治疗三个月后，疯子从"六角亭"回到了南师，崭新的白衬衫蓝裤子黑皮鞋，头发长出小花卷，络腮胡已在耳垂下柔顺蔓延，面目洁净清爽，全然一个新颖的"普希金"。他回来的第二天，吴校长领他去学校食堂，穿蓝布大褂的工友们列队欢迎，向他鼓掌，他笑，跟大家一一握手；那个写诗的女工友站在队列末尾，面庞绯红，在他伸手之际，朝他的肩头重重地给了一拳，澎湃的热爱十分动人。大家又开始喊"普希金"，跟他探讨诗歌。考虑到尽量避免触景生情，炊事班决定不再派他去窗口打饭菜。班长说："普希金"，从明天起，你和胖子负责采买。他笑：我不喜欢拿钱的。班长说：钱不用你拿，你只管拉板车。

学校在夹皮沟西端给他腾出一间单房，摆了两张床，且由他母亲陪护着。他母亲不必在家里做饭，有他从食堂买了带回家。母亲的职责除了看护，就是叠被子洗衣服，提醒他理发剃胡须，同时为他的婚事操心张罗。他很少独自上街，一次也没有去岗台上"宣布"什么；最大的后遗症是，但凡遇见女性，不论老幼，待人走过去，白眼一翻，嘴上嘟哝一个字：丑。不久有人发现，他开始捡粉笔头。又有人发现，他在琴房北面的外墙上写了一句话：我爱刘虹女。

没几日，我们提着卤鸡去南师探望"普希金"，他不在家，他母亲见了我们没有开骂，反倒开朗地说：我晓得你们心好，只是你们帮不到我儿子。我们问：普……呢？他母亲目光一黯，声音低沉下来：准是又去往墙上写字了。我们不知道如何宽慰老人家。她凄然而笑，支吾道：如果，你们碰上跟刘虹女老师长得差不多的姑娘，替他关心一个吧。我们晓得那个写诗的女工友，含糊地回答尽力而为。

有一天,"普希金"找来县党史办公室,看见钱夏坐在临门的办公桌前查阅资料,调皮地把头歪上去,嘻嘻一笑:嗨,卤鸡呢?钱夏猛地抬头,竖起食指一嘘,发现办公室有一颗白头发脑袋偏过来,赶紧起身拉他出门,一边嗔道:干什么呀你?这里又不是开卤鸡店的!"普希金"不管这个,只问:还想不想知道秘密了?钱夏迟疑一下,想起来了,即刻回他:这样吧,星期天给你送去。

"普希金"走后,钱夏在办公室拨通老赵的电话,用手遮在嘴上汇报情况,老赵听了,认为疯子既然已恢复"普希金",那就说明他说的那个秘密是有谱的。便交代:反正周日我们是要聚的,一只卤鸡也花不了多少钱,死马当作活马医吧。

星期天下午,我们拎着卤鸡去"普希金"宿舍,因为"普希金"母亲之前的托付暂不能兑现,四人滞在门外犹豫。房里许久没有"普希金"的声响,他母亲一个人在小声哼唱花鼓戏悲腔。老赵使了眼色,我们掉头撤退,去学校琴房的北墙外。

"普希金"果然在此。北墙上一片密密麻麻的粉笔字:白的黄的蓝的红的,文字拥挤而斑斓;仔细辨认,全是一句话——我爱刘虹女。爱字没写,画了一颗红心,一支金箭插在心上。"普希金"毕竟是南师毕业的,晓得丘比特。这时,他向墙而立,正在把一些褪色的笔画补得鲜明,最醒目的是——红的心和金黄的箭。

等他完成最后一笔,钱夏招呼:卤鸡来了!

"普希金"掉转头,眸光贼亮,笑嘻嘻的。

钱夏把卤鸡给了"普希金"。我们看着他撕扯鸡腿,耐心等待那个秘密。"普希金"吃完两只鸡腿,忽然体谅我们,嘴上吧嗒着说:今天不管卤鸡吃得完吃不完,我都把秘密告诉你们。我们知道秘密就在他的嘴边上,暗自用牙齿帮他啃噬,嘴上却说:吃吧吃吧,不急。

后来,"普希金"告诉我们:大约刘虹女出走前两个月,刘虹女的一个女同学来过学校,那姑娘长相漂亮,跟刘虹女差不多,外地人,在刘虹女宿舍住了一夜,她们半宿未睡,一直在说话,说到什么人死了,那姑娘哭,刘虹女劝她不哭。"普希金"说,这个秘密只有他知道,因为那姑娘在南师问路时,是他领到刘虹女宿舍去的;那一夜,他蹲守在刘虹女宿舍的窗外,直到室内没有了声音才离去。

我们想起吴校长也说过这件事,觉得"普希金"所言早有佐证,应该可以作为重启侦查和寻找刘虹女的线索。

出　路

　　但这个线索十分飘忽：一个外来的女同学前来看望一个本地的女同学，二人同住一宿，说起一桩伤心事，对方哭过，走了，之后不久本地的女同学出走——两者之间看似颇有想象空间，实际上无从建立逻辑关系；至于刘虹女出走之后，会不会投奔那个女同学，或许有此可能，但依据刘虹女留给吴校长的那封信，可能性不大。

　　我们当然不会放弃一丁点儿的可能。离开"普希金"，四人回到钱夏的宿舍，针对这个可能性不大的可能进行探讨。

　　侦查和寻找的路径是简明的：假设刘虹女去了这个"外地"女同学那里，那么这个女同学就是我们要寻找的目标（刘虹女）的目标；由于这个女同学没有留下姓名和身份，找到她的头绪首先是排查刘虹女的所有女同学——包括小学、中学、大学的女同学，其次是扩大范围——所有跟刘虹女认识的、"长相漂亮"（疯子语）的姑娘。

　　老赵看着钱夏，希望他再次联系刘虹女大学四年的女同学，问问谁来过南师。钱夏悲观地摇头：既然前次电话联系时，没人知道刘虹女的下落，如果再问谁来过南师，有什么实际意义呢？仅仅为了知道谁来过吗？

　　孙秋建议，把情况告诉武永强，通过公安查找知情人。

　　他的意思是"普希金"的话有个人判断成分，不一定确切，结合前期寻找的结果，应当把查找范围扩大到全社会。钱夏提出疑问：公安分明可以直接寻找刘虹女，何必寻找那个中间的知情人呢？李冬说：你忽略了前提——刘虹女是主动出走的，即使公安架着高音喇叭喊她，即使她听见了，她也不会回应——所以只有先找到知道刘虹女下落的人。

　　不过，孙秋的建议也存在技术问题：以公安目前的条件，无名无姓无身份地找人必须分两步走——第一步是为那个女同学画像，第二步是通过各地公安局发布寻人启事；而画像，需要"普希金"配合，因为只有他见过那个女同学——问题是，他的脑子似乎还没有完全清醒。

　　问题又回到了"普希金"身上。

　　一时间，四把座椅交替嘎吱作响。

李冬忽然沮丧地晃了晃头：这个，我的想法改变了——我们寻找那个"女同学"是为了找到刘虹女，可是，即便找到刘虹女又如何？她给吴校长留了言，她是决意不再回来的，现在她已出走139天，时间证明了她的态度，如果我们硬要拉她回来，岂不是违背她的意志？我的意见是让刘虹女自由吧，我们都等着，各人好自为之——你们说呢？他这么说着，深凹的眼睛发出诚恳而犀利的光芒。

这是一个颠覆性意见：一方面理性地揭穿事实，打开一扇窗；一方面残忍地挑明寻找的荒谬，宣布"普希金"提供的秘密毫无意义！

三人被震惊，不知所措地看着李冬。

沉默至黄昏，孙秋首先起身离去。接着，老赵左顾右盼，也不声不响地走了。房里剩下李冬和夏钱，光线越发暗淡。灯泡吊在头顶，钱夏懒得拉扯开关。李冬站起身，钱夏没理，李冬欲言又止。

下个周日的早晨，阳光照进卧室，钱夏四脚朝天地躺在床上，眼睁睁望着天花板。老赵来了，停在门外招呼：喂，今天我加班写报告，如果孙秋李冬来了，你接待一下。不等钱夏回应，门缝的影子一晃，脚步远去。钱夏努力坐起，定了定神，忽又扑通倒下，干脆闭上眼睛往死里睡去，随便孙秋李冬啥时候来敲门。

但是，南平不知道北原也发生了变故。

早晨九点，李冬按惯例骑车前往江北渡口与孙秋会合，到达后，久等不见孙秋的人影，只好掉头返回。以他对孙秋的了解，孙秋所以突然不去南平，一定是为了"让刘虹女自由"——这家伙向来自主任性，可一旦认同别人，往往比别人更为决绝。

李冬来到北原报社宿舍院，歇了自行车，熟门熟路地上一栋旧楼的二楼，顺着廊道往东走。此时孙秋的房门虚掩着。李冬走到门口，看见孙秋在烟雾中端着烟，抬手叩门，孙秋无动于衷地回过头来。李冬进屋站在孙秋面前。孙秋漠然地笑：对不起，爽约了。李冬摇头：我们从来没有约过咧——怪我上次说得太直白。

孙秋请李冬随便坐，说：你是对的，我决定不再每周去南平。

李冬在床边坐下，问老赵钱夏会习惯吗。孙秋说总要习惯的。李冬不语。但孙秋倏忽一笑：也是哦，过去，我跟老赵钱夏或许没有太深的友谊，甚至彼此心中存有敌意，可我们一起演过话剧，毕业分配到北原南平后，团结战斗，又一同蹲号子，已成了患难兄弟，突然不相见，还真有些不习惯咧。李冬回以苦笑。

一会儿，李冬看着孙秋：今后有什么打算呢？孙秋摊开空空的双手：等呀，既然要让她自由，除了等，还能怎样？或许缘分是等来的，如果不来，认命——这样也不至于伤害你们三个情敌。

两人笑笑，怅然一闪而过。

谈及等待中做什么，孙秋说：想过考研，还没想好——当初为了刘虹女来到北原，现在她走了，凭什么待下去呢？而且，县城的环境如此板结，每个人都在牢不可破的组织里，找不到自由生存的自然空间，也没有选择权，如果我离开工作单位，出路只能是回江城捡破烂，或者回浙江海宁靠父母养活，所以，除了考研，别无出路。李冬问：你离开南平，刘虹女回来怎么找你？孙秋戚然：看缘分呗。忽然精神一抖：不过，寻找的事必须做，除了晓得她的下落，更重要的是找到她的心迹——因此，还得把"普希金"说的那个秘密告诉南平公安局的武永强。

在南平，钱夏没有等来孙秋和李冬，一直睡到黄昏才起床出门找吃的。街灯已亮，想到老赵这个野心家可能还在办公室加班加点，顺道去约，看见所有窗户黢黑，也懒得再折回宿舍找人。

出了县委大院，是一条东西向的主道，西行不远，拐弯走到电影院附近，半边街是夜间营业的小吃店。钱夏进入一家，在翠竹篱笆分隔的卡座坐下，要了一碗米酒汤圆。正吃着，一对男女说着话走进竹篱另一边的卡座，那男声让钱夏猛然一惊，汤圆歇在了舌头上——

周亦敏，有人说你长得像王馥荔（女演员）。

（老赵的声音。）

是吗？但我不喜欢"菊花"这个角色。

（县委周书记千金周亦敏的口气。）

周书记说，我们县也要有"牛百岁"。

（原来他俩刚看完电影《咱们的牛百岁》。）

我支持你下去做几年。

（瞧，周亦敏多有政治智慧！）

"牛百岁"也不是人人都能做的。

（老赵表明自己的心迹。）

说话间，传来瓷勺碰瓷碗的叮当，伴着斯文的吸溜声，大约他俩也是一人一碗米酒汤圆。钱夏记起自己嘴里的汤圆还在舌头上歇着，但胃口依然没有反应，仍是愣怔着。

那边，周亦敏笑了一下：喂，你是不是有了一朵"菊花"？老赵装傻：什么意思？周亦敏说：南师那个刘虹女呀？老赵轻描淡写：哦，她是我们的校友，也不是泼辣的人。周亦敏问：听说你们都在寻找刘虹女？老赵坦白：是啊，校友之间互相关心。周亦敏说：你可以找她做"秋霜"嘛（电影中牛百岁的妻子叫秋霜）。一阵咯咯的笑声。

钱夏努力动嘴咬汤圆，心头怪不是滋味：本该有那么一点因为情敌转移目标的窃喜，但实在厌恶战友背后另起炉灶的阴谋；本来自己也觉得刘虹女可能一去不复返，但无比鄙视恋人如此快速情变的轻贱；或许自己也需要找一个荫庇仕途的上层关系，但觉得为了仕途进步走婚姻路线太不光明正大……他感到伤心和愤怒，很想起身去隔壁打个招呼，让老赵这个老谋深算的家伙难堪，但终于忍住未动。

等老赵和周亦敏走了，钱夏起身离开汤圆店。

星期一，钱夏给党史办主任打电话，报告身体有病，主任很不厚道地幽默：打算病几天呢？他也不是好鸟，答：视情况而定吧。然后，回到宿舍枯睡两天，星期三下午起床，过江去北原。

他还是第一次来北原。先找到北原县教育局教研室，见着李冬，再给孙秋打电话，不一会儿，孙秋赶来会合。但三人心绪漂移，相见难以欢悦。晚上在教育局隔壁下馆子，钱夏闷声喝酒，喝到一半，愤然揭露老赵。孙秋和李冬听了，感到局面已恶化，无话可说。之后送钱夏回去，走到江边，孙秋从口袋里掏出一封信，递给他，请他转交南平县公安局的武永强。钱夏接过信，看着孙秋：但愿吧。

次日上午，钱夏先上公安局把信交给了武永强，然后去邮局，给吉林老家打电话，请父亲火速寄来若干长白山人参……

呕　吐

居然是一只小白猪的帮助。

在等待长白山人参的日子，钱夏每天傍晚都去汉江堤上游走。时值七月，江水滔滔，夕阳下一派闪烁的光点在流淌。钱夏伫望江面，可以看见自己的悲伤在迷人的辉煌中涌动。

这天，他正凝望着，脚下发出哼哧哼哧的声响，低头去看，是一只筷子长的小白猪跟他打招呼，他有些惊诧，也莫名地喜悦，连忙蹲下身去迎接，可是动作突兀，小白猪倏然躲闪。他起步追赶，小白猪向堤坡下逃窜；他越追，小白猪越逃；看看就要接近，猛地扑将上去，手指几乎触到小白猪的屁股，小白猪于慌乱中奔进江里。但小白猪怕水，顺流漂出不到三米，掉头奋力冲上岸来，就在小白猪立足未稳之时，他一个箭步过去，双手箍住了小白猪。

此后，钱夏的单身宿舍不再冷清。白天，钱夏给小白猪喂饭，清扫屎尿，然后捉住它，在脊背上顺毛摩挲，说一番人与猪共用的话。他高高地举起小白猪，看见了它的臀部，它是个女的，那尾巴下面的小东西十分精致。他的心头莫名地漫涌一股暖流。晚上，他睡床上，小白猪睡床下；等到半夜，床下的小白猪安心入睡，鼾声匀细，像一个斯文的女子，他静静地听一会儿，翻转身体，恬然睡去，但他的鼾声总把小白猪吵醒，床边不时发出小女子哼哧哼哧的抱怨。

不久，钱夏收到吉林老家寄来的四支长白山人参，拿着黄灿灿的人参给小白猪闻，说老子还不如给你吃了。然后用报纸包上两支，带到办公室。下午下班，同志们都起了身，他请主任留步。办公室剩下主任和他。他拿出报纸卷，展开，把两支人参放到主任桌上，嘻嘻地笑：正宗长白山的，大补，您太操劳，我又老是不能让您省心，请您多多保重身体！主任被一个狂徒的贪婪打动了，眯起眼泡来笑：你这家伙，准是找我有事，说吧。他便眨眼，讪讪地说：我想换个单位，求您帮忙。主任陡然大笑：嗬嗬，你这是想让我彻底省心呀？他连忙解释：不不，您是我参加工作后的第一个顶头上司，一辈子的缘分，我无论去哪里，永远记得您，还会随时回来看望您、向您请教的。主任掂了掂他的话，问：想去哪儿？他抠着脑门：只要不用动笔杆子都行，油水多一点儿更好。主任似乎有些感触，不惜自我暴露地叹息：是啊，你们年轻，还有机会，早点儿换个有实权的单位去发展——这样吧，我跟物资局侯局长熟，帮你打个招呼。他立刻磕头似的点头：好啊好啊！谢谢主任！我发展了一定孝敬您！主任微笑，有点儿提前笑纳的意思。

事情比预想的顺利，两支人参还躺在桌上，他不宜继续站在人参和主任面前，便主动告辞。不料主任来了心情，叫住他，请他在桌子对面坐下，很是疑惑地问：为什么这么年轻，急需油水？他便一顿，心想油水不过是您老人家能接受的理由，我真实的想法是摆脱您老人家啊，但这个想法显然不方便说出来，只能照着油水的路子讲：我家在东北吉林乡下，很穷，我大学毕业快一年，工资"月月光"，不仅没有给家里汇过一分钱，还要父亲寄人参。接着冲主任一笑，换了马克思理论说：经济是基础，经济基础决定上层建筑嘛。主任也笑，鼓励他按照自己的想法好好发展，又以自己为反面教材，指点一些在政界发展的套路。

他不停地点头，主任突然问：你身上是什么气味？他耸着鼻子嗅嗅，回问：是卤鸡吗？主任摇头：不是。他陡然一愣，记起小白猪——此时正在宿舍饿着肚子，便说：对不起主任，我回去洗洗。起身告退。

次日午后，老赵敲开钱夏宿舍的门，捂着鼻子怪叫：好臭！钱夏冷淡地微哂。忽然一道白光闪现，小白猪从床底窜出，跑到钱夏的脚前。老赵惊呼：这是咋回事？钱夏撇撇嘴：养猪致富呀。老赵歪起头看钱夏：你也疯了？钱夏说：差不多吧。老赵无奈地叹息。

这时钱夏就嘲讽：阁下亲自驾到，有何吩咐？老赵瞪他一眼，庄重地说：从明天起，我要去农村蹲点，可能时间比较长。钱夏听了，心想动作够快的，不由一哂：是去做"牛百岁"吧？老赵不明白这家伙怎么也知道这个"先进人物"，顿了一下，说：我来，是跟你交代一件事——李冬给我打电话，说他想调到南师来，问我们能不能替他帮帮忙。这事让钱夏很诧异，脱口便问：因为刘虹女吗？老赵瓮声道：还能为什么。但钱夏沉默片刻，自嘲地笑笑：我一个小老百姓，能帮他什么？搬家呀？老赵摇头：他还在跑调动呐。钱夏心想：调动的事怎么帮忙？老赵也没下文，说走了，转身就走。走出两步，忽又转身回来，提起脚踢向小白猪，钱夏眼疾，伸腿挡住，一把将老赵推了个趔趄。

等到周日，钱夏按照主任的指引，带上另外两支长白山人参，于上午十点去了物资局侯局长家。侯局长歪在客厅的沙发里，油光满面，不拿正眼看那两截渺小的黄色草根，让他随便坐，不时瞟几眼，待他说过一番话，识出了苗头，才表示物资局欢迎人才。钱夏顿时激动，想说点效忠的话，侯局长扬扬手，说以后就是自己人。

中午，钱夏回到宿舍跟小白猪汇报了，人与猪就共进午餐，一个桌上，一个地下，上下吃得搪瓷碗叮当作响。饭后，人抱起猪出门，往汉江渡口去，打算前往北原，看看李冬需要如何帮助。

过了江，人与猪搭上突突突的机动麻木，很快到达北原县城。可是他俩来晚了一点儿，北原县教育局宿舍院的门卫老头告诉他：李冬老师刚刚出门，不过，好像不是去买猪崽。钱夏懒得幽默，抱着小白猪掉头离去，经过一番走街串巷，找到北原报社的宿舍区，敲开孙秋的门。孙秋见他怀抱小白猪，大为开心，问阁下怎么突然变成了阮仲容阮咸，钱夏问阮咸是谁，孙秋告诉他：阮咸字仲容，阮籍的侄子，魏晋"竹林七贤"中的一个，喜欢跟猪一起喝酒。钱夏倒是知道一点"竹林七贤"，以为不俗，就呵呵地笑，貌似旷达。

说起李冬的事，孙秋说已经晓得，问题是北原这边不肯放人，李冬今天可能去找冯远志书记了。钱夏说，我们也去帮他说说情吧？孙秋说可以呀，人多力量大。于是下楼，孙秋骑车驮上钱夏和小白猪。到了县领导宿舍院门口，门卫不让进，孙秋说是找冯远志冯书记的，门卫告知冯书记这几天住在汉江大桥的工地上。两人分析，以李冬的执拗，必定追到工地，就转头往汉江方向去。

汉江大堤上，李冬此时手搭自行车，正望着两百米外的大桥工地。孙秋和钱夏来了，老远看见李冬，大声呼喊着，一边推车小跑上堤，到达李冬面前。李冬见钱夏抱着猪，也笑盈盈说他像阮咸。钱夏问：冯知道你在这儿等他吗？李冬说招呼过。三人就和小白猪一起等候。

工地那边，汉江南北的桥面已跨过离岸的第二个桥墩，江心的一段尚未合龙，犹如张开的口，说抿就可以抿上；工人散布在南北的桥面，远远地不闻声响，只见四处焊光溅起。北岸桥头聚了一群人，人人穿黑夹克、戴太阳帽，估计是参观者；其中一个戴红帽子的，一手叉腰，一手指指点点，像老戏里"三突出"的人物。李冬有些不解：应该等到秋季退水了施工的。孙秋别有意味地笑：因为流言啊。钱夏点头：就是，冯书记要赶紧证明自己一心一意为北原经济谋发展。李冬倒是厚道：为什么不是冯书记只剩下发展经济的念想了呢？

红帽子朝这边走来，李冬说是冯书记，三人一起迎上去。

冯远志明显被工地的太阳晒黑了，但饱满的情绪在发亮的目光上奔跑，十米之外就抬手招呼：嗨，你们都来了。三人像从前做学生一样回应：冯老师好。冯远志指指钱夏怀里的小白猪：怎么，打算当养猪专业户？钱夏咧嘴笑：正在筹备起步资金咧。冯远志转头看孙秋，换了党的口吻说：你们北原报社呀，要好好宣传建设汉江大桥的重大意义，特别是你，我可是一直有期待的。孙秋含糊地嗯嗯两下。

冯远志突然问：赵春呢？钱夏说：当"牛百岁"去了。冯远志哦了一声，转头看李冬：你的事他们已经向我汇报过，但他们并不知道你的实际情况——难得你这么有情有义，我支持，只要南师那边接受，北原一定放行。李冬连连点头，眼圈都红了。

跟冯远志告辞后，三人很愉快。下堤时，钱夏把怀里的小白猪放到堤坡上，小白猪自由奔跑，三人嘻嘻哈哈追赶。阳光下，凉风吹拂，青翠广大，小白猪很白很小，大家跑得东倒西歪，尽情享受这个季节可以把控的欢乐。后来累了，钱夏捉住小白猪，在堤坡上坐下，对李冬说：南师那边接受你的事，包在我身上。

回到南平的第二天，钱夏去县人民医院找到周亦敏，谎称是老赵派来的，说我们四人中有个同学叫李冬，在北原县教育局工作，因为怀念刘虹女，想调到刘虹女曾经工作过的南师来教书，需要南师接受，希望县委周书记在万忙中打个招呼。周亦敏很爽快，当即以嫂夫人的态度表示：同学的事，一定帮忙。

事情就成了：1983年8月下旬的一天，李冬来南师报到。

而且，这家伙得寸进尺，又向吴校长提出住进刘虹女留下的那间房子，吴校长端着烟，朝他凝视许久，顾虑在烟雾中飘散，就点了头。9月1日，钱夏和孙秋帮李冬搬家来到南师。

打开刘虹女宿舍的门，房里淡香清净。三人进去后不由肃然停滞。孙秋站在床边，一直抚着淡蓝色皮箱。后来，钱夏动手翻看纸盒里未开封的信件，被李东阻止了。大家商量先封存刘虹女留下的物品，就去街上买回两只大纸箱和一卷胶带，将所有散物入箱封口，码在房间一角，搁上淡蓝色皮箱；然后搬入李冬的行李。

临走时，孙秋看着李冬说：拜托了。

李冬明白孙秋的意思，点点头：放心吧。

下个周日，钱夏抱着小白猪，跟孙秋各骑一辆自行车再来。宿舍门外的檐下倚墙放了煤灶，灶上搁着水壶，旁边有一只小木柜：李冬已安居乐业。进屋，室内的布置大致跟先前的格局一样，李冬立于其间，羞涩地微笑。钱夏提议为他庆贺乔迁之喜，李冬说：不，是该我来答谢大家咧。孙秋却笑：前段时间医治"普希金"都背了债，哪来的钱呢？李冬说：家里有锅有灶，上街买点儿菜，花不了多少钱。三人赶紧摸口袋，掏出毛票硬币放在桌上，不论多少，交由李冬办理。然后，钱夏把小白猪放到床下，吩咐李冬看好，跟孙秋出门，骑自行车去乡下接老赵。

下午三点左右，钱夏和孙秋带回老赵。小白猪从床底下冲出来迎接，钱夏见老赵一激灵，似有举动，慌忙将小白猪捉住，抱在怀里摩挲。李冬已把买回的菜洗切完毕。时间尚早，大家坐下说话。

不料，李冬开头就对老赵说：老大，谢谢啊！老赵问：谢我什么？钱夏赶紧向李冬使眼色，却被老赵发现，越发追问。钱夏就交代通过周亦敏找周书记打招呼的事，说：这也是替你打消周亦敏的猜忌嘛。老赵的脸色陡然铁青，起身哀伤地吼叫：天啦，你不要脸，我还要脸啊——你让我今后怎么做人？钱夏没见过老赵发这么大的火，吓得一颤，手里的小白猪滑到地上。老赵飞起一脚，踢向小白猪的鼻子，甩头而去。

孙秋和李冬连忙起身追赶。

钱夏愣怔着，忽然想起小白猪没有吭声，低头去找，只见小白猪侧躺在地上，白白的，一动不动，伸手探鼻孔，已无气息，不由怅然而笑：猪打鼻梁狗打腮呀——也好！

孙秋和李冬追到操场边的一棵梧桐树下，拉住了老赵。三人一时都不说话。孙秋递上一支烟，老赵不接。李冬说：钱夏这段日子就靠小白猪度日，你那一脚踢得不轻。老赵仍不吱声。孙秋再递烟，老赵接了，孙秋划火柴帮他点燃。此时，操场西边的夕阳血一般红。

钱夏相信老赵会被拦下来，起身找到一只搪瓷脸盆，将小白猪放进盆里，从门外的煤灶上拎了水壶，朝小白猪冲开水……心里念道：对不起了，你本是人间的菜肴，我只好拿你将功补过。

天黑时，孙秋和李冬陪同老赵回来，房里亮着灯，书桌已挪到房间中央，桌上摆了四菜一汤，立着半桌啤酒，钱夏不点名地吆喝各位随便就座。老赵默然不语。李冬调侃钱夏：伙计，不错呀，天下胖子都是好厨子。顺手牵了老赵坐下。孙秋拿起一瓶啤酒，宣布：今天什么都不重要，为了刘虹女，我开戒，跟大家干杯！就咬下瓶盖，举着瓶子等候。三人接连响应，四支瓶子咣当一碰，各自仰头咕咚。

钱夏起身揭开汤钵盖子，放入汤勺，歉疚地说：有些事我考虑不周，应当赔罪，所以我杀掉小白猪，做了一钵汤——请你们原谅！

小白猪做了汤？老赵、孙秋和李冬一起抬头看钱夏。

钱夏讪讪地笑：小白猪也是猪，我给大家舀汤吧。

可勺子在钵中一动，即刻飘出小白猪活着的气息，钱夏的头痉挛似的向右一抖，鼓起腮帮哇哇地呕吐起来……

第八章　鸽子飞了

婚　事

转眼就是秋天。

许多有关的事情开始枯萎，一些无关的消息突然来临。

立秋那天，疯子"普希金"的那位面容憔悴的母亲一手提竹篓，一手敲响了南师写诗女工友的房门。那竹篓小巧玲珑，像削去三分之一的篮球，弧形的竹篾提手，口上遮一块明亮的蓝花布。门打开，写诗的女工友眨眨眼，认出老妇人是"普希金"的姆妈，而且提着一只有内容的竹篓，连忙请她进去，给她端椅子，态度适可而止地流露亲切。老妇人且不坐，热络地说：丫头，婶婶老早就想来看你，今日才得了我那疯儿子的同意，真是立秋立得好啊。写诗的女工友有些慌神，抬手撩撩鬓发，扶她在椅子上落座，转身倒一杯白开水端来，老妇人从容地歇下小竹篓，接过水杯。女工友就近坐在床边。

然后老妇人说话，女工友听。说法跟先前在江城六角亭的表达略有篡改，意思照例新颖明白。说：我那疯儿子不是疯，是春上染了花粉邪气，犯花痴——就是染了邪气后，第一次见到哪个姑娘就会迷上哪个姑娘，这事在我们乡下很常见的——其实，那个姑娘单是一个姑娘，是所有姑娘的一个代表，怎么说呢，你年纪轻，没在"文化大革命"中学习马列主义毛泽东思想，好比说列宁，要是没有那个大额头的列宁领导十月革命，也会有一个大胡子的列宁来领导……你懂我的意思吧？而且而且呀，不管是谁领导了十月革命，革命总要成功的，也就是说，像我儿子这样的，不管是哪个姑娘跟他好了，跟他那个了,他也就不迷了、不痴了、不疯了——革命就成功了!

又说:听说你写诗,喜欢"普吃惊",吃惊好啊,我问过新来的李冬老师,好像列宁也喜欢"普吃惊";我去图书馆,让那个跛子保管员替我找到"普吃惊"的书,上面有一张像,跟我儿子长得没有二样。说着,揭开遮盖竹篓的蓝花布,露出一篓鸡蛋,鸡蛋上搁一本相册,就拿起来从头翻开,让女工友看这张看这张,再看这张。女工友真心想看,却抿着笑,半趋身子假意敷衍。"普希金"在相册里快速成长:由一张圆脸蛋变成一副长尖脸,由一片浅黄毛发变成一头大花卷,由一片精光下巴变成一圈连鬓胡……直至长成穿中山服的"普希金"!随着"普希金"的成长,房间里渐渐宁静,只剩下呼吸的微响。这时,"普希金"的姆妈抬头去窥,女工友的脸颊红扑扑的……天下已定。

于是秋天开春,南师校园里到处婉转地冒出美女樱。

某日,有人看见一个女子在琴房前的花径走过,即刻去找校长,问是不是刘虹女老师回来了。校长摇头,这人诧异,说他看见的那女子长发飘飘,穿橘色中长风衣,栗色弹力健美裤,米黄的搭扣皮鞋,鞋底有一圈白边……不是刘老师是谁呢?消息传到"普希金"的耳朵,他便去校园走动。黄昏,忽见那女子的背影,疾步追上去,正欲呼叫,对方回头嫣然一笑——原来是写诗的女工友。

当晚,"普希金"在黑暗中辗转,坐起拉灯,发现床头柜上搁着一本《普希金诗集》,封面的一角盖有南师图书馆的印章,联想白天的故事,不由心酸地朝睡在隔帘外边的姆妈望去,此时母亲中止了喘息似的呼噜,正发出细小的呻吟。他拿起诗集,翻开,看着跟自己"没有二样"的普希金画像,伸手抚摸自己的连鬓胡,苦笑了一半。之后,他找到那首依稀晓得的诗,开始翕动嘴唇,伴着母亲的呻吟默念:

　　假如生活欺骗了你,
　　不要悲伤,不要焦虑!
　　阴郁的时候须要镇定,
　　相信吧!快乐的日子将会来临。
　　心永远向着未来,
　　现在却常是忧郁。
　　一切都是瞬息,一切都会过去;

而那些过去了的，终将成为亲切的回忆。

他念了一遍又一遍，一直念着，觉得有那么一点儿符合心意，突然又感到十分张冠李戴风马牛不相及。后来，他的嘴唇不知停留在哪个音节上，头一歪，睡着了。

他居然做了一个十分形而下的梦。梦到那女子，那飘飘的长发、橘色的风衣、栗色的健美裤、米黄的皮鞋以及白边的鞋底……她走在他的前面，他一直跟随其后，她不曾回过头来，可走着走着，他贴上了她的身体，他感到快乐得迫不及待，任由快乐发出一声尖叫……但他不晓得他叫醒了操劳辛苦的母亲，母亲撩起隔帘，看见他一副挤眉皱脸的痛苦样子，倒是欣喜地微笑。

第二天，母亲又去了一趟写诗女工友的住处。

不久，琴房里传出的众多琴声裹挟着一串时断时续的异样音调，众声停辍，那声音照例执着而骄傲。偶尔，正在教室上课的李冬听见，也会侧耳细听，但怎么也辨不出是《欢乐颂》还是《月光曲》。而且，这异样的琴声一旦发生，每晚琴房的灯都会亮到十点之后。

"普希金"像上年那样，复又站立在琴房外的树荫下。琴声是否异样不必刻意领会，他向来是单纯的，只在乎人，在乎自己内心泛滥的甜蜜。一个燥热的夜晚，李冬心血来潮，走出宿舍，悄悄去做"普希金"身后的"黄雀"。他猫在不远处的一棵树下，一直盯着"普希金"的黑影，发现这家伙不时晃来晃去，渐渐躁动难耐。果然，"普希金"冲出树荫，向琴房奔跑过去。李冬的心头怦然一跳，想起一年前刘虹女的呼叫，不由跟踪而至。

但李冬错了："普希金"闯进琴房后，琴房里并没有发出尖厉的叫喊。在他追到琴房门口时，琴声戛然而止，他听到的是惊喜而温情的呼唤：普——希——金！只见两人拥抱在一起，肆意欢腾……

次日，南师的美女樱乍然艳丽。"普希金"的母亲枯木迎春，禁不住逢人便炫耀自己的老经验。

喜事接踵而至：李冬收到了四份大红请柬，我们四人被邀请参加"普希金"与女工友的婚礼。国庆节上午，婚礼借国庆之喜在南师教工会议室举行。老赵、钱夏和孙秋来到李冬的住地，每人交出十元礼金，让李冬代为祝贺（当地叫"赶人情"）。李冬捏着钱走了，三人留在宿舍里东倒西歪，有一句没一句地说话，等候李冬回来。孙秋靠在床头，感到空气中留有故人气息，想象着李冬未来的生活。

李冬去到教工会议室,向"普希金"的姆妈交了钱,混入人群。婚礼由吴校长主持。吴校长高度评价"普希金"的觉悟,表彰女工友的忠贞,赞颂"普希金"姆妈的慈爱与智慧,把一桩奇异的婚姻渲染得催人泪下,十分对得起国庆。仪式中,轮到新郎新娘的节目,在司仪的催促下,女工友羞答答张开双臂,"普希金"扑将上去,两人搂在一起。李冬发现,女方纵然热烈,丰满的身体却是雍容直立,而男方大面积贴上女方,因为瘦,像一条操切的打弓虫抑或直奔主题的蟒蛇……原来爱情的过程花枝招展,婚姻竟是赤裸裸的身体。传奇很不真实。

李冬摇了摇头。

月　色

下午,李冬从婚宴上带回 12 个大肉丸,平均每人 3 个。这是南平习俗,"赶人情"后东家必给回馈,以肉为贵。李冬进门举着装有大肉丸的塑料袋晃荡,高声喊:吃肉啰。三人歪歪扭扭起身。孙秋问:"普希金"就这么结婚了?李冬笑道:还能怎么结婚呢?连忙去刷锅,切丸子,给煤灶生火,请大家稍安毋躁。

一会儿,香喷喷的煎炕肉丸片上了桌,李冬从床底下拉出半箱啤酒,三人入座。可吃喝之际,大家明显魂飘魄散:老赵不时看手表,像是等着排除定时炸弹;钱夏搛起一块肉,鼻翼微微翕动,仔细捕捉小白猪死后的气味;孙秋一直惆怅地含着目光,多半是在想象这房间里应有的另一个人。李冬吃过喜酒的,又看出了气氛,一个劲儿地吆喝大家吃喝。

钱夏拿起酒瓶干杯,老赵反应迟钝,钱夏用瓶颈碰桌上的酒瓶,将酒瓶撞倒,啤酒汩汩地冲出,老赵抓住酒瓶,起身抖去身上的酒沫。大家发现,老赵这天穿了一条光鲜的藏青色裤子,裤管前面有清晰直溜的褶印。老赵坐下,突兀地问大家:最近武永强那里有没有消息?瞧他这话问的,分明是置身事外的王顾左右。钱夏就刺激他:除非你亲自出马,督促武永强动用公安的力量。

老赵没接话,趁着拿酒瓶又看了看手表。

钱夏也转移话题:哥们儿,我马上要离开党史办了,去物资局。大家并不格外惊诧,单是共举酒瓶恭喜他鱼儿得水,一面叮嘱"苟富贵,勿相忘"。李冬说今天高兴,我来一段吧,便清了清嗓子,唱起:今日痛饮庆功酒,壮志未酬誓不休;来日方长显身手,甘洒热血写春秋。拖腔到来时,三人热烈鼓掌。孙秋用胳膊肘碰碰老赵,向地面努嘴,老赵转头去瞅,赶紧捡起两张电影票,塞进裤兜。

酒还喝着,老赵的目光滑过孙秋的眼神,不好意思地对大家说:有个报告要写,失陪了。起身离去。钱夏冲老赵的背影撇嘴一嗤,干掉瓶中酒,丢下瓶子,不告而别。宿舍里剩下孙秋和李冬,隔着一桌狼藉对坐。沉默片刻,孙秋说:我也出去一下,晚上回来。李冬问要不要他陪同,孙秋摇头:你收拾残局吧。起身拍拍李冬的肩。

出了南师,孙秋前往南平公安局,拐过两道弯,老远看见钱夏坐在公安局门前的路牙上,庞大的一坨,正歪着头抽烟,忽然看见了他,仍是一脸平静地看着。不用说,两人不约而同在双方意料之中。孙秋走过去问:什么情况?钱夏说:今天国庆休息,我来问武永强的住址,结果他在局里开会。孙秋就挨着钱夏坐下。

一辆洒水车开来,水帚在咿呀的歌声中搅得尘渣漫卷。两人蹿身而起,往公安局大门里躲,腿上还是溅了零星泥水。

此时,他俩(我们四人)并不知道,在公安局会议室,武永强正在捍卫我们四人的清白。会议是关于"严打"的,即"从重从快"打击包括强奸在内的"七类"严重刑事犯罪。会上,说到去年秋天发生在南师的强奸未遂案,局领导对此案至今悬置未破很不满意。有人认为:以赵、钱、孙、李四人案前案后的荒唐表现来看,作案的可能性在所有嫌疑人中最大。武永强对此予以否定,那人固执地摇头冷笑。

武永强问:依据是什么?

那人道:爱得太过分。

武永强问:这是什么逻辑?

那人道:抢先得手嘛。

武永强问:就为这个?

那人道:这是有先例的。

武永强说:那是疯子的行为。

那人道:疯子也是人。

武永强反问:我也爱得过分呀。

那人道:你是公安人员。

武永强无言以对。

那人道:我建议重新拘留这四个人。

武永强抗议：你们干脆把我也拘了！

那人道：你不是拘留过他们吗？

武永强反问：你不相信我的侦查？

那人又要冷笑，局长抬手止住，回头问武永强：要是在当前"严打"的震慑下，他们四人中有人逃跑了怎么办？武永强起立回答：我替他们担保——如果有人跑了，追究我渎职！局长又问：可不可以再审他们一次呢？武永强说：他们也有起码的尊严。

会开到街面亮灯才散。武永强最后一个走出公安局大门，见钱夏和孙秋迎面候着，不由嗔道：你们来这里干什么？两人觉得他的态度复辟了生硬，连忙说只是打听一下情况。武永强越发光火：公安局的情况能随便打听吗？孙秋解释：问问刘虹女的消息咧。武永强黯然不语。

之后武永强同意在回家途中跟他俩聊聊。路上，钱夏抱怨公安局办事拖拉，武永强不作回应。孙秋说：我有一个建议——疯子"普希金"现在已痊愈，头脑清醒，可以派画像专家找他提供信息，画出那姑娘的像，通过各地公安找人——这是找到刘虹女的最后线索。武永强沉默片刻，长呼一口气：你的信我早就看过，你们有所不知，现在公安局的中心工作是"严打"咧。钱夏问：难道眼睁睁看着刘虹女消失？武永强捂嘴咳嗽，咳完，再咳，没有理睬钱夏。

三人走到一个住宅小区的院子外，武永强停下，抬手指向一扇没有亮灯的窗户，说那是我的宿舍，今后可以来玩。又交代他俩：最近一段时间，你们四个都不要到处乱窜，除了上班，老实待着。语气既严肃又神秘，说完就进了小区院门。

钱夏和孙秋掉转头，快快回去。半路在小摊上要了两碗面，蹲在路边吸溜。钱夏说：武永强莫名其妙，对寻找刘虹女一点也不上心。孙秋问：你不会还在怀疑他吧？钱夏说：反正我一直都不信任这家伙。孙秋也纳闷："严打"跟我们有什么关系？为什么让我们不要到处乱窜？钱夏便激灵：个野鸡的，莫非又要拿我们当替罪羊？孙秋说：也不像。钱夏的头痉挛似的向右一抖：看来，老子还得侦查武永强！

两人心情不好，泼掉了碗里的半碗面。

月亮当顶时，孙秋回到南师。李冬提议去校园走走，两人来到四面房屋合围的操场。操场上亮盈盈的，无限思绪汇聚在空旷中，深重的寂静伸手可触，两人的感觉既真实又虚幻——那真实是从前发生过的时间和空间，那时间和空间里的人和事却缥缈无定。恍惚间，有轻微而清晰的琴声传来，极远极近，瞬刻杳无去向。孙秋和李冬在操场中央停下，心头悸惊，身子禁不住隐隐战栗。

李冬说：去年，我们四人曾经站在这里。

孙秋说：当时刘虹女在琴房弹奏《月光曲》。

李冬说：后来，刘虹女也来了。

孙秋说：她站在我们四人中间。

即刻无语。孙秋掏出烟，取一支递给李冬，李冬摆摆手，孙秋自己叼上，划了几次火柴点燃。然后孙秋抽烟，李冬看着孙秋，一粒微小的红光在银亮空无的操场上一闪一闪。

李冬问：有打算了吗？

孙秋说：没有，你呢？

李冬在月色中笑笑：替你守候在这里呗。

孙秋吹出长长的烟雾。

李冬说：只有你配。

孙秋叹息：没你这么傻的。

李冬复又一笑：我和你在一起呀。

月色白白地静寂。

一会儿，孙秋说：我还会努力的。

画　　像

几天后，孙秋找到南平看守所的侯卫国，通过侯卫国联系了南平公安局的画像专家老苟，揣上一条大象牌香烟，前往老苟的办公室。老苟笑笑的，圆脸，头上的白发很假，其实年轻。老苟收下烟，往抽屉里放，听说请他模拟画像，脸上的笑陡然打住，申明此事有纪律，连忙将烟从屉子里拿出来，孙秋赶紧出手挡住，说不必为难，交个朋友。老苟看了看孙秋的样子，因"朋友"软了手，问孙秋是否学过素描，孙秋说略知一二，老苟说那我抽空教你吧，手里的烟歇在桌上。

有了老苟的话，孙秋顾不上什么事业前途，干脆丢下北原报社的工作，来南平跟李冬住在一起，按老苟给的时间去见老苟。

老苟给了孙秋一本油印册子，讲刑侦模拟画像的技术，图解黑白分明，倒是好懂。但老苟说，你以后尽量少往公安局跑，影响不好。孙秋明白。白天，老苟上班，孙秋看图自修，在宣纸上摹画。下班后，老苟骑车弯一脚，来到南师李冬的宿舍。作为科学的刑侦模拟画像与艺术素描有所不同，主要是两点：固定差异与可控性差异。所有机巧的原理并不复杂，孙秋也不必全通，学以致用，只需了解模拟画像中的依据口述画像。当然，要把口述的模糊语言转化为纸面的逼真形象，不光是理论上的事儿。老苟说：这个靠练。

好在有李冬配合。老苟走后，李冬以自己班上的女学生为母本，口述脸形、五官、发式、表情以及身高胖瘦，孙秋听着画，画完，由李冬评判。当日，画一遍不成，画五遍也不成，画到第九遍才稍微有点儿眉目。以后每日画三人，次日换三人。班上的女生画光了，孙秋提议画"普希金"的老婆。李冬问：你没见过那女的吗？孙秋说：那天吃喜酒是你去的咧。于是李冬口述孙秋画像。画完，李冬说挺像，孙秋题字：写诗的女工友。第二天上午，李冬把题字遮住，任意给一位老师或工友看画像，没有人不是第一眼就认了出来。

结了婚的"普希金"已回到窗口掌勺。孙秋跟着李冬去南师食堂打饭，递碗时招呼"普希金"：喂，你家的肉丸子真香啊。"普希金"嘻嘻笑，狠狠舀了一勺土豆烧肉。临走，孙秋把头探进窗口说：下班了去李冬老师宿舍，给你一个惊喜。"普希金"问：卤鸡吗？孙秋只是笑。"普希金"说：还有比卤鸡更大的惊喜？下班后，"普希金"来了，孙秋拿出一张折叠的宣纸，抖开，亮出"写诗的女工友"，"普希金"看了顿时大叫：哎呀，怎么画得这么像呢！

孙秋把画像送给"普希金"，请他坐下，说起那个曾经来南师跟刘虹女会面的"女同学"，希望通过他口述画像，"普希金"听着，眼睛忽闪忽闪，显出诧异的明亮。孙秋担心惹他旧病复发，连忙糊弄：事情早已过去，只是画得好玩而已。但"普希金"撇嘴诡笑：你告诉我——刘虹女老师跟你有没有那个？孙秋问：什么意思？"普希金"说：如果你们那个了我就帮你。孙秋似笑非笑：你和老婆的事能跟别人说吗？"普希金"想想，觉得是这个理，便答应口述。

当晚，孙秋画出那个"女同学"，"普希金"说越看越像。

接下来是，如何在960万平方公里的中国大地找到这个姑娘。

鉴于武永强目前的态度，孙秋不打算找南平公安局。次日清晨，孙秋带着画像回到北原，直奔县委大院。

大院里，几辆轿车列队待发，冯远志走近领头的黑色伏尔加，正要拉门，孙秋急忙呼叫：冯书记等等！冯远志站住，掉头看过来，很是不悦地招一下手。孙秋小跑过去，在轿车的另一边上车。

车开动了，冯远志靠在座背上默然不语。孙秋叫唤几遍冯书记，冯远志哼一声，这才生气地批评：你呀，关键时候掉链子——今天北原汉江大桥举行通车仪式，我打电话给你们社长，让你来采访，可人家说你失踪好多天了——搞什么鬼，叫我怎么关照你！孙秋请书记息怒，一边从文件袋里取出叠合的宣纸，将那张画像亮出来。冯远志正身去看，问什么意思，孙秋说：这个姑娘在事发前去南师见过刘虹女，至今不知她何许人士，我们认为她是必须找到的人，找到她，很可能就晓得刘虹女的下落。冯远志听着，不由来了情绪：这么重要的线索，怎么不报告南平的武永强？孙秋迟疑道：人家忙着"严打"，没工夫，而且钱夏又开始怀疑武永强——所以只好找您，请您交代北原县公安局，让他们提请全国公安系统配合找人。冯远志想想，觉得此事涉及受理权限，说：这样吧，大桥通车仪式结束后，你陪我去一趟南平。

之后，两人在车内摇摇晃晃地沉默。

冯远志突然问：你这么下力，不光是为了我吧？

孙秋难为情地笑笑：现在，只是为了刘虹女。

大桥方向传来锣鼓声。冯远志的车队进入引桥的坡道。引桥两侧泊着下不半里的车辆，卡车、客车、面包车、拖拉机、摩托、电动麻混合编队，只等剪彩后声势浩大地通过大桥。大桥上，每隔十米有一道拱形的红色标语牌，由北向南，几成隧道；桥面暂且空无一人；桥头有一座高大门框，上方醒目地写着"北原汉江大桥通车仪式"，下边站立一个麦克风；威风锣鼓在门框的左边敲打；被组织来的群众聚集在引桥上。车队从人缝中挤到桥头停下，冯远志下车，锣鼓遽然激烈，掌声由近及远地掀起声浪，摄像机、照相机奔涌上来。

孙秋推门看了一眼，没敢尾随领导。

很快，冯远志站到门框下的立式麦克风前，开始面对引桥上的群众致辞。辞都是好辞，平常零散挂在嘴边：要致富先修路；为官一任，造福一方；让北原人民奔跑在改革开放的大道上。冯远志左手叉腰，右手打手势，头发被江风吹得像鸡冠一样竖起，显出逆风飞扬的风采。说到最后一句，右手奋力一推，推出一片哗哗的掌声。

两个姑娘在桥头拉起一道红绸，另有一个姑娘用盘子端来剪刀，冯远志拿起剪刀咔嚓一声，红绸断开……致富之路开启。

冯远志回来上车，引领车队浩荡前进。

过了桥，所有车辆各自东西，奔向万千生计。

冯远志看了看手表，吩咐司机前往南平公安局。

时间还不到中午下班，武永强接了门卫的电话，出公安局大门来见冯远志。冯远志跟武永强握手，邀他中午吃便饭，武永强爽快答应，提出由他尽地主之谊；孙秋急忙要求给自己一次招待老师的机会，说南平县委大院东边的汉江大酒店挺方便，武队长下班后直接去。冯远志就调和，说这样好，都不耽误。武永强点头答应，表示欠冯书记一顿。

司机把车开到汉江大酒店门口，孙秋下车订餐。

选择这家酒店是故意的，因为这里曾是我们四人的不祥之地。去年那个秋日的下午，我们去汉江的河床上见刘虹女，人未见着，钱夏落水，之后来这里借酒浇愁，发酒疯，让服务员看见听见；当晚，南师琴房传出刘虹女的呼叫，天亮前我们被服务员揭发，武永强把我们当作嫌犯关进了看守所……但这起关押不是我们的羞耻，孙秋索性订下去年秋天的聚义厅。

离午餐还有一点儿时间，冯远志提议去南师看看李冬。

到了李冬的宿舍，老赵和钱夏也在，三人起身招呼冯老师，冯远志问：你们怎么窝在一起？李冬涩涩地笑，说钱夏出了一点儿事儿。冯远志看钱夏，发现他左臂端在胸前，手腕缠着白纱布，问怎么了，钱夏讪笑不应。老赵报告：昨天下午上班期间，钱夏潜入武永强住地侦查，不料中途武永强突然回家，钱夏听到开门声，慌忙从二楼阳台往下跳，结果手先着地，崴了腕子。冯远志听了哭笑不得。

孙秋忙问：有情况吗？钱夏点点头：有一件红背心，还有一扎封口的信件全是写给刘虹女的。不用说，这两样都跟刘虹女案有关！孙秋转头看冯远志，冯远志问：后来呢？老赵说：后来钱夏被武永强抓住，送到了人民医院。钱夏拿手抠脑袋：我也感到奇怪——武永强怎么没有拘留我呢？冯远志落下眼帘：这样吧，看他中午吃饭时有什么说法。

中午，我们四人和冯远志提前到达汉江大酒店聚义厅，坐上圆桌等候。冯远志坐主位，右首一位空着。三瓶沔阳小曲立在桌上。武永强很快来了，向我们点头，径直坐到冯远志旁边，脸上保持微笑，一点儿不像发生过钱夏入侵住所的事儿。冯远志起头跟大家干杯，告诉武永强，北原汉江大桥通车了。武永强说，最近忙着"严打"，对大桥通车表示热烈祝贺。酒喝到一半，钱夏给武永强敬酒，问：武队长，昨天你怎么不拘留我？武永强端起酒杯顿了顿，仰头干掉，歇下空杯回道：有个成语叫同病相怜。孙秋接着问：那为什么我们最近不能到处乱窜呢？武永强红着眼睛看孙秋：刚才说过"严打"——这是一场猛烈的运动，如果不明白，可请教冯书记。说完便自饮一杯。

桌上的气氛开始凝重。冯远志端起杯子敬武永强，干了杯，转头向孙秋抬手示意，孙秋将文件袋递过去，冯远志接着，取出宣纸展开画像，对武永强说：这是一个线索，可以先通过公安找到这个姑娘。可是，武永强看也不看就说：没必要了。冯远志很是吃惊：为什么呢？武永强连连摇头，哭一样笑着，仍然只说没必要。我们四人急了，一起喝道：那你说说为什么呀？武永强愣住，眼里渗出血丝，片刻后摇晃起身，拿起酒瓶往杯中倒酒，一连喝掉三杯，哀伤地说：对不起各位，请谅解，我现在还不想告诉你们！说完，扑通落下身子，歪倒在椅背上。

冯远志与我们诧然互看。武永强开始喃喃泣语：没必要这样的，刘虹女……没必要这样的，刘虹女！

鸽　子

武永强为什么"不想告诉"我们？

他的哭泣如空穴来风却令人惶遽。

我们和冯远志立刻喝得脸红脖子粗，变成一桌怒目金刚。

钱夏睨着武永强，腮帮一动一棱地叫骂：个野鸡的，哼唧个屁，哼得老子心里冒火！老赵甩甩头，冲钱夏怨道：你也别闹，要不是你一直以来横七竖八，说不定刘虹女不会这样逃离我们。钱夏一诧：你什么意思？是不是说我破坏了你——如果没有我，刘虹女就跟你好了？可没有你道貌岸然地杵在中间，说不定是我呢？李冬连忙摆手：不不，你俩都不要吵，要是没有你俩这么斗来斗去，刘虹女早就跟孙秋在一起了！老赵钱夏马上团结起来盯着李冬，一个问：那你呢？为什么老是粘在孙秋的屁股后面？一个说：你他妈的不就是黄雀嘛！李冬结巴了：那，又怎么样呢？至少不像有的人从来没有自知之明。钱夏霍地站起来，一手指向李冬：你说谁呢——你说谁呢？看着另一只手就要出动。孙秋呼啦起身，出手挡住钱夏：你不要跟李冬冲动，否则，咱们二比一。这时只听啪的一声，冯远志拍桌大吼：都给我闭嘴！

全场凝住。钱夏的头痉挛似的向右一抖。

许久之后,大家依依不舍地不欢而散……

很快又到了汉江枯水的季节。

我们待在南平还能做什么呢?

回首往昔,莺飞草长,伊人在近处,生命的分分秒秒皆是激流涌荡;而今人去河殇,参商不度,满目荒凉,所有激流与梦想已被时光掩埋,唯有南平日复一日地空茫。

可我们没有言及散伙。这是一种伤,伤过了,不要再伤;这是一种痛,痛了自己,不必再痛他人;也是一种难,不散是难,散亦很难。这是我们1983年的青春:执着慌张,高傲惆怅,一场竹篮打水。

为了祭奠上年那个秋日,在一个周末的下午,我们再次不约而同地来到汉江河岸。一切都是再现:水枯河床见,凸凹而舒缓的滩涂延向河心,细匀的沙子在太阳下熠熠发亮;河水蜿蜒,水流细瘦而清澈,那些沙子的光粒回落到如镜的水面……只是时隔一年,在我们的眼里,纵然整个河床依旧彰显海枯石烂的古老与辉煌,却透出海之枯石之烂的疼痛与悲怆——让人猛然心悸。

像是出席一个仪式,我们都穿了深色的中山装。我们见面之后不用说话,按赵钱孙李的顺序并立在南岸的江堤上。我们是肃穆的,但心没有彻底死亡:那微弱的希望仿若可触的游丝,仍在看不见的遥远的意念中的刘虹女的影像的周遭飘绕。天空和大地还在。不知什么时候,我们看见一只真实的白鸽子——站在临近河心的滩涂。那是去年我们见过的那只白鸽子吗?它站立的位置正是去年刘虹女与它相会的地方咧!它的脊背上依稀翻起一撮羽毛,一点儿的白,就那么在秋日的晴空下一闪一动……不知是风的撩拨还是喧嚣的袭扰。

我们走下堤坡,向白鸽子走去。

它没有飞逃,抬头看着我们走来。我们在七米之外停下。我们已看得见它的眼睛——两粒无比精巧的小珍珠,晶莹水亮,洇着深红的光晕,骨碌骨碌地转动,像是传达一句话。

一会儿,它相信我们听到了那句话,展翅而起,向着西边的天上飞去。我们以目光追赶:它越飞越小,直至消失在汉江大桥的上空。我们的目光停滞在汉江大桥上。桥面行驶着南来北往的车辆。不知冯远志的专车是否也在其中?他对建桥的意图已有光辉的改装,现在自然需要奔驰在光辉里……这也是我们在私下看不起他的原因:因为年轻，我们鄙视任何人格上的一箭双雕。

忽然，老赵抬手指向河床的前方。

我们一起看过去：在百米外的滩涂上，一个人面朝河心蹲着身子，正在焚烧纸张——竟是武永强！

我们向他走去，走到他的身后停下。他或许晓得我们来了，但他没有中止焚烧。我们看见，那跳动的火焰中是一叠信件，那些信全都封着口——应当是钱夏侦查到的他写给刘虹女的信。飘起的火屑与烟雾熏着他的眼睛，他捏住袖子抹了一把。他没有哭。烧完后，他站起来，转身朝我们点点头，鞠躬致意，云淡风轻地一笑：结束了！他的身体猛地摇晃，李冬赶紧将他扶住，问：什么结束了？他没有应声，又要像刚才那样一笑，却垂下目光，极缓慢地从上衣口袋里取出一张纸笺，递给我们，我们一起出手接着，原来是刘虹女的一封信：

尊敬的武永强队长：

谢谢您的真挚情谊！因为您的职业，给您留下此信。在您看到它时，我已随四月涨潮的汉江而去。这个决定或许与每个人都有关，但不与任何具体的个人相关。请不要盲目猜测原因和责任人！请不要搜寻我！请转告赵春、钱夏、孙秋、李冬四位，我爱他们，但请他们也不要搜寻我！此时我感到欣悦。汉江最终通往大海，我在无边的自然里。专此祈恕。

刘虹女于1983年4月1日

我们一起牵着这微薄的信笺，凝固在秋天的河床上。

许久，武永强在我们身旁幽灵一般地说：信是刘虹女消失三个月之后，我们按程序搜查房间时发现的，太晚了，她应该已经到达大海……现在，一切对于我们都是从前了。

我们抬起头，看着这个将他纳入"我们"的陌生家伙。

武永强低下头去：消息不好，所以不想太早告诉朋友。

可是、可是……

他哪里晓得我们宁愿自己去死！

突然，孙秋大声喊道：不不，4月1日是愚人节啊。

于是我们毫不犹豫地抓住这个理由——绝不相信！

我们感到自己还在呼吸。我们四面环顾，恍然看见：一个无边的秋天安然停泊在上年的秋天里!

  这日之后,我们照例每个周日来到这里,只是互不说话,默默并立在南岸的江堤上,让意念在飘零的时光中守望。

  直到一丝冰凉歇在脸上,一片雪花飘落,一场大雪漫舞,河床被覆盖,南平被覆盖,往事被覆盖……世界真的一派白净。

  我们忽然意识到:其实我们并没有真正进入人世间,尽管曾经矫情地拥抱它;而我们,终将带着昔日的幻觉走进它的深部。

  不久,孙秋踏着1983年的雪地第一个离开了南平……

中 卷

悬案 2000

彼时·开端

时间打上 2000 年的记号。

1999 年 12 月 31 日子夜十二点——2000 年元旦的零点，世上的钟声在星空下自东向西传递，人类的欢呼雀跃绕着地球奔腾。

这是一个无法全观的巨大事实。

2000 年来了，在中国，当世的人们把这一年称为"千禧"，相信此前此后整整一千年的人类不能得此幸运。本质上说，这是莫须有的。但是，既然人类已经文明了数千年，还有必要撇开文明的事实去追究文明之外的本质吗？让人心绪不宁的是，维特根斯坦早已横插一杠子，对世人说：世界并没有最高的普遍本质，只有合理类似。

江城的世纪钟敲响之际，你独自坐在幽明的阳台抽烟。

天上是无言的星空。妻子带着两个儿子下楼欢呼去了。你向来理解并热爱他们，祈愿他们时时都有快乐。

不过，那些以为了解你的人倘若用一般经验看你，多半以为，此时你正在怀想十七年前的 1983 年的那场黑暗——那是一场青春被人性吞没而不吐出骨头的灾难，你踏着雪离开南平，身上穿着一件蓝布棉袄。

但其实不然，你没有纠缠往事。所以此刻独处，只是觉得"千禧"的繁华照见人类的可怜与悲怆。在时间上，人是无助的、茫然的、自欺欺人的、根本绝望的……诚然，待会儿妻子回来，你会迎接和拥抱，并且饶有兴味地与他们分享这个无中生有的"千禧"。

这不是虚伪，是十七年后的渊弘与新生。

"千禧"之夜像一阵 hormone 的突袭眨眼过去。不久是中国农历新年，之后迎来万物勃发的春天。千禧之年马不停蹄。

春天的一天，你回到了江城大学。在希声大礼堂，当舞台上突然出现那个似曾相识的十七岁的女孩时，你不由为"千禧"之夜的思绪中没有浮现1983年的往事感到惊诧。

接着又一桩悬案发生……一连几天，你试图将当下与十七年前的时光榫接起来，结果竟是驴唇不对马嘴，或者彩虹与走狗之不相及。

寓所的窗外，阳光下的月季在微风中摇晃，小花猫探头嗅着刺芒上的花朵……时光在无形中无色无味地流走。

忽略1983年跟现在的妻子无关。

她一开始就晓得你的过去，没必要事后抵制。她很好。作为爱者，她应有的那点儿妒意早已妥帖地收藏。当时，她帮你清理旧照，照片中有一张我们五人在江大表演话剧《虹女》后的合影（刘虹女站在我们四人的中间），她用下巴朝合影微微一挑，极小声地问是她吗，你说是的，并且告诉她——"她"叫刘虹女，她没再说什么，呼吸略微有些急促，很快将所有照片装进一个牛皮纸袋，放到与书架连体的柜子里，好像是左下角最下边的一格。往后，你们搬过几次家，书架上的书由你负责，柜子里的东西归她打理。而事实上，2000年前的许多年里，你何时温习过那段往事？十七年，生活在飞跑，一直马不停蹄……你既是逃也是追，许多美好犹如马蹄外轻扬的蒲公英。

除了已然消失的刘虹女，我们四人中其他人后来的情形你也不得而知。十七年里，大家各自奔走，一直没有联络。近年来，虽然报纸、电视和网媒上偶尔冒出有关赵春（老赵）、钱夏和你的消息，但引起的关注无非是某个旧人而今混得不错，即刻便相忘于事务，似乎没有谁因为追究这些无关紧要的东西而扰乱匆忙的脚步……依稀晓得，从来没在媒体上见过李冬的名字。

总之，过去十七年你一直在奔忙。

至少是你，跟大家已失联十七年……

第一章　千年之疑

名　人

3月，江城大学樱花绽放，山道上樱云逶迤。

这一年虽说不是江大建校的多少十年，但校方与时俱进，年前便决定办一次千禧庆典，并成立了庆典办公室。

庆典时间定于3月28日。拟邀嘉宾除开上级官员，主要是"杰出校友"和"知名校友"。"杰出"和"知名"本是两个差不多的概念，如"美丽"与"漂亮"不分伯仲，但实际分了档次："杰出"以副省级官员为标杆，比照列入者包括院士、上过CCTV讲坛的专家、个人资产超过30亿人民币的老板；"知名"的下限是"正处"，知名度可大可小，因人数颇众，细分行政、企业、科技、学术、文艺、体育等类别，具体对象由各院系按指标申报。庆典活动有四个单元：上午十点举行有学生参加的千人大会；午餐后来宾自由漫步校园；下午观赏文艺表演；晚上移地参加千禧宴会。

3月上旬，老赵、钱夏、孙秋分别收到烫金的邀请函。

不过，在金色耀眼之际，三个人暂且都没有想起当年四人中的另外三人是否获此殊荣，至于未被邀请的李冬更不必说了。

3月28日上午八点至九点，我们三人先后来到江城大学，按照邀请函的指示，分别在三处签到，各自领取一个印有"千禧纪念"的咖啡色羊皮文件包，打开，里面最显眼的是一册庆典指南，取出来查阅，上面有全体嘉宾的姓名和身份，用指头划拉名字，果然不无欣喜：钱夏在"杰出校友"栏，身份是华夏科技集团董事局主席（可见个人资产已超过30亿）；赵春在"知名校友"栏的行政类，职务是本省大湖县县委书记（正处级）；孙秋在"知名校友"栏的学术类，头衔是南方千秋咨询公司首席顾问（大约与学术沾边）。

三人在看见自己之外的两个名字时，两次不由自主地抬起头来左顾右盼，以为对方就站在附近呵呵地笑。未见其人也不着急，说不定在会上就碰见了。也有瞬刻的失落：三人的指头在指南册上划拉三遍，终于没能找到李冬的名字——这个同志（或者"个野鸡的"）莫非还守在南平师范学校当人民教师？

签到处像交易场，招呼，惊呼，说说笑笑，拍拍打打，生意无比兴隆。我们想到三人不在同一个"交易场"，便去别的环节碰运气，但路上行人越来越多，散漫往来，即刻被裹入人群。忽然又觉得，不单是人头涌动，还有旧人的相貌不可能停留在十七年之前：老赵方正的国字脸会不会装配县委书记的威仪？钱夏圆乎乎的大头是否冒出"董事局主席"的青烟？难道孙秋马鬃似的长头发仍在风中飘扬？相貌变化到底朝哪个方向走，常常也说不准。所以，碰运气只是心头一念，三人并不抱太大希望——何况也没有非要碰见不可的"刚需"，只是情绪被唤醒而已。在人流中，各人都有一两次误判：不是手搭错了肩，就是手抬起一半又落了下去⋯⋯嗨，手倒是比人念旧咧。

上午十点，千人大会在校行政大楼前的足球场举行。高悬的主席台上坐着领导和"杰出校友"，广大"知名校友"和师生代表分区站在足球场上。场面恢弘，喇叭很响。校长致辞，官员讲话，专家、教授、企业家和学生代表发言。感慨千禧憧憬未来——明天会更好。老赵和孙秋站在不同位置，因为晓得钱夏是"杰出"的，举目望台上，一颗头一颗头地查找，终于锁定第三排左端的一颗光头——那光头面目宽广、腮肉下坠、额头油亮、坐如雄狮，穿藏青西服系大红领带——十有八九就是十七年后的钱夏！一会儿，那光头痉挛似的向右一抖，进一步印证十七年前的影像，便确认是他无疑。但两人此刻既不能叫喊也不宜挤出人群走到台上去，只好一直干看，守着他。

不料，大会结束时人流如潮，那光头一晃，不见了。

中午来宾分别去指定食堂吃自助餐。三人早早吃完，互串食堂去找人，途中有人点头招呼，可要找的人连环错过，谁都没有见着谁。三人意识到扑空的原因是"不约而同"，觉得彼此有对方，愉快地一哂，且漫步校园。

老赵走着看着，不知不觉回到上午开会的足球场。

千人散去，球场寂静。几只叫不出名字的小鸟从低空飞过，草坪上有一些白纸片在风中闪动。球场位于凹地，四周绿树高大繁茂，让球场对应一方蓝天白云，仿若框着特定的时光。恍然间，老赵看见一个奔跑的女生——在球场对面的环形跑道上，穿着绿军装，瘦瘦的，黑发逆风扬起……可是，怎么就跑不过来呢？

十七年前，不，二十一年前，她是跑过来了的——

等她近了，你主动招呼：你是英语系的刘虹女吧？

刘虹女喘息着点头：是。

你连忙道：我是政治系的赵春。

她莞尔一笑：晓得咧。

……

此时，"董事局主席"钱夏站在行政大楼一侧，仰望着昔日校团委办公室的大门，嘴角扯动一下，却没有笑出来。

在"没有笑出来"的笑里，看见了从前的自己——

你别有用心地跟老赵、孙秋和李冬吹嘘，在江大你是第一个跟刘虹女有肌肤之亲的……为了破坏校团委书记冯远志对刘虹女狂轰滥炸的追求，你以冯远志名义在广播电台点歌，向数学系 77 级女生牛兰花大姐表达爱情，企图毁灭他的"三观"，事发之后，你被冯远志传唤到这里来训斥，两人发生斗殴……你踢中了冯远志的卵子，据说那卵子肿得像足球，你有些害怕，提着一挂香蕉去学校附属医院探视，并且在病床前装神弄鬼，蹲起马步发气功，为冯远志诊治崛起的裆部，又假装元气大损，几乎跌倒……

现在冯远志是本省楚中市代市长，一市之长对当地企业的重要性不言而喻，你想过把他发展成特别朋友……但是，作为情敌的冯远志不一定彻底忘却了彼此青春的莽撞，而你，当然也不至于后悔。

你犹豫一下，掏出手机，拨打出去：

冯市长在哪里呢，怎么没来参加母校的庆典？

最近脱不开，向学校报告了。冯远志说。

哦，我还准备给您接风咧。

以后，以后吧。

……

孙秋独自来到他的"哲学小路"。一切原封未动：蜿蜒坡道，柏油路面；树木蓊郁，筛下晃动的光斑；往事挂在那根初青而垂落的枝条上，就在前面不远的拐弯处。

你是在这条小路上与刘虹女第一次相逢的。当时你们的目光重合了三分之二秒。你们一直守护着这三分之二秒的秘密。你曾经将这个秘密中属于你的那个部分抒写在话剧《虹女》里。有一次，刘虹女抱着一叠书与你同行，你撩起柔长的枝条，等她从你的手臂下走过；你们说着话，没人知道你们说些什么，你们在谈论唐璜和神话里的虹女。一度有人以为你们是一对儿，或者应该是一对儿……此刻，你的心口突然一颤，想到而今世上既没有唐璜也没有虹女了！

几名男女学生迎面走来，一起看你。

你微笑：你们，认识我？

一位女生说：您是孙秋老师吧？

你答：我是孙秋，不是老师。

女生说：中文系有您演《虹女》的剧照。

你指指自己的头发：怎么认出来的呢？

女生说：上周您在电视里做过节目。

回　音

下午两点后，参加庆典的嘉宾纷纷走向希声大礼堂。

我们三人先后在礼堂入口停步，下意识地伸长脖子四下观望，既是找人，也期待被找人的人看见，但三人终于都没有发出叫唤，或者听到谁叫唤自己的名字。有过朝人群盲目大喊一声的冲动，甚至想到广播找人，即刻又寄望于邂逅的运气，保持了应有的沉着。

进入礼堂就座，左右点头微笑，互道久仰。碰上一位"78级"或"79级"的，不说名字不相识，待报出名号，顿然大呼变了变了发福了。老赵向人打听：看见钱夏没有？对方说见过，刚才还打了招呼的，他现在是大老板，应该坐在前排吧。钱夏问：认识孙秋吗？对方说认识呀，就是自编自导自演《虹女》的那个嘛，上午握过手，长头发不见了，改了样子。孙秋问：能不能把赵春的手机号告诉我？对方说原来有的，他调到大湖县当书记后，换了号，没再联系。

当然，三人虽说不在一处，但各人都晓得三人同在一间礼堂，彼此离得很近，或许只隔一道光，只待回首一眸。

照明灯次第熄灭，音乐于看不见的地方轻柔响起。

全场的喧鸣与各人心里的挂念随即被流淌的旋律淹没。

舞台上，幕帘徐徐拉开，大江奔涌的宏阔背景在炫光下扩展。一对男女主持人快步登场，因为历经千年，喜不自禁地自报家门，向台下的观众问好，为过去的千年和未来的千年漫天抒情……端的是千禧之喜。

随后，舞蹈、小品、独唱、相声相继上演，都是当红明星，应景的欢腾，台下一阵一阵地报以掌声。在热烈的氛围中，我们三人一度望着舞台呆怔，看见从前的我们在台上表演话剧《虹女》。

演出接近尾声，闭幕换景。静默片刻，一道射灯直照幕帘右侧的台口，男女主持人异样渺小地走进射灯的光圈。男声道：亲爱的各位嘉宾和校友，即将请大家欣赏的，是江城大学全体师生票选的特别节目！女声道：这个节目是——钢琴演奏——《欢乐颂》；作者，贝多芬；演奏，江城大学1999级英语系女生——刘—虹—女！

刘虹女？！

我们没有听错——顿时怦然心跳。

观众席也多处发出惊叹。因为十七年之前这个舞台上另有一个刘虹女，她的名字是许多嘉宾—校友——共同的青春与传说。

掌声和欢呼如洪流出闸一样奔涌。

幕帘开启，舞台中央出现一架黑色钢琴，一位身穿洁白连衣长裙的女孩走进舞台：她谦恭地扬起一只手，高挑清瘦，鬈发卡在耳旁，秀气的面容洋溢纯洁微笑，像一株百合。她还那么小。她走到台口，单手置于胸前，向台下折腰行礼，全场起立回以激烈的掌声；她直起身来，伸出双臂，掌心向上，连连点头致意，请大家就座。

有人大声说：这不是当年的刘虹女嘛！

嘉宾们徐徐落座。小虹女浅鞠一躬，转身走到钢琴前坐下。背景乐悄然退到时间之外。她停顿了瞬刻，舒缓地抬臂带手，轻快触键，曲音响起……《欢乐颂》从眼前的远方漫涌而来。

台下的人大多听过《欢乐颂》乐曲，即刻感到向经典致礼的庄严。那是充满朝气的指法、明晰凸显的节拍、强劲悠扬的旋律、富有柔性的韵致——那样直接地悦人听觉淌入心灵！乐声饱含人类收藏在心里的公共经验：热情诠释战胜邪恶夺回正义、打败痛苦获得安宁、穿过黑暗看见光明之后，拥抱伟大时刻而发生的宏大欢乐！这欢乐因为拥有苦难与悲哀、战斗与前行、哲思与激情、历史与现实而显出热爱与力量的光荣！欢乐越过仇恨，向着宽广，不再是一己之欢喜，洋溢在普天之下，甚至包容了曾经的罪人！欢乐充满爱意，带着圣洁情怀，透出理性的豪迈，既不是政治经济也不是孔子庄子，摒弃所有机谋、所有矫饰、所有坏脾气！如此，这欢乐虽然浸透着过往的磨难与热望，却亲切地将一切过往覆盖……正如此刻在耳边流淌的乐曲，朴实而优雅、流畅而华美、温暖而悠扬、简洁而辉煌——是蓝天白云，是春暖花开，是清池荡漾，是鸽子飞来，是一片洁白轻柔的羽毛在阳光下起落，是爱情中撇开或超越俗念的那个部分，是所有脸上可以拨动所有心灵的微笑！

听着《欢乐颂》，感受热爱人间的欢乐。

孙秋是我们中最懂音乐的。此时，他已忘却同在这座礼堂的老赵和钱夏，想到了贝多芬、席勒和那个时代的欧洲。贝多芬一生穷困、潦倒、孤独、残废、痛苦，他的世界似乎从未给予他欢乐，可他执念席勒的诗作《欢乐颂》。他是聋子，咬着那根插在钢琴箱里的小木棒，以骨头的传导代替听觉，创作了《第九交响曲》的终曲乐章《欢乐颂》……而席勒，那个出生于德国巴尔巴赫城的贫民之子，那个18世纪后期的"狂飙突进"分子，那个让歌德嘱咐死后安葬其身旁的诗人，他所讨厌和反抗的是专制格局及其腐朽人伦，他所主张和向往的是自由、平等与博爱，他把1785年抒写的《欢乐颂》留给了后世和贝多芬……而欧洲，多么古老，终于走过漫长的黑暗，开始吟唱这不哭的《欢乐颂》！

舞台上的演奏戛然停止，《欢乐颂》的余音仍在礼堂内回荡。小虹女缓缓起身，台下掌声潮涌；她转过身来，校友们热情高呼：再来一遍！她微笑着，有点儿不知如何是好；一位大约是导演的男士走进舞台，向她做请的手势，她点点头，回身坐下，重新弹奏，而这时的乐曲变得更为明快激越……不知谁带了头，全场齐声唱起：

  欢乐女神，圣洁美丽
  灿烂光芒照大地
  我们心中充满热情
  来到你的圣殿里
  你的力量能使人们消除所有分歧
  在你光辉照耀下面
  人们团结成兄弟……

乐声伴着歌声终了，小虹女再次起身走到台口，高扬双臂向台下行鞠躬礼。台下，如她出场时一样，全场起立鼓掌。她抬起身子，掌声不歇，她再次鞠下身去。她一次又一次起身，掌声一浪接一浪地向她奔涌……后来导演带领全体演员出场，她得以加入集体致谢的行列。

大幕关闭，照明灯亮了。

嘉宾们开始动身离场，孙秋仍滞留在原位遐想。突然，他看到一矮胖子举着手机，一边讲话一边挤出人群，从身材和光头上认出此人正是"杰出校友"钱夏，可这家伙眨眼便消失在礼堂的侧门外。

退离的嘉宾络绎不断地走向出口，孙秋的目光继续扫描，即刻又撞见一个熟悉的身影，赶紧高喊一声：老赵！

那人回过头来，却不是老赵。

桂　苑

相信老赵和钱夏不会对这位弹钢琴的小刘虹女无动于衷。

走出希声大礼堂，孙秋来到设在校行政楼的庆典办公室，查询老赵和钱夏的电话号码。工作人员确认他也是"嘉宾"，很快抄给了他。

但是，从庆典办公室出来，他掏出手机后依然犹豫：说什么呢？问候？约见？还是聊聊这个让他想起刘虹女的小虹女？

正是夕照炫煌时分，他彳亍在行人渐少的樱花道上。头顶的樱云把时光渲染得灿烂失真，许多粉白的花瓣在眼前飘零，纷然无声，不知是清冷的舍弃还是殷切来临。他想，若是问候或约见故人，何至于迟至今日又急于今日？相见本是无可无不可的——大家分别十七年，一直各做各事，真正的人生阶段素无交集，眼下彼此话题不一样，也没什么值得交流；况且当初大家都是仓皇逃离，那夭折的往事已然辽远，而今一无挂碍，又何必回首再见昔日的狼狈？

只是，毕竟感到了一次潜伏的冲动：刚才所以迫不及待要跟老赵和钱夏联系，分明是因为小虹女的出现。那么，小虹女意味着什么？是青春，还是重拾青春？是，人家小虹女跟刘虹女同名同姓，同是英语系女生，同样弹奏钢琴，而且相貌气质相似，可这些没什么不好解释——但凡漂亮的人长相总是趋同，但凡出色的女孩都热爱音乐；世间不是还有巧合吗？再者，当年的刘虹女是英语系的骄傲，会不会是英语系一直期待打造一个新版的刘虹女，现在恰好碰上了小虹女这个苗子？

所以不必想象外星人来到地球的奇迹。

时间已过下午五点，是该乘车去参加庆典晚宴了。孙秋离开樱花道，加快步伐赶往车场。对，说不定在宴会上可以遇见老赵和钱夏咧。

裤兜里的手机突然响起，他掏出来接听——

孙秋，我老赵啊。

老赵！你有我的手机号？

中午找庆典办公室要的。

哦，我也弄到了你的号。

你怎么看今天这个小虹女？

是呀，正琢磨着。

但我已经在车上了。

车号多少？我马上到。

不，我在赶往大湖县的车上。

走了？

有点儿急事。

小虹女怎么办？

你先约钱夏吧。

老赵挂了电话。老赵有点儿急事。老赵显然毫无十七年的隔膜。老赵还是从前那个善于统筹决断的老大。老赵不愧是从政的好料子。孙秋按老赵的意思拨打钱夏的手机，对方正在通话中，每隔两分钟打一次，一连六七次都是请稍后再拨。终于接通，却是一个女声，回应您好，孙秋说我找钱夏先生，那头递出手机，一边说：主席，找你的，一位陌生男士。接着听到钱夏轻咳一声。

哪位？

孙秋。

孙秋？哎呀呀，咨询界名人，你总算找来了！

什么意思，找你做咨询吗？让人叫你钱总吧，莫叫主席。

嘿嘿，你圆滑了。

知道我为什么给你打电话？

弹钢琴的小虹女。

我想约你去见见！

不行，我已离开学校。

为什么？

一点儿小事。

这样啊？

你先约老赵吧。

嗨，这两个家伙还像十七年前一样较劲咧。既然他俩已经被"急事"和"小事"叼走，孙秋便不宜一走了之。他的南方千秋咨询公司开在深圳，本来计划明天过去会见客户，好在咨询业务虽然"不小"，但也"不急"，推迟两天误不了事。于是，他给深圳那边打电话，通知调整工作安排和改签机票，决定先见见小虹女。

翌日早晨，孙秋回到江城大学。校园已复归常态：太阳高照，风在林间打出沙沙的微响，鸽子歇在草坪上，路旁的春兰花静静开放，樱树下疾行的人绕过慢行者，千禧庆典的痕迹遗留在花坛和指示牌上——仿如劫后的安宁。

大约九点，正是上课时间，孙秋走向教学区。十七年前，英语系一年级学生在"教5"楼的201室上课。

"教5"还在，依然是从前那栋楼。"教5"二字新涂了红漆，楼的样子已老旧得灰暗而矮小。孙秋停下脚步，惊异地望着"教5"。楼下没有人，一派空寂；楼上传来授课的声音，几处的声音隐约交叠。他便微笑，说不出是亲切还是茫然，走进一楼的大堂。

大堂里，一高一矮两个男生正在看告示板。他凑过去招呼：两位同学，1999级英语系学生是在201室上课吗？两人同时掉头看了看他，转头彼此交流眼神，再一起掉过头来，像是警惕。矮个子说：是，但因为庆典，上午的课调到了下午。他担心矮个子随便应付，且问：你是英语系的？矮个子回道：不，中文系的。他似乎还要问，高个子指指告示板：不信自己看呗。他上前查看告示板，验证无误。

然后他离开"教5"，去西校区找"桂苑7舍"。当年，刘虹女住"桂苑7舍"402室。大学四年，他去过那里一次：那是大二暑假返校的第一天，他与她在校门口"邂逅"，二人都站住，他走上去，从她手里接过浅蓝色皮箱，跟在她身后往宿舍区走。大学期间有4个寒假3个暑假，离校和返校共有14次，他跟她"邂逅"了14次，但其中13次都被别的男生捷足先登。那时学校管得紧，男生一般不可以跨过女生宿舍楼的铁栅门，即使光明正大，比如通知排演话剧《虹女》，也只能站在楼下仰起脖子大声叫喊，让一栋楼的人都晓得何人何事，唯一的可乘之机是帮女生干重体力活。那次去到她的寝室，她还没说话，他放下箱子转身便走，出了楼，回头望楼上，她站在窗口向他摆手。他只记得，她的寝室里洋溢着一种比桂花更纯的气息——从此以后，他只要见到浅蓝色的物件，那气息就在鼻端飘绕……

可是，到了西校区，他发现此地早已道路挪位树木易貌，房舍不再是从前的模样。一处十字路口通向四面，他停在路口，举头环视，试图判定哪一栋房子是当年的"桂苑7舍"。

路上有人经过，侧目看他。而今他已是中年人，从前的大披头改成了简单自然的短发，穿一件考究的卡其色休闲西装，衬衣的领子和袖口洁白耀眼，是那种被人看作成功人士的派头。

忽然，他看见了在"教5"见过的那对"一高一矮"，他俩身边又多了两名男生，四人一起站在30米外的路上，像是专门候着他。他想起"一高一矮"在"教5"大堂对待他的态度，觉得有些奇怪，不打算再次麻烦小先生们，直接向附近的一栋宿舍楼走去。他向该楼的管理员询问了"桂苑7舍"的方位，按照指引，先左转、后右转、再左转，来到7舍一楼的楼道口。管理员是一个戴老花镜的小老太，他问：大姐，1999级英语系的刘虹女住哪间房？小老太扶起老花镜，盯着他不应。他催问一遍，小老太抬手甩过来：8舍。

他愈发觉出母校的人事诡异，却不晓得自己已被盯上了。他走向8舍，8舍门前聚集了许多男女学生，那"一高一矮"站在人群前面，一面墙的眼睛看着他。他走过去，心想这是要发生什么战争。

一个戴漆黑假发的白胖男士迎到他面前，冷森森地问：你找刘虹女？他有些反感：是呀，不可以吗？白胖的脑筋拗了一下，结巴道：那你是干什么的？他撇嘴笑笑：我是干什么的你不应当问的——顶多可以问我来这里干什么。白胖问：干什么？他笑着：你不是已经知道了？白胖问：找刘虹女干什么？他摇摇头：这个不可以告诉你。白胖的脑筋又拗了一下：你认识刘虹女？他点点头：昨天看过她的演出。白胖就乐了，嘿嘿地笑：看她演出的人多着咧。人墙那边爆发一阵哄笑。有人喊：回去吧，像你这样的，昨晚来了五个，今天在你之前有三个——还有开宝马大奔的。他忽然明白了，禁不住怒喝：你们想干什么？面前仍是一片嘻哈乱笑，越发聚成坚固的人墙。

正对峙着，一个穿制服的年轻校警来了，问过情况，把孙秋带到附近的桂树林，邀他在石桌边坐下。年轻警察歉然微笑：莫怪宿舍管理员和同学们，这几年，来学校叼女生的人越来越多，而且多半是像您这么大年纪的人,有钱有权有势力——去年,有个老板把一名大二的女生叼出去,弄大了肚子,结果女生退学了,当时刘虹女如果是江城大学的学生,很可能遭殃的就是她……所以,您如果不是刘虹女的家人,我们是不会让您见刘虹女的——您是刘虹女的家人吗?他看出年轻警察的诚恳,并不怀疑其陈述与假设,但他摇头一哂:我说我是,你信吗?年轻警察也爽快:是,肯定不信。他问:你的意思是我只能走人?年轻警察再次歉然微笑:谢谢理解。他便瞪起眼睛:可是,我不见到刘虹女是不会走的。年轻警察发现他是一个低调的狠角,犹疑道:难道您要让我一直坐在这里陪您?他说:难道你不能让刘虹女当着你的面跟我见一见?

远处围观的人一直不肯离去,这边的年轻警察坐不住了,起身走到人群那边,吩咐"一高一矮"去8舍通知小刘虹女过来。

一会儿小虹女来了,在年轻警察陪同下满脸疑惑地走进桂树林。他迎过去,高兴地招呼你好,小虹女注视着他,点头回应您好。他说:你昨天的演奏真不错。小虹女莞尔谢谢。他说:我来找你,是因为十七年前江大英语系也有一位女生叫刘虹女,那时我是中文系学生,跟她有过交往,后来不知她的去向——但安保和同学们怕我对你心怀不轨,不让我见你,所以弄成这样。说完,难为情地笑了笑。小虹女倒是轻松自然,礼貌地回应:其实,社会上的人也不一定都是坏人。他便谢谢小虹女,说:我见你,只问三个问题。小虹女说:您问吧。

他问:你是哪里人?

小虹女答:南平县。

他不由一怔:你爸爸是谁?

小虹女答:我爸爸是南平师范的李冬老师。

什么?他明显大吃一惊,心口扑通直跳。

小虹女感到诧异:叔叔,您怎么了?

他连忙摆手笑道:没事——我是你爸大学时的同学。

小虹女愣住:您贵姓?

我姓孙。他说。

小虹女顿了一下,即刻欢呼:啊——我刚才正想着,您怎么这么面熟?原来是孙秋叔叔,我见过您的照片!一边奔上来挽住他的一只胳膊。

孙秋一时不知所措。心想,李冬怎么会有这大的女儿呢?而且名字叫刘虹女？便仰起脖子端详小虹女。小虹女只管沉浸在喜悦中，调皮地问：孙叔叔，您还有一个问题没问呢？他摇摇头：不，现在我有两个问题了。小虹女说：您问呀。

他问：你多大？

小虹女答：再过五个月满十七岁。

他又问：怎么姓刘？

小虹女答：我妈姓刘。

他的眼珠一定，心口复又扑通。

小虹女连忙解释：但我妈不叫刘虹女。

这时，有人在小虹女身后拉扯她的衣袖，低声咕哝：好了，别站着了，去那边坐下来说。孙秋转眼去看，是"一高一矮"中的高个子，就笑着抬手指他：小子，出息点儿。

大 事

跟小虹女分手时，孙秋要李冬的电话号码，小虹女说我爸我妈生活工作都在学校里，不用电话的。

离开桂苑，他满脑子的尖锐问题：小虹女再过五个月年满十七，也就是说，她是1983年9月出生的，但1983年9月李冬还是单身汉，跟我们在一起寻找刘虹女的下落，怎么可能有小虹女这个女儿？那么，小虹女就不是李冬亲生的——除非李冬是一个无比狡猾的特务，曾经背着兄弟们干了秘密勾当——但是，以怎样的想象才能合理编写和修改李冬的人生与形象呢？此外，小虹女的生母是谁？至少可以肯定不是刘虹女吧？因为1983年汉江春汛之际她已投江而去——即使上年秋天那个罪犯施暴得逞，在汉江春汛到来之前，也未满孕期呀？而且小虹女显然晓得刘虹女，不然怎么会申明"我妈不叫刘虹女"？是李冬和他的刘姓妻子收养了这个小虹女吗？为什么取名刘虹女？如果刘虹女还活着呢……但愿如此，然而不大可能如此！

假设如此，刘虹女在李冬那里是怎样的身份或存在？

看来李冬在南平发生过事情，而且跟当年的刘虹女有关……

孙秋边走边想，不知不觉出了江大的南门。阳光迎面，大街上车辆往来如流。他停下来茫然观望，车流反射的阳光有些炫眼，转身去看南门的双面牌坊，一边掏出手机给老赵打电话。

老赵，我是孙秋。

知道，我在开会。

他说：老赵你别挂，听我说，我刚才见到了小刘虹女，你知道她是谁吗？她是李冬的女儿！李冬还在南平师范学校教书！

电话那头，老赵似乎啊了一声。

接着，他把想到的许多问题告诉老赵，对老赵说：所以，现在我想约你和钱夏，一起去南平见李冬。

可是……老赵只说了可是。

他问：怎么呢？

老赵说：眼下脱不开。

他诧然不语，以沉默表示不满。

老赵说：我忙完后主动联系你们吧。

电话挂断。孙秋拿着手机愣住：倒不是不相信老赵的"急事"，只是觉得如此重大的情况竟然遭遇如此公事公办的回应，这是不对的。他想，既然老赵"脱不开"，钱夏也不必约了，即便钱夏有空和他一起去南平，那也是"四缺一"——十七年前的往事属于四人共有咧。

况且他也不是闲人，公司里的事铺天盖地。

但是，离开校门步行一会儿，他还是觉得大家不应该像满街的车辆那样奔跑，再次停下来，下定决心打通钱夏的电话。他保持了适度的激动，把见到小虹女和邀约老赵的情况报告钱夏，希望钱夏和他一起等待老赵的"主动"。钱夏倒是热烈响应，单是荒腔走板：哦，有这样的爆炸新闻呀，好啊好啊，我的"小事"已经搞定，人在江城，去吧，等老赵有时间了一起去，去看看我们青春的荒唐。

荒唐？他苦笑一下，不合时宜地游走在大街上。街面的景象开始失真：车辆、行人、楼宇、声响、广告牌以及无边无际的时光忽然轻飘起来，与他毫不相干……昔日的老赵和钱夏就在这轻飘之上。

手机短信叽叽地响了两声，他打开手机，是合作伙伴发来的两句打油：天下皆千禧，总统不休息。这是一个暗号。他明白伙伴的提醒，孩子似的一笑，即刻如战马一样亢奋，回道：

当然，这才是天大的大事！

第二章 一县之急

磨 盘

生活是不可以任意自由的。

昨天发现小虹女后,我主动给孙秋打了电话。今天上午,孙秋见过小虹女,又给我打来电话,我所以匆忙将电话挂断,实在是不得已,当时冯远志代市长正在我的办公室主持会议。

我是党政干部。远志同志是我的前任。之前,我在邻县县长的位置上,调来大湖接替远志同志做县委书记还不到三个月。也就是说,现在属于我的这间办公室由远志同志用起来比我更为熟道。远志同志在大湖时政绩突出,得以升任楚中市代理市长。楚中为地级市,下辖大湖和另外五个县(区),一向是H省的政治经济重镇。远志市长今天亲自赶来大湖召集会议,因为大湖发生了"急事"。

半月前,本县磨盘乡党委书记李又平给中央上书,以磨盘为例,陈述农民何以苦、农村何以穷和农业何以险;同时,将这封信的复印件分别寄给了中共H省委和楚中市委。李又平作为本县辖区干部,无组织无纪律,胆敢耍阳谋,跟另一个人有关。那人叫李昌平,是湖北省监利县棋盘乡党委书记;早些时候,他给总理写信,反映"农民真苦、农村真穷、农业真危险",一度成为舆论热点。李又平信中的内容基本是重复李昌平,只不过在棋盘之外又举了一个磨盘的例子。现已查明,二李并非兄弟关系,素未谋面,没有团伙嫌疑,单是彼此做乡官的体认相同,李又平自发效尤李昌平而已。可不管怎样,事情通了天就是大事,省里说,中央近日就要派人来磨盘调查。

这是2000年的春天，城里正在闹千禧；在大湖的农村，磨盘乡的"三农"问题祸福不测。

不过，坦率讲，这个事于我只是一桩新官旧案，火烧不上身，眼下的策略是摆出积极应对的姿态。某个瞬刻，当远志同志越来越宽大的脸庞和越来越广阔的额头浮现在眼前时，我甚至觉得，他太能干、进步得太快，有那么一两泡鼻涕污染一下他的口碑也好——从爱惜同志的角度看问题，可以提醒他预防骄傲自满。当然，从地方到中央，谁都知道"三农"问题不光是磨盘的问题，全国都有，譬如李昌平的棋盘，而天下皆罪，必定法不责众，一般来说，远志同志最终不会被磨盘的"三农"拉下马；相反，如果大湖县处置得当，率先从矮子里冒出半个头来，把坏事变成好事，说不定还会走狗屎运或者柳暗花明又一村。

可是，这个事来得也太不是时候。

昨天，在江城大学参加千禧庆典时，我的确想到过跟钱夏和孙秋见见面。上午，我发现钱夏坐在庆典大会主席台上——他的头痉挛似的向右一抖，但散会时这家伙转眼裹进了人群。因为大会在校园中区的足球场举行，勾起我的一些回忆，吃过午饭，我回到球场散步，透过明澄的时光，看见了从前的我和从前的刘虹女……于是想起当年的我们四人，赶紧去庆典办公室查到钱夏和孙秋的手机号。

下午，小虹女演奏的钢琴曲《欢乐颂》又让我回到了话剧《虹女》的剧情……可是我的手机突然连续振动，电话是远志同志打来的，他严峻地勒令我马上赶回大湖，随后告知磨盘乡出了一个"李昌平"。他焦急地说：赵春同志，要有点儿政治敏感——"三农"问题谁都有，但谁都不愿意被中央当作典型！我答应立马动身。路上，我给钱夏打电话，他的手机占线，之后与孙秋通了话……回到大湖已是夜里十一点。

今天天没亮，远志同志又来电话：他要亲赴大湖商讨对策。

远志同志留给我的办公室在县委办公大楼的二楼。早餐后，我在办公室窗边来回踱步，等候远志同志。那辆黑色奥迪比预计时间提前一刻钟驶进大院，急速开到办公楼跟前，眨眼被楼体遮住。我赶紧出门，踏踏踏地下楼，楼下传来哒哒哒的脚步，在楼道拐角处，我迎着远志同志向他伸手，他抬手一摆：去办公室说话。

进了办公室，我忙着倒茶，远志同志直接在办公桌前的高背皮椅上坐下。这把椅子留有他过去的气味。他亲切地唤我赵春，对我说：事情可能比想象的要麻烦呀。我将一杯茶搁到他面前，与他隔桌对坐，尽量以谨慎而惊慌的眼神看他。十七年后，远志同志不仅脸宽额阔，而且脖子变粗、五官变大，已然虎气盖住猴气，即使遭遇危机，眼神也在阴云中透出灼人的光芒，显示我党心怀天下力拔山兮的精神传统。但他突然凝滞了。我说：您指示吧。

远志同志且不指示，先给我讲湖北省监利县棋盘乡的案例。据说事发后，湖北省委迅速着人前往实地考查，结论是李昌平向总理反映的情况基本"失实"；但没几天，国务院派来一个调查组，人到了监利不谈棋盘，倒提出前往比棋盘更远的一个乡去看看；次日，调查人员磨叽到太阳爬过屋脊才出发，途经棋盘时已是午后，很自然地在镇上找小馆子吃饭，可吃完饭，调查组不走了，就地串访各村，两天之后，证明李昌平信上所述基本"属实"……我听着，感到上边认了真，已经拿下边当贼，不免有些惶恐，就谨慎地望着远志同志：我们怎么办？不料，他倒嗬地一笑，故作轻飘地说：大政策使然，能怎么办？不急，我这个代市长照当，你这个书记照做，只是短期内都不要考虑进步了……但也不见得，事在人为，只要磨盘的问题不比别人的问题更严重，就当不了反面典型——这是关键；另外，怎么"谈话"很重要，据说监利县组织部门找李昌平谈话后，他已主动提出辞职。

在面对磨盘问题时，远志同志插叙棋盘的故事，显然是启发式的工作方法。我明白他的导向，而且料定他其实很着急，但此时我必须迟钝一些，等待他的明确指示。我给他的茶杯续水，顺着他的话说：我们的问题应该不算特别突出吧？我知道，以远志同志的政治智慧，分分钟看得出我的这点儿滑头，或许他心里已经十分讨厌。可有什么办法呢，人在政治江湖，先得自保安全：做贼只能是大哥派我去做。但远志同志偏偏没有讨厌或生气，反而冲我亲切一笑：赵春，你不是别人，要帮我搞掉头上的这个"代"字啊！我连连点头：是是是。心里却坚持：有些事必须是你给指示、我照办。于是继续装愣，殷切地望着他，决不因小失大，再说这也是做下级应有的低调和谦逊。

果然远志同志经不起久耗，扬手道：这样，你把组织部长、公安局长、卫生局长、农业局长叫来，我给他们开个会，让他们去做工作。不用说，通过这"四长"做工作也是我想到了的。但有了远志同志的明确指示，我赶紧挪动桌上的电话座机，逐一联络。

这四人很快就来了，一起站在办公室。我掉头看远志同志，远志同志朝我挑了挑下巴，我便向他们介绍磨盘和棋盘的情况，提高了嗓门指出：这是咱们大湖县当前最大的政治，必须当作中心工作来抓，必须采取最有效的办法，必须抓实抓好，绝不出问题。远志同志见我光有态度没有举措，有些不耐烦地摆摆手，把话接过去。

恰在这时，孙秋打来电话，告知小虹女是李冬的女儿……

我没有听清远志同志开头说了什么，但记住了后面的四点指示：一是让磨盘乡党委书记李又平因私人原因回家歇着，二是让各村组的田野里出现干活的人，三是让各家各户生火做饭，四是让所有村干部说正确的话。另外，这件事由组织部长牵头，大家分工协作，内紧外松，不要弄巧成拙。远志同志扬手道：你们去吧！

四人走后，我陪远志同志去食堂吃午饭。半路上，我感激地说：谢谢您，给我留下了一批能征善战的干部。远志同志没应，沉默片刻，对我进行爱护式批评：你呀，怎么说呢，政治水平、政策水平、文化水平都很高，就是书生气，做事太斯文——干地方行政工作要泼辣一点儿、粗犷一点儿、干脆一点儿，像个领兵打仗的——尤其是当一把手。我不停点头，表示努力改正。吃饭时，远志同志没胃口，嘴里含着米饭干嚼，咽不下去，炊事员从打饭菜的洞口瞄见，端来一碟辣豆豉，远志同志这才眉开眼笑。吃过饭，远志同志看看手表，主动提出去办公室迷糊一下。

办公室不只是办公室，室内有一扇内门，推开是一间小房，房里搁一张简易床，是远志同志的旧居。这也是传统，而今由正处以上干部率先继承，以便夜以继日干革命。我请远志同志躺在他躺过的床上，自己睡外间的沙发，陪他迷糊。但远志同志睡不着，隔着门跟我说话。他忽然感叹：嗨，幸好事多，没回江城参加母校的千禧庆典，不然的话，磨盘乡这事就由书记直接过问了。他的意思是书记不一定会帮他圆场，像是给我透露人际信息，这个话题我不宜参与议论；但听他提及江大的千禧庆典，便小有激动地叫他冯老师，问：您还记得刘虹女吗？他毫不迟疑地回道：记得呀，怎么不记得！我说：我在江城大学看文艺表演时，见到一个演奏钢琴的小女生，跟当年的刘虹女同名同姓长得也很像。他嘿嘿一笑：有这么巧的事？

还有咧，这个小虹女是李冬的女儿。我说。

什么呀？他咯噔一下坐起身来。

小虹女是李冬的女儿。我又说一遍。

怎么会呢？他不相信。

也许是用名字做纪念吧。我判断。

哦，有道理。他的兴奋随之泄气。

接着，卧房里的床板咯吱作响，只听扑通一声，远志同志舒展而沉重地落下身子，即刻便传来呼呼的鼾声。

我仰在沙发上毫无睡意，渐渐望得天花板出现了人影。

后来，里间响起手机铃，远志同志被惊醒，又是咯噔一下，即刻招呼：啊，是书记呀！稍停，清脆地回道：明白，这边的工作已启动，书记放心……我和赵春下午去现场。

死　猪

下午前往磨盘乡。远志同志没坐黑色奥迪，上了他留给我的灰色桑塔纳。我们并坐在后排。

一路上，乡野苍翠，田垄荒寂。我尽量明知故问地向远志同志讨教"三农"问题，他知道我并非无知，三言两语作答。我相信这是我俩此时最佳的精神舒缓：下级尊重上级，上级指教下级，上下各得其所，彼此关系着，也不跑题。此外，远志同志还可以借题发挥，适度发泄心里的郁气。我问："三农"的症结是什么？他苦笑：儿多母苦呗。停顿片刻，飘忽地感叹：唉，越来越多的人愿意当"公仆"啊！

我了解远志同志：他私下的话常常比李昌平之流更为生猛，但他始终都有看家护院的责任心和"一分为二"的分寸，换了场合，一般只谈具体问题和解决方法，绝不妄议。

沉默片刻，远志同志为了中止我的遐想而言归正传，开始自问自答地指教：为什么二十年前农村一改革就成功？因为包产到户在调动农民积极性的同时，没有新增农业负担；这种状况为什么没有良性发展而恶性逆转呢？因为后来我们一直忙乎城镇经济改革，忙乎GDP，疏忽了"三农"，而这个期间社会整体经济给"三农"带来了三大冲击——其一是物价上涨（农民生产生活成本日益加重），其二是县乡两级靠税和费养活的干部太多（财政负担向农民转嫁，这一点目前最突出），其三是城市经济发展需要大量用工（打工劳酬远远超过种田收入）；现在，这三大冲击已经严重到摧毁农业的临界点，举个例子吧，每个农户平均种10亩地，每亩地的年收成可折算人民币500元，每年每亩上交350元的税和费，结余150元，也就是说，每个农户一年到头只有1500元纯收入；现在农民有外出谋生的自由，可以逃生了(有门子的就地谋个吃税和费的差事)，农业能不摞荒吗？有人说，农民不地道，扯淡，你遇到这种情况你也会另找门路；有人认为是城里人剥削农民，也是扯淡，城里人根本没有剥削的愿望和条件；有人因此否定改革，更是扯淡，你不改革你连逃生的地方都没有……问题的根源在哪里？挖一下，是宏观经济模式与配套政策有问题；挖两下，是大干部们为了自身利益急于在城里追求GDP；挖三下，是决策、执行、监督的机制失效；再挖下去，可能就要碰着禁忌了。当然，以我和你现在的位置，改不了天换不了地，只能尽量修地补天——懂吗？我连连点头。

说话间，汽车进入磨盘乡地界。公路上，一个瘸腿老人牵着两头黑水牛朝前方行走，听到汽车声，急忙张开手臂吆喝水牛往路边靠，两个黑家伙晃来晃去偏不听从命令。汽车减速跟随，响了一声喇叭，老人越发起劲吆喝，水牛们照样不理。远志同志吩咐司机停车，邀我下车给老人帮忙。我们跑过去，一人牵一头牛，站在路边，招手让司机开车通过。老人感谢我们，我问他把牛牵到哪儿，他说去磨盘的。远志同志问老人家从哪里来，老人支吾着，欲言而止。我冲老人笑笑：我们不是调查组唡。老人看看我们，掉头看过停在前面的桑塔纳汽车，这才回答：是轭头村的。我们明白了。

上车后，远志同志一时寂然无语。我瞟了瞟他：市长，给你讲个笑话吧。就讲：某天，一个县委书记坐车下乡，一公一母两头牛挡在路上交配，司机停车下去，十分鄙视地训斥正在交配的两头牛——哼，你们两个家伙真不识相，不晓得车上坐的是谁？还敢班门弄斧！司机猛地噗嗤，车子摇摆一下。但远志同志没笑，微闭着眼睛说：车上坐的分明是县长，何必换成书记？我不由一诧：您知道这个笑话？远志同志睁开眼睛：我比你了解农民的智慧唡。

这时，前方出现一群人，听到车来，变成一条线靠右行走。汽车减速慢行，我和远志同志举头看去：行人皆是农民，年岁偏高，男少女多；不过全都说说笑笑，倒是欢乐。一个男人出手摸了一把前面女人的屁股，女人转身扬手打来，身子趋向公路中间，那男人赶紧将她抓住。汽车驶过去，远志同志问多少人，我说23人。远志同志微晃着头，在心里计算。我不敢乐观地问：人数够吗？远志同志摆摆手：不担心，别的方向还会有人来的。可是，我忽然想到借人的善后的事宜，心头一紧：这可是一笔不小的费用啊！远志同志似乎看出我的忧虑，漠然笑笑，去逗司机：小伙子，晓得我们在说什么吗？司机回道：

不晓得呀。远志同志就表扬他：不错嘛，晓得也说不晓得。

　　乡路窄细，40多公里，行驶一个多小时，方才到达磨盘乡政府的院子门口。铁栅门关着，院内有四五个人，正在围观一头大白猪。司机按一声喇叭，乡长小马跑过来。我和远志同志下车。栅门开了，司机把车开进院子，我们和小马停在门口说话。我问：李又平还在乡里吗？小马说：中午县卫生局来普查血吸虫病，李又平老婆病情严重，送到县人民医院治疗，李又平本不想去照料，组织部长给他打电话，教育他共产党员也要讲亲情，他就去了。情况都在意料之中，我不用跟远志同志交换眼神，抬手指向院子里的大白猪：这又是干什么呢？小马鬼头鬼脑地嬉笑：杀掉，分给农户。我说：一头猪，好几个村，做胡椒也不辣。小马解释：书记放心，鲜肉腌了当腊肉挂着，调查组来了可能去农户家吃饭的。远志同志拍拍小马的肩，一起去大白猪那边。

　　这时，有人扛来形似条凳的案板，一边喊：水开了。意思是准备杀猪。小马让远志同志和我进屋去，以避观瞻，免得血溅官袍，但我们应当鼓励杀猪人，只退后了几步，坚持站在一旁。猪杀得很利索：两个壮汉猫下腰，一人捉猪耳，一人抓猪尾，连提带甩地将大白猪侧放到案板上；抓尾的人迅即换手，拿住猪的前后腿各一只，俯身镇压；捉耳的人左手掐紧猪下巴，右手拿起白亮的尖刀，朝颈下一点，斜刺进去，抽出，血射入白色搪瓷盆……猪猛烈痉挛半下，不再动弹。之后，在猪的后蹄上割开皮，用一根细长铁棍打梃，梃完吹气，直到把大白猪吹成大气包，抬进大木盆，使其四脚朝天，开始冲开水煺毛。

　　小马提来两把塑料椅，我们接了坐下。远志同志向小马伸出两根指头，小马连忙掏口袋，取出烟递上，拨燃打火机点火。远志同志脸颊一窝，吐出烟雾。此时太阳偏西，场院内满是红光。小马站在我们面前搓脚捻手，希望进一步得到指点。但我们作为上级领导，不宜继续面授"补救措施"。我说：去吧，按你们的安排做，市长和我来看看情况。小马离去。大木盆那边水汽缭绕，大白猪已煺出一片雪亮白皮。远志同志说：突然想起一句谚语——死猪不怕滚水烫。

　　我转头看他，他淡然一笑，把意思收拢：赵春啊，大局如猪，你要明白我的难处，过去谁都没法子让磨盘乡在大局中好起来，现在，我们只是不想让它在大局中撞上枪口。我庄重地点头：明白。

　　但远志同志摆摆手：你可能并不明白。

　　我不由一愣，进一步看着他。

远志同志问：你觉得我们是好官还是坏官？

我连忙说：这个我不含糊——不光您，我也绝对是好官。

远志同志微微闭目：那就让我们留在位置上为百姓干事吧。

我看出他的疲惫与无奈，自己的眼眶不由一酸。

远志同志忽然仰头笑了笑，伸手拍我的肩：去吧，跟小马说，我们先喝一碗猪血汤，然后下乡——记得付钱。

政　界

当领导干部也是一门手艺，需要从师，学习拿捏和掌控势能。势能用得好，做什么都落地生花雁过无痕；万一放心不下，不怒而威地去实地或关键环节走走，下边的人保准宁左勿右地贯彻执行。这是从政秘笈，高明的政治家往往不着一字尽得风流。

偶尔也适得其反。比如远志同志只说喝猪血汤的，结果小马整了两碗猪肝汤。血不宜存，肝贵重，但小马说，一个肝，五个村，也不好分，省得争执。好吧，我们就喝了。喝完汤付过钱，出乡政府院子，徒步前往附近的许湾村，小马执意陪同带路，几欲左搀右扶，远志同志说我们有脚有嘴，坚决赶他回去坐镇协调。

许湾多池塘，微风夕阳，水光粼粼，四野情形弥漫。我们不时拿手遮在额头，细眼巡视。一只长嘴鱼鹰向远处的水面俯冲，触水即离，留下一圈波纹。池岸已是青翠绵延，坡地有花卉点缀。我想，若不是应对眼下的李又平事件，跟随远志同志悠然于乡间，未必不是党性，或许还能谋划出拯救"三农"的更好方案哟。

走过一段两侧挂水的碎石小路，到了村口。柳树下，一位驼背老太婆正在给一头黑水牛喂稻草。远志同志招呼：大婶，忙呀！老太婆转过驼背看他，目光竟然锐利。以经验判断，这种太婆在二十几年前必是阶级斗争先进妇女。远志同志连忙微笑：请问村长许克美住哪家？老太婆警惕地移转目光看看我，再看远志同志：村长去了广东，这几天村里是许光头当家。远志同志不由自语：克美去广东干什么？老太婆不敢轻易排除敌情，表扬村长道：去广东找打工的人，一家唤回一个搞农业。远志同志听了，用眼神与我对答案，流露出不可相信的表情。

我们往村子里去。村前的土路已被蔓草覆盖，靠房舍一侧的腊柳篱笆疯长得遮门掩户，另一侧没有篱笆，几只母鸡在附近的荒地张望；两条黄狗窜到路上，猗猗乱叫，且叫且退。忽然，一个大约四十岁的光头汉子从一处篱笆口出来，哈腰招呼：欢迎冯市长赵书记。我问：你认识我们？他点点头，连说认得认得。我又问：你是许光头？他讪讪地笑：是的是的。不料远志同志大喝一声：别演了许克美！光头吓得一跳，耷下头，一副"青皮"对着我们。

远志同志不理他，转身由篱笆口上台坡，径直往屋里去。许克美急忙追上，笑嘻嘻承认错误，请冯书记严肃批评。远志同志进了堂屋，挪一把条凳邀我同坐。许克美端来两碗白水，搁到方桌上，退后垂手站立。远志同志问：为什么剃了光头叫许光头？许克美咕哝：村里没几个壮劳力，我不做村长就可以多出一个，上边来调查，好看一点儿。远志同志的嘴角动了动。我说：所以谎称许克美去了广东。许克美摸一把光头：我的意思是，许湾村在行动。我问：村头喂牛的老太婆也是你安排的？许克美闪闪眼皮，极小声回答：那是我姆妈。

远志同志从方桌上端起水碗咕嘟几口，放碗时让许克美也坐。许克美挪一个矮机子坐下，说乡里已给许湾村每个组添了一头牛，派了四五个农民，都安排妥了，马乡长还准备发点儿腌肉的。远志同志听着，不予置评，单是提醒他不要弄得太夸张太假，只需从地面滚到芦席上——高一篾片就行。许克美说晓得的，问远志同志还要不要再喝点儿水，远志同志这时笑了：你想灌死我呀。

说话间，太阳落土，屋里乌了眼睛。许克美去门旮旯扯亮电灯，三人复有面目。我问许克美怎么认出冯市长和我的，许克美看着远志同志涩涩笑。远志同志扬手道：嗬，三年前他拦截过我的车咧——当时我从许湾村经过，克美抱着一个孕妇挡在路中央，我让他们上了车，他说孕妇生不出娃儿，但他不是孕妇的男人，我问他干什么的，他说是五组的组长；后来，我陪他把孕妇送到医院，跟他闲聊，得知他的理想是当村长，正好许湾村缺村委会主任，我推荐他参选，他捡了个便宜——你说，他敢不认识我吗？我呵呵地笑：那我呢？许克美说：上个月县里召开经济工作会议，我去听过您的报告——您虽然是西北口音，但蛮多江汉平原的方言，估计在我们这一带工作了很多年，蛮接地气。远志同志向许克美甩起手指：看看，就会拍马屁。三人都笑。

聊过一阵，我们问他姆妈怎么还没回来，他说姆妈住弟弟家，弟弟弟媳和他老婆都外出打工了，两家的孩子丢在弟弟家由姆妈照看。我说你一个大老爷们儿独守空房耐得住吗？许克美装哭：耐不住也得耐呀。远志同志笑道：那好，今晚我们陪你。许克美却慌了神，连忙喊：不行不行，我家脏乱差，只有一张铺好的床。远志同志唬道：你别赶我们，没什么不行的，上半夜我陪你说话，赵书记睡觉，下半夜赵书记陪你，我睡。许克美瞪大眼睛：那我呢？远志同志说：这就要看你家的住宿条件了。许克美只好投降，起身去房里张罗。

远志同志朝我笑笑，我觉得他搞基层工作很有一套。

许克美铺了床出来，远志同志说时间还早，请他坐回矮机子。问起年龄，许克美属鼠，1960年生人，比我小两岁，比远志同志小四岁，也是不惑了。他所以要当村长，是因为他大（父亲）和姆妈——他大在1970年代是许湾大队党支书，做过省级劳模，1979年去世，最大遗憾是没当全国劳模……那年，他刚从"自卫反击战"前线撤下来，获三等功，入了党，说是要"提干"的，结果没提成，按规定转业回乡务农；回来后一度很消沉，姆妈为他跑大队跑公社，好不容易跑来一个大队民兵连长的职务，他不想当，姆妈骂他没志气，教育他万丈高楼平地起，先当连长再继承父亲遗志做党支书，争取做全国劳模，像大寨的陈永贵同志一路干到中央去……可农村"包产到户"后，民兵连长有名无实，他除了种"责任田"，哪里还有机会实现父亲的遗志……姆妈为此叹息，叹得他心烦，他便托人说项，用民兵连长这个虚职换了小组组长，直到村党支书因挪用救灾款下台，他又拦截了冯书记的小车……现在，他还没有当上全国劳模，好在姆妈已经老得忘了志气……他不是不想带领许湾村老百姓干出点儿名堂，可村里没几个做事的劳力，怎么干？

听许克美讲这些，我脑子里浮出自己的影子。

所幸我考上大学离开农村，直接走上了仕途。

从1983年算起，我已在政界扑腾十七年。起初努力工作只是为了赢得刘虹女的爱情；刘虹女走后，我一门心思在工作上打拼，因为觉得刘虹女看着我，从来没有搞歪招损招。十七年的仕途进步，起初有岳父大人（南平县原县委书记）的荫佑，让我很快当了副镇长（副科）；后来远志同志从北原县委副书记任上调到南平做县长，推荐我当县团委书记（正科），半年后当镇长（正科、地方主官、县委委员）；不久，远志同志提拔我做分管工业的副县长（副处），职位紧挨远志同志；1993年，远志同志调楚中市大湖县任县委书记，我谋求南平县县长之职，因岳父大人的影响力不及在任县委书记，县长没当上，岳父大人托省里老领导关心我,把我安慰到一家省管啤酒厂做一把手(靠正处级);由于啤酒厂位于江城郊县,妻子周亦敏调入江城第三人民医院;1996年夏,啤酒厂所在县县长犯罪入狱,我就地转任县长;今年初经远志同志斡旋调来太湖县接替他担任县委书记……十七年,虽然上边一直有人关照,但我坚持以个人努力为根本,从最初蹲点落实"包产到户"起,先后在基层培育"万元户"、解决"打白条"问题、兴修"小水利"、发展乡镇企业、贯彻南方谈话精神、推动社会主义市场经济、招商引资、扶贫攻坚、消化亚洲金融风暴的次生危机……还不包括应对治安大案、旱涝灾害、人畜瘟疫、集体上访等事件,往事纷纭,我在往事中慌慌张张大喊大叫东奔西突。为了什么呢?似乎也有过掣鲸碧海和做"中央委员"的目标,尽管未做到全心全意为人民服务,但至少不屑于为个人捞取财物。我有我的理念,理念中的政治蓝图是中央精神与个人体验相结合的那个部分;我知道家人收受过烟酒小惠,甚至对他们鬼鬼祟祟的小喜悦睁一只眼闭一只眼,但我希望他们不要让我知道,并且下不为例……我想在政治上有所作为,或许追求所谓成就感也属于精神自私,但这种从政私德至少可以置于人类文明的阳光下。而且,由于刘虹女的眼神,我既没有在仕途上弯道超车,也没有在仕途上半路翻车……我知道政治生态决定我的作为,至于什么职位,已不是奋斗的目标了。

许克美开始讲许湾村的现实,我不宜继续沉浸于往事。

这时,手机响起,是小马从乡政府打来的,问我和远志同志今晚住哪里,我把情况告诉他,让他安排远志同志的司机住宿即可。等我挂了电话,许克美起身,说是去看看姆妈和孩子,就出了门。我和远志同志说过一会儿话,各自去间房睡觉。

翌日早晨,我们在灶屋舀水缸的水洗过脸,来到堂屋,方桌上已摆上咸菜和稀粥。三人入座,一阵呼啦。吃完,许克美起身捡碗,远志同志令他站住,阴下脸说:昨晚你没去看你姆妈和孩子,通风报信也没见着人,那女的来敲窗户,我让她回去了。许克美满脸血红地低下头。远志同志沉默片刻,猛地拍桌吼道:给我断了——否则,老子不光撤你的职,连你的鸡巴也剁了!许克美浑身一抖,但扭扭脖子,举起双拳来哭叫:书记——市长,中央委员没得当,打个"皮绊"(男女通奸)也不行,让人还活不活啊?远志同志不予理睬,向我抬手道:我们走!二人看也不看他,走出堂屋。

快到台坡口,许克美在身后大喊:我断了还不行!

开　发

　　回磨盘乡乡政府院子的路上,我和远志同志讨论许克美断不断得了"皮绊",两人都苦笑,至于断不了怎么办,也没有意见。

　　到了乡政府,小马乡长兴冲冲告诉我们又有应对调查的新举措,远志同志摆摆手,说这事他不再过问,相信广大干部的觉悟和战斗力,倒是提议商讨应对之后的应对。

　　小马领我们进了办公室,忙着倒茶水,远志同志在桌边坐下,接过茶杯,目不视物地说:凡事有轻重缓急——昨天大家忙乎了一天,是应急,这个急不是为了农民,是为了我们自己,为了让我们保住位置继续做官做事;但急不等于重,重是农业问题,既然"三农"眼下最直接的问题是税和费太重,既然税和费降不下来是因为县乡两级吃税和费的干部太多,既然无法减少干部数量,又不可能在一县一乡提高粮价,那么,这盘棋要走活,出路在哪里呢?他顿了顿:出路是找新钱,用新钱养干部,减税免费,增加农民收入,让农业有甜头;所以,目前工作的重中之重是找新钱——也就是招商引资搞项目!大湖县粮田多水域广,我在这里的时候,接触过几个想投资粮食和水产品深加工的老板,但当时思想不解放,开出的条件太苛刻,结果别人被外地的政策叼走了……亡羊补牢,现在必须马上下手!

　　远志同志说得眼珠渐渐鼓起,很是激动。

　　我试探着报告:市长,现在招商主要是比谁的政策优惠,我们县的招商政策虽然调整过几次,但进入门槛仍然比外地高很多。

　　远志同志一掌拍在桌上:那就把门槛调低嘛!

　　我说:口子开大一些,肯定有不少投资者进来。

　　好啊!远志同志摊开双手:都来!如果都来,不搞集体沟通,分头接触,比较投资快慢和规模大小,早日抓住几家!

　　我提出一个问题:讲快慢,民营企业讨价还价耗时间,国营企业讨论决策拖时间;讲规模,目前国营的一般会大一些,但就经营发展来看,民营企业更有活力和前景——是图长远还是图眼前呢?远志同志甩甩手:赵春同志啊,你怎么这么迂腐?图眼前就不是图长远吗?我要的是快,是立马解决眼下的问题,至于以后,无论民营还是国营,即使经营不善死掉了,厂子还在,行业强者自然会来收购。

我谨慎地笑笑：这样，今后可能有人骂我们昏官咧。

远志同志便哈哈大笑：我们昏吗？我们为什么怕人骂？让那些不知道时代背景的人把历史骂个稀巴烂吧！

我又说：如果今后民营企业在这里做大做强了，会不会有人再提贫富悬殊和姓"资"姓"社"的问题？

远志同志连连摇头：不不，这个问题已经在理论上解决，我们反对的贫富悬殊不是自然发展和竞争发展的差异，是指资源垄断，机会不均造成的不公；在正常秩序下，能力、智慧、机遇、投资、创新带来的收入差异是必然的，合理合法，是社会发展的动力；有人说在历史给予的条件下创造历史，我认为在历史给出的规律中发展历史更恰当。

我说：尤其是在建设年代。

远志同志晃了晃头：不要玩弄那些虚的，要唯实，要针对问题，一代人做一代人的事，我们做的事出现问题，只要我们还在主事，就理直气壮地面对——目前的"三农"问题是整体经济模式暂时顾首不顾尾的结果，必须上下协力解决，包括我们今天探讨的出路；今后，无论什么原因导致的贫富悬殊，一旦成为社会突出问题，届时自然要利用再分配政策和道德法律加以调剂，但生存与发展优先，这是时机和节奏的策略。

一直没吭声的小马突然鼓掌：市长讲得真好！

远志同志一笑：都怪赵书记，扯远了，言归正传。

小马说：市长书记，如果有企业投资，请安排在磨盘。

我笑道：哪有安排之说，投资选址是人家企业决定的。

这时远志同志的手机响了，我和小马中止说话，远志同志拿起手机接听片刻，忽然大叹：书记啊，这回上边算是开明！挂掉电话，两眼放光地告诉我们：好了，解放了，中央和省里表示，全国"三农"问题很明朗，不来调查了，希望大家一心一意抓好当前工作。

小马正欲欢呼，陡然眨眼愣住。

远志同志没在意，起身吆喝：走，大湖没山，我们玩水去。我赶紧说：市长等等，我先打几个电话，交代下边的同志解除"应对"，马上善后。远志同志这才一愣，意识到问题，但抬抬手：车上打嘛。

大湖县的水在大湖。我们驱车向南，往大湖去。

车上，我和小马举着手机呼三喊四，远志同志笑我们没出息，提议讲笑话。也是，死刑免了，活着还愁吗？于是，小马讲某农民害怕被母猪咬而不敢给母猪"人工授精",我讲某局长误读"一次——性生活补助"。远志同志说我也来一个:夏天,某副省长下乡看庄稼,让笑话大王陪他往田野里走;天热,都穿短裤;到了田野深处,副省长问一个男人有几个雀雀,笑话大王傻了;副省长便尿尿,说你看看——这是一个吧,打住,从短裤另一边掏出东西来尿,说你再看——又一个吧。这个笑话涉及真实的副省长,大家笑得格外狂野。

大湖就在笑声中出现了。司机落下窗玻璃,一股带水腥的清风涌进车内。时值仲春,湖面冒出新绿,微风嫩水,浅荡轻摇,生意旷邈,想象中已有"接天莲叶无穷碧,映日荷花别样红"的盛景。远处,泊有零星渔船,船上人影渺小,撒开的渔网落向水面。白色鸥鸟飞至近岸,歇于草丛附近浮游;水面鼓出几圈小小浪花,是鱼群的动静。

远志同志倚窗侧望,心情渐渐去到景致里。

可他突然回头问我:小虹女是李冬的女儿?

我激灵一下:是,可能是李冬用名字做纪念吧。

他略作沉默:但李冬不应该有这么大的女儿呀?

我说:我也这样想过。

他说:有空过问一下。

我点点头:好的。

远志同志不再说话。我知道他脑子里装着无数事情,却不知道这些事情是如何排列或码放的。此刻,他陡然想到小虹女,是因为上边不来调查磨盘乡让他有了情感空暇吗,还是大湖的景色使他恢复了平常心境?十七年前,我们跟冯远志老师互为情敌也是爱情统一战线,其中不乏学生礼让老师和老师关怀学生的情操……1983年刘虹女消失,我们从此无以为敌,我与他在波云不定的政治人际中凭着师生之谊日益走近,成为盟友,尤其是远志同志,总是用心提携我……我相信这不单是诡谲世道催生的侠义,也有人性底色的光亮;而我们不做情敌后,彼此的"潜意识"里一直停泊着刘虹女的样子——那是一种"互怜"的纽带,那一缕永远的芳香悠游在所有时空,我们的神志一旦脱离凡尘,便可以闻到它……那么,也就是说,远志同志此时脱离了凡尘?

可这样的空暇转瞬即逝,我仍在恍惚,远志同志已收拾思绪,明确指出:大湖是大湖县最好的资源和项目,必须抓紧呀。

小马从副驾驶位转过身来,试探道:两位领导,我向你们提供一个信息——我侄子在江城一家人参保健品公司做销售代表,负责大湖县一带的市场,去年秋天,他们老板来大湖县考察,看过大湖,据说他很想把大湖买下来,搞养生旅游……这个项目怎样?

远志同志为之一振:不错呀!你这家伙,一点儿现代经济的意识都没有,这样的好事,怎么不早说——岂有此理!

我问:那个卖人参的老板姓什么?

小马说:我侄子私下叫他钱胖子。

钱胖子?远志同志转头朝我瞪眼一笑。

我也一笑。随后拨通手机,冲着十七年不曾谋面的钱夏喊道:钱主席好呀,我老赵,赵春,孙秋跟你联系了吧,我手上的事已处理完,可以随时陪你们去南平看李冬。钱夏还是那副德性,在电话那头调侃:老赵同志啊,不愧是人民的好书记,日理万机,但去南平是大家的事,不是你陪我们呢,我尽快联系孙秋。之后两人寒暄几句,挂断电话。

小马听了焦急地问:您咋不谈项目呢?

远志同志笑着:赵书记办事,你放心。

第三章　时代之瘾

小　事

　　江城大学千禧庆典日的下午，在希声大礼堂看完文艺表演，因为一桩"小事"，我提前离开了学校。不到一小时，孙秋在庆典办公室弄到我的手机号，打来电话，邀我去见小虹女，我只好推辞，他问为什么，我说"小事"，请他去约老赵。

　　直说吧，我不知道我是从什么时候起遗忘或屏蔽南平往事的。十七年来我无暇回顾，唯一的一次乡愁大约是三年前碰上的。当时，我带领几位营销经理考察县级市场，汽车由江城出发向西而行，全程高速；途中，一块"南平市"的路牌一闪而过，我脑子里下意识地一顿，判断南平已撤县建市，而我进入了南平境内——十七年前我在这里生活过，那时我跟老赵、孙秋和李冬在一起，刘虹女是我们的天空……瞬刻间她的样子浮现在我眼前。但是，那次西行正是我的事业处于"诺曼底登陆"之际，纵然在意念里与隔世的刘虹女邂逅，思绪也没有空闲走进遥远的岁月。我或许茫然微哂了一下。车上有人问要不要看看南平市场，有人嗤道：开什么玩笑，汽车在高速公路上能掉头吗？后来返回江城时，车开得飞快，我没有再次看见"南平市"的路牌……公司有好多事咧。

　　十七年，漫长而密实的岁月已成为漠视从前的理由。

　　所以，我推辞孙秋之约的"小事"的确只是一桩小事：不过是安排黄光市的"黄桑"去"人间"休息一下。

　　"黄桑"是黄光市土地管理局局长黄尚礼。我跟日本人做生意的时候，日本人讲礼貌，见面钱桑钱桑的，我学过来，借着自己移民香港的半吊子港商身份，老是称呼黄尚礼为"黄桑"，周围的人不懂，听成"皇上"，以后有人喊他"皇上"，他先是摆手笑笑，予以纠正，不久习惯了，便一脸庄重地嗯一声。

"人间"在江城的江边，是一家大厦背面的林荫处留有后门进出的高档娱乐会馆，跟北京的"天上人间"不是连锁，服务比"天上"高出档次：除了豪华KTV和"小姐"，还有更上一层楼的"西宫"。西宫在"人间"，意思很明白。有钱有权的人如果向往，在"人间"存放了钱，做VIP，就是"上帝"或"皇上"，来之前打个电话，来了，由人从专用直达电梯护送到西宫。不过，VIP打了电话，招待的常常是别人——帮自己解决问题的"皇上"。

这些年，社会上方方面面的人士历经打拼，各有斩获，渐渐需要歇口气，西宫不言，竟然下自成蹊。生意人所以于此间活跃，因为生意中的关键先生十之八九需要大荤伺候。关键先生多半不是生意人，但凡来了，先吃酒，主人在酒桌上模棱两可一番，然后领往西宫。被我丢进西宫的有官员，也有教授和工程师。我跟教授本无牵扯，可官员的儿子丫头要考教授的博士呀！至于工程师，因为掌握技术，我得拿下他——个野鸡的，搞理工科的最不会撒谎。

我肯定去过西宫：不是犒劳自己，是替"皇上"实地考察。西宫分三档，我只要最贵的。最贵的房间不下80平方米，房内并设一床一浴缸。床在右首，极大，宽超过长，铺粉色被单。浴缸椭圆，长约两米，凸置于一方平台之上；台高两级，台面四周广阔得可以舞蹈。宫房有一面临江，遥控分开窗帘，隔一层细纱，透视江水白云，感觉悠悠飘飘，仿若天上宫阙。"皇上"幸临此等宫房，早有妃、嫔、答应执礼迎迓。行事前，"皇上"视身，即妃、嫔、答应当着皇上的面，依次解带脱衣，皆裸，"皇上"视了，若无挥退之意，方可侍候。正式开始，妃为"皇上"卸袍，嫔给浴缸放水，答应去准备奇技淫巧的各类用品。入浴，依照尊卑，本该是妃与"皇上"同乐，嫔辅之，答应帮之，但"皇上"总在此时把持不住，偏要将嫔和答应也一并拉进浴缸；妃子假意吃醋，实则得计。一时间，大缸内白体纠缠，水花翻腾，喊叫与浪笑四溅。通常两刻钟不到，"皇上"在一双肉嫩有劲的小手里巨吼一声，完事了……移师床上，"皇上"已然软弱得像一条虫，偏偏妃、嫔、答应三人正是桃花春水三千尺，"皇上"心有余力不足，颓然而显辜负之意，即刻另生娱己之念，令三女自行其是，直至切切哼哼，直至不了了之，终于草草收工……如是，出了西宫，不再是"皇上"，竟然空落。如此这些，现在讲来，犹如个人之经验，实乃观摩的收获。我独自去过"西宫"一回，单是跟嫔妃们谈心，再也没有去了，不是惋惜28000元人民币，实在是觉得太不符合人类，也不知皇上为何要在人类之外。

有一次很惊险，差点儿让一位老人家丢掉了性命。老人家帮我签过批文，没拿一点儿好处，后来休息了，我必须请他去西宫当一次"皇上"。去之前，老人家摇头咂舌：少壮不逢时，逢时却不行。我给他吃了一粒本集团保健品公司出品的睾丸酮。结果，老人家入了浴缸，下边的东西毫无动静，上面的胸口反应强烈，躺在妃子的怀里直翻白眼，好在答应很快打来电话，让我及时将老人家送进了医院急救室……此后，我还得学习医道，去"西宫"前，每每给人把脉问诊。

黄尚礼是我前年结识的。结识他不是为了卖人参，是卖人参赚了钱需要二次腾飞。这年头，卖产品是赚钱，做房地产是"捡"钱——只需搞定土地爷。既然人家都把"黄桑"听成了"皇上"，我便想到请他去西宫。但黄去过一回，好上了，只要来江城必给我电话，还一本正经地诉苦，说过去严格要求自己，欠得太多。去年，黄尚礼把黄光市中心城区的一块地批给我后，电话打得忒勤，我开始避着他。有一次他打来电话，说已经出发往江城来了，我谎称自己在香港，他只好掉转车头——其实，若是在批地之前，即使我真的人在香港，也要飞回江城的——我也不是不讲义气，不是怕花钱，实在是厌恶他的吃相。我给他钱，给他办"人间"的VIP，让他自己去耍，个野鸡的他偏要我罩着他……

最近，我在黄光市的一块地只差他一句话了。

他的人已到了江城，我能怎么办？

安排他"休息一下"不是一件小事吗？

所以，我只能对孙秋说——小事。

黄尚礼是穿着藏青色西服出席了全省土地管理会议来的。晚上六点，我开车去宾馆接他，他换上花衬衫牛仔裤。我们去江边用餐，包房的电视开着，在H省新闻中，我看见了穿藏青色西服的他，指给他看，他摇头直笑，像澳门银沙酒店的游客。所以，我仍称呼他黄桑……

运　气

　　而今，我拥有数十亿资产，也算名声在外，相信老赵、孙秋和李冬多少看到过有关我的报道。那么，你们会怎么想象我的十七年呢？是否也在想象中捏造了某种原罪？这是一个观念打架的年代，心术不正或脑子不健全的人成天代表肤浅的正义号叫，多数人跟着瞎起哄。我忙，懒得理会这些狗扯淡。不过，现在突然因为没能接受孙秋的邀约去见小虹女而有所触动，想到大家曾经是"我们"，便祈愿你们的想法不要跟随时代浪潮中的渣子翻转。明智的人，在他的时代应当以冒犯旧观念的姿态接近人间大道。我做到了，你们不一定。

　　谁都不要像三流公知一样对他人盲人摸象。在我，发财只是单纯的人生出路，而发财本身多半凭借运气。

　　我的运气是碰上了人参大卖的好时代，起家靠做人参生意，至今也没有放弃。我的灵感来自侯卫国。老赵、孙秋和李冬应该还记得这个家伙。当年，他在南平看守所做看守，蔫瘦蔫瘦的像得了黄疸性肝炎。我们被当作强暴刘虹女的嫌疑人关在号子里的时候，为了向外面通风报信，我从吉林老家搞来长白山人参收买他，一开始，他的喜悦是半信半疑的，但三天后便冲我痴笑，意思是好东西的确管用，从此对我们睁一只眼闭一只眼……这件事是一个了不起的市场实证，后来启发我杜撰了三个推广长白山人参的段子：一是某公安干警服用本公司特制的长白山人参"伟哥"后，老婆招架不住，躲着他，他在审讯一名女犯时干了那事，结果跟女犯一起住进监狱，幸好女犯与他都怀念审讯室的风流，后来双双离婚结婚；二是结婚多年未能搞大老婆肚子的典狱长，在看守那个前公安干警时，获悉其经验，立马购买特制长白山人参"伟哥"，不久得龙凤胎一对；三是典狱长手下的一名看守，弱不能战，偷食典狱长的宝贝，果然金枪不倒百战不殆，后因典狱长警觉而无从得手，干脆辞掉公职去做特制长白山人参"伟哥"的销售员——这人不是别人，正是本公司现任销售经理侯卫国先生。嘿嘿，咱东北人编故事小菜一碟。

　　但也不是瞎编，看守侯卫国早在1993年就跟随我做销售了。

　　1983年底，我从南平县党史办公室调到南平县物资局，靠的是四支长白山人参；在物资局当上物资科副科长，靠的是两支长白山人参和侯卫国。物资局侯局长是侯卫国的堂叔，在局里一言九鼎，自称搞活经济的实干家。有一天，侯卫国觍着脸找我弄人参，我向他流露要个一官半职的想法，侯卫国说这事分分钟搞定；一个星期后，老家寄来两支人参，我给到侯卫国，次日事情就成了。

不过，物资局不做人参生意。侯局长的业务资源是他认识江城钢铁公司物资调配处的马处长。当时，建筑钢材开始走俏，侯局长给马处长摇一个长途电话，马处长总会批给他一张提货条子。起初，我不明白马为什么听从侯，后来知道，马带知青下放时，侯是公社书记，马搞女知青的麻烦是侯一手遮盖的。侯做钢材生意很有分寸，物资局赚大头，他抠点儿小利，即使是小利，也像贼一样东张西望；因为我是他家侄子侯卫国介绍的，他把钢材生意交给我张罗。时间稍长，他又怕我心里不平衡，用超额完成任务后提成的方式安抚我。我要多提成，就得多超额，方法无非是搞定两头：先通过侯降低任务指标，再找马把条子上的数字批得大一点儿。其实就是一招：给他俩送人参。

当年，因为生意，南平县物资局在江城的红钢旅店包了一间房，也就是说，实际上我在1983年底就脱离了南平。起初的大部分时间是在旅店睡觉，业务来了，去找马批条子；条子到手，给侯打电话，物资局按出厂价汇款；等款汇入钢铁公司账上，物资局按转手价收取买家的货款，买家持证来江城找我，由我领到马那儿提货。不久，我看出提货人操切，觉得可以做点儿文章，每每头痛胃痛地拖延，或者干脆学习领导干部，装着日理万机，提货人急得猴子转圈，只好请我下馆子喝酒；我一喝就醉，醉了不醒，直到对方往我口袋里塞了"信封"，方才一不怕苦二不怕累地起来工作。我本来已经不缺钱，但很快有了很多钱，来路除工资外，主要是平常的提货打点和业务提成；而且好吃好喝，一般不用自掏腰包。一年后，我已是"万元户"。又过一年，我买了一辆二手的土黄色伏尔加。我很少回南平，除非物资局催我回去拿提成。我驾着伏尔加，浑身光鲜，人也更胖，南平人说我很"泡"。

那时，我不懂生意人的修养，坏脾气不仅没改，反而更飙。有一次回南平拿提成，出纳大姐说财务室保险柜的现金不够，我说赶紧去银行取呀，她说明天去，我说我忙，她说我也忙，我说我日你的×——她暴跳起来，说老娘我今年四十五岁，你来日呀，你不来日你就是一个婊子养的！我气得扬起手，就要劈过去，幸好被人拦住。这之后，我连拿提成也不回南平了，让侯卫国替我领。侯卫国拿着钱来江城见我，钱装在印有"南平县物资局"字样的信封里，我取出一估，差不多，随手抽一沓丢给他，然后带他下馆子。当年还不兴卡拉OK，吃过晚饭，我俩去江边的码头看景；他的目光老是追着女人跑，偶尔激灵过来，说我比当县长还转……我甩给他一支烟。

突然听到一个不好的消息：有人议论江城钢铁公司物资调配处的马处长"在经济上不干净"。我想，如果马完了，侯也就黄了，一旦失去钢材生意，我就得撤回南平，就会由凤凰变成灰毛鸡，这是我已经不能重新面对的现实。大约1986年初，我回了一趟吉林老家。我在父亲面前搁下一小一大两捆钱：小捆的让父亲留着自己潇洒，大捆的由他替我收购长白山人参。回江城后，我立马找人设计人参产品的包装盒，洽谈包装车间，招包装工人，跟国有工厂签挂靠合同……抢在马"进去"（进监狱）之前，向市场推出盒装的"华夏"牌系列人参产品。生意一开始就不错，虽然销量有限，但利润高，收益不比倒卖钢材差，更重要的是消费态势很猛。到了夏天，物资局招我回去上班，我回去后申请停薪留职，不知道侯局长是担心以后吃不到白送的人参还是别的原因，老是找借口拖着不办，我等不得，去他妈的蛋，干脆拍屁股走人……离开南平之前，侯卫国找到我，让我留下江城的地址，说日后可能去找我。我说：你他妈的只要不是去抓我，老子随时欢迎。

我这一走，再也没有回过南平。哦，对了，当年我还在南平领工资的时候，去过南师两回，但两回都不凑巧，夹皮沟那溜平房东端的房门关着，李冬在教室上课，我没法久等。

我的事业腾飞于最近十年。1990年外商不好招，"内商"受宠。我在江城注册成立华夏保健品有限公司，开始大张旗鼓贩卖人参产品。关键还是运气。我的运气是大运气，是天时。一次喝酒吹牛，一个戴眼镜的家伙把我们这个年代概括为"一抓两放"：一抓是抓经济建设，两放是放纵贪腐和放开娱乐。话是极端了，趋势却明显。如此，娱乐和舒服日益活跃，犹如虎兕出柙，一路狂奔。最舒服的诉求是性，随之而来的是与性相关的生理关切，比如元气、肾、荷尔蒙、滋阴壮阳等等。解决问题，当然人参。中国有几千年的人参文化为我背书，我是改革开放年代最早做人参产品的民营企业家，我的人参来自极品人参的产地吉林长白山……人类走到今天，给人参带来了历史机遇——不是运气是什么？为了全面拥抱运气，我把人参细分出若干功能：补元气、强腰肾、调理荷尔蒙、养精壮阳、美颜滋阴、益寿延年等等。只要你是成人，只要你想舒服，必有你需要的一款……而且，巨大的 GDP 和锲而不舍的贪腐足以支持空前的购买力！

到 1993 年，商品及企业都流行港台风，我想到挂羊头卖狗肉的把戏，决定移民香港后在香港注册公司转投内地。但是，移民香港要蹲"移民监"，我得有人代我打理公司在内地的业务。正在犯愁，侯卫国出现在我面前，他离了婚，辞了职，决心跟着我干。开始，我信任他的人品，怀疑他的能力，可这家伙毕竟吃过人参，脑子好，上手快，鬼点子特别多。有一天我去药店检查柜台销售，看见他穿着白大褂，戴一副平光眼镜，站在药店门口做导购医生，许多人围着他听讲解，柜台前买产品的人已挤成一团……我便放心去了香港。蹲"移民监"期间，一边注册香港公司，一边用大哥大遥控侯卫国。

这是六年前的事。

饼　子

昨天，孙秋在电话里告诉我，他在桂苑见到了小虹女，小虹女是李冬的女儿。他约我等老赵忙完"急事"一起去南平见李冬，我爽快地答应下来。当时我对小虹女与李冬的关系没有多想。

今天上午，在公司椭圆形会议室开完会，我一个人停留在原位看文件，老赵从大湖县打来电话，说他的"急事"已忙完，有空了，让我联系孙秋，他可以随时"陪"我们去南平。本来，我和孙秋是按约定等着他"忙完"的消息，可他这个"陪"字让人听了感到别扭：为什么是他"陪"我们而不是我们"陪"他或者一起行动呢？十七年过去，一切已成往事，没必要还像当年那样假装被动与超脱嘛。那么，老赵这是礼貌与尊重吗？这年头，一个手握资源的县委书记主动对一个办企业的人（而且是昔日好友）搞礼貌与尊重这一套，岂不是黄鼠狼给你拜年？再者，邀约去见李冬的是孙秋，应该先给孙秋回话才对呀？坦率讲，作为生意人，谁的尾巴一撅，我便知道拿箢箕去接他的屎。跟老赵在电话里嘻哈之际，忽然想起去年在大湖县考察大湖的事……不由撇嘴一笑。

就在这时，手机又响了，秘书章文白慌张地报告：董事长，侯卫国将于明天推出他的"华圣"牌系列人参产品！

什么？我脑子里陡然一炸。

这事并不是突发的，但没有料到的是我没能扭转局面。

我点燃烟静了静，给孙秋打电话，先转达老赵的意思，再告诉他我公司突遇大事，暂时丢不开。孙秋显然不爽，在电话那头嘲讽：嘀，前天是小事，今天变成大事；老赵"脱"得开，你又"丢不开"——你们就轮番忙吧，我回深圳去。

没法解释。侯卫国的肥大猴脸正在向我逼近。

椭圆形会议室在华夏（江城）国际大厦顶层，紧邻我的办公室。我虽然在香港注册成立华夏科技集团（香港）公司，购置了俯瞰维多利亚海湾的写字间，但那里不过是一个门脸，一个办事处，一个迎送内地官员与大客户的接待站；公司真正的总部在江城，在华夏国际大厦，而顶层的椭圆形会议室是公司最高权力的象征。

会议室里遽然光影凝固。我坐在腰鼓形会议桌端头的黑色高背皮椅上，如果再不动弹一下，就是一具僵尸。我动了动，用即将烧完的烟头点燃另一支烟。过去许多年，公司高管议事时，我右首的第一个座位一直是副总裁侯卫国的位置。恍然间，我在缭绕的烟雾中看见了侯卫国失真的嘴脸，那样子散发着一股永不消失的监狱的气息。他脱离南平看守所投奔华夏之后，不到三年就胖了，白了，出门戴一副平光的金丝眼镜；他喜欢喷雾古龙香水的GF1号，松香草本味，表达男人的质朴，那气味曾经欺骗了我的鼻子。他虽然是学公安做看守出身的，但他在公司里靠出点子成为功臣；他的薪水大约相当于50个看守的收入。他跟我是故交，又比我年长两岁，但他一向以战战兢兢的神色尊重我：我入座，他上来点烟；我起身，他出手拎包；我上车，他跑步拉门；如果我打喷嚏，他赶紧掏纸巾。我这么大的身躯，懒得狐疑，很享受他，也一直重用他；可是，他还是死不悔改地成为了一个阴谋家。

半年前，他开始跟本公司一位"70后"副总裁闹对立，不断向我投诉，我侧面了解，发现都是他在制造事端。比如，人家强调打造品牌核心竞争力，他提出营销的关键在渠道；人家建议对渠道进行精细化管理，他主张渠道工作主抓客户关系。他逢"70后"必反，把人家暂时没强调没提及的工作一律说成是从来不重视——不懂。我批评他安慰他鼓励他，搂着他的肩膀笑呵呵地说：哥哥，等年轻人成长了，我和你就有空去夏威夷晒太阳了。他却嘟哝：我老了吗？然后锲而不舍地找"70后"的碴子，继续向我投诉……那时，我不太理解他为什么明知故犯，还以为是一般的同僚争锋。直到近期他的阴谋提前败露，才明白他是蓄意催化我对他的反感和气恼，刺激我对他采取措施，从而将我打造成一个卸磨杀驴的恶人，为他的"你不仁，我才不义"奠定道德基础。

侯卫国的阴谋提前败露竟是朋友向我道喜而牵扯出来的。春节前夕，我回香港办事，恰逢本公司包材供应商的老板带人赴港旅游，老板朋友给我打电话，我邀他们参观华夏的香港写字间和吃西贡海鲜。他们来了，老板朋友见面拱手，首先恭喜华夏即将推出新品牌，我听了有些懵懂，觉得人家或许是讨个彩头，只好含糊应酬。但他接着又说：还要感谢您的信任，把新品牌的包材供应交给了我们公司。我便诧异，硬着头皮表示应该的应该的。不料，他激动地咋呼：哎呀，这次的"华圣"跟"华夏"相比，设计更有品位，显然是走高端路线——我们的包材一定让您满意！这时我确信出事了，捂着嘴闷咳几声，镇定地问：最近是谁跟你们联系？他略微一顿：侯总，侯卫国呀！我点头哦哦，抬手指玻璃幕墙外，请他观赏维多利亚海湾。

中午，趁朋友们在餐桌上大战海鲜，我走出包房，给秘书章文白打电话，令他立马做两件事：一、去朋友的包材厂拿到"华圣"的包装打样；二、通过工商局的朋友查明"华圣"公司的法人代表是谁。

下午三点，我登上飞回江城的飞机。飞机离地后，我开始在侯卫国"战战兢兢的神色"中搜寻他眼睛里的闪烁：他总是不择场合地抱怨他的几个死党升职太慢；他曾对死党们说，华夏国际大厦有三分之一凝聚着他的心血，可大厦是别人的，有什么意思呢；他一直在捞钱攒钱，拿广告回扣，向经销商讨要好处费，把下属送给他的烟酒字画金银玉石恐龙蛋换成现金，从不大手大脚花销，分明是在积累资本……他一个接一个地摆脱跟他上过床的漂亮姑娘，偏偏对早已胖成冬瓜的龚小姐不离不弃；龚小姐三十三岁，是我十年前从中药大学招来的技术员，那时龚小姐崇拜我，人也不胖，出于笼络，我跟她同居了小半个月；曾经，我还以为他爱上龚小姐是出于对我的无限敬重，是希望到我战斗过的地方去战斗……现在看来，一切都是扮猪吃虎。

当晚八点左右，我提着文件包敲响了侯卫国的家门。侯卫国开门迎我进入，我看见客厅的一扇房门悄然合上，似有反锁的轻微动静。侯卫国请我入座，舌头微微打战。我刻意大大咧咧地在沙发圈正中坐下。他转身去给我倒茶，半斜着身子，以眼睛的余光观照我：他知道我是有武功的。但我不会那么蠢。我只是在想，这间180多平方米的大宅是我三年前送给他的,当时说好,如果他在华夏再干十年,这房子就归他,也就是说,这房子现在仍然是我的,我是坐在自己的房子里。于是,我的感觉很不好,因为我料定刚才进到房里的是龚小姐,而龚小姐过去是我的怀中人……侯卫国居然在我的房子里占有龚小姐,这他妈的岂不是在老虎的屁股上撒尿!所以,当他将茶杯歇到我面前后去到旁边的单人沙发上坐下时,我嫌恶地偏着头,看也不看他。

但是我突然瞪大眼睛转向他,让他浑身一抖,慌乱地垂落眼帘,头也耷了下去。接着我许久不吭声,把他搁置在漫长的恐惧与尴尬中。时间差不多了,我从文件包里取出"华圣"的包装打样和一份营业执照复印件,放到茶几上,一并推到他的面前,问:咋办?他抬了抬眼皮,小声咕哝:你都知道了。我不由一噱:那么,你的意思是问我咋办?他瞟了瞟我:过去我们是兄弟,现在你是老板,以后我们仍是兄弟。我陡然哈哈大笑,吓得他从沙发上弹了起来。

等他平静一些,我说:你听着吧,我把我对付你的两套方案都告诉你,第一套方案是打仗——当然,我不打人也不杀人,而且放你走,但既然你利用华夏的资源,做跟华夏同类的产品,就是跟华夏抢食,我必须在市场上打掉你的牙齿,因为市场是一个饼,你吃了多少我就少吃多少,对此你不要抱有幻想,你的财力不如我的一根×毛,你的小脑袋转得再快我总是比你高明一点点……后果如何,你自己去评估;第二套方案是救你——你把你弄的这套东西盘点一下,看值多少钱,尽量往多里算,然后增资扩股,我投入70%的资金,你我三七开,你做CEO,全权打理这家公司,让"华圣"与"华夏"在市场上看似竞争对手,实则携手迎战其他竞争品牌,共同开发潜在消费市场……这套方案不是我对你仁慈,是考量双方利益的选择;两套方案,选哪一套,你可以跟你的死党和龚小姐一起商量商量,我给你两个月的时间考虑,考虑好了,回我话;另外,我要告诉你,并通过你转告你的死党和龚小姐,你们这样对待华夏集团,既不符合旧道德,也不符合新道德,我保留以旧江湖和新江湖手段对你们进行清理的权力!

说完,我起身离去,走到门口,转身补了一句:记住,我给你考虑的时间是两个月。

三八节前,龚小姐给我打电话,约我见面,我不见。接着,给我发BP机短信,表示不想辞职,请求我原谅,我回复:你先学习《技术员守则》第七条吧。第七条是"技术员必须为公司严守技术秘密"。她回我：老板放心，我已回到公司宿舍。过了几天，她又给我发来短信，说侯卫国说过，如果公司在市场上打压他，他就把公司在纳税、拿项目、捐赠方面的事儿掀出去……我回她：嘿嘿。

但侯卫国一直没有露面，也没有音讯。

现在，"两个月"还没有到期——我去江城大学参加千禧庆典后的第三天——也就是忙完"小事"的第二天，侯卫国决定向市场推出他的"华圣"牌系列人参产品，对我不宣而战。

公司遇上这种事，就是国家发生了政变，我怎么还顾得上跟孙秋、老赵一起跑到南平去见李冬？

烟雾在椭圆形会议室的空中纠缠翻转。我拿起手机，好不容易看清秘书章文白的名字，按下去，对他说：文白，我还在会议室，你通知所有副总裁和部门总经理到这里来——开会研究反击侯卫国，你也来，顺便给我带一份盒饭。

清　白

侯卫国很贼，企图利用"两个月"未满的时间在市场上试水，但战斗一打响，他立马扛不住。"两个月"还差一天，侯卫国给章文白打电话约请喝茶。文白问我，我说：去呀，叫他侯老板，尊敬他，光听，不表态。文白明白，赴约后回来见我，果然一脸喜气，说：侯已经废了，满眼血丝，嗓子嘶哑，口臭熏天，话从盘古开天地说起，因为所以又所以因为，希望华夏开恩，他愿意跟您谈"第二套方案"——我也不晓得"第二套方案"是什么——后来买单，我再次表示尊敬，说您就省点儿营销费用吧，替他结了茶钱。听完，我没笑，都在意料之中。而且我是学历史的，有现成的中共斗争经验可资借鉴。我抽了一口烟说：接下来边打边谈——打，要打得他疼；谈，已经没有"第二套方案"，可以考虑打折收购他那个玩意儿，他本人回华夏上班，享受副总裁待遇，以后分管物流——打是为了谈，打得越狠越好谈。

所谓打，无非三招：一、跟经销商讲，同样的产品卖两个品牌不如卖一个品牌性价比高，同时打出厂商多年合作的友谊牌，要求华夏的经营商不进"华圣"的货，阻止"华圣"产品分销；二、在"华圣"产品已经进入的销售终端，花钱买定入口处的货柜或货架，开展酬宾优惠活动,让"华圣"在华夏面前像个叫花子;三、上人——安排导购小姐进店,向顾客宣讲华夏品牌,指出"有些产品"(不点名)的厂家没有经济实力和科技支持,只在表面上抄袭华夏,不道德的企业不可能有质量保证……教育消费者不买"华圣"产品,买了也退货。

不用说,这些套路和战法都是侯卫国过去的点子,可惜他口袋里没钱,玩不动,只能看着我玩他。

还有看不见的战线。这场战斗取得最后胜利的关键在于龚小姐叛变之后的叛变。是她事先向我透露:侯卫国做了狗急跳墙的准备,打算采用"掀丑"的方式威胁我:要么华夏中止打压"华圣",要么与我同归于尽。对此,我及时安排公司财务部和法务部清理历年纳税、捐赠、拿土地的账目,分析侯卫国有可能捕风捉影的事项,一一补足证据和统一说辞。然后,本人亲自邀请公司所在区的区委书记吃饭,指出侯卫国"掀丑"的社会危害。第二天,区纪委派一位壮如泰森的纪检干部主动约谈侯卫国,请他讲讲华夏集团的问题,他诚惶诚恐结结巴巴,"泰森"提醒他,不要把正常的政策优惠和扶持想象成官商勾结,而且诬陷是要反坐的……他要走,"泰森"起身送他,出门时,轻轻拍他的肩,拍得他瑟瑟直抖,生怕"泰森"一用劲,让他全身的骨头咔咔散架……当天晚上,我得知消息,睡得很香。

果然,"两个月"后的第五天,侯卫国缴械投降。

我饶有兴致地等着侯卫国前来忏悔。不料,他来见我,我看见他的一只肿眼泡的上方冒出两根超长的白眉毛,一时不知如何是好。

眼前浮现十七年前的看守民警侯卫国,年轻的瘦,抱着刘虹女送到看守所的四件蓝布棉袄,打开我们号子的门……我禁不住喊了一声"侯哥",但心头一哂,即刻蔑视道:先去协和医院的"高干"病房疗养吧,药费不用担心,公司支付。

时间一晃到了6月初。

再次记起我们三人去南平见李冬的约定,竟是意趣浮游,随便什么事儿打个岔,都会中止跟孙秋或老赵电话联系的念头。

这天上午,公司招聘促销人员,应聘者在华夏国际大厦前的公共场地排队,一条长龙蜿蜒至马路。我坐车来公司,司机减速让车顺着长龙行驶,忽然,一个高挑的红衣女孩掠过我的视野,形象十分优美,我的潜意识里不由冒出习惯性的念头。车在大厦门口停下,趁司机下车过来拉门之际，我掉头回看，却发现那女孩分明熟悉，眼前随之浮出小虹女和刘虹女的样子——于是心头一颤，察觉了刚才的卑鄙。

切！我仓皇逃离那个念头，下车快步进入大厦。

乘上电梯，我想，如果李冬的女儿小虹女来打暑期工，是否知道这家公司的老板叫钱夏？她能像认出孙秋一样认出我来吗？电梯到达顶层，门开了，秘书章文白迎在门口接文件包，我向他摆手，让他马上下一楼去，给负责招聘的经理打招呼，有个身材较高、穿红上衣的漂亮女孩，如果她的名字叫刘虹女，一定要录用。文白诧异地看我，我问：怎么啦？文白赶紧跨进电梯。

然后我坐在大班台前给孙秋打电话，告知本公司的"大事"已经搞定，可以随时去南平了。不料孙秋回道：对不起呀，我在欧洲，月底回国，回国后还要赶写报告和参加几场座谈会，近期不行。我便喟叹：看这事拖的！孙秋也叹息：是啊，大家都得先急后缓。我告诉他，刚才我在公司大楼前可能见到了小虹女，小虹女可能要来应聘打暑期工。孙秋听了很高兴，连说好啊好啊，却问：你那些乱七八糟的产品适合小孩子推介吗？我说：也不全是特殊功能，可以让孩子们销售普通产品嘛。孙秋提议：要不，你和老赵先去见见李冬？我说：等你。

孙秋在欧洲挂了电话，我想跟老赵聊聊。手机打通，老赵压着嗓门说他在省里开会，晚点儿联系，一定见个面。我约他晚上吃饭。

华灯初上时，我与老赵在江边凯旋大厦的旋转餐厅相见。我笑他中国特色的"政治脸"，他说我是中部崛起的"经济腰"。我们要了一瓶马爹利X.O，这是近年来"政治""经济"和谐的口味。我提到孙秋在欧洲考察，老赵哦了一声，说不知道孙秋究竟在做什么。之后讨论小虹女和李冬，彼此都是猜测。我说：孙秋让你我先去南平。老赵摇摇头：还是等他吧，南平的事以他为主。老赵的兴趣明显在别处。

谈话中断，往事在沉默中有一搭没一搭地浮现。我端起酒杯摇晃玩弄，请老赵看看夜景，老赵转头向窗外看去。江城的光影随着餐厅的旋转缓缓变幻。忽然，他抬手指出去，悠悠地说：那里应该是咱们的江城大学吧。我顺着他指的方向探望，那里一派明亮，灯光顺着山势层叠而上，形成璀璨的宝塔，塔顶有一颗闪烁的霓灯，置于繁星之中……"宝塔"北面，静卧一片广大的幽蓝，正是佐证母校的湖面。

我说：你我今天算是凯旋了吗？

老赵回头看我：你是，我谈不上。

餐厅的旋转改变了视角,眼前出现万家灯火,光亮缀成一片,幽幽夜色里的江城拥挤而灿烂……

老赵低语道:到处都有暗影啊。

他这是政治抒情,不知是否真的动情。

老赵没有进一步表达,自发地笑笑,端起酒杯朝我一示,我举杯跟他碰上,仰头干了。放下杯子,我主动出击地说:老赵,我本来对投资你的大湖很有兴趣的,但现在打算放弃。

老赵激灵一下:为什么?

我给他斟酒,回道:因为你。

因为我?老赵越发诧异。

我点点头:因为你去大湖做了县委书记,你是我的同学,我如果去投资,必然影响你的清名和仕途——我不想腐败你。

老赵急了:不不,你去,我给你优惠,不用腐败。

我疑惑地看着他:政绩更重要?

老赵摇头:我想拯救"三农"你信吗?

我证明了老赵在打我的主意,但不能确认他的真诚。

第四章　万治之志

"总统"

我不是一个超脱的人,期待从社会中拔脱出来帮助社会。

钱夏忙完"大事"给我打电话时,我正走在德国汉诺威世界博览会的林荫大道上。我们一行七人,是一个考察团队,由我牵头。

但我们是民间的。我们七人自发投资了"万治优选法"。"万治优选法"是一个人工智能项目。但"万治"包括政治,容易让人联想,引发不必要的敏感;所以,我们的考察既没有申请国内政府资助,也婉拒了国外机构的邀请。跟往常一样,大家在电脑上讨论"万治优选法",有人提出七人一起考察欧洲并集中探讨有关问题,多数人觉得有必要,便定下日程,各自放下手里的事,赶往上海集结。我们于半月前来到欧洲,已去过英国、法国和意大利。

出国之前,我一度待在江城的家中等候钱夏忙完"大事",一边思考"万治优选法";但钱夏一直忙,只好暂时回深圳处理公司事务,直到同仁们定下考察行程,钱夏仍没有音讯,我才带着侥幸偷跑了。

对不起,每个人都有必须去做的事情。

2000年德国汉诺威世博会首次以"人·自然·技术"的意象展示全新的世界理念,更像人类的"千禧"。世博会规模太大,我们沿着作为中枢的联合林荫大道前行。大道上的树怎么是273种460株呢?因为中国数字文化,有人关注数字的象征,没有人回答得了,总之是多,或许是另一种寓意。在地球花园,我们见到了表现全球七大洲人民济济一堂(南极有居民吗)的七座锥形草山和大型壁画"生活的世界"。大自然流畅蓬勃别开生面，一览无余却意蕴无限，生发出让人超越过往和重构伦理的指引与力量——而且，这只是面对微缩的自然。我们看过日本馆、荷兰馆、瑞士馆、德国馆，当然也去了中国馆。然后观赏波浪公园、世博湖、世博广场。一切都是表达。无论环境、景观、场馆和馆内实体，还是显在的创意和隐于表象的设计与技术，都在为人类探索提供线索，为人类的前行指引方向，为人类拥抱未来增强信心。人类注定要永远寻找自己的出路——当务之急是抓住可持续发展这一当今世界的现实命题。

原谅我在世博会上忘记了钱夏打来的电话。

此时我正沉迷于发展花园的"一切都在流淌"：在我面前，自北向南，花园的景象由密集向松散渐变，绿色由深浓向浅淡过渡，植物由整饬向自然演进……一切可视之物随着舒展轻柔的音乐而高低起伏地发展、扩大、趋向无限——世界本来的韵律在"流淌"之中蕴含并呈现，那是一种静穆的生动，蓦然的亲切，彰显具体而抽象、现实而永恒的原生美——我为之驻足，怦然心动且思绪万端。

那是"万治优选法"的意象吗？

毋庸讳言，跟老赵和钱夏的实务不同，在我现在的全部关切中，"万治优选法"才是真正的大事——它关乎人类的和谐与美好。的确，现在是公元2000年，"万治优选法"纯属异想天开——还不如开创一门安抚心灵的宗教具有可行性；并且，由于面对既有传统的偏狭理念和蛮勇之气，它暂时更像这个时代的一个阴谋。但是，这个阴谋至少在洛克和马克思之后便如幽灵游荡在世上，理性而热烈地指向崇高的文明。

这个阴谋是我过去十七年的梦想与收获，但它成为一个项目的灵感发生于中国接通互联网的第七天，至今发育还不到两年。

1998年初夏，上海一家大型民营企业聘请我担任营运顾问，在一次沟通会上，企业老板询问能否将我拟定的全套方案变成简明的管理操作，我告诉他应该可以，比如美国一些企业已经开始使用ERP系统，该老板顿时激动不已，让我立马给他也弄一个；可ERP是计算机软件，我跟他一样摸不着门。不久，我替他找来软件开发工程师周通，他与周通签订了标的额400万元人民币的ERP开发合同（这项技术后来很快成了大白菜）；不过，在开发该企业专用ERP的过程中，周通离不开我，除了需要我讲解涉及产品诉求、价格体系、渠道策略、库存物流、分销模式、业务流程、推广策略、管理理念、成本核算、人力资源、企业文化等各方面的系列方案，还得随时就操作环节的设置与要领跟我一起探讨。我帮助了周通。三个月后，周通开发的 ERP 交付使用，效果不错，企业按合同向他付清 400 万元开发费的余款。当晚周通来找我，要分给我 200 万，我不由愣住，问：为什么？他也愣住，说：你不是另外收取了咨询费吗？原来小兄弟以为我嫌他分钱太少。我便笑：分赃免了，改日请我喝茶，指导我干一票大的吧。他不晓得，在他开发 ERP 期间，我不断感觉计算机的神奇，脑子里突然闪现出一道光亮——计算机科学将为社会治理这个最大的疑难提供解决之道！

第二天，周通约我，我豪迈地吩咐他订一间包房供我俩密谈。由于那 200 万，他自然只有高兴的份儿。

我已了解周通。他是我江大的校友，1982 年我从中文系毕业，他考入物理系，本科毕业去美国斯坦福留学，获得计算机科学博士学位；回国后先在上海一家外企工作，不久离职自主创业；他是农村孩子，聪明勤奋，被电脑消磨得又白又瘦，一心盼着早日发大财。我们到了茶社的包房，隔几相向，象征地喝茶。我说：我有一个计算机软件项目，开发难度空前，而且很可能不赚钱。他端起茶杯停在嘴边：今后也不赚钱吗？我点头一笑：大约你我在世的时候不会有人买单。他放下茶杯：您说说项目吧。我顿了顿，问他：你认为世界上关乎所有人生活与命运的决策是什么？他愣愣地回道：当然是各国的社会治理。我说：如果有这么一台计算机——它能够有效获取一切社会信息，能够遵循人类生存与发展的正确理念和目标，能够快捷计算对于一个国家而言最正义最人道最有效率的现行制度、法律法规、政策策略、行政处置方案以及其他各项社会管理办法并控制执行——这是不是一个立刻可以让国会无话可说，让天下噪音消弭，让全体民众欢呼的智慧之神！

他皱起眉头：这个已经不是 ERP 了。

我说：你应该知道数学里的"优选法"。

他点点头："优选法"是最优试验方法。

我说：我要开发的是"万治优选法"。

他指出：其实就是人工智能机器人嘛。

我说：是的。

他说：这个机器人就像一个总统。

我笑笑：本来想取名虹女的，现在称它雅典娜。

他的眼神跳闪一下：雅典娜知道的，智慧女神，头戴橄榄枝。即刻凝视着我，抬起一根手指指向他自己：您想让我替你做什么？

我不明白他的态度，试探地说：请你帮我介绍一个计算机专家，能力不在你之下，而且像我一样，为雅典娜无所顾忌地胡思乱想。

他即刻摇晃手指：不可能，能力不在我之下的人暂时没有。

我说：如果有热情，能力差点儿也可以。

他笑了：这事得我来。

我也笑：没有劳酬哦。

他说：极个别的事，意义太大，没钱也干的。

我问：为什么？

他指指我：跟你一样。

跟我一样？你小子晓得我是什么样的？我心里对这家伙暂时没有把握，嘴上仍是絮叨：这个项目不仅现在没有劳酬，今后肯定还要自掏腰包；而项目难度之大使它更像一个幻想或个人智力游戏，不会马上有结果，但无论是否取得科研进展，都会遭到嘲笑；还有，虽然雅典娜的宗旨是寻找科学的万治之法，但由于关涉时政，不免折射对各国政治的看法与改良，在开发这个项目的时候，还得保持缄默和低调，就像地下党一样——所以，总之，需要既有热情和才华，又有胸襟和韧性的志愿者。他听了，微笑着，干脆来一个彪悍的态度：我之所以牛，就是喜欢挑战，干别人干不了和不敢干的事！我没有陪他笑，坦诚地说：要不，你做两手准备，自己披挂上阵或者帮我物色人选。他倒急迫起来：孙老师，您不用激将——我掏100万买我参与这个项目行吗？

我终于没有搞懂这个家伙，但我跟他握手成交。

之后我回到深圳公司。起初，我和周通每天在工作之余通过电话讨论雅典娜或"总统"或"万治优选法"。随着探讨深入，疑难越来越多，我俩陆续发展了五名志愿者，包括经济学家马克、法学与社会学专家龚平、数学家华景、心理学家白坦、哲学与人类学专家叶苏。根据当时人工智能技术的水平以及发展趋势，我们推测雅典娜至少要三十年才能问世。好在我们七人都不超过四十五岁，奉献智慧的时间一般不会少于三十年，可以确保按计划开发雅典娜。此外，研发需要经费，我们每人出资100万，交由经济学家马克负责管理和投资生财，马克保证年收益不少于15%，1999年证明他的话没有吹牛。这样，有项目，有人，有钱，我们就利用别人打麻将或嫖娼的时间大搞阴谋。我们的口号是：世上永无 IQ 超过 250 的总统，让我们创造一个万治皆优的雅典娜！

我们为雅典娜或"万治优选法"议定了七项原则：

1. 主体正义，绝对无私，爱所有人；
2. 遵循人性的普遍诉求；
3. 以保障和谋求人类永续生存与发展为前提；
4. 在直接效益最大化与长远效果最大化之间确定效益最大化；
5. 绝对公正公平，绝对公开透明，拒绝强权干预；
6. 充分有效获取并利用人类信息与经验，及时给出正确意见；
7. 具有解释功能，具有学习、修正、自智成长功能。

这"七项原则"是我们的探索指南，此次考察欧洲，跟"七项原则"中的 2、3、4、6 项有关。

信　仰

"一切都在流淌"，也包括每个人。

周通说他跟我一样，我是怎样的？

"万治优选法"看起来是互联网科技与 ERP 系统诱发的创意，但实际上，所谓灵感不过是长久积聚在心中的对于社会良治的期待与思考突然被新科技点亮了。根本的逻辑是，我有一个终极的恐惧和悲怆：人类所在的地球终将死亡，地球上的自然能源按现在的消耗速度大约只够使用二百年，如果人类社会得不到良治，任意折腾，加上气候变暖以及瘟疫和天灾的攻击，极有可能丧失二百年的窗口期，以致永远无法找到并投奔新的生存空间——可现实向来没工夫理睬二百年后的事。

周通的"跟你一样"是指事儿"太大"的功名吗？我并不以为功名之念多么鄙俗，甚至相信追求功名的动力也能带来良好合作并创造文明事物；但对于我而言，功名的兴趣十分有限，不如说是想干一票认定的事儿以抚慰过往的岁月与人生——当个体生命与社会困境飘上之后，总有一种无限量的痴勇和拼劲；因此，做这件事也不需要先验的伟大豪情，不过是把生计之外的余力交给心跳，而且为之愉悦。

有一次，我跟周通小兄弟说起了自己的精神成长——

小时候，我听父亲讲宇宙与一分为二，在母亲身上学习正直与善良。后来，演过话剧《虹女》，那是包括唐璜及诸多形象的一盘杂炒；读过《浮士德》，以为不读此书难以成为真正的知识分子；也曾浏览中外哲学史，在许多先哲的门前徘徊，认同罗素对文艺复兴的激赏与批判；赞美《圣经》与善意宗教；信赖爱因斯坦与科学，相信劳动和麦子……这一切都是实在的，但这一切都不如一个人具体而确凿。

她是刘虹女！

十七年前，我们在失去刘虹女的悲伤中重新踏上人生征程。一路上，我不晓得他人的情形，在我，刘虹女是潜伏在心灵深处的光芒，它确证世间有一种极致的美与善，神圣而诱人，是一种非书本非教义的、有质感的、活着的、生动的、长在灵魂里的慰藉与怀想，它让人保有高贵精神的底色，无论遭遇什么，哪怕反复面临挫折或陷入颓伤，人性也从来不会窳败——她是我个人的存在性荒谬中的西西弗斯。

那是怎样的光芒？当年寻找刘虹女时，到最后，有一幅奇异画面清晰地定格在我的脑子里：在鸽子坪的清湖岸边，刘虹女站在那棵鸽子树下，她的身边是上两千年前的屈原，他们一起看着一群白鸽子飞向荒岛的上空，那白色的光芒中闪烁着理想的耀眼之美……这一少一老心心相印，像丹柯举着自己的心，化为一道虹，映照大地！

因为深藏她的美，所以热爱这人世……

然而，从现实里生长的理想恰恰难以在现实中立足。我曾进入社会的深部。过去十七年，我干了十七种职业，直到现在被同仁推举为雅典娜项目的 CEO。频繁变换职业自然每次都有具体原因，但每次的原因都不是不能胜任岗位或者未能获得优厚待遇，而是理想不能跟愚昧和丑陋同谋。我身上有七十二个我，七十二个我之外还有一个我；所以现实无法抓捕我，我死不悔改地迷恋现实之外的美。

那年春天，我们从号子里出来，刘虹女已随汉江潮水消失，我的眼前一派黑暗，无法继续在南平呼吸，唯有考研逃离。我不想回到演过《虹女》的江城大学，报考了同城的 H 大学，而且放弃中文专业，选择哲学系的中国哲学史。之所以被录取，不是考得好，是报考的人太少。1987 年毕业分配到中共江城市委办公室，第一年写报告"很有见地"，第二年"跟不上形势"。之后联系调到法院工作，发现法院审判常常不是依据法律而遵循指示，倘若我"遵循"下去，就是历史的隐形"被告"。

我干脆逃到了"海里"（"下海"）。

在南方一家新概念保健品公司，起初埋头做销售员，不久升任企划总监。听说过市场上卖"华夏"人参的老板叫钱夏，但我所在公司的产品是生物科技配方，跟"华夏"不同路子，没有竞争也无交集，而我本来怀着"收藏过去"的念头，所以刻意没跟他联系。后来，我所在的公司遭遇了一起轰动全国的消费事故：一名消费者不按说明书要求过量服用产品，引发身体不适又未及时就医，导致死亡。一时间，家属闹事，媒体炒作，消费者恐慌，经销商退货，商业部门强令停业，公安四处抓人。为了帮助政府平息事态，也为了个人人身安全，我以公司总监名义主动申请进了"号子"（这是我此生第二次被关押）。铁窗下，我终日呆坐，面对怎么也望不穿的死寂的牢壁。然而，我看到了企业技术与服务的落后、媒体的粗陋、消费者的盲目、商业渠道的浅视、竞争中的恶意、政府及所属部门动作变形的正义……文明的稀薄注定个人奋斗的不测。

夜幕降临，我把自己煽动得泪流满面。

从"号子"里出来，我回到海宁老家继续思考。没过多久，我那位香港舅舅又找来了，拉我去香港九龙塘拍电视广告，还是老一套：美女，移民，把公司交给我。我或许有些兴趣。但我干了六个月拍了三条广告便溜了。舅舅打通我的大哥大问为什么，我说您的三条广告有两条吹牛皮，他又骂我"粉肠"（蠢钝）。

1994年秋天，我回江城参加"支教"志愿者行动，去鄂西南西水之畔的一所普通中学担任语文教师，认识了彩霞和彩云姐妹俩。一学期的"支教"期满，我滞留在西水之畔等着彩霞高考。此间，我在村口开小杂货铺，去小镇医院做化验员，一边写一些故事投稿，日子像山里的阳光一样澄明。记得有一只小松鼠叫"阿欢"。彩霞上大学后，我应大学同学之邀，为江城电视台策划和主持财经节目，结识了一批企业家，经他们恩惠，做过半年洋酒代理和两年涂料厂厂长。又歇着时，北京的一个小胡子电影导演拿着我滞留鄂西南时发表的故事来找我，请我担任二分之一编剧，看在创作理念不俗的分上，我帮他熬了三个月的夜。再后来，我专心致志做咨询公司，渐有名声；母校江城大学的领导邀我做客座教授，稍有麻烦的是不晓得应该把我放到哪个学院，文学院、哲学学院和经管学院皆行皆不行，最后我替他排忧解难，去了政府管理系。

做咨询始于1997年。因为彩霞，因为我已是没有单位的人，因为不晓得做咨询能否挣钱，我去深圳注册千秋咨询公司之前，在江城东郊买了房子，又在老城区购置一间临街的民国旧宅，以解除生计的后顾之忧。这是让我自由的前提。而弃北投南舍近求远，是为了远离陈旧的政治，置身现代经济中心。几年来，千秋咨询90%以上客户在南方和沿海地区，85%的客户为民营企业。此种状况的内在原因跟千秋咨询的理念有关。千秋坚持以市场经济为前提，遵循现代企业的发展规律和管理逻辑，以打造核心竞争力和促进良性发展为企划原则；这种理念的解决之道显然是急功近利且热衷于政治资源或旁门左道的内地企业不以为然的，它们习惯在"特色"中发横财。在一次全国咨询业年会上，一位老兄大谈自己在内地做咨询的成功案例——譬如并购国企的操作中，指点客户用一幅齐白石的虾换取5个亿的价格优惠——我当场指出这不是咨询是教唆，是中国经济的罪人，气得该老兄拿起水杯向我砸来，我的左眼角至今还留有一颗米粒大小的印痕。然而，我在南方也有"丧家之犬"的经历：粤东"塑料大王"的儿子小王邀我做咨询，我针对该企业包装产品copy国际流行产品模型的现状，提出自主设计开发方案，结果惹得大王痛骂小王：你请来的是个什么巫医——老子现在的问题是怎么多抢钱，哪有闲工夫陪他玩虚头巴脑的！

"万治优选法"在成为人工智能"总统"或"雅典娜"之前，更像是一个从现实里跳进我脑子的呼唤。

有一次回江城，一位过去的政界同事约我吃饭聊天，我们去了我的那间"民国旧宅"。该宅的租户用它开了一家怀旧餐厅。我们坐在卡座间，老同事好奇地指向大厅一角：怎么有这么大一棵梧桐树长在屋子里？我告诉他：房子卖给我之前是银行闲置的物业，树不晓得是哪年长出来的，或许先有树，后搭建了房子的一部分；租户曾向我反映，树大招风，万一哪天遭遇风暴或雷击，突然折断，打塌房顶，会造成人员伤亡，我觉得的确是个隐患，找人来搭梯上树，打算一节一节地把树锯掉，结果被城管喊停了，为什么？保护绿色——我说以人为本呀，城管说保护绿色就是以人为本；我说这房子里的"绿色"有很大危险咧，城管说再大也大不过政策法规；我说怎么办，城管说文件上没讲怎么办——不办！朋友听了，哈哈大笑，震荡得那棵梧桐树瑟瑟直抖。

酌酒吃菜间，老同事就着话题给我讲行政荒唐：某国有棉纺厂连年亏损，职工拿不到工资，影响社会稳定，地方政府同意谁有钱发工资谁可以象征性花一块钱买下厂子；各地减少医院和学校的财政拨款,鼓励经营创收,医疗和教育"生意兴隆",老百姓天天开骂;国家强调促进民营中小企业发展,银行怕担风险,不敢给它们放贷,宁愿把钱贷给不盈利的国有企业,结果要活的活不下去、快死的也没救活;行政用人的民主程序搞得一本正经,最后还是靠人际关系搞定;腐败不反不行、反也不行,反不反?怎么反?老办法反得了吗?……最后老同事虱多不痒地笑叹:唉,大家不是看不到问题,不是没有解决问题的愿望,可有什么绝招?能有什么绝招?不同群体和个人的利益呀,信息和舆论不畅呀,体制机制呀,按下葫芦浮起瓢,谁都有责任谁都没责任——这要是遇到天灾、瘟疫和战争,一开始肯定稀汤泼水一败涂地——有时我甚至邪恶地希望来一场天灾或瘟疫或战争的洗礼,可是那样成本太大,而且我们也长不了记性,不久还会复辟!

我笑着逗他:近来是否心情不佳?他连忙摇头:不,心情蛮好,市委决定用我,我马上要去做区长啦。我跟他碰杯,祝他少干荒唐事。

朋友忽然眼睛一亮,对我说:你是咨询界名人,能不能邀你去我那个区担任顾问——以专业眼光为我们提供客观理性的建议案?

我立刻拒绝:这个做不来的,不符合现实。

后来,朋友起身走到那棵梧桐树下,歪着头拍打树干。我坐在原位看他,心想:一个区的客观理性的建议案固然重要,但关键是影响和保证正确方案得以实施的大局和全局啊!

我的明智不过是晓得什么做不来,但可能找到雅典娜。

月 光

走出"一切都在流淌"的那个夜晚,我站在旅店的窗前,仰望汉诺威上空的月亮。它还没有长满,很小,很薄,很亮,很轻,很宁静,像雅典娜的幼年,像一份心情离我并不遥远,我几乎能感到它的气息与脉搏。它就那么停泊在幽蓝的夜空,让我不愿舍弃。

世上只有这么一个月亮,我想到了亲爱的中国。

去年5月8日,北京时间上午五时左右,以美国为首的北约悍然使用三枚导弹袭击中国驻南斯拉夫联盟共和国大使馆,炸死3人,伤20余人,馆舍严重毁坏。即日,中华人民共和国政府发表声明,严厉谴责这一野蛮暴行,提出最强烈抗议,要求以美国为首的北约承担全部责任,表明中国政府保留采取进一步措施的权利。次日下午,国家副主席发表电视讲话，重申中国政府立场，肯定中国人民游行抗议的爱国热情，同时希望社会各界维护社会稳定秩序。5月12日，北京降半旗，向在轰炸中死亡的3名中国记者致哀。全国多地爆发大规模示威活动。

国家有难，匹夫有责。不用说，当时雅典娜项目组的7位同仁都在关注"使馆被炸"事件，而且频频通过电话交流意见，分析美国官方声称"误炸"背后的原因，探讨中国政府的最佳应对措施。有人写诗表达义愤，有人发表博文陈述观点，有人跟随学生上街抗议游行。可惜雅典娜的"万治优选法"还在孕育之初。

这件事之后，我们加快了研发雅典娜的步伐……我们越发感到要呵护我们这个国家和我们这个人类。

然而今年年初，我遭遇了志同而道不合的一对青年男女学人的当面挑衅。见面前，男的给我打电话，很客气，约我聊聊"优选法"，我问他是谁，他说他们是龚平教授的博士研究生。我有些诧异，因为龚平是雅典娜项目的法学与社会学专家，应该知道"缄默"的规矩；但既然龚兄泄露了雅典娜，我就得应对"聊聊"的要求。

次日，在深圳世界之窗附近的一家茶社，我见到了他们。二人一黑一白，男的穿黑西服，女的穿白毛衣。黑男主动与我握手，介绍白女和他自己，说今天的见面跟龚老师汇报了；我冲他们微笑，说知道，我也向龚老师汇报了。然后坐下来喝茶。

他们还没有提问，我先问他们：为什么不直接跟龚教授聊呢？白女缩头一笑：龚老师无意间让我们晓得"万治优选法"后，很生气，谁还敢惹呀？黑男补充：您是这个项目的首创者，跟您交流更直接。我又问：你们为什么对雅典娜感兴趣？黑男说：我们一直在做国家治理体系和治理能力的研究。我说：明白了，我们是同道啊。不料，白女十分犀利：孙老师，志同不一定道合。黑男就笑：我们是来学习、探讨的，而且不会泄露科研、技术和商业的秘密——这点您放心，我们是龚老师的学生。我便开玩笑：我当然放心，龚老师已投资近200万，从他那里泄密，他就亏大了。情况明确后，我开始讲"万治优选法"是个什么"法"。见二人掏出本子来记，怕他们记不赢，尽量慢些讲，用普通话，不时端起茶杯向他们示意一下，等他们喝了茶再讲。

突然，白女将嘴巴停在茶杯口：您这个东西不好使。

我以为她对技术感兴趣，便请教：为什么？

白女说：它无法获取所有信息，有些信息是不公开的。

我点点头：你说得对，但信息技术与人工智能正在快速发展，要不你举一个例子，让我们有针对性地讨论。

白女抠抠太阳穴，落下一根食指：比如，两国开战，谁会把秘密武器和战争方案发布在网上？

我冲着她的食指一笑：没错，这的确是"万治优选法"可能面临的问题，但它是智能机器人，具有整合信息的功能，它不会机械地仅凭现有或共享的资讯进行抉择和策划——那样它就是半个傻子，它的逻辑是首先汇总资讯，包括且不限于事件主体的目的、动机、判断、策略、性格、思维、能力等等，并对假的或不确定的资讯加以甄别，对存在而没有披露的情况加以推断，从而按科学方法计算出一个最佳方案或几个备用方案；需要指出的是，雅典娜虽然比所有人聪明，但仍然是为人服务的工具，使用它的人可以把"秘而不宣"的信息告诉它或输入给它，这样，它所掌握和利用的资讯只会比使用它的人更丰富更完整。

白女问：技术上有这种可能吗？

我回答：现在还不可能，但未来肯定可能，一切只有听从科技进步。我摊开双手，像现在的白痴一样笑了笑。

白女转过头去看黑男。

黑男眨眨眼，干咳一声：我有另一个问题——即便人工智能机器人达到设想的智能，也不能叫"万治优选法"和"总统"吧？

我明白他的敏感区域，连忙笑道：比方而已。

黑男摇摇头：这种比方不好。

我附和地点头：是，我们叫它雅典娜。

黑男又说：还有，这个东西虽然是一个科技产品，但客观上隐含了质疑和否定的主观意图。

我发现他有一种奇怪的深刻，赶紧批驳：不不，你这样说有点儿先意承志，事实上没有谁会忌惮和排斥科学方法。

黑男毕竟高瞻远瞩，仍然面带忧郁地歪了歪头：万一未来这个机器人通过自我学习成长到比谁都更有智慧呢？

我差点儿笑了——这岂不是天大的幸事？但我必须有恰当的理论帮助，我说：世界大同可以解释和安慰你吗？

黑男沉默一会儿：现在只是初级阶段咧。

我认为他的脑子短路，不免强硬而焦虑地质问：为了常说的"弯道超车",不在科学技术上探讨攻关行吗?

黑男看了我一眼,欲言又止。

我知道他想说什么,因为他"止"了,便胡乱快乐地大笑。

后来白女问我:您的目的是什么?

我答:我是人,做人不敢忘人忧啊。

白女不以为然地评价:您和您的同仁都是浪漫主义者。

我说:不,我们才是现实的,我们以历史和经历为证。

白女又要说话,黑男抢先说:关键是面对现实。

白女接着说:我们的研究只能面对现实。

我说:当然,你们也是必要的和迫切的。

黑男和白女同问:那你们呢?

我笑:人各有志。

他们也笑:是的是的。

至此,黑白二人意犹未尽地走了。不一会儿,龚平打来电话,问怎么样,我说,志同而道不合——但我们不要拖累年轻人——当然,他们也不应该绑架我们。但我忘了讲:年轻人的保守和敏感是不好的。

一个月后,某机构邀我出席一个经济论坛并发言,我答应了。没几天对方突然来电话,要我事先提交发言稿,我说我向来只用提纲,对方说这回您得有书面的全文,我表示这样很不习惯,对方解释——不是针对您一个人。我无语,之后照办。

世界变得幽默后个人往往无法幽默……

有一次回到江城休假,我感到无聊,突然让妻子彩霞配合我把全部房产过户到她的名下。彩霞拿手摸我的头:你没有发烧呀?我尽量平淡地笑,说是担心公司破产。彩霞不信:公司靠智力做咨询业务,又没有建楼房开工厂,破产也不至于赔钱——遇到什么事情了?我抱住天真的彩霞,逗她:我要表达对你的无限热爱不行吗?彩霞仰头看我:你不会是学贪官转移财产吧?我不由扑哧:傻瓜,我们连贪污受贿的身份都没有,怎么可能呢?最后彩霞跟以往一样,但凡我坚持,虽有疑惑,也照我说的办——同意申报房产过户。

当晚月满花园,我与彩霞牵手坐在篱墙边的石凳上。彩霞看我,我看天上的半个月亮。彩霞问:想什么呢?我从月亮那里收回目光:信任我对你的感情吗?彩霞点头。我便一笑:现在如果我和你假离婚,会不会弄假成真?彩霞扬手轻打我的脸颊:胡说什么呀!手随之歇在我脸上抚摸。我愣了一会儿，拿着她的手说：亲爱的老婆，如果我俩还是法定夫妻，即使财产转移到你名下，也是没有意义的。她陡然瞪着我：你什么意思？无奈之下，我含糊地说：我想自由点儿，你和两个孩子是我的天，我不能让天塌下来……但我俩是永恒的。彩霞默然无语，许久后垂下头，喃喃地说：如果，你觉得这样心里才踏实，那就听你的吧。

幽明中，我俩相拥在一起，直到彩霞连连抚拍我的肩背，我才发现我的眼泪打湿了她的脖子。她突然用力搂着我，将头落入我的怀里，对我说：我知道你一生的奋斗都跟她有关——我不嫉妒。她的声音轻微而清晰，仿佛经过了月光的过滤。我明白她说的"她"是指刘虹女……这个事实让我大吃一惊。

回到家里，彩霞进了卧房出来，把两本结婚证放到茶几上，我看着她连连摇头。她问：咋呢？我说：我宁愿让你陪着我。她的泪珠哗哗地奔涌而出……这便是我的千禧。

案　例

我还在德国。这天上午，我们七人坐在汉诺威的街边酒吧畅饮黑啤，钱夏又打来电话，我起身离座，不管三七二十一地回道：钱大老板你别催了，7月上旬，哪怕天塌下来，我也跟你和老赵一起去南平。但钱夏说他不是来催促我的。

他想跟我聊聊。最近他约老赵吃过一次凯旋大厦的旋转餐厅，老赵为了解决大湖县的"三农"问题，拉他去大湖县投资开发大湖；原本他是看好大湖的，打算买下来做休闲养生旅游，但年初得知老赵去大湖做了县委书记，不想腐败他，影响他的仕途；现在，老赵居然说，只要他去投资，不用行贿也给他最大优惠，倒让人心生疑惑，老赵这是放长线钓大鱼，还是真的一心为民呢？他很犹豫，不知怎么帮老赵。又说，如果他去投资，希望我能担任这个项目的咨询顾问。

我笑他：嘀，十七年不见，一见就狼狈为奸咧。

钱夏没笑：是啊，按照惯例还真有这个可能。

突然，钱夏说你等等，在电话那头问：章秘书有啥事？隐约听到对方报告：会议室那边等着您给实习生讲话。钱夏说：知道了。转过来招呼我：喂，我得去开会，大湖的事帮忙想想。

挂断电话，我看看手表，按德国夏时制推算，现在北京时间是下午五点，离下班还有半小时。上次，钱夏说过小虹女去华夏集团应聘打暑期工，江城大学可能已经放假了，实习生中有小虹女吗？至于钱夏是否投资大湖，我当然感兴趣：老赵是政治，钱夏是经济，二者是"万治"之重。我在遥远的德国向着东方笑了笑：原来他俩一直在互掐！

回到酒桌边，我对"万治优选法"的同仁们说：我的朋友遇到一个投资方面的新问题，不晓得怎么办，大家帮他做个"优选"吧。然后我把钱夏的情况简述一遍，特别提示了钱夏与老赵的关系。

心理学家白坦是我们中唯一的女性，眼里时刻闪烁洞彻人心的光亮，而且有一副操切的菩萨心肠，所以率先发言：我认为这个钱夏不去大湖投资为好，自己人腐败自己人，今后会尴尬和良心不安——生存不是问题后，再大的经济利益也抵不上再小的精神损伤。

法学家龚平习惯性地歪了歪大鼻子：难道此人有行贿斯德哥尔摩综合征吗？他完全可以不腐败人家呀？人家不是已经表明了态度？

白坦锐利地回道：龚兄单纯——投资是生意，做生意追求利益最大化，"优惠"哪来底线的？

经济学家马克摇晃葫芦脑袋：不不，二位纠结的只是枝节，问题的关键在于，"三农"应不应该用这类投资项目来抢救；具体说吧，投资大湖的项目能给大湖县带来经济效益，可以间接减轻当地农民负担，但这只是缓解了一个县的"三农"问题，全国呢？是不是全国都得这么搞？如果全国学大湖搞项目抢救，大批投资项目因同质化带来产品过剩，最终效益不佳，多数还是会死掉；说到底，应当有效保护包括人、土地和技术在内的农业资源，实现农业可持续发展；现在的问题是宏观经济策略失衡，需要及时调整优化相关政策，如果一味搞项目抢救，只会不断延缓有效宏观政策的出台，把"三农"问题拖成慢性病。

问题突然严峻起来，众人陷入沉思。

数学家华景推了推眼镜，指出：实际的可能性显然并不是这么简单的，在宏观政策尚未出台之时，局部缓解措施毕竟也减轻了灾难，如果因此"掩盖症状"和"延缓"解决问题，那不过是非理性与非道义的表现；关键在于能否以整体性价比最优为前提，精准计算采用"延缓措施"的规模、布局以及实施"强行解决"政策（调整宏观）的时间节点与实施力度——这才是科学的抉择与治理。

哲学与人类学专家叶苏笑笑：时间不会行走两遍，真实的现实从来不符合当世人的理想，未来对现在的任何选择都不会绝对满意；此外，我提出一个前提性问题——农业永远需要那么多的人吗？说完便微笑着叼上烟，掂了掂手中新买的保时捷打火机，起身离座。

计算机专家周通掉头看我：孙先生什么意见？

我说：没别的出路——抓紧开发"万治优选法"。

第五章　遗址之谜

南　师

2000年3月30日下午,家里安装了电话座机,首先想到给女儿小虹女打电话。电话打到桂苑宿舍楼的门卫室,门卫师傅去叫人,等了一会儿,听到那头传来奔跑的脚步,话筒就响了,我喊虹儿,小虹女即刻叫唤爸爸。我告诉她,爸爸没什么事,是家里安装了电话。小虹女欢呼太好了太好了。我向她报电话号码,问她记住没有,她说记住了,我让她重复一遍,她念给我听,对的。

然后我们父女俩不停地说话。小虹女问爸爸好吗妈妈好吗妹妹听话吗,我告诉她爸爸很好妈妈很好妹妹已经会写英文单词sister了。又问她在学校怎么样,小虹女说,爸爸放心,我吃得饱睡得香学习顺利一切都挺好的,而且江大的樱花今年开得特别漂亮,前两天学校举办千禧庆典,来了好多杰出校友和知名校友,下午,嘉宾在希声大礼堂观赏文艺表演,压轴节目是我演奏的钢琴曲《欢乐颂》呢。

我听着,开心地回应:好啊好啊!

可是小虹女突然说:对了,昨天上午,有人来桂苑找我,我认出他是家中那张老照片里的孙秋叔叔,叫他叔叔了,但他听说我是您的女儿很吃惊——爸,你说过,孙叔叔是你大学时最好的同学,你还记得吗?我不由慌乱起来,哦哦地敷衍。

放下电话,我仰靠在客厅的沙发上,茫然瞪着眼睛。孙秋!他的出现犹如一颗石子打在我心中早已平静的湖面,纵然湖水安泰渊泓,毕竟漾起了一圈圈涟漪。这是必然的。因为孙秋,还有老赵和钱夏，他们都是从这里——此时我所在的这里——逃走的！十七年，我判定，他们唯有命令自己遗忘南平才能奔走四方，或者只有一直马不停蹄方可真正地忘记；而我，守在原地怂恿自己告别他们并且果然日益淡忘了他们；他们的遗忘与我的淡忘反向而行，而今彼此已是互不相干的局面。然而，越是刻意制造的局面，越容易被打破，毕竟掩耳无法盗铃。孙秋去桂苑寻找小虹女，一定是之前看过小虹女的钢琴演奏。那么，孙秋跟老赵和钱夏有联系吗？按理，老赵和钱夏不可能不成为这个时代的成功人士，应当也是参加江大千禧庆典的"杰出"或"知名"校友。他们一旦相见或彼此建立联系，会否说起小虹女、说起我、说起南平、说起南师、说起刘虹女？当然也无所谓，那是他们的事。他们于我，横亘着十七年，不过是记忆中的旧友，别的事已用不着深究了。

可是，我摇头苦笑，起身走向书房时，脚步还是顿了顿：预感到孙秋他们很快就会找到南平来！

十七年前，他们的逃离和我的留守是同时做出的选择。我的选择至少可以证明一点：过去，我们四人追求刘虹女，虽然我可能是最没有竞争力或最不被刘虹女看好的那一个，但我敢于跟他们竞争也是不无理由和底气的。诚然，实现这个选择几经周折，幸亏再也做不成情敌的他们给予同情和帮助，我才最终调来南平师范学校；而且，由于留有刘虹女遗物的夹皮沟北街东端的宿舍空置了，我得以入住其间并替她守护着。现在，夹皮沟已不复存在，取而代之的是一排7层楼房，我们一家四口住在东1单元1楼101室，位置正是从前刘虹女那间房子的遗址。

我一直生活在这里。

生活总在变化着。不单是校园、校园建筑、家庭住房、房子内部的装置、客厅的电视电话，主要是人——现在，爱女小虹女念大学了，小虹女的妹妹小霞儿也上了小学，妻子刘英俊已胖成银盘大脸，我开始脱发长福肚。一切都在不知不觉之中，只是偶尔为事实惊诧，犹如庄稼人的喜悦，以为是播种的收获……我喜欢坐在书房临窗的位置，望着楼外那棵参天梧桐——我已望了十七年；而它，一直安然地兀立在那儿，也看着我，看着岁月变得丰满、粗壮和枝繁叶茂。

梧桐的半腰有一根肥大的虬枝，很像我的妻子刘英俊，因为她是一个胖胖的跛子。十年前的一个早晨，她牵着小虹女去南师附小上学，出南师大门横过街道时，一辆卡车朝斑马线冲来，她一把将小虹女推开，自己倒在了血泊之中……从此落下左腿残疾。

但是这根虬枝绿意盎然。记得当时她从医院的病床上醒来，嘴里呻吟的第一句话是——虹儿怎么样？当她得知自己左腿的伤情后，一度终日以泪洗面，但只要听说小虹女来看她，便连忙双袖揩泪，揩出灿烂的笑脸……有一天，小虹女对她说：妈，等我长得跟您一样高了，我要去找最好的医生，帮您换一条腿给您。她大吃一惊，猛地将小虹女拉进怀里，号啕大哭，一边喊着：傻丫头，你的腿不就是妈的腿吗？妈怎么会让你换的呢？小虹女嘟哝：妈妈每天都要为我和爸爸做事咧！她抓着小虹女的小肩膀推开去，撇嘴一笑：不，什么都没有我闺女的漂亮重要！小虹女哭了……这孩子打小懂事，重感情。

后来，妻子刘英俊常年喝中药汤，苗条的身材渐渐肥胖，不久又查出患有高血压。从此，每天晚餐后，女儿小虹女开始写作业，我不再独自去校园散步，而是挽着妻子一起出门。有一次，她忧伤地对我说：李老师，真对不起，我又病又丑了。我抱着她摇头，暗暗决定永不中止陪她散步。其实，有她在我身边，我更能确切地感觉校园的空气中浮动着往日的芳香。这么多年过去，这就是我们的生活。

1997年，学校要拆除夹皮沟盖宿舍楼，给住户在校内外安排临时住所，刘英俊选择了别人都不愿去的琴房。星期天搬家，妻子带小霞儿去琴房做清洁，我和小虹女在家中负责打包搬运。突然，小虹女拿着一张老照片喊：爸，这是你"恰同学少年"的照片！我顿时一惊，赶紧扭头去看，果然是当年在希声大礼堂演完话剧《虹女》后的那张五人合影（一直被我小心存放着），不由紧张地问：哪里找到的？小虹女奇怪地看我：一本旧书里掉下来的呀。我立刻嘻嘻地笑：是我藏的，别让你妈看见。其实，把照片夹在书中一直是我和她妈针对她的隐匿。小虹女马上严肃地说：爸，你可不能对我妈有二心呀！我只好咋呒：知道的，这不是要封存嘛。但小虹女是个机灵鬼，看着照片上的刘虹女赞道：这个阿姨真漂亮，跟我妈没发胖的时候很像。我说：是呀，漂亮的人长得都一样，今后你也会这么漂亮的。小虹女接着问照片上每个陌生人的名字，问到刘虹女，我说跟你同名同姓，她惊呼：怎么会呢？我说：为了纪念呀！她问：纪念什么？我笑笑：不是纪念人，是我们一起演过话剧《虹女》。她似乎勉强明白，一边自言自语：今后我也要演话剧。我不跟她说了，扛起包裹出门，心想，那就让小虹女先学钢琴吧。

住在琴房的最大好处是琴房里留有一部钢琴。我们请学校的音乐老师教小虹女练琴。每天傍晚,我陪妻子去校园的操场散步,听着琴房里传出的琴声。妻子说:虹儿喜欢音乐,又有天分,真像当年的刘(虹女)老师。我单是听着,一言不发。后来妻子提醒我:虹儿上学早,跳过级,现在读高二,是不是提醒她多在文化课方面下功夫?我抬头向琴房望去,望过一阵,拍拍妻子的肩:孩子知道的。

夹皮沟的楼房封顶时,学校开始分房。我是老资格的名师,分房的"积分"很高,吴校长让我先挑最好的三楼或四楼,我说:妻子腿脚不便,爬楼吃力,而且夹皮沟东头一带的路走熟了,就选东端1单元1楼的101室吧。有一天,我接小虹女放学回家,半路碰上吴校长,吴校长拦住我说:房子分了是要优惠卖给个人变为私产的,要不再挑一挑?我摇头,对吴校长说:我知道,但一楼适合我家,而且价钱更便宜,我还可以少借一点儿债。房子就这么定了。

去年小虹女高考前,我们一家人住进新房。小虹女离家去上大学的那天,妻子刘英俊在客厅里抱着女儿傻哭。本来我已给了女儿学费和生活费,她又往女儿荷包里塞了一个装钱的信封,说穷家富路,备着。可我们送小虹女到车站,车一开动,小虹女却从窗口把信封袋丢给她妈,扬起手来喊:爸、妈,你们不急,等我毕业了帮家里还债。

接着小霞儿上了小学,开始每天晚餐后趴在桌上写作业。我和刘英俊照例去校园散步。有段时间,新房子让她心里不安:一是"夹皮沟遗址",二是她的跛。我解释:事情不光是怀旧,让你方便才是我的现实主义咧;还有,我过去的那些哥们儿,迟早会来看我,住在老地方,容易找呀。刘英俊淡然地笑,说唱一首歌给我听,就哼起《年轻的朋友来相会》。在她心里,生活的种种缘由早已含糊不清。

车 票

其实我也很纠结:忽然特别期待孙秋他们仨来南平见我。没别的意思,是替他们担心,担心他们对小虹女的身世也无动于衷,如果那样,他们将在我心目中彻底死去。

时间已过去三个月,他们为什么还没有来呢?

小虹女既不是我和妻子刘英俊所生,也不是我和别的女人或者妻子和别的男人所生。当年,可能有极少的人听到过我们突然间有一个女儿的风言,但谁也不知就里,而有限的猜测和想象远不如真相奇异，所以事情也不值得广泛而持久地传说。之后，十七年世事流走，没有人挂记他人的旧闻，社会上大大小小的消息转眼都被时间掩埋，一切只在与之密切相关的我和妻子之间成为秘密。

没错，老赵、钱夏和孙秋跟小虹女没什么直接关系，但他们三人与我、与"刘虹女"这个名字有关呀！他们分分钟就能想到：而今小虹女念大学快一年了，即便十六岁上大学，今年也有十七岁——十七年前，他们和我可是在一起的！他们对这个小"刘虹女"一点儿也不好奇？

或许，他们就要来了？

我应该考虑如何回应他们的盘问。

1983年，十七年前，我搬进夹皮沟东端那间房子后的第一个冬夜，室外漫舞的大雪镇不住呼啸的狂风，雪花打在窗上沙沙作响。

事情来临时并无征兆。室内亮着一只25瓦的灯泡，宁静停泊在昏黄的灯光下。我生燃炉中的蜂窝煤，搁上水壶，将窗户推开一指宽的缝隙，开始清理房间。主要是刘虹女的"遗物"。我搬来时，本来将刘虹女的全部散物装在两只大纸箱里，封了口，码在床头的墙角；可下雪前连天阴雨，墙壁渗水，泅湿了纸箱；我只好把那些物品全都拿出来晾干，买回新纸箱，再次装箱封口。所有晾着的物品捡进了纸箱，书桌上还剩一本大开本的蓝皮笔记本，我拿起来，很想打开看看，了解一下刘虹女对生活，特别是对出走的记录，但心头一顿，觉得不妥——因为我来到南师并住进这间房子，是等待刘虹女奇迹般回来的——她无论在或者不在，我都不能动她的隐私，于是将笔记本放进装书的箱子，封住箱口，用麻绳捆成十字。床头离墙壁有一米多的空间，我靠着床头铺垫三层红砖，搁一面木板，然后码上两只大纸箱和皮箱，纸箱便不再接触墙壁了。这时，煤炉上的水壶咕咕直响，我拎起壶，把水灌进开水瓶，再从水桶里舀水装满水壶，放回煤炉。

时间还不到半夜十二点，我坐在书桌前翻开备课本，打算把明天上课要用的教案温一遍。

突然，门外发出一声"呜哇"——是婴儿的啼哭！

我激灵着起身，大声喊道：谁？冲过去拉开房门。

原来，房门口歇了一只敞开的塑料旅行袋，袋中放着一个包在褟裸里的婴儿！我冲到房檐外，朝夹皮沟西面接连喊叫：哎，谁把孩子放在这里？微光中，密集的雪花寂然纷涌，没有回应；倒是婴儿听见我的喊声，越发"呜哇"起来。我只好转回身，赶紧将这婴儿提进室内，关上门，隔住外面的寒气。接着，我俯身抱起孩子，发现袋中放有一包奶粉和一个带奶嘴的玻璃瓶，便把孩子放到床上，忙着冲奶粉。奶水冲好，太烫，只好从奶瓶倒进一只大碗，端到室外的寒冷中摇荡。后来，婴儿咬上奶嘴，停止啼哭，等到奶水吸去一多半，竟安然地睡着。

我长舒一口气，不计后果地笑了。

可是，我好奇地观赏着这位小小的不速之客，为她（他）解开襁褓时，看见她（他）粉色的绒衣上搁着一张纸片，上面写着：

虹女小妹：

　　这孩子是我生的，可她应该是你的。为什么？纵然你置身事外，但以你的聪慧以及对我与他的了解，不会不知道个中缘由。现在我不得不求助你——请你接收这个孩子。作为母亲，我本该承担抚养义务，但这孩子是插在我心上的一把刀，如不拔出，我的心每天都会流血……这情形你无法理解，我也无法诉说。我没有别的出路。最丑陋的想法是，把孩子交给你我放心。孩子是一个女孩，还没取名。一切拜托！请不要来找我，你找不到我了。我很快要出国。为了孩子的今后，原谅我不落姓名，也请销毁这封信。

我呆住了：原本每天做着刘虹女突然回来的白日梦，怎么就眼睁睁收到一个不知是谁交给不知去向的刘虹女抚养的婴儿！

但又莫名地惊喜，几乎想都没想，就将我来南师上班的第一天9月1日定为这个婴儿的出生日，给她取名"刘虹女"。

第二天大清早，我敲开吴校长家的门，告诉他我昨晚在宿舍门外捡到一个婴儿，但今天上午要上课，请校长夫人帮忙照看一下——我会马上给广东老家发电报，让母亲来帮助我抚养这个孩子。但我没有透露孩子的来历。而且，我希望吴校长对我收养孩子一事保密。吴校长答应派夫人帮我，却说：有政府，这孩子你不必收养的呀。我一时无措，情急之下平生第一次撒了谎：因为，我，可能是生不了孩子的。吴校长的脸色顿时肃然，出于同情，表示一定永远保密。

接下来的几天，轮到我有课，都是校长夫人来帮忙照看小虹女。第四天，我去南平长途汽车站迎接母亲，见到父亲跟在母亲身边，两人都诧异地看我，父亲说：你电报上写着"急事母亲速来照料"——

我们还以为你生病了。回学校的路上,我把捡到小虹女的事告诉他们,没法详说收养孩子的原由。父亲暴怒,大骂:太番薯,你喜欢小孩子不会找个老婆自己生?捡来的交给公家嘛!一边拉扯母亲回去,幸好母亲抓着我的手未放。母亲信佛,行善,说:既然阿栋(冬)跟这孩子有父女缘分,就成全他吧。父亲向来脱不开母亲,见母亲这样的态度,不想一个人回去路途寂寞,便随了母亲来到南师宿舍。母亲进屋抱起小虹女,即刻喜欢,说五官跟她的阿栋很像,长大了准是个靓妹,就喊:她爷爷,来看哟!父亲站在门外,嘟着嘴,冷得清鼻涕直流,不应声,我把他扶进屋里。之后,母亲每天跟小虹女啊哦额,父亲干坐无趣,终于有一天,趁母亲冲奶粉时,晃到床边,抱起了"小孙女"。半个月不到,父亲主动对母亲说:北方冬天太冷,干脆把孩子带回梅州去养,也让阿栋(冬)安心上课。我把父亲母亲和小虹女送到车站,送上了车。

这年寒假,我的学生刘英俊主动提出跟我好,我也是喜欢她的,但我带她去校外的雪地散步,对她说:跟我好,未结婚就要当妈咧。她也不问怎么回事,点头同意。既然她对我这么用情,我便给她讲明小虹女的来历,希望她不要嫉妒曾经给她上过课的刘虹女老师,把孩子视为己出。她倒说:因为这孩子跟刘老师的关系,我只会更加喜欢。于是我们决定:一起去梅州看小虹女。

出发前,刘英俊买来许多婴儿和老人的食品,我找出那个装过小虹女的塑料旅行袋,让她装上。之后我去了一趟办公室。回来时看见桌上放着一张剪过的火车票,问哪儿来的,刘英俊说在旅行袋的夹缝里,我赶紧拿起来看,票面显示:上海至江城——日期正是小虹女在门外啼哭的那天。我兴奋地大呼:啊,我知道小虹女的生母在哪里了!刘英俊诧然愣住:怎么呢,难道你想把孩子送回去?我连连摇头:不不,不是这个意思。但暂时没说通过小虹女生母打探刘虹女下落的想法,只道:总得知道一点儿小虹女的来历嘛。刘英俊说:也是。

第二天,刘英俊在我的老家梅州抱着了小虹女。

翌年夏天,我与刘英俊结婚,小虹女回到南平。

我们是去上海旅行结婚的。从这一年起,每年9月1日,我都通过上海S报的罗编辑,在报上刊发一条内容相同的"寻人启事":

> 小刘虹女生母:我不知道小虹女的生日,把今天作为她的生日。我不是刘虹女,但小虹女是我收到的,现在她已

是我的亲女儿。我找您没有麻烦，只想打听一件事。联系人李冬。地址和单位没变。请回信！

可是，十六年寻人没有音讯。今年是2000年，9月1日还没有到。

最初的许多年，刘英俊一直暗暗忧虑和期待：如果小虹女就是刘虹女老师送来考验李冬的呢？我也期待如此，可没法相信。是时间的流走抹去了她的忧虑与期待以及我的期待与不信。

令人沮丧的是，我跟老校长说过的"我可能生不了孩子"的谎言差点儿一语成谶：从1984年至1992年的九年间，无论我怎么满怀感恩的激情，刘英俊的肚子就是没有动静。直到1993年春天，小虹女说：妈妈，我想要一个妹妹。刘英俊扑哧一笑，不久便怀上了……我给小虹女的妹妹取名小霞儿，虹与霞的意思。

"岳母"

孙秋他们还没有来，不堪等待的刘虹女的母亲突然去世。

6月30日上午，我下课回到办公室，邮差送来宜城市教育局老干部科发给我的电文：您的岳母王昭虹同志凌晨逝世。拿着电报，我心绪万端地叹息：啊，老人家就这么走了！

回家把电报给妻子刘英俊看，准备告诉她——我得最后一次冒充王昭虹老师的女婿。她看了，没等我说话，即刻催促：快去啊！我赶到车站买好票，等在候车室，忽然听见刘英俊喊我，掉头看，她一歪一颤地奔到面前，将一个女式的大红钱包塞给我，说拿着备用，转身离去，肥胖的身影在人流里跳着摇摆的舞蹈。十七年，她一直在配合我演戏，但我知道她的心里的委屈和别扭都在这摇摆之中。

我又坐上了去宜城的长途客车。这可能是最后的一次。过去每年的暑假和寒假，我都在南平与宜城之间往返两趟，一般天亮出发，中午之前到达。这一次是中午，天黑才能赶到。

坦率说，王昭虹老师的去世于我，并没有引起普通的悲痛。可是我的忧伤独一无二。1984年，放暑假了，消失一年的刘虹女还没回来，尽管我心里依然抱有幻想，又或许感到这幻想越来越渺茫，我不得不代表刘虹女对她世上唯一的亲人——母亲——做点儿什么。想法很快得到实施跟孙秋有关。当年，我们四人分头寻找刘虹女，是孙秋前往宜城找到了刘虹女母亲王昭虹老师的所在单位和住址。不过孙秋也给我后来的行动制造了麻烦，因为他当时在王昭虹老师面前表现得过于殷切，让老人家对他产生了先入为主的印象。但问题也不大，我很容易地找到了解决办法：先以刘虹女名义给王昭虹老师写了一封信，在信中表达其他意思的同时顺便言及孙秋和我，透露她在这两个追求者之间倾向我的态度。伪造技术对于学中文的我来说也没有什么困难：无非是准确把握王昭虹老师与刘虹女母女情感不睦的特殊关系，而这方面既有孙秋当年调查获悉的情况用作参考，也有我对刘虹女性格的了解作为遵循；至于刘虹女的笔迹，不用拆开纸箱翻看刘虹女的日记，把她搁在南师英语组办公室的教案找来，临摹"永字八法"即可；何况，王昭虹老师对刘虹女笔迹的印象还停留在早年。我很快便以刘虹女的名义给王昭虹老师写了信。而今，我仍然记得那封信的两个关键意思——

其一：

……我无法改变过去，无法改变对事物的基本看法，无法改变你我之间的情感现状，也无法改变你生养我的事实；我不会"不及黄泉不相见"，但我目前还跨不过捍卫父亲的心理门槛。与其难堪，不如不见。给我一点时间。我会努力学习工作，沿着父亲的人生路径走下去，你不必担心过问，无大事不相扰。也请你自己料理好生活，每天过得自在安宁……

其二：

……时代不同了，我的同学和朋友都是品格高尚的人；但他们毕竟不了解你和我父亲的往事，他们甚至以为我过于偏执和不孝，要代表我去慰问你；去年去宜城看你的孙秋大概是最为热情的一个，今年李冬会去——他希望以后每年都由他去，我未置可否，但很感激……也好，有他代替我，也可以让你看到人间尚存的挚爱……

这封信发出一个星期之后，我去到宜城，在教育局（当年称"教委"）职工宿舍大院叩响了一扇老式的酱色木门。门是王昭虹老师打开的。家里只有她一个人。那时她五十岁上下，过于憔悴，但白净，透着刘虹女的影子。我问候王阿姨好，她回我小孙（秋）好。我说我叫李冬，她哦哦两声，说晓得晓得。我将一袋糕点放到客厅的餐桌上，她十分严肃地批评：你这孩子，来了就好，买什么东西，自家人，俗气！我觉得她已然不像传说中的王昭虹老师。然后，她招呼我坐下，我环顾室内，问有没有什么事情让我做，她连说没有没有。但是，我看见厨房门外歇着一只煤气罐，起身过去摇了摇，发现空着，说我去灌吧。她迟疑一下，说也行，这次就省得门卫师傅帮忙了。

我扛着煤气罐回来，她蹲在厨房的地上杀一条鱼，听到动静，连忙丢下菜刀，过来帮我从肩上卸下罐子，见我满头大汗，又焦急地喊：快快，去擦把脸，客厅的椅背上有条干净毛巾。中午吃饭，她坐在餐桌对面，看我喝鱼汤，我说真好喝，她眼角的皱纹里满是明亮的笑。我试探着说：阿姨，虹女是您和叔叔教育长大的，她有高尚的精神洁癖，但也难免走点儿极端，您就理解她，原谅她吧。她保持着微笑，点点头：是，只要她好，我不用她操心的。我说谢谢您，请她吃饭，她笑着点头，拿起碗筷。然后我一边喝汤，一边编造刘虹女学习好、工作好、生活好的新鲜事儿……她听着，停住筷子，嘴唇上粘着一粒米。

吃过午饭，我帮忙收拾洗刷了餐具，向她告别，她看着我，不知如何是好。我出门下楼梯，她急忙喊："小孙"你等等！拿着一只小巧的印花铁盒追出来，递给我，说：这是虹女小时候最爱吃的糖果，你带给她！我赶紧接住，没有纠正她的"小孙"。

十七年，我在王昭虹老师面前的演出分三段剧情：第一段，初期的七年，我与刘虹女处于恋爱状态；第二段，自1990年起的七年，我与刘虹女结婚了，但刘虹女坚持四十岁之前不要小孩；第三段，1997年起到现在，刘虹女出国留学，我在南师等她回来。三段剧情编起来容易，演起来很难。恋爱时期，王昭虹老师每次都催促我与刘虹女早点儿结婚，我用完了所有搪塞的借口，只好跟她老人家开玩笑说：您只要能坚持在一年之内不叫我"小孙"，我们一定结婚。结果，她自己老是犯错，把我的婚期推迟了两年。"结婚"四年没有孩子，王昭虹老师坚信任何不要孩子的理由都是不成立的；到了第六年，我被迫向她"坦白"：可能是我的生理问题。这下可好，再去宜城看望她，她就送给我一大包中药丸子。刘虹女"去美国留学"后，王昭虹老师改变了态度，严厉地对我讲：你不要来看我，应该去美国的……我不是对虹女不放心,是现在世道不好,我不放心你!……我的天啊!

可是,今年的暑期还没有到来,王昭虹老师猝然离世……本来早已习惯在她面前做女婿的我,这次,只能在她老人家的同事、邻居以及与她毫不相干的围观者面前扮演她的女婿了。

街面掌灯时分,我终于赶到宜城市教育局职工宿舍大院的门口。匆匆去门卫室问询,门卫师傅认出了我,让我等等,他先打个电话。一会儿,一辆白色富康车在门外刹住,一个秃顶的中年男子下车过来,介绍自己是教育局老干部科的田科长,说电报是他发给我的,天气太热,王老师的遗体已送至殡仪馆,让我跟他上车。

去殡仪馆的路上,我问田科长是否知道我岳母怎么走的,田科长默然不语,从上衣口袋里掏出一张折叠的纸笺递给我,随手打开车内的照明灯。我展开那张纸,上面写着:

遗　嘱

我女儿女婿对我很好,组织上对我很好,职工宿舍大院的邻居也对我很好,但我不想长久住在医院,不想拖累组织和邻居,不想影响女儿女婿的生活工作……我是吃安眠药走的。我名下的一间房屋以及房屋内的全部物品、三万七千元存款(扣除安葬费用后),全由我女婿李冬代表女儿刘虹女继承。

我的双手禁不住颤抖。田科长又从车盒里拿出两根串联在一起的钥匙,放到遗嘱上,我顿时哇的一声号哭起来。

待我平静后,田科长向我交代:局里准备明天上午办一个小型追悼会,并负责安葬;发电报给你,倒没有具体操办的事,因为你是王昭虹老师的女婿,你夫人在美国赶不回来,安葬那天你得负责抱遗像、端骨灰盒;另外,追悼会上要发一个言……你也可以向局里提出合理的要求。我不停地点头,泪珠一串一串地洒落。田科长看着前方开车,也不管我是否回应,只问:有什么要求吗?我说:没有。沉默一会儿,他说:哦,你还没吃晚饭吧?我说:不饿。

晚上,在殡仪馆遗体陈放间,我独自坐在王昭虹老师身边,伸出一只手搭在她冰冷僵硬的手背上。灯光青白,老人家是那样枯黄干瘦,仿若一个剩余的轻微的灵魂停浮在这个方正房间里的某种化学药物的气息之上。我看着她的这一生:很久的从前有过蝴蝶歇在花朵上的爱情,可世道无常,那轻盈的美好旋即被恬不知耻的政治捉弄;直到生命与政治无关的这十七年,方才澄出人生的清亮与生意……我想到了一个假设和若干个假设……禁不住叫唤一声:阿姨!

发　现

翌日上午,我怀着复杂的悲戚维持了追悼会上应有的情绪。下葬在正午之前。我抱着王昭虹老师的骨灰盒,随工作人员一起,送她老人家去宜城西山的陵园落墓为安;然后,带着她的遗像、遗嘱和钥匙回到教育局职工宿舍大院,打开邻居们公认的属于我的岳母的家门。

房间里没有了王昭虹老师,安静得可以听到来自时光之外的嗡嗡细响。窗户关闭着,陈旧的米色印花窗帘透进微薄的光,仿如阴阳两界的过渡。我在房门口站立一会儿,拉亮电灯,将遗像端正地放在对面的茶柜上,移步探视室内遗留的景象:客厅的家什摆放规整,电视机套着枣色灯芯绒罩衣,四把木椅紧偎一张方桌;厨房十分窄小,一灶台、一冰箱、一碗柜,灶台上倚墙斜立着发亮的砧板和菜刀,别无杂物;拉开冰箱,里面空荡洁净;检查煤气罐的阀门,开关拧得不能再拧了;去卫生间,见到大小两个叠放的塑料盆和一只矮凳,洗漱台上方的椭圆镜里映出我的半张脸,恓惶的表情;她老人家的卧室里,一柜、一椅、一木床,床上的被子叠在一起,搭盖了白布单……最后,我来到另一间闲置的卧室,状况如旧,空桌,空床,关闭的棕色立柜,一切仍在等待女儿——可王昭虹老师已去西山永眠,不会回来继续等待了!

我在这间闲置卧室的空床上坐下。

有一年夏天,我来看望王昭虹老师,她要跟我说很多的话,不让我当日返回,安置我在这张床上住过一宿。以后,每次来,吃完午饭,她总是强令我在这张床上睡了午觉再走。我躺下,她也回到自己的卧室去睡一会儿。其实,她一直惦记着时间,没有安心入睡,等到下午两点四十五分,便准时来敲门,喊我起床洗脸,催我出门去车站……我明白她老人家的心情,从来都照着她的意思做。

现在,想到王昭虹老师再也不会来安置和照顾她的"女婿",我的眼泪禁不住扑簌而下……空床上的用品都搁在面前的立柜里，我起身去拉开门，伸手触摸，泪水模糊了视线，胡乱地擦擦眼睛，方才看见整齐堆码的棉被、垫单和枕头。我许久站在立柜前。突然，我的目光被柜中上层的一件异物吸引——那是一个一尺见方的红色小木箱，挂着一把黄铜锁，我记起王昭虹老师留给我的钥匙串上有一把铜钥匙，便伸手取下小木箱，拿到空床上去。

打开小木箱，一样一样地取出里面的物件：一只石榴状的玻璃瓶（内装一串项链和一枚老式金戒指）、一张银行卡、一个身份证、一本房产证和一本土地使用证、一捆信件、一册彩封相簿。不用说，这些都是王昭虹老师嘱我代表刘虹女继承的遗产。我把这些物件整齐地摆放在空床上，首先解开捆着的信件。每个信封的右上方都标注了收信的日期，是以时间先后顺序叠放的，一共17封信；其中，有我写的16封，刘虹女写的1封；我写的信自知内容，刘虹女的这封信的信封上的日期是1983年3月25日——也就是她消失前夕的日子，我担心她的信与我的信稍有不合，忍不住抽出信笺，读到以下内容：

请不要来南平找我！南师是你应该遗忘的地方。你来，这里的旧景旧物会让你难过；我了解一些事情后，不愿意想起你和父亲的从前……那是我内心永远的禁区！我来南师工作，是代替你向父亲表达歉意，是对父亲的敬爱，是对你的孝道。祈愿你在宜城生活安静怡然。我现在工作很忙，有一些问题要思考……今后，即使我不能回宜城探望你，也请你理解和尊重我的抉择……你保重！

我一边读着，一边回忆1984年我承续这封信写的第一封信和随后的15封信……尽管眼下已然物是人非，我仍要将二者的内容精细地接榫起来。我捏了一把汗。还好，总算长舒一口气。

之后，我捆好信件，打开相簿。照片记录着刘虹女离开宜城之前的成长历程，从豁嘴无牙地欢笑到挂着两条辫子站在花丛中，每张照片的下边贴有备注时间和地点的小纸笺，那些字风格一样，墨迹淡化，显然是王昭虹老师多年前的工程。

相簿里有一张照片引起我的注意：时间是1976年10月，地点在永宁公社鸽子坪知青点，照片中两男四女并成一排，刘虹女略显疏离地站在右边端头，眼睛看着镜头外的远方；右二的女青年挽着右三的男青年的胳膊——那女青年大眼浓眉,模样标致,笑出整齐的白牙;男青年身材颀长,面目清秀,但被挽着之后有点儿像就擒的犯人……不知何故,小虹女的样子突然在他俩之间晃动了一下!

十七年前那个风雪之夜将小虹女放在门外的女人——是她吗?

我取出这张照片,将其他物件连同那份遗嘱一并放进小木箱,合拢箱盖,锁好,再去客厅的茶柜里找来一只布袋,把小木箱装上。半小时后,我一手抓着两个大馒头,一手护着腋下的小木箱,匆忙登上一辆红客车,前往现在的永宁镇鸽子坪村。

太阳还搁在山头,我顺利到达鸽子坪知青点。

知青点的房子当年由队长借居,而今队长变为村长,仍居此地。夕阳斜照中,我给村长敬烟,跟他站在禾场上说话,他逆着阳光看我,许久记起我和老赵、钱夏、孙秋十七年前来过这里。我问刘虹女,他说记得;问李光正,也记得。我请他回忆跟李光正相好的女知青的名字,他摇摇头,只说有这个人。我从口袋里取出照片给他看,请他慢慢想,他不愿意想,掉头朝着屋里高声喊:喂,老婆,那个缠着李光正的丫头叫什么?屋里的女人回话:柳清新哟。他笑:今天咋记得?屋里说:我想记得就记得。他笑着摇摇头。我在心里默念柳清新这个名字,再敬一支烟,问柳清新当年考上了哪里的大学,他拧了拧眉头:好像跟李光正一样,上海的。我不由一惊:什么大学?他又朝屋里喊:喂,李光正考上的什么大学?这回屋里发脾气了:Hu Dan(复旦?)——你是不是还想问刘虹女去了哪里哟?村长笑笑:别看她这样,见了刘虹女比谁都喜欢。

跟村长分手后,我去不远处的清湖边看望那棵珙桐……鸽子花已经开过了,刘虹女在时光的背面!

我决定马上展开下一步行动。

天黑前,我抵达宜城,换车返回南平。子夜进家门,连声喊饿,刘英俊急忙倒水拿饼干。我喝了水,嚼着饼干,吩咐她打开装有刘虹女遗物的箱子,取出一张折叠的宣纸,她一边去书房,一边问做什么,我说宣纸上有一个姑娘的画像,是十七年前孙秋模拟的,有人看见她在刘虹女消失前来南师见过刘虹女,原本是要找到她的。一会儿,刘英俊拿来那张宣纸,我展开,从上衣口袋取出刘虹女在知青点的合影,对照一看,照片中右二的柳清新果然与宣纸上的姑娘是一个人!

我赶紧拨通上海S报那个罗编辑家里的电话,告诉他:我有重要线索,那人可能叫柳清新,复旦大学毕业——请帮我尽快找到她。

然后,我把从宜城带回的小木箱交给刘英俊,嘱咐她妥善保管,等老赵、钱夏和孙秋到齐后商量怎么办。

当日下午,我把宣纸画像、刘虹女的知青合影和小虹女的照片叠在一起,插在蓝色西服的口袋里,乘飞机到达上海,直奔S报社。罗编辑说人已找到,尚需等待。我在报社附近的旅馆住下。次日,罗编辑电话告知:已见到柳清新,柳在政府部门工作,是一个大人物的夫人,但否认十七年前遗弃婴儿,因提示这事最好配合媒体,对方慑于曝光,答应听听情况,只见我一人,时间地点听她安排。我感到莫名的兴奋。晚饭后罗编辑得到柳的通知,来旅馆催我马上出发,赶往Q咖啡店——如果到达时间太早,可以等到七点五十分左右进去,静安包房。

七点五十,我像特务接头一样准时叩响静安包房的门,室内沉闷地回应:进来。我推门进入,看见一个旧文艺里的贵妇人——身体略显庞大地端坐在双人沙发正中、栗色波浪发式、大眉大眼、皮肤白亮,米色女装的立领带有梨花蕾丝,脸上没有表情,看着我却又没有看我,拿我当不该出现的影子。我不必问她贵姓就能认出她就是柳清新。我问:可以把门关上吗?她挑挑下巴:关吧。我推拢门,走过去,隔着茶几说:我叫李冬,是小虹女的爸爸。她没有反应犹如没有听见一样。我在她对面坐下,她戒备地忽闪了一个眼神。

我问:您是否见过每年9月1日的"寻人启事"?

她不接话,倒问:你爱人是谁?

我说:我爱人叫刘英俊,不是刘虹女。

她问:怎么呢?

我说:1983年,刘虹女消失,我住进了她住过的宿舍。

她眨了一下眼睛:想知道什么?

为什么把小虹女送给刘虹女?

凭什么这么问?……

我一直在寻找刘虹女。

与此无关。

我只想知道一个情况?

说。

有刘虹女1983年4月之后的消息吗?

没有。

没有?

有,还会有你来找我?

至此,我上海之行的目的已经落空。我伸手掏西服口袋,准备取出小虹女的照片,但这个贵妇人敏锐地抬手道:打住——什么也别给我看!我不由愣怔,发现她的高贵与小虹女格格不入……顿时感到后悔,赶紧把取出一半的照片塞了回去。

她站起身,平淡地说:看样子,你是明白人,到此为止,我有事先走,单已买。一边从提包里拿出一张小纸条,朝我示意:这是我助手的电话,经济上如果有困难,可以找我。说完,将纸条丢在茶几上,转身去拉门,橐橐地走了。

我嗤了一声,连眼珠也没斜过去:这是一个不配与我们的往事有关的女人。出于捍卫小虹女,我用两根手指夹起她留下的那张纸条,横横竖竖地将它撕碎……尽管只有她知道为什么把小虹女送给刘虹女,但我宁可不要知道,也不希望她出现在我们的生活里。

第六章　真相之殇

相　聚

　　直到7月上旬，一场时热时冷的约会历经百日之后，老赵、钱夏和孙秋才奔向同一个即兴的拥抱。

　　即兴已是当下的文化。三人在华夏国际大厦顶层的董事局主席办公室相聚时，更像胜利会师。这是风驰电掣的时代：十七年前大家因为刘虹女消失而溃散，情感上萍飘蓬转，转眼间，各自都"杰出"和"知名"了，已然无从生发相见时的别愁离绪。

　　钱夏仰起头，故意土豪地朝门外喊：看茶！

　　拥抱散开，三人去大班台前的小会议桌边就座。

　　一个穿旗袍的女子端着茶盘进来，猫一般轻敏地摆上茶水，委婉退离。三人喝茶，商讨去南平的事。为了保证此行不被冲断，钱夏提议手机调为呼叫转移：赵转钱，钱转孙，孙转赵。老赵说不如干脆关机。钱夏摆手：还是实事求是——万一省委书记去大湖县视察，或者某市长通知我签合同呢？孙秋说反正我不担心这些。钱夏唬道：别这么讲，小情人找老婆扯皮管不管？孙秋摇头笑笑。老赵不会玩呼叫转移，说：那就互换手机——平时让别人做秘书，这两天自己做一回。钱夏指出：书记同志，您的手机什么时候给过秘书的？不怕买官卖官行贿受贿跟女下属调情的短信被偷看吗？说着就率先操作转移模式。老赵把手机推到孙秋面前，由他帮忙。出发时间，午餐之后。

　　孙秋问老赵：听说你邀钱夏投资大湖？

　　老赵点头：是呀，大湖太美，必须由钱总打理。

钱夏笑道：祖国河山美不胜收啊。

孙秋听出二人"打太极"，一时不知如何展开话题。

钱夏提示孙秋：大湖的事不是让你给意见的吗？

孙秋扬扬手：对不起，你俩合作之前没有意见。

老赵连忙说：那就是支持嘛。

钱夏转过头去：不，孙秋的意思是不给意见。

老赵和钱夏就争执起来，互相指摘对方理解错了。孙秋只管呵呵地笑，也不调和。最后钱夏喊道：不争了不争了，这事今天先放下。老赵不依：你放下了，我那里怎么办？

这时有人进来提示去餐馆，钱夏摆手休战，一边问：要不要把小虹女叫来？孙秋说：免了吧，年轻人不适应你的排场。老赵也说：让孩子跟别的孩子一样好。钱夏摇头：你俩就喜欢东一锣槌西一喇叭。

三人乘坐黑色奔驰到达一家隐于湖边丛林的宾馆。下了车，步入金晃晃的大厅，经长廊去预订的包房。包房门口候着一个男子，迎上前来招呼：赵书记好！孙老师好！老赵和孙秋诧然顿住：不知此人何人，却又似曾相识。对方讪讪地笑，钱夏一改此前欢悦的样子，冷淡地说：他就是侯卫国老侯。二人不由大惊。孙秋招呼：是南平县看守所的侯警官呀！赶紧握住了手摇摆。

进到包房，钱夏径直去主人席位坐下，老赵、孙秋左右入座。侯卫国在下首坐坐起起，张罗服务员倒茶、斟酒、上菜。老赵问：侯警官怎么回事？钱夏说：老侯来华夏七八年了，现在是集团副总裁。侯卫国朝老赵谦卑一笑，连连点头，像当年的囚犯在他面前那样怯怯的。孙秋发现：侯卫国脸盘太窄，无以大量承受福报，面庞的脂肪向前奔涌，超载似的鼓胀，挤压着五官——嘴变得紧，鼻梁歪扭，眼睛一大一小，单是面皮的表情活泛，眼中的卑笑一直没有褪去。钱夏掏烟，侯卫国小跑过去，打燃火机，钱夏从容地对着火苗点烟，侯卫国的表情在微风中荡漾，钱夏不笑。烟点燃，钱夏仰身嘘出一道烟雾，侯卫国在烟雾中退下。老赵和孙秋看见这一幕，脸色瞬刻寂然。

钱夏举杯"剪彩"，侯卫国开始给每个人布菜。孙秋问侯卫国：吃完饭，您跟我们一起回南平吗？侯卫国眨眨眼，看钱夏，钱夏摆摆手上的烟：我们是去看同学，老侯不合适，他下午还要处理公司的事。侯卫国连忙说是的是的。老赵笑叹：哎呀，当年在看守所，如果不是侯总掩护钱总跟外面取得联系，说不定到后来我们都会屈打成招咧。钱夏漠然一笑：怎么可能呢？那桩案子又不是四个人一起犯的。

侯卫国照例附和：就是就是，嫌疑犯只有一个。

吃完饭，钱夏向司机要了车钥匙，自己驾车，带老赵和孙秋前往南平。路上，老赵严肃批评钱夏对待侯卫国的态度：怎么能拿侯警官当奴才一样轻视呢？钱夏并不披露侯卫国"谋反"的罪行，单是嘿嘿地笑：一切都在变，只有变是不变的，老侯也是如此，没法子的。孙秋相信现象背后另有真相，但以为江湖之事大多无所谓，任其消化便是；倘若是他，遇到厌恶的人事，通常是拿掉羞辱这个部分后照章处置——这也是他两不讨好的原则：一方面让他所厌恶的人不得苟且偷安，一方面不在乎"粗暴正义"的人们诟病他没能展示爱憎。管它呢，他微笑着。

钱夏打岔：想听什么音乐？

孙秋问：有什么好曲？

钱夏说：没有《欢乐颂》。

老赵说：那就随便吧。

车内响起"一匹来自北方的狼"……

唱　戏

黑色奔驰进入南平城区，老赵和孙秋左右观望街面。十七年后，新城尚可觅得旧迹。到了一处十字路口，老赵说：这地方有点儿印象。钱夏端着方向盘说：当年我们殴打疯子就在这儿。孙秋说：错，殴打疯子的不是我们，是你，地点也不是这儿。老赵忽然想起：对对，是你在这儿冒充交警差点儿挨打。钱夏补充：那次孙秋喝高了，站在岗台上打手势，四个路口的车都停下来摁喇叭。老赵便笑：当时要不是你抓住那个家伙的手，孙大师的长头发肯定被扯掉一大把。钱夏也笑：多亏李冬帮忙咬了那家伙一口。老赵说：还要感谢武永强，是他放走了我们。

车行驶至人民大道中段，又见十字路口，孙秋说这里才是钱夏殴打疯子的地方。钱夏笑道：嗨，真不应该。老赵说：后来疯子被武永强关进了看守所。钱夏说：但我们把他送到了江城的六角亭。孙秋感慨：那时我们真是比疯子还疯啊。老赵突然招呼停车，说去李冬家得买点儿礼品。车靠边停下，钱夏说我去办。老赵说行，谁叫你钱多。一会儿，钱夏拎着一篮香蕉苹果回来，上车，搁到副驾驶位，又从口袋里掏出一个红包，放到篮子面上，说是一万块，由老赵负责交给李冬的老婆，表达三人的一点儿心意，看孩子的。老赵谢谢钱夏破费。钱夏给汽车点火，不无怅然地吹牛：要是刘虹女回来，我宁愿把家产全都破掉！

三人一时默然。

车朝着我们熟悉的方向开去。

到了南平师范学校门口，停车下车。校门已翻新，栅门犹在。朝校园里看，对面的办公楼没变，操场周边的梧桐与黄杨恣意蓬勃，右边的夹皮沟已竖起高出树丛的楼房……门卫换了人，按其指引，我们去教工宿舍区找东端1楼1单元101室。半道上，三人朝琴房那里看，琴声搁在遥远的年代。走到李冬家门口，孙秋把水果篮交给老赵。钱夏说，李冬比孙秋还小，应该叫他老婆弟妹吧。

敲响101室的门，屋里传出女人嘹亮的回应：来了！门打开，是一个银盘脸的少妇，一肩高一肩低地歪在门口；在她身后，一个小女孩从卧房的门框边探出半个身子，手里拿着铅笔，像百灵鸟一样张望。老赵问：这是李冬李老师的家吗？少妇连忙点头：是，我是李老师的妻子刘英俊——你们是李老师的同学吧？快屋里坐！就歪一步让出走道。原来她是一个跛子。我们往屋里去，小女孩一闪不见了。

客厅不大，20平方米的样子，有长条的仿皮沙发、玻璃茶几、电话座机、盖着红色灯芯绒布的电视机；临窗一边，四把椅子簇拥着一张小方桌。老赵把水果篮歇在茶几上。刘英俊招呼我们就座，转身歪进厨房，也没说李冬此时去了哪儿。我们三人在长条沙发上并排坐下。钱夏取出烟，见茶几和桌上没有烟缸，把烟收回去。刘英俊用托盘端来三杯茶，歪在茶几前，往我们面前各摆一杯。老赵拿起红包放进托盘，说：弟妹，这是我们三个伯伯的一点儿心意，给侄女的。刘英俊顿时慌张，说钱不能要。老赵说：你不了解，我们三人跟李冬老师是二十多年的兄弟，不分彼此的——这么多年不见，怎么能不让我们对侄女表达一下心意呢？刘英俊很无措，且让红包停留在托盘里，说：等李老师回来了，我交给他，听他的。一边将托盘放到临窗的小方桌上。

孙秋起身挪过一把椅子，请刘英俊在对面坐下说话。她虽然胖，又明显的跛，但脸坯和五官很标致，看得出曾经的美丽；而且为人落落大方，显得开朗质朴。我们在心里尽量为李冬欣慰。老赵问：你认得我们吗？刘英俊微笑点头：李老师说过，家里也有合影。钱夏笑问：

我们都变了吧？刘英俊说：变了变了，变得有气派了，但底子都还在。大家就开心地笑。孙秋问：弟妹晓得我是谁？刘英俊说：您是三哥孙秋呀！孙秋连连点头，眼圈不知怎么就红了。

李冬呢？老赵问。

他，演出去了。刘英俊有些歉疚的样子。

演话剧？钱夏很吃惊。

不，唱戏，《秦香莲》。刘英俊笑了笑：小地方生活单调，李老师爱好文艺，喜欢南平花鼓调，业余向剧团的老师学老生、须生、花脸，有一回演包公的演员生病，让他替，结果替成了B角，到现在，李老师演包公已有十多年。说着，因为夸耀而满脸羞色。

孙秋连连点头：好啊好啊，挺好的。

但刘英俊即刻显得难为情，向我们解释：李老师有个习惯，演出前的一天不与人说话，今晚八点有演出，现在正在剧场化装，不能回来见你们——真不好意思。

孙秋问：我们可以先看他演戏吗？

刘英俊愣了一下，说剧场很近，马上去买戏票，就起身去卧房，领出那个百灵鸟，向我们介绍这是她和李老师的小女儿小霞儿，吩咐孩子喊大伯、二伯、三伯，小霞儿挨个地喊，我们挨个答应。然后刘英俊交代小霞儿陪着伯伯们，转身风风火火地歪出了门。孙秋喊：弟妹，买五张票唡，还有你和小霞儿。刘英俊在门外回道：晓得。

不料屋里的小霞儿嘟起嘴：饶了我吧，我不去！大家一惊，即刻笑起来。老赵起身牵小霞儿在对面的椅子上坐下，问：小霞儿为什么不看戏呢？小霞儿调皮地歪歪头：我喜欢动画片，花鼓戏土气。钱夏说：花鼓戏是爸爸唱的呀？小霞儿歪着头一笑：我有姐姐代表我呢。接着问起姐姐，小霞儿越发活跃，说姐姐不姓李，跟妈妈姓刘，叫虹女，属猪，今年十七岁，又漂亮又聪明，是江城大学的大学生，跟爸爸是校友，姐姐从小喜欢听爸爸唱戏，只要爸爸演出，就偷偷溜进剧场，但姐姐晓得爸爸妈妈怕她听花鼓戏耽误高考，整整一年没有听……我们三人不时交换眼神，心中搁着相同的疑团。

刘英俊拿着戏票回来，我们带刘英俊和小霞儿去街上吃晚饭。小霞儿闹着吃完后回家看动画片，钱夏说：是姐姐小虹女让你陪我们看戏的唡。小霞儿只好答应给点儿面子。一行人来到剧场，场内已坐了大半的观众，看上去多是上年纪的人。我们对号入座。刘英俊说，卖票人晓得她是李老师的妻子，从预留的票中挪出了五张。

八点整，锣钹响，大幕开启。

一声"秦香莲千里寻夫"的悲腔破空而来……

起初，我们的兴致跟小霞儿一样隔在戏外，望着舞台，只等演包公的李冬出场，可尖利婉转的花鼓调声声入心，我们硬是被秦香莲的歌哭带入剧情，及至满场簌簌抽泣，竟然也忘却了来意。第五场，舞台上一片寂静的空白，许久，忽有雷霆之声：赤—胆—忠—心—把—国—保！剧场内顿时全体起立鼓掌，只见黑帽、黑脸、黑鬓、黑金长袍的包公迈着方步威然出世！小霞儿大叫：爸爸！我爸爸！刘英俊赶紧一把捂住小霞儿的嘴巴。老赵偏过身去，伸手摸摸小霞儿的头。舞台上，包公开始升堂审案……威武、机智、义正词严、不畏天权、执法如山——竟然酣畅淋漓、有滋有味。

当包公对"有冤无处伸"的秦香莲大喊一声——回来，孙秋长舒一口气，自言自语道：晓得你为什么唱戏了！

说什么呢？老赵和钱夏左右回过头来。

孙秋摇头未语。

只听包公嘶吼着宣布：铡掉驸马陈世美！

全场顿时浪潮似的高呼：铡掉！铡掉！

大幕徐徐落下。

小霞儿叫喊一声爸爸，向舞台跑去。

幕帘开启一道缝隙，包公李冬出来了。他抱起小霞儿，忽然看见我们三人站在面前。

真　相

李冬问：你们来南平，有接头凭据吗？

孙秋回道：有，两样都在咧。

钱夏眨眨眼：我只知道四件蓝布棉袄。

老赵补充：另一样是五人合影。

李冬就笑，让小霞儿跟妈妈回家，带我们去夜市吃大排档。

老街上，一顶帆布篷一盏吊灯一张小木桌，桌上几盘卤炒，2000年的夜风停泊在周遭。我们四人各坐一方，四只啤酒瓶咣当一碰，四条脖子咕噜作响：不问十七年，直把当下和从前接榫了。

孙秋和李冬默然互看，眸光闪闪地微笑。孙秋说：演得真好！李冬咧咧嘴，放大些微笑，显出白牙，眼角聚拢浅浅的皱纹。

老赵将酒瓶举过来，李冬拿起瓶子去迎，咣当一声清响。钱夏肚腩凸出，端然熊坐，身体后仰，脸上漂浮无端的笑，分明睥睨全世界，却是天真的欣喜。李冬向他送出瓶颈，钱夏抓了酒瓶回应，同样一声咣当，仰起头咕噜长饮，酒瓶咚的一下歇住，瓶中仅剩泡沫滑落；李冬见钱夏干了瓶，也一咕一咕地奉陪。钱夏鼓着眼睛，嗓门喑哑地说：兄弟，什么都是虚的，你活得有劲道！李冬喝完，连连摇头：不不，不能这么讲的，各有各的生活，你们的世界更大。

老赵居然想到县委书记的职责，关心起文艺来，问李冬：你们这个剧团能自己养活自己吗？李冬答：目前演职人员的基本工资是市财政负担的。又问：门票收入怎样？李冬答：听团长讲，勉强可以支付演出费用。又问：今后呢？李冬笑笑：听说市里打算断奶，以后让剧团自谋生路，可能不好办。又问：你的演出酬劳能按时拿到吗？李冬摇头：我有教书的工资，不要酬劳的。老赵哦了一声，沉默片刻，转头看钱夏，试探道：钱总，依我看，你可以把这个花鼓剧团买下来。钱夏倒爽快：没问题呀，只要李冬愿意当团长。孙秋插话：这怎么可能呢，李冬要教书的嘛。李冬也说：是呀，唱戏是我的教书之余，我起码还要教十七年的书才能退休咧。钱夏说：如果给你开五倍于现在的薪水怎样？李冬微笑：这不是钱的事——是喜欢。

孙秋口袋里的手机忽然响了，钱夏一笑：我的。孙秋掏出手机递给他，钱夏看看来电显示，说是侯卫国打来的，将手机退回孙秋：按规矩办，你接吧。孙秋按下免提，将手机放到桌上。钱夏不耐烦，勾头对着手机给出一个字：说！侯卫国说：董事长，你们在南平吗？南平汉江宾馆前台来电话，告知预订的房间还没有人入住。钱夏回应：知道，我们正在喝酒，住不住还不一定，不要再打扰我们。侯卫国迟疑一下：现在已过深夜十一点，我担心您的安全。钱夏的头痉挛似的向右一抖：狗屁，你是希望我不安全吧？侯卫国笑着：董事长开玩笑咧。钱夏反问：我开玩笑了吗？侯卫国支吾地说：还有，公司最近新招的一批实习生，您都见过吗？钱夏一惊，赶紧解除免提，拿起手机离开酒桌，一边闷声低吼：老侯，你是想说那个小刘虹女吧？跟老子记住——好好照看，谁敢对这孩子不好，老子剁了他！

钱夏挂了电话回来，四人又说笑一阵，忽然断电似的沉寂。

大家默契着：在老赵、钱夏和孙秋心里，搁着小虹女的疑团；李冬不晓得小虹女在钱夏的公司打暑期工，但晓得三人已晓得小虹女；

而三人自然也晓得李冬的晓得。眼下，如何问、如何答都是困难，情绪淤结得化不开，只有你来我往的细微呼吸。街边的食客渐然稀少，路灯和大排档的吊灯眼睁睁地，拉出无数光线的长影；几家店子开始收摊；马路上呼啸驶过一辆卡车。系围裙的女子过来问：四位大哥喝好了吗？钱夏转头朝灶台那边的男人斜去一眼，从手包里抽出两张百元票子，塞到女子手里：拿着，额外的，还等等。便取出烟来点火。

一团烟雾在静寂中盘旋飘散。

李冬轻微咳嗽一声，脸上浮出平淡的笑：其实很简单，十七年前，我来南师的那年冬天，一个下雪的夜晚，门外有婴儿啼哭，我开门见到襁褓里的婴儿，就抱了起来；因为我的宿舍是刘虹女住过的那间——你们去过的——所以我给婴儿取了刘虹女这个名字。

孙秋问：这孩子为什么丢在刘虹女的门外？

老赵和钱夏一起看着李冬。

李冬迟疑道：我也不晓得。

什么都不晓得？老赵问。

李冬点头：事情就是这样。

钱夏急了：你没有调查吗？

李冬的眼神忽闪：查过的，没有线索，查无结果。但心里坚硬地想着：为了女儿小虹女，就当那个不承认小虹女是她女儿的上海贵妇人根本不存在；况且，说出来只会让大家添堵，不如自己一人消化。

老赵问：孩子知道自己的身世吗？

李冬敏感地回道：怎么会呢？我已经想好，在孩子找到理想爱人和成家立业之前，决不告诉她真相。

孙秋向钱夏要了一支烟，点燃，奔下头去。

钱夏突然挥手：这孩子今后也是我们三人的女儿。

老赵看着李冬：同意我们各做四分之一的父亲吗？

李冬平静地回应：当然，我本来就是代表大家的。

孙秋仍埋着头抽烟，三人看他，他感知了看他的目光，烟从嘴上拿开时，随手带一把湿润的眼睛，仰起头来怅然而笑：谢谢李冬！

四人复又沉默。盈盈的灯光洒满空寥的街面。

一会儿，李冬说：还有，刘虹女的母亲已去世。

三人顿然惊诧。孙秋叹道：啊，王昭虹老师走了！老赵问什么时候的事，李冬忧忧一笑：如果你们三个上个月来南平，都会参加老人家的追悼会——老人家留下一份遗嘱，现在放在我家里，你们来了，一起去看看吧——关于遗嘱，我还要跟大家商量咧。

于是买单，四人在摇晃中互相牵扯着离去。

夜已深。李冬掏钥匙打开家门，领我们进屋。客厅留着灯，一只红色带锁的小木箱搁在茶几上，箱面有一把黄钥匙。刘英俊已料到我们的议程。李冬轻脚走到卧房门口停下，隔门听了听动静，转身抬手示意大家就座，过来拿起钥匙开锁，揭开小木箱，取出遗嘱。

我们三人牵起一张薄纸，看完，抬头望着李冬——原来他留在南平做了十七年的义务女婿！

李冬憨憨地笑：刘虹女没有音讯，你们不在，李冬只好一个人变成赵钱孙李——这笔遗产数额不大，但意义不一般，大家说怎么办吧？

李冬的笑让人只有哭的资格，能说怎么办吗？

后来钱夏想出一个主意：每个人在手心写一个方案。李冬去电视柜里找来一支笔，交给老赵，请大家按赵钱孙李（或春夏秋冬）的顺序进行。各人郑重其事，写完，四只手拢在一起摊开：老赵、钱夏、孙秋的手心写着——按李冬方案办；李冬的方案是——按刘虹女的心愿办！

三人都看李冬，像是看着久违的刘虹女。

这一刻，他的目光饱含十七年的过往，坦然接纳了我们三人的信赖与支持……但他的眼眶遽然泛红，禁不住涌出两颗黏稠的泪珠。他赶紧眨了眨眼，谦然笑道：那我说说吧，的确，时至今日我并不相信刘虹女已离开人世，但毕竟时光流走，我其实也不是全然坚守信念的人，我一直都在执行退守预案——以刘虹女为小虹女的精神母亲，按照我所理解的刘虹女培育小虹女……现在，既然大家把这个决定权交给我，我也有自己的决定，如果我们四人此生等不到刘虹女出现，最后将以小虹女的意见代替刘虹女的心愿——除非她的意见是为了一己私利——当然，必须等到小虹女恋爱成家之后。

我们三人连连点头。

可李冬马上说：不过，我仍然相信刘虹女活在世上！

悬　案

正说着话，客厅里突然发出呜咽，转头去看，是李冬妻子刘英俊倚在卧房的门框上抽泣,也不晓得她什么时候从房间出来的。

不用说,刘英俊的呜咽与我们的谈话有关。虽然我们三人还不了解刘英俊跟李冬的婚姻内幕,但呜咽透出她对李冬的挚爱饱含哀怨的情愫。我们实在不应该用我们集体的忧伤打扰她的安宁,因为这个集体中包括她的丈夫。李冬连忙起身,过去拥住刘英俊,轻轻抚拍,扶她回卧房去,那样小心绵柔,犹如呵护祖母的虔诚。我们三人一时无措,赶紧隔着房门高声告辞,仓皇而去。

但李冬安定妻子后,很快追来跟我们会合了。

我们在街上找到黑色奔驰,驾车到汉江宾馆。然后四人涌进一间客房,继续温故十七年的沧桑和讨论小虹女的来历。时间已过午夜,尽管相逢的辗转劳顿与情绪波澜已消耗得身体疲惫,但意志犹如尚未逮住目标的猎狗仍然坚毅而执着,我们不肯须臾放弃从前和此刻,或许,只有四人聚在一起才能获得生命的真实慰安。因为李冬,我们宁愿回到从前。直到凌晨三点,四个人东倒西歪摊在客厅的沙发上,仍然絮絮地说着话。后来有鼾声响起,话说着,语意渐渐变成梦呓。

只有孙秋两眼如炬,脑子里逮着一个问题:

当年那人为什么把婴儿放在刘虹女的门外呢?

天亮了,窗外的晨曦比室内的灯光更为耀眼。老赵忽然大呼:孙秋不见了!倒在沙发上的钱夏和李冬跃身而起,慌乱四顾,一个冲向卫生间,一个跑进卧房,回头都说没见人影。老赵正要拨打手机,钱夏眸子一亮,摆手笑道:不用,茶几上的车钥匙不在,孙秋买早点去了。

然而,此时孙秋坐在武永强家的客厅里。

孙秋找到武永强不难,他现在是南平市公安局局长,公安局宿舍院的人都知道局长的家。武永强递给孙秋一杯茶,孙秋接着,等武永强对面坐下后,放下茶杯说:此来无别,报案。于是介绍十七年前有人在刘虹女宿舍门外丢下一个女婴的案情,说明何以迟至今日报案的原因。武永强听完,拿手摸着秃了一半的脑袋,佯装糊涂:你的意思是什么?孙秋说:你不觉得这是一桩案件?武永强笑笑:你觉得这是一桩案件?弃婴案吗?孙秋连忙摇头:不不,弃婴是次要的,不要忘了,它可能跟刘虹女当年的失踪有关,你应该将这个案子与刘虹女失踪案合并考虑。武永强即刻否定:当年没有失踪案,只有强奸未遂案——刘虹女是留下遗书后投江自尽的,一切都很明确。

为什么有人把婴儿弃在刘虹女的门外？

弃婴不是总得找一个地方丢弃吗？

半夜里到校园来丢弃多么麻烦？

也许弃婴人觉得老师更有爱心。

但弃婴人进入学校后再到夹皮沟东头，走了不必要的路。

因为那地方偏僻，便于弃婴。

不对，弃婴恰恰不需要太过偏僻。

弃婴人有可能更担心自己暴露。

怎么，你好像对此案很消极？

何以见得？

你宁愿放弃疑点。

武永强这时狡黠地笑了笑：我这不是在办案吗？

孙秋有些疑惑：怎么讲？你要草草结案？

武永强坐正身子：不，我们的问答让我确认了疑点的逻辑。

孙秋恍然明白：武永强原来是反驳式求证！即刻起身握住武永强的手大幅摇摆，赞扬武局长高明得让人惊喜。

这边，宾馆房间的三人许久等不来早餐，钱夏给孙秋打电话，结果老赵口袋里的手机响了，老赵掏出来接听，听到钱夏招呼孙秋，一时没反应过来，大声回应：我老赵，不是孙秋。李冬左瞧右看，不知他俩搞什么名堂。两人喊着应着，忽然明白，便挂断手机。钱夏冲李冬讪讪地笑：嗨，忘了，孙秋的手机转接的是我的手机号咧。老赵赶紧接着拨打。

有人敲门——孙秋回来了。

孙秋拿着叽叽直响的手机冲进到房里，兴奋地说：报告各位，南平市公安局局长武永强将要对刘虹女失踪案重启调查！

三人迎着孙秋愣住，孙秋手上的手机仍在叽叽地响。老赵问：你去找武永强了？孙秋一脸立功的喜悦：是啊。钱夏直眨眼：怎么重启？孙秋说：从十七年前的弃婴案入手。手机的响声自然中断。

李冬心里咯噔一下，眼神抖了抖。

孙秋上前拍拍李冬的肩：兄弟，侦查启动后，武永强免不了找你配合，还得麻烦你。李冬似笑非笑，嘴上翕动无词，由得孙秋在他的模棱两可中认领自己要的那个"可"。

中午，我们退了房，坐上车，由李冬指引，去街上找本地的风味餐馆。来到一家卤鸡店，被领进包房。入座点菜，自然说起当年那个吃卤鸡的"普希金"。李冬告诉大家：现在这间餐馆就是"普希金"开的卤鸡分店。大家感叹：造化不光弄人，还别出心裁地造就人。

等菜时，钱夏忽然皱起眉头：为什么弃婴人把婴儿弃在刘虹女宿舍门外呢？他不知道这个问题孙秋和武永强已经讨论过。老赵说：所以关键是找到人。这时服务员端来卤鸡，李冬吆喝大家趁热品尝。

一会儿，李冬起身出去，很快领来一个肚腩微凸的卷发汉子，向大家介绍：这位就是"普希金"老板。三人诧然喜悦，说他发福了。"普希金"跟每个人握手，称呼领导，赶紧倒满一杯啤酒，退后两步，连鞠三躬，说：谢谢四位当年把我从南平看守所转移到江城六角亭！拿起酒杯一仰而尽。接着再倒一杯，邀大家同饮，一阵咣当咣当地碰杯。然后"普希金"招呼李冬：李老师，今天这顿薄宴你不能结账，让我表达一点儿心意。我们都说不可以，"普希金"说如果不依他的，就偿还我们当年照顾他的经济损失，包括卤鸡，利息照算，大家只好接受。

"普希金"走后，李冬借题发挥：看，现在生活安稳，不说你们三个成了人物，连"普希金"也暴发了，多好啊。但钱夏酒后发飙：安稳个屁，过去还是一本糊涂账，刘虹女的案子要查，小虹女的来历也要查！李冬笑道：要不这样，吃完了，我们去汉江堤上走走。

孙秋发现，李冬一直在回避查案的话题。

从卤鸡店出来，我们驱车经过南师来到汉江堤外，下车上堤。正是七月涨水的季节，浩阔江面在阳光下闪烁奔涌。河堤内有一片高台，大家从堤岸下到高台，举头四下观望，确认从前的方位。钱夏忽然指向左前方，疑惑道：不对呀，这儿不应该有水杉树的？老赵和孙秋也觉得奇怪。李冬说：没错，就是这儿——水杉是我做的记号咧。三人惊诧，再看水杉，竟是笔直的四棵。

水杉的树荫一半落在江里，一半歇在草地。我们在树荫里坐下，望向光斑熠熠的江流：十七年前的深秋，河床显露，江水退到河心，滩地开阔平坦，一只白鸽子在沙滩上张望，刘虹女向着白鸽子走去，风吹起她的黑发和裙摆……在她可以听到声音的下游，那时四个二十出头的青年人激烈竞争，有人掉进了河心……之后的之后便没有了之后！老赵转头向上游注目，自语道：还有那座桥，也是那时修建的。大家随他望去。当年，大桥是在刘虹女消失之后竣工的，住在北原县的孙秋、李冬没来得及利用；而冯远志提议建造大桥本是一箭双雕，据说大桥后来成了他在北原的政绩工程——那都是跟水杉树不相干的事儿。

李冬不合时宜地提议：我们各自介绍一下个人的爱情婚姻吧。三人诧然看他，他执着地笑笑：还是按赵钱孙李的顺序。可是，此情此景谁能超然于此在的时空？结果，每个人都磕磕绊绊，省略得只剩时间、地点和人物姓名……像纯洁少男转述他人的偷情故事。好在彼此体谅，互不刨根问底，只用经验帮助填写缺少的内容。

后来树荫东移，四分之三的人暴露在阳光下。孙秋倏然起身，做展臂蹬腿的动作，也不说话，就地解扣脱衣，穿着裤衩径直走进江水。老赵和钱夏见了，也急忙脱卸外衣，接连跳入水中。李冬站在岸上大声招呼：你们去吧，我留在这儿照看衣服。

江面上，三颗脑袋在闪烁的波光中顺流而下，斜向江心，影子越来越微小。李冬还在辨认张三李四，晃眼就看不见了。

岸边，只剩下水杉的孤单与宁静。

李冬坐到树荫里，开始独自忧愁：本来，他已打定主意，让那个不承认小虹女是亲生女儿的贵妇人柳清新永远消逝，并且在小虹女恋爱成家前绝不说出真相，可现在由于孙秋的追究，武永强决定从弃婴案入手展开侦查；接下来，面对武永强，他必须隐瞒柳清新，必须说谎——因为小虹女的安宁高于一切！但即使他隐瞒，武永强一旦由弃婴行为获得侦查灵感，也能很快找到柳清新，之后的结果显然更糟——柳清新照样以贵妇人的姿态面对武永强，而武永强不肯像他一样铩羽而归——事态就会失控，事情就会大白于天下！此外，武永强重启侦查后，如果对刘虹女案再度一无所获，便意味着刘虹女的"消失"又被确认了一回，便是希望又破灭了一次……那微弱的希望不能再渺茫了！

那么，唯一的抉择是坚决阻止武永强重启侦查。

树荫走动，李冬暴露在广大的阳光下。他忽然发现，所谓悬案是可以人为的，也是可以由一个人扛住的——那就让小虹女的来历除了他和妻子之外，成为阳光一样广大的未知！

眼前，汉江浩浩荡荡，他不由沉重而欣悦地笑叹：原来江水永流，注定了浪花不断消失的过程啊！

太阳偏西时，三颗脑袋在红光泛滥的江面复又出现，李冬站起身来迎接。三个人水淋淋地上了岸，气喘吁吁地站成一排，忙着抹去身上的水渍。老赵问孙秋：你在江心潜下去后，触到了河床吗？孙秋有些气馁地摇头。钱夏说：我更不行，根本潜不下去。

忽然，三人发现不知如何更衣，老赵说：天气热，一会儿裤衩就干了。于是，为了不必言说的体面与尊重，且在夕阳中等待。

直到夜色降临，裤衩还没有全干。三人犹豫一阵儿，不约而同地转身背对江面，直接穿上长裤……

第七章　爱情之情

赵　春

我们在南平没有弄清小虹女的来历，实际上扑了一个空。

李冬让我们介绍现在的爱情婚姻，感觉像是逼人交代背叛。而且，作为党政干部一般不宜谈论个人情感，尤其是所谓爱情。

所以谈起来很不好谈。又是在老同学老情敌的面前，大家都知根知底，谈的时候你可以尽量简略，但如果搞修饰或者改装的小动作，不被揭穿也很掉底子。此外，爱情这东西不好抽象表述，似乎任何定性的结论都很牵强，很失真，还得说出一些具体来。

跟钱夏、孙秋相约来南平的前一天晚上，你回了一趟江城西甸区的家里。送你的司机在住宅小区门口与你分手后，连夜赶回大湖县。女儿在中心城区的重点中学住校念书。周医生一个人在家，你敲门，她问谁，你说是我，她听出你的声音，开门，把门缝控制得很窄，偏出头，身子隐在门后；你知道她的情形，有些兴奋，侧身挤门而入，在她随手推上门扇之际，丢下公文包，将她横抱起来，往卧室里奔。但是，周医生是医生，命令你先去冲凉，你虽然应付得潦草，可毕竟打乱了节奏，还得从头再来……这就是你眼下的爱情。

之后，两人半躺着说话。周医生说她想去同济医院进修，正在托老师帮忙联系；你说好嘛，这是上进。周医生问大湖县的"三农"有没有事，你说没事，上边没追究，相关项目在推进中。后来，说到去中心城区买房，说到今后的工作与生活，一切皆有可能，只是差钱。周医生提示：你那个姓钱的胖子同学不是很有钱吗？可以借了再还呀？你考虑到眼下正在勾引钱夏投资大湖县的大湖项目，如果弄出这么一茬，意思就混淆了，便说：买房的事先放放吧，老同学这么多年不见，见面就借钱不太好开口；而且，我一个当县委书记的人，买套房子都要借钱，要么是装，要么混得栽。周医生不能苟同：光明正大，实事求是，丑吗？你迟疑一下：也不全是丑不丑的问题，一般来说，我不会在下面县里做一辈子书记，迟早得动一动，不急。意思是，日后调到省里，级别也不会太低，总有安排的。周医生就幸福地依偎到你肩上。

不过，昨天早晨，周医生还是没忘记提醒你去跟钱夏聚会。她既不知道你急于招钱夏的商，也不晓得你们将要结伴去南平，显然并没有彻底打消借钱买房的念头。作为妻子，周医生不仅关心你的政治前途，对家庭建设向来也是通盘筹划的。许多事你既然顾不上，听她的便是。她当然也爱着你，每次出门，都会叮嘱一句：少喝点儿啊。一切尽在"啊"字里。自从刘虹女的事了结之后，她便刀枪入库，已有十七年不过问你的异性交往。她爸一直是党政干部，家教使然，她相信党的纪律比妻子的严防死守顶用，何况你又出身平民家庭，输不起。不过，她的说法是讲究的：所以信任，是对自己有信心。这么看，其实从来不曾放弃或荒废主权，外松内紧而已。

自昨天到今天，周医生没给你打过侦查电话。那不是她的方法。傍晚，你和钱夏、孙秋从汉江上岸后，等到天色暗下穿好衣服，再去南平街上吃晚饭。席间，钱夏答应考察大湖，孙秋也乐意同行；所以，晚饭后三人便跟李冬分手，由钱夏和孙秋轮换开车，去了大湖。晚上十一点，你回到宿舍，更换衣服，给周医生打电话，周医生在半梦中回应：都睡了咧。她不知道，她的老公今天在情感上越轨特别严重，必须给她打一个电话，以消弭心中莫须有的负疚。

当年，在南平时，你跟周医生恋爱多半不是仕途投机。以1980年代初的爱情观，你是名牌大学毕业的，又在县委大院工作，算得上全县人民看好的金龟婿；而周亦敏周医生，不仅是大学毕业生，还是县委周书记的千金，人称南平公主；你俩走到一起，对于双方而言，应该都是不二选择。这桩爱情唯一的瑕疵是，恋爱发生的时间不大对点：当时刘虹女是否消失（且不说永远消逝）尚无结论，你在这个关口开始接触周医生，不要说知情人以为你是势利眼，连你自己也感到做贼心虚。你一度反复向自己解释：各方面的信息已表明，刘虹女不会再出现了，我所以尝试新爱不过是比别人更为理性罢了；而且，如果万一刘虹女今后回来,对于钱夏、孙秋、李冬三位兄弟而言,我选择周医生也算是高尚的爱的退让……总之,你的情况你清楚。

况且,你跟周医生当初也是燃烧过的。你们所以爱看电影,是因为进电影院时可以裹在人群里手牵手。你们常常看电影。看完电影,再去路灯照不着的树荫下接吻。而且你们的恋情和时代风尚一同进展得很快,居然在婚前发生了"关系"。双方都主动,都急,无师自通。周医生当年上班的南平县人民医院皮肤科是你们的恋爱故地。你去接周医生下班,知道走到楼梯第几级时周医生正在脱白大褂。那天她值夜班,你去接,她脱去白大褂,粉色小衫让肌肤露出得太多,你便推上门,搂住她……但最后一个离去的病人怎么就折了回来,在门外叫唤周医生,你们气愤而果断地中止劳动,但绝不回应,直至门外的脚步远去……然后,她点着你的鼻尖揭露,你又吼又叫的干什么?许多的过去,让你想到一个问题:周医生那时也是医生,为什么不命令我先冲凉呢?

当然,你们的爱情首先是精神的。你们互相赞美,彼此关心对方的学习与进步。尤其是你的进步,你是学政治专业的,在政界工作,不仅周医生关心,你也一直暗自努力,这是大是大非的志同道合。在你下派到南平的乡镇任职期间,你们每周通一次信。信中所言都是爱情。周医生不喜欢说重复的话,但有两句古诗至少使用了七次:两情若是久长时,又岂在朝朝暮暮。以她一个医学院的毕业生,读过宋代婉约词人秦观实属理性与情感并茂。而你,比周医生更进一步,亲自为周医生写诗,赞颂她的眼睛、鼻子、嘴巴以及全部,从不抄袭普希金或者徐志摩……直到你从乡镇调回县城后,两人才登记结婚。

但是,当你不到三十岁便跃升为正科级干部时,你在兴奋之余,竟有一种"来路可疑"的不良感觉:因为中共南平县委的周书记是你的岳父大人。你本来是一个奋斗主义者,向往奋斗的光荣;你觉得以你的条件、努力和业绩,成为南平县老中青"三梯队"的青年干部顺理成章,为什么要打"周书记女婿"这张牌呢?但事实上,如果没有周书记的荫庇,你会进步得如此迅捷吗?而且,在私心里,你也不能全然否定你的"潜意识"中潜伏着借助岳父大人的念头——至少是获得快速升迁的平台。这个不良感觉实在令人阴郁。你半开玩笑地对周医生说:你爸怎么还不下台呢?周医生诧异地忿道:我爸不是你爸吗?他下台,也轮不到你!她没有明白你的憋屈,你也没法解释,当晚你们在床上第一次背对着背……所以，后来你主动跟冯远志老师加强联系，宁愿另谋上进。这一切，无论今天看来是否矫情，可它证明一点：但凡爱情中有不纯粹的利害关系，哪怕是受益的一方，爱情也会变味。

变味的爱情免不了去别处徜徉。在政界，这些年两性关系在假装正经中日益开放：去个KTV或按摩房、邀女明星喝个酒、在办公室或会议室打个擦边球，各式各样的。你被钱夏这家伙言中了：跟个别女下属有点儿暧昧。主要原因是做了县级领导后，与周医生长期两地分居，时间一长，很空虚。但是，是不是周医生在身边你就不会这样呢？也难说。此外，是不是任何人一旦到了权力的高位（有了可以让异性借用的资本）都会这样呢？不好说。又或者，抛开互换利益，单纯的红颜知己是不是属于必需的情感补偿呢？不宜说。最近几年，在工作中，总有女下属进入你的视野，总有绝顶聪明的女妖精从你的眼神里发现你心头的飘逸。有人反过来比你更主动，常常无中生有地去你办公室汇报或请示工作；这时，你免不了发现她们的脸蛋或身段。往来多了，就说点儿题外话，她们笑，你也笑，日益亲近。有一次你无精打采，某某心领神会地过来帮你按头，按着按着，你随手搂住她的腰，三分钟的样子。有人与你说笑过几次，再来，进屋就关门，关了门就往你腿上坐，你倒是紧张了，捧着双手连连给她作揖，双方一笑了之；也有婉转的，见你老是没有下文，送来枸杞之类的药材……对天发誓，迄今为止，你的擦边球都是有隔离或距离的；而且，算起来，总数不超过三人，大概四人吧。有没有因此特别关照她们呢？坦率讲，关照过，但不是"因此"，而是她们往往在某方面的工作中比别人表现得更出色。总之你基本把控住了自己。你不知道别的同志的情况是怎样的。

这或许单是一个生理问题，暂且没有公开的讨论。

几个月前，你久未回家，周医生给你打来电话，声音特别柔软，说她想要了，你一时忘记改口，回她：我们都是干部咧。周医生立马厉声喝道：喂，你有病呀？

钱　夏

你很清楚，自刘虹女消失后，爱情已没有永恒。

但是凡事得有个理,作为江城大学历史系的高才生,你随便翻一翻记忆,就能找到有关爱情婚姻的经典论述,有些话甚至背得出原句:"爱情是以性爱为基础的","不过,个人性爱的持久性在各个不同的个人中间,尤其在男子中间,是很不相同的,如果感情确实已经消失或者已经被新的热烈的爱情所排挤,那就会使离婚无论对于双方或对于社会都成为幸事"。看看,我们的——不,你们的——老祖宗都这么讲了:"持久性","尤其在男子中间","被新的热烈的爱情所排挤","幸事"!这才是科学的人之天理呀!你说,我就是先哲所说的人。你们还叽叽歪歪什么呢?如果你们坚持用"维持没有爱情的婚姻"来立一个高尚的道德牌坊,那是你们个人的事;当然,我也以为甘愿牺牲个人性爱而按对方意愿延续无爱婚姻并使对方感到舒服的人是他妈的了不起。但问题是,你们有多少人真的为此牺牲了个人性爱?你说,我的确比别人更容易喜新厌旧,可这是什么大不了的问题吗?有谁知道我的具体情况?你们他妈的所有人——包括好哥们儿老赵、孙秋、李冬——都没有资格非议本人;虽然你们从来没有当着我的面说三道四,我却讨厌和可怜你们贩卖高洁的样子。外国总统的丑陋不是跟办公室的女实习生有一腿,而是当众撒谎——说他没有一腿,他要是承认了,照样做总统。个野鸡的!

你说,你们知道"你们"是谁们,但我跟你们无关。

当年,刘虹女突然消失,让你深刻体验了爱情落空的男人的痛苦与绝望。那时,刘虹女对于你简直是一个杀人犯。但是,当你的理性先于情感确认刘虹女已经不会回来之后,你的理性很快把轻薄的情感洒向了广阔天地。诚然,从本质上讲,一切有赖于荷尔蒙的支持与作祟。而你,早在刘虹女消失之前,就储备了武装自己的理论。你是在大三上学期攻读"起源"的。只不过,当时你正迷恋刘虹女,因为激情燃烧,把"起源"的学说当作地雷绕了过去。而一旦失去刘虹女,这套学说即刻在现实生活中大放异彩。它让你心安理得,让你热爱并感谢新生活,甚至有一种勇敢践行道义的功德感。

但是但是但是,在南平的汉江堤上,在意念里出现刘虹女和那只白鸽子的时刻,李冬突然让哥几个介绍个人的爱情婚姻——岂不是以触碰逆鳞的方式逼着妖怪现出原形?

在我们四人中,李冬是最不适合知道你的爱情婚姻的:你是这个社会的 B 面人物,是李冬抵制的社会背景。

没错,你也是你们这号人中的异类。你不嫖娼,不骚扰女下属和女员工，不限制有亲密关系的女人的自由，你的男人形象比你的肥胖威严更加高大光辉。你有一个商界朋友，跟你出道的时间差不多，你倒卖钢材时，他卖老鼠药，后来在外省生产销售富含三聚氰胺的牛奶，跟你也算是食品保健品一个大类的同行，因为他是南平人，你拿他当半个老乡，成了朋友。该朋友鼻子长得像老虎，每次喝酒都吹嘘他的两个人生理想：一是见识全世界各民族的女人，一是拥抱几个日本女人。第一个理想落实得不错，但第二个理想实施不顺——去日本，他妈的光给看不让动手，后来转战香港娱乐城，叫了一个"空班瓦"，对方突然冒出一句南平方言"您郎慢点"，他顿时火冒三丈，给了自己一耳光，甩给老乡三千港币，赶她滚尿蛋……嘿嘿，狗日的"老虎鼻子"很异化，走进了狭隘民族主义的死胡同，小农意识，你玩不来。

你是用先哲理论武装头脑的人，接下来在战略战术方面也颇有章法，虽然偶尔马失前蹄，但大体平安顺遂。你坚持三个尊重：一是尊重婚姻历史，二是尊重爱情核心，三是尊重对方感受。

你的"历史"是你的夫人。夫人名叫李丽莲，大学毕业后在江城钢铁公司职工医院做牙科医生。当年，你跟江城钢铁公司计划处处长老马做生意容易上火，上火就牙疼，牙疼就得找牙医。李丽莲运气不好，拔错了你的一颗牙，被迫跟你恋爱。而且，你因为厌恶手淫，不得不加快恋爱的步伐。第一次半推半就，她越推你越觉得她的品质好，越不肯放过她。她居然是一个老处女，而且还大你两岁。你觉得她值得尊敬。那时，双方都是对方的第一人，没有比较和鉴别，觉得两人的性生活状况是最高级的，关系很快铁定下来。但江城钢铁公司的马处长是搞过女知青的老色鬼，他不这么看，老说你是拿李丽莲混点，你怎么解释他都不信。有一回，老马到你的住处来讨酒喝，你不在，房里只有李丽莲一人，老马向李丽莲提要求，李丽莲不从，老马说你不从我就不给钱胖子（指你）批钢材条子，李丽莲说你批不批我都不干，老马对她动手，她一耳光打松了老马的门牙，老马回一耳光打肿了她的半边脸；后来，你得知李丽莲脸肿的缘由，将老马按倒在地，拔掉他那颗已松动的门牙，命令他照常批条子……他倒是从了。

不久，你开始做人参生意，李丽莲停薪留职出来帮你。创业初期的那个辛苦忙碌呀，夏天的一天，血染红了她的白裙子她都不知道。两年后，公司开发新产品，李丽莲试吃人参，吃得浑身水肿，大半年消退不了。而你，正是这个期间第一次出轨的。这是你一生不可告人的内疚。你不知道女人们是怎么回事，反正男人一旦出轨，就会上瘾。1987年，公司生意走顺了，李丽莲怀孕，从此在家做全职太太。现在，你和李丽莲有一儿一女，你和他们都是香港身份，李丽莲带两个孩子常住香港太平山的别墅。在你心中，丽莲是你的"历史"，是原配，其地位是不可撼动的，尽管你在外面有人，尽管她已经性冷淡多年……即使她提出跟你离婚，你也不会答应——因为你知道她不仅没有"新的热烈的爱情"而且依然爱着你，而你虽然已有"新的热烈的爱情"却不能忘恩负义。你发现，在这个问题上，先哲的小葱拌豆腐式的理论对付不了你。

那么，你的"核心"是谁呢？是钟红。因为她符合你，是你的男性的热烈，最具爱情魅力。钟红1997年大学毕业，先在"老虎鼻子"的公司上班，"老虎鼻子"带她陪你K歌，你俩一见钟情。她是一个熟了的美人，大眼睛跟刘虹女有点儿像，屁股比做牙医时的李丽莲的屁股更翘，跟她俩的明显差异是嘴唇肉嘟嘟的，而那时你开始喜欢厚一点儿的嘴唇。不过，有一个问题，你不能夺朋友"老虎鼻子"之好。趁"老虎鼻子"去卫生间时，你问：你老板经常带你出来K歌吗？钟红说没有啊，这还是第一次咧。于是，你趁热打铁，第二天便请"老虎鼻子"喝酒，他果然仗义，让你带走钟红。当然你是把钟红带回公司上班了。可是奇怪，你本来想着像以前泡妞一样泡泡她的，但她既像刘虹女又像李丽莲，让你一时进退失据；倒是钟红每每见你时都莞尔一笑，让你神魂颠倒。有一次，她神秘地对你说：小心你的朋友向你借钱。你问什么意思，她笑：你朋友把我让给你了呀。你忽然感到倒味：你怎么能这样想问题？她便披露，她是做财务的，知道那家公司贷了款，正在筹钱，准备年底还贷。于是你恍然明白：朋友给你下诱饵，但诱饵投靠你了！当晚，你便开车带钟红去宾馆开房。钟红很有女人的悟性，凡事只要经验到一半，一切便进入佳境……当你们建立了先哲强调的"性爱基础"之后，你希望她跟过去所有追慕她的人断绝联系，她阳奉阴违一阵儿，终于对你死心塌地。你们很快有了一个女儿，关系成为定局；你在江城南湖山庄买下一栋别墅，多数时候跟她们母女俩住在一起……这事，你已经开始对原配夫人进行和平演变。

所以，你其实是江城的隐性居民。

至于"尊重对方感受"，就是不让所有跟你发生两性关系的女人吃亏。由于理念使然，你一直坚持以对方自愿为前提。自愿是令你尊重的。当然得防备图财。你明白,那些出色的女人所以入你的道,主要是因为你的财富出众,但也不能说没有那么一点儿对强者的倾慕——连动物世界也是如此咧。其实,问题也没有那么可怕和麻烦,只要你实事求是尊重对方,没有化不开的结。你的尊重很简明:回报——让那些跟你上过床的女人都有收获。不过,你忙,没工夫像那些穷酸的家伙那样送鲜花买饰品,你给钱,按劳付酬,少则一万两万,多则十万八万,让她们自己置办了东西回头供你欣赏。

但你拒绝了一个"处女",那丫头是"老虎鼻子"领来的,他希望你再次借钱给他还贷。当时,那丫头主动在你面前脱衣服,你照例了解情况。问她是哪里人,她突然冒出"旯旮"二字,忒纯的东北口音,再问,竟是你松花江畔同村的小妹,你即刻大喝一声:停!然后从包里取出一万元丢给她,让她赶紧穿上衣服。你不能比"老虎鼻子"没格调。

孙　秋

每个念中文的人都学生腔。那是美好年华,也是不切实际的病。但现实通常比不切实际病得更重。于是学生腔的美好必定被现实的丑陋扼杀。于是便有批判现实之主义,之后再来批判之批判。

然而现实让你玉碎,也让你浴火凤凰。

十七年前,你唯有以考研的方式逃离比邻南平的北原。但逃离不是为了遗忘,而是回避怀念与伤感的刀锋。你为刘虹女写过一首诗,至今记得其中一句的大意:从此你成了我生命的空气。

接到研究生录取通知后,你辞去北原报社的工作,回了一趟老家海宁硖石镇。你已打定主意从此四海无家地闯荡,日后怕是跟父母聚少离多。你告诉父母亲大人你要读研了,母亲笑问:还读呀?她老人家倒不是别的意思,家里不穷,她和父亲有工资,哥哥大学毕业在当地中学教书,香港舅舅还不时塞红包;母亲的看法是,她这个二儿子都是写文章的人了,按理是读完了天下的书。母亲大人的文化水平勉强能够支持她在卫生院做一个普通化验员,但她喜欢文学,也晓得硖石有李善兰、蒋光煦、蒋百里、徐骝良、张守祥、徐志摩、蒋复璁、沈鸿、吴世昌等名人;她向街坊邻居吹嘘:我家今后就指望老二做文豪了。她看过你的几篇小文。既然母亲大人如此高看她的二儿子，你就陪她笑，说：为了尽快实现您老的宏愿呗。但你没讲你将放弃文学转攻哲学。老人家的知识结构经不起折腾，她甚至坚信诗人徐志摩比数学家李善兰更有出息，何况父亲年轻时吃过哲学的亏。

在碛石期间，你曾和父亲一人骑一辆自行车，你驮着母亲，你们一起去看碛石的几处名人故地。行走在颓墙荒草间，你不无开导之意地对母亲说：徐章垿（志摩）是这墙边草丛的花，其他人在历史和现实中是果实咧。父亲是科班出身的医生，也大讲科学与实务的重要。你进一步指出哲学与科学的关系更为密切。母亲信任她的丈夫和儿子，一路以忧伤的沉默表示认同。后来，谈到你的"个人问题"，母亲便拿徐志摩做反面教材，对你说：你可不能像徐先生那样，对一个得不到的女子那么痴迷，误了终身——不管她是什么天仙，不是你的，坚决不要想她！你听着，心头一震：母亲大人竟有巫婆一般的灵性啊。

父亲在一旁呵呵地笑：放心，你儿子心里有数。

父亲的意思是情感也有遗传基因：他年轻时，在大学里追求一位女同学，但人家执意另攀高枝，他便回到碛石，跟死心塌地对他好的母亲结了婚。若干年后，那女同学升任卫生主管部门的官员，常有人笑话父亲没有远见。母亲晓得这事，你们兄弟俩也听过耳旁风。

父母的言传身教对你不无影响。因为你爱他们。现在想来，你的爱情婚姻多少有些他们的影子。只是情形到底不同，除了父亲的执着，你更能隐忍。时至今日，你一直怀念刘虹女，从未觉得"误了终身"；如果这也算痴迷，这痴迷于你倒是深沉的愉悦和享有；何况，即使最终你与刘虹女没有结果，她也从来不曾拒绝你而另攀高枝。当她成为你生命的空气后，你的内心安宁而丰盈，因为空气中洋溢着特有的鸽子花一般的清香。读研时你关闭了寻觅新爱的嗅觉。研究生毕业后，不断变换工作，一路上不能说没有遇见值得留意的女子，可每当你试着接近，一阵风来，鸽子花香总是将肤浅的兴味拂去。

第一次对女孩说喜欢（like）是跟舅舅拍电视广告的时候。她是戏剧学院表演系大三的学生，日后成了明星，你叫她C。舅舅要拍一条洗头水广告，让你去北京演艺圈找头发，你说光是头发好长相吓人也不行吧，舅舅笑你：你条粉肠，这还用说。你住在北京民族饭店，经纪人一拨一拨地带领小演员来试镜，你看着镜头一个接一个地谢谢。突然，你的目光从镜头里跑出来，傻愣愣地看着C：她站在床头的空地，做完正面、侧面、转体亮相，开始扭头、甩头展示秀发，长发飞扬时嫣然一笑,那样子、气质、身材和姿态,让你想起在江城大学表演话剧《虹女》时的刘虹女……一声叫唤差点儿蹦出嗓子。她表演完,亭亭地站立等待。经纪人碰了碰你:孙先生?你激灵一下:行,就她。广告片在广州的片场拍摄,你带C飞往广州。飞机上闲聊,你谈了一些关于表演的意见,她感到惊奇,但你没跟她吹嘘话剧《虹女》。她问你的年龄,说你看上去没那么老。到了广州,舅舅交代C练习规定的甩头动作,C很认真,在住地和片场一有空就把头发甩成扇形。一次,她大幅旋转,脚步没跟上,身子甩出去,幸好被你接住,她居然靠在你身上歇息了片刻。她发现手臂被灯架擦破了米粒大的表皮,要贴创可贴,你说这样容易结疤,跑出去买回生理盐水帮她冲洗,冲得她咯咯直笑。拍完广告,她让你请她一个人去街上吃了一次大排档。翌日,送她去机场,分手时你蹦出一句:Like you。她点点头:我也是。

  C的广告在全国电视台播放两个月后,舅舅又派你去北京挑选白酒广告的男演员。你给C的call机发信息,约她去民族饭店见面。那天下午,你进入民族饭店大厅,急切地朝客人休息区看,可你看见了让你心头咯噔一下的情景:C正和一个头发花白而波浪起伏的老男人说话,她坐在长沙发一端,花白头发坐端头的单人沙发,她的一只手支着花白头发的膝盖,脑袋斜仰地看着花白头发的脸,花白头发倒是目光端正貌似庄重。你想,这么花白,或许是她的一位长辈亲戚咧,便拉着行李箱走过去。她看见你,兴奋地起身,招呼你好,你喜悦地回应,一边向随她起身的花白头发微笑颔首。不料,她向你介绍花白头发是某某电视连续剧的导演兼制片人,又向花白头发介绍你是上次拍洗头水广告的副导演。两月不见,她俨然人情练达,你的心情一派狼藉。所幸那"长辈"摸着花白的波浪,礼貌地说了一句你们聊,主动离去。入住后,你带C去吃东来顺。你觉得你应该保持风度。席间,她明知故问:为什么请我吃饭?你笑着王顾左右:因为你演的广告让客户很满意呀。她抬起胳膊递给你看,说那一粒米真的一点儿痕迹也没有留下呢。你说,当然,我家是医生世家。即刻又解构地一笑:救死扶伤,实行革命的人道主义嘛。她似有觉察,悠忽地问:还记得在广州白云机场对我说的那句话吗?你坦然地点头:记得呀——like, but not love。她不由一顿,即刻哈哈大笑……你实在不能在她抓着熊掌时再给她鱼翅。

  现在,你与C已是好哥们儿,虽然见面不多,但时常电话问候。

有一次，她说她站在长城上给你打电话，白云真白真白真他妈的白。又对你说：我不那样，没有名，你看不上我；我那样，有了名，你又瞧不起我。你说：天气哈哈哈，哥们儿万岁。

那年，你与C的关系but后，先离开舅舅，接着便去鄂西南"支教"。"支教"与C无关，但也不否认有那么一点儿对新时代的光鲜爱情的厌倦。但是，在鄂西南那个叫凤来的山地小镇，你见着彩霞后，真的发现白云真白真白真他妈的白——你不知所措却义无反顾。

彩霞姓徐。你叫她徐彩霞时，她是凤来二中高三的学生，未满十七岁，短发，穿一件褪色的红秋装，坐在教室正中的位置。那个早晨，艳红的太阳搁在山垭上，你踏着凤来二中的铃声走进教室。登上讲台，同学们好奇地看你，你微笑，任由他们看。忽然，教室中央有一双明亮的眼睛令你的目光跳荡一下，竟然凝视了超过三分之一秒的时间；她极快地莞尔，落下两扇睫毛，那羞涩，是白云向蓝天逃逸——那一刻，仿若遇见千年的传说，你的心扑通直跳，表情稀里糊涂；几乎是同时，一片好奇的眼睛顺着你的目光找到了她，让她在四面透光的教室里一下子慌乱不堪……那一刻是注定的，却毫无准备。

从此你必须专心教书，在课堂上用扩散的目光观照全班同学。没课的时候，才能隔着教师办公室的窗齿，向教室那边观望，期待褪色的红秋装闪现。放学后，你在校园门口碰见她，向她点头微笑，她依然极快地莞尔，如果身边有同伴，赶紧叫一声孙老师好。但你不可能因此在教学上回避她，否则你的"支教"倒是耽误了她。偏远山区的孩子内敛少语，读到高三也不善于互相交流，你讲过范文之后，用作文训练他们对话。作文收上来，效果并不理想，比较而言，她的对话算是全班写得最好的；你挑出包括她的作文在内的三篇作文，供同学们学习讨论。有一天，她突然来办公室找你，说她其实也没有掌握写对话的要领，希望老师进一步指点。你回忆了她那篇作文的情况，跟她讲：写对话，不是作者一个人说，如果写甲、乙两人对话，是三个人在说，一个是甲、一个是乙、一个是作者，要分别站在甲和乙的角度去说，甲说的符合甲，乙说的符合乙，作者的话体现在表达意图之中，只对甲、乙的对话进行必要的选择、约束和加工。没几天，她给你一篇新写的对话作文，结尾处加了一句：更多的时候，他俩只用眼睛对话。

这个秋天你感冒了。星期天，你去凤来镇卫生院看医生，医生让你化验血。时值中午，化验室窗外没病人，里面坐着一个穿白大褂戴口罩的化验员，正在看书。你把化验单递进窗口，招呼一声，化验员起身过来，可她拿起化验单一看，愣住了。你问：有问题吗？她拉下口罩冲你一笑，你惊呼：徐彩霞？她笑着摇头，说她叫徐彩云，是彩霞的同胞姐姐，听彩霞说过你的名字。你觉得真神奇。化验后，你拿着化验单谢谢她，刚转身，她从窗口探出头来喊你，让你看完医生后回来一趟。

徐彩云问：彩霞喜欢你知道吗？你问：她说的？徐彩云说：她没说喜欢，但她是我妹妹咧。你耷下头。徐彩云问：结婚了？你摇头。又问：有女朋友？你还是摇头。又问：身体有毛病？你点点头立刻摇头。徐彩云扑哧一笑：什么都没有，这么老实干什么？你不敢抬眼看她，说：我年纪大。她问：多大？你说：三十三。她顿了顿，有些惋惜：大是大了些，不过，我爸比我妈也大十四岁的——你与彩霞相差十六岁。这时你抬头回道：不，她还小。徐彩云与你对视：但是你不给一句话，她不能安心学习——我爹妈就指望这个老二上大学了。你犹豫一会儿：要不这样，为了她的高考，我先答应着。徐彩云说：答应了就不能反悔的。你说：那怎么办？她也不晓得怎么回答你，倒来一杯开水，让你等水凉了服药。然后给你讲，她们姐妹俩原来是同班同学，妹妹比她聪明，成绩好，爸爸因病提前退休让她"顶职"，所以全家要确保妹妹上大学；她们家是土家族，她爸是汉族，从外地来凤来镇工作，做倒插门女婿，妈妈现在没工作了。

你服药时呛了一口，心里念着：怎么办呢？

下个星期天的下午，你换上旅游鞋，拿着一根竹棍，走出学校，向小镇南边的酉水走去。你感到荒野在呼唤。像一个归来者，你顺着静静流淌的酉水走了差不多一华里，转身进入没有道路的山地。你把竹棍扔到高坡，抓住一根拇指粗的藤茎向上攀爬，手没松，脚下刺溜一下滑脱了。突然，身后发出惊呼：小心！是徐彩霞的声音。你吊在坡上回头看她，她冲过来，拿着你的一只脚往坡坎上放。之后你们站在一起。

你问：你怎么来了？她调皮地笑：怕你走丢呀。

接下来，她走在前面做向导。你居然没有赶她回去备考。一条花蛇在草丛里翘起头来看你们，她带你绕过去；彩色的山椒鸟扑哧飞离，歇在附近的树枝上；一束红影嗖的一声窜过去，又一束红影嗖的一声窜过去，是两只红松鼠。山上除了峭壁也有缓坡，松杉随意生长，林间常有空旷地带。你们登上一座没有人迹的山顶。山下的集镇变得微小，山脉成为巨大事物。徐彩霞说：这是一座野山。四周寂静得仿佛即将暴发雷霆，树木、杂草、爬虫和小鸟竟是平和的安宁。你感到一种脱离，同时感到一种陌生的拥有。你来不及体察和品味。你莫名地觉得真好。有徐彩霞在一起真好。你坐下靠着一棵树，徐彩霞坐下靠着另一棵树。她从书包里拿出两瓶水和两个面包，分你一半。你们吃面包喝水，阳光穿过树林照在面前。你想和她捉迷藏。忽然，你望着空中的光线，觉得那是天上与地下的交流。你一直望着，徐彩霞就一直望着你。你闻到了时间的气味。你问：这山上有鸽子树吗？徐彩霞说：我也是第一次来到这座山上。太阳落山了，暮影渐然。无缝的幽明。徐彩霞说：你坐着，我去旁边一下。旁边传来一阵哧哧的声响。她回来，你说：你坐着，我也去旁边一下。也是一阵哧哧的声响。即此无它。夜色简明、宁静、亲切而芬芳。你问：冷吗？她摇摇头，在幽明中看得见你看着她。

  这一天是莫名的新生，在以后的岁月一直那么清晰。

  下山很难，好在月亮升起了。你把竹棍递给徐彩霞，她让你牵着竹棍。回到酉水边，在一棵等到明年才会开花的杨梅树下停留。你问：你姐姐都跟你说了？她点点头，却说：你不要为难，我看得见你的心。你摇头苦笑，不想现在就跟她讲刘虹女。她问：你吻过女孩子吗？你没有应答。她说：你吻我一下吧？吻过了，从此叫你大哥或叔叔都行。你吻了她的额头，想告诉她：这是第一次。她扬起头来，像是要哭一样地笑，叫你大哥。你说：不行，在明年高考前，你只能叫我孙老师。

  不料，你们的"邂逅"被人发现，报告了校长，校长很生气，扬言要请示上级，让你提前结束"支教"。徐彩云得知消息，跑来学校跟校长大吵大闹，问是谁瞎了狗眼，分明是我跟孙老师约会咧——我都参加工作了，难道还不能跟一个教师谈恋爱吗？校长见徐彩云跟徐彩霞长得一模一样，只好先向她赔礼，再来找你道歉。

  原定一个学期的"支教"即将结束，徐彩霞送你一本带锁的日记本，封面上写着：一路顺风！你想，我没打算走啊！但是，学校居然婉拒了你延长"支教"时间的申请。你撤出风来二中，去小镇上租房住下。考虑到不能当无业游民，不久在离学校两里的街口整了一间杂货铺，干脆住进铺子里。杂货铺生意冷清无所谓的，关键是徐彩霞每个周末可以来回路过两次，每次让你为她补一小时课。其他时间，你便看书，或者趴在柜台上写故事。实在寂寞，就去卫生院化验室看望徐彩霞的姐姐徐彩云，托她给徐彩霞送些副食去学校。有一次，徐彩云利用上班时间送东西，回来时，见你穿着白大褂正在看显微镜下的尿样，吓得半死，赶紧拉你起来。病人走后，她冲你发火，你笑，请她听听你的检查结果，她听了，吃惊地看你，你说我妈是一个老化验员呗。从此，你再来，只要是她一人当班，干脆吩咐你打下手；有时不忙，让你先看显微镜，她再看一遍。你觉得干这个比看杂货铺愉快得多。但她因为徐彩霞姐姐的身份，老是数落你笨手笨脚，还教你怎么做她妹妹的男朋友。徐彩霞的母亲来过一次杂货店，给你送来一块风来熏肉，提醒你以后少去卫生院，省得彩霞晓得后不高兴。她母亲是误会了，但你还得照办。她父亲也来过一次，走的时候说：真难为你。

1995年，H省的高考作文是写一段对话，徐彩霞的语文成绩比平时考试多出15分，以超过高考录取线9分的成绩涉险过关，被江城一所普通大学的计算机专业录取。现在，彩霞是你妻子，你们有两个一岁多的儿子，也是双胞胎。

李 冬

老赵、钱夏和孙秋已到过你家，你没什么好说的。

他们如果晓得刘英俊先是刘虹女的学生，之后是你的学生，大约就可以猜出刘英俊与你的爱情缘由：无非是一个小女生因为无限崇拜刘虹女老师，以至于向一个对偶像特别用情的男老师转移了感情。据说刘虹女消失后，刘英俊曾在教室里放声号啕，一度近乎疯子"普希金"的情形。你当初所以珍惜刘英俊，很大程度是她甘愿接受你的"女儿"小虹女。也因为这个，你们之间一直存在一个问题：在她接近并爱着你的时候，你仍在为自己单恋的人尽"义务"，包括以女婿的身份赡养刘虹女的母亲。刘英俊毕竟是人间女子，不是超凡脱俗的仙人，她心里曲折隐忍的忧伤令你长久不安。

昨天晚上在南平剧场的舞台上，你表演黑脸包公——又一次铡了"蜕化变质"的陈世美，在老赵、钱夏和孙秋眼里，或许单纯是一种精神的诉求和愉悦；没错，你一直很享受其中的慷慨正义；可是，他们不知道，十七年前你学花鼓戏完全出于一个简单的实用动机。

刘英俊的家在南平乡下。家中有一个哥哥和一个姐姐，两人先后在高考和中考中落榜，只能穿着皮鞋留在家里种责任田；刘英俊考取南平师范学校时，父母为她放了一挂万响的鞭炮。三年后，刘英俊兴冲冲回家向父母报告：我谈男朋友了！二老高兴而小心翼翼地打探，刘英俊有问必答，因为你的条件在当时的确不错，加上隐瞒了小虹女的事实，二老为之眉开眼笑，两张老脸被正午的太阳照耀得红光闪闪。

可是，出事了！

半年后，二老拎着一篓鸡蛋上县城看女儿，先去刘英俊任教的南师附属小学，未见着人，经门房师傅指引，掉头来南师，找到夹皮沟东端的第一间，陡然呆在门外：门开着，刘英俊正在房里用奶瓶给小虹女喂奶！这时，房里的刘英俊感到门口突然阴下来，一抬头，看见门外的父母，连忙惊呼：爸、妈，你们怎么来了？父亲没应，母亲问道：谁的孩子？刘英俊答：我和李冬的。母亲一凛：你们什么时候结婚的？怎么有这么大的孩子？刘英俊赶紧解释：妈，我们没有"先上船后买票"，这孩子……总之你们不用管。母亲嗔道：你是我女儿，我咋不管？刘英俊犹豫一阵儿，如实相告：孩子是在门外捡的。母亲追问：捡的？你捡的还是李冬捡的？刘英俊就篡改情节：我们俩一起捡的。母亲不依：为什么不送给政府？刘英俊有些烦：我们喜欢这孩子不行吗？这时，小虹女呜哇一声哭叫，刘英俊赶紧照顾孩子。房门口亮堂了，刘英俊再抬头，不见父母的影子，门外歇着一篓鸡蛋……

没几天，刘英俊的哥哥来到学校，告知父母双双卧病在床。

你与这位跟你同年出生的舅兄对坐在夹皮沟的小房里，许久耷头无语。舅兄的黑皮鞋堵在你眼前，鞋帮上干枯的黄泥巴掉了一地。刘英俊抱着小虹女在房里来回走动，突然停下，冒出一句：有办法了！你与舅兄抬头看她，她说：爸妈不是喜欢花鼓戏吗？让他们看一场戏，保准什么病都没了，要不请一台花鼓戏吧，就在湾子里演！你不晓得这是什么套路，舅兄却问：由头呢？刘英俊一笑：庆贺他们的外孙女满月呀。舅兄摇头，向刘英俊怀里的小虹女努嘴：满月的孩子有这么大吗？刘英俊说：找个理由不让孩子出现呗。舅兄眨着眼，不再吱声。你明白了，问舅兄：如何？他点点头：家里我来安排，戏班的事你们负责。

请戏班差钱，你母亲从梅州汇来2000元。于是，在一个月上梢头的凉爽秋夜，在岳父岳母大人的家门口，方桌拼成舞台，锣鼓震天响，你和刘英俊陪着两位老人，坐在观众最前面的正中位置，看了一场花鼓戏《秦香莲》。翌日，二老提着竹篓，从村东走到村西，挨家挨户发红鸡蛋，敬锡纸包的香烟……人人恭贺他们喜添孙女，夸赞他们的三丫头有出息，贤婿孝顺。面上的事就这么翻手为云了。

可刘英俊与你结婚后，老是怀不上孩子，后来送小虹女上学时又被汽车撞跛一条腿，这便让岳父岳母常年为"里子"忧愁叹息。怎么办？总不能老是请戏班子吧？

有一天，你抱着小虹女，无意间哼出包龙图的"赤胆忠心把国保"，刘英俊在一旁鼓掌欢呼：行啊，比专业演员唱得还好咧！你问真的，她说真的。之后，你去县剧团拜师学艺，只要乡下传来消息，说岳父岳母忧愁得不行，就马上买了烟酒食品赶往乡下，在堂屋里给二老唱上几段。每到春节，全家人团聚，你还会化了装，穿上包龙图的戏服，自敲一阵锣鼓，且唱且演……

岳父岳母不仅爱戏也懂戏，听着听着就入了戏中，关于"里子"的忧愁暂时烟消云散。听完，还会对唱腔的转折和拖音提几点看法，有时二老意见不一，争起来互不相让，但对扮相与台步从来意见一致，主要是脸太瘦、迈不好外八字……你是广东人，还得尽快长胖。

现在，"面子"和"里子"问题都解决了，你也长肚子了，可是小虹女却成了被追究的悬案。

第八章　勇毅之战

请　求

老赵、钱夏和孙秋离开南平去大湖的次日上午，李冬来到武永强办公室。十七年两人隐约互知，而今一个是本市教育界名师，一个是公安局局长，见面彼此客气。武永强离开办公桌，陪李冬去沙发上落座。

李冬说：武局长，我是来请求你的。

武永强笑：李老师别用请求这个词，有事随便说。

李冬说：我请求你终止调查弃婴案。

武永强问：孙秋昨天来报案没跟你商量？

李冬苦笑：我理解他，但希望你们也理解我。

武永强问：什么意思？

李冬说：不能破坏我女儿小虹女的生活。

武永强皱起眉头：调查可以避开小虹女呀？

李冬提高声音：小虹女现在生活得很安宁。

武永强微笑：你觉得这样对小虹女公平吗？

李冬激动了：难道你觉得我没有想到这个？

二人沉默。武永强试探：你是否想过更重要的一个方面？如果找到弃婴人，就有可能落实刘虹女当年消失的情况？

李冬回道：是，这也是我关心的，我也没有对此死心；但是，在过去的十七年，小虹女是刘虹女的化身，是活生生的，即使是刘虹女，也会认为保护小虹女的安宁生活更为厚道！

武永强摇头咋舌：可公安接到报案不能不查呀？

李冬不予回应，心想：那不是我的事——如果开启侦查，一旦比对母女DNA，事情就会穿帮，小虹女就会遭到不可逆转的精神伤害。

武永强见李冬像个铁坨坨，劝他先回去考虑考虑。

李冬突然问：公安局现在最严酷的审讯手段有哪些？

武永强回道：现在是文明办案，你在想什么呢？

李冬说：如果你们审讯我，我什么都不会说。

武永强感到奇怪：干吗审讯你？

李冬说：我晓得遗弃小虹女的那个女人。

武永强不由诧然愣住。

李冬撇嘴冷笑一下，起身告辞。

武永强急忙喊：哎，那个女人跟刘虹女有关吗？

李冬说：我说了，我什么都不会说的。

当晚，武永强着便装来敲李冬家的门，李冬将他堵在门外，掉头跟刘英俊招呼一声，拉他离开。武永强问是不是小虹女放假回家了，李冬说不是，女儿留在江城打工，他不想把事情带到家里说。出了楼道，二人从林间小路步入操场，走到中央停下。一轮明月当空，操场像一面无字的大黑板，四周蝉声齐鸣。武永强咳了一声，正要说话，李冬抬手挡住：你不用讲，你们不是小虹女的父亲，你们不懂！

武永强无语。李冬仰头看天上的月亮。

蝉鸣声声。所有的风隐匿在幽明之中。

后来武永强说：李老师，我不强求你配合侦查，但请你帮忙解答两个问题——第一，十七年过去了，我和你们四人虽然都各有家室，但我们不能否认当年对刘虹女的感情，如今起码应该拿她当作已故的亲人，那么，一个亲人走了，原因不明，我们是不是应该把它弄清楚？第二，我们明明有一条可能查明原因的线索，不管什么理由，如果回避和放弃，会不会造成人生和道义的遗憾？

李冬无需回应，仍是盯着月亮。

他在想，只要刘虹女明白我的心思就够了。

这时，蝉声被盈盈的月光照耀得陡然停息。

武永强感到后颈上有蚊子撞击，啪地拍打一掌。李冬的目光从月亮那里收回来。武永强恳切地说：李老师，我没有要求别的，只是请求你回答两个问题咧。李冬问：你见过我女儿小虹女吗？武永强说：人虽没见，但你李老师的大女儿是才女早有所闻。李冬顿了顿，淤积的情绪冲闸而出：那我告诉你吧，小虹女跟当年的刘虹女很像，也是江城大学英语系学生……她是我的心血，渗透着对刘虹女的爱；她也是我老婆的心血，代表一个普通女子对刘虹女的敬慕——我老婆刘英俊一手一脚带大小虹女，带她上学被汽车撞跛一条腿，吃中药吃得胖成了皮球……我女儿小虹女有灵性，知道我为什么唱花鼓戏，每次我客串演出，她妹妹不听，她是必听的，但她要学戏我不同意，让她学刘虹女弹钢琴……她美丽、聪明、有情有义，好得没有一点儿缺点，她叫一声爸爸或妈妈，我和刘英俊的命就是她的了……这是我们实实在在的亲情与生活——假如她是真实的刘虹女，你会忍心破坏她的生活吗？武永强连连点头：明白明白。却说：我说过，如果调查，一定避开小虹女。李冬见武永强仍不死心，严峻地回道：你没有如果，如果你有如果，或者如果你向人透露小虹女是弃婴，必然引发一桩血案，这桩血案的案犯是我，但办案的肯定不是你，因为你已经被我杀死了！武永强终于彻底哑火。

这时，林道那边传来小霞儿的叫唤：爸爸，姐姐来电话了！李冬高声应答：来了来了！丢下武永强，往家里跑。

武永强喊：喂，避开还不行吗？

李冬头也不回：我说话算数的。

武永强高大而孤独地滞留在空旷的操场。

几天之后，一个陌生男青年来到李冬家拜访。

这青年架一副没有边框的眼镜，白净高颀，穿蓝色短袖T恤，拎一袋苹果，看上去很斯文，像留学归来的。他站在门外向李冬鞠躬，居然问李叔叔好。李冬好生诧异，说：我叫李冬，你确定没敲错门吗？他大方地展颜微笑：没错，您是虹女的爸爸。李冬心里一怦：你是？他微笑着：我是小章，章文白。天气很热，他抬手擦了擦额头的细汗。李冬带着疑惑挪开身子，意思是你且请进吧。这个章文白小章进了屋，将苹果袋放到客厅的茶几上。

刘英俊听见来人说到小虹女，急忙进入客厅取代主人身份，吩咐李冬去拿凉开水，邀章文白到沙发上就座，问：你认识我们家虹女？章文白点头：是，阿姨。又问：你是她的学长？章文白摇头：不，是虹女在我们公司打暑期工。刘英俊愣了一下：你是老板？章文白笑笑：我们公司是著名的华夏集团，老板是钱先生钱夏。恰在这时，李冬端着凉开水过来，听到章文白说老板是钱夏，手一颤，杯里的水跳了一串出来，但即刻镇定地招呼：小伙子，喝水。章文白接过水杯，眼镜片朝李冬晃出白光：您听说过我们老板？李冬嗬地一笑：大名鼎鼎的钱夏，差不多全中国人民都晓得。一边挪椅子，傍着刘英俊坐下。刘英俊看出李冬的态度，尽量平常地问：虹女没给你们添麻烦吧？章文白说：没有，她很出色的。又问：你来见我们，有什么事吗？章文白讪讪地回道：也没什么事，开车送一个朋友到南平，顺便看望叔叔阿姨。刘英俊感到章文白的眼镜片有些晃眼，没啥要问的了。章文白起身告辞，李冬和刘英俊送至门口，章文白突然掉头问：叔叔阿姨有什么话让我转告虹女吗？刘英俊抬抬手：谢谢，有事我们给她打电话。

　　章文白走后，刘英俊愣着，小霞儿从房门口探出头来。

　　李冬走到电话机旁，拨通钱夏的手机，一阵噼里啪啦地质问：钱老板，我女儿小虹女在你公司打工为什么不告诉我？章文白是什么人？凭什么要来南平看望我们？还一口一个"虹女"？他怎么查到我家住址的？什么目的？电话那头，钱夏还没有回应，李冬大喊：你在听吗？我请求你保护小虹女行不行？静默中，钱夏狮子一般呼隆一声，只道：知道了，放心，小虹女也是我的女儿！

阻　止

　　钱夏早已从大湖县回到江城。

　　一周前，他站在大湖西岸，看太阳清晰地升起，霞光映照碧水青荷的湖面，旷阔视野里生机勃勃；可转眼望陆地，一溜逶迤的村子仅有三五处冒着残烟，广袤田畈连片荒芜，几只灰色小鸟啁啾着朝湖边飞窜……他问身边的老赵：我来投资，你们的收益有多大比例用于减免农民负担？老赵说百分之百。他回头看老赵：可以查账吗？老赵说我陪你查。他发现老赵的眼珠布满血丝，避开他的目光时，话就出了口：我来吧。

　　返回江城的路上，孙秋给投资项目取名"大湖生态新民公社"，钱夏很满意，邀孙秋领衔制定项目方案，孙秋接受。钱夏突然长吁一声：我是害怕呀。孙秋问：怕老赵乌纱不保？他没应。孙秋又问：怕"三农"的灾难？他仍没应。片刻后，他反问：记得《橄榄文》中的那句话吗？孙秋明白：城门失火，殃及池鱼。两人便沉默。

回到江城，钱夏忙着推进大湖项目，无心过问日常事务。有人向他反映小虹女在公司引起波澜，他没在意，心想，都是少男少女，小虹女那么漂亮，不起点儿波澜才怪咧，即便波澜再大，不就是我们四人当年追求刘虹女的那个样子吗？何况是在本公司，翻不了船。

可钱夏没有料到章文白——

一次，公司在江城百货商场搭台开展"有奖问答"促销活动，因为小虹女是主持人，章文白请缨带人维护现场。上午十点，小虹女在台上介绍活动内容，台下顾客越聚越多，突然一群青年学生涌进大堂，扯出"刘虹女回家弹钢琴"的红布横幅，高呼：刘虹女——回去！声浪一波接一波。小虹女慌乱无措，中断了主持。章文白见此情形，迎上前大吼一声：不许胡闹！学生们平静瞬刻，哄堂而笑，再次呼喊起来。章文白红了眼，吆喝同事驱赶学生，双方发生混战。所幸商场保安及时赶来挥舞电棍，镇住了场面。闹事者散去，小虹女看见章文白倒在地上，赶紧从台上跳下来将他扶起，不料，满脸血迹的章文白顺势抱住小虹女，小虹女怎么也挣不脱，直到保安过来帮忙才掰开这小子。

接着是"内战"。不知从何时起，公司男青年每晚邀约女青年吃大排档，不是吉庆小炒就是江边烧烤。这样的活动大伙故意回避章文白，但章文白知道有小虹女，必定凭着董事长秘书身份高调到场。大排档上听从力比多，比拼喝酒吹牛。章文白喝酒不行，口才出众，但酒喝高了舌头大，口才也蒙圈，每到这时就抢着买单，免不了来一句——你们那点儿钱歇着吧，把人气死。最近的一次，小虹女说：各位大哥大姐都不要争，今天我买单——你们8人带我吃了8次，今天是第9次，正好让我AA。说着就从背包里取钱。章文白正要说话，座中另一个大舌头抓住了小虹女的手。章文白见此不爽，喊道：哎哎，君子动口不动手！那大舌头掉头瞪着章文白：说什么呢？你君子我小人吗？就放开小虹女，端起一碗啤酒泼向章文白，章文白染了一身酒水，愣住，大家以为他尿了，他却不紧不慢地起身，抓起一只空瓶，朝着对方头顶砸出嘭的一声……然后双手叉腰，派人把鲜血淋淋的大舌头抬往医院，十分镇定。

这天，公司加班召开促销小结会，散会时天色已暗，一群男青年追随小虹女下楼，争抢着送她回江城大学，小虹女边走边摆手，像驱赶苍蝇一样。出大楼走向街边，一拨人同时冲到马路上拦的士。一辆绿色的士刚刚在小虹女面前停下，只听哧啦一声，另一辆白色本田斜刹在的士前头,章文白从车上下来,邀小虹女上本田,小虹女连连摆手,拉开的士车门,逃进车里,回头隔着车窗向章文白求饶:麻烦您让一让,我自己回去!章文白坚决不回自己车上。的士司机摁响喇叭催促,章文白纹丝不动,的士只好倒退,绕行过去。这时,现场剩下章文白和一群男青年,大家虽然都撤了空网,但所有人幸灾乐祸地朝着章文白呵呵大笑。忽然有人喊:董事长来了。全体掉头,见钱夏赫然立在大楼前的台阶上,正虎着脸看这边……头痉挛似的向右一抖。

次日上午,钱夏很冷静,让章文白带小虹女来办公室。章文白领着小虹女来了,一起站在大班台对面,钱夏且不说话,默着脸观看二人片刻,朝章文白摆手,让他通知侯卫国二十分钟后进来,章文白退去。面前只有小虹女,钱夏指指大班台对面的椅子,蔼然道:坐吧。小虹女坐下。钱夏开门见山:知道我跟你爸的关系吗?小虹女点头:知道,公司培训时介绍过您。又问:见过我们演话剧《虹女》的合影?小虹女答:见过。又问:为什么不来见我?小虹女答:我只是来打工。又问:为了挣钱还是锻炼?小虹女大方地一笑:两者不矛盾呀。

问答中,钱夏发现小虹女不仅有刘虹女的相貌气质,而且性格敞亮刚毅——面对长辈和老板,不仅指出"两者不矛盾",还加上"呀"的语气……他臃肿的面庞不易觉察地微笑一下,接着问:孩子,是不是有很多男生在追求你?小虹女羞涩地点头。又问:包括章文白?小虹女眨眨眼:可能吧。又问:你是什么态度?小虹女笑了:我还小,我的成长很遥远,不理会这些,只希望他们不要无谓地争斗。钱夏心里一惊:从前刘虹女也是这么想的吗?便点点头:孩子,你是对的,你的未来无限美好;而且,你除了可以得到美德与法制的保护,还有父母亲和三个伯伯——父母是亲情、赵伯伯是政治、钱伯伯是经济、孙伯伯是智慧——你任何时候都不用害怕,明白吗?小虹女有点儿茫然地点头:谢谢钱伯伯。钱夏抬手:忙去,记得给爸爸妈妈打电话。

侯卫国进来时,钱夏闭目仰靠在椅背上。侯卫国站在大班台前怯怯地观望钱夏。钱夏闭着眼睛问:员工宿舍楼还有空房吗?侯卫国说:整套的没有,一楼女工集体房空出了四个床位。钱夏又问:招来做促销主持人的女大学生有几个?侯卫国说:留在江城的有六个。钱夏吩咐:安排她们来公司宿舍住吧,大学放假了,住学校不安全——但你记得,第一批要安排刘虹女。侯卫国点头答应,起身离去。

但侯卫国正要出门，钱夏又把他叫回来，问他知不知道小虹女的身份，侯卫国说只晓得这个刘虹女跟过去那个刘虹女同名同姓。钱夏告诉他小虹女是李冬的女儿，侯卫国惊诧地哦了一声。钱夏交代：你要保护好小虹女，不管是谁都不能骚扰她——包括章文白。侯卫国像民警一样立正表态：坚决照办！钱夏心里有些高兴，藏着笑问道：听说你跟那个女技术员吵得厉害？侯卫国不好意思地抓挠头皮：女人是衣裳，兄弟是手足。钱夏摆摇手：东拉西拉，去吧。

然后是章文白。章文白是"地下夫人"钟红的远房表弟，当时稀罕的工商硕士，由钟红推荐来公司，钱夏举贤不避亲，让他做自己的秘书。这样，章文白一面牵着远房表姐的衣角在狮子面前唯唯诺诺，一面揪着狮子尾巴在万人之前行走自如：轮番运转谨慎与放肆。

章文白进了办公室，远远停下；钱夏勾一下手指，章文白向前挪一步，一连几次，最后在平常站立的位置站住。

钱夏尽量平静地问：今年多大？章文白眼皮跳闪：二十六。钱夏顿了顿：你在追求小虹女？章文白奔下头：是。钱夏说：如果我让你马上放弃呢？章文白抬起头：为什么？钱夏扯起嘴角：你不觉得小虹女太优秀了？章文白抗争：我已经研究生毕业，现在是您的秘书啊。

钱夏嗤地一笑：那我就直言了——虽然你的条件不错，但不是最优秀，配不上小虹女；她今后的男朋友或丈夫在学历、智慧、事业，尤其是人格、修为、情感等方面，必须是这个社会上最出色的人，而你现在不是，今后不一定；所以，出于对小虹女的关爱，也为你今后的幸福着想，从现在起，我要求你中止纠缠小虹女，否则我会不高兴——你知道，我不高兴是很严重的。

章文白满脸涨红地嘟哝：我不明白，您为什么这样——站在陌生的刘虹女一边？（幸亏他还算聪明，没提自己是钟红的远房表弟。）

钱夏无奈地摇摇头：这就是你需要检讨的——不明白我是站在"最优秀"的立场上——去想吧！

这天下午，钱夏坐在别墅客厅呷茶，"地下夫人"钟红将怀里的女儿递给他，一边问起章文白与小虹女的事，他接过女儿时，笑脸不由僵住，对章文白走夫人路线顿生厌恶，便冲着钟红发火，数落她干政。

恰在这时，手机响了，是李冬的连珠炮，质问章文白何以跑到南平去"拜访"……钱夏挂掉电话，忍不住骂道：什么混账东西！

抢 救

而且无比混账。

当夜侯卫国电话报告：晚八时许，天色幽暗，章文白鬼鬼祟祟向女工宿舍靠近，侯学习黄雀尾随螳螂之后；一会儿，章文白站上一把靠墙的椅子，朝宿舍卫生间的窗内窥视，说时迟那时快，侯一个箭步，一个飞脚，章文白跌倒在地，估计摔得不轻……侯赶紧闪掉。

钱夏听完气得脸黑：操！你干吗不把他扭送到公安局？

次日早晨，钱夏开车去华夏国际大厦，一路想：是拉开26楼的窗户将这个王八羔子扔下去，还是朝着他的鼻梁送上两记老拳呢？进到办公室，且靠在大班台后的皮椅上歇一口气。章文白照例按时端着茶水进来，右腿明显带着昨晚作案落下的微跛，往桌上放下茶杯时，两手颤抖，杯子落得咣当一响，连忙转身脱离。钱夏喝道：站住！章文白吓得一抖，欲走而停，身子扭成S形定住。

钱夏由得章文白的S在恐惧中煎熬良久，愤愤地说：好吧，看在你远房表姐钟红的分儿上，给你讲几句——你昨天去南平后，大概弄清楚了我跟李冬老师的关系，你为什么要弄清楚呢？你在想什么？怀疑老子打小虹女的主意吗？你侮辱了我，但我同情你这号小鼻小眼的家伙……昨晚你又搭台往小虹女的卫生间偷看，看来你生理上很正常，我也理解你那点儿荷尔蒙泛滥，何况你摔了一跤——还疼吗？但是，你已经不适合在我身边工作了，我担心茶水的卫生。

章文白一直哆嗦着，听到最后通牒，即刻转身辩解：董事长，您误会了，我去南平不是您说的那个意思！

钱夏摇摇手：什么意思无所谓。

章文白又道：昨晚，我也没有看见什么！

钱夏冷笑：这是关键吗？

章文白嘟哝：我怎么会让茶水不卫生呢？

钱夏嗤笑：世道不古，人心浇漓啊。

章文白忽然大喊：我决不离开您！

不料，这一喊倒击中了钱夏。钱夏半生行走江湖，什么都不惧，什么都不服，只怕别人对自己死心塌地，忠心耿耿。沉默片刻，钱夏陡然态度软和：那，这样吧，公司在大湖县投资了一个"大湖生态新民公社",已经成立办事处,缺负责人,你去做经理,如果痛改前非,在项目上干出业绩,华夏不会亏待你——这是你在我这儿最后的机会。

两天后,中共大湖县委书记赵春亲自来到大湖拜会章文白。当时晨阳斜照,章文白正望湖凝思。老赵在五米外停下,叫唤章经理,章文白于思绪中掉转头,一脸莲花秀色。老赵很是喜欢这个青年才俊。两人握手相认。谈起下一步的工作,章文白对纸上的方案过目不忘,一清二楚。老赵问有什么需要帮助,章文白说:主要是招聘和组织挖土修路的农民工有难度。老赵表示这个是政府的强项。

过了两天,招工的事已有眉目。老赵给章文白打电话,他的手机关机,打到办事处,接电话的人说章经理不在,大清早开车走的,可能去了县里。老赵想:来县里得找我呀?是不是回江城总部了呢?马上联系钱夏,钱夏在电话里咕哝一句:坏了!连忙说:老赵不急,你让人把农民工带到大湖工地,我马上安排接洽。

这样,章文白的问题就越发严重了。

但钱夏无惧,给大湖前线打电话交代工作后,即刻通知侯卫国放下手头的事,全天候暗中保护小虹女,章文白一旦出现,立马捉拿。只是还不确定章文白究竟如何"坏了"。

晚上回家,钟红见钱夏面色阴沉,抱着孩子生怕发出声响。钱夏站在客厅闷声问:那小子又说什么了?钟红摇头:没有呀,上次他惹你生气,我骂过他后,再也没有联系。钱夏知道钟红从不对自己说谎,不由心软,上前接过孩子,说:老婆啊,咱俩是夫妻,章文白不过是个臭虫,别让他影响我们。钟红连连点头,禁不住眼泪汪汪。

两人正靠在一起摇晃孩子,李冬突然打来电话,又是噼里啪啦,说章文白去了南平乡下,以外孙女男朋友的身份见过刘英俊父母——他这是干什么呢?查户口?他为什么要查户口?就算他弄清楚了小虹女跟我的关系,能干什么?要挟?敲诈?我又不是像你一样的财主!钱夏把孩子交给钟红,上楼去书房,一边回话:兄弟莫急,我已经把章文白调到大湖,他这是死皮赖脸不死心——因为我们担心小虹女受伤害,又觉得这小子不配,所以有点儿过度紧张。李冬不信:我看他没那么简单!钱夏只好嘻嘻哈哈:李老师呀,十七年了,时代不同,现在的年轻人跟我们那时候不一样,不讲风度,人家是本我主义丛林法则剑走偏锋,但天塌不下来。最后还是那一句:放心,小虹女也是我的女儿！

挂了电话，钱夏一脚蹬开书桌前的皮椅，疲软地仰倒在椅背上。一会儿，又飘忽一笑，居然有点儿喜欢章文白的这股犟劲——想当年，我们四人不也是这么执拗吗？可脸上的笑即刻卡死。心想，爱与害只隔一步，你小子不是我们，你对小虹女图谋不轨——跟当年强暴刘虹女的罪犯有何区别？你已冒犯底线，你这样越犟越不可饶恕，再不回头，只会逼得老子出狠招——用拳头教训你！

这时手机收到一条短信，是公司驻大湖办事处会计兼"潜伏工作者"发来的：章文白已回，因困正睡。

钱夏叹息，只好给孙秋打电话。

不日，孙秋以顾问身份来到大湖。章文白早就仰慕知名咨询专家孙秋，见面小跑相迎，很是尊重。孙秋不动声色，每天按时去办事处上班，提醒章文白调度事务，带他下工地现场解决问题，倒是觉得这个年轻人一点儿也不是纨绔，工作起来兢兢业业，脑子也灵光。

几天后，孙秋发现章文白每天傍晚都去湖边呆成一根木桩，便跟随散步，从"木桩"旁经过。一天，章文白喊孙老师等等，追来并行，孙秋假意沉迷游兴，赞叹湖上景色。章文白忍不住说：孙老师，我有一桩私事，很苦恼。孙秋淡然道：听说过一点儿。章文白很吃惊：怎么，您晓得干吗不给学生指点迷津？孙秋笑笑：我什么时候成了你的老师？再说，个人的事你不问，我怎么好讲呢？

章文白沉默片刻，带着怨气嘟哝：您跟钱老板不同。孙秋回应：凡事不要光看表面。章文白说：他总是霸道地阻止我追求一个叫刘虹女的姑娘，起初我怀疑他跟别的老板一样为了猎获女色，但我很快查明，虹女是他同学李冬老师的女儿，他不会那么做；后来，我觉得李冬老师不可能有虹女这么大的孩子，再次进行了调查——现在可以肯定，虹女不是李冬老师夫妇亲生的，因为虹女出生时他俩还没结婚。孙秋心想，这小子的侦查能力不逊于当年的我们四人咧，可惜只有本我诉求和自我功利。他问：即使你的调查属实，又怎样呢？章文白迟疑了一下：暂时还没想好——如果他们继续坚决阻止我，不排除向刘虹女和社会揭穿他们的秘密——我相信，他们一直在刻意隐瞒。

果然是一个邪恶的打算！

孙秋问：你以为真正的爱情是外人能阻止的吗？章文白说：可是他们阻扰我跟虹女接触呀！孙秋指出：没人阻扰你跟小虹女正常接触，

如果你采取"揭秘"方式，请注意个人人身安全，这不是威胁，我了解钱夏和李冬，为了小虹女，他们什么事都敢做。说罢扬手而去。

章文白呆在原地，突然发出一声号叫：哎——哟！

随后几天，章文白约孙秋散步，孙秋不去，不给他反扑机会。上班时章文白唉声叹气，孙秋就敲敲办公桌：出路在这儿咧。

这天晚上，章文白来到孙秋的宿舍，诚恳寻求爱情指引，孙秋给他讲本我、自我、超我的良性协调，他听不进去，反倒说自我和超我都是虚伪。孙秋问：在人世间和社会上，你能够只有本我吗？他不吭声。后来孙秋说：我有一个自己的故事，或许你可以借鉴。于是，从十七年前他跟老赵、钱夏、李冬一起追求大学同学刘虹女讲起，一直讲到此时为了共同的小虹女给他讲故事。夜已深，窗外蝉声阵阵，章文白耷了头，垮下身子。孙秋看着异样缩小的章文白，说：明天还有工作，去睡吧。章文白默默摇头，叹息：我战胜不了你们的故事！

次日早晨上班，孙秋没有见到章文白，去宿舍找，门虚掩着，推开进去，见桌上搁着一张白纸，上面写着：

对不起……永别了！

孙秋脑袋一炸，抓起白纸塞进抽屉，掉头跑回办事处，大声问谁见过章文白经理，愣在门口的农民工工头说：刚才见过的，章经理一个人驾船往湖心去了。孙秋便叫上工头和一名员工，朝大湖奔跑。

湖边泊着一条采莲船，三人跳上去，抓桨疾划，穿行于荷林，向湖心飞驰。荷区外是大片净水，前方漂着一条空船。工头忽然尖叫：哎呀！船头有水花，章经理落水了，手还在抓捞咧！孙秋急喊：快！三人拼命划船。离"水花"大约二十米，孙秋一个鱼跃插进湖里，眨眼间，水面露出章文白的头。工头和员工赶紧划船靠拢，一起抓住章文白的手，将他拖进船舱。孙秋爬上船，冲过来扶着章文白的头，吆喝二人为章文白清理鼻子口腔、压腹排水，一边腾出手，拿起船上的手机拨打120。

章文白连连呕水，猛地呛出声来。

工头忍不住笑了。员工却惊呼：血！只见一道鲜红的血迹从船舷延至船舱，一直到达孙秋的左脚。孙秋一怔，顿感疼痛，连忙用手捂住脚背的伤口，一边呻吟：快，把船划到岸边！

远处，120急救车已候在岸上，红灯闪烁着。

靠岸时，章文白睁开眼睛，看见孙秋昏迷在身边……

工头说:孙先生好人好报啊——叫来的120救了自己!

两天后,孙秋在大湖县人民医院的病床上醒来,面前站着老赵、钱夏、李冬三人。章文白退缩在房门口。孙秋朝大家一笑,三人便呵呵大笑。孙秋看见了章文白,向他勾手,章文白过去,俯下身子。孙秋小声说:卧室的文件放在抽屉里。章文白点点头。

绝　密

我们决定办一次自己的千禧庆典。

8月下旬的一天,钱夏把小虹女叫来办公室。小虹女虽是悬案,却是活生生的事实。他高屋建瓴地说:孩子,今年是2000年,不管是不是人类的千禧,反正今年是三位伯伯见到你的第一年,是你让分别十七年的赵钱孙李重逢的一年,是孙秋伯伯死里逃生的一年,9月1日还是你十七岁生日,四喜临门,四家人必须聚在一起热闹热闹;另外还有一个意思,9月前有劳动节、党节、军节,之后是国庆,我们把9月1日定为家节——国虽大,家在先,这符合"家庭国家起源"的学说;既然是家节,得有家节气氛,我请你来导演一台节目。

小虹女当即冒出想法:那天,我陪你们演话剧《虹女》吧?

钱夏心里一震,连忙唬道:这个不行,不能让你虹女妈妈出现,否则你妈和三个伯妈会打翻醋坛子的。

9月1日傍晚,家节庆典在江城万家城千禧会所举行。

大包房里除了餐位,有宽敞的休息区和表演台。众人到来时,吊灯、顶灯和壁灯全都亮着,灯光在餐桌、餐椅和沙发的金线上反射,桌上的银质餐具闪闪烁烁,辉煌让人情不自禁;一面玻璃幕墙嵌着城景,穿城而过的长江金晖流淌,夕阳明晰地搁在长江上游;地毯是米色的,厚实柔软;空气中弥漫着淡淡黍香,别有温润。

四家来了16人:赵钱孙李4对夫妇;子女辈有小虹女,有老赵十四岁的女儿赵周乔,钱夏十二岁的长女钱锦和八岁的儿子钱飞(原配夫人李丽莲所生,从香港飞来),钱夏未满周岁的次女钱锦飞(由"地下夫人"钟红抱在怀中),孙秋不满两岁的双胞胎儿子孙海和孙洋,李冬七岁的次女李霞儿。赵钱孙李介绍夫人和孩子,孩子们羞涩地叫唤大妈二妈三妈四妈,然后去休息区落座说话。四个学龄后小孩跟着小虹女去表演台,小虹女给他们讲今晚的节目,一边调试灯光与麦克风;钱飞和李霞儿开小差,趴在一台白色钢琴上,不时弄出琴声。孙海孙洋颤巍巍地往表演台那边跑,被孙秋一手一个拎回来,放到妻子徐彩霞膝上。

入席,小虹女坐首席,赵钱孙李夫妇分坐左右,能自理的小孩在下席随便找位置。经老赵提议,全体起立举杯庆贺"四喜",孩子们的筷勺随之上阵,场面一时呼呼啦啦。热闹中,赵钱孙李四人频频给小虹女夹菜。孙海孙洋从椅子上站起来,揪出嘴里的鱼糕,也往小虹女姐姐的盘中放,惹得众人大笑。菜品上齐,小虹女离席走到台上,拿起麦克风讲话:亲爱的爸爸妈妈、各位伯伯伯妈、各位弟弟妹妹,今天,我为家节设计了三个文艺节目,希望你们开心!

第一个节目是"开心抢麦":除小虹女和赵钱孙李,所有人自由上台,清唱一首歌,或者讲一个段子,必须引人发笑。开始,大家都犹豫,鼓动别人上场,小虹女让妹妹小霞儿抛砖引玉,小霞儿磕磕巴巴唱完一首《星语心愿》,果然就纷纷"抢麦"了。而且清唱不比卡拉OK,唱起来忘词走调,总能引起阵阵笑声。大伯妈周亦敏不唱歌,讲单位里政治学习的段子,大家听了没笑,钱夏要求重讲,大伯妈再讲一个医学方面的笑话,也不好笑;大伯妈不肯认输,一定要让人笑,接着往下讲,倒是怎么也不能让人发笑的样子让大家笑了。

第二个节目是"老哥们儿串烧":由赵钱孙李分别扮演四人中不是自己的任何人,剧情是听音乐的反应,语言不能超过一句,不涉及被表演者姓名,让观众看出原型是谁。老赵第一个出场,虎着脸,歪起头,缩短脖子,外八字步,还没演完,钱夏的女儿钱锦和儿子钱飞就欢呼:嚯嚯,钱老板!众人爆笑。接着,钱夏上台,侧耳聆听,手在腿上一下一下地打节拍,竖起大拇指表示赞赏——但等了老半天,台下没人说出演的是谁——他大叫一声多么美啊!观众仍是摇头。"地下夫人"钟红提示:说话不顶用,你们四人都是江汉平原普通话了,区别不大,再演。钱夏再演:双臂抱胸,微闭眼,略颔首,一动不动。徐彩霞说:这个有点儿像我们家孙老师。钱夏回道:本来就是他嘛。轮到孙秋登场,上去后凝神不语,点点头,继续凝神。刘英俊脸上沁出微笑,小虹女和小霞儿齐声喊:我爸!李冬最后上场,说只有老赵没被表演了,我怎么演你们都知道是他,还演吗?钱夏嚷起来:小虹女不公正,这样安排是包庇她爸!李冬笑道:是你们配合我女儿包庇我咧。又说:老赵听歌的样子也不值得演,就是目瞪口呆,我演一段别的,你们看老赵在做什么。就退到台口一端,偏过头来,向前大步慢行，挤出满脸微笑，抬起一只手像打竹板一样转动……孩子们低声咕哝：神经病吧？大人们哈哈大笑。钱夏呛了一口气，喊道：这不是视察幼儿园嘛！

欢腾过后，第三个节目开始。

一道光柱直照台上的白色钢琴，小虹女换了一身白色连衣裙出场，如精灵从天而来。她向着台下极正式地行了鞠躬礼，对大家说：今年是人类的千禧，3月，我在江城大学希声大礼堂演奏过《欢乐颂》；今天是"家节"，想起多年前爸爸妈妈请老师教我学钢琴，我学会的第一首曲子是贝多芬的《献给爱丽丝》，所以，今天特意把它献给所有在场的家人！台下响起哗哗的掌声。小虹女走到钢琴前坐下，待掌声落定，起手触键，乐曲漫涌开来。

全场随之沉浸，我们四人各自复现刚才"串烧"的神态。

这首乐曲或许起因于爱情，但其实已脱离特蕾莎，超越了狭义的爱情，贝多芬宁愿把它献给小女孩爱丽丝——她一心要帮助双目失明的老人实现看见森林和大湖的愿望！它是感动与讴歌。

这首乐曲既是小虹女的表达，也是小虹女的代为表达。

我们想到了我们双目失明……但我们不曾双目失明。所以，它是宽广而抽象的，符合我们四人的人生，符合四位夫人拥有的被爱与爱，符合孩子们初生的听觉与心灵。在密集而坚定、折转而流畅、简明而亲切的旋律中，我们四人看见了刘虹女温柔美丽的微笑……十七年我们没有看见她，但她是永不消逝的看不见——看不见却永不消逝！

她有真切的质感，犹如此时的《献给爱丽丝》……

演奏结束，小虹女走到台口，眼含泪光说：亲爱的爸爸妈妈、各位长辈和弟妹们，现在请容许我跟你们所有人行贴面礼！顿时，小家伙们呼啦啦地涌出，一个接一个跟小虹女贴面；孙海孙洋摇摇晃晃地落在后面，小虹女上前将他俩抱起，左右亲吻；钱锦飞在钟红怀里咯咯笑，小虹女赶紧过来抱她。然后，小虹女抬头巡视，朝妈妈刘英俊奔去，母女俩拥在一起，竟是呜呜地抽泣。许久，小虹女从刘英俊怀中出来，擦泪一笑，与爸爸李冬行贴面礼。接着是老赵夫妇、钱夏夫妇、孙秋夫妇，因为女士优先，孙秋成了最后一个。

小虹女与孙秋行过贴面礼，拉孙秋后退几步，踮起脚，在他的耳畔轻声说：孙伯伯，我晓得我的秘密。

孙秋惊愕地看她：你？

小虹女点点头：不告诉我爸我妈！

孙秋也点头：晓得。

小虹女就笑：说到做到，拉钩上吊！

孙秋与小虹女勾起小指，转手将大拇指叠合在一起……众人看着，以为又有节目。

下　卷
悬案2017

随时·开端

现在是过去和未来之间的疑难。

一切都在流淌，人们依然在时间与空间的四维经验里为天地立心。又是十七年，2017年，秋天还没有到来，混沌世界闪现一道光：机器人诗人小冰问世！小冰出了一本诗集叫《阳光失去了玻璃窗》。你正读到它（他）的《我的爱人在哪儿》：

> 快把光明的灯擎起来了
> 那里有美丽的天
> 闻着村里的水流的声音
> 我的爱人在哪儿
> 因为我的红灯是这样的幻变
> 像是美丽的秘密
> 她是一个小孩子的歌唱
> 那时间的距离

啊，真有一种硌人的情绪和意象。不要说这些句子依然多么"机器"化，甚至可以听到机件嘎吱运转的声响和闻到机油焦煳的气味，问题在于它——机器——竟能闯入鲜活的心灵或者本身具有了心灵的胚胎，而且一点儿也不古板，看起来比多数人更加明白诗意在哪里以及如何触及诗意的界面。它所以生硬，是因为还是一个孩子；正因为是孩子，必定拥有未来。相信它有一天会跟同时代杰出诗人探讨诗的艺术。

而你，没有因此觉得人类情何以堪。你拥有一个比小冰大75亿倍的梦（世上已有75亿人）——"万治优选法"！你叫它雅典娜。它比小冰年长，只是因为某种体谅，你宁愿把它作为商业秘密。去年3月和5月，你观摩过世界围棋名将李世石和柯洁与阿尔法狗的人机对弈。柯洁赛后哽咽地说：阿尔法狗非常完美，没有任何缺陷与失误，也没有任何心态上的波动。这不应该是人类的无奈与忧伤，倒令人备受鼓舞。

你越发向往机器人雅典娜！

事实上，你和你的团体在阿尔法狗问世之前已接近梦想：本世纪的第15年，你们已为雅典娜研制出系统缜密的万治运筹程序（智能），而雅典娜获取和使用智能的物理设计也完成了60%以上，剩下不到40%的技术虽然难度很大，但如果得到世界一流的人工智能科学家襄助，攻克难关比预想的时间会更早。不久前，你的科学助手周通看到机器人"阿猪"的广告，提议先期开发机器人"保安""矿工""厂长""经理""售货员"之类的产品，获取经济效益，为雅典娜积累研发经费；你了解"阿猪"的表现，但否定了周通的提议。致命问题不是钱，是时间。

现实里，机器人没有中止脚步。

这个小冰甚至带来了触及心灵的情感。

机器人不仅智能超人，而且可能在情感方面比人更丰富、更细腻，也更敏锐，人和机器人的区别剩下的几乎只是物质的分子结构不同，这种不同较之此人与彼人的差异又能大到哪里去呢？不是说人与其他生物的根本区别在于理性与情感吗？如此，人和机器人已经是一伙的，接下来的问题是人与机器人如何交往和相互建立关系。倘若照顾人类数千年积累的包括但不限于食色与亲情友情爱情的生活经验，给机器人赋予皮肤和植物神经，使之有温度、体味、弹性和表情——且一切更为优质，那么人与机器人的交往或关系还有什么硌硬？到那时，人与机器人共建的社会将是怎样的别开生面！

突然意识到一个问题：机器人雅典娜的运筹大约应当首先观照或者应当主要观照机器人带来的社会新局。

想想吧，人工智能一旦有了人工智能的帮助，岂不是为所欲为？这个社会新局就要到来，至少不会像过去五千年的人类文明那样迂回曲折、拖拖拉拉，悠远漫长，或许不出三十年。在眼下这个格局牢实的时代的缝隙，人类已然听到机器人的登登足音——社会新局犹如"躁动于腹中的快要成熟了的一个婴儿"！

当然，你和所有人一样还在现实里。

现实依然牢实。这不是贬义。无边的庸常蕴含弥足珍贵的安逸与温馨；传统的劳作带来令人欣悦的收获与价值；永恒的忧伤伴有生命律动的感知与怀想。即便世上永无机器人，日子似乎也不会越来越坏。只是你，因为个体生命的感受和对生命的珍惜，心怀人世……主流媒体在讲中国梦、八项规定、打老虎、减少行政审批、供给侧、全民创业大众创新、制造业升级、金融监管、一带一路、中美关系中俄关系美日韩军演、朝鲜核试验叙利亚ISIS……非主流网媒或自媒体更为汹涌，信息不对称，立场互撕，跟风起哄，有时善意和真理更孤独，有一派喜欢战斗和打群架——看起来势头更猛。显然又孕育着新机。大体而言，生活在继续，然后一代人死去，文明再前行一小步。

一切都在流淌。脱离了地球看这个地球。

秋天的一天，你应邀去江城大学做了一场关于"成功"的演讲。你坚持贩卖你的流淌说。你在掌声中迈着不那么平稳的步伐离开演讲大厅。你朝着江城大学的双面牌坊向校外走去，遭遇了一对形销骨立的时尚男女学生，他们在谈论一头猪，一头宠物猪，那位男生不那么尊重逻辑，你不无调皮地予以揭露。

没有料到：几天后你在报上看到了一则江城大学女研究生李某霞养宠物猪的消息。你立刻打电话给李冬，问"李某霞"是不是小虹女的妹妹小霞儿，李冬忧郁地说：是，她在江大读研，喜欢猪。你把事情讲给钱夏听，钱夏哈哈大笑，说跟李霞儿在一起的是他的儿子钱飞，他俩恋爱大半年了。你想告诉他你儿子的逻辑不太好，但这个不大适合在电话里讲。你问钱飞怎么那么瘦，钱夏说儿子像妈呀。不日，你跟老赵感叹：这两个孩子十七年前我见过的，现在我与他们互不认识了！

秋夜，你站在书房外的阳台上，月光盈盈地涌来。你望着月亮，忽略了谈论猪的侄子钱飞和侄女李霞儿，去想阿尔法狗、小冰、阿猪和雅典娜，直至脱离地球，虚悬太空……在宇宙之外。

第一章　荒岛消息

阿　猪

　　从前的人通常难以再聚。但我们不同，因为有李冬坚守原地。因为有小虹女；小虹女像一个化身，让我们看见从前的刘虹女；小虹女的到来跟刘虹女的消失一样，是搁在我们心头的悬案。许多心情曾经荒芜，忽然发现那是沧桑中的精神原乡。

　　十七年，我们四人没再中断联系，时常错落相见，每年9月1日的"家节"必定在电话里互致问候。2017年秋天发生"李某霞"事件后，又建了手机微信群，命名"虹女"。所以这么晚才建群，是由于李冬迟迟不肯更换"老人机"，他平时想看见两个女儿，总是喊妻子刘英俊打开手机来看。自从有了群，李冬在群里是最为活跃的一个。

　　重阳节前夕，有一条关于阿猪的信息。

　　李冬说：请各位笑纳阿猪。（恭敬手势）

　　老赵回：什么阿猪？（诧异表情）

　　钱夏回：机器人阿猪吗？（疑惑表情）

　　孙秋回：是小虹女的心意吧！（微笑表情）

　　李冬嘿嘿地笑：爱女小虹女现在是北京虹女人工智能公司的合伙人，阿猪是她们公司的机器人产品——相当于家居生活的服务员，小虹女向我要了各位伯伯的住宅地址，给我们每家邮来一个阿猪，孝敬大家咧！（四朵玫瑰花）

　　手机屏上一阵掌声，一片彩爆，一行大拇指……

　　此时，李冬站在南师"老校区"东南角，发完微信，仰起头来观望一幢笼在脚手架里的新楼。"老校区"即原来的校区。五年前，南师与一家私企合资，改为南平职业技术学院，在城南的郊区另建新校，原校区由投资南师的企业开发商住楼，起名"儒林华府"。现在，原校区的住户大部分在"儒林华府"第一期或第二期的楼盘更换了新房，少部分拿钱的也去别处置办了新家，只有李冬还在等，等第三期楼盘的脚手架撤除。因为之前的"1门1楼101室"在第三期楼盘的地段上，位置是原夹皮沟北街东端第一间……他必须等。

他已经等了五年，本来不着急的，但女儿小虹女去年从美国回到北京创业后，他就成了热锅上的蚂蚁。今年9月1日前，小虹女来信，告知机器人阿猪将于"家节"当日上市，等忙过这一阵儿，重阳节一定回家抱抱爸爸妈妈。可现在的问题是，他和妻子刘英俊住在简陋的安置房里，虽有两间卧室，但厨房餐厅客厅混在一起，卫生间只有蹲式便池，也没有沐浴设备……这叫女儿回来后怎么安身？

李冬观望脚手架里的楼房时离得太近，须大角度仰视方可望及楼顶，好在太阳偏西，刺眼的光芒被楼房遮挡了一片。楼房的顶部已冒出一圈挑出的屋檐，脚手架的上端有几个人影移动，应该是楼房正在封顶收尾。这房子为什么要造这么高呢？1997年，学校把夹皮沟建成教工宿舍楼，最高的第七层也能在一楼喊话；眼前这房子耸在云中，据说是27层。他忽然对开发这片楼盘的老板有些反感：虽然投资办教育，分明发财心太重嘛。他的目光从脚手架上磕磕碰碰地滑落下来。

然后转了身，奔头离去。

算起来，小虹女已有7年零103天没有回家。2010年，小虹女考取美国田纳西大学AI（人工智能）专业的研究生并获得奖学金；8月21日，小虹女由上海飞美国，因为要去上海（那个丢弃小虹女的贵妇人就在上海），李冬和刘英俊坚持把女儿送到上海浦东机场；小虹女进安检口之前，抱着刘英俊哭，李冬上前催促快点儿进去，小虹女又反过身来抱着李冬哭。近两年，小虹女开始给母亲刘英俊寄钱：前年是从美国加州寄来的，5000美金；去年是从北京寄来的，10万元人民币。小虹女在电话里说，这是爸爸妈妈假期旅游的专项经费。李冬和刘英俊嘴上答应好好好，实际把这两笔钱存在银行里，打算今后为女儿办婚事。但小虹女老是忙得不可开交，还没来得及从历年积累的追求者中选定一个。再往前，没去美国的时候也是忙，读江城大学期间每年寒暑假打工挣钱，学业上比别人双倍用功，毕业时拿到英语与数学两个本科学位；毕业后去北京中关村上班，一边工作一边备考美国研究生。这孩子从来就没停歇过,没像她妹妹李霞儿那样蓬头肿脸、软疲沓拉地在家里的沙发上歪躺一会儿……真是让人心疼!

出了"儒林华府"阔大的牌门,李冬从斑马线上横穿街面,顺着南师附属小学的院墙往右边巷子的方向走。妻子刘英俊现在已是这所小学的校长,因为跛,很有名。拐弯经过巷子口的几家杂货铺,从一个烤红薯的油桶灶旁边进入楼道,安置房在二楼的左首。

房门虚着一道缝,准是刘校长在家,推门进去,忽闻一个小男孩的嗲声招呼:爷爷,请换拖鞋!李冬惊吓得差点儿歪倒在门框上,屋里传出刘英俊的哈哈大笑。慌乱之际,李冬看见了一个身高大约1米、面相比猪八戒清秀许多的小男孩——银灰色的机器人——它将两只塑料拖鞋放在李冬脚前,微笑着做出请的手势。李冬便问:你是阿猪?小男孩眨眨眼:是的,爷爷。李冬就跟它客气:谢谢你,小朋友!小男孩说:不谢,爷爷。这时刘英俊唤道:阿猪,给爷爷倒水。阿猪即刻掉头,迈开小八戒的脚步,往里屋去。

李冬换了拖鞋走进客厅,欢喜地看着阿猪:这小小人儿拿起一只空杯,打开纯净水罐子的出水开关,接水,关上,将水杯端来,放在茶几一角,一溜的动作干脆利索。李冬微笑着颔首,在沙发端头坐下,伸手拿水杯。刘英俊又说:阿猪,爷爷很辛苦咧。阿猪回应:我给爷爷捶背。李冬扑哧而笑,转身把背给了它。阿猪抡起小拳头,往背上捶打,一排一排的,一处不漏。李冬很受用地闭上眼,赞道:嗯,不轻不重,真舒服。刘英俊歪在面前观赏,嘻嘻笑着。

李冬只享受了一会儿,刘英俊向前跛一步,按下阿猪的休息键,将它抱起,一歪一颠地去卧房。李冬起身跟到门口,问:干什么呢?刘英俊说:阿猪累了,让它歇歇嘛。一边把阿猪平放在床上,挪过枕头,枕在小脑袋下面。李冬晓得刘校长不是幽默,恍然看着。

之后两人议论阿猪,彼此争先恐后陈述科学原理,但基本上都不太科学,最后结论:我们女儿真了不起!

说到小虹女重阳节回来后的生活安排,刘英俊突然犯愁:蔬菜环保不放心,不知哪家的肉和鱼是"天然"的,楼下烤红薯的烟熏火燎。李冬的意见是,他去刘英俊娘家收购土鸡土鸡蛋,顺便到农家菜地现场采购蔬菜;至于肉和鱼,肉买土猪的里脊肉,鱼买活鱼回来喂养着。刘英俊叹息:看这破房子!李冬就怨怼"儒林华府"第三期建得太慢。刘英俊起身说:重阳节还有两天,我去买一套全棉的床上用品,拿回来透水。李冬说:记得顺便买几个钢丝球,卫生间我负责。

当晚午夜，月光透过窗隙歇在床头，李冬醒来，见身边的阿猪焕发明亮的生机，悄然下床，抱起阿猪，走出卧室，带了门，去客厅的沙发上坐下，让阿猪站在面前，轻唤：阿猪。阿猪嗯应一声。他说：爷爷问你，你妈小虹女有心爱的男朋友吗？阿猪嘿嘿笑：爷爷，我还小，听不懂你说什么。他眨眨眼，耐心解释：小虹女是造了你又把你寄回家来的那个女科学家，心爱就是喜欢，男朋友就是男的——帅哥，懂吗？阿猪仍是嘿嘿两声，重复刚才的话。他只好摇头苦笑。转眼间，看见刘英俊安静地靠在卧房的门框上，复又苦笑，忧忧地说：刘校长，女儿要是有了男朋友，我们得把她的身世告诉她咧。刘英俊不语。

　　重阳节上午，李冬一大早来到南师附小的门口候着。原本李冬是让刘英俊来迎接的，但刘英俊指了指自己的跛腿，意思是当年牵着小虹女在那儿被汽车撞过——免得孩子触景生情。太阳出来了，李冬拿手遮着额头朝大路上看。阳光花花的，街面行人匆匆。

　　突然一辆银色越野车在路边刹住，一声"爸爸"的呼喊，小虹女跳车奔过来，眨眼将李冬抱住。李冬高兴地拍打女儿的肩背，抓住膀子推开去，歪起头端详，发现女儿眼窝深陷，额角露出青筋，喃喃地说：虹儿瘦了！小虹女却笑：爸，我跟你一样，脸小，身体结实咧。这时，一个男青年拉着行李箱走来，李冬见他高大英俊，喜不自禁地抬手招呼：你好你好，回屋去吧！可男青年礼貌地微笑，应了一句"李老师好"，把行李箱交给小虹女，说过"董事长假期愉快"，就摇手拜拜了。

　　李冬抬起的手，还悬着。

　　小虹女赶紧挽住李冬的胳膊，招呼爸爸回家去。即刻问：我妈身体怎样？李冬说：强壮咧，正在给你做好吃的。又问：腿呢？李冬说：腿也没问题——你妈当小学校长了！

虹　女

　　李冬录了一段小虹女在安置房吃喝玩乐的视频，发到虹女群，群里一片玫瑰花。老赵、钱夏和孙秋抢着点评：说有颗牙是受伤了还是粘着蛋糕，说看上去有点儿憔悴可见很辛苦，说还是那么洋气但更朴素了。然后大肆感叹眨眼又是十七年过去。

李冬提议趁小虹女在家聚一聚，有人暂时脱不开岗位：老赵新任中共宜城市委书记，出席"十九大"刚回来，必须马上传达会议精神和调整部署工作；钱夏在中东巡回考察保健品市场，约定明天会晤某国商业部部长，要求小虹女在家起码待三天。只有孙秋相对自由，决定次日上午回江城，下午开车来南平见小虹女。

李冬有些失落，让小虹女看微信群，小虹女看了安慰道：不怪三位伯伯，他们的事确实丢不开，而且孙伯伯也不必来南平，我回北京时顺道去拜望他——本来孙洋托我找孙伯伯谈事的，另外我还要去江大看看妹妹。李冬觉得也行，心在即好，不应当用情感绑架和难为大家。忽又好奇：孙洋跟你有联系？小虹女说：是呀，他现在是清华大二的学生，对AI感兴趣，去公司看产品展示，找到了我。

不过，钱夏虽然人不能至，关心马上到位了：华夏公司调派一辆宝马给李冬使用，车开到南平后电话联系，李冬只好接受。这样，次日下午，李冬和刘英俊就陪同小虹女坐车来到江城，前往孙秋家。

孙秋已回到城东的临湖别墅，收到李冬的微信，携妻子徐彩霞去栅门外迎候。见面时，李冬夫妇站立一旁，看着女儿小虹女跟孙秋夫妇行贴面礼。小虹女调皮地说：孙伯伯，我回来找你吵架的咧。孙秋笑着：好啊好啊。然后让钱夏派来的司机开车回去。

进屋，候在玄关一侧的阿猪一声欢迎光临，大家都笑了。小虹女摸了摸阿猪的头。徐彩霞和刘英俊左右牵了阿猪的手往客厅走。李冬举头观赏厅堂，一边感叹：老孙，你家房子这么大，可你俩跟我们一样也是留守老人哟。徐彩霞就附和：是呀是呀，一个在江城不愿意回家，一个去了北京不容易回家。孙秋则说：不，我们还年轻咧，都在一线，算不上留守。徐彩霞吩咐阿猪给爷爷李冬和奶奶刘英俊倒茶。孙秋问小虹女：阿猪会自己认人吗？小虹女微笑道：那是阿猪第二代。李冬问：岂不是还有第三代？小虹女说：第三代应当比被服务者更了解自己的需求。

说过一会儿话，孙秋冲小虹女笑道：我们上楼吵架去吧。

到了书房，二人隔着书桌坐下。孙秋从书架旁拿出一瓶矿泉水递给小虹女，小虹女接过水瓶微笑：那就开始了？孙秋做请的手势。

小虹女说：您不应该反对孙洋钻研AI。

孙秋立刻严肃：为什么？

小虹女说：他尊重您，您的反对令他不安。

孙秋说：我没有让他不安，是要他放弃。

小虹女说：您不能像一个老派家长。

孙秋问：你晓得他要干什么吗？

小虹女说：他要帮您完成一个秘密项目。

孙秋生气地嗤道：白日做梦。

小虹女说：但我也喜欢这个梦。

孙秋问：什么意思？

小虹女说：孙洋获取您的秘密项目的全部资料后，给我看过，我觉得你们在AI技术方面还有不少关键性难题。

孙秋问：你的意思是让他来攻克这些难题？

小虹女说：包括我。

胡闹！孙秋像是被触了逆鳞，啪的一声拍在桌上。

声音传到楼下，徐彩霞大声招呼：孙老师，你还真的跟小虹女吵架呀？小虹女赶紧回应：三妈，没有唎，我们在讨论机器人的问题。

孙秋偏着头呼呼喘气，鬓角现出掺杂的白发。

小虹女拧开矿泉水瓶盖，递出去，唤孙伯伯。孙秋摆摆手。沉默片刻，小虹女歇下水瓶，缓和道：其实，我和孙洋都理解您的顾虑，你们这代人不仅晓得上辈人的遭遇，自己也经历过许多，你们确认了在社会上如何保证安全的生活经验，加之社会的文明进程总是滞后于个人憧憬，你们时时被现实提醒……所以，您宁愿像丹柯一样，举起燃烧的心照亮文明的行程，绝不让我们——您最关爱的人——担当风险或者徒劳无功，只希望我们和普众一样在您带来的光亮里生活；可是，您的想法与做法仅仅是一种亲情的极端之爱，这种极端使您的思维和判断变得紧缩并走样，您难道不晓得AI和机器人纯属科学的范畴吗？科学没有禁区，而我们这一代也有义务操心包括政治在内的社会良治，我们从纯粹科学的角度进行探涉——我不相信包括中国在内的人类社会的今天会发生教会烧死布鲁诺的悲剧——事实上，罗马教皇已在1992年为布鲁诺平反。您说是吗，孙伯伯？

孙秋摇摇头：消灭布鲁诺当然不可能，可布鲁诺不谙世事的殉葬并不明智——板结的现实向来不喜欢真理的冒犯。

小虹女说：但我认为您在现实里是最幸福的人，因为您找到了让现实返老还童的出路，您拥有最大的梦——您不会否认这一点吧？

孙秋推了推眼镜：是呀。

小虹女笑道：瞧，您笑了。

孙秋即刻认真地说：我们还是讲讲道理吧——我那个所谓的秘密

项目是我的知识成果，在我没有邀请或授权你们进一步研发它的AI技术时，你们不应当侵权，更不能在盗阅了我的现有成果的基础上，自行开发相同的项目——这是道德，也是法律。

小虹女感到孙秋越界使用道理，沮丧地笑道：孙伯伯，您这是只让自己做最幸福的人，对我们不公平。

孙秋说：你不觉得你们有很多的梦可以追求？比如阿猪，它那么聪明能干，乖巧听话，你把它送给你爸你妈和我们，让大家的生活变得轻松快乐，让你的孝心和工作两不耽误——你不幸福吗？对，它还可以帮助解决全社会人口老龄化的问题——那是更大的功德。

可是您更换了概念。小虹女指出：我说的是"最"——"最大的梦"与"最幸福的人"，而我和孙洋，跟您在精神上流淌着同样的血，也向往这个"最"，难道您忘了刘虹女——我的名字的来历？

孙秋心头一颤，倏然愣住：这个小虹女是刘虹女吗？她真的是李冬代表我们塑造的一个刘虹女？的确，如果刘虹女此时坐在对面，必定如小虹女一样美丽良善且睿智天真……刘虹女生来是向世间讨要极致之美的，不然，宁愿化为天上的一道虹！而眼下，小虹女正静静地注视着他，两颊因激动而泛起红晕，嘴角抿着平静的微笑……眉间、眸中、鼻端、唇吻以及神态气质分明流露出刘虹女的样子！他差点儿就要叫出"她"的名字来——脸颊不由透出羞涩。

小虹女说：孙伯伯，您爱刘虹女。

孙秋回道：难道我不爱你三妈？

小虹女说：爱的对象是理想中的自己。

孙秋笑了：三妈就是我现实中的理想。

小虹女正要接话，孙秋赶紧岔开话题：关于你和孙洋的问题，就此打住吧，我想知道你还有什么要跟我吵架的？

小虹女笑笑：也请您放孙海一马。

孙秋问：是孙海不专心攻读哲学吗？

不，是孙海托我向您坦白——由于您常年沉思而且神秘，他好奇地潜入您的电脑，阅读了那个秘密项目，所以才下载文件——他本来是想帮您分忧的，但觉得自己帮不来，只好转让给弟弟孙洋。

这个盗贼，如果家里有监狱，我要关他的禁闭。

在他，觉得跟您是没有彼此的，所以不以为盗。

这么说，他连我的钱也可以偷？

他只是想隐蔽地拿走您的困难。

这是打着爱的旗帜。

那么您阻止我和孙洋呢?

孙秋挥挥手:今天休战。

小虹女却笑:你不能阻止我们对您的爱。

白　猪

晚宴是钱飞安排的。钱飞并没有得到父亲钱夏的盼咐,是执行女友李霞儿的指令。刘英俊在电话里告诉李霞儿,姐姐回来了,下午在孙伯伯家说话,晚一点儿去学校看她。李霞儿顿时欢呼:啊,太好了,你们都来吧,我让钱飞请你们吃饭。刘英俊接着的话还没有说完,李霞儿便喊:知道知道,一会儿再联系。挂了。一会儿发来微信:晚上六点,江城大学北门外滨湖酒家"新闻系"包房。

孙秋夫妇、李冬夫妇和小虹女到来时,听见李霞儿跟钱飞、孙海在包房里说笑,进门,所有目光被李霞儿胸前的一头小白猪吸引:顿时,来者瞠目,屋里的人一片惊慌。李霞儿瞟了一眼父亲李冬,转身去房间一角,将小白猪放进一只白色的笼子。钱飞搓着手讪笑,孙秋替他解围道:小子,仔细看看我吧。钱飞定睛一看,大呼:哇,前天我们和您见过的!连忙招呼李霞儿,李霞儿过来眨眨眼,一把抓住孙秋的胳膊,蹦跳着喊原来是孙伯伯。气氛轻松了,钱飞招呼大家去餐桌边就座。这时孙秋指指儿子孙海:你怎么来了?孙海嘟哝:我来见虹女姐。就粘着小虹女入座。小虹女向妹妹李霞儿招手,李霞儿跑过去坐到小虹女的另一边,两人即刻咯咯地说笑。

孙秋和李冬并坐上席,各自的夫人左右分坐。孙秋问:孩子辈的有哪几个没来?大家七嘴八舌地点名,有赵家的赵周乔、钱家的钱锦和钱锦飞、孙家的孙洋。问起赵周乔现在怎样,小虹女说:周乔现在是美国加州一家生物公司的高级研究员,拿了绿卡,我在美国时跟她见过。孙海插嘴:那么说,赵伯伯是"裸官"了?孙秋瞪他一眼:胡说八道,大妈还是中国公民咧。孙海不服:大妈又不是赵伯伯家的传人。孙秋嗤道:瞧你这歪脑筋!孙海仍要抗辩,母亲徐彩霞说:听你爸的,他讲的是官方规定。之后,钱飞介绍姐姐钱锦和妹妹钱锦飞的情况:钱锦在香港公司上班,钱锦飞今年考取了北京电影学院。孙海便喊:钱锦飞应该去找我弟弟孙洋。钱飞问:为什么?孙海说:肥水不流外人田。大家都笑。小虹女说：孙洋肯定是未来最好的 AI 科学家。

李冬一直沉默不语，孙秋用胳膊肘碰碰他：老同志，形势大好，与民同乐嘛。李冬愣愣地问：怎么还不上菜？

菜来了，斟酒，全体起立为小虹女回家干杯，希望她下次回来挽着一个帅哥的胳膊——最好不是蓝眼睛的。

坐下，孙秋问钱飞：怎么到内地来读研？钱飞不好意思地摸着头笑，倒也坦率：我的想法是为了李霞儿，但我爸当时不知道这个，他的意思是回内地读工商管理能了解国情，以后在江城的公司总部做事上手更快。孙秋说：那你今后就是子承父业了。刘英俊趁机评赞自己未来的女婿：莫看钱飞很时尚，其实蛮踏实。

不料李冬扭头一哼：现在的教育呀，什么大学生研究生，没几个下功夫读好书的，全都是网上的浮皮知识和信息，这样下去，读书人不长脑子，没有思想资源，没有学问根基，没有方法论，哪来什么智力和创造力——成天就知道嗨。

场面变得寂静。孙海即刻发言：李叔叔，请容许我与您商榷——几个月前，我跟您的想法一样，在大一啃掉了柏拉图的《理想国》、亚里士多德的《形而上学》、罗素的《西方哲学史》、任继愈的《中国哲学史》等著作，这些算是好书吧？现在，我仍然认同读好书的必要，但自从我对互联网和人工智能科技发生兴趣并有所了解后，我发现人的智慧完全可以有新的发生和发展模式，这个模式就是人脑＋人工智能＋互联网；有人认为，在互联网时代，由于移动思维的碎片化日益侵蚀人类五千年积累的线性思维，人（个体）的智力，包括记忆力、思考力以及理性指数正在往下走，人类已集体患上互联网"斯德哥尔摩综合征"，这是"沉沦"的表现——可我对此不能苟同，在我看来，这样的论者恰恰是还没有进入互联思维，或者，还不曾从互联网中获益；事实上，人类进入互联网时代以来，不仅取得了更多重大的科学成就，而且创造了更高的智慧，比如 AI 智能的杰作 alphago，战胜了代表人类个体顶尖智力的围棋手李世石和柯洁；又有人说，这种智力不是个体智力的表现，是一种"蜂群效应"，是很多没有智力的个体蜜蜂集合共造的巧夺天工的蜂巢——可我想问，为什么不说是互联网智力的神奇之所在？难道人的智力要实现的不是人类需要的结果——蜂巢吗？我想，那个发现可以利用"蜂群"达到目的的人，那些借助互联网开发 AI 产品的人，一定都是智力非凡的，而互联网和 AI 还将不断激活、引导、开发人的智力，一旦人和 AI 机器人的智力互动相生,那是不可思议的无所不能的智力状况!

孙海说着,双目炯炯,脸颊泛红,像一个斗士。

李冬转头看孙秋,孙秋笑着挑挑下巴,让李冬说话,李冬回头赞道:不错呀儿子,很有逻辑——你证明了读好书的作用嘛。

孙海却说:李叔叔如果不是礼节性鼓励,那么您的结论包含另一个逻辑——承认互联网不会扼杀智力——因为我同时喜欢互联网。

李冬微笑,提出一个问题:怎么看网络时代的精神状态?

孙海回应:人类向来不缺乏遇到自身问题后及时调适的本能与明智,不要过早或简单地对互联网时代的所谓非理性与浅薄化下结论,它们是有背景的,正处在发展变化中,孕育着多种生机、多种可能,包括合理的或荒谬的新状况;以我对中外哲学史的学习,我认同未来是不确定的,具有无限可能性的,人类的"三观"也总是一定时代生活(主要是科技改变的生活)的概括反映——如果未来不需要那么多人劳作,是不是可以容许人选择做"不劳阶级"?如果全世界的资讯不再隐蔽并为全世界所有人知晓,是不是不必继续玩弄国际国内的"谍战"?如果一个人能够轻松完成学习或工作任务又产生了某种新的心理趣味,是不是可以由得他(或她)在不影响他人的前提下自娱自乐?比如我的美女姐姐李霞儿,每门功课都拿到优秀之后,独辟蹊径地养一头不那么纯粹的迷你小白猪……有问题吗?

李霞儿赶紧敲击桌子呃一声,小虹女扑哧笑了。

李冬显然有些慌乱,再次转头看孙秋:你教的?

孙秋含糊地笑笑:我在听他胡说八道咧。心想,这小子踮起脚往上蹿竟然蹿得很高嘛。一面抬手朝孙海摆去:不要再卖弄你那点小儿科了,我问你,未来是不确定的,是具有无限可能的,那么,有没有什么东西是未来不会消亡的呢?

孙海即答:有啊——符合真理与善意的美和快乐。

孙秋不予置评,单是兴奋地站起身,端了啤酒杯在桌上巡回,一边吆喝道:喝酒喝酒,下面只喝酒,不谈虚无,今天老夫放开了,不醉不归!桌上的人纷纷起立响应。孙秋杯落杯起,喝得唇颊淋淋,忽然唱起《年轻的朋友来相会》……年轻人虽然并不明白是什么歌,但全都跟着音乐打节拍。

欢腾之际,刘英俊突然问:虹女他爸呢?歌声戛然而止,各人连忙朝席外张望。李霞儿激灵一下,惊呼:我的小白猪也不见了!众人齐看房间角落,果然没有那只白色的笼子。

孙海向钱飞使眼色,两人离席,去敲卫生间的门,没有应声,推开看,空的,便冲出包房。到了大堂,钱飞问门口的迎宾:看见一位拎着白色笼子的先生没有?迎宾摇头,提示他:大堂后面还有一道小门,出去是江大的秀林山。两人赶紧朝小门奔去。

包房里,李霞儿两眼浮出泪花,小虹女抬手一碰,李霞儿抱住姐姐呜呜地哭。刘英俊和徐彩霞过去,一人一手搭着李霞儿,一时找不到劝慰的词语,只道不哭不哭。小虹女提议去找爸爸和小白猪,三人就拥着李霞儿,风卷花枝地去了。

剩下孙秋独坐桌边,室内安静得嗡嗡作响。孙秋拿起酒杯悠然长饮一口,抬眼见包房门上写着"新闻系",不由胡乱哼吟:时代哟不同了,新闻系哟成包房。一边摇晃起身,去找室外的"新闻"。

从酒店后门出去,是江大秀林山脚下的一条柏油小路。

山道幽明。孙秋不知往哪一端去,忽见左边坡道的路灯下站着三个人,有熟悉的声音,疾走过去,果然是李冬夫妇和妻子徐彩霞,那只白色笼子就歇在路上,透过网眼看见里面空无一物。李冬正冲着刘英俊叫喊:看看你的两个女儿,一个研究机器猪,一个玩宠物猪——天壤之别天壤之别!但李冬不擅长发脾气,激动时声音尖细,像猫的狂鸣。刘英俊不吭声,徐彩霞请李老师息怒。这时,秀林山上传来了李霞儿焦急的呼喊:阿白——阿白!跟着就是钱飞、孙海和小虹女的喊声。循声而望,山林中手机光四处忽闪,"阿白"之声此落彼起……

孙秋走到三人面前,冲李冬嘻嘻笑:老伙计,我们出局了,这里交给年轻人吧。说完转身往回走。一会儿,刘英俊和徐彩霞陪着李冬跟随而来。路灯处,那只空空的白色笼子孤零零地白着。

荒 岛

当夜,小虹女留在学校陪李霞儿,李冬夫妇住孙秋家。

就寝前,孙秋拉李冬去书房小坐,一分为二地重温儿子孙海的"胡说八道",因为说到小虹女和孙海是一伙的,李冬得到慰藉,便吁一口气,学着狄更斯说话:这是一个让人眼花缭乱的时代,也是一个让人找不着北的时代;这是一个让人大有可为的时代,也是一个让人胡作非为的时代;这是一个信息汹涌的时代,也是一个让人莫衷一是的时代。孙秋笑道:总之是一个比狄更斯时代好得多的时代。

次日早晨，李冬埋头呼呼喝粥，倒是刘英俊拿着筷子不动，忧戚地念叨：也不知小虹女他们怎样？孙秋说我来侦查一下，就拿起手机打给小虹女，接通后按了免提，问他们在干什么，小虹女回道：我们在秀林山上呢。刘英俊神色一抖，孙秋抬手止住，又问：怎么在山上？昨晚没下山？小虹女说：不，今天早晨出来的，我们在山上撒猪粮，钱飞和孙海也在。孙秋哦了一声：为什么撒猪粮？小虹女说：霞儿怕阿白在山上饿死，说今后她可以不再养小白猪，但必须坚持上山给阿白撒粮食。电话挂了，孙秋呵呵直笑，刘英俊脸上喜色荡漾。

但是，李冬噔的一声搁下粥碗。

餐后，徐彩霞和刘英俊说话，孙秋陪李冬去花园散步。

孙秋说：你一定在想小霞儿为什么喜欢小白猪。

李冬咕哝：你晓得为什么吗？

孙秋摇头：我也不晓得。

李冬愤愤道：那你呵呵嘻嘻干什么？

孙秋说：但我晓得喜欢的对象是理想中的自己。

李冬一嗤：李霞儿理想中的自己是一头猪！

孙秋指出：一头迷你小白猪。

李冬反诘：有什么本质区别？

孙秋说：那不是一头实在的猪，是"小而白"的象征——是某种心理取向的折射，或许也因为她姐姐小虹女属猪。

李冬讽刺：这倒是见贤思齐咧。

孙秋见李冬平和了一些，就跟他探讨人的内心的微妙与奇妙：因为现实总有短缺，生命和人生的某些诉求只能潜伏，所以有梦，甚至只是梦的一道光影；热爱生命的人总有跟个体生命相关的执念，往往会选择相应的行为或形式表现出来；年轻人如此，年长者何尝不是如此，就说我们吧，我们经历了许多，我们仍然在生活中，但常常莫名地孤寂，哪怕是在闹市里、在人群中、在讲台上，那莫名的孤寂一直指向一片浮在尘世之上的荒岛，心在它在，因为荒岛上有诱人的幻影——那是极致的美，让我们热爱，让我们温暖，也让我们因此获得慰藉与光明——有点儿等待戈多的意思。

李冬沉默良久后叹息：可惜李霞儿还是一张白纸。

孙秋笑笑：那就更应该让孩子自由书写这张白纸。

李冬回应：昨天你跟小虹女争论时好像不是这样讲的哦？

孙秋略显尴尬：那是另一码事，这个就不要过问了。

两人说着话，一边漫步花园小径。面前出现一棵枝干光润、冠蓬青翠的大树。孙秋停下，让李冬辨认是什么树，李冬注目琢磨一阵儿，摇了摇头。孙秋说：你我从前见过的，学名叫珙桐。李冬不由惊异：这是鸽子树——鸽子花呢？孙秋抬手指向树冠：喏，鸽子花的果实——现在是秋天，那年我们是春天去鸽子坪找刘虹女的。李冬抬头看见叶丛中隐匿着无数小如核桃的褐色球体，回头看孙秋：你特意栽种的？孙秋欣然微笑。两人一时互看，眸中溢出水晶的光亮。

说也神奇，恰这时，两人的手机同时叮当一响，虹女群收到老赵发出的一条微信。老赵说他此刻站在鸽子坪的那棵鸽子树下，让大家"火速"前往当地与他会合！微信是：

诸位还记得宜城东南方向百里外的永宁镇鸽子坪村吗？就是刘虹女十五岁下放的那个知青点。鸽子坪的南边是清湖，湖岸有一棵鸽子树，湖中有一片荒岛。我刚从岛上出来，我有一个惊天大发现，正站在鸽子树下给你们发微信——我本来是带着投资人去荒岛上考察的，可是我在岛上看见了一座墓碑，墓碑上写着：虹女之墓！落款的挽者居然是"同学赵春、钱夏、孙秋、李冬"，时间为1983年4月1日（跟当年刘虹女遗书的日期完全一致）。请你们火速赶来，我在鸽子树下等候！

下面是一张图片——"虹女之墓"的石碑立在荒岛上。

这的确是一个惊天大发现！看过微信，孙秋和李冬诧然对视：怎么会冒出这么一座墓碑呢？而且挽者是我们四人？

孙秋探问：你没有代表大家立墓碑吧？

李冬连忙摇头：绝对没有。

孙秋分析：不是老赵，不是你我，那就是钱夏？

李冬叹道：钱夏呀钱夏，他这是城府还是诚意？

两人的眼前浮现出胖子钱夏在荒岛建立墓碑的情形……

孙秋说：不管那些了，我们马上出发。

但李冬忽然面临一个抉择：去鸽子坪带不带小虹女？带上，可以让孩子在身边多待两天，也让老赵和钱夏见到孩子，可是，这样小虹女就会进一步介入往事……李冬望了望天空，天上白云悠悠。

孙秋也意识到这个问题。不同的是，他晓得小虹女早在十七年

270　一生彩排

前就探明了自己与父母的关系，只是一心要让父母保有那份爱着的幸福与安宁。这是小虹女悬案中的一个令人心疼的秘密。诚然，如果现在让小虹女和李冬在"虹女之墓"前挑明真相，非但不是突遇悲伤，而且可能让双方三十四年的情分得到理性升华。但是不妥：他们双方为什么坚持维持现状？可见深刻的现实情感大于或超越常理，成为了一种更加完美的新理性的鲜活依据——那个一直促使双方挑明真相的理性是陈旧的，在至诚至善至美的情感面前已然丧失分量和意义⋯⋯一切只能任由原样存续。所以，他还得遮掩两边。

李冬问：带不带小虹女？

孙秋说：上辈人的事先由上辈人去面对吧。

两人离开花园回到屋里，向两位夫人说明了情况，四人驱车前往江城大学。李冬打电话让小虹女从秀林山上下来。车到山脚，小虹女已候在路口，四人下车与小虹女站到一起。李冬虎着脸问：你也不打算下山了？小虹女笑着：今天星期天，我们撒完猪粮，在山上聊聊天。李冬即刻便和蔼，说：你赵春伯伯在宜城组织同学考察投资宜城，邀我们参加，我们得去捧捧场，你留下陪你妈和三妈。小虹女见爸爸和孙伯伯要走，依依不舍，也只好听话地左右挽起刘英俊和徐彩霞的胳膊。

孙秋和李冬站在原地，看着三人往山上去。

忽然，孙秋招呼小虹女回来，一边跑步去迎。

山上山下两头的人转身观望，小虹女和孙秋在半坡迎面会合，却不知二人在说些什么。半坡上，孙秋对小虹女说：孩子，我决定委托你们开发那个"秘密项目"的AI技术——不过，双方需要签订一个纸上协议，项目责任和知识产权属于我，你们只是部分项目的包工头。小虹女禁不住欢呼：太好了！您的一小步就是人类的一大步！居然伸出手要跟孙秋握手，孙秋摆手笑道：去，告诉你妈和三妈——昨天的争论我认输了。小虹女回道：是，坚决撒谎！

孙秋回来上车，李冬问：跟孩子说些什么呢？孙秋笑笑：昨天我们争论得太凶，道个歉嘛。李冬说：你这是迂腐，孩子又不是外人。孙秋说：可孩子已经不是孩子了。

车驶出校园，李冬感叹：怎么这么巧啊——你我站在江城的鸽子树下，老赵在鸽子坪的鸽子树下？孙秋说：是啊！

两人恍然看见遥远的荒岛与"虹女之墓"⋯⋯

第二章　当务之急

虹　景

　　由江城到宜城已是全程高速，行车两小时便进入宜城境内；按路牌指示出高速路口，向南前往永宁镇鸽子坪村，也不再是从前崎岖的碎石小道，一条崭新的柏油路蜿蜒流畅。

　　行至中段，下起一阵疾雨，很快停歇。空气中洋溢着温润。导航到达鸽子坪，过一道山谷，看见从前的知青点，依旧遗留在山南的那块坪地上，老房子居然修葺一新。车开进知青点的禾场，路口右侧立着一个标牌，上书：鸽子坪知青纪念室。

　　这么快的纪念让人心头一顿，被强加了隔世之感。

　　下车后，孙秋和李冬向湖岸的鸽子树那里看，树下有两人坐在马扎上说话，其中一个是老赵庞大的轮廓。孙秋大声喊：老赵！老赵起身招手。孙秋和李冬小跑过去。到了树下，李冬问：你一直守在这儿？老赵说：正好跟村长谈谈事情。旁边一个黑瘦矮小的男子礼貌地微笑，问老赵：书记，我先走吧？老赵让他留步，掉头朝孙秋和李冬二人笑道：喂，这位是小田村长，你们都见过的，老村长的儿子。二人想起三十四年前，我们四人一起来这里寻找刘虹女，在知青点的禾场上跟当年的村长说话，旁边有个女子坐在马扎上奶孩子，那个站着吃奶的小不点儿应该就是眼前的小田村长⋯⋯于是跟他握手，问他父亲好。

　　小田村长走了，孙秋和李冬看鸽子树的树干，树干上的那行文字已在岁月中混淆，当年刻在心里的那句话依旧清晰——鸽子，你飞吧!老赵在一旁说:两位再等等,司机去接钱夏了,已在路上,马上就到。孙秋和李冬没听,专注地抚摸树干。老赵自言自语:调到宜城后,一直惦记着来这里看看。孙秋于沉浸中醒来,错位地回应老赵:钱夏快到了?老赵说:是,他昨晚飞北京,本来要回江城的,改签了宜城。李冬问:一会儿我们怎么去岛上?老赵指指湖边:岸下有条小船。

正说着话,知青点那里传来汽车喇叭,一个身影落下车,团团地滑下台坡,像一只皮球朝这边滚来。

钱夏到了,老赵领着大家往湖边走。岸下的小木船空候着,四人上船,踏踩得一阵儿晃荡。老赵执桨摇划,船平稳离岸。

湖岸与荒岛之间的水面宽约200米,行至半中,水天对应,视域变得阔朗。李冬忽然抬手指向荒岛:看!

大家看去,荒岛上空横跨一道巨大彩虹,雨后的阳光清澄地歇在七彩弧影之上,光芒仿如金子闪烁,景象绚艳得让人眯起眼睛……那是刘虹女看过的彩虹!我们细眼凝望,在这亦真亦幻的虹影里看见了刘虹女——她还是从前的样子,清秀宁静,透着亲切的远逸、聪慧的勇毅、青春的璀璨,那彩虹上的光芒犹如她的微笑——原来她真的是一道永不消逝的光,一直驻扎在我们心里,时时照耀着我们的灵魂!而我们,事实上从未放弃向往这可望而不可即的美好极景,并且一直在那里预支人生的喜悦……此刻,彩虹是我们在芜杂岁月里等待的戈多!又或许,竟是刘虹女为我们不肯懈怠的人生感到欣慰而特来迎迓?我们站在湖中的木船上,就那么凝望着天上的彩虹。

这一刻,我们感到了世上的神灵!

小木船一动未动,许久泊在湖面……

直到虹影悄然消逝,我们才靠岸登岛。之后,在老赵的指引下辟路而行。穿过一片坡坎毗连、白茅绵延的荒地,"虹女之墓"四个黑字出现在眼前。墓碑是一块蒙尘白石,兀立在一面缓坡之上,坐南向北,真实而安宁。我们于墓碑前停下,转过身,顺着墓碑的视线远望,目光越过湖面,正好看到对岸的那棵鸽子树。

钱夏感叹:这墓碑立得真用心啊!

孙秋诧然掉头:怎么,墓碑不是你立的?

钱夏愣住:是我,会不告诉你们吗?

四人疑惑地互相察看。

老赵抬抬手,再次说明墓碑不是自己立的,然后逐一询问,确认谁都没有立这座碑，不由苦笑：唉，还以为有了突破——如果是我们中的某一位，时间过去三十四年，应该可以讲出实情，让悬案水落石出。大家看着老赵，发现那一头涂染的黑发已掩饰不住满脸沧桑。

然而，在老赵的苦笑瞬刻黯淡之际，一个尖锐的问题冒了出来：是谁立了这座墓碑——而且落款使用我们四人的名字？

谁呢？大家喃喃自问。

同时我们意识到：无论各人心中是否尚存彼此猜疑的念头，眼前这座墓碑是毫无疑义的实在，也便是说，刘虹女或许的确早已离世，而且一定有人立过这座碑——又一桩悬案出现了！

我们聚到墓碑前，蹲下身，对墓碑进行勘验：地表是陈旧的；拔扯簇拥墓碑的杂草，每一株都根深蒂固；找一块石片戳开碑前的地面，土石黏合得板结；碑上阴文残留的黑漆用手指一碰便脱下皮层……以我们的经验判断，这座墓碑如果不是三十四年前刘虹女消失时竖立的，也绝不是近期所为。可是，我们无法得出更多的结论。

我们在墓碑前茫然坐下。

此时太阳滑入云层，天阴了，荒岛上野风漫卷，四面低矮的白茅发出窸窣的声响。一切都在隐匿之中。

老赵说：应当从人入手——不是我们，谁最有可能？

他的意思是，当年追求刘虹女的不止我们四人，而爱的程度与立碑的可能性应该是成正比的。

大家就重回往事，以爱的"程度"列出嫌疑人：原南平县公安局刑侦队长武永强、原北原县副书记冯远志、原南师炊事员"普希金"以及原南平县看守所民警侯卫国（钱夏坚持认为侯卫国有嫌疑）。但李冬指出：这几个人都是明面的，暗中追求刘虹女的人何止千百，而且暗中的人不一定比明面的人可能性小。钱夏不这么认为：既然暗中的人只在暗中，可见不敢作为，所以立碑的可能性相对较小。李冬说：这座"虹女之墓"不就是暗中立的吗？钱夏说：明面的人也会暗中行事。两人以自己的经验猜度，看看双方的逻辑就坏掉了。

孙秋摆摆手：这样争论毫无意义，大家首先达成一个共识——我们是不是打算查清墓碑的来历？

李冬和钱夏回道：这还用问？

为什么？孙秋看着二人。

真相嘛。老赵替他俩回答。

李冬和钱夏附和：就是。

什么真相呢？孙秋追问。

三人语塞。

孙秋假设：单是查出立碑人吗？

三人且看着孙秋。

或者弄清楚谁这么爱着刘虹女？孙秋再次假设。

三人的目光你来我往。

孙秋又道：或者晓得是谁表彰我们四人对刘虹女的爱？

三人的目光散乱了。

一阵沉默后，孙秋指出：我当然也希望弄清这座墓碑的来历，但我认为我们的出发点可能会影响我们的判断，我们应当分析并理出立碑者的真实动机——这是本源，倒过来就是线索。

钱夏的眸子发亮：这个很清楚嘛——就是你刚才提示的第二点和第三点——表达他的爱，同时表彰我们的爱。

孙秋摇摇头：且不论这两点是否符合情理，但假设真是这样的动机，我们还有必要查清墓碑的来历吗？谁立的不都一样？

钱夏和李冬落下目光。

老赵问：你的意思是？

孙秋说：我想，我们需要理性，过去我们不愿意接受刘虹女在人间消失的事实，一直幻想和期待她突然出现，可三十四年前我们毕竟亲眼见过她的遗书，我们被情感遮盖的理性其实早就储存了作为生命体的刘虹女已经去世的事实——只是为了满足愿望，我们宁愿这个事实连同理性一道被情感遮盖，甚至不断用想象加以篡改，使之变成心理事实，可一旦面对现实，理性也会默认，譬如我们得悉这座墓碑时，直接想到的是谁立了这座碑，说明我们同时也认为刘虹女不再活着；因此，现在我们首先要明确前提——刘虹女是活着还是已经去世，假如她还活着，这座墓碑下面根本就是一个假墓，只有她已经去世，墓碑下是真墓才有可能性——但显然又有一个问题，从刘虹女的遗书看，她是在南平投入汉江的，自南平到宜城鸽子坪不下300公里，而且鸽子坪在上游方向，以当时的条件，将遥远的溺死者弄到这里来安葬必然大费周章，可当时两地都没有这样的消息——那么，是谁有这么大能力进行秘密安葬？为什么要秘密安葬？此外，立碑者还应该满足三个条件——第一深爱刘虹女，第二晓得我们四人深爱刘虹女，第三了解荒岛对于刘虹女的意义——这样，立碑者的动机就更不可思议了。

钱夏的头痉挛似的向右一抖,忍不住嚷道:哎哟,求你不要绕来绕去,听得心烦——直接分析墓碑是谁立的!

孙秋回道:难道你没有明白——我这是在清理侦查逻辑和缩小侦查的包围圈?冷静一点儿嘛。

钱夏摆摆手:照你这么冷静,不如把墓掘开看看。

李冬不由跳将起来:胡说!坟墓是能随便掘的吗?

墓　碑

后来老赵调和:破案不光靠争论,还得根据线索展开调查;从现有情况看,我更愿意相信墓碑下是一个假墓或衣冠冢;但无论真墓还是假墓,都算不上案子;而且,这座碑立在这儿,也跑不掉,我们都做有心人,慢慢寻找突破口吧。于是吆喝大家离岛吃饭。

上了船,小田村长站在对岸的鸽子树下招呼:赵书记,饭已经做好了,等着你们咧。其实我们都忘了肚子饿着。

之后随小田村长往村里走,不再议论墓碑。老赵打电话给司机,司机说已在车上吃过面包。小田村长的家在村东头,是一栋"新农村"款式的方正小楼。小田的父亲坐在门口晒太阳,我们叫唤老村长,说以前见过。老村长戴一顶黑搭帽,仰起头来笑,一脸酱色皱纹,嘴里没有牙,什么也不记得。小田村长拿老爷子开心:还晓得那个叫刘虹女的女知青咧。就勾腰朝老爷子喊:刘虹女最漂亮——是不是?老村长用劲地笑,一下一下点头,脸上浮出小片亮色。众人跟着笑了。

客厅的八仙桌摆了饭菜,小田村长催大家趁热吃。我们四人各坐一方,端起饭碗扒拉。家里人已吃过,小田村长挪一把凳子在方桌一角坐下,介绍桌上的豆角、土豆、腊肉和干鱼都是土产,绝对绿色环保,鼓励我们放心吃。李冬借机讽刺钱夏:我看这里的饭菜比什么人参保健品管用。钱夏回他:别一根筋,一个是自然,一个是科技。孙秋就笑:瞧你们俩,已经是亲家了,还这么死掐。二人都说两码事的。

老赵问小田村长:这里的人长寿吧?小田村长回道:是啊,长寿得很咧,如果不得怪病,活到八十没问题,村里百岁老人好几个;莫看我家老爷子蔫儿吧唧,是因为当村长时受过工伤,就这样,再活十年八年轻轻松松。老赵巡看宅内:家里还有人呢?小田村长说:女儿在永宁镇读寄宿初中,老婆去镇上烫发,母亲在厨房里。正说着,小田村长的母亲端了一钵汤出来,招呼小心别烫着。我们转头看,记忆中那个在知青点禾场上奶孩子的少妇已变成小老太,但依然脸圆肤白头发油黑,看上去大不了我们多少,跟老村长颇有代际悬殊。老赵说:大姐,麻烦你了。小老太哈哈笑:麻烦什么唦,都是家常菜。汤钵搁到桌上,飘出丝瓜鸡蛋小磨油的香气。

饭后,小田村长帮母亲捡碗筷,抹桌子,把提前泡好的一壶采花毛尖拎到桌上,摆杯斟茶,又开始夸他的茶叶天然环保。老赵让小田村长在自己身边坐下,一起喝茶说话。

孙秋问:鸽子坪经常出现彩虹吗?小田村长说:是,一般出现在清湖和荒岛的上空;今天跑过雨,你们见到彩虹了吧?孙秋点头。小田村长接着介绍:解放初给这儿命名时,有人主张叫彩虹村,县民政局领导认为虹在天上,鸽子在地下,用了鸽子坪这个名字。孙秋掉头看老赵:岛上有鸽子树?老赵皱起眉头:好像有的。小田村长笑了:岛上的鸽子树不少咧,可能您四位专心看彩虹,没有在意,再说这个季节树上没有鸽子花,不打眼;在我们这儿,彩虹和鸽子花是互通灵性的——天上的彩虹是鸽子带去的,地上的鸽子是彩虹撒下的,有时天上出彩虹,地下开鸽子花,村里人望着望着就痴迷,觉得世上怎么会有这般奇景!小田村长说着,我们想起刘虹女当年在这里看彩虹看鸽子的样子……她看着这奇景,是怎样的痴迷呢?

时光停顿了瞬刻。

小田村长不晓得我们何以沉寂,起身续茶,讪讪地说:赵书记,我有一个小问题,不知该不该问。老赵呷了一口茶,落下杯子:没什么不能问的呀。小田村长的喉结滑动两下,问:岛上有一块墓碑,立碑的人有一个跟您同名同姓,是撞了名吗?老赵没有犹豫:不,那个名字就是我的,立碑人就是在座的我们四个,我们和刘虹女是大学同学。便指着钱夏、孙秋和李冬说出三人的名字。不料,小田村长脸上的笑东奔西跑起来。三人暗自诧异:老赵怎么这么说呢?

掩盖案情——免得把小田村长弄糊涂?

钱夏有话要问,李冬先问了:小田村长,你什么时候发现这个墓碑的?小田村长想想:十六年前吧,2000年的夏天。李冬哦了一声,想起2000年来这里时没有听说墓碑的事,转头看钱夏,钱夏说我要问的也是这个。

这时,小田村长贼头贼脑地朝大门口和厨房方向瞅瞅,将头伸到桌子上，诡秘一笑：其实是老爷子最先发现的。我们问怎么回事，小田村长说，那天下午，他跟几个伙伴游泳去岛上玩耍，很晚没回家，老爷子上岛喊他，他一边答应一边顺着喊声找老爷子，可喊声突然停了，他看见老爷子像木头一样站在那个墓碑前，当时他还不晓得老爷子年轻时喜欢那个墓下的人，只是认出墓碑上写着"虹女之墓"，后来老爷子把孩子们邀到湖边上船，自己又转去了……他回到家，母亲问你爸呢，他说爸准是在岛上看"虹女之墓"，母亲一听惊慌失措，正要出门，外面下起大雨，回头拿了伞冲进雨中……事后，母亲提起这件事就来气，说那天把伞撑在老爷子头顶，老爷子都没有察觉……那些年清湖上没有常备的渡船，老爷子用拖拉机轮子的内胎做了一个救生圈，每年夏天带上救生圈下湖游泳，趁机溜到岛上去烧香，只要老爷子在岛上没有回来，母亲就坐在灶膛前发呆，雷打不动……但是，每年夏天来了，母亲都会替老爷子检查救生圈，看看有没有漏气眼或沙化的皮子，直到1998年老爷子工伤后才歇下来……老爷子一生念念不忘岛上。

小田村长的讲述让逝去的光阴栩栩再现，那些陌生故事伴随着我们的漫长往事……复又叠合出纷乱的影像。

小田村长突然问：赵书记，墓碑不会影响这次招商吧？

老赵倏然诧异：什么意思？

小田村长说：人家搞开发，肯定要清除墓碑。

老赵眨了眨眼：你觉得应该怎么办？

小田村长的喉结再次滑动几下：如果立墓碑的人不是您和这几位同志，我当然希望这个坟墓不要影响招商，反正我家老爷子也老了，难得去岛上；再说，还可以请人做个法事后移墓呀。

钱夏正要接话，老赵的手机响起，老赵接听片刻说：让客人不要急嘛，先在宾馆休息，我马上回宜城，跟他们再沟通。挂了电话，见小田村长惶惑地望着自己，便冲他笑笑：客人是上午来岛上考察的乌总，放心吧，墓下的人会成全我们的。

购　岛

我们从小田村长家出来去知青点的禾场。老赵说：不好意思，刚才秘书来电话，投资商乌总等着，接下来没有大块时间陪同诸位，兄弟们自己去宜城转转，墓碑案再议。就挥手走向自己的车。

孙秋驾车跟在老赵座车的后面。钱夏坐副驾驶位。后排的李冬问怎么办。钱夏说：老赵接下来怕是顾不上墓碑案了，还得靠我们三人。孙秋倒认为当务之急不是破案，而是保护墓碑的存在。钱夏问：你担心开发商毁掉坟墓？孙秋说：应当提醒老赵，跟那个什么乌总招呼一声。李冬比较乐观：没必要吧，老赵跟我们一条心，肯定会这么做的。但钱夏不这么看：老赵为了招商，什么都舍得。

山道蜿蜒，两辆车你追我赶似的疾驰。

孙秋突然问钱夏：能借我一个亿吗？

钱夏回道：要这么多钱干什么？

孙秋笑笑：放心，会还你的。

钱夏顿了片刻，冲孙秋大声喊道：超车，拦住老赵！

车超过去"双闪"减速，前后车缓缓停下。钱夏拉门下车，跑到后面车的旁边向老赵招手，老赵落下车玻璃，钱夏一手抓着窗框，一手舞拳讲话，十分激动专横的样子。然后掉头回来。

孙秋从窗口招招手，让老赵的车超到前面去。

钱夏上了车，气喘吁吁地说：墓碑的事不用再担心，我已经向老赵宣布，撬掉那个乌总，我们来投资荒岛。李冬大喊：太好了，自己人开发有保障！孙秋因为借"一个亿"的事，不无歉意地微笑。钱夏侧身看孙秋：你觉得我投资跟你投资有区别吗？孙秋摇头：没有咧。

但孙秋提醒钱夏：想过拿下这个项目的难度吗？钱夏说：所以今天我们干脆去宜城住下来研究，等着老赵接见。

车行至宜城近郊，老赵的车提速而去。钱夏给公司打电话，交代在宜城市委大院附近订酒店。李冬发微信告知老赵，我们留在宜城。

半小时后，三人坐在宜城国际酒店总统套房的沙发圈里。

孙秋分析：在目前力倡政务公开和廉政的背景下，由于老赵的书记身份、墓碑上挽者的名字以及老赵与钱夏的同学关系，再加上刘虹女对于公众可能是一个敏感信息，我们要投资荒岛项目，虽然光明磊落，但老赵也不那么好办——我们得体谅老赵。

钱夏冷冷一笑：没问题，还记得十七年前我投资的大湖项目吧？那年老赵调任大湖县委书记，遇上"三农"危机，急得六神无主，希望通过招商引资化解困难，是我帮他救了急，而且，后来的投资效果和他的政绩都不错……但不到四年，大湖项目转让给了别人了，为什么转,因为老赵遇上新的难题,当时有人想拿走这个项目,省里一位大领导多次给他打招呼,我只好放弃……那人接手后,另有一套,利用"农业科研""水产科研""产业创新""环境保护""经济区示范"等名目不断获取政策性资金扶持,同时大量融资,扩张规模,挂牌上市,尽管实体项目没啥业绩,股市上却牛气冲天……老赵因为响应"招呼"很快升为地级城市代市长;今年初,省里调整领导班子,老赵遇上五十九岁的坎,如果"副省"上不去,六十岁到点下课;老赵回江城跟我谈心,我得知他的难处,主动找到购买大湖项目的老板,请他务必沟通,这样老赵挂上省委常委(副省级),可以干到六十五岁……你说,这次我们能不能明明白白要求老赵帮我们一回?何况也是帮他自己?

吧台上的水壶咕咕直响,李冬起身过去泡茶。

钱夏看着孙秋,等他说话。孙秋与钱夏的思考方向背道而驰,暂时默然。李冬拿来两杯茶,放在茶几上。孙秋端杯喝茶,对钱夏说:我说的体谅老赵,是给老赵铺设条件,主要是针对全宜城、全省、全社会做有效沟通——这叫阳谋;如果单是向老赵索要一次回报,老赵也会努力去做,可放弃对全社会的沟通,很容易给老赵带来被动,结果可能是还没有等到投标,事情就被舆情 pass 了。

钱夏问:你的"阳谋"是什么?

孙秋说:凭实力竞标。

钱夏眨了眨眼。孙秋说:别怕,不是拼钱。钱夏摆摆手:拼钱也不是问题。李冬问:省里那个大领导"规"了没有?钱夏说:没有,但已退居二线。李冬又问冯远志,钱夏眼睛一亮:对,找冯远志。

但孙秋说:关键还是标书。

钱夏着急:不是说了,拼钱不是问题吗?

这时孙秋接到老赵打来的电话。老赵问你们在哪儿。孙秋说在宜城国际酒店顶层的总统套房。老赵说,钱夏好冲动,我跟你讲几句。孙秋说明白。老赵说,我刚刚从你们住的这家酒店出来,不方便再转头去见你们。孙秋说明白。老赵说,对方投资意愿强烈,表示用一个亿购买荒岛五十年使用权,然后投巨资搞建设。孙秋问对方:姓乌?老赵说是。又问他们的项目是什么?老赵说,高档旅游养生会所。孙秋笑道:发财的老概念嘛。因问墓碑呢?老赵说,乌答应采取树苗移栽的方式整体迁移坟墓。孙秋说这样啊。老赵说,这些供你们参考,也算不上泄露商业秘密。孙秋说明白。老赵说就这样,再联系。

挂掉电话,孙秋复述老赵所说的情况。李冬听了叹息:瞧老赵这官当的,像贼一样。

钱夏的头痉挛似的向右一抖:谈标书吧。

孙秋分析:对于政府招标项目而言,正常情况下,竞标优势一看购买价格与投资规模,二看项目理念与社会效应;现在,我们跟竞争对手的投资动机不同,利润在其次,目的应该是呵护荒岛、寻归荒岛以及唤醒自然之美,所以,我们没必要比拼出价高低和投资额多少,关键在于项目理念与后期社会效应是否更有说服力。

李冬忙着给杯中续茶,弄得水声咕隆。钱夏的思绪七零八落,冲李冬恣道:伙计,安静点儿,会有事情做的!李冬歇下水壶。

孙秋接着说:荒岛上有两个独特资源——鸽子花与彩虹,这可能是那个鸟不会特别在意的,即使他发现了,暂时也不可能实现深刻的发掘,但这两个资源蕴含独有的开发性,具有无限价值,完全可以成为这个项目的理念和标书的核心优势——两位明白吗?

李冬抢话:明白一半。

孙秋问:哪一半?

李冬答:鸽子花与彩虹的美学价值。

孙秋问:另一半呢?

李冬说:美怎么赚钱?

孙秋转头看钱夏,钱夏的头痉挛似的向右一抖:这样吧,无论对方投资多少我们都多加400万,同时把49%的股权赠予鸽子坪村——不过我有一个要求,你孙秋必须负责这个项目的总策划。

孙秋便笑:你都做了雷锋,我学雷锋还有问题吗?

三人以茶代酒碰杯。钱夏问:要不要把方案告诉老赵?李冬说:老赵跟我们是一伙的,不会泄密吧?孙秋摇头:招标前不告诉为好,以免他动作变形反让人生疑。

永 生

次日清晨,三人去宜城市政务中心递交了参与鸽子坪荒岛项目竞标的申请书。中午老赵来电话:鉴于表达投资意愿的企业较多,宜城市人民政府本着公平公正原则,决定走公开拍卖程序,拍卖日期推迟到今年12月上旬——时间还有一个月，可以好好准备。李冬感到疑惑：老赵这是"公私分明"，还是"私事公办"。

之后去街边酒馆小酌。钱夏交给李冬一项工作：以钱夏名义给省委副书记冯远志写信，实事求是汇报情况，诚恳希望他在竞标一事上，指示和监督宜城方面不搞举贤避亲的庸俗廉政。

李冬答应马上照办，但问：墓碑保住了，墓碑案呢？

钱夏说：破案跟竞标并不矛盾，可以同时进行的嘛。

酒还喝着，孙秋收到小虹女发来的微信：

> 三伯：你们四人匆忙集合，与刘虹女阿姨有关吧？因为我也叫刘虹女，对此很关切；而且，我与您之间的秘密（我晓得我的身世和您的"机器人总统"）也有刘虹女阿姨的因素。我并没有探知亲生父母是谁的愿望，但对我的精神基因充满好奇。所以，我想利用假期的最后一天去宜城，旁听有关一位精神母亲的故事。您同意吗？

小虹女是敏锐而精密的。孙秋当即回道：

> 来吧孩子。继续保守两个秘密。先给你爸打电话，要求绕道宜城飞北京，顺便与我们相聚。这是令我们高兴的。三伯也很想与你再次交流。但你得小心呵护你爸。

结束小酌回宾馆的路上，李冬接到小虹女电话，实在没有恰当的理由拒绝，只好答应小虹女来宜城。钱夏得知消息很高兴，说赶快回去订房间。李冬心事重重地摇头：省点儿吧，我去你的总统房睡秘书室，孩子住我的房间就行了——六岁前，她都是跟我和刘英俊一起睡的。钱夏瞟瞟李冬：你自然一点儿嘛，别让孩子看出破绽。

当晚九点，三人约上老赵，一起去高铁站迎接小虹女。李冬提醒大家：跟小虹女在一起以前咋样现在还咋样，莫谈"虹女之墓"。孙秋则说：小虹女大了，其实不必隐瞒，何况墓碑也不涉及她的身世。钱夏指出：如果说到过去，有一点必须修改——李冬和刘英俊的结婚时间应当提前。李冬说：这个不是问题，小虹女识字前，我跟她妈的结婚证日期已托人改过，只要不讲漏嘴就行了。老赵问：你们还记得吗——十七年前大家商量，等小虹女恋爱成家了，让她处理刘虹女母

282　一生彩排

亲那笔遗产的？李冬连忙摆手：小虹女还单着，这次莫扯复杂的事，明天上午孙秋开车带小虹女在宜城转转，钱夏陪我去看王昭虹老师留下的那间房子，反正下午小虹女就飞北京了。

小虹女出站见到我们，小跑过来跟每个人行贴面礼，仍是十七年前"家节"宴上的孩子气。回宾馆途中，给我们讲她和赵周乔、钱飞、小霞儿、孙海、孙洋等弟妹在一起的情况，尽是让人开心的消息。到酒店后时间已晚，我们与小虹女互道晚安。李冬带女儿去房间，也没啥帮忙做的，东瞅瞅，西看看，木木地端详成年的女儿，像从前一样叮嘱：安心睡，爸在，有事打电话。小虹女说：爸，您放心，我都是应该照顾您的大人了。李冬也不点头，说：走了。便走了。

翌日吃过早餐，孙秋按既定计划带小虹女"去宜城转转"，但上车后，两人一商量，买了水和面包，直接出城前往鸽子坪。

一路阳光，翠绿与金黄交织的秋色在山坡上变幻。一只小鸟于车前起伏飞行，像是特意带路。小虹女望着窗外流淌的景致，一边跟孙秋说话。往事太多，要问的需捋清头绪，要讲的得理出梗概。心情在弯曲的山道流走。孙秋看着前方驾车，有一缕视线去了时光之外。小虹女问此地何地，往事何事，孙秋都一一告知，话语平易，声音柔缓，省略中有可感的事物。小虹女侧看孙秋，发现他的黑框眼镜和花白鬓角下的面庞透着静穆和凝重，竟然看见了他从镜框边逸出的那一缕视线——那视线越过景色，牵挂纷繁往事和悠远思念……忽然间，她觉得他是无比宽广的人，脑中不由闪过一个念头：此时，我若是刘虹女阿姨多好啊！她当然不晓得，又或许是晓得的，在孙秋逸出的那缕视线里，此时的她已然幻化成昔日的刘虹女……她禁不住感动得说：孙伯伯，我觉得您是幸福的！孙秋激灵一下，赶紧收回逸出的视线，淡然地笑：是啊，因为全部的过往，而且这过往中诞生了一个至美的女儿。

小虹女恍惚问道：我不会是您的亲生女儿吧？

孙秋竟然回答：是啊，你就是我的亲生女儿！

小虹女愣住：您为什么把我给了我爸爸呢？

孙秋便笑：傻丫头，难道你不是你爸的亲生女儿吗？

两人顿时大笑，直笑得泪眼花糊……

一小时后，车停在鸽子坪知青点的禾场上，下了车，小虹女像小鹿四面张望。孙秋领着小虹女来到清湖边，认识那棵鸽子树，站在湖岸望向荒岛。跟以往不一样，此时孙秋不仅看见了荒岛，还晓得岛上的那些乔木是四月开花的鸽子树,不由兴奋地对小虹女说:那里是社会之外的原生自然,有矫正社会的美。

于是上船,划向荒岛;上了岛,走进白茅地。

一会儿,北坡的"虹女之墓"就出现在眼前。

小虹女停在远处凝视了片刻,缓步走近,于墓碑前站立。她看着墓碑,墓碑上的"虹女"二字看着她,她的眼泪漫涌出来。孙秋去到墓碑一侧,在草地上坐下。小虹女过来坐在他身边。秋天的白茅和杂草开始枯黄,透着清淡的甘甜。两人静坐在墓碑旁。

太阳升高了,无遮无挡地照耀荒岛。

墓碑是小虹女眼下的疑问。孙秋说:你的猜想没错,我们四人匆匆集合,是因为赵春伯伯陪同投资商上岛考察时,发现了刘虹女妈妈的这座墓碑……而墓碑不是我们四人或四人中任何一个人立的,又引出一桩悬案;现在,我们暂时无法破解这桩悬案,投资商马上就要来购岛开发,我们唯有抢先购岛,保护这座坟墓。他说着,见小虹女抬头看他,赶紧取下眼镜,抹了一把眼窝的汗渍。

小虹女提议去最高处看岛,两人起身向着坡地登行。孙秋一路娓娓讲述:1976年夏天,十五岁的刘虹女作为最后的知青下放到鸽子坪;1978年考入江大英语系;1982年毕业分配到南平师范学校教书;1983年汉江初汛时,她留下遗书后投身汉江,从此杳无消息……在刘虹女短暂的生命历程中,我们没有陪伴她上大学之前的岁月,但我们晓得,她有原生的美丽和美好,却是在人世的纷扰中孤独绽放……她爱鸽子花和彩虹,曾经凝望这座荒岛;大学年代,我们是她的无数分之四的追求者,但我们幸运地和她一起表演过话剧《虹女》;在南平时,我们常常坐在月光下听她演奏钢琴曲,一天晚上,她遭人强暴未遂,我们被当作嫌疑犯关进号子,她信任我们,给号子里的我们送棉衣……1983年春,我们从号子里出来,找不到她,到处寻找,不约而同地来到了鸽子坪……这年冬天一个大雪纷飞的夜晚,你爸爸李冬在南师的宿舍门外抱起一个襁褓中的女婴——就是你;2000年樱花时节,我在江大与你相见,还未来得及去南平找你爸爸,生活在宜城的刘虹女的母亲去世,你爸爸赶往宜城安葬这位"岳母",因为发现与刘虹女有关的线索,一个人再次来到鸽子坪调查……又过十七年,赵春伯伯在荒岛上发现"虹女之墓",我们来到这里看见彩虹,晓得了彩虹与鸽子花的神话。

小虹女问:我爸为什么给我取名刘虹女?

孙秋说：你爸在刘虹女妈妈消失后，特意从北原调到南师，并且要求学校让他住在刘虹女妈妈消失前所住的宿舍，以便等她回来；那个夜晚，你被放在那间宿舍的门口，襁褓中有一张纸条，上面写着"这个孩子应该是你（刘虹女）的"，你爸给你取名刘虹女，是表达对刘虹女妈妈的深爱与纪念，更是对你的期待。

我的生日呢？小虹女又问。

孙秋怅然道：你爸是1983年9月1日搬进那间宿舍的。

我爸像是特意来等候我的。

是，你爸最舍得感情，所以终有好运。

如果是您，会收下我吗？小虹女忽然转头望着孙秋。

孙秋说：当然！换作我，或者赵伯伯、钱伯伯，都一样。

我倒是感谢那个遗弃我的人……

我们感谢上天——你是我们的福分！

孙秋微笑着看小虹女，小虹女迎着他的目光微笑。孙秋还想告诉她：你爸爸李冬代表我们得到你之后，把你作为寄托，不仅百般呵护，而且坚持按照刘虹女妈妈的样子培育你，所以刘虹女妈妈不单活在我们心中，也因为你一直活在我们的现实里。小虹女听到了他的心声，情不自禁地说：三伯，谢谢您！谢谢我爸！谢谢你们！谢谢刘虹女妈妈！孙秋看见，她的眼里有薄薄的泪花在闪烁。

到达山顶，两人巡望。整个荒岛是椭圆的，长约两公里，宽不接近一公里；山不高，地势平缓；天空的白云让时间停顿；岛上，除了散布全岛的鸽子树还有其他树木，裸石蓝得久远，茅草见地蔓延，玲珑的山椒鸟晃头眨眼探究来人；荒岛周遭环水，是大自然特意捧出的一处原生陆地。刘虹女从前在湖岸望向这里，现在这里立着她的墓碑。孙秋忽略了身边的小虹女，驻足凝视山下的"虹女之墓"。他看见一只白鸽子从南平飞来，看见刘虹女和他行走在江城大学的林荫道，听到一个遥远的女子在长城上高喊"白云真白真白真他妈的白"，听到徐彩霞和他在鄂西无名山上发出的哧哧声……在异邦，一个女子问他："昨天在观看自由女神的游船上，找人的是您吗？"他由衷地笑着。回头对小虹女说：我看见了鸽子花和彩虹的神话。

然后两人下山，重返墓碑前，缓缓三鞠躬。

回到湖岸，小虹女流连于鸽子树下，默念"鸽子，你飞吧"。孙秋说：刘虹女妈妈和从前的屈原就是站在这儿看彩虹，今天岛上没有彩虹，你来了就是彩虹——晓得彩虹为什么那么美吗？因为她要让我们看见美！所以我们决定购下这座荒岛，让未来的人晓得它是一片虹岛。

小虹女望着天空赞叹：多么迷人呀——我活着就被怀念！

孙秋连忙纠正：不，不单是怀念咧，还是讴歌，是欢乐颂。

驱车返回，孙秋把着方向盘，目光专注向前。小虹女唤了一声三伯，对他说：不久的将来，AI能够帮助人们修补过往的岁月。他笑道：岁月需要修补吗？小虹女说：我是指你们的三桩悬案——刘虹女妈妈的消失、我的来历、这座墓碑。孙秋掉头瞥一眼小虹女：你想帮助我们？小虹女点头：是呀，我们公司有一个项目组，专门研究人工智能破解历史遗案或迷局，公安刑侦部门也很感兴趣。孙秋信奉科学，却不无谨慎地说：曾经有人预言物理科学可以让人回到从前的时光，我也想回去看看；可破案不光是科技，更需要洞彻人心。小虹女说：您晓得机器人诗人小冰——AI以人为出发点和落脚点，当然可以进入人心——科学能抵达世上的任何奥妙，我的奥秘是接近刘虹女妈妈的奥妙。

孙秋感到喜悦，恍然看见小虹女与刘虹女叠合在一起！

但他即刻抿了抿嘴唇，把车开得更快，神情也庄严起来。因为他感到心头突然发生了万分之一秒的跳荡……这是十分严重的，他甚至不容许自己哪怕有瞬刻的判断与辩解，必须庄严。

车上许久沉默。

小虹女垂下眼帘说：晓得您在想什么。

他惶恐地回应：我啥也没想呀？

小虹女说：不，您跟我想着同一个问题。

他便唬道：丫头，别影响我开车咧。

一会儿，李冬打来电话，说酒席已订好，他们三人在包房等候，孙秋回答：马上就到。小虹女淡淡地说：三伯，您慢点儿开！

第三章　虹女活着

赵　春

小虹女飞北京了，钱夏、孙秋和李冬也离开了宜城。

眼下的问题是怎么保护这座突如其来的"虹女之墓"。

不用说，购得荒岛是最为彻底的解决之道。

钱夏总是让你吃惊。但你其实应该料到钱夏会做出购买鸽子坪荒岛的决定。只是因为急于招商，一时没有想到"虹女之墓"可能在后续开发中被毁灭。现在既然钱夏要购岛，这事就等于我们四人的事了，你不会不放在心上。不过，这桩特殊投资照例要跟普通商业购买一样走规定的程序。你是市委书记，名字刻在墓碑的四个落款人的第一位，本该回避的，可你无法回避，也不打算回避，唯有取巧运作，先让钱夏拿到同场竞争的门票——事成，你背嫌疑；不成，你尽了心。

你建议同志们把竞标日期延迟到12月上旬，是给钱夏时间，也是让自己喘一口气。毕竟可以喘一口气了。

那么，这座墓碑到底是谁立的呢？

在你的意识的隐蔽层，一直以为刘虹女还活着，她永远在江大的操场上奔跑。你见过武永强手上的那份遗书，不是没有理性的人，但意念就是不肯相信。何况那个死亡的事实并不完整。如果你认定她死了，必定也会为她造一座墓，至少假他人之手而为之。为什么没有想到造墓呢？因为她活着，你希望她活着。而且，没有刘虹女的现实也是刘虹女的现实，这个现实已走过三十四个春秋；在这漫长的现实中，你的私情与惦念安放在庄重面目的背后，时间久了，习惯于记得那美还在，且让那美一直都在——在一个市委书记的悬念里。

照孙秋的意思，侦破墓碑案的线索与意义在于立碑的动机，而立碑的动机显然光明磊落，那么，侦破此案其实有点儿莫须有。但涉及自己的事总得知其究竟，倘若破不了案，甚至连破案的线索都没有，心何以落定？问题是，这是一起公安局没有由头立案的案件，只能靠我们四人自己来侦查。怎么查？似乎只能在渺茫中等待运气。

那就等待吧。

小虹女说，她在美国见过赵周乔，赵周乔的生活工作都不错，作为父亲你为之欣慰。小虹女走后，你将消息告诉妻子周亦敏，说女儿在电话里讲的那些不是宽她的心，小虹女眼见为实。她听了很是喜悦。几年前，周亦敏从江城郊区医院调到中心城区的"三甲"医院，已当上主任医师，算是事业有成。同时，通过卖房买房，把家也安顿在城市中心。她现在越发讲究，定点美容美发，练瑜珈，逛专卖店，刷VIP卡，在手机上秀图……刚才，冷不丁给你打电话问你在干啥。

你坐在市委书记办公室的桌前，桌上是乌总开发荒岛的方案。

你笑着摇摇头，突然在时光的面上看见了刘虹女——她站在每个人的目光之外，微笑着，永不改变的样子……可是，"虹女之墓"突然出现在荒岛，企图以有形的坚硬阻断绵延的愿望。这是必须反抗的。

忧伤漫涌而至。也不知道钱夏、孙秋和李冬的情形如何。

你毕竟跟他们有所不同，你是本省第二大城市的市委书记，还得如越王勾践手持仪仗矛，保有矜持。

你的办公桌上摆着一面小国旗和一面小党旗。你的工作关乎全市400多万人民。事情千头万绪，凡事得撸起袖子来干。下午，你已签批几份关于经济、教育、卫生的文件。乌总的开发方案刚看完，秘书送来了市纪委的报告。哦，忧伤或许也跟时下党员干部持续腐败有关。为什么腐败如荒原上的野草怎么也烧不尽呢？腐败在暗处，正义在明处；人家在心里想，你在嘴上忙；你有铁拳怎么打？人家在反腐之前已想好反侦查策略，而且嘴上比你更廉洁，更厌恶腐败咧。

又一个能干点儿事和成点儿事的县委副书记出了问题：这家伙鉴于市委新书记到任后必然调整各级领导班子的先例，一边揣着瓷松去省里"跑官"，一边以小恩小惠收买下面的同志以备"民主测评"；他的动作马上被县长和另一个县委副书记同时反映到市纪委。纪委的报告像一本白皮书。你看了一半，厌倦地将报告推开，去想鸽子坪的荒岛，想那里的鸽子花和彩虹……但招商的事也很麻烦。

你的头发若不染黑，已是灰头翁了。

你摸了一把整饬的黑发，蓦然直视问题中的问题：以党纪论，那个"跑官"的家伙不仅得不到提拔，连县委副书记也干不成了；但是，怎么看待"马上"和"同时"反映情况的这两个人呢？他们真正的动机是什么？他们自身干净吗？他们的工作能力如何？提拔他们中的谁？他们被提拔之后会怎样？——这些是很现实的。

秘书敲门进来，提醒你时间已过下午五点，要去陪"老领导"吃工作晚餐，你说知道了，秘书出去等候。"老领导"立足H省，面向中央，人脉广泛，现任全国某委员会的副主任，年初鼎力推荐你升任省委常委（副省级）。此次，"老领导"来宜城做环保专项调研。你跟"老领导"有一桩旧事，钱夏知道。多年前，你在大湖县县委书记任上，有人谋求并购钱夏投资的大湖项目，经"老领导"打招呼，你做钱夏的工作，后来钱夏转让了企业……其中的经纬各方心知肚明。

"老领导"住在政府接待宾馆。晚餐安排在宾馆中餐厅小包房。只有三人共进晚餐："老领导"、你、市里相关委员会的一个半老同志。这样的格局符合"退居二线"的待遇，也跟廉政建设应景。"老领导"由于不再染发忽然暴露一头蓬松的银白，但气色不错，眼袋下竟有可喜的桃红，而且眼珠子闪亮转动，照样发出党性的光芒。让人舒服的是，他一直微微笑，说话放得开，举止遵循老者躯体的生理调动，随意，略显笨拙。只有一点需要小心，当他以"二线"的态度恭维"一线"时，你得真诚地受宠若惊。桌上有酒，你说：酒虽然是优惠价买的，但是是我自己掏的腰包。"老领导"快乐地笑：你的酒，喝点儿。

碰杯后，饮餐前汤。"老领导"饮了两勺停下，说宜城的环保不容乐观，你来了要扭转局面。你连连点头，表示坚决照办。"老领导"提出一个问题：为什么反腐倡廉期间会出现"懒政"现象？这个问题涉及面太大，你不宜回答，停下筷子作沉思状，让时间延宕一会儿，转而向"老领导"请教一个小问题：怎么看待"马上""同时"反映情况的两个干部？"老领导"并不含糊，把大问题和小问题合并起来加以分析：政治路线确定之后，干部是决定因素，干部问题很复杂，要加强干部制度建设；我们有没有制度呢？有，考核、培养、监督、选拔，什么制度都有；但制度是死的，人是活的，关键还是人，怎么让全体党员干部都来捍卫、执行并不断完善制度，这条路还很长；这个涉及"干部教育",主要是世界观、人格和党性教育;我们的党员干部很多,比许多大国的人口还多,但素质有差异,如果我们简单摆出两米高的横杆,绝大多数人跳不过去,干脆不跳了,这个要意识到;我们党是带着打仗的经验和传统来搞社会主义建设的,过去照本本和样板搞,经济和政治走过弯路,现在实事求是搞中国特色,经济发展了,政治也发展了;按马克思主义的原理,经济基础决定上层建筑,我们的经济基础和上层建筑一直都有改进和改革,改革没有穷期——你看呢?"老领导"陡然打住。你正洗耳恭听,被他一问,不由慌张,便胡乱回应:"老领导"高瞻远瞩高瞻远瞩!赶紧斟酒,碰杯,请吃菜。"老领导"接着指出:我们党打江山不易,现在执政了,不能忘记初心,我们都是党的高级干部,要讲党性,要捍卫党;总之,我们既然信共产党,就要高举马克思主义这面旗帜!你连连点头,给"老领导"布菜。

然后讲一些家常话,"老领导"说他最近拔掉了两颗烂牙,一边坦诚地张开口,指给你看,你看见他的牙床很崩溃,连说是是是。他合上嘴,捂住腮帮斯文地摇了摇,问:你"是"什么?你憨憨地笑,马上开一个半荤的玩笑,老人家笑得很遥远。

自始至终,"老领导"随意笨拙,没提当年为大湖项目给你打招呼的事儿。陪吃的"半老同志"起身出去接电话,"老领导"随意而突然地问:是不是有个乌总要投资鸽子坪村的荒岛?你说:您知道呀?"老领导"说:听说了,项目不错。就拿起勺子喝汤。

你的心口紧缩一下——因为荒岛。

晚餐结束,你搀扶"老领导"回房休息。

然后你回到宿舍,歪在床上,头有点儿晕。

迷糊中,居然艰难地想起了老马克思——

大约在你做大湖县县委书记的第二年,省里组织一批青年干部赴英国考察学习,你在其中;有一天,参观伦敦新牛津大街,你跟考察团团长说,你想去附近罗素广场的大英博物馆看看,团长问看什么,你说你读初中时听老师讲过马克思勤奋学习的故事,想看看马克思在博物馆水门汀地上磨出的两道脚印……团长当即表态:不错,去吧!

你去了。但是,你发现"图书室右首最后一排第一张桌子"下的水门汀地面光洁无痕!你有些慌张,心扑通直跳,赶紧用蹩脚的英语向人问询,不料得到的回应是一个接一个的摇头,后来有人指了指阅览室的一块看板，你认出那看板上写着：当年马克思经常在 L.M.N.OP 行就座，因为那里靠近搁着参考书的书架。尽管位置变了，你照样查看地面，而地面照样光洁无痕！你顿时蒙了。对于你来说，这不是一件小事，关乎对经典故事的信任……难道你读中学时被忽悠了？

可是，正当你惶惑之际，突然看见一个熟悉的中国姑娘的身影一闪而过，向着大英博物馆的门外走去，她清秀的侧脸、飘逸的黑发、修长的身材以及超凡的气质……一下子把你从愣怔中拔扯出来，你跟随她追到门外，她已在10米之外走进人群，你立刻向她奔跑，大喊：

刘——虹——女！

她回头停下，却不是刘虹女。

你立定在近处，瞪大眼睛望着她。

她友善地抬手微笑，依然是刘虹女的样子……

钱　夏

"虹女之墓"立于荒岛，我们四人的思绪再次纠缠在一起。

投资荒岛接下来要办理竞标手续，无非是填表、出示证件、打保证金什么的，都是程序，只需按时去做。回到江城，你把事情交给了公司事业拓展部的经理章文白。但标书不用他操心，有孙秋代劳。

妻子钟红来电话，说煲了山药汤，让你回家吃晚饭。她正是"如虎"的年龄，把"公粮"看得紧，你笑她像"公社书记"，答应回家。但你坐在办公室迟迟未动身，总觉得有事悬着，直到侯卫国的三角眼在脑子里一晃，方才想起，就给钟红去电话，让她把山药汤留着宵夜。然后联系侯卫国，吩咐他去茶社订两份煲仔饭。

侯卫国是那个立"虹女之墓"墓碑的人吗？

现在你跟他已恢复兄弟情分。十七年前，他谋反，整出一个"华圣"品牌，企图与你分庭抗礼，被你迅即扑灭邪火。当时，你无比愤怒，但在他缴械投降之后，并没让他在经济上吃亏，按"华圣"投资额的双倍给了他钱，送给他的大房子也没有收回。后来，他做集团副总裁，分管物流与后勤，谨慎小心，工作照样出色；而且由于经历了一场"邪火"，人变得棉条，手腕上套一圈紫檀佛珠，下了决心虔诚修行。你是记好不记仇的，只要他回来，你俩还是从前。而今他已六十出头，跟结发妻子复了婚，身体尚好，你又派他去一线做CEO。事情过去多年，两人都在心理上消化了；有时，他来办公室跟你谈工作，末了，主动提出喝茶聊天，聊天是次要的，意在陪你歇一歇。在公司，有他，跟他在一起，你会感到一种与从前有关的亲切。这是其他人无法带给你的。他在你心中是一个淡化了的疤痕，你又开始叫他侯哥。

在湖边茶社的小单间，茶桌上搁了两钵煲仔饭，侯哥候着你。你进来，在他对面坐下便吃。他看着你，不动，你说吃呀？他问啥事，你摆摆筷子：没事，这几天从中东飞北京，从北京飞宜城，在宜城谈了两天项目，有些累。他开始吃，吃过两口，说：新药的证号已经批下来。你又摆摆筷子：不谈工作好不好。他吃的是番薯香芋煲仔，帮你点的是养生鳝鱼，你把钵子推到他面前，说尝尝，他夹了一块。

你问：还记得南平的刘虹女吧？

他答：记得呀，怎么会不记得。

你笑：当年你是不是也喜欢她？

他的眼皮一跳：但我没打她的主意。

是吗？你对他的过去将信将疑。

小看人——她又不是龚小姐。侯哥咕哝道。

龚小姐是侯哥的污点。当年她来公司做技术员，曾是你的"情况"，后来被侯哥收买，陪他睡觉，帮他开发"华圣"产品。

为什么呢？你问。其实你明白。

他说：因为你们对刘虹女是认真的。

你便摇头呵呵笑，认领了他的交代。

吃完煲仔，茶器摆上，侯哥忙着侍弄。你在想：现在问他，鸽子坪荒岛的墓碑是否跟他有关，他会说实话吗？倒是侯哥见你沉默，疑惑地问：今天怎么想起了刘虹女？你呷一口茶，放下杯子，对他说：侯哥你看，你我之间啥都经历过，彼此在对方心中是透明的，就像一对不过"喜事"的老夫老妻，没什么值得隐着瞒着——我问你，你有没有替我、赵春、孙秋和李冬给刘虹女立一个墓碑？侯哥拿着水壶愣住：什么呀？你再说一遍。即刻释然而笑：要是我立了这个墓碑，为什么不告诉你？你发现他的表情变化很流畅，心想，孙秋所言不谬，倘若有人代立这座墓碑，那动机并不坏——不坏的动机通常不必隐瞒。

侯哥看着你：准是被什么勾起了往事？

你坦然回道：不，我从来就没有忘记她。

侯哥疑惑地收回目光。然后按呼叫键，服务生进来。侯哥要点混嘴的小吃，服务生报出许多，侯哥只要葵花子，他知道你看重对肾有益的东西。你让他来点儿自己喜欢的，他摇摇头。

时光如许，恍惚回到上世纪90年代中后期。那时，侯哥还没有"谋反"，或许正在萌生反意，每天跟着你发财，出入各种场合，对你很贴心。当时已开始时兴用女人放松身心或交朋结友，为了卖人参，你们把客户带到歌厅，叫几个姑娘一起"放松放松"；有时没有客户，侯哥和你也去喊两嗓子。单由你买，侯哥负责张罗。去的最多的地方是江北的"大同世界"；本来，侯哥起初推荐的是江南的"钟声"，但"钟声"离江城大学太近，有那么一点儿兔子吃窝边草的感觉，再加上家也在江南，容易想起老婆孩子，做什么都硌硬，所以干脆舍近求远去江北。"大同世界"也是侯哥开发的，他说那里有漂亮的蓝眼睛，可以开洋荤，还能增加一点儿国际感。

"大同世界"KTV包房的程序很常规：妈咪带来一排大面积裸露的佳丽，其中掺杂二三洋姐，齐声说晚上好，所有眼珠子骨碌骨碌地看人；侯哥口味重，讲究也少，目光迎上去，抬手朝一个胸大的勾勾手指，就定了；轮到你，扫过一眼，没那人，收回视线，拿手在脑门上抠着，半遮脸面地放弃。一轮不行再一轮，到了第三轮，侯哥替你做主，揣摩你的口味，挑一个文静的中华小姐。

随后是"放松"。小姐倚上客人，一手搭其腿部，客人也可以用一只手臂搂着小姐的肩；喝酒，唱歌，由浅入深地说些流氓话；偶尔碰了脸，触了胸，打了臀，也是自自然然的，一笑一嗔了之。但不能吻、摸、解裤带，那是KTV之后的项目。文静的小姐倚着你，见你没有回应，自尊地将座位退出一道缝，时间耗去一刻钟，觉得不好无功受禄，见侯哥和自己的小姐正疯得厉害，便凑过去热闹，几番推杯换盏，倚在侯哥的另一边，原来并不文静。一连几次都是这样，快乐的侯哥因你被晾着感到很对不起你。

可是，有一天，出了包房，走在霓光廊道上，迎面过来两个穿"小姐装"的女子，其中一张熟悉的脸让你眼睛一亮，心口直扑通。你站住，等她走到面前，抬手拦截，问：小姐，你是？她停下，礼貌地对你微笑：我的中文名叫白云。天啊，幸亏她是一朵白云而且嗓音像鸭母。你不知所措地呆住。她便满眼狐疑，扬手拜拜。你即刻醒悟，追上去邀请她：去我的包间可以吗？她摇摇头：不行，我已经被客人点了。你说：那好吧，我今天回去，明天再来，点你。

你知道，你第一眼见到白云是把她看成了刘虹女。

但那一刻你决定：即使刘虹女是"小姐"，你也绝不放弃她！

第二天，你去包房时，侯哥和他的小姐正在"放松"，白云独坐在长沙发的一端。你向她举手招呼，过去坐下。她主动靠拢你一些，不倚不碰。你们像朋友一样喝酒、唱歌、说话。她是俄罗斯女孩，在江城某大学留学。她用俄语唱《喀秋莎》，用中文唱《好一朵茉莉花》。你说我们唱《欢乐颂》吧，她点点头，你们用英语合唱……那一年，因为这朵白云，你几乎天天去"大同世界"；有时出差，侯哥替你点了她，让她在包房里自己玩，小费照给，但侯哥发誓，绝对没碰过白云。

有一回，你喝得太多，情不自禁，趁她不注意，偷吻她的脸，不料她猛地一闪，居然轻轻还了你一记耳光。你愣住：为什么？她气呼呼地说：我还没有爱上你呀。你知道错了，连忙道歉：对不起。她便笑，学着中国女孩的口气问：你看上了我什么？你说：你的脸上有一个中国女孩的样子。她依旧笑着：要是这样，你还没有坏透顶。你说：谢谢，你有那么一点儿让我觉得那个女孩还活着！

当年，侯哥曾经对你说：兄弟，那是不现实的。

此时，你愣着，侯哥敲敲桌子：哎，葵花子来了。

你的眼睛转动之际，居然看见俄罗斯的白云一闪。

侯哥问：那个白云姑娘跟我们还有外贸生意吗？

真是一个贼！你在心里叹服侯哥，一面回道：白云说她胖了，不想见我，免得我从她脸上看不到让我高兴的样子……现在是她先生跟我们联系业务，但我常跟她通电话；有一回，我打了那个北极熊一拳，向他竖起大拇指，夸他比我福气好，他居然说，谁叫你那么早结了两次婚。

嘀，本来是侦查侯哥的，却发现了自己。

孙 秋

回到家，妻子彩霞微笑着，一只手藏在身后，对你说：孙老师，猜猜，谁给你寄东西了？你回道：不是客户吗？彩霞欢呼：谢天谢地，你总算没有猜中波士顿的 Miss 杨！一边从身后拿出一个小包裹。

你晃着头笑笑,请她帮你拆封。包裹打开,是一本书:The Original Meaning of American Natural Literature,作者 Xi-Yang。

是的,无论大英博物馆门外的"刘虹女"、俄罗斯的"白云",还是这位波士顿的 Miss 杨,我们四人都不曾互相隐瞒情况。

2003年,一位当年跟我们一起追求刘虹女的老同学举行婚礼,因为年逾四十岁第一次结婚,新婚妻子又是自己的在读研究生,不好意思大张旗鼓,只请了家在江城的少数同学;你、老赵和钱夏携夫人出席,吃饭时,跟新婚夫妇同坐一桌。老同学是江大中文系教师,做中外文学比较,没什么名气,也不知是什么级别的教授。老赵跟他开玩笑:教授先生,当年你留校的目的不是做学问,是找一个江大毕业的女生当终身伴侣,现在目的达到了,可以收心了,估计学问也要上台阶。老同学嘿嘿笑。不料,老赵的夫人周亦敏医生尖锐指出:结婚也不等于收心呀。老同学嗅觉不差,即刻点头:嗯,话中有话。众人看周医生,周医生混不过去,干脆揭露老赵在大英博物馆见到"刘虹女"后连马克思都不顾的劣行,席上一阵哄笑。老赵拿手碰周医生:这不是我主动交代的吗?周医生回道:坦白可以从宽,但并不代表没有那个意思。看看就钻了牛角尖,钱夏的妻子钟红赶紧现身说法:大嫂,男人都一样,没有得到的总是放不下,比如我家钱夏,认识一个俄罗斯丫头,看人家跟刘虹女长得像,把俄罗斯的生意都交给了人家——话又说回来,他也只是一个念想,没实际的。但徐彩霞认为钟红的话只敲到了鼓边,马上纠正:倒不是什么实际不实际的问题,关键在于念想的性质是什么,如果明知刘虹女不在了,还念着想着,那是已经脱离了具体人的单纯的念想,念想的只不过是刘虹女的美好……我们孙老师是在意这个的人,我倒是理解和欣赏的,如果不是这样,他早跟那个波士顿的 Miss 杨有事了……您说是吧,大嫂?周亦敏一时语塞,老同学抢先道:孙夫人,您凭什么相信孙秋对您讲的是真话?话音未落,新婚妻子鞭笞道:依我看,只有不诚实的人才老是担心别人不诚实。众人鼓掌叫好……

彩霞把书交给你,说:全英文,美国自然文学的什么。

你说:可以译作"美国自然文学的本义"。

晚饭后,彩霞陪你去花园散步。你给她讲鸽子坪荒岛上的墓碑以及钱夏购买荒岛的计划。你不晓得能否对她说明在小虹女面前发生的那个"万分之一秒"的心理波动,你想,既然当时压根儿没让自己"分析与辩解",应该不能算作事实。后来,你和彩霞坐在鸽子树下的秋千上摇荡。黄昏澄明,远近一派安宁,时光缓缓的。你确信彩霞的心灵生长着刘虹女的纯美,不然,她怎么会相信你的真话并如此信任你呢?世上美好的人皆有了不起的慧根。

秋千摇荡着,彩霞哼起那首英语歌《昨日重现》(Yesterday Once More):当我年轻时 / 我爱听收音机 / 等那首我最爱的歌曲 / 我会跟歌声一起歌唱 / 这总会令我露出笑容……

那年,哦,2002年8月中旬,你随团赴美国西雅图进行为期一周的参观考察,之后只身飞往纽约,去看望在纽约大学任教的一位学兄。本来,学兄在电话里得知你的消息后要飞来西部,是你执意登门拜访,因为当年在江城大学排演话剧《虹女》时,他殷切希望演一个角色,你没能成全,让他一直耿耿于怀,而他后来很大程度上是由于得不到刘虹女的爱才出走美国的。他在纽约机场走向你,朝你的左肩不轻不重地给了一拳,然后驾车带你去他的家。他已结婚,妻子来自中国湖北,有一个三岁的女儿,会说中国话。中午跟他们一家人吃美式中餐;下午去学校听他的讲座;然后就近入住酒店。听说他家里明天要来湖北客人,分手时,你提出次日独自出行,他问你英语行不行,你说马马虎虎,他做出打电话的手势,叮嘱你别走丢了。

次日,你乘的士去华尔街,在百老汇大街的那头著名的铜牛附近下车。铜牛陷落在围观人群之中。你走过去,从人缝里看见铜牛发亮的鼻子。全世界的人都往铜牛屁股那边挤,抢着钻到胯下去触摸那颗象征繁衍旺盛的蛋蛋。你不过是有那么一点儿见证众生摸蛋的兴趣,看见了,一哂,便往华尔街方向走。华尔街两侧密集拥挤的摩天大厦使街面显得逼仄。街道两边蠕动着东张西望的游客,少数匆匆赶路的人穿行其间。忽然,一个人影从你的视野边缘掠过,你赶紧掉头去看,那人已穿过街面,隐入街那边的人流。你愣怔地停留在原地,心中既失落又亢奋——是她吗?她在华尔街?在曼哈顿?在纽约?在美国?

那一刻,你的惊喜统治了美国的天空。

下午,你来到纽约南街码头,买了一张门票准备去海上观望矗立于自由岛的自由女神。你以为,一个人独自惊喜时必须找一桩事儿扬汤止沸。观光船是定时往返的。候在码头检票口的游客越来越多。等到打开栅门,人潮拥入,疾走一段长长的码头栏道,再慢下来登船。你裹在淤滞缓行的人群中,脑子里不时出现华尔街的"人影"。而就在此时,你的眼前一亮,又看见了——刘虹女的背影!

你没有看错——她的样子你不会看错。

她回了一下头，或许感触到你的目光。

可是眨眼之际，她随着人流进入了舱门……

你登上船，慌忙追寻。前面的人纷纷入座，或者扶着栏杆停下；后面的人踏踏地跟来，从你身边涌到前面去。船很长，上下两层。你先在下层一排一排地扫视。有人注意到你的慌张。你不慎撞上一位美国老太太，她冲你微笑，你赶紧sorry，她仍是一笑。下面一层没找着，再去上层。这时游船已接近自由女神，所有游客朝同一方向望去。你顾不了女神，你晓得它是1886年美国独立一百周年之际法国送给美国的纪念礼物，它的外貌源自法国雕塑家巴托尔迪的母亲，而高举火把的右手臂则是巴氏妻子的手臂，那头冠上有象征七大洲的七道光芒……但是，你查阅观望女神的人们，没有找到刘虹女。忽然想到广播找人。一会儿，广播里说：刘虹女女士，孙秋先生请你听到广播后去船舱出口见面。你守候在船舱出口。广播里说了三遍，直到游船返港靠拢码头，没有人前来与你见面。你第一个上岸，站在舱门一侧看着船上的人鱼贯而出。你终于见到了她——刘虹女一样的模样与气质！你正要叫唤，可张开一半的嘴巴陡然打住——不是因为她身边跟着一个英俊的男青年，而是男青年太年轻了，时值2002年，他身边的刘虹女不应该是这位二十岁上下的小姑娘——而且她听到广播后并没有来找你。

然而你却莫名地舍不得离开这个素昧平生的小姑娘。你跟随她向着码头外走，希望码头上的栏道无限延长。出了栅门，眼看就要分散于南街，你疾冲两步，与她并行，毫不犹豫地招呼：姑娘你好，请问你是来旅游的吗？她停下，看着你：您？你支吾道：我一个人旅行，英语的听说都不行，很麻烦，不知能不能跟着你们？那个英俊的男青年站在她身边，她转头看他，男青年问：您是中国来的？你点点头：是，来纽约看望从前的同学，这两天他忙。男青年再去看她，她便说：我们打算明天去布法罗，您去吗？你当然没问题。

傍晚，学兄打来电话，问玩得怎样，你说很好很好，又问明天怎么安排，你说去布法罗，老兄不用管我。

"明天"还没有来临，你望着窗外，天边出现一片火烧云，那样殷红热烈，那样宁静缤纷，竟是浩大的坦诚……你的身心禁不住颤抖。第二天大清早，你提前来到宾馆门外候车。有人在你身旁哎了一声，接着碰了碰你的膀子，你回头看见是她。你们坐上了同一辆巴士。你坐在她和男青年的后排,她与你前后临窗。

巴士出了城区向北疾行,北美风光朗然而至:清晰的山峰、坦荡的原野;树丛墨绿整饬,草地青翠柔和;看不到赤黄的土石;忽有坡顶尖锐的小屋,pickup和农机歇在场院或田头,马在斜坡上吃草甩尾,一切仿佛旷邈中的点缀;公路左边隔着宽阔绿地是并列的返程公路,逆向开来的小车或集装箱货车一闪而过;鸟儿蹿起,飞向高远;天空蓝得扎眼,云朵蠕动,一丝一缕地纤柔。她正在和男青年说话,偶尔嬉闹攻击对方,像一对恋人,却不至于亲昵。后来她戴上了随身听。她的头顶、后脑、发丝以及发丛下时隐时现的颈项全是刘虹女的,透着遥远的鸽子花的气息,让人感到久违的亲切,为之羞涩,单是不言不语地偷看,心扑扑地跳荡。你想起了《伊豆舞女》中的那个"我"……而你年逾四十,几乎与她隔着一代人呢。你不由尴尬地一哂。

到达布法罗市,停车吃午餐。她约你一起去快餐店,她点单,你抢着付钱,你们领了汉堡可乐去窗边就座。你问他俩贵姓,她说他们都姓杨,你略微一诧,她告诉你,男青年是她表弟,随姑妈的姓。你也告诉他们,你姓孙。男青年问:您是老师?你笑笑:当过老师,现在做管理咨询。她说:还是老师呢。一边笑了。

到布法罗只为看尼加拉瓜大瀑布,这是全世界的来意。你们进入景区,穿了蓝色塑料雨衣,跟随人流走下陡峭漫长的石阶,登上一艘观光船。瀑布在远处露出壮观的端倪。船驶向峡口接近瀑布,宽大的瀑面从天空垂直泄下,轰鸣填满时空,水雾弥漫河谷,船体开始在激流中大幅摇晃,竟是惊心动魄的刺激。一大片飞沫被旋转的山风卷来,全船人尖叫躲闪。男青年踉跄一下跌倒,你赶紧将他扶起;一转头,看见她已成了落汤的鸟儿,幸好穿着雨衣,水花只在额发、脸颊、颈项和领子上淋漓,但她在零乱的水花中微笑,一双眸子被水光映照得格外明亮。你不由望着她愣住,看见了刘虹女在那个夏天排演话剧《虹女》时满头大汗的样子……她嫣然一笑,拿手指向你:您的脸上也湿了呢。

看过瀑布,回码头上岸。走到半坡的平台处,你驻足回望,忽然看见瀑布上空出现一道巨大的彩虹——逸出风景,高悬于世间之上!这是刘虹女感知到你的怀想与寻觅的回应吗?你惊异地凝望着。有人开始为彩虹喝彩。你的眼眶湿润了。不知什么时候,远处有人呼喊:孙——老师!喊过几遍,你激灵一下,即刻扬手回应:哎,我在这儿。你看见她从前方的高坡折返回来,因为走得急,又是下坡,身子歪歪颠颠,那男青年在她身后追赶着。你迎上去,伸手扶住她……

回纽约的车上,她让表弟与你换了座位。你们一路说话,互相留下姓名地址。她叫杨曦,在纽约大学攻读文学硕士学位。你告诉她,你年轻时也学过文学。你们谈到美国文学和美国自然文学,她说了一句令你十分惊喜的话:大自然是人类最后的慰藉。你说你的学兄执教于纽约大学,把学兄的名字和电话报给她,让她遇到困难找学兄帮助。她突然问:昨天在观看自由女神像的游船上,找人的是您吗?你回答是的。后来,她把随身听的耳机给你,你听到了 Yesterday Once More(《昨日重现》)!

你五音不全,但这些年时常哼唱两句:when I was young / I'd listen to the radio(当我年轻时 / 爱听收音机)……

李 冬

必须捍卫"虹女之墓",就像捍卫刘虹女。

从宜城回到南平的"安置房",刘英俊不在家,你打开电脑,以钱夏的名义给省委副书记冯远志草拟信函。这是"阳谋"的一部分,或许可以公然为老赵消除"举贤避亲"的困扰。此次购买荒岛,起初的动机单是保全"虹女之墓",但随着探讨的推进,孙秋计划把荒岛变为传达自然美的虹岛,钱夏决定向村民转让49%的股权,我们占据了理念与道义的制高点。这是我们的底气。既然可以"阳谋",那么这封信必须剀切爽直,除了用投资方案正面强攻这个有着师生之谊的省领导,也要结合实际针砭世风。以你有限的观察,现在的许多官员是多一事不如少一事,无论好官坏官,所以"举贤避亲",无非是忌惮嫌疑,一旦被嫌疑,坏官逃不掉,好官的仕途也会搁浅;坏官被查人人称快,好官仕途曲折也不过是个人悲切,但关键是可能耽误正事和好事。抛开立场不论,中国人百年来的认知方式有两个大毛病:非此即彼和宁左勿右。一旦有事,往往不究本质,不察情节,不论公理,听风便是雨,有嫌疑即罪恶,没有公允,只图恩仇快意,迅速形成舆论江河,以至于水可覆舟。何以如此?表面是立场观念在打架,根本在于没有健全的知识和理性——不习惯也不愿意理性地辨析具体事实,而且从不修正立场、改良观念、调整方式。知识和理性,说到底跟教育有关……

嗨，绕来绕去，竟绕回了自己的本行。

写完"阳谋"信的初稿，你校改一遍，发至红女群，请三位审阅修改，由钱夏署名后投给冯远志。

时间已是下午七点，刘英俊还没回家。你给她打手机，她说她以为你会在宜城逗留多日，所以一个人去了渔阳村，今晚回不来了。放下电话，你把阿猪叫来，跟它一起做晚餐。

刘英俊去渔阳是检查渔阳小学的教学情况。渔阳村位于南平市西南的"鸡鸣三县（市）"之地，离城区50公里，当地人赶一趟乡政府所在的小街得步行两小时。那里湖汊密布，农民靠种田和水产业生活，是出了名的贫困村。但渔阳村有小学适龄儿童，如果村里没有小学，只有去街上读书，这样，要么花钱住读，要么每天花4小时往返，村里人希望把原来渔阳大队的小学接着办下去。目前渔阳小学6个年级齐全，每个年级7至9名学生，老师3名（只养得起3名）。八年前，你开始利用节假日去渔阳小学代课，不久，妻子刘英俊成了你的帮手。

你不是因为热爱教育而从教的，是因为刘虹女才投奔了南师。但在教育实践中，你认识到教育的意义。你认为，教育已成为当今社会的灾区：学校正在大量输出缺乏理性思维、人格精神、系统知识和创造能力的庸人——那些自强而杰出的人才实际上是对现实教育的批判；另一方面，教育普惠不均，许多贫困地区的孩子还不能享有正常教育。进一步探讨，教师队伍令人担忧：师范院校招生的分数线一直偏低，在职优秀教师纷纷离岗，教育面临着以平庸教师培养未来人才的危机——这是最为要命的！我们为什么不能强化教育？我们不是很有钱吗？花在行政管理和"维稳"方面的钱是不是太多了？怎么就不明白，把人教育好，不仅能为社会创造财富，还可以让管理和"维稳"省心省力省钱！

但你只是一名教师，知道得有限，只能力所能及。

八年前的那个暑假，你原本打算随剧团去乡镇巡演花鼓戏——这是你至今未辍的爱好和乐趣，但校长对你说，南师要办一个民办教师培训班，希望你去上课。教育的意义总比唱戏更直接，你毫不犹豫地答应下来，然后给剧团打电话，请他们换人救场。

这个班来了56个民办教师，你给他们讲小学和初中的语文教材教法。第一堂课你就注意到了坐在教室前排正中的马齿苋。他看上去像一个初中的男生，瘦弱如草，面相清秀得像女孩子，眼珠黑溜溜的，眼神专注而清亮，有一种脱离凡尘的品质，让你想起刘虹女当年听孙秋讲戏时的样子……下了课，你把他叫到讲台边，问他年龄多大，来自哪里，他说他十五岁，是渔阳村渔阳小学的教师。

因为这孩子的眼神和年龄，你带他到家中吃晚饭。刘英俊从厨房出来，见了他，诧然一愣，掉头看你，你说他叫马齿苋，是来参加培训的民办教师。吃饭时，刘英俊不时关注他的样子，给他搛菜，问他这么小怎么做了教师，他大大方方地介绍他的情况——

他是半个孤儿。小学四年级时，父亲死在遥远的煤矿，不久母亲改嫁带他离开渔阳村，他舍不得渔阳小学的老马老师夫妇，没走，老马老师把他带回家，让他跟五岁的儿子一起吃住；第一年老马老师夫妇每天轮番盯着他，跟他讲故事，鼓励他坚强，他立志好好读书，今后不做挖煤人。读完小学，老马老师夫妇送他去街上读初中，钱的事等他长大了再说。初中毕业，他考取市重点中学，因老马老师突然病倒，回到渔阳小学顶替上课，上着上着就放弃了高中。渔阳小学当时有两名教师，另一名是老马老师的妻子。他的理想并不远大，就是让村里的所有孩子读书明理有知识，男生长大了不挖煤，女生长大了不让爱人去挖煤。现在，渔阳小学有了他，就有了3名教师，6个年级（6个班）的学生每天按时上课：一、二年级同一个教室，三、四年级同一个教室，五、六年级同一个教室；每个教室前后各挂一块黑板，同一年级的学生望着同一块黑板，两个年级的学生背对背，教师在东头讲，西头的学生写作业，反之亦然。晚上，老马老师夫妇和他集体备课，每个年级的语文、算术、常识、音乐、体育等各门功课，每个人都得会教，以防三人中有人病倒耽误上课。他在渔阳小学已教了一年书……

马齿苋吃完晚饭回去后，刘英俊喃喃自语：这个小男孩长得真像刘虹女老师！你说的确像。刘英俊说：不光脸相和眼神，还有心情，不愿意看到人悲苦忧伤，又平平静静。你笑了笑：可刘虹女并没有做过马齿苋的老师咧。刘英俊说：人世间的好人都是相同的。

那个暑假，你常常带马齿苋回家吃饭，每天天刚亮领着他去南师的操场上跑圈。马齿苋跑在前面，你看见刘虹女在江城大学的足球场上晨跑——那时，刘虹女从知青点考入大学，很瘦，跑着跑着脸上便红晕起来……暑期培训班结束，马齿苋来向你道别，深鞠一躬，说不知道怎么感谢您，你说：傻孩子，是我要感谢你咧！

新学期开学不久，你抽出两天时间，去渔阳小学讲示范课。你讲课时，马齿苋把老马老师夫妇也叫来听；讲完讨论，他们说收获不小，你说以后你还会来的。刘英俊陪你去了一趟渔阳，再去，主动要求讲示范课；她是资深小学教师，小学课比你讲得好。八年来，你和刘英俊坚持去渔阳小学上课，有时结伴而行，有时轮番上阵……

2013年，马齿苋考民办教师身份，成绩过了，但渔阳小学没有民办教师指标，你给做省教育厅厅长的大学同学写信，反映马齿苋的实际情况，没几日，厅长来南平考察，带上你去渔阳，看了马齿苋在同一教室东头讲一课、西头讲一课，当场对市教育局局长说：我们抓教育的管不了全社会的公平发展，但教育的事必须抓出正义和正气——这个马齿苋的指标我特批，违背政策由我负责，下面有谁不服，我上门说明情况。马齿苋成为民办教师后，可以领一份工资了。

现在，从渔阳小学出来的学生先后有9人大学毕业，其中一人在北京创办科技公司，今年春节回来，掏钱给学校教室装上窗玻璃，说以后发了财，就捐款建新校。刘英俊正急着给马齿苋介绍女朋友，介绍了三次，女方都因为"鸡鸣三县"摇头。这事把她愁得呀！

晚餐做好了：一碗面，一荤一素两碟菜。你吃面，阿猪过来给你捶背。忽然想起那封"阳谋"的信：荒岛招标在即，冯远志老师能像厅长同学那样"抓出正义和正气"吗？

第四章　重启侦查

卤　鸽

等待购岛的日子，"虹女之墓"悬在每个人的心里。这桩案件虽然理论上不涉及犯罪，但匪夷所思的疑团让人焦虑。我们四人一旦有了相关消息和想法，便在虹女群里互通情报。

钱夏说，他回江城后跟侯卫国聊过，侯根本不知道此事，以侯目前在他面前的态度和怯懦，不至于撒谎。不日，又有关于省委副书记冯远志的消息。老赵说，远志同志收到钱夏的信之后，给他打过电话，让他消除顾虑，并明确指示拍卖"荒岛"首先考虑鸽子坪村的利益最大化，谁中标都不是问题；老赵向冯书记表示"坚决贯彻执行"，顺便提到荒岛上的"虹女之墓"来历不明（钱夏的"阳谋"信中回避了这一点），冯书记听了大为错愕，反问老赵，你们不会怀疑墓碑是我立的吧？所以老赵认为，墓碑肯定与冯书记无关，以冯书记的性格与身份，不可能这么做事。钱夏在群里反问：三十四年前他还不是省委副书记呀？老赵说：他不是省委副书记的时候也不可能，这事跟建汉江大桥不同，对政治前途无益，以他的灵敏，即使有这种想法也只会搁在心里。老赵显然是将心比心，这一点无疑比任何物证都要可信。

如此一来，我们四人那日在荒岛墓碑前罗列的主要嫌疑人中，排除了侯卫国与冯远志，剩下还有两人，一个是原南平师范学校的炊事员"普希金"，一个是原南平县公安局刑侦队队长武永强。这两人一直生活在南平，对他们的侦查，只有李冬比较方便。

这天起风。临近中午，李冬换了旅行鞋，戴上黑色棒球帽，推着自行车出门。他打算由易到难，先接触"普希金"。由于过去十七年没再办案，从前那点业余侦查的经验早已荒废，他且骑车在城区转悠着，心里大致有了谱，方才前往"普希金"卤鸡总店。进到店里，问得老板在楼上，就摘下帽子，要了半只卤鸡、两道小菜、三两散装沔阳小曲，去临窗的卡座坐下，交代店员跟老板说，南师有个老同事来了。

端杯之际，一个没有脖颈的胖子站到卡座边，满脸流油，朝李冬微笑，李冬有点儿拿不准：你是"普希金"？胖子点头：是啊。李冬便笑：怎么成了巴尔扎克？胖子嘿嘿两下，反倒疑惑地眨眼：您是哪位？李冬道：看你，就知道赚钱，老同事都不认得了，我是李冬。巴尔扎克似的"普希金"顿时惊呼：哎呀李老师！赶紧捧住李冬的手大幅摇摆，一边感叹：我们起码十年未见了吧？李冬说：十七年。

之后两人对坐喝酒，李冬琢磨如何讯问。

不料，"普希金"很快红了脸，郑重地将筷子搁下，摇头嗔怪道：你们四个人啊，其实都不够意思。

李冬问：怎么呢？

"普希金"说：当年，我与你们也算是同病相怜吧，为什么那个墓碑上只落你们四人的名字，不把我带上？

李冬不由一诧：你什么意思？

"普希金"冷笑：唏，还装样儿咧。

李冬问：你知道墓碑的事？

"普希金"说：我去过鸽子坪。

去找刘虹女？

不，找鸽子。

李冬糊涂了，举杯邀他碰一下，仰头先干，再问：你能说得明白一点儿吗？"普希金"说：前年，我打算开发卤鸽，到处找鸽子供应商，南平乡下虽然有几家，但都是小打小闹，供应不稳定，搞不成；后来听朋友说，宜城市有个鸽子坪村，我想鸽子坪嘛肯定大量养殖鸽子，就开车导航去了，可到那儿一问才知道，人家的鸽子虽然很多，但全都长在树枝上，笑死人的；不过，那个小田村长是个有头脑的年轻人，得知我的来意，脑子一转，说，我们双方可以合作养殖做卤菜的鸽子呀，而且鸽子坪愿意拿出一座荒岛来办养殖场，绝对绿色环保什么的；又说，村里已经派人做饭了，去岛上看看回来正好吃午饭，硬是把我拉上船，划了过去。结果，我在岛上就看到了"虹女之墓"……你说，世上的事是不是山不转水转，但你们四个人太不够意思。

李冬听了，哭笑不得。

"普希金"问：怎么不说话？

李冬说：你们后来怎么没有合作？

"普希金"回道：我是做卤鸡卤鸭卤鸽子的，搞养殖不懂，专业人做专业事，免得牵扯精力。

不是有多元发展战略吗？李冬问。

"普希金"连忙摇晃一根手指：不不，我们不讨论这个——我想知道你们为什么不够意思。

李冬苦笑。他已经意外地完成了侦查。

"普希金"催促：说话嘛李老师。

李冬端杯自饮一口，说：墓碑不是我们四人立的，我们几天前才见到这个墓碑，今天来，原本是要问你做没做这件好事咧。

什么？"普希金"呆住。但这家伙的脑子显然被生意盘活了，小眼睛眨巴几下，提示道：找过公安局的武永强吗？

李冬摇摇头，没应声。他想知道的已经知道，他不晓得的不想跟这个也不晓得的人探讨。因为，三十四年前"普希金"毕竟疯过，这个案子太麻烦，他不能折腾人家的神经。

从"普希金"卤鸡店出来，李冬扶着自行车推行。秋天的街面行人稀疏，阳光淡薄，风任意流窜。李冬眯细着眼睛，觉得平常的街景故意变形，到处流露出陌然与神秘，似有未知的事物搁在时光背面。突然一阵长风袭来，所有无形的未知漫卷而起，眼前一派零乱，秋意便带着沙子和清凉，直扑衣衫之外的肌肤。好在李冬不是一个容易伤感的人，朝着秋天一笑，拉低帽檐，骗上车蹬行起来。

回到"安置房"，李冬把会见"普希金"的情况发到虹女群，钱夏回应：想想也是，"普希金"脑子糊涂，怎么可能呢？再说立墓碑这事非同寻常，他一个卖卤鸡的，你找他，莫把自己也弄出了毛病。孙秋驳斥：虽然从现有情节来看，可以确认"普希金"没在荒岛立碑，但你的逻辑很荒谬，你不能以普遍的经验抹煞特殊的可能，许多神奇的事正是所谓的疯子干的。老赵也说：我看去荒岛立碑这件事就很神奇。李冬赶紧强调：但疯子"普希金"绝对没干这事。

刘英俊拎着采买的物品回来，见李冬坐在沙发上发愣，问李老师吃过午饭没有,李冬无头无脑地回答:我在破案。刘英俊哦了一声,一歪一颠地往里走,心想,三十四年前遗弃小虹女的案子已在十七年前侦破了一半,后来终止追究是我们自己的决定,我们不就是要让它永远成为悬案吗?也不应该是刘虹女老师消失案,这案子只能靠等——那就是最近的"虹女之墓"案了。但她向来不打听,李老师说到哪里就了解到哪里。李冬突然缓过神来,笑嘻嘻地说:谢谢刘校长,本人已吃过卤鸡咧。

刘英俊歪过来在李冬身边坐下。李冬伸手摩挲刘英俊的瘸腿,一边讲侦查"普希金"的情况。刘英俊听了,提示道:你不觉得,以你们四人的名义立墓碑还有别的动机,比如表达歉意?李冬问:你是指武永强?刘英俊说:可不是,当年他对你们四人做得多么过分。

找　人

接着是见武永强。

等到一个没课的下午,李冬骑车前往南平市公安局。又是十七年没跟武永强这位昔日的情敌见面了。十七年前,武永强刚当上局长,李冬去找武永强,请求不要调查养女小虹女的来历,后来凭着极端对抗,这桩悬案在武永强那里不了了之。这一点让他一直感念武永强。

到达公安局,李冬推车进门,门卫喊站住,问干什么的,他说找武局长,门卫喊人早走啦,他问走哪里了,门卫喊先是省公安厅,后来不晓得。他觉得门卫对他们武局长的态度有些怪异。

回家,安置房的门开着,进屋见到"普希金"像巴尔扎克一样虎头虎脑地坐在客厅的沙发上,不由蹿起无名火,斥问你怎么在我家,"普希金"无辜地嬉笑:我在南师附小找到刘校长,刘校长带我来的。他便平和下来,问刘校长呢,"普希金"说上课去了,随之讪讪地撇嘴:我又不是坏人,协助办案不行吗?他嗤道:办什么案?你协助什么?"普希金"说:我给你提供武永强的情况呀。

李冬只好拖出椅子,与他面对面坐下。

"普希金"说:那我就开门见山了——武永强对刘虹女老师一直没死心,2008 年,大概是夏天,反正是穿裙子的季节,武永强领着一个穿裙子的姑娘来我店里吃卤鸡,我初次见那姑娘,以为奇迹发生了，迎上去招呼刘老师，武永强一把扯开我，说你干什么——这位是Q小姐，人家是电视剧演员！我定眼细看，并没看出这个Q小姐与刘虹女老师有多大区别，疑疑惑惑地将他们带进包房……之后我向人打听，查明Q小姐的确是Q小姐，而且是从南平县考出去的，当时有一个破案的电视连续剧在南平拍摄，Q小姐演女主角，不过……

停停停！李冬厌烦地摆手，叫住"普希金"：别扯了，你这个开门见山很八卦，说正经的。

"普希金"说：耐点儿烦嘛李老师，听我接着讲——不过，Q小姐跟武永强交往的时间并不长，很快就离开了武永强，而且离开的情况也是在我的卤鸡店包房里发生的；那天晚上，武永强请一个穿藏青色夹克的老男人吃饭，我以送菜的名义进入包房侦察，看见Q小姐坐在老男人的身边，武永强谦虚谨慎地给老男人点烟……不久，武永强被提拔了，据说是省公安厅的副厅长——这是千真万确的。

"普希金"停下来看着李冬。

李冬皱起眉头：这说明什么呢？

说明他善于为人作嫁呀！

所以你认为他为人作嫁——立了那座墓碑？

不能这样推理吗？

李冬摇摇头，心里叹道："普希金"呀"普希金"，你的脑疾已落下后遗，千万别因为墓碑误了卤鸡的味道。就使劲谢谢他，请他回去照看生意。"普希金"起身告辞，不忘叮嘱一句：有需要随时吩咐。

次日上午，李冬乘高铁到达江城，转的士来到省公安厅附近。此行的目的是拜访武永强，当面问问这个昔日的情敌，我们四人是否早已接受他的一片心意——修建"虹女之墓"。他先去烟铺买了两条价格昂贵的黄鹤楼1916，装进牛皮纸文件袋，折口，绕上扣线，把"文件"夹在胳膊下，向公安厅院门走去。

公安厅门口有武警站在岗亭里，比县市公安局把守得严。李冬上前招呼同志你好，报告他有要事找武永强武副厅长。武警战士请他稍等片刻，拿起话筒拨通电话，问了几句，放下话筒告诉他：公安厅没有叫武永强的副厅长。他问：那武永强同志去了哪里呢？武警战士回答：不知道。便立正，平视前方，不再理他。

李冬傻了，疑惑地退离公安厅大门。但他不甘心，穿过斑马线，在街道对面停下，用手机拍了一张公安厅大楼图，发到虹女群，问谁知道武永强的下落？老赵回：武永强两年前"进去"了。钱夏问：上次在岛上说到武永强可能是立碑人咋没讲呀？老赵回：进不进去跟是不是嫌疑人没关系。孙秋说：这样的事已经常态化了。钱夏问：什么罪？老赵回：判决书上是受贿，但有个内部通报，涉及别的。李冬不关心罪名，只问：现在武永强人在哪里？老赵回：不知道。孙秋原本不在意这样侦查，就安慰李冬：李老师莫急，回去歇着，等着咱们小虹女的机器人福尔摩斯问世吧。附了一个嘻嘻笑的表情包。

　　结束群聊，李冬搭乘公交车前往高铁站。

　　车上有空位，他不坐，靠着扶手柱，文件袋夹在胳膊下。他得尽快找到武永强的下落。窗外的街景影影闪过。他想，小虹女在研究机器人福尔摩斯？福尔摩斯机器人能够侦破刘虹女消失的悬案吗？这次小虹女回来跟三伯孙秋鬼鬼祟祟的，好像在搞什么阴谋，莫非跟福尔摩斯有关？一会儿，高铁站到了。

　　回南平的高铁上，李冬不再琢磨福尔摩斯，买一碗方便面泡着，打电话请刘校长刘英俊帮他想想，南师毕业的学生有没有在公安局工作的？刘英俊在电话那头想了片刻，说有一个。李冬问谁，刘英俊说就是被你骂过的武小斌——武永强的侄子。李冬嘟哝：我骂过他吗？他毕业后不是去了市二中的？刘英俊说：李老师啊，你怎么这么迂腐？武小斌是武永强的亲侄子咧，调出学校不是分分钟的事。李冬交代刘英俊赶紧确认武小斌是否还在南平公安局上班，他要见武小斌。

　　吃面时，李冬想起来了，还真的严厉批评过这个武小斌。武小斌是南师2002级学生，聪明帅气，就是太纨绔。武小斌不光有一个当公安局局长的叔叔，还有一个在外地做副县长的爸爸，那个因为迷恋刘虹女差点儿被武永强枪毙而后来一气之下自杀的原政协陆主席就是他爷爷。陆主席为什么不姓武是一个可以忽略的谜。武小斌当年喜欢一个女生，那女生喜欢另一个男生，武小斌不让那女生跟那男生在一起，强行拉扯那女生坐自己的摩托车，闹得一操场人看热闹……李冬把武小斌带到办公室，对他说：我不打你，也不骂你，提几个问题供你思考——第一，你家有几个县官，你凭这个欺负同学，如果同学中有人是省官的儿子呢？其次，当官不会世袭，今后你们家没人当官了你怎么办？再有，你这样胡作非为，有真正的幸福吗？跟树林里的野猫野狗有何区别……如果你想不通继续闹事，就不要再来上课，否则我就打你走。以后，武小斌照常来上课，也不知是否想通了。李冬没有让自己至察而无徒。

　　当然，这些都是无所谓的，只希望他告知武永强的下落。

罪　人

刘英俊发来微信：武小斌仍在公安局工作。

李冬出了南平站，坐上的士，夹着文件袋直奔公安局。

武小斌接到门卫的电话，候在办公室门口，见着李冬热情招呼李老师好，李冬觉得他态度不坏，端起脖子打量，说你壮了，其实是胖。武小斌嘻嘻地笑，左边眉尾趴着一道半月形疤痕，十几年前的帅气有些走样。李冬随武小斌去了办公室。办公室地上有几只大纸箱，装着书，办公桌后面的书架上大半是空的。武小斌领着李冬绕过纸箱，请他在黑皮沙发上就座，转身去隔壁倒茶。武小斌回来，李冬问：你这是搬来还是搬走？武小斌表情一黯：搬走咧。李冬接过茶杯，将文件袋丢到桌上，笑道：两条烟，我不抽，记得你在学校就偷着抽烟的。武小斌连忙说：李老师，这么多年我都没有孝敬您——您有什么事不必客气。李冬连忙摇头：老师不会给你添麻烦。武小斌仍说：没关系的，我虽然不当治安科科长了，但还在公安系统，您的事，我能办尽量办。李冬发现武小斌情绪低落，不好过问，只说：我想通过你找你叔叔武永强。武小斌不由神色慌乱，抬眼朝门外扫了扫：这样吧，我马上下班，带您出去找个餐馆，慢慢聊。即刻就脱警服换便装。

李冬无意吃饭，又不宜操切追问武永强下落，就跟随着。下了楼，坐武小斌的私车出公安局大院。武小斌问李老师喜欢什么口味，李冬说平时吃家常饭，外面的只晓得卤鸡。车开到"普希金"卤鸡总店门口停下，两人出车进店。经过柜台，武小斌向服务员甩了一个响指，服务员点点头，武小斌像回家似的上二楼，推开一间包房的门。李冬跟进去，见房里明亮宽大，正中一张大圆桌，左首是饮茶区，问还有人，武小斌说没有，这里清静好说话。服务员进来泡茶，武小斌问是金骏眉吗，服务员说是。武小斌交代晚点儿上菜。

茶泡好，服务员退去，随手带门。

武小斌等门合拢，回头问：您晓得我叔叔的情况？

李冬说：今天才知道一个大概。

武小斌停顿一下：您找他？

李冬说：我想看望他，我们是老朋友。

武小斌耷下头，片刻后抬起头来：他在江城南郊监狱服刑，但谁都不见，除了我婶婶。

李冬问：你婶婶现在在哪里？

武小斌说：去了江城，跟我堂弟住在一起。

李冬叹息：其实，你叔叔是个很上进的人。

沉默。交替端杯饮茶。

武小斌说我抽支烟，李冬说你抽，武小斌点燃烟接连吸几口，说李老师您是我老师，又是我叔叔的朋友，跟您说说我叔叔吧：我叔叔这个人啊，一切都是命，听我母亲和婶婶讲，他就是放不下年轻时认识的一个姑娘，那姑娘叫刘虹女，是外来的大学生，很漂亮，也在南师教过书，我叔叔爱她爱得茶饭不思，着了魔似的；按说那姑娘我应当叫阿姨；那姑娘有一次遭强暴未遂，后来不知为何投了江，我叔叔一直没能侦破这桩案子……一直不成家，到1989年才结婚，我堂弟今年二十七岁；我叔叔跟我婶婶也算一桩政治婚姻，我婶婶的父亲当时是县委副书记，不过我婶婶人品好，长得也不差，在银行工作，只是我叔叔心里老搁着那个刘虹女……我来公安局的第三年，公安局协助拍摄一部公安题材的电视剧，叔叔让我做联络工作，有一天，我开车送叔叔去剧组，对他说，那个演主角的Q小姐真漂亮，叔叔立刻咋呼，说你别打歪主意，那是你叔叔的一个梦。我说晓得，孔融让梨呗——我跟叔叔那时像哥们儿……很快我叔叔就跟Q小姐好上了，上没上床我不清楚，反正是来真的，Q小姐带我叔叔去过她家里，她家就住在南平市财政局的宿舍院里；我叔叔把他和Q小姐的事告诉我婶婶，说她是再版的刘虹女，下跪求婶婶离婚，我叔叔哭，我婶婶也哭，婶婶最终被叔叔感化了，说你天天月月年年都在等这一天，等了二十八年，等到了，我成全你……就离了。

武小斌说到这儿停下，连连摇头苦笑。

李冬忽然莫名地同情武永强，因问：后来呢？

武小斌说，就在这个时候，上边的一个头头出现了，"那个人"头发染得黢黑，大脸，像藏獒一样沉稳，煞气腾腾，见人皮笑肉不笑，他握着Q小姐的手贪婪微笑，肉乎乎的手既不摆动，也不松开，握了很长时间……"那个人"与Q小姐第一次见面居然是我叔叔安排的，地点就是现在我们所在的这间包房！当时，叔叔让我订房，又派我开车去接"那个人"和Q小姐，我一听火冒三丈，质问叔叔还是不是男人，甩手就走，叔叔大怒，说老子一枪崩了你，但怎么也掏不出枪来，他脸上瘀血，乌青乌青的……叔叔被提拔到省厅做副厅长与"那个人"有关，但我晓得他心里苦……后来叔叔和婶婶都没再婚，也没复婚，为了孩子，互相往来照应，关系倒是比以前好……有一年，"那个人"吩咐我叔叔为Q小姐家拿下几个工程，Q小姐的哥哥提着一袋钱去我叔叔办公室，叔叔把他哄走了，他又找到我婶婶，说钱是"那个人"反复交代要给的信息费，而且我叔叔知道的，婶婶就收下，前后一共收了200多万……这就是我叔叔犯的罪。

说完，武小斌猛吸几口烟，愤愤地将烟蒂摁在烟缸里。一团烟雾在他的面前翻来滚去，许久散不开。

李冬看着烟雾，目光穿过时空。他在想：这Q小姐一定如"普希金"所说，像极了刘虹女，包括相貌和精神气质；可是，她身上的"刘虹女"竟成为了深爱刘虹女的武永强的出让品；而"那个人"，则是邪恶的魔鬼，侵占、糟蹋和消灭了一个女子的"刘虹女"……当然，Q小姐到底不是刘虹女，她还有别的品性，那才是她的软肋。世上有多少Q小姐和多少武永强与"那个人"呢？

武小斌又说，行贿的人是遵照"指示"，钱是我婶婶收的，为什么追究判我叔叔？因为"那个人"是"大老虎"成员，除了大量掠夺财富和生活糜烂，政治上野心不小，有掌控意图，搞团团伙伙，巧妙布局，上边搞掉他是肯定的，而且除恶务尽，必须自上而下地消灭他的党羽和爬虫，我叔叔都把Q小姐送给了他，不是党羽爬虫是什么呢？定向一查，我叔叔参与受贿的事被挖了出来；虽然他没有经手过钱，虽然我婶婶一分不少地帮他退了赃，但以法律论，他的确犯了受贿罪，他没有理由和资格要求党放他一马……有趣的是，现在南平公安局"空降"了一个新局长，由于我是我叔叔的侄子，尽管工作业绩有目共睹，但治安科这个关键岗位不能让我干了，好在我没什么大问题，我平时吃点儿、喝点儿、玩点儿，都是朋友关系，我从不敲诈索贿，不干黑心事，没有像其他干部子弟成为南平的恶霸，我有底线，所以治不了我的罪——说起来，还得感谢您的教诲，我在南师读书时，您骂过我一次，不知您是否还记得，我一直铭记在心……现在有许多做法，比如这样对待我，是不是政治手法，是不是新的团团伙伙，我不能下结论——您说呢？

李冬既不点头也不摇头，淡然一笑：做好自己吧。

武小斌收不住情绪，接着说：老师，我向您请教一个问题，有多少人在我叔叔的那种状况下，不会像我叔叔那样走形？李冬闪闪眼皮，没法作答。武小斌马上自己给出结论：好长时间以来，在社会上，尤其是官场，有一个生存困境，就是环境不仅让你做不成好人和高尚的人，还硬生生把你拖下水——万一你不从，你就是一个怪物，去死吧。

李冬伸手拍拍武小斌的肩膀：我不太了解官场。

武小斌冷笑：我只信一条——捍卫规矩是人类最大的道德。

李冬问：哪来的这句话？

武小斌说：一篇网文——作者叫孙秋。

李冬哦了一声：这个人是我和你叔叔的朋友。

这时卤鸡端来了。武小斌请李冬桌边就座，斟了酒敬李冬，说今天因为您，讲得太多。李冬碰杯饮下，说你讲得挺实在，为了回报，我也向你透露一个秘密吧——当年你叔叔追求刘虹女老师时，我和孙秋，还有两个同学，都是刘虹女老师的追求者咧。武小斌便笑：原来你们是老情敌呀！李冬说：所以，你叔叔除了见你婶婶，也会给我一点儿薄面——因为高级情敌能够做朋友。

情　敌

一个星期天的早晨，天气晴朗微寒。

武小斌特意穿上警服，驾车送李冬前往江城南郊。两小时后，南郊监狱出现在眼前。此地四面没有楼宇烟火，远远望去，监狱的房舍掩没在密集的桦树林。时值仲秋，树叶间或飘零，植有铁丝网的高墙时隐时现；近了，可以看见树枝斜逸在铁丝网上方，一些麻雀一样的小鸟在枝头张望，叽叽喳喳，传递墙内墙外互不知道的消息。昔日光芒四射的武永强就在这道高墙之内。

车停在监狱铁门外的空场上，武小斌拿起那个文件袋，下车去跟监区长联系。李冬一个人站在车外等候。他相信武永强会答应见他，理由搁在几十年的岁月中，只是一时抓不住着实的头绪。他一点儿也不怀恨武永强了，那过去了的都是青春，倒是因为突然间晓得他的人生败落，竟有些格外的怜悯。而且，现在看来，那片荒岛上的"虹女之墓"多半是武永强对青春的挽悼……武永强崇尚刘虹女，本不该待在这桎梏生命的地方，终日只能感受几声鸟鸣的气息。

武小斌出来，向他招手，他赶紧拎了一只塑料提袋，向监狱门口小跑过去。提袋里装有两只卤鸡,是"普希金"店里的成品。一名年轻狱警让他在铁门前停下,从提袋中取出真空包装的卤鸡,拿到鼻子上嗅了嗅,回头看年长的监区长,监区长说:本来熟食是不可以的,进去吧。年轻狱警带着李冬一人进门,武小斌留下。

到了一间方正的提讯室,李冬将卤鸡搁在桌上。桌子对面放着两把提讯干部坐的椅子,进门这边有一个凳子是给犯人坐的。李冬将一把椅子提到桌子这边,一脚把凳子蹬到墙角去,再回到桌子后面,望着门口坐下。一会儿,门外响起脚步声,狱警送来武永强,李冬起身,与武永强四目相对,彼此即刻展颜而笑。狱警交代,你们聊,我就不守在这里了,转身离去。李冬说:坐吧。武永强摸一把光头,慢条斯理地在桌子对面坐下。李冬一时无语,单是微微笑着。

武永强说:谢谢你。

李冬说:我们是朋友。

武永强点头:所以,你是我同意见面的第二个人。

李冬说:我给你带好东西来了。

武永强说:卤鸡,"普希金"家的。

李冬吃惊:你怎么晓得?

武永强指指自己的鼻子:这个。

李冬把卤鸡从袋子里取出来,说我陪你一起吃点儿吧,就拉开真空包装,扯下一只鸡腿递给武永强,再从鸡肚上抠下一块,自己拿着。武永强用鼻腔嗤地一笑:吃就吃呗,吃卤鸡无罪。(意思是,吃卤鸡跟昔日的Q小姐有关,也跟吃卤鸡时把Q小姐转让给"那个人"有关,而他已不在意吃卤鸡的日子。)他开始咬住鸡腿,歪着头撕扯。李冬把手上的鸡块放回去,问:这里的人对你还好吧?武永强认真地咀嚼着,一边说:好啊,好得很,我帮他们破了一起发生在监狱里的网络骗色案,获得立功嘉奖,他们都尊重我,不然,怎么可以在这儿吃卤鸡、会见朋友?李冬说:那就好那就好。但发现他的发桩和髭根都白了,眼神空洞,眼角明显拖着长长的鱼尾,面色枯黄,内心的悲怆与漠然一览无余。

武永强突然停住咀嚼,拿着鸡腿指指李冬:哎,你还没有告诉我,你来找我有什么事呢?

李冬笑笑:你晓得的事。

武永强吮着鸡腿:说吧,我不会白吃你的卤鸡。

李冬说:我来当面向你道谢。

武永强愣住：谢我什么？

李冬说：谢谢你安葬刘虹女，还替我们四人为刘虹女立了墓碑。

武永强一怔：你什么意思？

李冬说：赵春在宜城鸽子坪的荒岛上发现了一座"虹女之墓"的墓碑，落款是我们赵钱孙李四个人的名字，他本以为是我们中的谁修了这座墓，结果我们谁都不晓得这事。

武永强便笑：不是你们，凭什么认定是我？

李冬说：我们已经查明，这座墓碑至少是十六年前立的；而且，我们认为立这座墓碑的人必须具备三个条件，一是深爱刘虹女，二是晓得我们四人深爱刘虹女，三是了解荒岛对于刘虹女的意义——尤其是第三条，在具备第一、第二两个条件的人中，只有你当年因为侦查刘虹女的案子，去过鸽子坪，了解刘虹女在那里的生活。

武永强耸起眉头：你们不觉得你们的逻辑有漏洞吗？如果这座墓碑是我立的，为什么不把自己的名字刻上去？除非是阶级斗争年代，除非刘虹女是坏人，可刘虹女是完美的，我年轻时从不隐晦对她的崇拜，而且那时我没有出事，干吗只让你们四人占有这份荣光？

李冬顿然愣住，想起另一个爱者"普希金"的控诉：为什么不在墓碑的落款中带上他的名字？也就是说，武永强的逻辑符合了一个爱者的逻辑。他感到此行就要落空——最后的落空，有些不知所措，但仍以殷切的目光盯着武永强：可我希望是你！

武永强摇摇头：可惜真不是我。

李冬的目光黯然垂落下来。

武永强嘟起油花花的嘴巴，拿着鸡腿停住。许久之后，喉结滑动一下，喃喃地说：除非墓碑能长翅膀，飞到鸽子坪去。

李冬即刻抬眼：什么意思？

武永强苦涩一笑：我的确立过一座"虹女之墓"的墓碑，在南平的城西墓园，是我离开南平那年立的，当时情况复杂，落款没写名字。

李冬的眼珠凸起：有这样的事！

武永强说：墓碑在墓园进门右道第22排端头的位置——刘虹女去世时二十二岁，你回去走一趟，看看墓碑是否还在。

李冬看着武永强，茫然摇头。

这时狱警在门外高声喊：老武，谈完没有，该回去了。武永强回应晓得。李冬便起身，对武永强说：我们拥抱一下吧。武永强站起来，麻利地将双手在狱服的两侧搓了搓，走到桌子端头。两人拥着，彼此在对方的背上使劲拍打。

分开后，武永强把卤鸡装进提袋，拎起要走，突然停下，说：如果想查清荒岛墓碑是谁立的，也简单，走访一下当地石材店和石匠，谁订做的墓碑就是谁；三十年前，石材店和石匠不多——可惜，我现在帮不了你们。说完一笑，转过高大微驼的身子，走了。

返回南平的路上，李冬一直闭目仰靠在座背上，只对武小斌说了半句话：你这个叔叔啊！一切都不真实，他不晓得该怎么言说武永强的过去和现在。可武永强跟赵钱孙李说到底没有太大区别……据说人与猩猩的基因差异为2%，那么武永强与我们四人的差异肯定比2%小得多，可就是这么微小的差异，竟然让他的心理、行为与命运如此殊异——问题不在于他身陷囹圄，而在于小于2%的差异使他必然身陷囹圄——也因为此，他那大于98%的生命与人生越发令人懊怜莫名。

汽车快到南平市区，落日映照得车室内阴阳交错。李冬正了正身子，吩咐武小斌把车开往城西墓园。武小斌吃惊地问：我叔叔都跟您讲了？李冬说：我们是朋友咧。

车进入墓园的车场停下。武小斌领着李冬顺右道拾级而上。

离22排的端头还有几排，李冬看见了"虹女之墓"的墓碑。晚霞透过林隙，洒落在墓碑上，碑面及"虹女之墓"四个字蒙着一层薄亮的光彩。墓碑的落款是永远爱你的人。时间：1983年4月1日——与鸽子坪荒岛墓碑的时间相同——与1983年刘虹女遗书的日子一样——西方的愚人节！李冬快步向前，遮挡了霞光，即刻退后一步。此时墓园里无比静寂。武小斌在身后说：碑是叔叔让我立的，他出事前，每年的4月1日我都陪他来这里，他敬香，我放哨；这两年，我替他来……

李冬掏出手机，对着墓碑拍下一张照片。

第五章 江城虹影

发　现

老赵夫人周亦敏意外地发现了新案情。

周亦敏及时拉起一个夫人微信群，取名春夏秋冬（我们四人的名字）。她相信自己的权威与谋略，打算利用微信群组织一次稳打稳扎的侦查行动。她今年五十八岁，比钱夏的"二夫人"钟红大十五岁、比孙秋夫人徐彩霞大十七岁、比李冬夫人刘英俊大四岁，再加上市委书记夫人的身份和主任医师的气度，平时说话带点儿鼻音。

11月中旬的一天，周亦敏在群里发话：妹妹们，他们四人忙，没时间陪伴我们，我们也不打扰他们，但我们要学会自己丰富自己。马上又跟进一条：我手上有几张美容体验券，月底过期，本周六，我们一起去体验吧。其她三人都说，好啊好啊，谢谢大姐。

群里的热闹一下子就调动起来了。

接着商讨具体事宜。钟红说：大家先在钟夏书吧集合吧。徐彩霞问：书吧在哪儿？钟红说：从长江二桥江南这边下桥走300米，在我们家华夏国际大厦的左边。刘英俊问：书吧是你开的？钟红说：是呀，钱锦飞上大学后，闲得无聊，又不想掺和集团的事，就开了这家店，说是书吧，其实茶、咖啡、煲仔饭、卡座、包间一应都有，生意也不错。周亦敏利落地决定：就钟夏书吧——交通方便，离美容院近，坐下说会儿话也挺好的。时间上，刘英俊有点儿麻烦，从南平坐高铁到江城三十分钟，从高铁站到书吧大约一刻钟，如果上午九点集合，几点几分出发得把时间卡好。徐彩霞说：亦敏姐和钟红各自准点到书吧，我开车去高铁站接刘老师，再来接你们一起去美容院。

周六上午集合顺利。九点之后，姐妹们在周亦敏的率领下，搭乘新世纪大厦的观光电梯，亲眼看着自己在光天化日下飘然脱离凡尘。到达五楼出电梯，向对面的玻璃高门走去。周亦敏步伐稍快，三位妹妹有些追赶。玻璃门的上方嵌有一面小巧方正的透光看板，醒目地浮出一个七彩的艺术体英文单词：Rainbow。钟虹小声说：我的英语丢光了——什么意思？徐彩霞说：彩虹呀。刘英俊掉在后面，向前猛歪一步，问：说什么呢？周亦敏大声道：彩虹——虹！

三个妹妹不由一愣。

之后，大家的动作便不够温柔，咣当一声推开玻璃门，前后粘着身子涌入，门在身后啪的一声甩回去，就像四个较有修养的女匪莽撞入侵，外表光鲜，态势咄咄逼人。一位穿粉色工装的女服务员礼貌地上前说欢迎光临，周亦敏瞬了一眼，对三位妹妹说：你们随便看看，我来沟通。便放下主任医师的身段，跟小护士一样的服务员说话。

三位妹妹随便看着，目光自然汇聚到柜台后面的背景墙：一片净朗的浅蓝色天空，抑或安宁的海洋，居中透出一方精致醒目的图案，图案中是一个写意的美女头像，下面的英文 Rainbow 与玻璃高门上方的艺术字体一样，仿若美女的签名手迹，手迹之下隔着空，是一排靛蓝的广告文字——世上每一张脸都可以是最美的！

最下端印着企业名称——虹的美容机构。

钟红赞道：哇，好舒服的图案！

徐彩霞小声嘀咕：怎么似曾相识？

刘英俊傻笑：美女都长得差不多。

另一边，周亦敏已沟通完毕，服务员按了柜台上的呼叫键，楼上下来一个穿工装、戴工号牌的女领班，满脸的微笑往眉间的黑痣上挤，向周亦敏抬手有请。周亦敏转头招呼：妹妹们，上楼吧。

钟红喊等等，掏出手机，对着背景墙拍了一张。

在一间格局整饬、空气温馨、白净中透着粉色的美容房，四名美容师守候在四张美容床的端头，颔首浅笑。周亦敏带领妹妹们往里走，经美容师指引，各自放下手中的小坤包，在一张美容床上平身躺下。氛围宜人，感觉惬意。接下来依照程序，先卸妆、洁面、去角质。闭目之际，听见瓶罐极轻的叮当，面部被似有似无地触及，鼻端上有一种清洁的气息透着美容师的母性，让人神逸而安宁。四姐妹一时沉浸无语，美容师也不聊天兜售。温软过后，薄水漫流，热巾蘸面，且于静中稍歇。之后是涂膏按摩，以手指掐压，以指腹摩挲，场面活动起来。

钟红突然问：亦敏姐，你有没有注意这家店的店名？

徐彩霞插话：红姐什么意思？

刘英俊扑哧一笑：什么意思，吃醋呗。

周亦敏静静的，没有回应。

钟红问美容师：你们老板叫什么？

美容师道：对不起，这个我还不知道。

钟红又问：你没见过老板吗？

美容师解释：虹的美容机构在江城有三家店，在深圳、北京、上海也开了连锁店，老板不常来的。

周亦敏有点儿烦：钟红别问了，安心做美容。

室内复归宁静，各处沙沙哗哗地细响。

但钟红不知道，她的问题周亦敏早问过了。本周一上午，周亦敏在皮肤科专家诊室坐班，进来一个小姑娘，往桌上放下一本彩册，大方地招呼：周医生，这是有关皮肤的资料，请您关注。说完转身而去。她瞟了一眼彩册，发现是宣传品，正要扔进垃圾桶，目光被封面上的一个"虹"字粘住。那一刻，她脑子里莫名地闪过三十四年前的刘虹女——又觉得怎么可能呢？大约因为"虹"字太好，用得人多吧？打开封面，扉页处搁着一叠美容体验券；往后翻阅，依次有"美的本质""美的个性""美的功利""美的价值""美的享受""美的境界""美的自然"与"美的呵护"的阐释，结语是"美的圣经"——世上每一张脸都可以是最美的！不可否认，作为皮肤科专家，她高度认同这句话。这些年，她接诊的皮肤病中，与美容相关的患者越来越多，什么祛斑祛痣发炎、肌肤养护感染、焕肤美白焕出异色、去屑洗发洗得头痒，七七八八很是常见；尤其是照着明星割眼皮、修鼻梁、敲腮骨、打玻尿酸，不少人已落下面瘫或死脸的后遗症……满城的美病其实都是蠢病或痴病。

也好，去虹店看看"美的圣经"是真是假。这么想着，周亦敏便让自己的敏感绕开了刘虹女的"虹"字。然而，但愿不如所料偏偏正如所料，她来到虹店，看过、问过、体验过，在接受和体味"美的圣经"之际，刘虹女的样子禁不住浮在眼前……她是富有联想的，一旦联想，总能进入神奇的境界，任由烦恼蓬勃。

但刘虹女不是她一人的事，她决定把三个妹妹引到这里来。

此时，三个妹妹正在"安心做美容"，随着细柔的按摩，已恬然入睡。周亦敏也闭眼假寐：紧临她的是钟红，这个昔日的商业才女，而今一年三百六十天专心致志做"老二"，整天马大哈，风一阵雨一阵，太平无事；钟红的另一边是徐彩霞，山里丫头，单纯，人过四十，精神不受污染，只信孙秋的迷魂汤；刘英俊更不用说，一根筋，如果她的刘虹女老师真的回来了，如果李冬打算去到刘虹女身边，她保准喜悦得热泪盈眶……唉，一群傻妹妹哟！

再说，即便守得了人，也不一定守得住心呀！

盘　问

做完美容，周亦敏从美容床上坐起，蔫蔫垮垮的，显出几分倦意和寂寞，三个妹妹见了，一愣，即刻心生怜惜，拥着她嘘问。钟红说，大姐饿了吧？我给书吧打电话，交代准备吃的，我们马上回去。又问大姐想吃点儿什么，周亦敏说，我还好，刚才睡着了，一下子没醒过来，吃什么都行的。钟红赶紧打电话。

那个眉间长黑痣的领班来了，等钟红讲完电话，带领四人出去。下楼走到玻璃高门前，说过欢迎再来，伫立目送。四人走出几步，钟红忽然折回去，问领班贵姓，拜托她帮忙打听虹店老板的名字。因为高声大嗓的，远处的三人都听得见。徐彩霞淡然微笑。刘英俊说：她这是神经过敏咧。周亦敏撇了撇嘴。

乘观光电梯落下凡尘，坐徐彩霞的白色CUV去钟夏书吧。路上大家谈论美容，周亦敏渐渐精神起来。刘英俊的观点有些另类：我这个样子美不美容无所谓，不过躺在那里做美容觉得也挺美的。徐彩霞同意刘老师的后一句话，不赞成前面的那一句。钟红和道：就是嘛，人家不是说了嘛——世界上每一张脸都可以是最美的。刘英俊呵呵笑：那是安慰人的吵。周亦敏摇头：不不，还真是一句美的圣经，美本来就没有固定模式，世上的花百花齐放，每一种花都长着自己的样子，因为是花，终归都漂亮；而且，人家说的是"可以"，意思是你只要努力，只要打理得当，只要成为花，就有了美。

大家赞扬亦敏姐不愧是高级知识分子。

回到钟夏书吧，煲仔饭和蘑菇汤已摆在包房的条桌上。周亦敏随手顺了钟红一把，让她跟自己坐一边，与徐彩霞和刘英俊面对面。

因为是自己人在一起,不必拘礼,大家随意执勺开餐。吃过一阵儿,刘英俊对钟红说:这个店的名字不错——钟夏,就是钟红钟情于钱夏呗。周亦敏即刻接话:嗯,我看是够钟情的,都到了疑神疑鬼的地步。钟红脸红,歪起脖子反问:我有吗?徐彩霞说:你有,不然为什么缠着人家打听虹店老板的名字?众人一阵哄笑。

笑过,钟红诚恳地说:难道你们没有看出来,虹店LOGO上的那个头像很像一个人?刘英俊回道:我不是说过的,只要是美女都长得差不多——刘虹女老师已去世三十四年,放下她吧。但钟红执意说:可是也太像了!一边从手机里翻出进店时拍的照片,说你们看你们看。周亦敏接过手机随意瞟一眼,递给对面的徐彩霞,刘英俊偏过头来跟徐彩霞一起看。这时,周亦敏拿起自己的手机,也翻出一张照片,那照片上是另一张照片——刘虹女和赵、钱、孙、李四人的合影,就把手机交给钟红,说:这张照片我们四家都有的,你们对照看看。钟红定睛一瞅,即刻咋呼来来来,三人随她站起身。钟红将两部手机并托在一个手掌里,用另一只手指点着:看这里看这里——这脸形,这额头,这五官,这黑亮黑亮的眼珠,这鼻头上的安静和嘴边边的神秘……两张照片上的人分明就是一个调调嘛!没人应声,四颗聚拢的脑袋散开。

窸窣落座后,钟红有点儿气喘吁吁。徐彩霞扑哧一笑,赶紧捂住嘴巴。钟红抬眼看她:笑什么?徐彩霞放下手,正正身子,干脆说:我同意刘老师的观点——美女都长得差不多,比如,亦敏姐的额头跟虹店图像中的美女像,你的嘴唇像,刘老师的鼻子像,我嘛,可能眼睛有点儿像吧——因为我们四人也算美女呀。钟红眼神游移,欲说无词。周亦敏摆手道:算了算了,先吃,吃完再聊。

吃完,桌面收拾干净,摆上四杯红茶。周亦敏说:这样吧,我来假设一种情况,大家平心静气讨论一下——如果三十四年前的刘虹女真的出现,赵钱孙李他们四人到底会发生什么?

刘英俊抢先道:不可能!

周亦敏说:我是说如果。

如果?能有什么发生呢?都快是没用的老人家了,有什么也不会太严重吧?钟红对此倒不那么担忧。

周亦敏嗤道:不要老是朝生理方面想嘛。

钟红说:心理上的状况我很清楚,顶多是支持人家做生意呗,比如那个俄罗斯的美女白云。

徐彩霞嘻嘻笑：孙秋老师更简单，陪人家看自由女神，看尼加拉瓜大瀑布，看美国彩虹。

刘英俊认真思索着：我家李老师是一个老师，没有条件，如果刘虹女老师还当老师，估计他会帮她代课，跟她一起探讨教学上的问题；别的还有什么呢？请她吃个卤鸡，说点儿从前的事？说完了呢？而今的李老师最关心他的两个女儿，怕是没有别的大想法了。

周亦敏心里在想：赵春会怎样？是批给她生意项目，还是将她提拔到宜城市什么局长的岗位？……他是党的干部，市委书记，他还能怎么样？但周亦敏仍然觉得三个妹妹太过粗枝大叶，有那么一点儿"商女不知亡国恨"，便冷笑一下：你们要晓得，刘虹女对于他们四人，可不是一般的人——折腾过他们的整个青春。

刘英俊反问：难道我们四人跟他们四人在一起生活了几十年，他们就不尊重和珍惜吗？

徐彩霞说：而且我觉得主要还不在于这个——当年，他们四人追求刘虹女时，可以想象是很激烈的，但他们没有互损，没有采取任何不义手段，彼此间不仅没有反目成仇，反而互相欣赏，这是因为他们有互相制衡的契约或道义，有底线，他们一直毫不含糊地捍卫着一种人格、一种美，他们不会让自己失去人格和失去美的。

钟红的思维没长根，连忙点头：这么说吧，我们家钱总都能做到的，其他三位越发没问题。

周亦敏无端叹息：唉，如果这样最好，但愿他们无论在生理上还是心理上，都不会给我们带来伤害。

钟红似乎看出周亦敏的别扭，禁不住问：亦敏姐，你是高知，我怎么觉得你比我们还忧愁呢？

徐彩霞和刘英俊也附和：是呀是呀，亦敏姐，你比我们的气量大得多呢，怎么也惦记着这些？

周亦敏一怔，脸上幡然喜悦：傻妹妹们，我撩你们的，还好，你们不比刘虹女的境界差嘛。

大家就开心地笑，端起茶杯来干杯。

又说一会儿话，已是下午三点，刘英俊得回南平了，聚会到此。徐彩霞要开车送刘英俊去高铁站，钟红说她送亦敏姐回家。四人说好：下次再聚，群里联系。出了门，两两分手。

钟红带周亦敏到了地下车库，坐上一辆银色宝马，车刚发动，周亦敏突然哎哟一声，说她的一只漂亮发卡不见了，可能是上午掉在美容院里。钟红说，不要紧，我开车弯一脚，帮你去拿。车出了车库，往虹店方向行驶。周亦敏打开手包，取出几张美容体验券，往车盒里放，一边说：剩下的券都放在你手上吧。钟红急忙喊：不不，你留着自己用。周亦敏说：我无所谓，你年轻，值得美容咧。车开到虹店楼下停住，没熄火，钟红让周亦敏在车上稍等，下了车，风风火火去乘电梯。

但周亦敏等了很久，交警几次过来招呼。钟红回到车上，把发卡交给周亦敏，说她在虹店办了一张 VIP 卡，已留下四姐妹的手机号，四人随时可以消费，以后她也不去别处，就陪三位姐妹到这里来。

车开动时，钟红却朝周亦敏一笑：刚才，我进店看见那个图像，又想到了刘虹女。

周亦敏摇头叹道：你呀，像个小丫头。

追　寻

过了三天，虹店那个眉间长黑痣的领班还没有打来电话，钟红有点儿按捺不住，考虑到避免姐妹们意见不一的干扰，也为了不暴露自己的小心思，第四天午后独自来到虹店。

她特意点名要那个眉间长黑痣的领班为她做美容。坐上美容床，她问：打听到你们老板的姓名了吗？黑痣领班对此没上心，哦了一声，回道：还没咧。她不由愠恚，躺下，一边说：咋的呢？你们老板不就是一个开美容院的吗，又不是国安，玩什么隐姓埋名？领班只是笑：美女不急，我继续打听，做美容要保持好心情的。她不依，仍然问：难道你对自己的老板一点儿也不了解？领班回答：老板是一位女士，蛮漂亮，听说是从国外回来的，做事风格不一样，不喜欢热闹和名声，但非常注重虹店的美容理念，对员工很友善，只是我还没有见过她本人。她又问：你们的营业执照上写的什么名字？领班说：一位男士的名字，周吴郑。她忍不住嗤道：咋不叫"周吴郑王"呢？

但心头一顿："周吴郑王"岂不是紧跟着赵钱孙李！

此时已敷上面膜，她焦急地坐起，粘着的嘴巴呜呜发声：卫生间在哪儿？领班扶她下床，领着出门，指示长廊的端头。她去了，领班留守在门口。一会儿，她出来，往回走，半道遇上一个戴灰帽、穿灰袍、挂一串佛珠的尼姑，竟是似曾相识的白净、清秀与漂亮；她停下盯着这尼姑，等她走近。渐渐地，这尼姑的模样就幻化，叠上了虹店大堂背景墙上的图像……她正慌乱着，尼姑冲她颔首微笑，影子似的从身边飘移过。她猛然回头，尼姑已走进她刚才出来的卫生间。

回到美容房躺下，钟红的眼睛不停地眨巴，一切都恍惚。她再次呜呜地问：尼姑也来这里美容？领班点点头：有的，但很少。沉默片刻，她躺不住了，也不招呼一声，翻身下床，向门外奔去，至廊道中段，接连推开几间美容房的门，行动一闪一闪地敏捷，又要去推下一扇门，领班追上来将她抱住，请她不要破坏别人美容。她终于镇定下来，任由领班挽着胳膊拽回自己的美容房。

但她不再躺下，坐在床边，扯掉嘴角的面膜，严峻地问：你知道刚才那个尼姑是哪里来的吗？领班被她折腾得糊里糊涂，茫然道：庵堂呀。她追问：哪个庵堂？领班一愣，清醒了，说：我们不能透露顾客信息。她便威胁：你不告诉我，我立马再去推门。领班很慌张，连忙说：好好好，告诉您，城东莲观寺。她又问：尼姑叫什么名字？领班的嘴巴张了一半停住，见她要起身的样子，赶紧嘟哝：好像叫虹。

一个"虹"字令她心头一震，眼睛抻得面膜嗞嗞作响。

她不管三七二十一，起身往门外冲，但黑痣领班这回狠了起来，张开双臂拦住，厉声喝道：不可以，我不会让您再去推门的！她的VIP身份受到冒犯，惊诧地看着领班。领班便缓和口气：您先坐下，我给前台打电话问询一下。电话打过，告诉她：虹尼姑做完美容已离店。她一屁股落下去，愤怒地吩咐：把我的面膜拆掉，今天就这样了。领班表示服从，让她躺回去，她不，坚持坐着，一面拿起手机写微信。领班给她洗脸，她从领班的手缝中看手机屏，视线稍被遮挡，就猛力拨开。

她在微信里说：姐妹们，特大秘密，有一个来虹店做美容的尼姑叫虹，长像跟背景墙上的图像一模一样，住在城东莲观寺，我们应该尽快去会会她！三姐妹看到信息，自然惊讶。但徐彩霞说：莫名其妙见人家不妥吧？周亦敏则态度鲜明：不，这是大事，明天就行动，该请假的请假。刘英俊见周亦敏以身作则，答应请假挪课。

次日，四人在钟夏书吧集合后，坐上银色宝马向莲观寺进发。钟红狠狠抓着方向盘，车跑得飞快，冲锋的架势。

经导航指引，宝马在城东穿过店摊零乱的窄巷，驶入一条笔直的林荫道，到了郊外。道路两旁，间或矗立几幢毛坯大厦，远处的建筑工地机械轰鸣，零散的人影在原地蠕动。一路旷阔清静。接近庵堂，四姐妹默不吱声。钟红轻咳一声：一会儿见虹尼姑，还是由亦敏姐领头。周亦敏说：行，我有不周全的，你们补充。这时，前方出现一片黄绿交织的树丛，像凡尘的岛屿，导航显示那里就是目的地。

车开到树丛入口，泊于路肩。四人下车整理仪表，跟随周亦敏，沿着弯曲的小路往树丛深处走。不及百米，豁然看见庵寺的院落。庵门开着，门楣上方有"莲观禅寺"四个字。庵寺前是一片平展空场，细致的水泥地面；落英时节，场地上洁净无物。空场一角，有一个戴灰帽穿灰袍的小尼姑，正捧起地上的树叶装进小推车。

四人进了空场，由周亦敏去小尼姑那边打听，小尼姑停下活计，合手躬身行礼，问施主何事，周亦敏说我们来见虹法师，小尼姑说虹法师是本庵住持，法事繁多，她马上去知会，请施主稍候。看着小尼姑进了庵内，周亦敏向三个妹妹招手。四人会合一起，往庵门靠近。一会儿，小尼姑出来，说虹住持有请，就领四人进入，一边示意顺着门槛一侧拿脚过门，然后经过玄关，到达庵院。院内花径回环，几处的古树静穆高擎；阳光斜照一方池塘，荷茎疏朗，时空里有莲香余韵。四人正入神之际，小尼姑抬手请她们走向一间客室。

客室内，一张宽大条桌两排木椅，虹住持迎门而坐，已泡好禅莲茶，听到脚步，从容起身，见四人进来，合手躬身，面目含笑，亲切地说：欢迎光临，请对面入座。小尼姑去到虹住持那边，轻巧斟茶送杯。四人一时有些蒙，三人看周亦敏，周亦敏不停眨眼，慌忙表达敬慕之意。

虹住持微微笑，目光落到钟红身上，说：这位施主，我们有过一面之缘。钟红不由一惊，觉得这虹住持不仅漂亮，而且磊落，亲和绵柔中透着凛然不可冒犯的威仪，连忙点头还礼。

虹住持带着笑：各位品茶。

四人扶了扶小尼姑送上的茶杯，没有端起。

周亦敏问：法师，您的全名叫什么？

虹住持答：虹。

周亦敏又问：哪里人？

虹住持答：湖北。

周亦敏迟疑一下：您也去美容院？

虹住持答：是的。

周亦敏又迟疑一下：您跟虹的美容机构有关系吗？

虹住持笑：同名。

周亦敏转头看三个妹妹，三人一派茫然。

虹住持再次请她们品茶，一边自己端起一杯，等着跟她们同饮，四人捧杯示意，呷一口。放下茶杯，虹住持道：四位是来找一位旧人，可能那人跟我有几分相似，而且你们其实喜欢那人，都在意缘分，都有善心；我虽然不是你们要找的旧人，但我们今日得见，也有缘分了，祈愿四位一切美好；再有，本庵佛法借鉴老祖寺生活禅，主张"在修行中生活，在生活中修行"的大境，不拒俗世，故而贫尼也有爱美之念，也定期去美容院的。说罢，双手合十，照样颔首微笑。

四人仓皇互看，各人的面部像虫咬一样跳动，赶紧迎着虹住持的微笑而笑，但全都一闪而过，讪讪地。

虹住持很是体贴，主动提议：我带四位施主去院子里走走吧。一面起了身做请的手势。

四人嘴上诺诺，跟随站起。到了院子里，虹住持指点景物，讲古树与庵院的千年掌故，讲池塘夏日的一池莲花，讲沿路的花朵有天上彩虹的七种颜色，讲"莲观"就是像莲一样清洁观照凡尘，守望彩虹……四人听着，渐然心仪，竟被佛意潜移默化，但毕竟尴尬，巴不得快快离去。

放　弃

从莲观禅寺返回时，佛意在车上沉默。

车开得有些飘，沉默与佛意一并摇摇晃晃。

驶过店摊零乱的窄巷，进入繁华大街，钟红悠忽地说：对不起姐妹们，今天让大家空跑了一趟。徐彩霞却道：没有啊，蛮好，我还在回味那个虹住持咧。刘英俊也附和：是，真的蛮好，没想到喧嚣的江城竟有莲观禅寺这么清雅的去处，前往一游，比做美容还舒服。车上复又在佛意里沉默。周亦敏一直闭目养神，实际在反思自己的导演，但即使今天遭遇了虹住持的教化，也暂时不想为自己不露声色的精巧布局感到羞怍。汽车遇上红灯陡然刹住，周亦敏的身子连同假寐猛地倾斜一下，然后说：我们去钟夏书吧坐坐吧。大家同意。

在上次聚会的那间包房，还是按上次的格局入座。时间尚早，钟红让服务员端来茶水点心，交代午餐比平常晚一些。

周亦敏"醒"来后，表情尚冷，双手捧着热茶杯，巡视三人，像是没听到车上议论似的，笑笑：怎么样，庵里的那个虹住持？

钟红若有所失地嘟哝：很像，但不是。

周亦敏移转目光，徐彩霞点点头：的确很像。

刘英俊未等周亦敏看过来，急忙说：我们本来只是对"很像"感兴趣嘛，难道还想证明虹住持就是刘虹女不成？

周亦敏就落下眼帘沉默，片刻，自责道：不过，今天我有一个疏漏，忘了问虹住持的年龄。

刘英俊说：我觉得跟钟红和彩霞的岁数差不多。

周亦敏不明白刘英俊是天生榆木脑袋还是故意作对，鼻孔一笑：有些女明星六十多岁，如果不了解，还以为比彩霞年轻咧。

刘英俊问：您不会以为她跟刘虹女一样的年龄吧？

周亦敏有些烦：哎，你不能老是阻止别人思考嘛！

徐彩霞差点儿扑哧地笑，赶紧端起茶杯。

钟红就圆场，说刘老师也是为了启发我们，见周亦敏眼中的愠光凝滞，赶紧抓一把瓜子往她手里塞，嘻笑道：刘老师在我们中间虽然年龄是老二，但地位排老四咧。周亦敏接了瓜子，冲着钟红隔山打牛地批评：你也是，老喜欢拍照片，今天见人就昏头，一张也没拍回来。钟红连忙认错：是是是，我当时光想着辨别真假，被人家一忽悠，晕了。

刘英俊含着目光木讷不语，觉得自己不该给周亦敏带来烦躁，便迎合道：其实今天我是最大意的，我们中，虽然我和亦敏姐都见过虹女老师，但我和虹女老师有近距离的接触，有一次，虹女老师教我英语书写方式，我看见她的右手背上有一颗粟米大的红痣——她的手很白净，透出毛细血管，那颗红痣就像是从毛细血管里渗出来的，今天，我应该注意一下虹住持的右手背。

不料周亦敏听了，越发怒气蹿升，摇头喊了一声：你呀，叫我怎么说你呢，你就刀枪入库，马放南山吧！

钟红的眸子一转，说：这个蛮简单嘛，开车去一趟莲观寺才半个多小时，我马上再跑一趟。

但徐彩霞连忙哎哎两声：你去了怎么办？见到虹住持，说请把您的右手背给我看一下吗？

钟红想了想：这样，我车上还有三张虹店的美容体验券，给她送去可以吧？便拿了包起身。

刘英俊跟着站起，说我陪你。

包房里剩下周亦敏和徐彩霞，场面清静了。周亦敏看徐彩霞，徐彩霞回以莞尔。但徐彩霞面对周亦敏总是被动，虽然两人的丈夫是几十年的好兄弟，可她和她其实往来不多，而且知识背景和经历不同，年龄悬殊，过去的相识相见都是各自陪同丈夫的缘故，要说友谊，不过是借贷丈夫与丈夫之间的交情，友谊倒成了交往的包装，即便华丽，只在表面；最近，四个人有了脱离丈夫的微信交流和聚会，还一本正经维护自身权益，实际也是周亦敏的发动。

两人一看一笑之后，周亦敏问：你们家孙秋最近忙些什么？徐彩霞说：除了自己的一摊事，就是帮钱总购买荒岛，外出考察，做项目方案，这几天又去宜城了。周亦敏撇撇嘴：你看这个钱夏，对荒岛也太上心了吧。徐彩霞说：不光钱总一人上心，他们四个都一样，主要是钱总有投资能力。周亦敏哼了一下：至于吗？徐彩霞不喜欢这一哼，竟被激发了，偏是认真地说：事情过去这么多年，他们能这样，不单是怀念旧人，看重的是往事中对一生一世有影响有滋养的东西；这东西是什么，不好表达，总之，是美好的，他们做这些，是信仰那东西；在这个浮躁急切的年代，他们能够这样子，倒让我敬佩。周亦敏听着，陌然看她，以为她是一个无比稚嫩的中学生，又觉得那纯真的态度不容损伤。

徐彩霞说完，倒是带出一脸微笑。周亦敏不知如何应对，长吁一口气。徐彩霞伸出手，轻轻拍了拍周亦敏的手背。

时光就轻柔了。

安宁中，周亦敏逸出话题：你现在还闲在家里吗？徐彩霞摇头：没有呀，孙海孙洋两个调皮佬上大学后，我也上学了。周亦敏很吃惊，让她说来听听。徐彩霞羞涩地笑：我在江城大学中文系读研，导师是孙秋和李冬过去的同学；本来我是学计算机的，后来结婚、生孩子、带孩子，专业用不上，在家看闲书，写一些回忆野生自然的稿子，孙秋看了，向杂志投稿，部分发表出来，后来他鼓励我考研，我就考了。周亦敏是看重知识的，听徐彩霞说这些，不由眸中闪光，高兴地说：瞧你，这么大的动静，我们都不晓得。徐彩霞笑着：比起您，我不过是小儿科啊。

周亦敏像另一个周亦敏一样开心地微笑。

恰在此时，桌上的手机叮当一下，周亦敏低头去看，神情顿时凛然。徐彩霞问什么事，周亦敏说，医院收了一个面部重度烧伤的病人，邀我视屏会诊。便让徐彩霞一个人坐坐，一边取出老花镜戴上，把手机里的图像放大了检视。看着周亦敏专心致志的样子，徐彩霞想，她这么出色，为什么偏要煞费苦心地惦记刘虹女呢？她和赵大哥有那么漫长、那么真实的过往，难道还不足以令她内心丰满和踏实吗？或许恰恰是年龄大了的缘故？如果这样，那就纯属生理作祟，是狭隘私欲与嫉妒的泛滥，是对善意的打扰与违背，是对美的丢弃与伤害——没有了善，何来美与快乐？她怎么就过不了这个坎呢？为什么只有脱离了刘虹女才会自然而然地像一个人物？为什么那么热爱美却把美当作最大的敌人？

周亦敏的出色和失色的确都是顽固的。处理完手机会诊后，她接到钟红打来的电话，急问：怎么样？钟红的声音响亮得不用免提也能听见：人见到了，右手也见到了，但手背上没有粟米大的红痣，连针眼大的红痣也没有。她听了，居然摇头一叹：我已经料到，为了美，现在弄掉一个小小红痣不是轻而易举的事吗？

中午，钟红和刘英俊回到包房，大家在周亦敏的忧郁的笼罩下，小心翼翼吃煲仔饭，喝蘑菇汤。吃到一半，周亦敏心有不甘地说：我只是觉得，虹店、虹住持、背景墙上的图像、虹店关于美的理念，都一致得太不可思议，肯定能找到破解的证据。

钟红问：要不要把这件事告诉赵钱孙李？

刘英俊说：这还用问，怎么能不告诉呢？

徐彩霞没说话，心里想着什么"证据"是证据。

周亦敏手里的勺子停住了，精细地分析：告不告诉各有利弊——告诉，因为他们过去跟刘虹女接触得多，见了虹住持，能辨出真伪，但问题是如果虹住持就是刘虹女，难保他们不会旧情发作；不告诉吧，虽说可以避免他们旧情发作，却不能尽快给虹住持的身份下结论，各位的心里老是悬着，还觉得愧对了赵钱孙李。

钟红说：那就暂时不告诉，宁可我们难受。

刘英俊又沉不住气：瞧你们说的，什么鬼名堂？

周亦敏转眼看刘英俊：真的不明白吗？便哀其不幸地叹息：刘老师呀，莫以为大方会有美德的力量，千里之堤，毁于蚁穴，"98"抗洪晓得吧？长江大堤是要严防死守的！

大家都放下勺子，场面复又沉寂。

忽然，徐彩霞兴奋地喊道：有了有了，我想起一桩事，马上能破解所有疑惑——你们等我一会儿，我去隔壁房里打个电话。

徐彩霞出了门，钟红见周亦敏和刘英俊奄头不语，就笑嘻嘻地催吃催喝，一边帮她们拿起汤勺，塞到手上，二人勉强执勺敷衍，勺碗发出零星的叮当。吃完，钟红给她们分纸巾，服务员撤除餐具再上茶水。三人正喝着茶，桌上的三部手机连续叮当，各自打开，是徐彩霞在春夏秋冬群发了两份文件：一份是千秋咨询公司为周吴郑创办美容机构提供咨询服务的"合同"，一份是《虹的美容机构策划案》。大家知道千秋咨询公司是徐彩霞丈夫孙秋开的，赶紧阅读。

原来，徐彩霞去到隔壁房里给"黑客"儿子孙洋打电话，问是不是能打开他爸的电脑，儿子反问妈妈想干什么，她说妈妈想犯一个小小的错误，儿子问什么错误，她说要一家美容院的咨询合同与策划案。儿子回她：只要不是侦查我爸的"情况"，没问题，马上发到您的手机上。

徐彩霞回到包房，对姐妹们说：看到了吧，虹的美容机构的老板就是周吴郑，这家美容机构是我家孙老师的创意。

刘英俊端起一杯茶递给徐彩霞，嗔怪她：你晓得，怎么不早告诉我们？害得大家干着急。

徐彩霞呷着茶，愉快地说：我也是刚刚看到——要不是帮亦敏姐找破解疑惑的"证据"，也不会想起来——两年前，孙老师做一家美容院的咨询，还向我了解过美容方面的知识；关键是，我觉得虹店的理念特别符合孙老师的观点……这不，果然是！

钟红长舒一口气：嗨，总算一块石头落了地。

但周亦敏依然冷静，等场面安静了，问：那个周吴郑会不会是策划的一个替身——按照百家姓，赵钱孙李之后就是周吴郑（王）？

大家再次诧异地望着周亦敏。

刘英俊忍不住喊：刘虹女三十四年前就去世了咧！

周亦敏摇头：谁能确认她主动去世的缘由？

钟红摊开手：所以呢？

周亦敏目光一定：所以要继续关注虹的美容机构。

徐彩霞这时神情庄严了，说：亦敏姐，你要这样讲，就有点儿不尊重我家孙老师，难道他需要隐瞒吗？退一万步讲，假设刘虹女还活着，甚至就是那个虹住持，周吴郑这个人只是她的替身，那么，我家孙老师就是替刘虹女做策划；既然孙老师见到了刘虹女，赵、钱、李也会知道和见到；既然他们见到了刘虹女，我们四家还这么太平无事，岂不是说明我们的担忧是庸人自扰？还有必要纠结吗？反过来，刘虹女不是虹店老板，孙老师策划这家美容院时，以彩虹意象表达理念，我倒认为我家孙老师过去和现在的情操一以贯之，是光明磊落的！

周亦敏无以回应，端起茶杯接连喝了几口。

刘英俊看看手机上的时间，对徐彩霞说：送我去高铁站吧。

周亦敏急忙阻拦：哎，我们还要去虹店做美容呢。

刘英俊站起身，坚定地说：算了，因为您要去虹店继续侦查，我失陪。说罢，转身往门外踱。

徐彩霞赶紧追出去。

半小时后，钟红给徐彩霞和刘英俊发来图片配文字的微信：图片是周亦敏趴在桌上擦眼泪（显然是偷拍的）；文字十分拗口——亦敏姐说，彩霞和英俊越是反感我，我倒是越舒服。

两人看过微信，有些后悔没有陪在周亦敏身边……

第六章　相关女人

石　匠

寻找石匠是身陷囹圄的武永强给出的破案指引。

但李冬还不晓得，他把武永强的指引和南平的"虹女之墓"发到虹女群时，钱夏和孙秋已带着一位老石匠离开鸽子坪的荒岛。

原来两处的侦查是同步的。几天前，孙秋和钱夏为了完善"虹岛"方案，在南方猴岛考察，其间看见一人站在木台上修补石碑，孙秋灵光乍现，说我晓得怎么找到立碑人了。钱夏愣怔瞬刻，也豁然明白。于是二人结束南行，清晨飞回江城，过家门不入，驱车赶往鸽子坪。

晌午，到达下辖鸽子坪的永宁镇，去一家餐馆就餐。入店，当面矗立一座椭圆巨石，浅黄如玉，沁出山水图案，惹人驻足。一个中年男子过来欢迎光临，见孙秋和钱夏观看石面山水，问二位喜欢景观石呀？孙秋回问石头哪里来的？男子即刻兴奋，忘了引客就座，急忙介绍：这是本地清江石，图案是石头自己长的，不用巧夺天工本身就是天工，经由石艺师慧眼发掘，小心打理，佳图毕现；今天二位能遇见也算运气，如果真心喜欢，更是缘分。说着掏出名片递给孙秋，告知眼前巨石是名片上"永宁艺石王"的作品，"王"是本地最大艺石店。二人听他吹嘘，得知永宁已是艺石之乡，连餐馆也兼做石头生意，心里有数了，单是催他快些点菜。吃饭时，钱夏问：艺石店有做墓碑的石匠吗？孙秋说：现在的石艺师应该多半是过去的石匠。

吃完，二人上街找"永宁艺石王"。步行百米，见一条垂直小街，街口横跨弧形看牌，上书"永宁镇艺石市场"。放眼纵望，整条街全是艺石门店，只是店门口展示的尽是奇石异景，不见一块墓碑石。孙秋分析：既然这里是本地镇级艺石市场，那个三十四年前就做墓碑的石匠，而今只要还活着，想必也会与时俱进，不可能在石艺方面甘居人后，即使老了，也会教子承业，所以，那个老石匠多半仍在这条街上出没。钱夏苦笑：那我们就大海捞针吧。

"永宁艺石王"是街口第一家店，二人由此开始寻找三十四年前的石匠。天气有些冷，"王"店的玻璃门上挂着"营业中"的牌子。推门进去，一个穿黑西服的白胖子朝二人弯腰微笑，也不问来意，直接吩咐穿工装的大眼睛姑娘上茶，竟是强邀来者坐而论石的意思；二人见他顶多四十岁，断然不是三十四年前的石匠，赶紧呼呼不要客气，说明只是打听一个人。白胖子听了，脸色飘落，漠漠地站住。孙秋向他微笑：请问认识本地三十年前的石匠吗？白胖子嗤了一声：三十年前有做艺石的？钱夏赶紧补充：不是做艺石的石匠，是做别的，比如……别的。终于不好说出墓碑，以免在生意人的店铺犯讳。这时，那个中止倒茶的大眼睛姑娘走过来，眼巴巴地看人，有话搁在眸子里，但白胖子转头说没你的事，让她退去，那意思也是对钱夏和孙秋下逐客令。

二人回到街边，面朝浩瀚的艺石市场望洋兴叹。

即刻商议，接下来分头行动，一人负责半边街。

孙秋进了右边街的店，忽觉久疏世俗，有点儿交涉无措，幸好钱夏发来微信，提示进店后不要单刀直入，佯装购物，边看边打听，免得被草草打发。孙秋依计行事，效果颇佳，尽管没人晓得三十四年前的石匠，也全都歪起头来回忆。"没人晓得"是因为店员年龄不够大，唯一一个戴鸭舌帽很艺术的小老头，却是外来的艺石爱好者。

但"佯装"另有一个问题：孙秋一不小心便看进去了。那些艺石图案各异，有人、有动物、有花草、有房屋、有田园、有山水、有日出、有霞光、有月亮、有星星、有汉字、有英文、有故事、有意象……几乎包罗世上一切已有之物之景，随时冒出可想象或不可想象、可以意会或不可意会的新奇图像。孙秋岂能对自然之趣之谜之神奇无动于衷？正摘了眼镜看一枚艺石上的篆文，戴鸭舌帽的小老头在身边旁白：清江石是大自然亿万年演化的结晶，历经地壳剧烈运动、四季风雨侵蚀、反复冰冻火炙、水流不舍昼夜地冲击，加之山崩溃散之际石与石的尖锐磨砺，最后才由一道清江洗涤和荟萃精彩。孙秋想：那些世上人间的图景是如何化入石身的呢？是自然的千古之志与洪荒之力的合作吗？自然与人间又是如何沟通相知的？莫非自然之灵与人间之事从来就在冥冥之中彼此探望、交流与纪念？他想到荒岛上的"虹女之墓"，碑在，那立碑人必定在，那立碑人的心情与行为便融入墓碑……可惜一切都搁在时光的另一面，纵然紧贴时光，近乎无限的接近，却怎么也过不去，见不着！

忽然记起，眼下是要找到三十四年前的那位石匠……

从右边街的最后一家店铺出来，夕阳照耀，整个艺石市场蒙了一抹橙光。孙秋看见钱夏站在街口的光景中，大肚子上搁着一个足球大的红石头，那红石头因了夕阳辉映，血红欲滴。钱夏正冲着他坏笑。他疾步过去，问有结果了？钱夏说：结果肯定会有，但我在想，这个便宜是留给自己，还是让给你？孙秋问什么意思，钱夏说："永宁艺石王"的那个大眼睛姑娘呀！孙秋不明白。钱夏说，这是一个线索，是他用手上的这颗红太阳换取的，因为买了红太阳，店主透露，"永宁艺石王"不仅是永宁最大的艺石店，还有最大的艺石场，他家高薪聘请的石艺师就是本地的一位老石匠。孙秋想起那个大眼睛姑娘巴巴看人的神情。

二人自街尾返回。孙秋问何不直接向白胖子说明情况，钱夏说，我们只要打探老石匠，说什么他都会防备挖墙脚，不如拐弯勾结"大眼睛"。孙秋便笑，说这是你的强项，还是把便宜留给自己吧。

再来"永宁艺石王"，白胖子问：还没有走咧？钱夏抖抖手上的红太阳：买石头呀。白胖子重燃热情，吆喝大眼睛倒茶。钱夏在茶几边坐下，孙秋让白胖子领他去看石头。看了一圈，孙秋问：有彩虹吗？白胖子说：有，不在店里。孙秋估计他没货只是"稳单"，但不必在意，说我先付订金，改日取货也行，就和白胖子去柜台上讨价还价。茶水区这边，钱夏把自己的名片塞给"大眼睛"，说晚上六点，你带上老石匠，给我电话，我们见了面，这颗红太阳就是你的了。"大眼睛"向柜台方向瞟去一眼，利索地将名片插进裤兜。

晚六点，在街边餐馆，"大眼睛"带来老石匠，抱走了红太阳。

老石匠姓王，瘦小精干。钱夏和孙秋请王师傅在餐桌边坐下，王师傅笑笑：先谈事吧，看我能不能留下来吃饭。孙秋说：王师傅，我们找您，没有让您为难的事，只是找人。便讲了荒岛墓碑的情况，问王师傅是否替人做过"虹女之墓"的墓碑。

王师傅闭上眼睛，让记忆向三十四年前慢慢行走，走了许久，倏然点头：做过，好像是一个女娃找我做了这块墓碑。

錾　子

女娃？

好像是？

这个结果没有让钱夏和孙秋感到惊喜，反倒更加疑惑。在之前的分析和想象中，建"虹女之墓"的人压根儿不是"女娃"。一个"女娃"跟赵钱孙李有什么关系？即便只是"好像是"，也超过百分之五十地否定了立碑人是"男的"。当然，证据不能是"好像是"。

钱夏很着急：王师傅，您能说得具体一些吗？

王师傅摇头：时间那么久，就记得一点儿影子。

孙秋赶紧道：王师傅，已经很感谢您了！便让钱夏点菜。

之后，王师傅喝着啤酒，讲錾石头是他的家传手艺，他今年六十六岁，十六岁就在永宁街上当石匠，那时乡下用石器，他给人开磨子造石碾，也给讲究人家雕墓碑；现在磨子石碾没用了，做墓碑的多起来，不过比不上艺石赚钱；但做艺石要资本，只好一边雕墓碑，一边给侄儿打工，因为侄儿同意安排孙女当店员，就是带他来的大眼睛姑娘……其实，他打小就晓得清江艺石。

酒喝到中途，服务员带王师傅去卫生间。钱夏说：看样子这老头不是糊弄我们。孙秋说：关键是让他的记忆复活。

王师傅回来，孙秋说：王师傅，我们想请您去岛上看看？王师傅想了想：这样呀，你们先给我侄儿打个招呼吧，免得他误会。孙秋表示没问题，就掏出"永宁艺石王"的名片，照着电话号码拨打手机。电话通了，说明意思，对方要王师傅听电话，王师傅接过手机，听了几句，举着手机转告：王总要求明天下午去，他亲自陪同。

翌日下午，钱夏驾着黑色奔驰去约定的街口接王师傅，看见白胖子站在王师傅身边，不由笑道：他呀？这家伙跟老子不一样——人胖心眼小，看我怎么收拾他。就缓慢下车，摇晃八字步迎过去，递上自己的名片。白胖子接过名片低头一瞧，知道来者是不屑于挖墙脚的主，果然惊呼：哎呀，您就是华夏集团的钱老板！钱夏特别平静，抬手请上车，白胖子讪讪地笑：不好意思，店里有点儿急事，失陪了。又道：回来一定给个薄面——我请两位吃小地方的特色菜，一边掉头离去。

钱夏和孙秋带王师傅来到鸽子坪,把车停在"知青纪念屋"前面的空场,下车后往湖边走。王师傅突然说:这地方有点儿印象。孙秋问:您来过?王师傅说:好像是那个女娃跟我讲过。

鸽子树附近的岸边泊着小木船,三人乘船过湖。

登上荒岛,很快来到"虹女之墓"的墓碑前。

王师傅甫一站定,抬手指去:这字是我雕的。

钱夏和孙秋生怕打扰他的记忆,等着他继续说话。

王师傅快步走上坟坡,在墓碑一侧蹲下身,捏了袖口,使劲擦拭墓碑的背面,即刻惊呼:没错没错,这个墓碑是我做的!

钱夏和孙秋跟过去,见墓碑背面有些颜色。

王师傅站起身,一手挡在面前:让我再想想。

孙秋在嘴上竖起食指,示意钱夏不要激动。

王师傅皱了几次眉头,手落下来:嗯,有印象了。

孙秋上前搀扶王师傅走回平地,像是托着他的记忆。

王师傅说:这个墓碑的确是一个女娃找我做的,这女娃是鸽子坪村的知青,名字忘了,记得眼睛很大,跟我孙女的眼睛差不多,但比我孙女长得还要好看……大概是刚进夏天的日子,她去永宁街上找到我,让我做墓碑,说墓下的人,是她的好朋友,也是鸽子坪的知青,名字就是墓碑上的虹女……不过,这墓碑上的落款为什么不是大眼睛姑娘自己而是别人呢?实在想不起来了——你们也是鸽子坪的知青?

钱夏和孙秋摇头,心里想着那个大眼睛"女娃"。

王师傅问:凭我说的这些,应该能找到人了吧?

钱夏看孙秋,孙秋的眸中仍有疑云。但孙秋眨了眨眼,即刻问王师傅:刚才,您为什么要擦拭墓碑的背面?

王师傅笑笑:这墓碑是一块快要成熟的清江艺石,背面已出现七色彩虹,当年是我从江边扛回家的——这个我记得很清楚。

孙秋又问:是不是因为墓中人的名字带有一个虹字,所以您用这块清江彩虹石给她做墓碑?

王师傅点点头:我见过这个虹女。

钱夏和孙秋大吃一惊:您说什么?

王师傅说:大眼睛女知青跟我讲,她所以来找我做墓碑,是虹女姑娘生前跟她说到过我,她知道我是石匠。

钱夏很纳闷:怎么这么巧呢?

王师傅说:也不巧——1977年初,"四人帮"刚打倒,有段时间永宁镇的领导派我到各地雕刻毛主席语录,那天我骑车去鸽子坪的邻村,到了村里,发现夹在自行车后架上的工具袋不在了,錾子丢了,估计掉在半路上,赶紧去找——我家"成分"不好,如果耽误政治任务是经不起分析的——我急得冒汗,推着自行车,盯着地面往回走……天色快乌了,走到鸽子坪村的路段,看见拐弯的坡道边插着一根树棍,树棍上挂着一个东西——就是我装錾子的布袋,我跑过去取布袋,看见不远的坡下坐着一个女娃,正在看书,朝她喊谢谢你丫头,一边给她作揖,女娃连忙起身,说大叔不要这样,我没做什么,看书也没耽误……我告诉她,我是永宁街上的王石匠,雕刻毛主席语录的,问她做什么的,她说是鸽子坪的知青,叫虹女……当时只看得清她的眼睛很大,身子很单薄……唉,那次要不是她,我找不到錾子,说不定这一生就跟石头绝缘了。

钱夏和孙秋的眼前浮现出身子单薄的刘虹女……在暮色笼罩的山坡上,眼睛又大又明亮!

王师傅见他俩陡然愣怔,叹息道:唉,那么好的一个女娃,没几年就去世了,是不是因为太瘦,身体出了问题?

孙秋摇摇头,感激地拍着王师傅的肩,谢谢他。

王师傅见他眼圈红红的,问:你们不晓得她去世了?

孙秋和钱夏木然无语,王师傅许久望着他俩。

夕阳从远处的山缝照过来,旷野一派宁静的红光。没有风。离开荒岛时,孙秋和钱夏商量,有必要去一趟村长家。

上岸后,二人和王师傅一起进村。小田村长出门了,家里只有老村长和老伴。钱夏和孙秋左右捧着老村长,问当年鸽子坪知青点有几个女知青,老村长傻傻地笑,说就一个呀,叫刘虹女。老村长的老伴大声喊:莫听他瞎说,他痴巴了——明明是四个,两个戴眼镜的,两个不戴,刘虹女不戴眼镜,还有一个不戴眼镜的叫柳清新。

孙秋掉头问王师傅:两个不戴眼睛的您都见过?

王师傅点头:是呀,两个都是大眼睛,不戴眼镜。

白　发

正是此时,钱孙二人收到了李冬发在虹女群的信息,得悉武永强的破案指引和南平"虹女之墓",不由愕然唏嘘。

钱夏赶紧在群里通报鸽子坪这里的情况，并指出：既然已经锁定柳清新，找到她指日可待，墓碑案即将水落石出。

老赵希望钱孙二人转道宜城，钱夏回复晚上见。

但不知何故，李冬对于这么重大的消息迟迟没有反应。

孙秋开车顺道送王石匠回永宁镇。钱夏在微信里邀请李冬也来一趟宜城，李冬突兀地丢出一句：这个柳清新我见过。钱夏问怎么回事，李冬沉默不应。老赵发话：李老师在吗？有啥事不要瞒着大家，如果一言难尽，来宜城当面聊嘛。钱夏打开语音通话：李冬你不对呀，我马上派人开车去南平接你，你不来也得来。李冬终于回应：见面说吧。

当晚八点，李冬和刘英俊到达宜城。还是前次的宜城国际酒店。老赵也从贯彻落实"十九大"精神的万忙中抽身赶来。大家聚到李冬的房间。孙秋见李冬面带倦容，问身体咋样，刘英俊说李老师闹胃火。四人在沙发圈落座，都看着李冬，李冬耷下头，场面一时静寂。刘英俊泡了茶送来，大家交替嘶嘶地喝茶。

李冬咳嗽一声，三人放下茶杯。

只见他从口袋里取出一张叠着的宣纸，问：记得这个吧？

孙秋点点头。老赵、钱夏齐声道：这不是当年找人的模拟画像吗？

李冬递出宣纸：当年要找的人和现在要找的柳清新是一个人。

三人赶紧接过去，展开来看。

李冬接着说：十七年前，我从王昭虹老师的遗物中发现柳清新这条线索后，第二天前往上海，通过一位记者朋友帮忙，见到了柳清新，虽然柳就是小虹女的生母，但柳不仅不认账，反而十分傲慢无礼——所以我决定从此在记忆中消灭这个柳清新。

三人听了，为李冬隐瞒的事实感到震惊。老赵问：所以你觉得小虹女不认这个生母也罢？李冬说是的，抬起头直面三人。钱夏又问：所以你干脆独自扛了这事？李冬反诘：不然呢？三人的目光零落躲闪。

李冬苦笑：还有，当年孙秋申请武永强侦查这桩弃婴案后，你们刚一离开南平，我就去找了武永强，请求他中止立案调查，因为公安一旦介入，柳清新就会浮出水面，小虹女必定遭受一场精神劫难。

原来小虹女来历的悬案是李冬刻意制造的！

但是，关于柳清新何以为刘虹女立碑，孙秋提出了两个疑点：既然柳清新是遗弃婴儿的恶人，干吗代替我们给刘虹女立碑？其次，她的小孩为什么要交给刘虹女——既然她交给刘虹女，说明当时还不晓得刘虹女已经去世,难道她是后来立的碑?

这么讲,即将水落石出的墓碑案又成了一潭浑水。

钱夏指出:石匠不会造假,立碑人只能是柳清新。

老赵也说:柳清新虽是恶人,恶人也会良心发现嘛。

李冬补充:是呀,我今天之所以讲出真相,就是因为柳清新能为刘虹女立这座墓碑,否则我怎么会说呢?

孙秋没有认真听,正专心查看手机百度。他说出这两个疑点时,已笃定地扬弃了与之抵牾的各种理据,只是提示大家,跟他一起关注这两个疑点——这两个疑点可能是颠覆性的。

钱夏问李冬:还有当年那个记者的联系方式吗?

李冬说:跟柳清新割断关系时,记者的电话也删了。

这时孙秋摆摆手:不用,我已查到柳清新的下落,她在上海的周浦监狱,好找。一边示出手机视屏,让大家看有关柳清新的信息。

手机屏上有一张柳清新的登记照,大眼、微胖、端庄、干部式烫发,透出模拟画像中的年轻漂亮,不像犯人。照片下面有一段文字:柳清新,女,1960年出生,H省宜城人,原S市某局副局长、党组成员,2013年因受贿、滥用职权罪被判有期徒刑六年,现于上海浦东某监狱服刑。

李冬问:没说周浦监狱呀?孙秋解释:浦东只有这家监狱。

钱夏提议马上去上海见柳清新,老赵表示同意,只说:这件事不是打群架,尽量少去人,建议孙秋陪李冬和英俊弟妹走一趟,对方是女性,英俊去方便沟通。事情就定下了。

次日上午,孙秋、李冬和刘英俊飞抵上海浦东机场,孙秋的朋友开车接上他们,直接前往周浦监狱。

到了监狱门卫室,三人一起趴在接待窗口,孙秋说我们是犯人柳清新的朋友,要求会见,狱警请他出示身份证,大家以为有戏,不料只是做登记,回答事先没有申请批准不可以会见。孙秋说:我们从H省来一趟不容易,希望体谅。狱警说:但是柳清新保外就医了。孙秋问柳清新家住哪儿,狱警说不知道。孙秋请狱警查一下,狱警不干。孙秋着急,与狱警争吵起来。这时,旁边一个戴眼镜的年轻女子走过来,扯扯刘英俊的袖子,说你们跟我走吧。

三人跟随年轻女子出了门卫房,年轻女子说,她是柳清新家的侄女,今天是来替婶婶办理保外就医延期手续的。三人喜出望外。然后年轻女子带他们上自己的车,让另一辆车跟随。

路上,刘英俊问到柳清新的身体状况,年轻女子说是心脏毛病,心绞痛。沉默一会儿,年轻女子主动说起柳清新:其实我婶婶不是一个坏人,她收的那些钱都是别人塞给她的,塞钱的人有的是大领导家的亲戚朋友;婶婶跟我叔叔没孩子,不用贪钱,她的钱多半给了老三——叔叔和前妻的儿子,也支持过我……婶婶出事前,提出跟叔叔离婚,叔叔离了婚,没受影响,保住了副部级别,去年安全退下来;婶婶出事后,我们筹钱为她退赃,尽量减轻刑罚……现在婶婶一个人住望江苑的连体别墅房,房子是叔叔安排的,但她不同意叔叔去那里住,说离了就离了,只做朋友;叔叔为婶婶请了一个全职保姆;婶婶已不跟外界联系,每天练书法,有时在小花园养花弄草……叔叔经常去那里,像小青年一样追求婶婶……老三已移民国外,对婶婶也很好,拿她当自己的母亲看。

年轻女子说着话,车开得缓慢,车室内很安静。时光在窗外的阳光下恍恍惚惚,闪烁零乱而轻微的凭吊。

进入望江苑,直行约百米,拐一道弯,再直行,到了园区边缘,车在一排连体别墅的端头停下。年轻女子抬手向前指,说往里数第五家就是,她失陪了。刘英俊问:都到了,不去看看婶婶?她说:算了,每次去婶婶都不让走,非得亲自下厨给我做一顿饭不可。刘英俊问:你多大年纪?她说:1983年8月出生。刘英俊哦了一声。

孙秋和李冬自然也知道,这个时间正是小虹女出生的年月。

年轻女子开车走了,跟随而来的车停在原地。孙秋招呼朋友在车上等候,跟李冬和刘英俊一起向"第五家"走去。

时近晌午,太阳当顶。宅区围墙与别墅篱栏上藤萝青翠,红黄白三色花朵随意点缀,初冬之季竟有鲜活生动,尽是温煦。三人在"第五家"的篱栏外停下,由藤隙朝院内探望:花园不大,阳光透过树冠洒落在枯黄的草坪上;一个系围裙的中年女人端出一盘花,搁在低矮的木架上;旁边空一把藤椅;围裙女人进屋了,另一个白晃晃的女人从屋里出来,看盘中的花,那是一蓬绚丽的红,掺了少许洁白与浅黄,每朵花都是欢颜;女人穿白色薄袄,银发微卷,肤白,松软的胖,看过一会儿花,身子落满藤椅……孙秋认出她端正的鼻梁——跟小虹女的鼻子一样。

李冬小声说:是她。孙秋道:那些花是百日菊,也叫百日草,是思念的花哩。院子里另有两棵树,李冬认出一棵是桃,一棵是李,不由想起那首怀想女儿的旧体诗：面如桃李音如铃，我家有女初长成。独在异乡一片月，寄予相思千万重。刘英俊说：去叫她吧。

李冬就领头走到篱栏的低矮栅门前，轻咳了一声，朝院子里招呼：您好，柳清新女士！

那女人颤晃一下，微卷的白发和白白的脸盘缓慢转过来，一对凸凸的大眼睛朝这边盯着看，陡然惊呼：啊，你们终于来了！

恳　求

在"第五家"的花园，柳清新牵住刘英俊的手，领三人进了屋，请他们在客厅的沙发上就座。系围裙的女人过来送茶，柳清新吩咐她一会儿去街上买菜，意思是为接下来的谈话清场。她的礼数及调度十分熟稔，依然体现女性官员的干练，可身体的肥胖与松软反映出心脏病患者的症状，满头白发和凸起的眼球明显折射内心深处的沧桑；她像一个垂暮的花旦，虽然疲倦迟钝，但激动和欣喜在眼里和脸上东奔西忙，透着全部的真诚与努力。她刚才那一声"你们终于来了"，竟是让人心疼。

刘英俊说：你也坐呀！

她挪一把椅子到茶几对面，且不坐下，神情凛然地说：我等李冬先生来，没有别的意图，只想给您和您夫人深深鞠一躬。说着，就大幅度躬下身子。李冬和刘英俊慌忙站起，连声喊：不要这样不要这样！刘英俊歪颠到茶几那边，搀扶柳清新坐下。

柳清新擦一把眼睛，换了明亮的表情，说：小虹女的情况我都间接地晓得，她这么有出息，是她幸运地遇上了好父母……我越是为她的成就高兴，越是对二位充满敬意，也越是觉得自己可耻，衷心祝愿你们夫妇、父女、母女、父母女一家人温馨幸福！

李冬落下眼帘，避开柳清新的目光。

刘英俊说：柳大姐，孙老师和李老师这次来见您，不是为了小虹女的事，是因为在你们当年的知青点，在鸽子坪的荒岛上，发现了一座"虹女之墓"的墓碑，碑上的落款人是孙老师、李老师和另外两位大学同学，但他们四人都没有立这座碑，在调查时，当地有人说这座墓碑是您立的，所以特别希望得到您的当面证实。

柳清新听着，一对凸起的眼珠直晃荡，听完连连摇头苦笑，说：

刘虹女去世许多年后，我得知她去世，的确想过为她立一座墓碑，也想到把墓碑立在那片荒岛上，但我没有立这座墓碑。

李冬和刘英俊不由呆住。

柳清新重说一遍：是的，我没有立这座墓碑。

孙秋赶紧问：您想到立碑，为什么没有立呢？

柳清新滑下眼帘：因为小虹女……不想节外生枝。

如此，荒岛上的"虹女之墓"还是回到了悬案状态。

这个结果虽然几乎在孙秋意料之中，但他心里仍有疑虑：觉得柳清新如果不说出把亲生女儿交给刘虹女的秘密，便不能证明她现在的诚实。

李冬和刘英俊看着孙秋。

孙秋扶了扶眼镜，向李冬要那张宣纸，李冬从口袋里取出给他，他展开宣纸，送到柳清新面前，说：这是三十四年前我们为了寻找您，我为您画的模拟画像，当年所以寻找您，是为了找到刘虹女，即使找不到她的人，也要找到她消失的原因——现在我们找到您了，我把它送给您做个纪念。柳清新大为震惊，双手颤抖着，接过自己的模拟画像。

孙秋接着说：所以，今天我有一个问题要问您，如果您觉得不方便，也可以不告诉我们——三十四年前，您为什么选择把小虹女送给刘虹女？而且留言中还有一些不确定的意思？

柳清新轻慢地把画像叠起，放到茶几上，抬头坦然笑笑：也没什么不方便的，刘虹女不在人世了，我已谢幕，那些往事说不说都过去了，既然你们这么真诚，我可以说，但要让你们知道的不走样，还得说清原委。

稍停，便说——

在鸽子坪，我和刘虹女是宜城不同中学的知青。从认识她的第一天起，我对她就犯下了地狱第二宗罪——嫉妒。起初是外貌。本来，从小到大，我都被称为这花那花的，我对自己的相貌充满自信；但一见到刘虹女，就感到她的样子刺疼了我。她那么瘦，穿着单衣都显不出胸脯；脸色蜡黄，头发梢子也是黄的；有点儿愣愣的，还不晓得怎么做女人……可她的眼睛格外清亮，脸形五官身材肤质只是暂时幼稚，实际很标致，好比画作的毛坯，只等填补色彩成为杰作；她总在阳光中笑出灿烂的两排细白牙齿；而且讲卫生，不说谎，不占便宜，热爱劳动，喜欢看书，助人为乐，与贫下中农打成一片。

不久，我又嫉妒她的美德。她善良不做作，不像是被教育的，不像是学雷锋，而是与生俱来，在本性里，有点儿傻乎乎。举个例吧，有一回天色很晚，她一个人回知青点，组长问她怎么回事，她说回来的路上捡到了一个装着錾子的布袋，她在路上插一根树棍，挂着布袋等失主转来拿；大家都笑她，说人回来把布袋留下不就得了，她说不行，錾子肯定是石匠刻毛主席语录用的，万一被别人取走布袋，那石匠就惨了……当时大伙嘻嘻哈哈说这件事，我心里却一派黑暗。人啊，生来就是这么没出息，明明善良是好的，嫉妒是很不好的，尽管你自己也赞美善良、愿意善良并努力善良，可一旦别人比你善良，你就酸溜溜了。

说到底是自私。因为别人的美貌和美德比你更讨人喜欢，你会觉得甜美的糖果被别人拿走的多了。在鸽子坪，人人都喜欢刘虹女，贫下中农喜欢、地富反坏也喜欢，男人喜欢、女人也喜欢，田队长喜欢、取回錾子的那个石匠也喜欢……但是，知青点上的男知青李光正不该喜欢她。李光正跟我是中学同学，正派、英俊，有才气，用现在的话说是帅哥，我和他在中学时彼此就有好感，可到了知青点，他开始偷看刘虹女，慢慢发展到借书，出工收工的路上凑到一起。有一次，刘虹女农药中毒，李光正背着她往永宁镇卫生院跑，救了她……刘虹女从卫生院回来，我约她散步，告诉她我正在和李光正处对象，希望她不要想入非非，她咯咯直笑，说清新姐你放心，我没那个意思……后来我跟李光正在一起，不知刘虹女是否感到失落，经常独自去湖边的那棵鸽子树下，看书，散步，哼歌；鸽子花开时，她喜欢看湖心荒岛上风动的洁白；如果天空出现彩虹，就一直仰望着……她的行为是公然的，知青们站在知青点的禾场上也看得清清楚楚，或许她这是在向我表示她的磊落光明。

1978年，刘虹女、我、李光正三人考取了大学，我和李光正填报的志愿相同，我们一起被上海的大学录取，刘虹女去了江城大学。说来也怪，分手时，我忽然对她特别感到歉疚，把一件心爱的女式军装送给了她。1982年11月，我未婚先孕，李光正与我结婚。半年后，李光正申请出国留学未被批准，服安眠药自杀。

当然，李光正自杀的真正原因不是出国留学受挫，他出国的目的一半是躲避我；自从上大学后，李光正跟刘虹女一直没有联系，他离开上海的所有日子都与我在一起，那时没有网络和手机……我这么说是有根据的，他在遗书中写到了他对刘虹女的爱慕……嘿。

我把小虹女交给刘虹女心里是复杂的，有嫉恨、有报复、有恶搞、有疯狂、有对她的信任……主要是为自己今后的发展盘算。再后来，我后来的先生追求我，离婚后与我结婚，我没有给他讲小虹女的事，直到四年前，我被调查，主动跟他离婚，他也不晓得小虹女。现在我坐了四年牢，他又像从前一样追求我，我才告诉他北京虹女人工智能公司董事长刘虹女是我的女儿……但我跟他达成了不认这个女儿的约定，同时他不能泄露这个秘密，他是一个遵守诺言的人。

柳清新讲到这里，显出疲倦，却突然奋力将身子脱离座椅，扑通一声，在茶几对面双膝跪下，两手合十，对着孙秋、李冬和刘英俊说：现在我只求你们一件事——千万不要让小虹女知道有我这个生母！永远瞒着！因为我不配，因为小虹女是一位纯粹的科学家，不可能也不应该有历尽沧桑的心灵来宽恕我！

孙秋和李冬起身呼喊柳女士，刘英俊歪出去搀扶，柳清新推开她的手，坚定地说：如果你们不答应，我绝不站起来！

三人慌乱地回应：好好好，听你的听你的听你的！

柳清新被扶起，坐回椅子，左右手一起抹眼泪，抹得满脸都是，一边稀里糊涂地笑：这回我的心脏好了。

刘英俊陪着她笑，说：清新姐，允许我叫您一声姐，以后我俩就是姐妹，我们听您的，一切瞒着小虹女，但您我可以保持联系。就掏出手机来加微信。柳清新连连摇头：谢谢，这个也免了。

此时，大门突然被推开，一个老者肩扛一只大纸箱进来，快活地喊着：清新，你看我给你买了什么？忽见客厅里的客人，赶紧收住话，将纸箱歇在廊道一角。孙秋、李冬和刘英俊看去，见他高大魁梧，披一头银发，判断出他是谁，便起身行礼，可就在这一刻，三人都看见了纸箱上的文字：机器人阿猪！

中午，柳清新留三人吃饭，孙秋抽空在虹女群里报告：上海之行情况突变——三十四年前的小虹女案水落石出，"虹女之墓"依然悬疑！

第七章　阿猪之光

黑　猪

从上海回到江城，孙秋一连几天关在书房审定虹岛方案。

并且利用虹岛方案对雅典娜的浅层智能做了一次测试：他把有关虹岛的资料和开发诉求发给周通，让周通通过雅典娜拿出一套方案，结果，雅典娜的方案与他的方案高度重合，而雅典娜更加周全、缜密和具有拓展性；结尾处，雅典娜还写了一段用红字加以提示的话：美在自然，人类也应当属于自然的范畴；极美是患，丑陋的人往往更能掠夺和占有极美，调味和是当下的可能性。

作为咨询师，他简直有点儿嫉妒雅典娜；而作为人工智能（AI）雅典娜项目的负责人，他兴奋得在胸脯上重叩了一拳⋯⋯

这天，小虹女打来电话，告知江城大学邀请她近日回母校做一场学术报告，关于AI，也是"纪念恢复高考四十周年"的项目，想听听三伯的指点。他欣喜地说：好啊，咱们的科学家才是最有资格做演讲的，讲吧，三伯一个字的指点也没有。但小虹女执意要求，他还是忍不住传授经验，什么照顾对象、难度适中、展示成果、指出趋势、回应关切，可以讲AI破解悬案，不宜多谈雅典娜⋯⋯这这那那地讲了一大篇。好在有个结语：这些你都晓得。

之后，两人在电话里说到雅典娜。

小虹女说，您授权的攻关课题正在顺利进行，已破解几项关键技术的障碍。但小虹女对这一代雅典娜的应用突然持谨慎乐观态度。小虹女说，她的团队对当下各国的治理问题抽样后请示目前的雅典娜,雅典娜的意见除开与现行政策一致的部分,不一致的部分都过于深刻,在非理性思维泛滥的背景下,连雅典娜也不主张自己过早问世——雅典娜认为,治理者和被治理者共时同质的品性还不能让他们自己把自己提起来,睿见通常在三十年或五十年后才能产生决定性的影响——这是最严重的的现实,她暂时给不出无远弗届无所不能的解决之道,反而自身存在被集体无意识或集体有意识吞噬的风险;此外她还需要生成阻止邪恶势力拿她做工具的控制阀。当然,这只是目前的雅典娜。她倒是鼓励现阶段着力开发低端的应用型 AI 产品,比如"农民""工人""医生""教师""工程师""消防员""警察""镇长""县长""局长""经理""秘书""咨询师"以及为个人生存发展提供咨询服务的理性的"算命先生"等等,这是推进文明的路径——也是雅典娜目前的"总统"意见。

他不由愣住了。好在他的表情北京看不到。

小虹女在电话那头问:三伯,您在听吗?

他激灵一下:在,你继续。

小虹女却转移了话题:信息技术马上迎来 5G 时代,对于人工智能是一个利好消息。利用 AI 侦查"虹女之墓"的来历不必怀疑,这是 AI 科学的逻辑决定的,而且开发一个破案专家远不及雅典娜的难度,我们研发的"福尔摩斯"很快就会拿起烟斗;不过,我认为,对于您和大伯、二伯、我爸而言,这不是一个急迫项目——无论谁以你们四人的名义为刘虹女妈妈立了这座墓碑,都不是坏想法,你们不必过于追究墓碑的来历,知不知道墓碑的来历都不会影响你们的人生和人格,因为你们的内心已有方寸,并且丰满坚实……总之,你们就简短惆怅一下,把疑惑留给未来的"福尔摩斯"吧;你们应当去拥抱和享受现实生活,应当一切都好——这样才符合人的根本哲学。

这是小虹女在跟一个咨询师讲话吗?

怎么带有精密机器人的金属般的声线?

有点儿科幻的蔓延。他并不怀疑小虹女的理性和善意,可他忽然莫名地反感 AI:在他的咨询生涯中,雅典娜或者"万治优选法"是他的终极创意,他领衔研发这个项目二十多年,不惜耗费个人心血和放弃日常乐趣,眼看宏伟愿景触手可及,可突然间机器人反对机器人,雅典娜让他原地踏步——这是智慧在最后环节抛弃了他吗?

他一下子成了一个看错日期提前赴宴的人……

他站在空宴前深感凄惶:晓不晓得"虹女之墓"的来历固然不会

改变我们的人生,可我们就是想晓得它的来历!人的情感如血液,如空气,如温度,怎么可能扒拉得条分缕析,一是一,二是二呢?难道这是理性的 AI 时代的生活法则与美好吗?既然机器人是人,也不能少了人味呀?他看见了一个扬弃上辈人的新时代……一切来得如此迅捷,如此殊异,比沮丧更伤情的是这一切竟是必然结果。

尚存的生机是小虹女依然保有真实而琐碎的爱意。

电话那头,小虹女开始絮叨:孙洋的确是一个 AI 天才,您不必像我爸反对小霞儿那样反对他,我可能会带他回一趟江城大学……前天晚上,我打电话到南平家里,没人接听,后来打通我爸的手机,得知我爸和三位伯伯又聚在宜城,虹岛进展如何?我妈为什么也去了宜城?我在北京,不能朝夕照顾爸妈,特别是我妈,她的腿不好,我打算在江城买一套房子,等他们退休了,来江城生活,与三位伯伯离得近一些……我妹妹小霞儿还不懂事,沉迷自己,很少打电话问候爸妈,除了按部就班应付学业,就是跟钱飞厮守在一起,上次爸爸把她的小白猪扔到秀林山上后,也不晓得她怎么想的,一直坚持去秀林山给小白猪撒食物……她的小白猪据说还没有下落。

此时,李霞儿和钱飞就在秀林山的北坡。

不过,二人不单是来给小白猪抛撒食物了。那只小白猪自从被李冬弃之于山林后,他俩至今再也没有见过它的踪影;那些从网上买来的豌豆状的猪粮每天定时撒向林中的山坡,他俩用树棍或树枝在地上做了记号,下次来看,遍地猪粮确实颗粒不在。猪粮可能是小白猪吃了,也可能是鸟儿啄了;但他俩愿意相信吃掉猪粮的是小白猪,而且决不会因为另一种可能而放弃抛撒自己的希望。然而,现在的问题是,在他俩还未找到小白猪之际,有人在秀林山的林荫道上发现了一头大黑猪!

他俩必须亲眼见证这个黑暗的事实。

大黑猪于上星期五出现在校园网上,消息配有三张大黑猪图片,图片的背景是秀林山北坡的爱情小道,一张在半道拐弯处的裸石旁,一张在躯干刻满誓言的老槐下,一张在稀疏树林的深处。大黑猪的样子倒是喜庆,而且看不出 PS 的痕迹。依据环境物体的比例推测,这头大黑猪身长在 70 厘米以上,身高不下 40 厘米。消息一出,跟帖纷涌,起初无不以为有趣,并以此盛赞江大校园的绿色环保,人与猪与自然和谐共生;但很快便有疑问——秀林山上怎么会冒出这么一头大黑猪呢？难道如古老生物学描述的那样，是由原始单细胞生物演变而成的？接着的帖子指出，这是一头野猪，而野猪是会咬人的。马上有人建议：应当向学校保卫处报告，尽快杀掉这个可能随时下口的黑家伙！

那天，李霞儿和钱飞这对时尚恋人坐在研究生楼的石阶上，各看各的手机，手机里突然蹦出关于大黑猪的信息。

李霞儿问：黑猪就是野猪吗？

钱飞说：野猪都是黑猪。

李霞儿又问：野猪真的咬人？

钱飞说：不排除这种可能。

李霞儿疑惑地抬起头，一脸空茫地遥望远处的秀林山。钱飞觉得自己刚才回答得不够好，担心地看李霞儿：想什么呢？李霞儿说：我有一个不良预感——这头大黑猪很可能跟小白猪有关。钱飞便笑：你不会觉得大黑猪是小白猪变成的吧？李霞儿滑动手机屏，找出小白猪昔日的图片，递给钱飞看，一边说：虽说大黑猪是黑色的，而且比小白猪至少大四倍，但它们长得太像了。钱飞不以为意地瞟一眼，仍是笑道：猪跟猪肯定是像的嘛。一面从自己手机里挑出一张大黑猪的图片来对比。李霞儿将两个手机并拢，连说：你看你看，这耳朵、眼睛、鼻孔、嘴巴、脸形、身段，除了大小颜色不同，全都一模一样，人跟人都像，可多少也有差异呀？钱飞不好驳斥，定眼细看，即刻惊呼：我发现了差异——黑猪的眸中有一圈红光，白猪没有——这不是差异吗？李霞儿无动于衷地摇头：这算什么差异，我也注意到了，这不过是猪的表情，或许是准备向人发起攻击咧。钱飞说：反正我不相信大黑猪是小白猪变成的。李霞儿仍说：可是我觉得小白猪跟大黑猪长得太像。两个向来无视逻辑的文科研究生就这么一时抵牾了。

好在钱飞除了爱还有宽容的修养，马上微笑着和稀泥：宝贝，不管白猪黑猪是不是同一头猪，我听你的，你说怎么办吧？李霞儿说：还能怎么办呢？上山找大黑猪呗，如果不能当面发现它跟小白猪的差异，也得想办法让它逃生，免得学校保卫处把它杀了。

离开研究生楼去秀林山的半路上，钱飞幸运地在一个垃圾桶旁边捡到一根可能是老教授弃用的藤木拐杖。李霞儿问干什么，钱飞说以防万一。李霞儿说：如果大黑猪是小白猪变成的，它怎么会咬我们呢？钱飞说：大黑猪有可能不是小白猪变成的呀。李霞儿说你不是说不管白猪黑猪是不是同一头猪的吗？钱飞说我还说过野猪都是黑猪的。李霞儿说你只说了野猪咬人的可能，并没有否认野猪不咬人的可能呀！钱飞晕了，求饶地喊：亲爱的，理论问题暂不讨论可不可以？

讨论搁下。二人由秀林山北坡的爱情小道上山。这是他俩的判断和经验。北坡临着沿湖路，尽是丛林，没有教工宿舍、学生公寓和教学楼，鲜有人车搅扰，适合小白猪或者大黑猪栖息、玩耍和行走；而且过去每次由此上山抛撒在坡上的猪粮都被猪或者鸟按时笑纳了。

时值初冬，山道两旁的梧桐开始零星飘落黄叶，尽管桂树、杉树和不知名的杂树依然葳郁青翠，而林中杨柳褪绿，枫冠泛红，山坡上见得疏朗通透。他俩牵着手依道而行，左右分工探看，有时也从无名小径或平缓地带向两侧深入。每隔一会儿，李霞儿唤两遍阿白，钱飞跟着大喊一声阿白。但钱飞问：为什么不唤阿黑呢？李霞儿白他一眼：你长这么大了，人也变坏了，怎么还叫钱飞？钱飞嘿嘿地笑。山上已有其他寻找黑猪的同学，一般三人以上，男多女少，男的手持木棍。他们跟他俩的态度不一样，说说笑笑，一点儿也不忧愁。

找了几天，没见大黑猪。李霞儿提议夜间行动。因为夜晚安静，稍有声音即可听到，大黑猪不可能没有响动，就像钱飞，哪怕睡着了，呼吸声大得像呼噜，何况是猪，不是有猪鼾之说吗？钱飞说，行，我去准备一只手电筒和两件厚棉袄。

当夜，二人去山上边走边听。

一连听了两个半夜，钱飞显得疲倦。这天，二人走到半山坡，钱飞说，其实坐下来听更安静，不如找个地方坐下吧。李霞儿想想觉得不无道理，便依着钱飞，在路边的石坎上坐下。但钱飞坐下便不老实，动手动脚，李霞儿不停打开他的手。钱飞问：怎么了？李霞儿嗔道：我们的声音会把猪吓回去的。钱飞安稳下来。过一会儿，钱飞发出呼呼的细鼾，李霞儿使劲把他揉醒。

突然，钱飞的手机响了。

是他爸钱夏打来的：伙计，干什么呢？

钱飞结巴道：看、看书。

钱夏说：不会是在山上看书吧？

钱飞还击：老同志，没你这样用人疑人的。

接着，李霞儿的手机也响了。李霞儿嘟哝：准是我爸！拿起手机一看，果然是。

乐　猪

同一时间，另一个故事发生在秀林山的南坡。

南坡亦是丛林繁茂，但跟北坡不同：坡面舒缓，树木高大，个别老宅离群隐没在半坡的林中，坡下是新建的洒满阳光的教工宿舍楼，行走于林间小道的多是教工和家属。

在南坡中段的半坡，搁有一栋两层独体小楼，方形，面朽如土，斑驳的朱门朝南开，岁月不下百年。20世纪上半叶，中国的知名文人先后来到江城大学讲学，大多曾在这栋小楼里激扬文字。而今小楼在周遭巨树的藐视下存在，东端外加了一道扶手楼梯，住着马教授和古教授两户被人遗忘的人家。马家居楼上，古家在楼下。马、古二位均不是符合潮流的名师，以学术偏激、成果单薄闻名。时下江大著述丰厚或擅长人际的教授已经分批次随校级领导住进了阳光楼，把这栋陈旧而隐没的独体小楼留给马和古，与他们单薄的学术相称，也符合他俩偏激的性格。

马教授，男，五十九岁半，吃政治经济学的饭，平生著有一本不及两百页的专著，专论经典著作之依据中的放大因素、缩小因素以及忽略与尚未发生的因素。他说他既不"中"也不"西"，是独立的自己。吾国学人以为很不着调，或觉得极不"公知"。有人宣扬某某说法，冒犯他的学术，他便双臂抱胸，半闭眼睛，将头甩向一边：懂个屁！这时，盘在头上的一缕长发被抖搂下来，挂了半边脸的一半，可因为那个"屁"，实在也顾不了了。马教授矮而胖，柿饼脸，农人五官，在校园里没有什么人会认出他来，他几乎也不去人多的地方凑热闹。

古教授相反，高而瘦，像一根弯弯的竹竿，万一出现在公共场合，会让人当作稀奇观看。古教授，男，明年下半年整六十岁；其教授生涯跟马教授一样处于残喘阶段，顶多多喘三个月。有一次马冲着古拍肚皮：个奶奶的，老子身体好得很，有合适的人，也没啥子问题。古便笑：我呢，比你还嫩。古教授致力于中国古典诗学，代表作也叫《中国古典诗学》，凡25讲，比亚里士多德《诗学》少一讲，是其傲视天下之姿态的唯一一次低调。古教授以中国古典文学为后盾，厚古薄今，决不向花里胡哨的学术糟粕献媚。古教授的不幸是遭遇了现代文学的洪水猛兽。中文系主任见他过得孤寂,建议做点儿学术转化或古为今用的探索,他歪过头去俯视对方,许久一笑:猫怜老虎咧。对方便是猫了。

马、古二教授最大的共同点是懒得跟时下流行的学术一般见识。由得他们作吧,No zuo no die!有一回,说及某某和某某某的文章,马破口大骂:学问像婊子!古教授便挑拨:网上还有个说法咧。并不说出来。马干脆利索:舔呗!言及病象之根由,你一言我一语地挖掘,由精神溃烂、急功近利到学术机制,理据丰沛,脉络清晰。殊不知自己往往也掉进那些"婊子学问"隔壁的泥坑。关于这一点,他们似乎从来没有觉察和辨析。总之,不跟他们一般见识就是不跟他们玩,拉倒尿。

于是没有知音,两人一起玩。

独体小楼背后,往山坡上走50多米,林中空着一方低矮石桌和四条石凳,冷石上留有李四光等人的余温。前年春,两人于此不期而遇,第一次吹凳邀坐。往后便有了相处。有时,马教授端着搪瓷大把缸,从小楼的二楼下来,朝一楼的东窗喊:老古,后面去。一会儿,老古提了一只炮筒似的茶桶推门而出,见马教授转了身,跟着屁股往后山走。自然,古教授也有50%的主动。古站在楼下,仰起长脖子朝二楼东窗喊:老马,歇歇吧。即刻听到东端的楼梯咚咚直响,一只皮球滚下来。而且石桌边的相聚不断增添气息:先是五香瓜子,接着是鸭脖子,再接着就有油炸花生米、黄鹤楼(白酒),间或更换卤鸡、油炸豌豆、红烧猪蹄。如此,便有畅饮畅聊,扯开胸襟,露出胸毛,忘记关上裤裆"车门",天昏地暗,不亦乐乎。倘若家人唤归,打开后窗高喊几嗓子。

突然来了一位不速之客。

秋天的一天,两人正对坐举杯,忽闻一声訇响,侧转头去,是一头大黑猪站在石桌的三米之外,用一对精致的鼻孔朝向他俩。马教授落下酒杯,从桌上的塑料袋里捡一粒花生米,投过去,它低头吸入口中,复又抬头望过来,一边咀嚼着。二人不惊,安静地看,待它的腮帮停止研磨,古教授从另一只塑料袋里拈一截最小的鸭脖子,再丢过去,它低头嗅嗅,嘬进嘴里,随之咬得嘣嘣直响。二人大笑,重举酒杯。

次日午后,阳光透过林隙,石桌周遭一片宁静。大黑猪又哼哧哼哧地前来报到。马、古二人且惊且喜,嘬嘬连声地向它招手,它果然向前靠近。这日石桌上的生活换了品种，马教授捡油炸豌豆伺候，一粒不够再一粒，再一粒之后再再一粒。古教授拈起一块红烧猪蹄，想想，丢得近些，它前进一步，照样食之。大约因为佐料遮了猪类的气息。马教授说它已经进化，端起酒杯送出去，它走过来，嗅嗅，想喝，嘴大杯小，有些困难；马收回酒杯，把酒斟得杯口浮起一层，再送去，它便嗞嗞地吮吸。古教授说：马兄有阮咸之风嘛。马扬手笑笑，起身去尿，五米外一阵儿哗啦；马转身，看见大黑猪侧躺在石桌前的地上，古正用一只带袜的脚蹭着一摊黑肚皮，不由一愣，赶紧提了裤子回来，坐下，将赤脚从塑料凉鞋里脱出来，与古协同触弄摩挲。大黑猪舒服得不行，慢慢跷起一条后胯，露出后胯之后的一对大球球，任其缓缓蠕动。马停住脚，啧啧赞道：瞧，多么雄壮啊！可因为过于羡慕和嫉妒，抬起脚尖去触碰那球，惹得大黑猪倏然弹身而起，吓了他一跳。好在大黑猪是猪，不大记事，他日还来，吃食、喝酒、照例躺在地上任由触摸；而马、古二位也晓得尊重，从此对那球球远观而不近玩。

  大黑猪很快喜欢上了这一带。

  离石桌不远的北面有一面陡壁，壁脚凹进两尺，壁前坡缓，大黑猪将凹处用作居所。天渐寒，马教授从家中拿来一件旧袄铺在凹窝里；落雨了，古教授将一件从旅游地带回来的塑料雨衣裁剪整齐，去凹窝上方搭成篷檐。这一切，大黑猪都看在眼里，记在心里。一日，一陌生老者来到石桌边就座，大黑猪呼啦而至，朝老者哄哄直吼，吓得人落荒而逃，马、古于半道看见，甚是欣悦。人与猪的感情就升华了。马教授忽然看着大黑猪面浮愁色，古教授问何故，马说不知从哪儿可以弄一头年轻的母猪来。古便笑，你这是单纯的关爱，还是心理代偿呢？马也笑，大叹：知音啊！笑过，殷切地对猪说：大黑，山那边是搞恋爱的地方，抽时间去那里走走。大黑猪哼哼两声。

  这日上午，马、古二位来得早，大黑猪不在，却是哲学系大二的学生孙海坐在石桌边等候。

  孙海是在大黑猪之前认识马、古二位教授的。先是马教授。马给哲学系讲马哲，十分学术本位，座中的孙海以为靠谱。孙海生吞过许多哲学名著，思想纵横无羁，总有疑惑，常常在教室门外拦截马教授，而马本来孤独，得孙海主动问道，犹如枯木逢春，很是被拯救。那日春意盎然，马与孙海边走边聊，不知不觉将年轻人带到了自家后山的石桌边。如此，孙海又在石桌边与古教授相识。出乎意料的是，古的中国古典诗学也令他心旌摇荡。有一回，马、古问及孙海的家庭背景，孙海说他父亲叫孙秋，1982年江大中文系毕业，二位同声大叫哎哟。马教授说，你父亲年轻时可是有名的大才子呀！古教授则道，大才子是他昔日的同班同学。不过，孙海除了马哲和中国古典诗学，实在还有更多的喜欢，而马、古二位又过于拘泥和党同伐异，他不能囿于石桌边，来过三五回之后，就奔忙于别处了。

这日所以来，除了礼节，疑问自然有。孙海刚坐下一会儿，见马、古二位说笑而至，连忙起身相迎，左右问好。马教授一手大把缸，一手白酒瓶，同时往石桌上一杵，先跟孙海说话；古教授放稳炮筒似的茶水桶，再将两只塑料袋歇在桌上解开敞着。然后马、古对面坐下。孙海正要在北边落座，马教授让他到南边去，说这边还有一位的。

石桌上不用筷子，酒杯只有两只，古教授说好办，他跟孙海用酒杯，马教授直接拿瓶子喝。

碰过杯（瓶），马教授问孙海：什么问题？

孙海说："有什么样的人民就有什么样的政府。"

马教授呷口酒：柏拉图那里来的观点。

孙海说：这句话应该理解为人民整体本质的决定性，但实际上这句话被乱用了——比如开脱说，为落后体制和政府背书；比如贬民说，用以抵制社会变革；比如抹煞说，忽略人民潜在而长远的诉求；比如武断说，制造任性管制的理由；等等。

马教授点头：观点脱离前提，只会被糟蹋。

孙海说：而且成为各路人马通用的路条。

马教授牙痛似的咂了咂嘴：真理本位与政治本位不是一回事。

寂寞的古教授赶紧放下酒杯，问孙海：最近还在钻研叶维廉先生的《中国诗学》吗？

孙海歉然道：没有了，倒是不久前读过叶苏先生的一篇关于意象思维的文章，很受启发。

古教授诧异：有意象思维吗？

孙海说：叶苏先生认为，意象思维是现代人在逻辑思维和形象思维的基础上发育的一种新型的思维方式，他列举了许多现代诗歌和中国古典诗词的例子，指出古典诗词的意境已不能满足现代人的诗意诉求，而古典诗词和现代诗歌中发生的意象孕育了现代心理和现代思维;他甚至觉得意象思维是未来天才的思维方式。

古教授沮丧了:叶苏怎么也搞这种不着四六的东西?

孙海正要回应,忽见一个黑影从山上奔来,急喊:什么怪物?

话音未落,大黑猪已站在石桌对面,恶犬一般冲他哄哄地吼叫,吓得他跃上石凳,而大黑猪不依,又要绕行过来,他连忙再跃一次,索性站到石桌上。马、古二位哈哈大笑。

大黑猪望着孙海不动,孙海不敢从石桌上下来。马和古就起身,大黑大黑地唤,一面伸手抚拍大黑宽厚的脊背,引它回到石桌对面,劝其落臀而坐,给它花生米,催它快吃;待场面安定,左右扶孙海退到地面。孙海问怎么回事,二位老顽童似的嬉笑,顾不了回答,又去应酬大黑猪,一人丢出干煸排骨,一人将酒杯送到猪嘴前……不一会儿,大黑猪软软地侧身躺下,两人各伸一脚,在猪肚上摩挲揉弄,渐渐地,大黑猪跷起了一只后胯,露出那对不雅的东西。马教授喊他过去,他怯怯地靠拢。古教授鼓励他跟大黑亲近,他提起一只脚,试着用鞋尖触及大黑猪的肚皮,大黑猪勾头看他一眼,安然而卧……马教授指指大黑猪的胯后,说别碰它的禁脔便是。

杀 猪

然而江城大学毕竟庞大静穆。即便秀林山北坡有一只小白猪,李霞儿和钱飞连续多日在北坡寻找跟小白猪或许有关的大黑猪;即便秀林山南坡有大黑猪,马、古二位教授几乎每天在石桌边跟一头全身没一丝儿白影的大黑猪共进午餐;即便秀林山上的小白猪和大黑猪的确是存在的,而且没少自以为是地弄出各种动静……但校园里还有更为巨大的事物和更多奇事奇物与奇葩。总之,太阳、月亮、星星和时光不变,树木、花草、师生和景色不变,教授的讲授、实验室的操作、图书馆的阅读和操场的奔跑不变……即便大黑猪跑到了校园网上,那也只是撩拨一笑的花边,不及一粒小石子掷进湖水,动不了浩瀚校园雄浑如常的脉息。

只有那些跟奇事奇物有关的人不得安宁。

那天深夜,在秀林山北坡上,李霞儿和钱飞几乎同时接到自己父亲的电话之后,经过合计,决定向新生代的亲友团求助。他俩建了一个"东南西北"微信群,把小虹女、赵周乔(赵春之女,美国生物学家)、钱锦(钱飞之姐,香港公司经理)、孙海、孙洋、钱锦飞(钱飞同父异母之妹,北京某大学表演系学生)等兄弟姐妹拉进群里,迅即发布江城大学秀林山上出现一头大黑猪、他俩多日寻不到这头大黑猪的消息,请求解答三个问题:1.一头白得像雪一样的小白猪会否变异成一头黑得像炭一样的大黑猪? 2.一头身长大约16厘米的小猪崽能否在三个月左右的时间长到70厘米? 3.有什么好方法可以尽快找到大黑猪?

回复果然踊跃。小虹女说:猪的变异问题请教赵周乔;猪的生长进度咨询赵伯伯,他年轻时可能养过猪;找猪的方法没时间考虑,建议你们也别找了。身在美国的赵周乔很慎重,一本正经地介绍遗传与变异的常识,认为秀林山上除非有某种不明物质(射线、化学品)对白猪发生作用,否则,白猪和黑猪根本就是两头各不相干的猪;至于猪的生长速度,如果营养良好,一头猪每天长1公斤没问题,也就是说,三个月能够长到90公斤,而90公斤的猪大概身长不小于70厘米吧。钱锦则以香港经理人的腔调回道:你们两个冇事做呀?无聊!小物理学家孙洋发出一排嘿嘿笑的表情包。未来明星钱锦飞干脆跑了题:祝你俩的爱情像找不到大黑猪一样永久(三朵玫瑰花)!——孙海没出现。

踊跃不等于有效,所有回复毫无意义。

同在江城大学的孙海直到次日下午晚餐前才发话:对不起了,我在写一篇长文,刚开机;不过,我有一个信息告诉大家——昨天我在秀林山南坡见到了大黑猪。

最快回应孙海的是钱锦飞。她发了一个尴尬的表情,说:万分对不起亲爱的飞哥和霞儿姐,我收回昨晚的话,祝愿你俩像小白猪变成大黑猪一样神速结婚!一串祈祷的表情紧随其后。

接着,群里的表情各种各样。

李霞儿和钱飞顾不上回敬钱锦飞等人,只问孙海:你见过大黑猪了?真的吗?天还没黑,赶快带我们去南坡看看!

孙海说:不行,文章还要修改咧。

钱飞回道:小屁大二的学生,有什么文章这么严重?现在、马上、立即带我们去南坡!

孙海说:真不行,校园网约我评论秀林山出现大黑猪一事,急用。

李霞儿生气道:不理你了,我们自己去。

钱飞警告:不许写小白猪,否则与你断交。

但李霞儿和钱飞没有料到，他俩的情况很快传到了虹女群。

因为他们的"东南西北"跟母亲们的"春夏秋冬"是友好邻邦，实际上对虹女群无法闭关锁"群"。尤其是赵周乔这位年轻的美国生物学家太过天真，在"东南西北"回复李霞儿和钱飞的问题后，觉得关于"猪的生长速度"的意见不够严谨，居然给母亲周亦敏发微信，询问父亲年轻时是否养过猪——如果养过，请他告知中国猪的生长速度。这是什么事儿！周亦敏觉得天下大坏，严肃批评赵周乔人在国外而操心中国秀林山的猪，接着在"春夏秋冬"群号召母亲们针砭时弊，四位母亲迅即将猪事件报告四位父亲。

于是，我们四人开始在虹女群里交换意见。

四人中，四分之三的人认为情况不容乐观。老赵作为孩子们的大伯和党的市委书记，出于对下一代的厚爱，严厉地对钱夏和李冬说：你俩明天啥事也不做，去学校看看。钱夏表示：一定，一大早就去。李冬沮丧地叹息：我这二丫头已经没救，把小白猪丢到山上也没让她死心，现在又找什么大黑猪，疯了！只有孙秋是一串呵呵笑的表情，批评诸位小题大做，特别提醒钱夏：别耽误了购岛的大事。

次日，江城大学的学生还在吃早餐，钱夏开车带着李冬，来到嘤嘤嗡嗡的校园。泊了车，钱夏给钱飞打电话，问有时间见面吗，钱飞说不行，上课咧。李冬也不用再给李霞儿打电话了。

两人往秀林山南坡方向走，直接去见人或者猪。好在他俩都是江大毕业的，三十五年前也在秀林山上留有足迹。

再说李霞儿和钱飞，在没有找到大黑猪之前，是必须翘课的。昨天晚上，他俩转战南坡，因为没有孙海带路，又没有月色，结果照样没能见着大黑猪。半夜，他们甚至在马、古二位教授的那张石桌边歇息过一会儿，但龟缩在不远处窝棚里的大黑猪或许有所警觉，竟然不曾发出鼾声或粗糙的鼻息。当时李霞儿感到疑惑：大黑猪有腿，会不会又窜到北坡去了？钱飞认为：不太可能，秀林山山峰太高太陡，攀爬不易，猪是很懒的，何况南坡年景不差，有什么必要不辞劳苦地转战南北？道理基本站得住脚。二人便撤退，各自回去等待天亮。

早餐后，钱飞成功打发了父亲的电话，一手提着那根从垃圾桶旁边捡来的拐杖，一手牵着李霞儿，再度前往南坡。

天光下，秀林山历历在目。二人按北坡寻找的方式，一左一右扫视而行。快到那个石桌的地方，突然看见石桌北边的山坡上一大一小两个老胖子，正猫腰面朝着陡壁下方，大声嚷嚷，瞬刻间，那小个的老胖子扑通一声仰面倒下，一条黑影从他身边飙了出来。

大黑猪！钱飞喊着，扬起拐杖去追，却被李霞儿一把拽住。钱飞回头看李霞儿，李霞儿的手已放开他，愣愣地看着倒在坡地的人，倏然大喊一声：爸！向陡壁那边奔去。

陡壁下是大黑猪的窝棚，李冬倒在窝棚前。大号老胖子钱夏已跪在地上托起李冬的肩。李冬呻吟着，将左腿裤管撸到膝盖，露出小腿外侧的一片血迹，赶紧用双手捂住伤口……这时，李霞儿和钱飞跑过来了，钱夏看见他俩，怒吼：快，包扎，送医院！

李霞儿扯下脖子上的围巾，冲上去捆绑父亲的小腿……钱飞转过身，蹲下马步，背起准岳父便跑。

到了山下，钱夏开车把李冬送到最近的江大附属医院。医生问过诊，马上清洗伤口、消毒、上药、交敷，打一针狂犬疫苗。但医生说伤口创面太大、太深，又是猪咬的，担心隐患，建议留院治疗和观察，钱飞再次背起李冬，往住院部去。

李冬一直不说话，在特护病房躺下后干脆连眼睛也闭上。一会儿打了吊瓶。李霞儿和钱飞双双耷头站在病床对面。钱夏庄严地坐在床边。瓶管的液体一颗一颗滴落，看得见声音却听不见。钱飞试着抬起头，目光碰上父亲鼓凸的眼睛，即刻退缩回去。后来李霞儿小声嘟哝：二伯，该吃午饭了，我去买四份快餐吧？钱夏瓮声回道：不用，你们两个在这儿给我好好看着。便起身出去。

钱夏走到住院部楼梯口停下，开始打电话：第一个打给孙秋，告知李冬被秀林山的大黑猪咬伤，向孙秋要了孙海的手机号；第二个打给孙海，让他在校园网上发布大黑猪咬人的消息，孙海需要一张李冬叔叔躺在医院的图片，没问题，马上；第三个打给老赵，请他联系赵周乔，希望赵周乔以生物学家名义认定大黑猪就是小白猪变异的怪物。老赵问为什么，钱夏说，顾不得科学了，就要这个结论，否则小霞儿和钱飞真的没救了；第四个打给江城市公安局的一位副局长朋友，反映江大秀林山上有一头凶恶的野猪，黑黑的，大大的，咬伤了一位学生家长，现在江大师生人人恐慌，他以一个暂时未被咬伤的学生家长的名义，请求公安局立刻派防暴大队上山杀猪，副局长向他深表感谢……

阿 猪

小虹女是这天下午由北京飞江城的。孙秋次子孙洋,那个清华物理系的大二学生,AI迷,也追着偶像回来了。他俩已经知道李冬被大黑猪咬伤住院的消息。江大"学术讲座组委会"派车去机场接上他们,进城塞车,紧赶慢赶,直接去附属医院。

医院这边,钱夏没走,老赵和孙秋也来了。老赵是参加省委会议回江城的。此时,李冬半靠床背,情绪已然开朗,三人正坐在病床左右跟他闲聊。钱夏感叹岁月不饶人,身体大不如从前。李冬说,身体状况有时力不从心。孙秋正为"目前的雅典娜"忧郁,只说,人活到后来把许多东西都过滤掉了,剩下的那点儿与个体有关的念想才是保命的。老赵是党员,微笑着,不发表意见。

在病房探视区,钱飞、李霞儿和孙海一溜儿坐在长沙发上。李霞儿负疚地望着病床上的父亲。钱飞拿手去握李霞儿的手,被摆了回来。孙海正在专心致志发微信。四位夫人一个也没来,因为钱夏有交代,不要让她们知道大黑猪咬伤李冬的事。

小虹女进来时没人注意,她径直走到病床前放下行李,叫了一声爸,众人方才诧然起身。小虹女弯下身,双臂环抱父亲,将头埋在父亲的脖颈,静静地停顿;李冬拿手拍打女儿的肩,说没事啊,都是你二伯整出的阵仗。良久,小虹女抬起身,与父亲牵着手,看着父亲笑,眼圈红红的一片泪渍。钱夏在一旁打趣:丫头,你有所不知哦,过去人善被人欺,现在人善被猪咬——昨天在秀林山上,明明是我冲着那头大黑猪吼叫,你爸一直在好生说话,还打算伸手摸摸它,可这家伙偏偏朝你爸下口,你不能怪罪二伯呀!小虹女当真地点头。

孙秋看见次子孙洋站在门口,抬手指了指,孙洋一笑。

这时,病房里突然发出呜的一声哭泣,大家转头看,是李霞儿冲出门外。小虹女跟父亲李冬交换了眼色,赶紧去追。

李霞儿没跑远,靠在走廊的墙上,呜咽得一颤一抖。小虹女走到她身边,毫不客气地责问:干什么呢你?李霞儿回应:他只有你,就你是他的女儿!小虹女心里一顿:多傻的妹妹呀!但她仍是严厉地训斥:胡说!他不关心你,会从南平跑到江大来找那头大黑猪吗?你不要谈恋爱把脑子谈坏了,不然,我连钱飞一起骂!李霞儿就嘟起嘴不再哭泣。小虹女接着说：我们的爸爸是世上最好的父亲，他是完美的，谁要是跟他过不去，我就跟谁过不去，包括你！李霞儿不吭声，抬头瞥了一眼。她便转弯，命令：回去，抱抱爸爸！

李霞儿随小虹女回到病房，一步一寸地走近床头，却僵硬地站住，没有拥抱父亲，单是使劲嚅动嘴唇。李冬半闭着眼睛等待。不料，她还是说出了违背期待的意思：爸，你没错，我也没错，但今后我不会让您不开心、不放心的，您好好养伤。李冬缓缓睁开眼，怅然一笑，抬头看着李霞儿，伸手牵住女儿的手。房间里响起一片掌声。

掌声停了，孙秋吩咐：钱飞、孙海、孙洋，还有小霞儿，你们一起送虹女姐姐回宾馆休息，明天上午都去听演讲，当好亲友团——认真学习，热烈鼓掌！

次日上午九点，小虹女来到物理学院阶梯教室。室内座无虚席。主持人热情介绍嘉宾，小虹女在掌声中走上讲台。她的心里感到温暖，因为掌声最热烈的地方肯定是妹妹和三个弟弟坐在那儿。她没有客套，打开电脑，直接进入正题。演讲主题显示在PPT屏幕上：

人工智能：新生、抹杀与永恒

她说，新生，是指机器人一代一代推陈出新，永无止境；抹杀，不是指人类可能制造抹杀人类的机器人，而是指随着智能机器人替代人脑、替代人力、替代劳动以及新的机器人不断取代旧的机器人，人类的生产生活方式与"三观"将不断会有旧东西被扬弃和剔除；永恒指什么呢？我能确认的只有一样，留在最后探讨。

接下来，她开始用图片连贯她的表达——

第一张图：浅灰色没有五官的人头像，即阿尔法狗（AlphaGo）。

她说，阿尔法狗是戴密斯·哈萨比斯的作品，它是一个无敌的人工智能的围棋手；我要提示的是，它的智能表现是充分学习和运用人类已有的经验、知识和技能，注意，是——充分——学习和运用！

第二张图：没有五官的人头像变成了浅蓝色，即阿尔法元(AlphaGo Zero)。

她说，阿尔法元比阿尔法狗晚出生不到一岁，是新一代人工智能的围棋手，它的智能是以100∶0的战绩完胜它的哥哥阿尔法狗，它无师自通，全凭发挥主观机能；关于阿尔法元，我提请注意两点——1. 它的超级智能已经不仅仅是"充分学习和运用",而是不可想象的"主观机能";2. 这样的人工智能广泛发生后世界将会怎样?

第三张图:一个卡通猪,猪名阿猪(即阿猪产品的 Logo)。

她说,阿猪是我的团队研发的一款机器人产品,我属猪,所以叫它阿猪,它是人工智能在家政服务领域的应用,可以暂时叫它"家佣";下面,我想结合阿猪的智能,谈一谈人工智能科技的专业知识——耽误在座非本专业朋友八分钟。

于是她讲了主观机理、音形感传、动作反应、机械优化等方面的原理,指出阿猪还只是阿尔法狗级别的智能。

(她正要展示第四张图,窗外传来一声警笛,声音短促清晰,像一粒子弹瞬间划过。她下意识地转头向窗外看了一眼,发现秀林山就在不远处——警笛跟大黑猪有关系吗?)

第四张图:许多小图排列成的一张满屏的大图。每张小图都是浅灰色没有五官的人头像,人头像上分别标注农民、工人、商人、教师、医生、家佣、经理、总裁、乡长、镇长、县长、省长、警察、检察官、法官、诗人、艺术家、陆行车、航船、飞机……最后是省略号。

她说,在未来,人工智能必将在所有的生产生活领域得到运用,谁能阻拦得住呢?谁会阻拦呢?谁都无法阻挡。不过,我再次提请诸位注意——我在说明第二张图片时已经提请注意的问题——这样的人工智能广泛发生后世界将会怎样?

第五张图:一幅由 197 面国旗拼接的大图上,叠着一个淡白色的人头像,人头像上写了三个浅灰色的字:雅典娜。

她问:知道雅典娜吗?有人回应,她点头微笑。

她说,雅典娜是智慧女神,也是守护神,她起初并不完美,但终于是完美的。有人用她代表"万治优选法"或人工智能总统。我想,对于文明国家来说,拥有雅典娜无疑是幸运的。那么,如果现实中有人毕生致力于研发这个雅典娜,这个人是不是怀有最大的使命和良善?哦,很好,有朋友在点头,我也这样认为。幸运的是,这个人我认识——他是我在这个世上拿他与父亲母亲并列爱戴的人,而我尤其敬重他,我叫他三伯;他是一个企划师或者咨询师,经历了中国改革开放的全过程,一直潜心研究现实问题,他为客户提供咨询服务,业绩卓著,人们称他为解决大师;他本来可以过上安逸的生活,但他向往"美人与美政",初心不改,从全人类、全社会、全自然的角度探索最根本最恰当的解决方案，最早创想"万治优选法"——雅典娜——机器人总统，并且组建业余科学团队，倾力倾智进行研发，后来，他委托我的团队帮助他攻克难关，我欣然效命。现在我可以宣布，雅典娜在科技层面的研发已取得关键性突破！

全场顿时掌声沸腾。

但是，她立刻举起手来摇摆，急切地招呼：可以了，请诸位打住你们的掌声——因为事情还有另一半！

掌声停歇。她说，在接近成功时，最初的出发点成为了我们面临的新问题——雅典娜为谁所用？雅典娜回答，雅典娜是人类的科技，她的属性决定她不应该是一个人或少数人的工具，必然为人类共同拥有和运用——届时人人皆可进入英明的雅典娜。可是，现在的人类如果人人进入雅典娜会是怎样的情形？——我的母亲曾经告诉我，在我的家乡南平，在我的生命即将发生的那一年，一位青年的知识分子去一所学校推广普通话，结果被众人哄笑而去。更严重的情况是，世界各国的政体、党派以及领导人各不相同，他们将怎样接受和运用雅典娜不可确定。所以，文明需要时间过渡；所以，我请诸位打住掌声。雅典娜已经诚恳地告知我们，对于全社会，她可以在预防或应对天灾与瘟疫的领域，提供最为正确的且各方急切需要的策划与意见——而她，因为对所有人（尤其是利益集团决策人）的人性（而非智慧）没有把握，不可以做过早出世的先生，否则，她可能很快被溺死并给愚昧提供论据！——我知道你们会问：既然是人工智能，那为什么不设计让她把上述因素带入运筹与决策之中？是的，这是可以的，完全可以，但是带入"上述因素"是更大的科学课题，那是第二代雅典娜，需要人类的等待与迎接。此刻，我无比关切敬爱的三伯——他此生的愿望和努力带来的成果，同时伴随着他始料不及的遗憾，他或许还得有下一生，如果他因此沮丧，我也会因为他的沮丧而沮丧——这是我的生命注定了的！

（她知道三伯的两个儿子孙海、孙洋正坐在台下：他们或许还不晓得她的身世，但他们是两个聪明的孩子。）

第六张图：一把大锁。

她看着大锁笑了笑，回头说，为什么是一把大锁？因为，我们为了改良生活，开发人工智能机器人，而机器人在改良我们生活的同时，我们从它的脚步声中听到了让人恐惧的声音——我们开始担心机器人吞噬人类；有一位同行提议给机器人的动机加一把安全锁，其他同行也觉得唯有如此，我问他们，以未来机器人的智慧，有什么锁解不开呢？大家彻底惶恐了。可是，雅典娜说，事实上根本不需要大锁，你们为什么要把机器人想象得比人类更坏？机器人将比人类聪明得多，真正的聪明拒绝蠢事或坏事。所以，雅典娜给当下的人类送上一把钥匙——

（窗外隐约传来砰的一声。她愣怔了一下。教室里略有骚动，她看见妹妹李霞儿和钱飞起身离去。门外传来他俩噗噗的奔跑。她赶紧笑了笑，对大家说：不用紧张——那是警察故事。）

第七张图：一把小小的钥匙。

她说，好吧，我向诸位透露一个秘密，雅典娜的这把小小的钥匙是从我的一位与我同名同姓的妈妈——刘虹女——那里借来的。这是一把可以打开恐惧心结的钥匙。

先看基本事实与规律。这个世界的一切都在流淌，未来具有无限可能性，改变永不停止；但是，前提是——存在，存在是世界和人类之本身，一切生命都本能地保全生命，而人类，不仅善良与美好需要自身存在和同意他者存在，即使邪恶与丑陋也需要自身存在和容许攸关者存在。人类造出了原子弹，而至今没有使用原子弹毁灭整个地球，是因为人类共同存在的力量使之无法投出去，而原子弹还可以制约原子弹。有了这个基本事实与规律，再说人工智能机器人，如果机器人比人更智慧，那恰恰是人类的福音，她不仅懂得共存的意义而且更能保有共存——没有证据表明智慧的人比愚昧的人更邪恶，结论恰恰相反。当然，最能保全共存的是存在中的美好——有了存在，存在之上必然生发保护共存和体验共存的光荣，这光荣也需要（他者的）观赏和掌声——这光荣就是良善之美——就是一把小小的钥匙！它像一道虹，照亮自然与生命，带来个体与社会、与自然互动互惠的美好，让包括机器人在内的所有人为之惊叹：美好多么好啊！至此，我前面提出的"永恒"就有了答案——良善与美！

诸位，我所表达的听起来好像不是科学了，不，它是科学的事实和伦理，是雅典娜的由来，我的刘虹女妈妈的故事可以作证！

演讲结束，掌声响起……

小虹女不知道，在父亲李冬的病房，此时也响起了一阵掌声。

上午，我们四人——赵春、钱夏、孙秋和李冬，一直在通过手机直播听看小虹女的演讲。直播是孙海从现场发来的。我们聚在李冬的病床上，一人一只手护着同一部手机。

　　只是，大家为小虹女热烈鼓掌时，我们中的孙秋显得迟缓平淡，之后便漠然呆愣。钱夏冲他哎了一声：怎么，真为你的雅典娜沮丧呀？其实你做得不对——连政治家老赵也不咨询，对我们隐瞒了半辈子，还没找你算账呢！孙秋的眼角不易觉察地亮闪了一下。钱夏转过头看老赵，老赵戚然而笑：我明白了，孙秋一直在拿我们当标本。

　　全体沉默……

　　李冬干咳两声，问道：小虹女演讲时，窗外是不是发生过什么响动，小虹女好像说到了警察？没人回应。李冬眨眨眼：我有个建议，把秀林山的那头大黑猪送到鸽子坪的荒岛去，你们看如何？

　　老赵摇摇头：那成什么体统。

　　李冬说：有可能大黑猪在岛上就变了！

　　钱夏给公安局打过电话的，心里有数，就咋呼：处理大黑猪有的是办法，我可不想让它今后在"虹岛"上到处乱窜。

　　恰在这时，李冬的手机叮当一下，显示李霞儿发来微信，李冬打开一瞅，连忙叫喊：快看快看！老赵、钱夏和孙秋探过头来，看见一张图片：两个似曾相识的年轻老者，一个矮胖、一个高瘦，在山坳挂出一张白纸，上书"大学之大，你是一头与世无争的大黑猪"。

　　手机接着又一声叮当，李霞儿写道：

　　　　大黑猪已被警察击毙。钱飞认识带队的警察大叔，跟他协商后，我们已把大黑猪深埋在秀林山的山坳。不管大黑猪是不是小白猪变异的，反正它不会影响小白猪了。

第八章　在荒岛上

悬　念

未来的噔噔脚步在所有人的头顶奔跑。

我们最现实的挂念依然是此生的悬案。

过去三十四年，我们一直在感知和探究刘虹女离去的缘由，从未真正确信她的消亡或存在——现在，在我们面前，在鸽子坪荒岛上实实在在地矗立着一座"虹女之墓"！是谁代替我们立了这座碑呢？

问题突然变得尖锐：碑文是"虹女之墓"，碑是王老石匠做的，王老石匠说找他做碑的是鸽子坪知青点的一个大眼睛"女娃"，鸽子坪知青点有两个大眼睛"女娃"，其中之一的柳清新没有找过老石匠，另一个大眼睛"女娃"是刘虹女——刘虹女可能为自己立墓碑吗？

我们在脑子里反复查找侦查环节的漏洞，心开始朝着同一个方向怦怦跳荡。我们不敢贸然说出心跳的理由。

我们越发要捍卫那片荒岛，如果不能破解此生的悬案，至少保有并呵护悬疑的人生。这于我们是此时此间的意义，也是我们对于过往、未来以及永恒的深切迷恋。这是不可更改的，没有任何行进的脚步可以将它踏碎，哪怕智能机器人到来也不行。

我们聚在李冬的病房讨论了一个通宵。

我们说，我们拥有小虹女，拥有"虹女之墓"，因此拥有永恒的刘虹女。李冬歪在床上微笑，说大黑猪咬伤的地方一点儿也不疼了。于是我们兴高采烈、语无伦次地重温虹岛计划：首先是成功购岛——那些曾经环绕刘虹女目光的展翅欲飞的鸽子花是洁白的精灵，是我们此生的人生之念、人生之谜，是要去天空融入如梦如幻的彩虹……我们不需要占有虹岛，计划给鸽子坪村民让出49%的股权；之所以自留51%，是因为我们暂时先于群众具有较好的理念，何时能从村民中培育出管理人才还说不定——诚恳之爱需要理性，不可义气让渡；我们也不在意这个项目的经济效益，只想一心一意……达至憧憬的喜悦。

后天就是鸽子坪荒岛的竞拍日。我们有诚意和奉献，有雅典娜辅佐的不可比拟的方案，上边有冯远志同志，下边有自己人老赵担任市委书记，我们应当乐观。你说是不是，老赵？老赵回答：当然当然。我们打不死地信任所有正确的善意，并为之海阔天空地欢笑。

钱夏问孙秋：心情好点儿了吗？

孙秋摆摆手：哪儿跟哪儿的事呀。

李冬打岔：我也不爽，两个女儿都不让人省心——大的朝未来跑得太猛，小的在现实里跑得太野。

老赵笑着：美国的赵周乔同学正在跟我扯皮呐，批评我要求她谎称小白猪可以变成大黑猪，连李霞儿也开始怀疑她的专业水准。

钱夏乐了：要不然，小霞儿一心照顾小白猪，我那个傻儿子钱飞还得每天陪人家上山撒猪粮——这样下去，我可要跟李冬翻脸的。

李冬嗤道：放心吧，你儿子比你德行好。

孙秋把话题拉回来说：的确，我有一个忧愁——从前我们通过创作表演《虹女》呼唤现代性，后来在现代性的路上奔走，但我们发觉现实越来越丧失个体美德，虽然我们不会否认当初的启蒙，但我们不得不理性地返回黑格尔的"至善原则"，并且用它协调和平衡个体与社会的关系；然而，"现代性"和"至善原则"的结合实践一直缺乏良性的操作与发展，实际上变成了现代疑难；为了找到出路，我只能借助比人类更智慧、更正义的智能机器人；是的，我的确想做发明弧光灯的汉弗莱·戴维，等待爱迪生用它照亮全世界——这个想法已成为一种捍卫和温暖人生的本能；但是，当我和朋友们偷偷摸摸、孜孜不倦地开发雅典娜并大有进展时，本以为就要拥抱一个结结实实的崭新而美妙的世界，不料，雅典娜叫停了雅典娜，我仍然抱着一个地球一样大的气泡，那一刻，我感到自己的人生不见了，空落落的，你们明白我在说什么吗……所幸有小虹女，她是我们以全副热情开出的花朵，是我们的果实，现在我只能拿她作为最后的救命稻草——而且理性告诉我，我连沮丧的理由也没有，顶多只能像一个乡下老父那样看着帅小子牵走自己心爱的女儿……然而，我突然更加深刻地确认了这世上唯一的永恒——良善与美——它可以让青春的刘虹女与我们永不分离！你们说呢？

三人不语，在盈盈的灯光下犹如暂歇的机器人。

孙秋笑了笑：好吧，我就再狂放一下——你们对我的"秘密项目"的惊异或许是肤浅的，不一定明白这是我在用自己的人生论证"生命美学"——苏格拉底说没有经过思考的生活是不值得过的，我以为没有个人美学的人生不值得拥有；一直以来，在老赵的政治、钱夏的经济、李冬的教育里是没有这个的；当然，这不全是你们个人的错，你们个体的善良与美已经很了不起，但你们缺乏超凡理性——你们把责任全推给体制和大环境，而自己停留在门外；我想，我应该为你们没有顾及的根本问题操心——不然，也对不起自己的生命美学！

灯光在老赵、钱夏和李冬的脸庞映出一层青白……

天亮前，我们倒塌身子鼾声交作。天亮后孩子们来了。钱夏交代儿子钱飞和李霞儿去办理出院手续。接老赵回宜城的车已候在医院大门口，老赵告辞。然后，孙秋开车送小虹女和孙洋去机场。

孙秋对小虹女说：不要放弃雅典娜。

小虹女点头：明白，您永远拥有这个专利。

孙洋插话：不对，我老爸喜欢精神胜利。

三人都笑了。之后，小虹女谈到雅典娜和福尔摩斯的未来，孙秋安静地握着方向盘，像一个患者在医生面前聆听……

从机场返回城区，孙秋接到老赵的电话，让他去江边的加缪咖啡屋见面。他问怎么了，老赵说见面聊。

到了加缪的包房，桌上已搁着两杯咖啡，老赵坐在桌子对面冲他讪讪地笑。那笑，让老赵身上冒出一个新的老赵。孙秋问：怎么这么神秘？老赵请他入座，将一杯咖啡推过来。孙秋专注地看着老赵。老赵眨眨眼：想请你帮我做做钱夏撤退的工作！什么？他的心头一震。

老赵的嘴唇又要张开，他即刻刺出一根手指：打住！

于是沉默。老赵黯然吁一口气。

他说：这事原本是我们四人的事，既然你已叛变，那就是我们三人的事了，你要做工作的是我们三人，不是钱夏一个，此刻是我。

老赵似哭似笑，再吁一口气。

他问：谁？

老赵说：乌老板。

乌的背后？

老领导打过电话。

就这？

老赵不说话，手指朝上方指指，又向他勾了勾。

他厌恶老赵的这种动作，但还是把耳门倾斜过去。

老赵迎着他的耳门翕动几下嘴唇，两人即刻散开。

时间死在此时。

后来，他瞥了老赵一眼，发现老赵的方脸木木的，左边太阳穴有一枚过去忽视了的褐斑，一毛钱硬币的大小，很打眼。

老赵摇摇头：我并没有忘记……我也知道你们会说，十七年前我让钱夏投资大湖时，有一条理由是帮助我这样的好官得到发展，让我日后有机会为人民多做好事……可十七年过去，我当上了副省级城市的市委书记，仍然只能在"历史给予的条件下"做事。

他盯着老赵：你晓得钱夏会怎样？如果被人算计利益，他会设法算计回来；但如果让他的正义落空，他敢在你的办公室扔炸弹。

可我抵挡得住吗？老赵弱弱地反问。

这时钱夏突然给孙秋打来电话，支吾道：哎呀，明天竞标，但香港那边李丽莲病重住进了医院……咋办？孙秋哦哦两声，马上决断：你给在宜城的章文白打个电话，我今天过去，代表你指导竞标。

放下手机，孙秋点燃一支烟。

老赵隔着烟雾问：坐我的车吧？

孙秋没应，想了想说：你先回宜城，找那个乌谈一次，把我们四人与刘虹女的故事讲给他听；另外，我把我们的竞标策略和在荒岛上建设虹岛的方案发给你，你可以给他看；你不用向他提要求，不要破坏他不光彩的微笑，只跟他约定，今晚八点我代表华夏集团去拜访他。说完端起咖啡杯，喝水似的咕噜干净。

两人起身，老赵捂住胸口，孙秋去扶，老赵摆摆手。

常　态

当晚孙秋按约见乌。乌住在宜城国际酒店，房间是我们上次策划购岛方案时住过的顶层总统套房。看上去乌并不乌，白净，光润，唇红髭青，是个四十多岁的体面男子。乌跟孙秋握手，满面春风，说久仰孙先生大名。孙秋只在瞬间从他的眼角看见狂傲公子的飘逸神情。他递上名片,名字叫乌有为。孙秋回应:据说乌总是墨尔本大学毕业的,澳大利亚建国不及二百五十年,已是发达国家。

乌端来两杯咖啡,两人对面落座。乌看着孙秋微笑。

孙秋说:我们不谈事情背后的事情。

乌点点头:当然,在商言商,凭你我的智慧。

孙秋问:你已经晓得我们的情况,能否放弃这个项目?

乌摇头:不好意思,没有这样的考虑。

如果我义务帮你策划一个更大的旅游项目呢?

来不及,这是上市计划的一部分。

孙秋顿了一下:但竞标你们不一定能赢。

乌便笑:话在人说——您涉及了事情背后的事情。

孙秋问:那怎么办?

乌眨眨眼:您的项目策划案很好,我愿意购买。

孙秋笑笑:这是我们的人生,怎么可以出让呢?

乌摊摊手:还有什么办法吗?

孙秋记起雅典娜的"调和是当下的可能性",提出:入股。

可以呀,方案给我,您担任终身顾问,我给您25%的股份。

孙秋立刻摆手:不,我们要49%。

乌笑了:孙先生是咨询专家,不应该开这个玩笑。

孙秋说:别急,方案与顾问只占24%,另投25%的资金。

乌哦了一声:这样啊,我们欢迎资金进入。

孙秋说:我方统一用华夏集团持股。

乌说:应该没问题。

孙秋说:还有一条——你方控制财务,我方担任CEO。

乌问:为什么?

孙秋说:你不觉得"背后的事情"结束后,我方优势更大?

乌仰头哈哈大笑:行行行!

之后孙秋用宾馆的电脑草拟协议。关于公司名称,孙秋希望用"华夏有为",乌坚持用"有为华夏",孙秋让步。协议拟好,乌从套房里间喊出一个女子,交代去商务中心打印,一式两份。等待时,乌饶有兴味地向孙秋挖掘我们四人与刘虹女的故事,孙秋简略回应。后来,那女子拿回打印的协议,孙秋与乌签字,各持一份。

一场竞标大战就这么弄成了半个欧·亨利小说。

回到宾馆房间，老赵和章文白等在客厅。孙秋把协议给他们看。章文白看过惊呼：那我明天干什么？孙秋说：去现场配合竞拍。章文白瞪起眼睛：然后呢？孙秋说：然后当CEO呀。章文白又问：我姐夫知道这个结果吗？孙秋说：钱总在香港，心情不好，这事委托我了。章文白怨道：孙老师，我一向尊重您，可您不能对钱总瞒天过海。孙秋愠怒：不关你的事！章文白不服，起身掏烟，往卫生间去。这时老赵问：乌怎么会接受？孙秋怅然一笑：势能——他的势能你扛不住，但我们，你、钱夏、我，还有李冬，也有能量；都是明白人，晓得强强联手。老赵惶惶自语：也不知道钱夏怎么看？孙秋问：看你吗？

第二天下午，乌有为顺利中标。

孙秋在虹女群通报：我们已获得荒岛开发权。

接下来，四人各忙各的事。

宜城市的经济有问题，老赵连天在市委小会议室主持会议。主要是钱：青山绿水要钱，脱贫攻坚要钱，教育医保要钱，开发区配套工程要钱，扶持传统戏曲要钱，看守所扩建要钱……钱的差额太大！关键是发展不容乐观：新增企业减缓，民企不景气，制造业升级非一日之功，中小企业贷款难，供给侧突围欲速而不达，税收压力大……形势好讲，实际堪忧。会开着开着，不知怎么就扯到了干部考评与任用。市长质问纪委书记和组织部长：是凭嘴巴功夫还是实际业绩说话？还讲不讲发展是硬道理？老赵为当前的"主要矛盾是什么"发愁，一直用手指掐着左边的太阳穴，像是要搞掉那块褐斑。

钱夏在香港陪李丽莲。李丽莲是创业伴侣，是长女钱锦和儿子钱飞的妈，是让他终生负疚的女人。而今李丽莲查出胃肿瘤，住在太平山上的明德国际医院。消息是在香港做经理的钱锦打电话告诉他的。接完电话，他歪在江城家中的沙发上，脸色铁青，现任妻子钟红问怎么了，他如实相告，钟红说：那还呆着？快去呀！此刻，钱夏坐在李丽莲的病榻前，牵着她的手。李丽莲已消瘦得不像李丽莲。当年李丽莲离开医院"下海"陪他做生意时，也是江城美人，他为她跟人打架，拔掉人家一颗门牙。想到此，他禁不住笑了一下，帮李丽莲把搭在额头的一缕白发撩到脸旁。李丽莲睁开眼，知道他在想什么，说：还记得吗？那个老色鬼的门牙是我一耳光打松的。他笑：但后来开发新产品，你不该试吃那么多人参。李丽莲也笑：我当时浑身水肿，像一头大白猪。他说：丽莲，现在医疗条件好，会好起来的，放心，有我。李丽莲说：知道，你忙，不用陪我。他说：你别管，只要你想我跟你说话，我一定在！

孙秋接到小虹女从北京打来的电话，说一家外国公司的商务代表找她洽谈雅典娜的技术转让，她告知对方，产品真正的开发人和专利拥有者是孙秋先生；那人叫杰克，坚持要找他。果然就来了。他答应杰克在宾馆咖啡厅见面。杰克是一个擅长微笑的中年白人。他问：你是学AI的？杰克微笑：学过，但在您面前是小学生。他也微笑：你很中国化嘛，我不是学这个的。杰克说：您是天才。他不再虚头巴脑，直截了当问：雅典娜随着人工智能的发展最终会成为公众产品，你有这个判断吗？杰克收敛了笑："最终"在现实里不是一个很近的日期。他顿了一下：所以你认为这是商机？杰克说：世界上无论开明还是独裁的国家统治者都不会在别人借助雅典娜时自甘落后。他又问：你打算做点儿国际买卖？杰克微笑着点头。他明白了，这个未来必然成为普通公民的雅典娜在现阶段仍然有利可图。但是他说：对不起，这不是我的初衷，而且我国也越来越重视民间智囊。之后起身为他和杰克的咖啡买了单。

李冬要去乡下演花鼓戏。年末是"文艺下乡"的旺季。本来剧团考虑到学校还没有放寒假，不能耽误上课，只给他安排了几场周末的城区演出，乡下的巡演由A角担纲，不料，A角突然遭遇老婆喜新厌旧，一下子成了男版秦香莲，正急着找现实里的包公；但下乡巡演早就排定了档期，有的镇上已预售戏票，有些村搭起了戏台，妻子刘英俊娘家所在的村子据说戏台就搭在岳父大人的家门口；现在A角演不成，他必须跟学校商量调课，顶上去。他不能不帮剧团。当年他为了解决岳父大人的问题，去剧团学艺得到关照；再后来，在抚养小虹女的漫长岁月，在教书之余，是花鼓戏让他把岁月唱得有滋有味。一连几天，李冬的花鼓调在江汉平原的上空回荡……

我们的那四位夫人忽然心血来潮，要去鸽子坪看看荒岛。

她们在微信里向我们通报了行程。她们有车，结伴出行已不是头一回。之前她们在江城侦查刘虹女的事我们略有所闻，只是觉得没必要互对答案。我们宁愿她们找到刘虹女咧。我们在微信群商量：诸位"党支书"这是"不远万里来到延安"，人生地不熟的，毕竟我们是荒岛的主人，应该派员陪同，至少免得人家疑神疑鬼。说的也是。老赵建议派当地负责人章文白迎接，这样显得自然。

初冬的一个晴日，周亦敏、徐彩霞和刘英俊乘坐钟红驾驶的银色宝马,从江宜高速公路飞行而来。平原广袤澄明,田畴与村庄由近及远地转移。四人心连心地喜悦,绝不让刘虹女进入旅途的话题。

路途遥远,车内音乐低回。四人还是想起了相同的心事:倘若当年刘虹女没有消失,谁跟刘虹女结合的可能性最大呢?答案也一样:自己的丈夫。这是每个人的经验:因为自己的丈夫更出色、更用心,也更有套路地搞定了自己。于是后怕。又想,他们四个家伙当年残酷争斗,果真是刘虹女的消失才使他们结为金兰吗?……女人的心思在女人面前是透明的,四人赶紧转念想象虹岛上的鸽子花与彩虹。

车到宜城东郊,拐弯进入蜿蜒山道。

居然近乡情怯。分明嗅到了鸽子坪的草木气息,一份生涩的亲切从心头漫过。大家巴巴地看着窗外,看自己丈夫看过的景色。钱夏和孙秋是驾车走过这条山道的。一座座山峰一闪而过,一片片丛林一闪而过,飞鸟和白云一闪而过:一切都一闪一闪的。周亦敏说,我当年"下放"在平原,不在山区。刘英俊说,我初中的数学老师是一个女知青,只比我大三岁,人长得好看又有水平。

章文白提前守候在鸽子坪知青纪念屋的路口,见到车,迎上去打手势,钟红把车开进屋前的禾场。

四人下了车,一边整理衣着,一边向南眺望,果然是曾经听说过的景象:湖岸有一棵鸽子树,湖面宽阔,湖水清澈,湖中静卧一片荒岛……朗朗时光之外,停泊着明年鸽子花与彩虹交相辉映的盛景。钟红吩咐表弟章文白赶紧带路。

在湖岸的鸽子树下,四人停步,见过树干上漫漶的文字,仰头探望树冠中那些不在时光这边的洁白。从岸边至荒岛架了一座施工用的石板桥。过桥上岛,章文白开始指指点点:到明年四月,清湖两岸有码头,湖上有游船,入岛口有彩虹门,进门看见神话里的虹女塑像,岛上建了鸽子花与彩虹的意象馆,全岛散布鸽子树,天上出彩虹,岛上开遍飞向彩虹的鸽子花……步行环岛小道,导游是机器人,随时向游客讲述虹岛故事——孙秋老师说,大自然是目的地,要用现代科技保护和利用荒岛的原生自然,未来拥挤的人类终将发现,原生自然蕴含着美德,美是自然赋予美德的光芒,如果谁要变得美一些,有一个捷径是来到虹岛,成为自然的一分子。这就是虹岛的魅力!

四人听着,怎么就觉得许多意思是针对自己的……

不远处的坡凹里,两台挖掘车的手臂起起落落,传来嗒嗒的机械声。一切都在小心谨慎地进行,一幅图画就要呈现。

徐彩霞手指前方：看那里！

四人看见了"虹女之墓"，一起由荒地蹒跚而去。

墓碑静穆无言：落款的挽者是赵春、钱夏、孙秋、李冬；时间发生在三十四年前。不知何故，她们强烈地感到：这座墓碑不可能不是赵钱孙李四人在此立下的——至少是其中一人！

周亦敏招呼姐妹们跟墓碑合影，一面把手机递给章文白。章文白连忙摆手：不行，活人不能跟墓碑合影的。四人不由愣怔地散落在斜坡上。

但徐彩霞即刻笑道：我宁愿像刘虹女！第一个走近墓碑。刘英俊跟着说：我喜欢刘老师！腿子一歪，过去了。钟红连忙甩甩头：我也不怕！大无畏地冲向墓碑。周亦敏不再迟疑，说：我们都不忌讳咧，照吧！再次把手机递给了章文白。

四人在墓碑的左右各站两人，调出脸上的庄重，章文白端着手机咔嚓一声……

然而，孙秋在江城听到了噩耗。乌有为在电话里悲伤地说：赵书记走了！孙秋的心跳起一半悬着：什么走了？乌支吾道：人在宜城市人民医院的太平间。咣当一声，孙秋的手机掉在地上。

怎么可能呢？！

孙秋颤抖着捡起手机，赶紧给钱夏、李冬和章文白打电话：请钱夏立即由香港直飞宜城；让李冬去南平的高速公路出口等着；章文白负责把周亦敏一行安顿在宜城郊区的宾馆住下，怎么向周亦敏告丧等候通知。一面跑步去车库开车。

下午三点左右，孙秋和李冬赶到宜城市人民医院太平间，老赵真的僵硬地仰躺在一张铁床上，身上遮盖着白布单。两人站在老赵身边，坚决抵制地看着老赵不予理睬的大方脸。而老赵显然带着生前的激烈表情：眉头紧锁，左边太阳穴上的那块褐斑黑得像一颗子弹，嘴唇微斜地半张着，从唇形上看，有一句痛心疾首的话正要叫喊出来。

孙秋和李冬同时伸出手去抓住老赵的一只手。

忽然，门外传来一声大号：老赵啊，你搞什么鬼！

只见钱夏黑乎乎地冲进太平间，扑过来抱住老赵，不管不顾地大哭大喊：你这是怎么的？咋就扛不住呢？我前天就知道了荒岛"转让"竞标的事，本打算过两天从香港回来，邀兄弟们一起找你扯皮、吼你、骂你、揍你、挖苦你、向你扔炸弹的，你是害怕我们吗？你这老鼠胆！可你什么时候怕过我们？你不是怕我们，是怕我们替你伤心——你什么都不怕，只怕一样，怕失去为人民干事的乌纱——怕乌有为的背景！可你不该逃呀？国家这么大，人民这么多，还有兄弟们帮你扛！你走得这么奇怪，肯定不简单！肯定又出了幺蛾子！老赵啊，你醒醒，中国的事不是你一个人的事，你醒了，就大明白了！

太平间门外的说话声越来越嘈杂。

孙秋让李冬在室内照看钱夏，转身出去，问谁晓得赵书记去世的情况，一个眼圈红肿的男青年走出人堆，自称赵书记的秘书，他晓得的情况是：当时赵书记在办公室跟乌先生谈话，门开着，他在隔壁房里，听见砰的一声，很响，是玻璃杯砸地的声音，他冲过去，见赵书记手捂胸口倒在桌上，赶紧打120，结果赵书记在半路上就不行了。

孙秋问：你说玻璃杯砸在地上，谁砸的？秘书说：玻璃杯是赵书记喝茶的杯子，赵书记砸的。孙秋问：为什么不是从赵书记手上掉下去的呢？秘书摇头：不是，声音太响，杯子着地的位置在三米之外，玻璃片溅得满地都是。孙秋问：当时乌有为在做什么？秘书说：他吓坏了，我冲进去时，还愣在赵书记办公桌对面的椅子上。孙秋问：可赵书记平时没这么大的火气呀？秘书说：是，赵书记虽然也发脾气，但砸杯子还是第一次。孙秋不再问话，点燃一支烟，目光定定的。有人过来招呼他，自我介绍是宜城市市长，希望跟他商量发丧的事。

太平间里又加入了哭泣的声音……

三天后，老赵的追悼大会在宜城市殡仪馆礼堂举行。灵堂上方挂着黑底白字的横幅"沉痛悼念赵春同志"，老赵的遗体安卧在鲜花翠柏丛中，身上覆盖着中国共产党党旗；遗体正前方是老赵面庞方正且忽然英俊的遗像。老赵的夫人周亦敏、女儿赵周乔、我们三对夫妇以及"万治优选法"项目组的另外六人，在老赵的一旁站成一排，哀乐低回，与前来悼唁的人轮流握手。乌有为挽着一个白发老者，伸出手来，周亦敏和我们谁也没有应接……我们不是老赵，我们不在乎。

当日，孙秋代表家属清理老赵的遗物。在老赵的办公室，他把老赵的那只玻璃杯的碎片一点儿不剩地拾起，装进一个地雷型的黑陶罐。他带着黑陶罐离去时，老赵生前的秘书过来跟他握手，他举了举手里的黑陶罐，语意飘移地说：赵书记这是自我引爆，他的死是一个象征，是中国社会的一件大事！

但宜城的人们都说，赵书记走之前一点儿征兆也没有。

墓　下

　　老赵走后，世界缺了一半。我们的愤懑比悲伤更辽阔。

　　老赵死没死，我们对人世的看法是不一样的，就像读没读托尔斯泰的《安娜·卡列尼娜》，对待人生的态度不同。

　　关于虹岛与乌有为，钱夏和孙秋在老赵墓前有过一次对话。钱夏说难为你孙秋！孙秋问，不想骂我吗？钱夏说，你是对的，老赵走之前我已经跟乌通过电话。孙秋问，同意做虹岛的半个老板？钱夏说，是半个的半个，另外半个的半个是你——作为商人，我要利益，但在这件事上我不是商人，我知道美是不可以贪占和独占的——就像刘虹女，她是永恒的美，我们都可以爱她，她教会我们一种信仰，我们以信仰之心爱戴她。孙秋说，你这么想，跟老恩格斯有关吗？我晓得你年轻时就是一个恩格斯迷。钱夏苦笑，说在这一点上你的影响更大。孙秋摇摇头，说或许我们是互相影响，就像竞赛，看谁更好一点儿？钱夏说，我知道你为什么要保证我们在虹岛的股份不少于49%，因为这样才能兑现我们当初设想的赠给鸽子坪村民49%的股权。孙秋说谢谢你，不过，有了这个49%，剩下的51%最终也不是问题，所有人（包括乌）都有趋向美好的基因，何况美从来不是被独占的。钱夏说，唯一不爽的是，为什么不能由我们亲自呵护和打理美？为什么美总是在丑陋与邪恶中生长，甚至被丑陋与邪恶占据，像一朵鲜花插在牛粪上？孙秋说，你不觉得，连丑陋与邪恶都喜欢美，这不正是美的价值和魅力？

　　一阵风起，老赵墓前的花草全都跃跃颤动……

　　可是，在我们无限悲愤之际，冥冥中另有神灵：荒岛上突然传来"虹女之墓"被毁的消息，像一道闪电，竟把我们带离了悲愤的黑暗。

　　事情发生在四位夫人参观荒岛的第二天，也就是老赵突然去世的那一天，工地负责人因为老赵的丧事隐瞒了多日。

　　那天早晨，一个年轻司机驾驶挖掘车来到"虹女之墓"的坡下，照着地面的石灰线拓展路基（路基是绕过"虹女之墓"的），拓出一段路面后，突然鬼使神差地将大铲调向坟坡……正在附近巡视工地的章文白看见了，疾呼停住，一面疯跑过来，可机器轰鸣，年轻司机又背对着章文白，大铲戳出去，哗啦一声，将坡地的土石连同"虹女之墓"的墓碑抓进了铲斗，瞬刻天崩地裂，章文白奋不顾身地扑上去，到达坡地时，铲斗已升过他狂抓的双手，年轻司机见状紧急刹住，又听见他大喊放下快放下，连忙回落铲斗，章文白没有避让，蹦跳着捕抓，头部撞上铲斗，整个人当即摇晃倒地，滑下高坡。

他趴在坡下喘息一阵儿，爬起，再次冲到坡上。此时坡地是一摊松土碎石，墓碑横躺在土石之上。他惊慌地看着这突如其来的灾难，额角的血流染红了半边脸。但他忽然意识到什么，赶紧移开墓碑，双手在土石里扒刨寻找，翻过一遍，竟然没有发现任何墓中物件，譬如骨灰盒残骸什么的，唯一捡起的是一个表面粘着泥土的玻璃瓶——在这向无人烟的荒岛上，大约可以视为跟墓碑一样的人为之物。

他诧异地盯着玻璃瓶：莫非墓中只有这个？

一阵踏踏的脚步赶来，监工小黑惊呼：章总，你满脸是血，快去医院！章文白不由激灵一下。小黑上来搀扶，他甩手大吼：我没事，赶快恢复墓碑！一边蹲下身将玻璃瓶放回墓穴的位置，刨土掩埋住。但小黑见他头上血流不止，坚决地抱住他，他睁开被血浆黏糊的眼帘，凶狠地交代：给老子听好，墓碑必须跟过去一模一样立着！

下午，章文白头上缠着白绷带回来，去现场检查：墓地已还原，坡上别无堆积的土石，墓碑稳稳的，方位看不出变化；只是地面裸出一片新土，明显暴露人为痕迹。他去附近工棚拿来铁锹，索性削一层地，用枯黄的草皮铺上，又觉得草皮接缝清晰，再去找桶，拎水浇灌。心想，过几天，钱总就看不出破绽了。

但是章文白疏忽了小黑。直到参加老赵的追悼会之后，他才驾车带小黑去永宁镇的一家餐馆。酒喝到半醉，他对小黑说：我姐夫钱董事长这个人啊，什么都好，就是脾气火爆，加上赵书记刚走……墓碑被铲这事嘛，不要跟他讲。不料小黑惊叫完了完了。他问什么完了，小黑说：这顿酒喝晚了。他问啥意思，小黑说：老板今天打电话问工程进度，我顺便汇报了墓碑的事，对不起，今天我买单。

次日早晨，钱夏来到荒岛工地。

章文白正坐在工棚里的办公桌前点烟，忽见庞大的黑影进来，吓得弹身而起，烟和火机哗啦落地。钱夏走到近前，看了看章文白，冷冷地说：幸好你头上有绷带和血印，证明你不是毁墓的指使者。章文白耷着头不敢动弹。钱夏接着说：问你一个问题——那天四位夫人来工地参观，有谁跟挖掘车司机接触过？章文白猛地抬头大呼：董事长千万别这么想！我一直陪着四位夫人，绝对没有你担心的情况发生！钱夏且盯着章文白，看他的眼神怎么动。

一会儿，小黑带来年轻的挖掘车司机。钱夏甩甩手，让章文白出去，然后问年轻司机：怎么回事？年轻司机双脚搓地：怪我，好心做错事，本来想把路边的陡坡削得平缓一些……当时没看见墓碑上的字，不晓得碑是您立的。钱夏的头痉挛似的向右一抖：没人吩咐你铲墓碑？年轻司机连连摇头。钱夏问：谁派你在那里施工？年轻司机答：没有，本来是我师傅的，那天天亮前师傅的姆妈死了。钱夏问：你师傅家住哪里？年轻司机说：鸽子坪村第三组。

小黑和年轻司机走后，章文白端一盒饭菜进来，请钱夏将就。钱夏接过饭盒，脸色开朗了一些，说你也吃呀，章文白说我在外面吃，钱夏说这是你的办公室咧，进来。吃完，钱夏让章文白陪他去一趟鸽子坪村第三组，说，原先那个司机的母亲死了，随一份礼。章文白晓得钱夏这是要去验证事实，不好反对，只说：要是人下葬了，不宜随礼的。钱夏停顿一下：不随礼，慰问员工总可以吧。

中午，钱夏亲眼看到了那个司机左臂的黑纱。

从鸽子坪村第三组回工地的路上，钱夏问章文白：乌有为来过工地没有？章文白说：没有，打过两次电话。

走了一段，钱夏语重心长地批评章文白：这么大岁数的人，做事还这么粗枝大叶、孟浪莽撞，怎么让我放心？又问额头还疼不疼，章文白笑笑，说自己在关键时刻还是敢冲敢打的，钱夏陪他一笑。关于跟乌有为的合作，钱夏指出：在合作部分按协议和规矩办，没什么别的可讲，他只能跟着我们走，我们不能上他的道，否则就是卑鄙下流。又说，买荒岛造虹岛是因为"虹女之墓"，是为了一个梦，经济利益尽量让给鸽子坪村，不要有经营压力，人在世上，总得有个美好。

章文白默默跟随，突然觉得姐夫钱老板有些陌生。

走到过湖桥中段，钱夏站住，问：墓地动了，要不要请人做什么法事（焚香念咒）？章文白跟着停下，说听您的。钱夏淡然一笑：求个心里安泰嘛。章文白忽然支吾：小黑是怎么跟您汇报的？钱夏问：还有什么吗？章文白眨眨眼，嘴上嗫嚅：有个情况不知道您是否晓得？钱夏问：什么情况？章文白怯怯地说：墓里除了一只玻璃瓶，什么也没有。

钱夏不由呆在桥上。

但只有片刻，他便向荒岛奔跑，一边吩咐章文白快拿铁锹。

到了墓地，他站在荒坡下，气吼吼地望着坡上的墓碑，恨不得伸手去墓中拿出玻璃瓶。一阵风在眼睛上吹过。他想，这墓里的玻璃瓶装着什么呢？是要为我们解开人生之谜，还是又添一桩悬案？现在老赵走了，孙秋和李冬蒙在鼓里——他们得前来见证啊！

章文白在身旁说：锹。

钱夏摇摇头：先放着。

鸽　子

当夜，孙秋和李冬赶来鸽子坪荒岛。

钱、孙、李三人在工棚等了许久，忽然想起老赵不会再来了。

钱夏问：怎么办？孙秋和李冬同意开墓验瓶。

次日天亮，三人站在"虹女之墓"前，看着章文白开墓。墓地周围没有外人。墓碑移开，章文白小心使用铁锹，每戳一次土石都事先轻微试探几下。玻璃瓶即将出现，我们下意识地靠拢身子。阳光低矮得近乎平射，眼前光斑闪烁。章文白放下锹，开始跪在地上赤手扒刨。三人向前走近一步，盯着他的手。

章文白的手陡然停住，是触着了，便用双手去拿，捧起一只裹着泥土的瓶子，缓慢转身递给钱夏，钱夏接住。

章文白拍打手上的土渣，说：只有这只瓶子，再下面就是原始地层了，还挖吗？钱夏用目光征询意见，李冬不语，上前捡锹。钱夏说再挖一挖吧。章文白从李冬手上把锹拿回去，在地上画一个圈，扩口深挖，一锹一锹的土石送到圈外。孙秋蹲下身查看土团。墓坑挖到半人深，底部出现大石块，人工无法再挖，孙秋宣布停止。章文白爬上坑岸。钱夏说：辛苦了，还得再辛苦一下，去拿些材料来，把墓地围一圈篱笆，不让人随便进入，这事你一个人做。

章文白走后，我们退离墓穴聚在一起。孙秋从钱夏手上接过那只瓶子，掏出手帕擦拭，瓶身渐渐显露——是一只在医院常见的500毫升的输液瓶，橡皮盖完好地扣着。李冬惊呼：瓶子里有东西！

孙秋干脆扯起夹克的下摆，包着瓶子揉搓。瓶壁清亮了，再看，瓶子里是一张纸片。荡一荡，纸片转了面，上面有一个人。

李冬大喊：是刘虹女！

三人盯着瓶中的刘虹女像。

孙秋问：记得当年表演话剧《虹女》后的合影吗？

李冬说：记得，我们四人加上刘虹女。

钱夏说：刘虹女站在中间。

孙秋说：瓶子里的刘虹女像是从那张照片上抠下来的。

钱夏和李冬都说：是的，没错。

那么，是谁抠下了照片中的刘虹女像？

三人小心翼翼地互相探视。因为逻辑很明白：从照片中抠下刘虹女像的人铁定是"虹女之墓"的造墓人——对"虹女之墓"这桩悬案的追查又回到了起初的猜疑——造墓人就在我们四人之中！

猜疑无法回避，三人焦虑地在荒坡上坐下。

孙秋推了推眼镜：我有一个方法——当年那张五人合影照大家一定都还保存着，而且多半放在书房里最妥当的地方，我们现在各自通知自己的夫人，请她们用手机把那张照片拍一张照片，马上发来，如果谁的照片中缺少刘虹女，谁就是造墓人。

钱夏马上表态：这个方法成立，简单，也没有什么漏洞；但有一个要求，任何人在照片没有发来、没让大家看到之前，都不能单独离开，以免说不清，把事情搞复杂。

李冬忽然神色黯淡：老赵呢？

于是沉默。钱夏率先提议：委托谁的夫人跟老赵夫人周亦敏交代吧？孙秋认为：这样添了不可控程序，结果难免有疑义。李冬说：老赵的手机在嫂子周亦敏手上，我在虹女群发一条微信——相信亦敏大嫂仍然会追究老赵的过去。钱夏看孙秋，孙秋点头苦笑。

三人发了微信，静候在冬日的太阳下。

荒岛上枯茅苍苍，天空清明高远，偶尔有微小的飞鸟闪过。风停歇在时光里。等待中，各人感到真相即将大白，造墓人就要出现，不用急巴巴窥视他人，只在心里混合着猜疑与期待，习惯性迷茫。

什么时候，孙秋的耳畔响起电影《速度与激情》里"有缘再见"的旋律，那些动人的词句随之而来：没有老友你的陪伴，日子真是漫长／与你重逢之时，我会敞开心扉倾诉所有／回首凝望，我们携手走过漫长的旅程……便看见了老赵和我们三人向着刘虹女奔跑！

李冬的手机第一个叮当了，打开手机视屏：合影照片里的刘虹女在四人中微笑！接着，孙秋的手机叮当，钱夏的手机叮当，三人的手机同时叮当。大家交换手机查看：在赵钱孙李四人保存的照片里，刘虹女全都完好无缺——事实再次不容争辩地出乎意料——我们四人都不是造墓立碑的人!

孙秋问:照片的底片在谁手上?

李冬说:在刘虹女那里呀。

钱夏也说:当时都争,刘虹女说给她就不会争了。

阳光在孙秋的眼镜上晃动,孙秋起身说:去南平。

下午三点,我们回到南平。在李冬家的临时安置房,刘英俊指挥我们将两只方正的大木箱从卧房抬到客厅。刘英俊说,木箱是李老师后来找人打的,其中一箱装书籍,影集和书在一起。没有了老赵,我们像三个残兵站在木箱边。木箱带锁,刘英俊回房拿来钥匙,开锁揭盖,一箱书籍散发出故人的气息。李冬蹲下身,将书本取出来,一本一本地搁到另一只木箱上。

一本蓝皮笔记本很显眼,钱夏伸手去拿,李冬抬手拦住,说这是刘虹女的日记,不能动。钱夏一愣,把手收回去。刘英俊冲钱夏微笑:对不起,李老师和我三十四年没有看过,我们觉得刘老师还活着,必须尊重,这是原则。钱夏连忙点头:明白。

李冬最后拿着一册彩色封面的影集直起身来,打开影集,刹那间,三人的目光盯住一张——抠去刘虹女像——的五人合影!

时光遽然抖了一下。

孙秋接过影集,从透明纸下抽取残缺的合影照片,见到照片压着的底片,拿起底片迎光查看,正是当年并肩站立的五个人。钱夏赶紧从文件包里掏出那只墓下的玻璃瓶,拔去瓶盖,将瓶口向下摇晃,但瓶内展开的刘虹女像大过瓶口直径,怎么也倒出不来。刘英俊找来一把细长镊子,伸进瓶内夹住相片,缓缓抽出一半,停在瓶口。孙秋把缺少刘虹女的五人合影平放在茶几上,从瓶口取下刘虹女相片,放在掌心抚平,拿起,往五人合影照片的缺口上放,果然吻合!

那么,也就是说——刘虹女相片是刘虹女放进玻璃瓶的……玻璃瓶是刘虹女安放在那片荒岛的……那个找石匠做墓碑的大眼睛"女娃"就是刘虹女……当年是刘虹女建造了这座"虹女之墓"!

——刘虹女活着!

那是1983年4月1日——在那个遥远的愚人节,刘虹女不过是绕开我们心中愚昧而丑陋的部分,用她的消失跟我们幽了一默。

原来,她是以避开所有肉眼的方式活着。

她活着——我们生活的这个世界多么幸运啊!

世界一样大的喜悦让我们呆傻了……整个房子里都是心跳。

这一刻,人世间在我们眼里薄亮薄亮的……我们没有抬手擦拭它,直到心跳趋于平缓,那个尖锐的问题再度浮上心头:刘虹女为什么——最初的悬案里究竟悬着什么呢?

当年,她的主动消失解除了我们四人因为追求她而引发的争斗与危机,化解了一座城市和一个时代的骚动与灾难……她的消失更像是被爱的争斗和即将引发的灾难所逼迫的——这之中,昔日的赵钱孙李、冯远志、武永强、"普希金"、陆主席和无数追求者,以及那个嫉妒的柳清新,那个施暴的无名罪犯,那个被政治裹挟的母亲王昭虹,那个"文革"小人易大龙,那个在新时期霸占Q小姐的人,那个至今仍在操弄权势的某某,还有打发王昭君和亲的汉元帝,在神话里逼幸虹女的明帝,围观群众与道德评说者……各自应当分担多少自私、愚昧、粗鄙、野蛮、过失与罪恶?谁能公正厘清并确认?

一切都跟美有关。美是人人皆可加入的战争。这样的战争通常以耗费生命的方式让美消失殆尽,而现在换了一个结局——以美的主动消失解散战争。然而美在这场战争中没有失败:刘虹女消失后,至少我们四人一直在寻找刘虹女,她其实始终和我们在一起;三十四年,她把我们带出浇漓的社会,带到鸽子坪的荒岛,带进原生自然,让我们看到真正的美……我们因此与她殊途相见。

只是心中仍有万千不甘……雅典娜知道吗?

事情来得太快、过于突转,让我们一时恍惚。

所幸刘虹女真的活着!这是最重要的。我们一直在战栗。刘英俊手上的镊子掉在地上,当的一声,泪珠在笑脸上一滚落,钱夏掏出烟来点燃,烟雾升腾,即刻弥漫了房间。

许久后,孙秋提醒把相册和书籍装起来,李冬和刘英俊起身收拾。钱夏再次拿起那本蓝皮笔记本,李冬转头看过去,钱夏顿了一下,将笔记本还给李冬。是的,日记里肯定有刘虹女的心迹,可我们不应当在没有得到刘虹女许可时偷窥她的日记……这是原则。

一切归于木箱,合盖上锁。

钱夏提议:等虹岛建成了,运到岛上收藏吧。孙秋说:首要的是恢复"虹女之墓";还有,刘虹女母亲交给"女婿"的遗产,十七年前我对小虹女说,你爸你妈听你的意见,她说要用自己的钱和这笔遗产,以爸妈的名义为刘虹女妈妈建纪念馆——我建议在虹岛实现她的愿望。刘英俊得知小虹女早就知道自己的身世,惊慌地看李冬,顿时呃呃地哭泣，李冬上去拍打她的肩，紧咬着牙关……

后来，我们把两只大木箱抬进卧房码好，刘英俊留在房间清理小虹女的物品，我们邀她出去走走，她想一个人静静。

我们三人步行来到汉江堤上。

令人诧异的是，在这个冬寒季节，汉江没有干枯，竟是半河清涟。三人站在堤岸，四面张望——天地间有三十四年前展露的河床，有刘虹女走向一只白鸽子的身影，有我们四人的凝视与欢闹，有四件蓝布棉袄的飞翔……还有，那飘到江堤上来的钢琴曲，那些只在当年才那么明艳的阳光以及只在当日才那么亲切的微风！

李冬说，眼前是"南水北调"与"引江济汉"的汉江，老赵参与指挥的工程。三十四年一晃，世上已是沧桑。

然而，哪怕一切都是好的，那过去了的，我们的青春我们的爱恋我们的梦想我们的生命我们的人生呢？

江面掠过一束耀眼的白影，一只白鸽向上游飞去。

我们的目光终于没有落空——

我们知道刘虹女没有死，只是不在南平了！

那么，亲爱的她在何处？在江城？在北京？在上海？在深圳？或许，她已不在国内，在大英博物馆的门外？在莫斯科的姑娘中？在布法罗的人群里？在世界上任何一个灿烂或者可以灿烂的地方？

她活着是多好啊！

她必定时常看着我们……但愿我们没有伤害她。

孙秋低声唱起 *Yesterday Once More*（《昨日重现》）：

> When I was yong（当我年轻时），
> I'd listen to the radio（爱听收音机），
> When for my favorite songs（等那首我最爱听的歌曲）……

钱夏李冬也跟着哼吟：

> Those were such happy times（那是多么幸福的时光）
> And not so long ago（仿佛就发生在不久前）……

初稿于 2017 年 12 月 25 日
修改毕于 2022 年 1 月 16 日

图书在版编目（CIP）数据

一生彩排/刘诗伟著.-- 北京：作家出版社，2023.2
ISBN 978-7-5212-1628-8

Ⅰ.①一… Ⅱ.①刘… Ⅲ.①长篇小说-中国-当代 Ⅳ.①I247.5

中国版本图书馆CIP数据核字（2021）第239352号

一生彩排

作　　者：	刘诗伟
出版统筹策划：	汉　睿
责任编辑：	翟婧婧
装帧设计：	天行云翼·宋晓亮
出版发行：	作家出版社有限公司
社　　址：	北京农展馆南里10号　邮　编：100125
电话传真：	86-10-65067186（发行中心及邮购部）
	86-10-65004079（总编室）
E-mail:	zuojia@zuojia.net.cn
http://www.zuojiachubanshe.com	
印　　刷：	三河市北燕印装有限公司
成品尺寸：	152×230
字　　数：	400千
印　　张：	24.25
版　　次：	2023年2月第1版
印　　次：	2023年2月第1次印刷
ISBN	978-7-5212-1628-8
定　　价：	59.80元

作家版图书，版权所有，侵权必究。
作家版图书，印装错误可随时退换。